吕同六全集

第九卷·意大利长篇小说（二）

吕同六　译
蔡蓉　吕晶　编

世界知识出版社

图书在版编目（CIP）数据

吕同六全集．第9卷，意大利长篇小说．2 / 吕同六译；蔡蓉，吕晶编．—北京：世界知识出版社，2015.7

ISBN 978-7-5012-4958-9

Ⅰ．① 吕… Ⅱ．①吕… ②蔡… ③吕… Ⅲ．① 吕同六（1938~2005）—全集 ②长篇小说—小说集—意大利 Ⅳ．① I546. 11

中国版本图书馆CIP数据核字（2015）第133812号

责任编辑　龚玲琳　张迎辉
责任出版　赵　玥
责任校对　张　琨
封面设计　小　月

书　　名　吕同六全集　第九卷·意大利长篇小说（二）
Lütongliu Quanji　Dijiujuan Yidali Changpian Xiaoshuo (2)

译　　者　吕同六
编　　者　蔡　蓉　吕　晶

出版发行　世界知识出版社
地址邮编　北京市东城区干面胡同51号（100010）
电　　话　010-65265923（发行）　010-85119023（邮购）
网　　址　www.wap1934.com
经　　销　新华书店
印　　刷　北京京科印刷有限公司
开本印张　720×1020毫米　1/16　35印张
字　　数　725千字
版次印次　2015年7月第一版　2015年7月第一次印刷
标准书号　ISBN 978-7-5012-4958-9
定　　价　98.00元

吕同六先生作为中国意大利文学研究、评论、翻译的开拓者与领军人，先后向国人介绍了180多位意大利作家、诗人、剧作家、散文家、文论家，包括意大利六位诺贝尔文学奖得主的代表作品，被称为“中国最了解意大利文化的学者”、“中国意大利学界泰斗”。

意大利20世纪六位诺贝尔文学奖得主

戏剧大师
皮兰德娄

女作家
黛莱达

诗人
卡尔杜齐

剧作家
达里奥·福

诗人
蒙塔莱

诗人
夸西莫多

编者说明

本卷收辑吕同六先生和夫人蔡蓉合作的三部意大利长篇小说。

（一）意大利当代著名作家斯戈隆世纪之交（1999）奉献给中国的一部力作《春蚕吐丝》（Il Filo Di Seta）。《春蚕吐丝》同中国紧密关联，因为这部历史小说的主人公鄂多立克是一位同中国有着特殊关系的历史性人物。他是意大利诗圣但丁同时代人，是比马可·波罗晚到中国40年左右的意大利旅行家，其影响仅次于马可·波罗，被誉为欧洲中世纪四大旅行家之一。他早年入方济各会，过着清苦的生活，靠水和面包为生，赤足行走，栖身荒野。14世纪早期开始东游，经过陆路、海路，历尽千辛万苦来到中国，在中国元代游历多年，归国后留下《东游录》一书。1881年，国际地理协会在威尼斯建立他的铜像，以示崇敬。2004年，意大利摄制的记述鄂多立克生平的影片《在天涯》，获我国长春国际电影节外国最佳影片"银鹿奖"。鄂多立克的《东游录》为斯戈隆的《春蚕吐丝》"尽可能地提供了素材和依据"，使他"最大限度地以近似真实的手法叙述鄂多立克从意大利乌迪内动身的北京之行"。1999年9月2日，在《春蚕吐丝》主人公鄂多立克的家乡——意大利弗留利大区的波德诺内市，举行了为斯戈隆新作《春蚕吐丝》的新闻发布会。吕同六先生应邀出席并发言祝贺，他说，他幸会的理由有两点：一是因为他是小说主人公鄂多立克东游最终抵达国家的中国人；二是因为他是少数有幸最早读到这部历史小说的人之一，正如中国一句谚语所说，他是一位"先睹为快"的人。他决定亲自翻译《春蚕吐丝》，此时的同六先生，并不知道自己由于长期熬夜，以及多头绪、超负荷的工作，癌症已悄悄地侵袭他健康的体魄。2000年，他不幸罹患癌症，他病而弥坚，仍笔耕不辍，同癌魔进行了五年多的顽强抗争，弥留之际，他将《春蚕吐丝》托付给夫人蔡蓉继续翻译完成。2007年，《春蚕吐丝》中译本面世，中国的《人民日报》海外版、《光明日报》、上海《读者导报》分别对《春蚕吐丝》中译本进行了报道和介绍。"文学使各国人民接近"，通过斯戈隆于世纪之交奉献给中国的这部力作《春蚕吐丝》，鄂多立克的功绩重新引起人们关注，也进一步增进了中意两国人民的相互了解和友好关系。

（二）意大利1926年诺贝尔文学奖得主著名女作家黛莱达最钟爱的一部长篇小说

《风中芦苇》（CANNE AL VENTO），这是撒丁岛一个庄园主家族的衰落史。这个家族就是这部小说的群体主人公。小说以家族三姐妹的命运为轴心，以一个忠心耿耿为家庭效劳的老长工的身世遭遇作为情节主线，贯穿始终。同六先生认为黛莱达是意大利文学界一位不可多得的才女，天赋聪颖，才思横溢，笔触细腻柔美，一生写了50余部长、中、短篇小说，是意大利第一位荣获诺贝尔文学奖的女作家。同六先生为妻子量身选择了黛莱达最钟爱、也最能体现她细腻柔美风格的《风中芦苇》，希望她在驻意使馆工作之余想家的时候翻译出来。初读一遍，《风中芦苇》就深深吸引了蔡蓉。在黛莱达笔下，撒丁岛的乡村不啻是一个神奇的海岛世界，贯穿全书的芦苇，更被女作家赋予了生命和活力，使人感到神奇、温馨而亲切。全书反复出现的风中芦苇的意象，更成了一种象征、一种永恒。在万籁俱寂的夜晚，絮絮低语的芦苇，仿佛在向沉睡的大地祈祷。有时，瑟瑟作响的芦苇，朝老长工弯下身子，用犹如手指、犹如舌头、充满生机的叶子抚摸他、舐他，对他神秘地、持续地悄声细语，重复着河谷地那些精灵的喃喃声、流水的潺潺声、朝圣者们的颂歌声和磨坊的索索颤动声。在黛莱达细柔的笔触下，天上银色的月光、星星和云彩，田野间的树叶和花朵，无不是小精灵、仙女和幽灵们的幻化；杜鹃富有节奏的啼鸣、蟋蟀的瞿瞿叫声、清风的微微吹拂……使译者也仿佛进入到女作家黛莱达笔下那如诗如画的撒丁岛田园风光中。蔡蓉译完后，按同六先生的要求，反复修改三遍后交同六先生审阅、审定，再由他撰写序言《一曲贵族之家的挽歌——评黛莱达的代表作〈风中芦苇〉》。他在序言最后一段写道："《风中芦苇》是这位女作家的长篇小说首次同我国读者见面。1991年是黛莱达诞生120周年，我们俩谨以此书来表示对作家的热诚而真挚的敬意。"

（三）意大利著名作家莫拉维亚反映意大利抵抗运动的反法西斯长篇小说《乔恰里亚的女人》（La CIOCCIARA）。这是一部享有世界声誉、被公认为二战后最杰出的长篇小说。意大利是世界上头一个建立法西斯政权的国家。1922年，风景如画的太阳之国——意大利阴霾沉沉，墨索里尼一手策划了反革命武装政变，率领法西斯军团，实现了"罗马进军"，登上内阁总理宝座。从此，意大利开始了极端反动的法西斯统治时期，这就是意大利历史上有名的"黑暗20年"。在此期间，支持反法西斯的作家莫拉维亚被列入黑名单，几遭逮捕，他一度被迫逃离罗马，和难民们在山区隐居，这段艰难的个人经历，以及当时意大利轰轰烈烈的全民抵抗运动，对莫拉维亚的创作产生了积极的影响。他一改以往的创作路子，写出了反映意大利反法西斯抵抗运动的长篇小说《乔恰里亚的女人》。小说通过切西拉母女二人在战乱中的避难经历，揭露了战争给普通民众带来的苦难，特别是对人心灵的摧残。1961年，《乔恰里亚的女人》被意大利著名导演德西卡搬上银幕，由著名影星索菲娅・罗兰饰演女主人公。索菲娅以其杰出的表演荣获第34届奥斯卡奖最佳女主角奖。我国中央电视台电影频道曾多次播出该片。同六先生早在列宁格勒大学上四年级的时候，大学文学作品泛读课的教授布置每位学生选一部小说，每周读60页，到课堂复述，他就选了莫拉维亚的《乔恰里亚的女人》。列大文学史课的教授，又对莫氏的整个创作进行了分析，使他对意大利这位独标一格作家的兴趣愈加浓烈，于是萌生了把莫拉维亚作为毕业论文题目的想法。1987年，同六先生鼓励腰椎手术后在家恢复腰和双腿功能的妻子蔡蓉，利用病床上的时间翻译莫氏这部长篇小说《乔恰里亚的女人》，由他审定后收入他主编的《世界反法西斯文学书系·意大利三卷本》中。

目 录

春蚕吐丝

诚然翻译的道路荆棘充塞，长夜伏案斟字酌句、苦不堪言，但归根到底，每一次译事，仍然是一次难能可贵的修炼，一次令人意外的欣喜和收获。

——吕同六

《光明日报》2008年8月1日

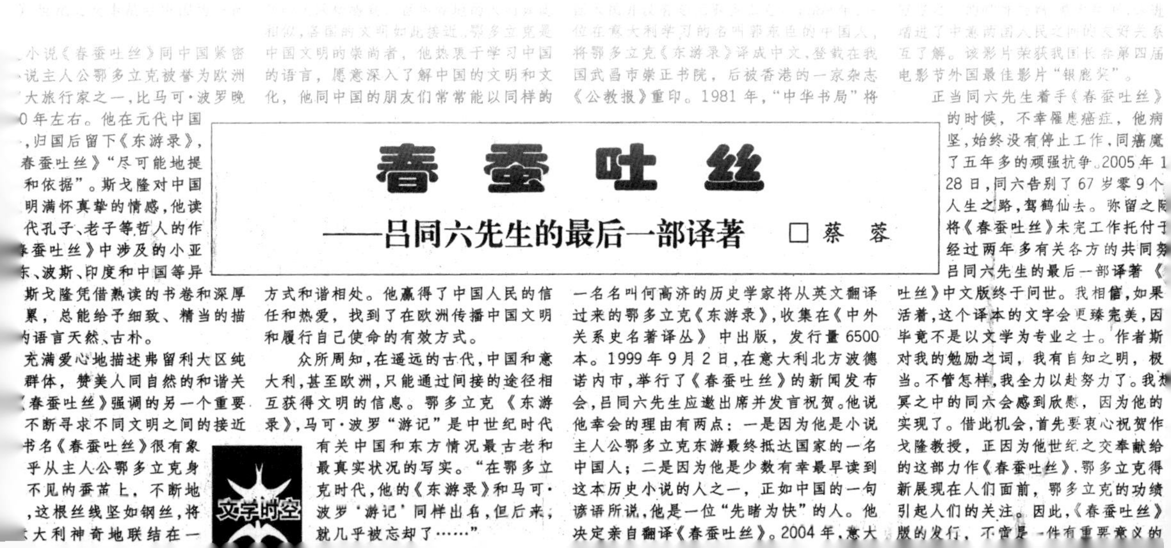

春蚕吐丝

——吕同六先生的最后一部译著

□蔡　蓉

小说《春蚕吐丝》同中国紧密说主人公鄂多立克被誉为欧洲大旅行家之一，比马可·波罗晚0年左右。他在元代中国，归国后留下《东游录》，春蚕吐丝》"尽可能地提和依据"。斯戈隆对中国明满怀真挚的情感，他读代孔子、老子等哲人的作春蚕吐丝》中涉及的小亚东、波斯、印度和中国等异斯戈隆凭借熟读的书卷和深厚累，总能给予细致、精当的描的语言天然、古朴。

充满爱心地描述弗留利大区纯群体，赞美人同自然的和谐关《春蚕吐丝》强调的另一个重要不断寻求不同文明之间的接近书名《春蚕吐丝》很有象乎从主人公鄂多立克身不见的蚕茧上，不断地，这根丝线坚如钢丝，将大利神奇地联结在一

相似，各国的文明如此接近。鄂多立克是中国文明的崇尚者，他热衷于学习中国的语言，愿意深入了解中国的文明和文化，他同中国的朋友们常常能以同样的方式和谐相处。他赢得了中国人民的信任和热爱，找到了在欧洲传播中国文明和履行自己使命的有效方式。

众所周知，在遥远的古代，中国和意大利，甚至欧洲，只能通过间接的途径相互获得文明的信息。鄂多立克《东游录》，马可·波罗"游记"是中世纪时代有关中国和东方情况最古老和最真实状况的写实。"在鄂多立克时代，他的《东游录》和马可·波罗'游记'同样出名，但后来，就几乎被忘却了……"

位在意大利学习的名叫郭栋臣的中国人，将鄂多立克《东游录》译成中文，登载在我国武昌市崇正书院，后被香港的一家杂志《公教报》重印。1981年，"中华书局"将一名名叫何高济的历史学家将从英文翻译过来的鄂多立克《东游录》，收集在《中外关系史名著译丛》中出版，发行量6500本。1999年9月2日，在意大利北方波德诺内市，举行了《春蚕吐丝》的新闻发布会，吕同六先生应邀出席并发言祝贺。他说他幸会的理由有两点：一是因为他是小说主人公鄂多立克东游最终抵达国家的一名中国人；二是因为他是少数有幸最早读到这本历史小说的人之一，正如中国的一句谚语所说，他是一位"先睹为快"的人。他决定亲自翻译《春蚕吐丝》。2004年，意大

增进了中意两国人民之间的友好关系互了解。该影片荣获我国长春第四届电影节外国最佳影片"银鹿奖"。

正当同六先生着手《春蚕吐丝》的时候，不幸罹患癌症，他病坚，始终没有停止工作，同癌魔了五年多的顽强抗争。2005年128日，同六告别了67岁零9个人生之路，驾鹤仙去。弥留之际将《春蚕吐丝》未完工作托付于经过两年多有关各方的共同努吕同六先生的最后一部译著《吐丝》中文版终于问世。我相信，如果活着，这个译本的文字会更臻完美，因毕竟不是以文学为专业之士。作者斯对我的勉励之词，我有自知之明，极当。不管怎样，我全力以赴努力了。我想冥之中的同六会感到欣慰，因为他的实现了。借此机会，首先要衷心祝贺作戈隆教授，正因为他世纪之交奉献给的这部力作《春蚕吐丝》，鄂多立克得新展现在人们面前，鄂多立克的功绩引起人们的关注。因此，《春蚕吐丝》版的发行，不啻是一件有重要意义的

致中国读者

卡尔洛·斯戈隆（CARLO SGORLON）

我的这本历史小说中译本有一番挺动人的经历。一位杰出的中国学者吕同六教授阅读了这本小说的意大利版全文。吕教授爱上了这本书，同时也被吸引住了，因为这本书叙述一位圣方济各修士、波德诺内人鄂多立克于1314年（只是大概的年代）的中国之行。吕同六研究员曾经担任中国社会科学院外国文学研究所常务副所长、中国国际文化书院院长和中国意大利文学学会会长等职务。他熟悉欧洲文学，主编了多套意大利古典和现代文学丛书。他曾经撰写了我的其他三本小说《木头宝座》、《阿纳泰的贝壳》（这是两部在意大利长销不衰、备受读者欢迎、荣获意大利最重要文学大奖之一的小说）和《第十三夜》的中文版序言并致力于这些书在中国的出版工作。

尽管吕同六教授有许多重要的职务和工作，但是，他愿意亲自翻译这部《春蚕吐丝》。这不仅是对我，也是对一位曾经同中国拥有独特而频繁关系的一位历史性人物的友好和尊重的行动。

但是，他的翻译工作很快笼罩着一种凝重而忧伤的气氛，因为正当著名的吕同六教授进行《春蚕吐丝》翻译的时候，他病倒了。他的病情十分严重，尽管有比较现代化的治疗手段，五年后，吕同六教授溘然辞世。

对此，我不能不感到巨大的悲伤，但我也有一种伤感中的自豪。一位才华出众的学者，在他生命最后的数年时光，致力于我的小说的中译本工作，并且，在死神夺走他的生命之前，使这项工作成功地接近尾声。

吕同六教授的遗孀蔡蓉女士，非常认真地承担起《春蚕吐丝》的后续工作。她也精通意大利语，曾经翻译哥尔多尼、皮兰德娄、黛莱达的古典文学作品。显然，对蔡蓉女士来说，完成丈夫最后的工作，是体现妻子对丈夫深爱之情的具体行动。

请允许我稍离题一会儿，我回忆起居里夫人的表现，她是X射线的著名发现者。

她的丈夫比埃尔·居里被一辆飞驰的马车撞倒死亡后，她继续了丈夫由于去世被迫中断的研究工作。

的确，这是在一个动人心弦命运氛围下的中译本。因此，我有更多的理由希望中国读者怀着好感接受我这部小说。毫无疑问，中国读者有充分理由，对书中这位意大利宗教人士成功地通过海、陆路的长途跋涉，抵达北京并在北京待了几年，感到饶有兴趣。

几乎可以推断，鄂多立克的母亲是我的家乡人。波德诺内是意大利东北边陲地区弗留利的一座小城市。鄂多立克在弗留利大区首都乌迪内市的修道院当了15年的圣方济各修士。约摸在他30岁的时候（按年代学推算的大约岁数），在深厚的传教士精神的感召下，鄂多立克接受了教皇克雷芒五世的派遣，前往中国帮助常驻北京的乔万尼·达·孟德高维诺[①]大主教开展传播耶稣福音的事业。

这部历史小说以想象的方式叙述，但是，最大限度地以近似真实的手法叙述鄂多立克从乌迪内动身的北京之行。他从海路抵达土耳其的特列比松[②]；然后走陆路，途经亚美尼亚和波斯，抵达波斯湾；然后重新走海路，搭乘印度轮船，在塔纳（现在的孟买）、苏门答腊岛和菲律宾（那个时代，这些地方显然有另外的名称）分别登陆停留，最后抵达广州。这是从未有过的冒险之行，整个行程险象环生，富于传奇色彩，主人公对所经之处全然不知，处于不知所措的境地。

那时候的中国在蒙古元朝的大汗们的统治下，拥有发达的公路网，拥有管理得有条不紊、可以更换马匹的众多驿站，这为鄂多立克在中国境内的旅行提供了较为方便的条件。鄂多立克留下一本《东游录》，在中世纪时代，它曾有各种不同的书名。最流行的书名是《东游录》(*DEREBUS IN COGMTIS*)直译为《陌生之事》。为此，对我来说，鄂多立克所叙述的故事，为我这部历史小说《春蚕吐丝》，尽可能地提供了素材和依据。

在鄂多立克时代，他的《东游录》和《马可·波罗游记》同样出名，但后来，就几乎被忘却了。当然，鄂多立克《东游录》比不上著名的《马可·波罗游记》，那是马可·波罗在热那亚监狱里向比萨人鲁斯梯谦诺口述的游记。鄂多立克的《东游录》在中国印刷过两次。

鄂多立克在他的东游录中，显示自己是一位对所见所闻充满好奇心的人。对他来说，所见所闻都是陌生、离奇，非常值得关注的事情。

我认为，我这部历史小说最有意思的地方，就是弗留利修士鄂多立克对接触和吸

---

① 乔万尼·达·孟德高维诺（1274—1328年），大主教圣方济各会传教士，1294年到达中国元朝首都汗八里（今北京）传教，1307年教皇克雷芒五世任命他为北京天主教大主教兼东方主教，并派遣七名主教前来北京协助工作，其中只有三名主教到达北京。

② 特列比松，中世纪著名的通商港口。

在家中（1992）

与爱人、女儿在意大利朋友家作客（1991）

与诗人冯至（左一）访问西西里（1991）

与罗马大学教授尼诺·鲍尔塞·利诺夫妇（1987）

与意大利驻华大使索莱拉（左二）、文化参赞柯拉迪尼（左一）、文化专员杜尼在一起（1989·北京）

罗马海边

与意大利著名作家斯戈隆夫妇

译著黛莱达《撒丁岛的血》

编著《莫拉维亚文集》

译著《春蚕吐丝》

编著《意大利反法西斯文学书系》3卷（获全国图书奖）

卡拉布里亚大学教授家中

米开朗基罗雕塑《圣母和圣子》

比萨斜塔前

罗马少女喷泉

贝尔尼尼名作《地狱女王被劫》

罗马郊区

宗教名画《亚当和夏娃》

同小外孙女嬉戏

在列宁格勒大学校园苦读（1959年）

在敬爱的周恩来总理青年时期留学法国住过的房屋前留影纪念

意大利古堡前

意大利拉斐尔名画《金翅雀圣母》

出席反法西斯题材电影研讨会

吕同六夫妇在比利时

在研讨会上发言

主持意大利二十世纪文学丛书发布会

意大利油画

意大利卡普里岛

拉斐尔名作《格兰杜卡圣母》

主持学术研讨会

在沈阳

意大利佩萨诺市

吕同六（左三，时任欧美同学会学术委员会副主任、留学意大利分会副会长），同程思远政协副主席（右三）、部分留意同学会的学长们合影。

吕同六夫妇在莫斯科红场

意大利著名科学家、文学家伽利略（GALILEO）

1957年，吕同六（右二）留学列宁格勒大学时，与苏联朋友们。

1957年吕同六在苏联列宁格勒大学宿舍中苦读

达芬奇名作《哺乳圣母》

收伟大中国文明的看法。鄂多立克感到，中国古老的宗教文化（在当代中国的社会和思想体制下，以某种方式仍然存在），即儒教文化、佛教文化和道教文化，同天主教文化和圣方济各文化有相似之处。实际上，圣方济各教义首先存在于对大自然和众生的博爱之中。鄂多立克的宗教文化同中国的宗教文化肯定不会一致，但是，无论从伦理方面还是从哲学的本体论以及玄学方面来说，都不会势不两立。

毫无疑问，这部历史小说是我的虚构，但不是任意编造。我读过孔夫子的儒家学说、老子的道家学说、佛教先知释迦牟尼的四谛[①]。我感到上述这些学说的内容，特别在伦理道德领域，同天主教教义有明显的相似之处。我在儒家学说中发现的两条基本原理，竟然也在天主教福音书中找到。

在这种情况下，波德诺内人鄂多立克不仅可以被看成是一位来自远方、满怀好奇心、渴望了解别国人民的文化、风貌而长途跋涉的一位先驱者，而且也是一位渴望认识世界、了解各种宗教和伦理道德规则的调停者。今天，几乎地球上的所有人民都愿意同不管是邻近还是远处的其他人民和平相处。纳粹主义和帝国主义一天天日薄西山。如果他们一息尚存，他们过时的陈词滥调，在有教养和文明进步的人们面前，将越来越暴露无遗。

为了创造和平友好的环境，需要人们宽容、博爱并了解别人的文化。基于这种观念，这位弗留利人鄂多立克，作为和平、博爱文化的使者，来到中国，他被看作我们共同推崇的和平共处、和平交流关系的一位倡导者。因此，我希望我的这部历史小说和小说主人公，能像马可·波罗和他的游记一样，受到中国读者的欢迎和喜爱，尽管我不企求有相同的历史好运，也不企求享有同等的名望。

2006年3月14日

① 佛教“四谛”，佛教基本教义之一。指释迦牟尼最初说教的内容，即苦、集、灭、道四谛。按照佛经解释，“谛”是“真理”的意思。佛教认为，人世间的一切都是苦的，叫“苦谛”；招致这些苦果的烦恼业因，叫“集谛”；要想解除苦果，只有消除烦恼业因而达到“寂灭为乐”的境界，叫“灭谛”；而要达到上述境界，就必须修“道”，叫“道谛”。

第一章　弗朗兹

在公元1265年的时候，波德诺内的维拉诺瓦镇居民，大约只有二百人。他们几乎全是农民，耕种着封建主的土地；余下的为数不多的人，要么是手工艺工匠，要么是士兵。

那儿的一切，无论是土地、森林和沼泽，还是穿过不毛之地的大路和乡间的卵石小径，统统都归封建主所有，那么，房屋呢？那些农民用梅杜纳河畔或者切利纳河畔的石头盖起来的房屋，难道也归封建主所有吗？

这个问题从来不曾有人提出过。出于某种原因，公证人和管法律的人好像都沉浸在悠然自得的睡梦之中。不过，如果他们偶然地突然醒来，一定会用确凿无疑的方式确认，一切统统归封建主所有，连从山上流下来的小溪也不例外。在别人眼里，那些老爷们是挺奇怪的一族。他们是那么遥远、可望而不可即，每时每刻都藏在与世隔绝的古堡里，要么就怀着神秘的使命，风尘仆仆地四处奔波，前往乌迪内、戈里齐亚、的里雅斯特、卡林齐亚、斯蒂里亚，或者去奥地利、波希米亚。

不过，老爷们同时又时时刻刻让人感到他们的存在，他们指挥和暗暗地监视在塔楼干活的人和他们在城堡的卫队。其中的一座城堡，三面都由高高的围墙护卫着。有一个维拉诺瓦镇的人，碰巧有机会走进城堡里。他向人们叙述了许多稀奇古怪的事情，譬如说，楼梯不像个楼梯，更像是一条向上的弯弯曲曲的小路，每一级阶梯都低低的，主人可以骑着马噔噔地上楼去，而不必下鞍。这种事情恐怕天上人间都是不会有的，所以农民们简直不敢相信。

当地的人大抵上都是波希米亚男爵的佃农。对于他们来说，波希米亚男爵的意志如同上帝的意志一样，是至高无上的。没有一个人奢望用自己的意志来取代它。

是的，没有一个人，或者说几乎没有一个人，会这样奢望。而维拉诺瓦镇的铁匠弗朗兹·马特乌斯，强压住心中的怒火，梦想总有一天扒下波希米亚男爵的皮，把他扔到野地里去。弗朗兹出生在塔特拉地区蒙塔诺村，曾经入伍当过兵。后来因为不堪忍受严格的纪律而被部队除名。他学会了钉马掌的手艺，这门活儿很吃香，所有的人，无论是贵族，还是士兵，都有求于他。他的脾气很特别——傲慢自大，固执己见，瞬息万变——压根儿不能容忍单调乏味的生活。也许是因为这个缘故，他常常闯进封建主的森林里去打猎。他有一副自制的弓箭，用它捕获野猪、狐狸、野獾、猞猁和野狼。凡是带羽毛的猎物，他一律放生，因为它们无论是活着，还是被扔进锅里，他都很讨厌。然而，有一次，他遇上了看守森林的卫队，他带枪瞄准其中的人，在那一瞬间，他真想一枪把那家伙撂倒。

“朋友，好好想一想。我们人多势众，你可是单身一人。”

弗朗兹狠狠咬了咬嘴唇，暗暗估量自己的处境，揣摩着可有机会快马加鞭，逃进森林里去。他把打死的野猪扔到草地上，还没有来得及权衡一下自己的决定，便策马疾驰。与此同时，射来的利箭嗖嗖地顺着耳边飞过，他一头钻进了树林。几分钟以后，在林子里的一条小路上，另外两名骑马的士兵堵住了他的去路。看来所有的守卫者都已闻声赶来，该他倒霉了。

“说真的，现在你别指望虎口逃生了。”士兵们说道。

“猎物归打猎的人所有。”

“不对，这林子是伯爵老爷的。”

“我奔跑了几个小时才打得这么一点玩意儿。”

“你现在可以歇息了。”

三名高大壮实的士兵把他拉下马来，另外三名用弩箭瞄准他的胸脯。所有的人都开心地瞧着他，好像为他们脑瓜子里酝酿的计谋而兴奋无比。

“朋友，是吃几十棍棒，还是上枷刑，你自个儿选择吧。”

弗朗兹朝地上啐了一口痰，露出鄙夷的神情。

“我们对你做到了仁至义尽。你别想考验我们的耐心。快回答吧。”

“棍棒。”弗朗兹喃喃地回答，声音含混不清。

“那就上枷刑。”

弗朗兹被带到波德诺内城里的广场上，关在囚笼里，脑袋和双手都上了枷锁，旁边立着一块告示牌，羊皮纸上写着他的罪名。他遭到了无穷无尽的侮辱。他们欺骗了他，就是为了激怒他，并且把他作为品行最恶劣的窃贼，让他在光天化日之下接受众人的嘲弄。而弗朗兹却认定，是皇上和贵族老爷们剥夺了众人狩猎的权利。

太阳在天空升起又落下，弗朗兹·马特乌斯一直被关在囚笼里，上了枷锁的脑袋和双手显得恐怖可怕，好像跟身体的其他部分裂了开来。不过，只有很少的波德诺内人打他身边走过的时候，嘴角露出一丝嘲笑的神色。弗朗兹年轻的妻子薇奥拉不止一次想走上台去，给丈夫送点喝的，也好让他有精神支撑下去，但那两个士兵总是毫不留情地把她赶走。酷刑收场以后，弗朗兹的脸孔被太阳炙晒得通红通红，一颗心蒙受了严重的创伤，他把妻子抱上马鞍，一起回到了维拉诺瓦。

“弗朗兹，忘掉这一切吧。”妻子说道。

“你能做到吗？”

“如果我命中注定在这儿待一辈子，我会做到的。”

“试试看吧，不过，没有那么容易。”

“我会帮助你的。”

弗朗兹的活儿更忙了。看得出来，人人都知道了他的不幸遭遇，内心里都同情他，憎恶那些士兵。弗朗兹竭尽努力去忘掉这一切，可是另外一些事情却又阻止他这么去做。一天早晨，他的店铺里来了两个不速之客，一个是波希米亚驻军司令和总督的儿子，一个是陪同他的年轻人。他们一副狼狈不堪的样子，显然是逃出来的。他们在树林里被一群戴风帽的农民逮个正着，狠狠地挨了一顿木棍。他们身上青一块紫一块，疼痛难忍，这两个纨绔子弟的胡作非为惹怒了蒙受屈辱的丈夫们而遭到了报复。

“好生照管一下马，铁匠。我们上屋里歇息。”

“屋里太寒酸，配不上两位。”弗朗兹说道。

“我们会感到满意的。”

弗朗兹打量了一下马匹，它们也挨了棍棒，显得非常疲惫和烦躁。两块马蹄铁已经松动，需要他来收拾。他虽然开始干起活来，但却心不在焉，因为他脑子里正揣摩着那屋子里会发生什么事情。他本希望，他把活儿干完了，他们也就会离开了。可他却不见那两个家伙出来。他走进屋里，只见那两个人上半身裸露着。聪明能干、富于同情心的薇奥拉正在给他们治疗伤口。

他们压根儿没有向他表示一点歉意的意思，他们的举止行动让人觉得，这间屋子和这里的一切都已经是属于他们的了。薇奥拉用油涂在他们身体的乌青块上，遭木棒击打而引发的疼痛渐渐缓解、消失了。最初的恐惧不安和心神不定过去以后，他们开始互相开玩笑。不过，那年轻人忧心忡忡地察看着被狗咬了的伤口，因为他知道，一些病狗不愿喝水，它们的利牙足以致人于死地。可另一个家伙却直拿他逗乐，而且硬让他陪着自己开心。

“马都调理好了。现在先生们可以启程了。”

“好极了！你想赶我们走！对于两个不幸落难的人，你就这样接待吗？”

“待在这儿你们会不习惯的。”

“你别操心，这由我们说了算，铁匠。你的妻子有干净的被子吗？”

“那还用说，她的被子装了两柜子。”

“太好了！这样我们可以在你这儿住下去，直到恢复体面的模样。如果马上回到家里，我的老子会没完没了地盘问我。”

弗朗兹的脸色顿时变得苍白了。他仍然试图让他们明白，留下来的决定不可取，但那两个人压根儿不想听他唠叨。他们压低嗓门交谈着，不断爆发出哈哈大笑，好像他们现在不是在别人的家里，而是在波德诺内总督府。他们时时装出一副很痛苦的样子，因为薇奥拉表现出来的同情和关心给他们带来一种别样的快乐。一个容貌姣好、衣着整洁的乡村妇女，身上散发出碱水和肥皂的气味，用油涂抹他们身上的乌青块，居然取得了疗效，这使他们觉得是一件很有趣的事儿。薇奥拉的卧室里还有一面镜子，这两个外来人可以借助它来观察他们的逐渐见好的伤口。

在那些日子里，弗朗兹和薇奥拉，还有他们年幼的鄂多立克，只好搬到楼下的厨房里去，把亲友们匆匆送来的树叶塞在大布袋里，权当睡觉用的垫褥。那两个不速之客自然是看不到他们如何应付这些突如其来的困难的。小鄂多立克禁不住哭泣起来，楼上的两个人不耐烦了，用皮靴愤怒地击打地板。弗朗兹在自己的家里反倒失去了自由，行动受到了限制，在薇奥拉的一再劝阻下，才勉强地按捺住性子。

“我求你啦，什么都别说！他们身上的乌青块几乎要看不见了。他们很快会离开这儿的。”

“他们占领了我们的家，我们反倒成了他们的人质！他们突然闯进来，就像猫头鹰抢占了别的鸟的巢儿。”

“他们是波希米亚的军官，可我们什么都不是。”

弗朗兹·马特乌斯大部分时间几乎都在铁匠铺里，免得遇见那两个家伙，看见他们那副傲慢无礼的样子。他使劲地敲打铁砧上的马蹄铁，也是为了发泄心中强压下来的怒火。他悄悄地打量他们，可那两个家伙没有显露出一点儿要离开的意思。他们发现，薇奥拉还是个出色的厨娘，她烧得的一手好菜让他们享受到难得的口福，所以常常要她特地烧几个他们最喜欢吃的菜，然后远远地扔给她一枚铜板，仿佛是赏给饭店里跑堂的伙计的小费，或者是抛给叫花子的恩赐。

总督儿子的伤痕消失了，皮肤恢复了原先的颜色，他也变得越来越大胆和张狂，开始纠缠薇奥拉，把她逼到房间的暗角，而薇奥拉气喘吁吁地反抗着。

“您想干什么，先生？我是个嫁了人的女子。您赶快走吧，家里人都在等您呢。”

“你不能对我更温柔一点儿吗？除了厨娘或者护士，难道你不想换个身份吗？”

“先生，我求求您啦。我们是穷苦人家，除了诚实和声誉，一无所有。”

“这儿没有人会瞧见你，傻瓜！”

薇奥拉禁不住哭泣起来，但她赶快擦干了眼泪，免得让弗朗兹发现。可是要一点儿不留下泪痕，可不是一件容易的事儿，丈夫凭直觉明白了一切。一天，年轻的军官出去了，小鄂多立克在摇篮里睡着了，家里静悄悄的，没有一点儿声响。弗朗兹正在修理马的铁蹄，但他忽然觉得这活儿再也干不下去了，他把锉刀随手扔到地上，活像一头野猪，发狂似的跑回家去。他手里紧握着一把长柄的铁钳，冲进卧室，只见那波希米亚上尉正死皮赖脸地要拥抱他的妻子。薇奥拉一声不吭，像鳗鱼似的挣脱他的纠缠。她的衣服已经被扯下来半截，双肩裸露了出来，两条棕色的大辫子散乱地披在后背上。

青年军官瞧见了弗朗兹，急忙朝房间的一个墙角跑去，他的长剑靠在那儿。房间里笼罩着死一般的寂静，正当他要从剑鞘中拔出长剑的时候，弗朗兹使出浑身力气，把铁钳狠狠朝他头上砸去。这个名叫约瑟夫·桑沙的青年军官像个泄了气的皮囊似的栽倒在床上，鲜血立即喷溅了出来。薇奥拉紧紧地攥住弗朗兹。

"我的天哪，弗朗兹！你把他杀死了！"

"罪有应得！"

"你真是好糊涂，他们会把你吊死的！弗朗兹，你赶快逃命吧。"

"那个家伙也许还没有死……"

"反正是一回事，弗朗兹！如果一个小老百姓伤害了贵族老爷，一定会遭到惩罚的！快逃吧，弗朗兹！马上就走！过一阵子你捎信过来，我和孩子去找你……"

鄂多立克睡在摇篮里，对这一切一无所知。弗朗兹久久地凝视着孩子，凝视着妻子，他心里明白，妻子的话是对的，如今在波德诺内这个地方，他的生命已如草芥，分文不值。留下来无异于自己把脖子伸给刽子手的屠刀。逃命是件可怕的事儿，但至少还给人一线希望。他又凝视着孩子，他恍若觉得，不管他是留下来，还是逃离家乡，孩子已经成了孤儿，因为孩子再也没有自己的父亲了，谁知道这将持续多久呢？

他竭力控制自己的情绪，想冷静地考虑一下逃跑的事儿。薇奥拉把家里所有的储蓄都拿出来，要交给他，但弗朗兹硬是不肯收下。不，不，那些钱必须留给薇奥拉。只有上帝能够理解她将怎样面对那些将像狂风暴雨般朝她袭来的困难。不过，他倒更想把那个该死的家伙身上的钱都拿走，因为正是那个家伙使他陷入了眼下的绝境，毁了他的家庭和他的生活，理当承担他出逃的费用，承担一切罪责。

弗朗兹的脸色比乌云还要阴暗，他随身带了一只装满钱币的钱包，头戴一顶宽檐帽子，手上戴着一双山羊皮的手套，脚蹬鹿皮靴子，身披青年军官的毛织物斗篷，走到了院子里。他用比较的目光打量了一下自己的马和约瑟夫的马，差距是显而易见的。于是他牵出了那匹好马。非常奇怪的是，那个受伤的或者已经一命呜呼的家伙的所有的东西，好像都是专门为他准备的，特别合适，而且，他们面孔的轮廓也有着某种说不清楚的相似。是的，他和约瑟夫的长相很相似，这自然不是善良的上帝的创造，而是地狱魔鬼的恶作剧。他回到房间里，深情地亲吻鄂多立克的脸颊，怀着绝望的心情紧紧拥抱妻子。不过他马上停止了这种亲昵的举动，因为再耽搁下去，他就无法脱身了。

他踏上了通往萨齐勒和科内利亚诺的灰蒙蒙的土路。他是一个出色的骑士，打小时候就善于和各种各样的马建立亲密无间的、互相信任的关系。他一路策马疾驰，直到跑出维拉诺瓦和附近那几个可能有人会认出他来的市镇。奔过了萨齐勒以后，他才放松下来，让马儿放慢步子。这一带的道路他很熟悉，至少说并不陌生。先跑到特雷维吉、帕多瓦，这个想法在他的脑子里是很明确的。可是，然后呢？他真希望跑得远远的，跑到一个自由的城市，那儿既没有贵族老爷，也没有外国军队，那儿谁也没有听说过总督桑沙的名字，可是，这个地方又在哪儿呢？

他开始把目光投向大路两侧，而不再回过头去张望。如今不可能再有人追踪他了。他放眼望去，只见到处都有一些农民在田里干活，前不久下的雨使路上积了许多水坑。天色黑下来的时候，特雷维吉看来还很遥远。他找到了一家旅店，把马交给照管马厩的后生。起初他曾思忖，这旅店很可能成为一个陷阱，但随后他冷静了下来，努力去想一些高兴的事儿。他的心情很沮丧，但是在他的心灵的一角，他是愉快的，因为眼下他正经历着一场冒险，他可以驰骋自己的想象，去设想自己的未来可能会有的上十种形式。在此以前，他从来没有离开过波德诺内，现在他已来到卡米诺地区。有一件事是显然清楚不过的，他不属于那种一辈子都不曾离开自己村子三十里路远的山里人。他孩提时代就从塔特拉山区来到波德诺内。对于他来说，已经有了不同的未来。可是，命运却像一枚装满火药的装置，使他的生活突然发生爆炸式的变化……

他没有在特雷维吉和帕多瓦落脚，在这两座城市的城门口，他看见了士兵和税务所的稽查员。他们并不认识他，对他的情况也一无所知，但弗朗兹仍然不放心，采取防御姿态。他已做好浪迹天下的准备，走过了一个又一个庄园、城市、管辖地，直到某个遥远、陌生的地方。对于他来说，眼下确定一个目的地并不重要，只有逃命才是最要紧的。一个星期以后，他来到了克雷芒四世辖下的教皇国罗马。

每当他到旅店投宿，店主人都要询问他的姓名、身份和旅行的目的，请他出示堂区神甫的介绍函。他已经学会了编造谎话，每一回都对答如流，说他叫约瑟夫·桑沙，波希米亚的男爵，波德诺内总督的儿子，此次旅行是前往圣地朝圣。

“这可是充满危险的旅行。”人们提醒他。

“可朝圣者不是受到圣殿骑士[①]的庇护吗？”

“以前确实是这样。”

“或许今天也会如此。”

“看来这方面的消息您比我们知道得更多，是这样吗？”

弗朗兹心里觉得好笑，但又不敢流露出来。其实他心里很清楚，无论是他，还是盘问他的那些人，对圣地和圣殿骑士会的情况都很不了解。

不过，有一点他是很清楚的，从海路去土耳其人统治的巴勒斯坦，必定要去普利亚地区的港口，或者去那波利王国；当时，那波利正由一个被教皇国里所有的人憎恶

① 12世纪在耶路撒冷成立的圣殿骑士会成员。

的君王，即瑞典的腓特烈二世的儿子曼弗莱迪统治着。

弗朗兹马上明白，他绝对不能表露出对曼弗莱迪一丝一毫的同情，或者泄露他要前往这位君王的领地的打算。所以他不得不编造去圣地朝拜的谎话，唯有这样才有利于他化解一切可能遇到的麻烦，避免一切可能发生的失误。不过，随着情况的变化，又经过一番仔细地琢磨，末了他暗暗地打定了自己的主意。他只打算在那波利王国落脚。他将在那儿寻找一个合适的地方，好重新干他的钉马掌的活儿。然后他再悄悄地把他的妻子和小孩接来。曼弗莱迪的领地最终会给他一种安全感，因为谁都知道这个瑞典人属于吉伯林派，是波希米亚王、哈布斯堡王和教皇的死对头。何况，弗朗兹对曼弗莱迪怀有一种特别的好感，许多人都说，这位君王虽然没有接受洗礼，但长相英俊，为人豪爽。他甚至怀有一种奇怪的、几乎难以实现的愿望，去结识一下曼弗莱迪本人，也许还有幸能替君王的御马打造马蹄铁。

约瑟夫·桑沙还活着吗？他仍然死皮赖脸地纠缠自己的妻子吗？她抵抗得了这个无赖吗？妻子孤孤单单的，还带着襁褓中的小孩，她该怎么生活下去呢？弗朗兹每次想到这儿，都竭力克制自己的情绪，不让热泪夺眶而出。他现在唯一能做的，是祈望上帝庇护他的亲人，唯有上帝是穷人和受苦受难人的朋友。

第二章 薇奥拉

整整两天，薇奥拉完全是一副失魂落魄的样子，她生怕弗朗兹被恶棍们逮住了，把他送上绞刑架，他的尸体在绞刑架上随风飘荡。她抱着孩子到林子里去，一心想打听所有这方面的消息。约瑟夫·桑沙很幸运地死里逃生，他的伤口流了许多血，幸亏薇奥拉把村子里通晓外科医术的理发师请来，伤口缝了几针很快就痊愈了。有一阵子，约瑟夫全然惊慌失措了，他躺在床上，晕晕乎乎的。当他能够正常地梳理自己的思绪的时候，便询问薇奥拉，她的丈夫如今在哪里。

“他害怕杀死了您，所以骑上您的马逃走了。”

“噢，我不会怪他的。”

“您把我们的家弄惨了。”

约瑟夫默默不语。他仔细地察看自己的伤口，理发师给他治疗时不得不剃去一大片头发，所以伤口很是引人注目。他自言自语地嘀咕了几句，弄来他的同伴的衣服换上，又牵出弗朗兹的马匹，随即消失得无影无踪。他上哪儿去了？谁也不清楚，但可以肯定的是，他没有去波德诺内的总督府，因为他已经得到确切的消息，父亲为他惹下的事端大发雷霆，正派人寻找他。有人说，他现今藏身在某个旅店里；也有人说，他投奔了某个朋友，甚至有人说，他已经进了修道院。

不过，薇奥拉只是后来才相信这样的传说的，她收到了一个装着威尼斯金币的小钱包，一件密封的羊皮纸信函，其中写道：

区区薄礼难以帮助您的丈夫回到您的身边，但它们是向一位尊贵的夫人表示歉意的具体行动，她有一切理由憎恨我的家庭。

波德诺内总督　内波莫切诺·桑沙

薇奥拉吃了一惊。她觉得，她的眼睛红肿了，她的心里乱糟糟的，失去了方寸。如果总督大人以如此的方式表示他的态度，那么，弗朗兹也许还能重返家园？可是，怎么告诉他呢？他如今在哪儿呢？怎么让他知道这好消息呢？他一定是逃到很远很远的地方去了，她现在没有别的法子可想，唯有静等他的消息……约瑟夫也带信过来，请薇奥拉不要向外透露她受到的侮辱。最好既不在村子里，也不向亲朋好友谈及发生的一切，因为这些传说很快会传播出去，甚至传到波希米亚和王宫……

要对这些事情严守秘密，确实是不可能的。薇奥拉应当把这些事情一五一十地讲出来，因为只有真实才是她的盟友，只有真实才能向她伸出援助的手。可是，她却沉默着，好像有某种神秘的宽容大度在阻止她这么行事。她现在不缺少金钱，而且已多少能够凑合着过日子。然而，事情渐渐地传开了，甚至细枝末节都被渲染了。有人看到约瑟夫和他的同伴上薇奥拉家去，在那儿待了好多天。另外一些人则发现约瑟夫受了伤，而且不愿意返回父亲的行宫。这种种现象，加上弗朗兹的出逃，就在那些揣测这件事的人的眼前勾画出了一幅完整的图画。那些在树林里用木棒教训了这两个纨绔子弟的农民，逢人便描述他们的所见所闻，还用丰富的想象力来填补他们信息的空白。

事情非常清楚，和其他许多女人一样。薇奥拉是个遭到欺凌的女子，不少曾蒙受羞辱的丈夫们都用异常激烈、愤慨的言辞抨击那些调戏妇女的波希米亚人，还把那些丑陋的事情向毫不知情的人们统统抖搂出来。

弗朗兹·马特乌斯的弟弟劝薇奥拉搬家，跟他们一道生活。一个年轻女人不能单身过日子，因为周围游荡的魔鬼实在太多了。她马上明白，接受这一邀请是必然的选择，虽然她很不情愿放弃自己的独立地位。最初几个星期，弟媳妇显得很是客气、殷勤，但后来却把她当做一个穷亲戚，一个闯进门来的异乡客，便把各种最难做的重活都派给了她。弟媳妇对薇奥拉多少流露出居高临下的傲态，仿佛是要提个醒儿，她有个能干的、跟她相伴的丈夫，而薇奥拉却让丈夫出逃了，虽然这不是她的过错。

人们通常会依据客观形势来判断各种事情，但到头来却总是推卸自己的责任。弟媳妇似乎并没有虐待薇奥拉，没有把她当灰姑娘对待，而只是因为她是个不速之客，她应当完全满足于她现在获得的一切。于是，薇奥拉理所当然地要洗刷沾满玉米粥的铜锅，用草灰洗衣服，准备猪食。

薇奥拉正值青春年华，身体健壮，她倒不怕做这些活儿，也并不因此而觉得过分受委屈，很快她便应付自如，还能抽出空闲时间来由自己支配。跟弟媳妇的习惯不同，她喜欢洗澡，常常去一处隐蔽的地段，周围是高高的植物和茂密的灌木，河水流到这儿形成一泓水潭。小鄂多立克已经学会走路，捕捉附近的绿蚱蜢和蟋蟀成了他的一大乐趣。他采来几朵白色或黄色的大雏菊，献给妈妈，薇奥拉露出欣慰的笑容接受下来。

“花儿……花儿。”小鄂多立克说道。

“是的，花儿。这叫Margherita[①]”

“Maghita”小鄂多立克机灵地应答。

薇奥拉把雏菊插进头发里，俯下身子，对着如镜子般清澈平静的河水，端详着自己的头饰。但她马上想到，这样的动作全然是多余的，因为稍过一会儿回家去，她就要摘下花儿，不能让任何人瞧见。这不是一个很好的兆头。她已经是个失去丈夫的女人，何必还要花费时间去打扮呢？过于关注自己的形象也许是件危险的事情，因为别的男人可能乘虚而入，向她放肆地进攻，而现在弗朗兹再也不能来保护她了。弗朗兹出逃已经两年多了，至今下落不明，杳无音讯。她也没有法子让弗朗兹知道自己的情况。

不错，确实有人注意到了薇奥拉的孤独，心中陡起歹念，试图用这种法子或那种法子来打她的主意。其中，就有驻扎这一地区的士兵们。

有的士兵竟然来到维拉诺瓦，进住旅店，玩起骰子来，或者从窗口窥视单身女人和姑娘。他们发现，薇奥拉身边有个小孩，但从来没有丈夫。于是，不止一个士兵走到她跟前，壮起胆子跟她套近乎。薇奥拉不理睬他们，只顾加快步子，朝马特乌斯的大石屋走去；很久以来，当地人都习惯把马特乌斯叫做马蒂乌斯。

唉，我的上帝，为什么我的丈夫还不返回家园呢？风波已经完全平息，再也没有人对弗朗兹作哪怕一丁点的指责。总督不仅没有把他列入搜捕的名单，反而责怪自己的儿子负有责任。而弗朗兹对这一切压根儿不知道，也没有法子知道。人们开始淡忘了他。每当听说有什么商人从帕多瓦或Treviso来到这儿，薇奥拉都感到心里一阵激动，仿佛那人会带来关于丈夫的消息似的，或者那人很可能在某个旅店或者某个驿站遇见她的丈夫……

随着时间的推移，弗朗兹出逃带来的伤痛愈来愈缓和了。不过，她的孤独依然挥之不去。她觉得，她的家庭只是一片荒漠，只是一座陷落的拱桥，一间墙壁倒塌或者屋顶被掀翻的房屋，她是一个没有明天的女人，唯有鄂多立克的存在和温情才暖和着她的心。孩子渐渐长大了，如今常常在院子里和通向林子的小路上嬉耍。他很快便对周围的事物、地方和人产生了亲密的感情。不过，他尤其喜欢各式各样的动物，狗、猫、鹅、鸭、鸡。他情不自禁地给它们都起个名字。他有自己的名字，他的妈妈有自己的名字，叔叔、婶婶和所有的人，甚至牛棚里的奶牛和马厩里的马儿，都有自己的名字，为什么不能给鹅和鸭起个名字呢？

鄂多立克果真这么做了。看得出来，牲畜们很明白他的意思，因为只要一听到他的呼唤，它们立马就会转过身子来，神情专注地望着他。他一点儿也不害怕牲畜。他在马儿或驴儿的大腿之间钻来钻去，就像待在他跟叔叔的屋子隔开来的房间里一样随

① 意为雏菊。鄂多立克年纪幼小，刚开始学说话，故把margherita说成maghita。

意自如。即使他对牲畜表现出少许的粗暴，不经意地揪它们的尾巴或者耳朵，它们绝对不会对它进行任何报复。他和妈妈赶着由毛驴拉的车子朝小河走去，车上装满了需要洗涤的衣服。毛驴好像铁了心要自行其是似的，薇奥拉很难驾驭它。可鄂多立克有法子让它立马就乖乖地听他的话。他要费很大的劲儿才够得上缰绳，可他的银铃般的声音对牲畜会立刻产生决定性的作用。只要鄂多立克用他从叔叔那儿学来的几个字眼，一声令下，牲畜就会温顺地听命于他。“Siruk！”鄂多立克说道，毛驴马上往后倒退。“Alt！”毛驴立刻像一座木头雕像似的稳稳站住。

潺潺的河水形成了一泓水泉，周围草木葱葱，翠绿一片。薇奥拉在水泉边停下来，把衣服浸泡在泉水中，用木棒捶打，搓洗，拧干，然后再搓洗一遍。当年马蒂乌斯在这儿搭了个专门洗衣服的木头平台，微微向水面倾斜，两根木桩恰到好处地支撑着平台。小河是梅杜那河的一条支流，从山上流泻下来，随即在地下消失，留下充斥着灰白色卵石的宽阔河床，在阳光下熠熠闪烁。波德诺内的土地，如同弗留利的土地一样，是那样的干旱，火辣辣的渴望饮水，以至把刚刚从山上流泻下来的河水喝得个干干净净，然后再在水源丰富的山谷地带把它吐出来。

正是在维拉诺瓦，河水又重新冒出水面，慷慨地奉献给所有的人，满足人们所有的需要。郁郁葱葱的树木和灌木丛形成的帷帐和屏幕，罩住了多半的水面。在马蒂乌斯家的水泉周围，绿色屏帐显得更加稠密。薇奥拉的劳作，鄂多立克的奔跑和玩耍，都被繁茂的树叶遮挡住了。薇奥拉不时地瞧上鄂多立克一眼，仿佛是对他说：“我们在这儿生活得很好，不是吗？”鄂多立克的脸上常常露出微笑，他把一只巴掌伸到嘴巴面前，仿佛是回答说：“是的！这样很好！我和妈妈在一起。”

这是仅仅属于他们两个人的地方。从来没有一个人光临过这儿。四周静悄悄的，只有流水的潺潺声、树叶的沙沙声、昆虫跳跃和飞舞的嗡嗡声，组成了一种奇妙的声响。这是静静的流动的生活体验到某种满足而发出的恬淡的、文静的声响。薇奥拉几乎忘记了，弗朗兹出逃至今已经整整四个年头。她干完活以后，在草地上坐下，凝视着四周的景色，仿佛也忘记了自己。桤木、柳树、杨树和灯心草都朝河水俯下身子，好像是鲜活的河水哺育了它们的生命似的，它们也向河水表示深深的敬意。间或有一只青蛙从草丛中或者水泉中跳将出来，发出一阵阵呱呱的鸣叫，呼唤着雨水。鄂多立克扑上前去，想要逮住青蛙，随后又出神地注视着别的什么东西，仿佛被一种其他人听不见的声音迷住了。

灰土的大路离这儿很远，难得有行人走过的小路离这儿也很远。无论是母亲，还是孩子，似乎都没有觉察时间的流逝。突然间，他们发现，隐蔽到翠绿的树林和小村子房屋后面的太阳，已经沉没了，月亮已经在西边出现，正冉冉地升起。

“鄂多立克，该回家了。”薇奥拉说道。

“很晚了吗？”

“你没瞧见？天都黑了。等我们吃晚饭呢。”

“我肚子饿了。”

“那就再忍一会儿。把东西装上车。”

每当薇奥拉和鄂多立克跟其他人在一起的时候，总觉得有点困窘、失落，被一种过于自卑的情结所折磨。而母子俩一旦单独相处，就会产生一种特殊的默契，别人无法理解和怀疑。通常，这种情形最容易发生的地方，就是那一泓水泉和洗衣服的木头平台。于是，大凡洗衣服的日子，就不再是阴暗、沉重的时光，而是充溢着快活、欢欣和自得其乐。每次来到水泉边，鄂多立克都喜欢提出各种奇奇怪怪的问题，薇奥拉却总是回答不出来。

“河水怎么会有颜色？”

“清洁的河水是没有颜色的。”

“可这里的河水绿绿的、蓝蓝的。”

“这是树叶和天空反射的缘故。河水染上了蓝天和绿树的颜色。”

“那颜色是什么东西呢？”

“我不晓得。它就是你瞧见的样子。”

“敢情是谁制造了颜色呢？”

“天上的上帝。”

“上帝又用什么东西制造了颜色呢？”

“我也不晓得。如果我们都明白了这些秘密，我们也就和上帝一样了。”

有的时候，薇奥拉让鄂多立克帮她把小件衣服、枕套或者床单绞干。他模仿母亲干活的姿势，使出浑身力气，伸直胳膊，绞动衣服。如果微风吹来，床单像风帆一样鼓荡起来，鄂多立克高兴得躺在草地上打滚。他忘情地笑着，站起身来，接着把活干完，把衣服折叠好，装上车子。开始向远处眺望，全神贯注地注视波德诺内的条纹状的山峦，又开始向母亲提出各种怪怪的问题。

“山那边有什么东西呢？”

“我说不清楚。也许是别的山……”

“那山的后面呢？”

“别的林子。”

“什么林子？”

“一个叫特拉蒙蒂，另一个叫梅杜诺，然后是波法勃罗和弗里桑科。”

“怎么没有大海呢？”

“大海不在那一边。”

“那在哪一边？”

“在另外的地方。在威尼斯那边。”

“大海是什么样子呢？”

“一望无边的海水，很深很深。”

“你见到过大海吗？”

没有，薇奥拉从来不曾见到过大海。兴许弗朗兹见过，谁知道呢。兴许，弗朗兹骑着总督儿子的马曾来到海边，在那儿稍作逗留。可如今他在哪儿呢？除了弗朗兹本人，谁也不清楚；而弗朗兹再也没有回来，也没有托人捎来任何关于他的信息。这是一个迹象，说明他至今还无法在某个地方扎下根来，也无法靠自己的劳动积蓄一点儿钱。天晓得真实的情形是怎样的呢？薇奥拉实在没有法子设想他未来的命运将会怎样。从弗朗兹轰动一时的出逃到今天，许多年过去了，维拉诺瓦所有的人一想起他，或者谈起他，都称他是“可怜的弗朗兹”，言下之意是他早已不在人世了。

村子里突然来了一名外乡人，他表示要在这儿定居，谁也说不清楚这是什么缘故。他下榻在波德诺内的帕拉塔旅店，并向人打听在维拉诺瓦定居的可能性。这个不速之客是何许人也？是什么事情竟然驱使他要来马蒂乌斯的居住地落户？他身材高大，虽然不是个老人，但头发和胡须都花白了。他的脸颊和右臂上有两处伤疤清晰可见。他的名字叫斯特凡·胡赛克。众人马上明白了，他是波希米亚人，因为如今人们已经能够分辨出这个遥远王国的人们的姓名和话语。不过，如果他是波希米亚人，那为什么没有在这里的波希米亚卫队里当过兵呢？而且，更加奇怪的是，据说他不是直接从波希米亚来，而是来自那波利王国。

他自称吉伯林党人，维拉诺瓦的平民百姓都愣住了。在他们看来，吉伯林党人统统都是上帝的敌人，基督的敌人，圣母的敌人。因此，当人们瞧见他不止一个星期天出现在教堂里，和其他人一样用心地听神甫布道，做弥撒时，就愈发惊奇不已了。维拉诺瓦居民七嘴八舌地议论纷纷。莫非斯特凡·胡赛克是个特殊的吉伯林党人？人们好不容易获得并且相互传播另外一些有关他的信息。他是为保卫曼弗莱迪，反抗教会和教皇克雷芒支持的法国人卡尔洛·达乔而战斗到最后一刻的战士。曼弗莱迪在贝内文托战役中，被归尔弗党击败。贝内文托战役呢？那场战役是什么时候发生的？五年以前。

“这是上帝的意志，上帝借助这场战争显示他至高无上的力量。”神甫说道。

“曼弗莱迪后来怎么了？”薇奥拉问道。

“在战斗中阵亡了。”

“曼弗莱迪去世了？这么大的事情这村子里的人竟然一无所知。”

“怎么会一无所知？我当时就向大家谈到过贝内文托战役……”

薇奥拉努力克制自己。是的，她觉得事情或许真的是这样。几年以前，神甫曾谈到过贝内文托战役和吉伯林党的失败，但听众当中谁也没有把那儿发生的一切战争跟曼弗莱迪之死联系起来。受到弗朗兹的影响，薇奥拉对曼弗莱迪也怀有敬意，这是一位声誉卓然的骑士，宫廷里高贵的女士们都对他倾慕不已……

薇奥拉也悄悄地对这位波希米亚人发生了兴趣，虽然她自己还没有意识到这一点。不过，那人并不想再当兵，他的脑子里另有一番打算。薇奥拉不止一次地瞧见了他，在教堂里，在街上，甚至在马蒂乌斯家附近，他上这儿来好像是要寻找什么东西或者什么人似的。可是，准确地说，他究竟要寻找什么呢？

“他要找你。”弟媳妇说道。

“这是怎么回事？”

“事情很简单。他想跟你谈谈。”

“可是谁也不晓得他是怎样的人……”

“我亲爱的，这是人家对我这么说的。”

薇奥拉的好奇心愈发强烈起来，就像刚出炉的面包散发出来的新鲜气味那样诱人。于是她带上鄂多立克，来到那神秘的波希米亚人下榻的旅店。原来他可不是一个普普通通的士兵，而是一名鄂图卡[①]的士兵，而鄂图卡刚被哈布斯堡的鲁道尔夫击败，所以，如今德国士兵开进了维拉诺瓦，安营扎寨，而波希米亚人统统撤走了。斯特凡久久地打量着薇奥拉和孩子，仿佛他早已听人谈起过他们似的。他询问旅店主人，可有什么合适的东西招待他的客人。旅店主人想了片刻，从橱柜里取出了剩余的一些粟子。斯特凡略显吃力地讲着托斯卡纳方言，但掺杂着那波利、威尼斯方言和法语的口音；可他还是让别人几乎能完全听懂他的话。他对薇奥拉说，知道她在维拉诺瓦有座空闲的房子，还有一间钉马掌的作坊，他相中了它们，愿意按照她开的价钱买下来，因为他打算住进去，开始做木工活儿；他的父亲曾经是个出色的木匠，他从小就学会了这门手艺。

薇奥拉轻声地回答说，她的心情很悲伤，那所房子无论如何是不会出售的，这是她丈夫弗朗兹·马特乌斯的房产。他因为发生了不幸的事件而离家出走，但他很快就会回来的，一家人就将重新团聚。

“那……那如果他不会回来呢？”

“他一定会回来的。”

“生活中的事情千变万化。”

“这是对的。即使那样，房子也将属于作为监护人的他的兄弟所有，成为马蒂乌斯的财产。”

“我觉得不应当这样。您的儿子鄂多立克享有继承权。”

---

① 鄂图卡为捷克国王（1253—1278年）的封号，他在同哈布斯堡家族的鲁道尔夫竞选神圣罗马帝国皇帝的斗争中失败。鲁道尔夫又利用捷克贵族对国王的不满，举兵反对鄂图卡。1278年8月在一次战役中，鄂图卡战败被杀，所兼并的领土划归哈布斯堡家族。

薇奥拉对这样的事情不甚了然。她许诺去找波德诺内的一位公证人请教，于是准备起身告辞。但对于波希米亚人来说，谈话并没有结束。他补充说，不管出现什么情况，其实还有另外一种可能解决的办法。房子租借给他，由他支付一定数额的租金。他打算每年支付三十枚威尼斯金币。三十枚金币？这可是一笔很可观的数目，它表明这位如今已永远离开军队的波希米亚中尉，已经下定决心不改变自己的计划。薇奥拉因他的生活遭遇和眼下的举动而对他萌生了某种好感。

她跟小叔子家仔仔细细地商量了这件事。房子闲置在那儿，犹如任凭鸟儿栖息的打谷场；如今能够重新派上用场，住进人去，所有的人都很高兴。于是，波希米亚军官搬进了薇奥拉的老宅，用金币预付了整整一年的房租。

薇奥拉常常上老家去，站在那儿打量斯特凡鼓捣的新鲜玩意儿。他让小河改了道，从钉马掌的作坊前面流过，但让河水形成落差，从两米高的地方流泻下来。河水有力地冲击着用横木伸展出去的大铁轮，几件精巧的器械又把大铁轮的圆形运动转变为垂直运动，驱动两把锋利的锯子一上一下利索地锯着树干。而连接在滑轮架上的皮带则在大秤锤的牵引下，把树干不断地输送到锯子下面，树干于是被锯成一块块木板。构思如此奇妙的机械装置，那儿的人还从来不曾见识过。

斯特凡·胡赛克很快成为众人七嘴八舌谈论的对象，虽然他本人不是一个喜欢说长道短的人。他还在马尼亚哥镇安装了自己发明的锯床，那儿的作坊都是采用在托莱多城打造的锯子。

每天都有几十个人，男人、小孩甚至有的家庭妇女，跑来观看那些核桃树、山毛榉、枫树、落叶松和云杉的树干，在河水的冲击下，怎样奇妙而几乎自动地锯成木板。波希米亚中尉只在一旁悠闲地监视着，把树干放置在传送带上，或快或慢地控制着皮带传送的速度。此人的脑瓜子聪明透顶，因为他不停地鼓捣出别的发明，来丰富作坊的机械设备。这些玩意儿其实挺简单，没有什么奥秘，可是，在此之前，那儿的人连想都未想到过。

这个地区的木匠纷纷骑着马，赶着大车，送来需要加工的树木。波希米亚人开动他的奇妙的机械装置，把来料一一加工，只收取微薄的报酬。斯特凡成了维拉诺瓦和周边地区的新闻人物。不过，他怎么是个光棍呢？没有一个当地的妇女跟他接近……薇奥拉，或者说这所房子的女主人，是唯一时常跟他聊聊的女人。在休息的时刻，他们坐在门外的木凳上，在所有路过的行人的注视下，长时间地交谈着。

自从波希米亚人向她谈到自己曾经参加过贝内文托战役，薇奥拉心中一直充满着好奇。

“您认识曼弗莱迪国王吗？”

“我常常见到他，夫人。打鄂图卡从我心目中消失以后，我对曼弗莱迪国王忠心耿耿。但相关的事情很复杂，以后有机会我会告诉您的。”

“您瞧见他……瞧见他死的情形了吗？”

“当然，他的胸部和额头受了致命伤。他是个战死沙场的最英勇无畏的骑士。”

他向薇奥拉叙述，作为法国军队的俘虏，他亲身经历了后来发生的一切。曼弗莱迪被从尸体堆里寻找出来，由他手下的士兵，其中就有斯特凡护送着，走过长长的一段路程，来到离战场不很远的里利河畔的一座桥边。士兵们一一从阵亡的国王面前走过，每一个士兵都把一块石子放在他的遗体上。队伍走了好几个小时，于是形成了一个巨大的石头塔，一座极其简单，却又异常庄严和具有王家气派的纪念碑。

不过，几天以后，有消息说，曼弗莱迪的遗体不能留在那儿。这是贝内文托大主教和教皇克雷芒阴险的主意。被逐出教门的曼弗莱迪，不得安葬在圣地，而整个那波利王国也被教会视为自己的领土，禁止保留一个国王的尸骨。于是，曼弗莱迪的遗体重新被挖出来，赤裸裸地扔弃在王国疆土之外的草地上，任凭野狼、乌鸦、狐狸啄食。

第三章　斯特凡

斯特凡后来被昂儒[①]的士兵俘虏，关押在弗朗吉潘奈城堡，直到他的波希米亚的亲戚花钱把他赎了出来。他的牢狱生活持续了五年多。曼弗莱迪的侄子科拉迪尼随后也被关进了城堡。铁窗生活改变了斯特凡，他暗暗地下定决心，从此不再介入任何政治冲突，无论跟归尔弗党还是吉伯林党都划清界限，今生今世只求平平安安地专心劳作。

“您为什么不回到自己的国家去呢？”薇奥拉问他。

“国王非常不喜欢我们胡赛克家族。在他眼里，我们都不过是令他厌恶的吉伯林党人，所以他强占了我们在特雷钦的小城堡，整个家族的人东奔西跑，流落在欧洲各地。”

“那您怎么偏偏选择这个地方，来到维拉诺瓦？”

“因为我从前听人家谈到过它。”

“您这么说真让我吃惊，让我直哆嗦……谁对您谈到过维拉诺瓦？”

“曼弗莱迪手下的一名士兵。”

“他是这儿的人吗？”

“没错。真是这样。一个波希米亚人。”

“他叫什么名字？”

“不必说了，您已经知道他了。”

薇奥拉直觉得一阵颤抖震动全身。我的上帝，这么说来，弗朗兹竟然逃到了那波利王国，直至贝内文托，而且投奔了曼弗莱迪国王的军队！他……他果真在贝内文托战役中牺牲了？不幸得很，事情果真是这样。斯特凡亲眼目睹了弗朗兹的死亡，并听

① 昂儒家族为法国王室成员，13—14世纪统治意大利南方。昂儒查理在贝内文托战役中击败曼弗莱迪后，加冕西西里王。

到了他的临终遗言。

“我再也不能返回老家了，可你还有生还的希望。那你就去波德诺内，去维拉诺瓦吧，把我的不幸的消息告诉我的妻子和我的儿子。但愿上帝赐福于你……”

薇奥拉禁不住放声大哭。不过，很久以前她似乎就有预感，弗朗兹早已不在人世间。他是那么遥远，以至他的血肉之躯已经化作一朵浮云，轻轻地飘逝而去。整整五年前，她就成了寡妇，她的儿子成了孤儿……

她此前并不确切知道弗朗兹的结局，但她内心深处却怀有一种朦胧的疑虑，如今怀疑不幸成为现实。人的感情、预感和前兆总是神秘莫测的，它们当中的一种感觉悄悄地进入了她的内心世界，只是经过了非常漫长的时日，酝酿已久的情感终于喷涌出来，化为真切的事实。弗朗兹死了，他去从事并不属于他的职业，但他把这个职业看作自己的义务，重新焕发出自己的激情，他为那并不属于他的事业作出了牺牲。天晓得他的遗体如今安葬在什么地方！天晓得他的尸骨是被扔到堆满死人的大坑里，还是至今仍然被抛在乡村的某个角落……

薇奥拉向斯特凡告辞。他低垂了脑袋。当薇奥拉重新回到马蒂乌斯家里的时候，众人瞧见她穿上了丧服，便问她发生了什么事儿。她一五一十作了回答。

“他可向你提供了什么证明？”众人问道。

“没有。为什么需要证明呢？”

“这世界上到处都是阴险的小人，时时处处都得留点神儿。”

“那我该怎么办呢？”

“这事儿交给我吧。”马蒂乌斯说道。他是公认的精通世故的人。

马蒂乌斯不再说什么，走出家门，去请教维拉诺瓦的教区长了。教区长告诉他，可以设法同贝内文托的大主教取得联系。需要获得确凿的证据，因为弗朗兹若是果真死了，那么一些非常重要的事情就会发生重大变化。薇奥拉成了寡妇，而且又很招人喜欢，自然就得考虑一下这个家庭的前途。但是，需要耐着性子等待。眼下萨基塔里亚大主教正出发去罗马，虽然罗马到贝内文托的距离并非遥远得很。

在马蒂乌斯家人焦急期待的眼神下，教区长把与此事相关所有可能的线索都写了下来。可最急于使事情水落石出的人还是斯特凡，他对真实情况知道得一清二楚，真相大白对他有利，能使他暗藏心头的秘密计划得以实现。他这个隐秘在见到薇奥拉的那一瞬间就形成了。薇奥拉却蒙在鼓里，丝毫没有觉察。她穿上黑色的丧服，把自己所有的衣服统统染成了黑色。弟媳妇认为，这样已没有什么意义，毕竟，她成为寡妇已经五年了……薇奥拉耸了耸肩膀，依然按照自己的想法行事。她不时地回到自己的老住处，这个老家重新强烈地吸引着她。鄂多立克迷上了斯特凡发明的机械装置，他的目光追随着斯特凡，斯特凡走到哪里，他的目光就跟到哪里。要么，他从笑嘻嘻的斯特凡手里接过赠送给他的一些木制玩具，这都是斯特凡用自己铺子里的工具亲手制作出来的玩具。

这些事情薇奥拉都看在眼里。她暗自思忖，鄂多立克需要父亲，她也需要丈夫。如果斯特凡向她求婚，她会马上答应。三个月的时间刚过去，教区长带着人们期待的证件回来了。可以肯定，那个参加贝内文托战役名叫约瑟夫·桑沙的年轻人，腰间挨了致命的一枪，伤势使他高烧不退，在生命最后弥留之际，他向听忏悔的神父吐露了真情。原来，他的真实姓名叫弗朗兹·马特乌斯，是波德诺内的维拉诺瓦人。他被合法地埋葬在教区的领地。一名曾经向他学习过钉马掌技术的店铺伙计，为他在木制的十字架上，用炽热的铁水刻上他真假的两个名字。

薇奥拉的身边，发生了她从未料到的一场竞争。斯特凡·胡赛克同马蒂乌斯家族中尚未娶妻、年纪最小的年轻人卓波拉磨坊主，他们几乎在同一时期向她求婚。对此，她感到幸运，但也有点担忧。其实，她心中早就选好了意中人斯特凡。马蒂乌斯族人决定，借助讼师和法庭的力量，将死者的财产收归为家族所有。此时，有人没有事先听取薇奥拉的意愿，却从远处暗中关照并干预此事。毋庸置疑，那个人就是内波莫切诺·桑沙，那位已经同儿子言和的波德诺内总督大人。现在，他儿子在波希米亚军队中服役，已经改邪归正。

同斯特凡生活在一起，薇奥拉感到安全。对这一点，她早就没有任何疑问。斯特凡讲述的一切，完全都是实实在在的真实情况，这说明他是一位言必可信的男人。在薇奥拉看来，斯特凡是来向她宣告弗朗兹死讯，与此同时取而代之的人。这是上帝决定两个男人命运所作出的安排。就这样，在维拉诺瓦的小教堂，举行了薇奥拉的第二次婚礼。全镇居民尊重薇奥拉的选择，对她寡居时所经受的痛苦表示敬意。多年后，薇奥拉才有了得以解脱的出路。他们默默祝福薇奥拉，认为这是一件结局完美的好事。

斯特凡从他失散的亲戚们那里，收到一些贺函和礼物。亲戚们由于国王的遇难而没落，他们失去了坐落在塔特腊山的城堡。但是，作为补偿，他们得到了有钱可赚的职业。薇奥拉兴高采烈地再次踏入她曾经生活过的老家，重新拥有原本就属于她的一切。她承担起似乎比以往更为得心应手的女主人角色，操持家务。

那么，鄂多立克呢？他感到幸福，因为在他身边，终于有了一位既可以作为他的榜样，又能够关照他的男子汉。父亲的形象是极其重要的，但在他的脑海中，却从未有过父亲的印象。他在许多事情的表现上，同斯特凡相似。他学说斯特凡的话，结果，他的地方话中也夹杂着外乡人的口音。当斯特凡正在干活的时候，他不会去打扰他。可一旦瞧见斯特凡空闲下来，手中没有紧握工具的时候，就欢天喜地地跑到他跟前，同他说起话来。斯特凡当然也是这样。鄂多立克同他的母亲一样，肚子里积累了一大堆稀奇古怪的问题。

“斯特凡，所有的人肯定都将会死去吗？”

“正是这样的。”

“那么，我也将会死去吗？”

“对我们这些活在世上的人来说，现在只考虑活着的事情，而不是死了的事情。”

“难道没有人可以死而复活吗？”

“只有耶稣可以，还有就是耶稣允许复活的那些人。”

“那就是说，贝比·姆利纳尔也不能够不死吗？”

“我相信他也是不能不死的。”

贝比·姆利纳尔是附近村子里的一位老人，以在磨坊干活为生。他由于惨遭一场大火，失去了一条腿、一只胳膊、一部分头皮和一只眼睛。这个可怜老人的样子看起来怪吓人的。说他是人，倒不如说他更像一个魔鬼。兴许，这就是大自然赋予我们众多奇形怪状造物的原因吧。姆利纳尔并不因为身残而躲藏起来。恰恰相反，他以出没人群、吓唬别人为乐。也许，这能够抚慰他那因为伤残而备受煎熬痛苦的心灵。他的头发和胡须呈灰色，像铁丝一般粗硬。孩子们一旦打远处望见他的身影，立即四处逃窜，躲进家里。

人们悄悄说道，姆利纳尔是从炼狱里回来的人，目的是让别人瞧见他望而生畏，胆战心惊。人们说，也许，姆利纳尔是同幽灵、鬼魂、魔鬼厮守在一起的下人，他们不只是让他畸形残废后复活。真实的情况是，火灾发生的时候，魔鬼们让他死过去好几分钟，然后，他的心脏开始杂乱无章地跳动起来。谁也无法确切地知道，他是怎么又活了过来的。当时，一根粗壮、熊熊燃烧的大树将他击倒，几乎砸烂他整个左半部身体。人们说，姆利纳尔能够活了过来真是个奇迹，这是活脱脱的一个上帝创造的奇迹，兴许也是魔鬼创造的奇迹……

鄂多立克像所有的孩子一样，惧怕姆利纳尔，与此同时，又被他吸引。姆利纳尔的形象使孩子们，也使鄂多立克想到阴间九泉之地。正是对阴间的遐想使鄂多立克的孩童精神激动万分。每当他们看到大街上那些满脸皱纹，没有牙齿的瘪嘴老人拄着拐杖，步履艰难行进的时候，印入鄂多立克脑海中第一个念头就是，这些耄耋老者很快就要到另一个世界去了。死亡会让老人们感到出乎意料地骤然降临，也许，他们正是因为这个原因而死去。人们在防备死亡的同时，逐渐衰老，逐渐丧失行动的灵活性和敏捷性。他们看到死亡朝自己一步步地逼近。死亡发出回声，回荡于老人们的拐杖敲打在石铺路面上的声响中，回荡在他们那佝偻身躯被阳光折射到地面的黑影中，回荡在他们那目光呆滞、雾濛不清的视线中……

鄂多立克从孩子们和大人那儿听说，邪恶的力量尤其会在漆黑黑的夜晚倍加肆无忌惮地横行霸道。他对这种说法深信不疑。因此，每当夜幕降临的时候，他就赶紧回到家里，点燃蜡烛和油灯，同时把炉膛中的炭火生得火旺通红。经常是薇奥拉发现后，跑过去将火熄灭，因为蜡烛的价格昂贵得很。

“我要看书。”鄂多立克说道。

“你应该在白天看书，上帝赋予的光芒是不要钱的。”

“那么天黑了怎么办呢？”

“吃晚饭，然后就上床睡觉。”

“那如果我不困呢？”

“那是你自以为不困，实际上，你一会儿就睡着了。”

“今儿晚上我不睡觉。”

“咱们走着瞧吧。”

鄂多立克在马蒂乌斯叔叔家里学会了读书和写字。叔叔曾经跟着祖父学习，那时候，祖父是皮尔逊大主教的管家和侍从。这些事情促使鄂多立克热衷于学习。他的想象力丰富，犹如一匹不断奋蹄疾驰的野马。因此，他的学习与同龄孩子们相比，总是名列前茅，位居榜首。他所面临的一个重大问题就是如何为自己找到更多的书籍。在这个地方，唯一拥有一定数量书籍的人，就是维拉诺瓦的教区长，他的大部分藏书来自曾是公证人的叔父，由于叔父没有直系亲属，死后便由教区长继承了他的遗产。教区长崇尚知识，他把一生中的业余时间都用来抄写古典的和现代的书籍。鄂多立克可以读那些书籍吗？当然可以。只是他必须来到教区长的家里，因为教区长把书籍视为像人的眼睛一样弥足珍贵，无可比拟。所以，他家中的书籍是不可以被人借出去的。

就这样，鄂多立克开始博览这些独特的书籍。其中有一本专门写动物的书，书中有众所周知的动物，也有从来没有见过的动物，它们生活在非洲和亚洲的土地上。还有的动物是不存在的，但却是人们想象出来的动物。譬如，独角兽、狮头羊身蛇尾的怪物、狮身人面女妖、半鹰半马的怪兽、鸟身女怪……这些动物中的每一类，都被描写得活灵活现，仿佛动物故事的作者真的见过它们似的。鄂多立克毫不怀疑，在地球上的某个地方可以找到这类动物……譬如狮身人面女妖就是真实存在的怪物，古代有人在埃及大沙漠的高大金字塔附近建造了巨大的狮身人面女妖的塑像。还有鸟身女人脸的怪物也是存在的。它们分布在地球的各个角落，也分布在鄂多立克所在村镇周围的树林里，分布在他生父打过猎的林子里，还分布在生父蒙受枷刑污辱的地方。有很多次，鄂多立克抬头仰望天空，发现有红隼鸟、普通鵟、鹫鸟和老鹰。谁也无法阻止他对鸟身女妖或对半鹰半鸟怪兽的想象力。斯特凡被他问及此类问题时，斩钉截铁地摇头否定。不，不会有，不会有半鹰半马的怪兽。即便是有，也只是在里菲依山的另一边，在帕·契梅里耶沼泽地的那边，在北半球荒芜偏僻、消息不灵通的地方。也许在蒙古帝国所拥有的土地上有你说的这些怪兽。

“你去过那些地方吗？”

“我没有去过。”

“你只是去过那波利王国吗？”

“不光是去过那波利王国，还有卡林齐亚、斯梯里亚、特朗西勒瓦尼亚，以及许多说德语的国家。我知道一个人，他见过蒙古士兵，同他们打过仗……”

“真的吗？那他是谁呀？”

“他是我的父亲尼科拉乌斯·胡赛克。他在德国菲德里科二世的军队里当兵，在德国列尼兹战役中同蒙古人打过仗。在那里，窝阔台的蒙古人被德国国王打败。打那时候起，蒙古人不再企图进军欧洲。”

那个时候，当蒙古军队挥师来到欧洲心脏的时候，他们被人们称之为金色的游牧民族。金色的吗？为什么是金色的呢？谁知道呀？也许因为蒙古人的肤色呈黄色的缘故，或者是因为他们浑身佩戴许多金色饰物的缘故。亚洲和蒙古矿山中拥有的金子就像德国矿山中的铁和煤那么丰富……

那么，游牧民族呢？游牧民族是什么意思呢？斯特凡对此也知道得一清二楚。游牧民族出自“乌尔都”一词，是类似驻军或部队的意思。蒙古人称皇帝为大汗，后来，他成为几乎整个亚洲的统治者。上个世纪末，蒙古人开始征服亚洲，他们的统帅名叫成吉思汗。正是这位常胜将军，把一个游牧民族变为一支强悍、能征善战的队伍。

蒙古人对负隅顽抗的人和软弱投降的人都一样对待，毫不姑息。他们杀死男人，抢劫走年青女人和小孩，然后将他们出卖。只有手工匠人可幸免一死，蒙古人将他们带到蒙古遥远的首都哈剌和林，首都位于草原和杉树林之间的亚洲心脏地区。

蒙古人拥有难以计量的丝绸战利品。他们与同属一个种族兄弟的鞑靼人、土库曼人一样，梦想霸占全世界。打仗的时候，他们尤其在马背上凶悍无比。可以说，他们几乎长期以骑马为生，马匹的个头虽小，但耐受力极强。蒙古人在同对手交战的时候，总是策马挥舞手中的弯刀和利剑，勇往直前，所向无敌……

总而言之，蒙古人已经征服了他们所能征服的一切地方。只有天寒地冻的北极，酷热难耐的印度、非洲南部才是自由的土地，因为那是蒙古人力所不及，无法插足的地方。可以说，那些地方的和平，正是蒙古人所赋予的。但是，可以肯定地说，蒙古人不会放弃他们的帝国梦想。总有一天，他们会杀回日耳曼国家、法国、西班牙、意大利的各个城市，从而使一度中断的对中欧的讨伐付诸实现……

从各个方面来看，斯特凡的举手投足，显示出他仍是一名老兵的架势。他在院子里擦身，光着脊梁，袒露出胸脯和胳膊上的许多处伤疤。当他说话的时候，夹杂着浓厚的异乡人口音。他的身上，散发出一种来自遥远地方的气味。他仍然不啻是一名如同曼弗莱迪那样的吉伯林党人，为此，他去战斗过，不是吗？他笑容可掬。

“现在，我压根儿就不去想这些事情。”斯特凡回答说。

“你不再是吉伯林党人了吗？”

“不再是。如今的许多事情都发生了变化。直到1273年为止，就再也没有皇帝。不过，跨国界的王国还有……”

“吉伯林党人统统都是逐出教门的人，是这样吗？”

“不是这样的，孩子，国王不是这样，那些吉伯林党人也不是这样的。”

“吉伯林党人都得下地狱吗？”

“为什么要这样呢？下地狱的是执迷不悟的坏人。”

“那么，那些逐出教门的人呢？”

“不会，这些人也不下地狱。是不是下地狱，必须由上帝来裁决，而不是教皇本人。”

听到这样的答复，鄂多立克的内心感到一阵安慰。过去，他不清楚，他那陌生的父亲弗朗兹，是不是属于一个犯了过错的灵魂。也许，父亲的灵魂在炼狱，是因为他曾经为一位被逐出教门的吉伯林党人的国王去打过仗。薇奥拉认为，弗朗兹是一位正直、高尚的人。毫无疑问，他一定会同上帝在一起，因为弗朗兹不是那种看人行事，而是凭自己良心做事的人。

斯特凡不时流露出一种伤感的表情。因为他的亲友们已经流离失散，家乡古老的特雷钦城堡也不复存在。这座城堡虽然不像查波拉、弗腊塔、波德诺内和波尔恰那种大型建筑的城堡，但对于他来说，特雷钦城堡十分亲切，因为那里曾经是他的家族和亲戚们住过的地方。在一次农民叛乱中，特雷钦城堡被摧毁，夷为平地。邻村的对手，一个封建主煽动了这次叛乱。斯特凡全家都反对国王，他的家人失散后，至今下落不明。就这样，斯特凡既没有祖国，也失去了家庭。斯特凡在当了多年士兵后，直到现在，他才有了新家，重新组建了一个新的家庭。因为，命运不会让他倒霉一辈子。

“斯特凡，战争中，你从来没有杀死过人吗？”

“遗憾的是，情况不是这样。”

“你想到过被你杀死的人吗？”

“当然，孩子。我想告诉你，杀人是可怕的。事实上，不是你愿意杀人，是因为战争，然而，却像是你自己愿意杀人似的……”

斯特凡竭尽全力，尽量忘记他曾经当兵打仗的经历。当地波尔恰城堡的一位封建主，名叫奎多伯爵，在斯特凡的店铺里定做木器，他想亲自认识斯特凡，因为他早就知道，胡赛克是波希米亚地区的一个熠熠生辉的名字，还因为，在短短的时间里，斯特凡以一位出色的木匠而远近闻名。伯爵向他定做过椅式木箱、梳妆台、装饰椅、雕刻木桌，斯特凡一件一件地给他做得完美无缺，无可挑剔。伯爵不时送他一些过时的旧家具，斯特凡将它们改头换面、焕然一新后，摆设在自己家里。

斯特凡的家不像是一个农民或工匠之家，更像一个公证人或教区长之家。波尔恰的奎多伯爵对艺术和艺术家情有独钟。在他城堡里的墙壁上挂有托斯卡纳画派的名画，如阿雷佐的马尔格里托内的一幅画，以及契马布埃的一幅名画。他本人还具有较高水平的鉴赏能力，在这一点上，他同斯特凡的看法经常是一拍即合。

于是，他们之间萌生了一种互敬互爱的友好关系，这种关系获得长足发展。奎多伯爵也想认识一下斯特凡的家人，并且将他们统统置于他的特别庇护之下。作为应邀的客人，斯特凡全家登上了波尔恰城堡。伯爵不把他们当成外人，对他们提出的各种愿望，尽管总是一般不高的愿望，伯爵很快就会答应并给予满足。

鄂多立克想看看狩猎鹰的鹰笼，可以吗？可以。他想参观图书馆，同意吗？同意。他想看图书馆中的一本书，行吗？行。于是，鄂多立克捧起《圣·弗朗切斯科一生》这本书读了起来，这本书是切拉诺人托马索写的。鄂多立克迷上了这本书，因为书中向他揭示了有关自我的一些事情，尽管他对此还没有完全读懂，一知半解而已。

有一次，斯特凡问他喜欢学一门什么样的手艺。

“你干的手艺。”鄂多立克毫不犹豫地回答说。

“很好。”斯特凡说，“那么，我们一起干吧。”

鄂多立克很快就把手艺学到手。他会刨光木头，把它们准确地锯下，然后用从马骨中提炼的胶水将木板黏合在一起，再用弯曲的雕塑刀切开木头，很有创意地干起图案雕刻的木活。斯特凡对他感到非常满意，因为他始终认为，对一个真正独立自由的男子汉来说，需要有一门精益求精的手艺，并用这门手艺来养活自己。

正如家乡的许多男人那样，鄂多立克具有学习多门手艺的才能。他酷爱读书，非常愿意把时间花在读书上面。一旦遇到那些用托斯卡纳方言和拉丁语写的书籍，他就去拜维拉诺瓦教区长为师。每当教区长看到他全神贯注、埋头读书的时候，就不去惊动他，因为鄂多立克是那样专注，似乎已忘记周围的一切。教区长对他已十分器重和信任，破例允许他将自己拥有的这样或那样珍贵的手稿，装在一个皮口袋中，让他带回家中去阅读。

虽然斯特凡生活经验丰富，但还无法预知鄂多立克的前途和命运。他对鄂多立克的未来满怀好奇心理。鄂多立克性格活泼好动，与此同时，又喜欢沉思遐想。通过阅读书籍，其中，绝大部分是教堂神甫的手稿，使鄂多立克尤其对人间事物的不确定性深信不疑。永恒是不存在的。一切造物都会走向灭亡，只是或早或晚，或慢或突然发生而已。今天，这个人还活得好好的，充满忧伤或激情，一个星期后，他已经睡在棺材里，被掩埋在黄土中。

鄂多立克父亲去世的时间越久，他对这件事的私下遐想就越多，但他从未向任何人吐露过。他感到生中有死，尽管死亡被掩盖，然而却存在，如同一位神秘的女王，她比波希米亚的鄂图卡、阿斯布尔多的鲁道尔夫、瑞典的腓特烈以及成吉思汗还要有权势。世界上最有权势的国王也好，皇帝也罢，当死亡来敲他们的门的时候，他们必须低头顺从地追随死亡而去。死亡存在于一切造物之中和所有人的身上，存在于流逝的时光里和房屋的子午圈内，存在于计时器的漏壶中和所有村镇的大钟上，这些大钟以特别的方式敲响，宣告死亡。死亡犹如弥漫在空气中的一层黑纱，笼罩着一切造物。那是死亡之纱。每个人的身上都打上了看不见的死亡烙印，意味所有人都以死亡为归宿。

第四章　露契娜

有一次，鄂多立克到教堂去，为维拉诺瓦教区长主持的弥撒服务。弥撒结束的时候，他正坐在祭坛的后面，他在迷糊蒙眬状态中，似乎看到一名从马背上摔下死去不久士兵的幽灵。这时，鄂多立克竟然没有觉察到，做完弥撒的人们已经四散离去，教堂所有的门已被圣器看管人一一关闭。此刻，他刚刚从瞌睡的恍惚迷惘中苏醒过来。他没有立即呼救，却在思考一个如何脱身，从教堂中走出去的办法。看来，他只有钻进钟楼才能离开教堂。这座钟楼同教堂相连，里面有一扇没有上锁的门。他便按照自己的想法行动。

鄂多立克徒劳地面对三口大钟上悬垂的绳子，他只要拉动其中一口钟的垂绳，大家听到钟声就会知道他被关在教堂里面出不去了。但是他不愿意这样做，很快便放弃了这个念头。他继续思索着。该怎么办呢？眼下什么法子也没有。他登上钟楼的最高点，挨着大钟坐了下来，开始考虑从教堂里出去的办法。下午的晚祷钟声已经响过。他却仍然待在上面挪不了窝。夜幕降临，鄂多立克重新开始考虑自己的处境。他用一根绳子缚住大钟的钟摆，阻止大钟因晃动而响起的钟声，然后拉近一根大钟的悬绳，将它甩向钟楼的外墙，再用双手抓牢悬绳，蹭蹭几下就滑到了地面，双脚落在钟楼四周柔软的三叶草地上面。

镇上出动了一半人到处寻找他的踪影，人们已经搜遍了树林、各个水井边、河沟地和沼泽地区。斯特凡甚至登上城堡请求伯爵的家人和卫兵一道帮忙寻找，他们答应提供帮助。当鄂多立克若无其事地出现在大家面前的时候，人们连珠炮似的向他提出一连串的问题。

“可以知道你待在什么地方吗？”

“我在教堂里。”

“你没有听到我们在呼喊你吗？”

“我什么也没有听见。”。

“这怎么可能呢？你睡着了吗？”

“可能我睡着了。”

“你喝了酒吗？”

“我喝了教区长递给我的一杯烈性酒，他想让我暖和暖和身子。”

事实情况正是这样。时下正是一月隆冬的季节，天寒地冻，刮着刀子般的寒风凛冽刺骨，教区长递给鄂多立克一杯约摸两个手指那么高的烈性酒。这一带地方，有点像生活在山区的人们一样，喝点烈性酒是战胜严寒的好办法之一。教区长往往也是借酒御寒，不过，他喝的量不多。糟糕的是，他拿错了酒瓶，让鄂多立克将错就错地喝了下去。然而，鄂多立克喝的却是一种稀有、异常名贵、同另一种烈性酒掺和在一起的溶液。这是多年前，教区长的一位当神甫的朋友送给他的溶液。这位神甫名叫安塞尔莫，是天主教多明我会的修士。安塞尔莫从一位教士那里学会了制作这种溶液的方法。这位教士曾经担任依诺切查四世教皇任命的驻蒙古大汗的大使。溶液的原料是一种罂粟酿成的液体，人喝下它会出现打瞌睡、消除任何疼痛、使人心醉神迷，大脑处于某种恍惚迷惘的兴奋状态。

这种溶液是专门为老年人制作的，不适合年轻人喝。因为年轻人既不失眠，也没有任何疼痛问题。当教区长睡不着觉的时候，喝上少量几滴后，夜间的睡梦就会变得甜蜜而温馨，仿佛置身于复活节的节日之夜。教区长不容饶恕的疏忽就是他让鄂多立克过量地品尝了这种溶液。鄂多立克对受用这种溶液后的感觉，终生难以忘怀。他恍恍惚惚地迷糊了整整一天，度过了那种令人神迷、忘却一切、如醉如痴、宛若梦中的神往时刻。一旦溶液的劲头过去，神志清醒过来，鄂多立克心中十分清楚这种溶液的危险性。他终于明白教区长为什么对搞错酒瓶的后果如此这般的坐立不安。这种溶液是中国、蒙古的一种秘密或半秘密的产品。它越是具有诱惑力，就越是具有危险性。于是，教区长小心翼翼地把那瓶溶液锁进一个柜了中的隐秘地方，任何人再也无法以任何理由拿到它了。

总而言之，鄂多立克已经亲身感受到喝下那种用罂粟花制作的溶液后的真实感觉。这种感觉让他终生难忘。在他看来，如今带有魔幻神奇色彩的罂粟花无处不长。鄂多立克偶然发现，老教区长对他谈起过的那位大使，在他读过的一本书中曾提到过。这本名叫《纪事》的书，是帕尔马教士萨林贝内用拉丁文撰写的。德·卡尔皮内人乔万尼之行，被认为是西方面对东方的一次失败。鄂多立克坚信，那个东方世界非常神奇，幅员极其辽阔，为了能够战胜那个世界……

两年以后，依然是在冬天，约摸六点钟光景，在伯爵的森林里，发生了一场火灾。传说那是一伙女巫师放的火。星期六的晚上，她们突然在林子里聚会，借助纵火的极端方式，得以逃身。这里的人们就这件事情，特别召开会议进行探讨。众口一致的结论是，那些被认为较有声望的年老和年青的女巫师们，均没有出席聚会。一系列的迹象表明，纵火的罪魁祸首只有那位女巫师。每个人都在努力回忆，最后一次见到那一个女巫师是在什么地方。

众人差不多都首先想到一个年青的女人，她的名字叫露契娜，克拉乌泽托人。人们一致认为她是一个女巫师，她本人也不否认。她具有驱赶邪恶精灵、治愈精神失常和神经病人的奇特才能。她还有驯服动物的本领。譬如，她只要用眼睛注视狗群，就足以让它们服服帖帖地安静下来。鄂多立克暗自思量，他自己不是也具有同样的魔法天性来着，因为他对动物也具有明显的制服才能。他能使动物犹如喝过罂粟液那样，片刻就俯首帖耳。

一些人朝着位于克拉乌泽托的女巫师的家中跑去。女巫师家的房门紧闭。他们打开了房门，开始到处搜索。他们找到了许多浸泡着植物草药的瓶子，还有许多晾干的叶子，这些已足以让人们困惑不解。混杂在人群中的鄂多立克和斯特凡，希望人们的恼怒情绪能够平息下来。刹那间，鄂多立克看到了罂粟花蕊，他的心中为之一亮。他恍然大悟，女巫师并不是什么女巫，而是一位能够用草药治病的人，她肯定晓得罂粟的药用知识。在这一方面，中国人堪称大师和专家。鄂多立克将自己的想法告诉了斯特凡。这时候，处于头脑发热、怒火中烧状态中的男人和妇女们，开始摔砸瓶子，将瓶中的液体洒泼在地上。斯特凡和鄂多立克阻止人们这样做，但徒劳无用。

“露契娜根本就不是女巫。”鄂多立克向紧挨着他的人们说道。

“那么，你是怎么知道的？”

“我知道是因为我了解她，她用植物的提取液来为人们治病。草本植物到处都是，在你们田里也是到处都可以找到。譬如，这就是罂粟花，只不过，它没有花蕊。”

怒气冲冲的人们停下来盯着罂粟看了一会儿。是的，毋庸置疑，这是罂粟。这正是在麦地里，人们随处都可以找到的罂粟。

“罂粟有什么用途？”一个长着一脸横肉的男人问道。

“用来安眠，用来消除疼痛。我尝试过的。”

“你尝试的是露契娜制作的吗？”

鄂多立克迟疑了一会儿，因为他是一个讨厌撒谎的人，然而，此时此地，撒谎是必要的。

“正是她制作的，我非常清楚喝下这种草药后的效果。”

人们将信将疑。但他们的恼怒情绪明显地逐渐缓和下来。鄂多立克具有让人们洗耳恭听的魅力。

“魔法没有附在人身上，而是长在具有神奇作用的植物上。植物是上帝创造的，魔法寓于自然界。”

每当鄂多立克阐明某种重要事情的时候，往往使人感到不是他在讲述，而是附在他身上的神灵，正在加重他的语气，模仿他的姿态，正在振振有词地讲述着。

正如鄂多立克曾经在切拉诺人托马索撰写的《圣·弗朗切斯科一生》这本书中读到的那样，那是同所有生物连在一起的博爱神灵，这个神灵附在彼得·贝尔纳尔多内儿子的身上。

“那么，你认为自然界被巫术化了吗？”

“不是巫术化，而是魔法化了。”

“那就是说，不存在什么女巫吗？”

“这我不清楚。但是，露契娜不是女巫，关于这点，我有证据。”

提问的男子有些不耐烦的样子，因为事情有悖于或正在破坏他的计划。他跑着登上通向粮仓的木制楼梯，飞出一群受到惊扰的猫头鹰和鸥鸪鸟。它们上下翻飞，四处逃窜。这些出没夜晚鸟类的飞出，似乎向人们证实，房屋中的邪恶之气占据上风。于是，人们再次爆发了打砸房屋女主人柜子和家具的暴力行动。当屋子里空空如也，再也没有什么东西可以摔碎和砸烂的时候，人们才善罢甘休地离去。突然，刮起一阵大风，把房屋的门窗吹得噼啪作响，一阵暴雨接踵而至，滂沱大雨透过开着的门窗打入屋内。幸运的是，这场暴雨扑灭了森林中熊熊燃烧的所有火焰。

露契娜饲养的一只白色杂种狗倒地哀鸣了整整一天，直到晚间才突然无声无息。第二天，人们发现狗的身上挨了一刀。

那么，露契娜怎么样呢？关于她的传言很多：也许，她已经远走高飞；也许，她正骑坐在黑绵羊的背上，到贝内文托赶集去了；也许，她伙同女伴一起，参加克拉乌泽托的女巫夜会……事实上，露契娜是去探望她正在患病的姐姐去了。她走了整整一夜，才回到家中。当看到家中一派混乱不堪的景象时，陪伴她回家的外甥建议露契娜跟随他返回姐姐的家中去过日子。露契娜望着已经咽了气的白毛狗，无奈地摇了摇头。她找来一把铁铲，将自己的爱犬埋葬在菜园地里。随后，她开始整理家中的东西。她独自一人生活，谁也依靠不上，至少在维拉诺瓦是这样。她早就具有独立处理一切事务的能力。她草草修理了一下歪斜的窗框和砸坏的房门，用一块坚硬而厚实的猪皮作为门上的遮掩物。然后清扫房间，收拾碎瓦烂片，用井水拖地。

不过，有些活儿需要行的人提供帮助。鄂多立克说服继父斯特凡一道参与。他们刨的刨，锯的锯，粘的粘，在露契娜家中干了整整两天。爷儿俩将房子整修得几乎恢复到原先正常的样子。露契娜对他们心中充满感激之情。她重又操起制作各种草药的行当。她把草药灌入两只大瓶和许多小瓶中，这些草药可以用来治疗痛风、头痛、骨头痛、胃出血、肚子疼等许多疾患。斯特凡对这些没有流露出太大的兴趣。相反，鄂多立克非常感兴趣。他让露契娜把她所知道的治病办法，毫无保留地统统介绍给他。露契娜无比兴奋，现在，终于有人相信并请教她了。迄今为止，倘若她成功地为人们治好了头疼或者牙疼毛病，人们却在私下嘀嘀咕咕猜测，认为这兴许是魔鬼的功劳。

维拉诺瓦的人们也是这么对鄂多立克讲的。

“不是这样的。”鄂多立克生气地说道。

“你怎么知道不是这样的呢？”

“因为我同露契娜有来往。我上她家里去过，我帮助她制作草药溶液来着。她教会我很多东西。战胜病疼是神圣的事业，而不是什么魔鬼的作用。”

人们默默无声地听着鄂多立克用拉丁语吟诵“战胜病疼是神圣的事业”这句话。他们相信，从鄂多立克身上焕发出来的智慧远远超过他的实际年龄。人们知道，尽管鄂多立克从来没有在修道院里待过，但他琅琅读起已故圣人们用拉丁文撰写的作品来，就像诵读威内托或托斯卡纳文字一样流利自如。鄂多立克的广博知识和学问从什么地方来的呢？他是怎样成为一位兼懂机械技巧的多才多艺的人物的呢？

鄂多立克经常到露契娜家里去。他还为她采集草药，向她学习如何将各种不同的草药区别开来。

有一回，鄂多立克吃了过量的草莓，他的皮肤上起了不少红斑，奇痒难忍。他满怀信任地找到露契娜。

“不要紧。这只是荨麻疹而已。”

“就是那种让你发过病的大荨麻植物吗？”

“差不多的类似毛病。”

“您知道治疗荨麻疹的办法吗？”

“通常的办法是在大木盆中洗个热水澡，只要在热水中撒一小把盐，再倒入半匙硫黄就可以了。”

鄂多立克按照她的方法做，果然不出所料，身上的荨麻疹完全消退干净。他深信，露契娜的的确确是一名治病救人的女医生，她神奇地熟知大自然的秘密，而这些都是上帝的秘密。鄂多立克熟练地教露契娜认字，还教给她拉丁文的药草名称。在教区长图书室的一本有关植物的书中，他找到了许多种草药。于是，鄂多立克便同露契娜一起读起这本书来，他们从图解中常常辨认出许多种可以制作草药的植物，以及植物所开放的各种花朵。露契娜所熟知的草药种类比这本手稿中介绍的还要多。鄂多立克不知道露契娜是如何具有这种本事的。从露契娜的所作所为中，显现出一种本能的天赋，就像许多狗和猫，在草丛中的各类杂草中，总能寻觅到使自己受益的食用草一样。露契娜从蓖麻中提炼出一种油液，只需喝下一匙，就能使人摆脱无精打采的倦怠状态而精神焕发。

对有些草药知识，露契娜原先并不知道。后来，她曾经师从一位德国修道士，此人在科·罗萨佐修道院修道多年。那时，露契娜生活在离修道院不远的地方。鄂多立克亲自尝试过许多种草药溶液，也特别让他那身体日渐衰弱多病的母亲薇奥拉来尝试。有的时候，喝下的草药没有什么效果，达不到镇静神经和稳定情绪的作用。有的时候，情况正好相反，达到了既定的效果。这就证明，露契娜的草药用量恰到好处，符合或者几乎符合身体实际情况的需求量，这也说明，治愈各种疾病的草药是存在的，这属于上帝对世界的部分创意安排。

上帝只是赋予动物的生存本能，却使人类拥有相反的命运。人类必须持之以恒、独自探索治病的办法。因为上帝早就决定，让人类或多或少地掌握知识，因此，人类必须由自己来发现揭示事物的秘密。这难道不对吗?

“对，我认为应该这样。世上的人们应该永远积极探索。”维拉诺瓦教区长说道。

“事实上，人们永远处在探索中。”鄂多立克补充说道。

“是这样。这也是一种选择，探索好与坏，然后作出选择。这是一种高尚的行动。现在，人类应该谦逊地沿着这条道路不断前进。”

“那么，露契娜说的是对的，她是一位拥有学识和智慧的女性。”

“但是，她不上教堂去。”

“因为她怕人。两个月前，人们几乎毁了她的家。”

“但是，她的态度也不好，她不该表现这么差劲。”

正是这样，露契娜的问题是一个复杂的问题。她难以让人们全面了解她这个人，别人也难以对她作出评价。鄂多立克却始终懂得，无法解决的决定性困难存在于所有事物中，这兴许是在世界上存在许多大问题的根源所在。鄂多立克已处于从少年到成年人的变更嗓音时期，他身上的一切正在发生变化，变得越来越成熟、越来越深沉、越来越具有阳刚魅力。他获得了人们的好感，大家或多或少不同程度地对他寄予希望。教区长鉴于他能快速阅读拉丁文，寄希望他成为一名传教士。波尔恰城堡的奎多伯爵则希望他作出去帕多瓦深造的决定，那儿有一座人们称之为“依勒博”的高等学府，鄂多立克学成后将成为一名被完全信赖的法学人才和一名公证人。当时的实际情况是，村镇的农民和手工匠们越来越少地走官方强制的道路，他们更多地愿意借助法律和法庭诉讼的途径来解决他们之间的关系问题。

时代处在不断变化的情况之中。自由城市的生活方式和习惯势力开始传入乡村。露契娜却愿意鄂多立克同意去帕多瓦深造，希望他去学习医学。斯特凡愿意将鄂多立克留在身边，同自己一起经营木器店。

那么，鄂多立克本人呢？他没有作出任何选择。他沿着所有的知识之路前进，尤其努力钻研草药学，学习战胜人类和动物病痛的方法。他认为，动物是人类生命长河中的伙伴。

动物像人一样地呼吸，它们拥有心脏、血管、肌肉、神经，似乎上帝是按照同一模子创造了人类和动物。这点，不是没有原因的，因为人类总是在不断探索知识，他们懂得动物是人类的兄弟，动物像人一样，具有痛苦和高兴的感觉。有一位被看做榜样的阿西西圣人，他就把狼群、欧斑鸠、麻雀称之为兄弟。鄂多立克14岁生日那一天，教区长送给他一件特别的礼物。

“你几乎总是把这本关于植物的书带在身边。”教区长对鄂多立克说道。

“确实这样。请宽恕我，阁下。”

“别请求宽恕，你就这样带在身边好了。我决定了一件事情。把这本书作为送给你的生日礼物。”

“啊！别这样，这本书太珍贵了。”

“对我来说，它没有什么用处，我从来不去读它。”

就这样，鄂多立克拥有了属于自己的第三本书。第一本是切拉诺人托马索撰写的《圣·弗朗切斯科一生》；第二本是帕尔马人弗腊·萨林贝内撰写的《纪事》，这是波尔恰城堡的伯爵送给他的。从教区长送给他的这本内容丰富生动有关植物的书中，鄂多立克从世界的浩瀚辽阔和丰富多彩中，萌生了这种思想：就是按照上帝恰到好处、有创意的安排，上帝赋予世界财富、青春、活力以及生活的乐趣。鄂多立克被这些事物吸引住了，他不是为了自己去寻求，而是他喜欢观察别人，因为他对人们怀有一颗仁爱之心。

但是，他也独自去休闲娱乐。鄂多立克到切利那、梅杜那的乡村、森林、田野、树林、沼泽地、旱地、石卵地和荒野中去游玩和散步。鄂多立克身临树木和动物之间，似乎让自己有一种返回伊甸乐园时代的感觉。在伊甸园时代，人们既不骄横霸道，也不渴求知识。整个大地是一座没有邪恶的极乐花园。在林子里，鄂多立克感到自己充其量不过是众多造物中的一员，同狐狸、獾、松鼠、旱獭一样。这时，鄂多立克深深地陷入沉思冥想之中；为什么弗朗切斯科修士将包括水、火、太阳、死人在内的所有造物，统统都称为“兄弟”和“姐妹”呢，因为所有造物都同人类密切相连。一切造物都是乐于生存的客观存在，连空气和光线也不例外。世上所有一切都是上帝赋予的，都是上帝的恩赐。

鄂多立克在阿·戴契莫这座古罗马小镇上，结识了一位独眼老人，这位老人在当兵的时候，失去了一只眼睛。他的一番话使鄂多立克茅塞顿开，使他对上述道理有了更透彻和深信不疑的理解。

鄂多立克同这位独眼老人侃侃而谈，询问他对残废了一只眼睛是否感到不幸福自在。

“不，”老人回答说，“我压根儿就没有这么想过。”

“怎么会不想呢？”

“因为我还有一只眼睛，用这只眼睛我能够看见世界。所有这些都是上帝永不休止的恩赐。无论是你还是我，上帝原本可以让我们不出生的，相反，我们出生来到了这个世界，因为上帝想到了我们，赋予我们生命。重要的是以更好的方式善待上帝赋予我们的生命，好好活下去。遗憾的是，人们往往受邪恶左右，反其道而行之。”

老人谈到已经发生过的战争和将有可能发生的战争。他说，热那亚和威尼斯就像狗和猫那样对立，互不相容。蒙古的长期和平不可能持久，因为作为世上阔佬的蒙古人，厌倦长治久安的局面。他们征服了许多地方，但仍不会善罢甘休，因为他们的图谋是一统天下。

一天夜晚，一位陌生人骑着一匹瘸跛着一条腿的马，来到斯特凡和薇奥拉的家里。他以为还能够找到钉马掌的匠人，相反，过去那位钉马掌匠人已逝去14年。但是，鄂多立克立刻被陌生人的这匹马深深地吸引住了，他表示愿意为他的马效劳。鄂多立克发现，两颗小石子嵌在马蹄和松开的马蹄铁掌之间。

第五章　薇奥拉去世

鄂多立克拿来堆在木工店一个角落里的工具，使出力所能及的本领干了起来，他的生父生前曾使用过这堆工具。鄂多立克在马背上盖上两床被子，病马的状况让人感到担忧，马的周身上下，大汗淋漓。

病马发着高烧，很快就一头栽倒在草堆上面。鄂多立克用手摸摸马的脑门，紧紧地拥抱着病马，他一面用手轻轻抚摸马的身体，一面擦去马身上的汗水。病马感到有人抚爱他，竭力作出生病难受的反应。病马不停地想挣扎着站起身来，但是力不从心。鄂多立克燃起了一堆篝火，病马却越发显得软弱无力。过路人感到十分焦急，他急着要继续向前赶路。他的目的地是诺瓦拉，一位朋友在那里等着他。过路人似乎只关注一件事情，就是能得到另外一匹马，以便尽快地继续自己的行程。斯特凡茫然不知上何处去寻找马匹，然而，鄂多立克却很快心里有底。他熟悉镇上的所有人，每一户人家出于对鄂多立克的好感，都欢迎他。鄂多立克知道有一位打算将自家一匹好马脱手的人。于是，他陪着过路人找到那人，双方交易很快一拍即合。达成的价格为25个金币。过路人掏出一只羚羊皮钱包，迅速把数好的钱放在桌子上。好马当即归过路人所有。过路人想马上赶路，但是，鄂多立克不断向他提出问题要他回答。过路人蓄着胡须，头发呈灰色，口中念念有词地说出一些古怪的名称，诸如水银、硫黄、石头熔锅、点金石……莫非他是一位炼金术师？过路人注视了一会人们的面孔，似乎在寻思捉摸，这帮人是否值得自己的信赖。他终于承认自己是一名炼金术师。炼金术师干些什么呢？提炼金子吗？可以肯定，炼金术师不提炼金子，至少不会是他本人干提炼金子的行当。他曾经在一个实验室工作，同蒸馏器、曲颈瓶、坩埚、炉子打交道，不断试验金属的化合成分。事实上，炼金术师就是一位对矿石的新特征和特点进行研究的人士。换句话说，他干的是研究金属这一行。同样，露契娜干的是研究草药、草药液这一行，她探寻自然界的秘密……炼金术师发现了什么吗？肯定，他发现，铅粉同水银、液态金属化合在一起，产生一种坚韧的汞合金。总有那么一天，为人类所用……薇奥拉、鄂多立克、斯特凡听得全神贯注，他们很愿意听他讲一个晚上，但炼金术师说，他必须尽快赶路。

“夜晚走吗？”

“肯定夜晚上路。我就像一只出没夜间的鸟。夜间，我活得更好。”

“有人在追捕您吗？您正在逃亡吗？”

“所有人都有逃亡的原因，至少是在逃避死亡……”

“请您稍等。我给您去拿个面包和我们山上的熏火腿，给您路上吃……”薇奥拉说道。

“谢谢，我不说不接受，您们是热心人……”

鄂多立克望着母亲，他发现，不管眼前是什么人，认识的人还是不认识的人，母亲总是关心别人有没有吃的、喝的和衣服穿。母亲了解人们需要什么，她拥有一颗仁爱的心。首先，她照顾儿子和自己的丈夫，但也关心其他人，关心一位过路人。也许，在人们和教会眼里，那是一位举止可疑的男人。在她看来，所有人都比其他一切东西重要，只要是人，就有饥饿、口渴、睡觉的需要；只要是人，就会有劳累、害怕、焦急的感觉，她对所有人一视同仁，同样都有同情怜悯之心。过路人上路走了，他把病马留下，送给鄂多立克。炼金术师发现，鄂多立克非常喜爱动物，这足以让他感到欣慰。他祝福大家，大家也为他祝福。然后，炼金术师快马加鞭，他的身影在通往萨契莱方向的道路上逐渐消失。

鄂多立克愿意同病马待在一起，度过下半夜的时光。他抱来一捆稻草，铺在离火堆不远的地上，迷迷糊糊地睡着了。夜间，他多次醒过来，发现病马依然处在不断出汗和大口喘气的状态。他给马擦汗，抚摸它，然后听着它喘气，直到自己的瞌睡卷土重来，毕竟，他还年轻。清晨，鄂多立克一觉醒来，阳光已投入房间，他迅速朝病马的方向看去。病马已经站立起来，马的身上散发出一种强烈的气味，显然，马的病正在好转中。大汗淋淋使马的高热消退，肺炎痊愈。病马宛如得了同样毛病的人一样，要么死去，要么突然间起死回生。

过路人曾经说过，病马的名字叫萨拉蒂诺，鄂多立克热情洋溢地搂着病马，贴着马的脖子，像对朋友那样同马说话：“萨拉蒂诺，你的病好啦！我治好了你的病，现在你同我在一起，我们不分离，我们会干出一番了不起的事情！萨拉蒂诺，你明白吗？你会发现，你的老主人把你忘了，他扔下你到诺瓦拉去了。在诺瓦拉会发生什么事呢？有什么事情比你还重要呢？在诺瓦拉没有什么了不起的事情！你待在这里，在维拉诺瓦，你会感到更自在的。”

于是，胡赛克的家庭中，现在拥有两匹马。一匹是斯特凡的，一匹属于鄂多立克。鄂多立克让病马恢复了一个时期的体力，然后他才开始骑着它上路。从波尔恰城堡送来一副皮马鞍，正好与马匹配，马的脖子上装饰有红缰绳和镶有黄铜的系铃皮带。鄂多立克像他的马一样不知疲倦，他精神抖擞地骑在马上，走遍了这里的大路和荒野小路。他还骑马游逛市场和集市。如果兜里有点小钱，鄂多立克就买点小礼物，送给从来不提要求的母亲或者继父。鄂多立克在继父店铺干完活后骑马出去跑一圈，就是对这匹名叫萨拉蒂诺的马的一点奖赏。鄂多立克和继父都加入了波德诺内木匠行会，这是中世纪的一个富有而受人尊重的同业行会。他们的保护神自然是圣·朱塞佩教堂里的一面旌旗①。斯特凡生意不错，他的家庭不存在缺钱的问题。

两个月后，炼金术师回来了。一天夜晚，他们又听见了马蹄声，马蹄声由远到近。鄂多立克打开一扇窗户，想看清来人是谁，然而，在伸手不见五指的漆黑之夜，他什么也看不清楚。马蹄声持续不断，薇奥拉和鄂多立克两人的心中不由得有点忐忑不安。他们不止一次地听到过这种说法：当死人在房屋附近游荡的时候，往往以猫头鹰的尖叫声或马蹄声来警示人们。然后，他们把窗户关好，马蹄声也戛然停止。显然，骑马人已经远去。就在薇奥拉和鄂多立克几乎忘却了这件事情的时候，他们听到了一阵阵重重的敲门声。在这个时辰，会有谁来呢？斯特凡发着低烧躺在床上，他的大腿被马蜂刺了一口，伤口处刚刚鼓起一个脓包。鄂多立克知道，该轮到他去开门了，因为，在那种时刻，家中唯一健壮的男人就是他。他走下楼梯，问来人是谁。

“我来是为了看望那匹马是不是病好了。”

“啊，是您呀！”鄂多立克笑起来，他感到有点出乎意料。

“正是我！”来人回答说。

鄂多立克一一打开多层插销，取下门闩，把门打开。门外，一位男子汉映入他的眼帘，那就是在以前的一个夜晚，匆匆离开他家，向诺瓦拉赶路的那个过路人。那匹在维拉诺瓦成交的马不见了，而是换了另外一匹马。怎么回事呢？他发生了什么事？

鄂多立克不敢向他提出这些问题。过路人的身上披着一件大的黑色斗篷，头戴一顶黑色帽子。鄂多立克猜想，他选择黑色和夜间赶路是为了不被人发现。他连马鞍、马的缰绳和脚上穿的靴子，统统都是黑色。显然，炼金术师是“夜行人”。

“我可以进来吗？”他问道。

“当然可以。”

“很可能有人发现了我。”

“这里是一个好客之家。”

炼金术师走了进来，脱下斗篷和帽子。他的脸上增添了一些疤痕，像是烧伤的痕迹。他似乎经历过一场危险的大火才得以脱身。薇奥拉也走下楼来，认出了他就是几个月前的那个过路客人。薇奥拉看到他变化了的外貌，心中不禁生出一股不安的感

① 中世纪意大利城市国家所用的旌旗。

觉。她甚至将夜间骑马人想象成弗朗兹的幽灵和化身，最终从远方返回家中，以求得九泉之下的安宁。

远处传来一只猫头鹰的尖叫声，也许，这只猫头鹰是在树林里；也许是躲在某个人家的阁楼里；也许可能是雕鸮的叫声。乍一听，很像百岁老人喑哑的喘息声。

炼金术师从两人的面部表情看出他们的疑问：他为什么没有去成诺瓦拉，相反，又回到了这里。他本应该鼓足勇气把原因说出来，或许也是由于自己的某种过失，眼前的好心人正面临险境……

“我想问候斯特凡。”他说道。

“那就请随我来。”薇奥拉说道。

“他发生了什么事吗？”

“他被虫叮了一口。”

当他见到斯特凡的时候，可以说，出于职业的本能，他察看了伤口。他把双手放在瓦制水盆中洗了好几遍，拔掉插入伤口引流的羽毛细管。这时，他以一种出乎意料的突然动作，用力挤压伤口的两侧。斯特凡发出一声疼痛的呼叫。一股黄色黏稠的浓液从伤口处流了出来。

“这就好。毒根出来了。现在，一切正常。伤口不久就能痊愈。”

这是一句轻松的预言。斯特凡像是拔掉一只坏牙，肉很快长好，伤口也就愈合了。斯特凡很快退烧，几乎一眨眼的工夫，他感到，家中的气氛显得离奇的欢快和充满活力。连薇奥拉也是这么想，斯特凡的毒根、病魔被清除得一干二净，他获得了新生。炼金术师有点像驱魔修士，当他驱除了附在某人身上的魔鬼以后，那人就获得新生，显得轻松、平和与安宁。

炼金术师的治疗方法正确。也许，露契娜也知道这种方法。过路人的疗法彻底解决了斯特凡的病痛。现在，薇奥拉的家中充满了幸福和温馨。家里所有门窗也统统被打开，似乎欢乐的气氛已经从人的身上向外部事物转移。

然而，真相很快大白的是，这位恩重如山的过路人不愿意让任何人发现他，他尤其害怕被当局发现。过路人的马被安顿在马厩中，但同样，不能向外走漏一点风声。

如果有人到来，他就赶快藏到一个小屋子里，或者躲到斯特凡的木工铺子里去。这时，薇奥拉和鄂多立克面面相觑，似乎在心照不宣地默默相互叮咛：小心，千万别出声！现在，他们再也不用为斯特凡的身体担忧，而向他们的客人提出了一连串的问题：为什么您不按照自己的打算，到皮埃蒙特大区的城市去呢？对您来说，发生过什么事情？有人在追捕您吗？您是异教徒吗？是的，过路人肯定是异教徒，如果他们把过路人留在家中，他们自己会处于一种危险的境地。于是，他们以某种眼神注视着这位过路的炼金术师，竭力想知道他的打算。总而言之，过路人说出了很有意义的一句话。

“什么也不知道的人，是不会有任何危险的。”

“是这样，但我们已经知道了很多关于您的事情。”

“譬如说呢？”

“譬如说，您本来要去诺瓦拉。但是在那里，有一个名叫费拉·多勒契诺的人，他是同教会作对的叛逆者，他把修士的衣服扔了。莫非，您也是他那种异教学说的追随者？”

“在我看来，真理永远不是异教学说，简单说来，真理就是真理。”

鄂多立克摇头，尴尬地说道：“我们怎么会知道真理呢？”

“当然你们知道得不多。总之，今天晚上我就动身。”

“您到哪儿去呢？”

“对一个男子汉来说，总会有办法的。就是走投无路，从悬岩上纵身跳下，也是一种出路。”

“您不应该干蠢事，您要向我发誓。”薇奥拉说道。

“夫人，我所走过的路是非常愚蠢的，我不知道我的结局……”

“您让我感到焦虑不安……”

“没有什么。我热爱生命。我会尽量珍惜生命的。”

那天晚上，过路人披上斗篷，戴上帽子，跨上他的新马，乘夜深人静时上路离去。他们还根本不知道他的名字。兴许，他过去曾经是弗朗兹的朋友。人们仍然听得到过路人的马蹄声，慢慢地……马蹄回荡声逐渐在黑夜中消失，万籁俱静。

薇奥拉家中的生活迅速恢复正常，尽管有关炼金术师的疑问在家中仍持续了一段较长的时间。斯特凡的身体很快康复。但是，鄂多立克却开始受到了一个奇特问题的困扰。的确，他暗自思量，在斯特凡生病期间，他真的许下过诺言，如果斯特凡病愈，他就去当一名圣方济各会的修士。事实上，他早就有过这种念头，这种念头对他很有现实意义。他已经开始意识到自己同这个世界格格不入，因为这个世界，总是充满太多的暴力、突变事件、艰难困苦和悲惨不幸。

斯特凡刚刚恢复干活，在维拉诺瓦又流传着一件新闻：一支不知道在何处败退下来，已经七零八落的失散部队将要路过这里。到底发生了什么事情呢？别处地方，正在发生一场战争吗？战争的导火线是什么呢？是王公贵族之间的战争吗？是不是罗曼诺的封建主、格腊帕的巴萨诺家族、维罗那的斯卡利捷里家族，或者是特雷维吉的卡米内西家族之间的战争？谁也无法获知准确的消息。贵族们从不将此类消息通报给他们的下属。对于下属来说，只要顺从听话就行了，一无所知无关紧要。田里成熟的庄稼被毁坏，惨遭践踏，许多民房被抢劫一空。

外来掠夺者走后不久，一场严酷的伤寒热瘟疫传播开来。鄂多立克和薇奥拉都被传染上了。鄂多立克受高烧折磨，神志昏迷了好几天。他不断做着离奇古怪的梦，梦中他看到许多怪里怪气的人物，他们随心所欲、进入他的家中，不断地出出进进。鄂多立克恍恍惚惚地觉得，他睡的床不是安放在家中的一个小房间里，而是安放在一个广场上。不是在维拉诺瓦的广场，而是在波德诺内的广场上。鄂多立克迷迷糊糊地感到自己蜷曲着身子躺在一个草堆上，身患通向坟墓的绝症。人们只关心自己的事情，冷漠、无动于衷地走过他的身边。

鄂多立克竭力想吸引别人对自己的关注，但徒劳无益。人们丝毫不理睬他的喊叫声，只是专心致志地做自己的事情。这一切很自然，因为他的嗓音嘶哑无力，从他的嗓子里，几乎什么话也说不出来了。

鄂多立克感到自己的手和脚已经丧失作用，因为他连床也下不来了。尤其明显的是，没有人再来关心他，他成了一个无足轻重的人，像一块洁净的玻璃，被搁置在一边。实际情况是，鄂多立克的眼前有两个黑影不时地俯下身向着他，但他无法辨认到底是谁。他竭力集中自己的注意力，但还是认不出来是谁。不一会儿，太阳落了下去，天色逐渐暗淡下来，月亮出现在一个长方形中，那个长方形是什么呢？是天空中的一个长方块吗？究竟是什么东西呢？在波德诺内的钟楼四周，怎么可能是一个长方形呢？

不，那不是波德诺内的钟楼，而是维拉诺瓦的钟楼。那个长方形呢？鄂多立克终于明白过来，原来，它只不过是窗户的形状而已。慢慢地，鄂多立克的神志清醒过来，可以正常辨认周围的东西了。原来，他睡在自己的房间里。他看到的面孔都是自己熟悉的人。他曾看到斯特凡的面孔，斯特凡扶他坐起来，喂他吃饭。他也看到女巫师露契娜的面孔，在治疗病人方面，谁也没法同她媲美。鄂多立克的许多熟人都来看过他，包括马蒂乌斯叔叔和婶婶。唯一没有露面的人，就是他的母亲。为什么单缺她一个人呢？他持续不断地问着。他的继父默不作声。露契娜对他说，薇奥拉到巴尔巴那圣堂去为他祈祷去了……

鄂多立克无论是在感觉上，还是在软弱无力的身体方面，都仿佛回到自己的孩提时代。实际上，鄂多立克在竭力思索，浮现在他脑海中的都是些简单、幼年时期的形象思维。家里人为了让鄂多立克恢复体力，经常给他喝些牛奶和蜂蜜。他的母亲薇奥拉究竟在哪里？

在鄂多立克不断追问的情况下，斯特凡回答说，薇奥拉到科内里亚诺找罗莎姨母去了。姨母在那边嫁给了一位羊毛梳理工。鄂多立克开始明白，自己正在走出因为伤寒病造成的简单、幼稚的想象方式，他的思维能力正处在恢复阶段。他意识到家里发生了一些奇怪、残缺不全的事情，或许，这只是因为他曾经岌岌可危，死神同他擦肩而过的缘故。当他能够起床站立的时候，他照了照镜子，自己骨瘦如柴的样子令人生畏。他像所有得过伤寒的病人一样，长期处于拒食状态，这是一种难以治愈的毛病。他感到自己同以往的自己有点不一样，似乎另外一个人把他取而代之。他丧失了自己的体重，似乎他可以像蒲公英那样，从自己的卧室中飞出去。然而最让他奇怪的是，薇奥拉仍然没有露面。鄂多立克向在家中帮忙做饭的一位姨母打听他的母亲在什么地方。姨母却用另一种说法来搪塞母亲不在的原因。

鄂多立克对眼前的一切感到不安。他似乎意识到，他的母亲再也回不了家。因为她被遥远地方的一种至高无上的力量挽留住了，母亲只是留下了装有结婚嫁妆的椅式箱。鄂多立克凭自己的直觉感到，薇奥拉既没有去过巴尔巴那，也没有去过科内里亚诺，更没有到其他地方去，她已经不在人世，再也回不来了。因为她得的是同自己一样的伤寒病，不同的是，母亲薇奥拉未能生还。

鄂多立克迷惑慌乱地从一个房间走到另一个房间，好像还要验证一下，在这些房间里已经没有母亲薇奥拉，似乎他的直觉是令人信服的，而不是一时感情冲动的感觉。鄂多立克同继父坐在桌旁，他们一个坐在这头，一个坐在另外一头，沉默不语。仿佛谁都已经说完了多年来要说的事情，他俩言语的蓄水池已经干涸。他们各自为自己助餐。吃完饭后，斯特凡立即回到他的工作间，好像他有急件需要马上完工似的。他一声不吭地干着，而在过去，他总是哼着波希米亚小曲。现在，从他木工铺中传出来的只有刨子、凿子的声响。除此外，就是经久不息的锯木声。

鄂多立克竭力想帮助继父干活，但斯特凡总是连连摇头，不，不，你首先需要的是，恢复体力。鄂多立克并不认为这样。他绝对需要干点什么，专心致志于一项工作，等候夜晚到来，然后吃晚饭和上床睡觉。主要的目的是去消磨和打发时间。他们经常去田野采集鲜花，黄色、白色的大菊花，然后放在薇奥拉的坟墓上，一个木制的十字架树立在她的墓前，上面刻着：薇奥拉·胡赛克·马蒂乌斯寡妇。鄂多立克发现，黄土是最近新翻动过的，陵墓中的一切都是新的，在维拉诺瓦，这个陵墓是由特姆皮奥的一位骑士不久前赠送的，这位骑士的祖籍在这一带地方。

然后，斯特凡和鄂多立克回到没有女主人薇奥拉的家中，沉默犹如蚕茧的外壳那样紧紧笼罩着他们。他们俩被家里丧失一位主妇的悲痛压垮了。谁也不再做面包、不做面条、也不做烤饼，甚至，连用从菜园中摘下蔬菜做汤也不情愿做。薇奥拉不在人世后，家中的一切都停顿和瘫痪下来，仿佛河流在地上消失，云彩变成天上白色的斑点，所有的风，哪怕是最柔和的风都静止下来似的。薇奥拉在哪里？她去了永恒世界，肯定是这样。总而言之，她不在家中，再也不能同他们相伴在一起，再也听不到她漂洗衣服和把东西搁置在木桌上的声音，再也听不到回荡在空气中的她的笑声了。他们走进没有薇奥拉的家，似乎进入一个永恒的、笼罩在阴影中的锥形物体一样。

现在必须考虑，薇奥拉去世后如何生活的问题。鄂多立克也好，斯特凡也好，都这样认为。上帝召唤薇奥拉，她被迫回应，因为她不可能违抗上帝的意志。上帝的意愿是不可逆转的，犹如一阵龙卷风，犹如命运……

修道院的化缘修士来找薇奥拉，他也感到惊叹不已。

“夫人去世了？真的吗？啊，哀哉痛哉！”

“首先是我们活着的人，倍加哀痛，神父。”

“当然，你们非常哀痛，这可以理解。唉，多么不幸！”

化缘修士无法让自己平静下来。薇奥拉每次都让他进门，给他吃和喝，送他一些面粉和栗子，让他拿到修道院去，或者给他一小堆零钱。对他来说，到薇奥拉的家中来，意味着一种休憩时刻。现在，这令人欣慰的歇脚地方宣告毁灭，薇奥拉已经不在人世。为什么上帝没有召唤他这个年迈体衰的老修士呢？他一直在等待上帝召唤他的那一天。有很多次，他相信自己已经被上帝接纳了，相反，他还总在这里，活在世上，继续戴着他的十字。老修士要求进屋，以便能休息一会儿，因为薇奥拉去世的消息使他浑身软弱无力，无法支撑下去了。

第六章　鹰群

老修士毫不迟疑地坐到桌旁，像在自己家里一样，欣然接受鄂多立克放在他盘子里的所有食物。

化缘老修士不善于喝酒，当第二杯酒落肚的时候，他打开了话匣子。他有太多的事情要唠叨：在天主教管辖区首都乌迪内，新建立了一座大的圣方济各修道院和一座规模相当的圣·弗朗切斯科教堂。修道院和教堂靠近《普·达依·莱斯》，这是城市居民们采购冬季燃料的地方。圣方济各修士为建造修道院，得到来自四面八方的捐助。连普拉库索和波斯特科勒姆居民区的妇女们也带着老母鸡和肥母鸡来捐献。于是，在短短的几年中，修道院和教堂工程竣工。隆重的落成庆典已经举行过，出席人有拉依蒙多·德拉·托利主教、一些红衣大主教以及教皇特使。圣方济各的修士是大众的朋友，他们得到人们的热爱。鄂多立克和斯特凡异口同声表示，不久，他们会去参观新的修道院和教堂。因为乌迪内市不是天涯海角，一天之内，骑马就可以来回。

他们一直在议论这些事情，然后，三个人又都默不作声。因为他们每天的日程都安排得很紧，各有各的劳作和任务。化缘老修士走后，斯特凡和鄂多立克两人默默地开始干起各自的活儿来。在作坊里，鄂多立克的手中忙着做托架和椅式箱，然而，在他的心中，却在思索另一方面事情。鄂多立克正处在少年青春时期，他对家人、对生命无法永恒问题的极度思索，使他显得憔悴。同在阳光普照下，包括人在内的万物，都无法永恒。薇奥拉去世了，现在，他成了父母的遗孤。兴许，上帝对鄂多立克作出了一个安排，至少让他明白，一切都是上帝创造的，他本人归属上帝。

鄂多立克带着临时工那种感觉干着活儿，他自己心中明白，最终，他会撒手不干的。继父斯特凡比以往更清楚地觉察到这一点。斯特凡跑到波尔恰城堡的奎多伯爵那里，询问可有什么合适的工作和位子给鄂多立克。斯特凡相信，伯爵不会给鄂多立克一个职位的。也许，伯爵会不耐烦地拒绝他的请求。总之，斯特凡对求助贵族会有什么结果，心中一点底也没有。贵族老爷兴许会作出一点友好的表示，但归根到底，他们不会怎么样的，他们是贵族，在贵族老爷们的眼里，其他人总是低人一等，同奴仆差不多。尽管有的时候，贵族老爷们也会对下属表示同情和尊重。伯爵答应接见斯特凡，但让他等候了整整两个小时。斯特凡详细介绍了鄂多立克。其实，伯爵见过鄂多立克很多次，允许他在自己的图书室阅读各类书籍。然而，此时却表示对鄂多立克记不清了。斯特凡咬了咬嘴唇，对自己原先的想法感到后悔不已，因为，对于贵族和有权势的人，压根儿就不该向他们请求什么，他们太忘恩负义了。

“先生，如果您同意的话，我马上就走。”

“为什么呀？亲爱的斯特凡。”

“为了不让人讨厌。”

“谁也没有这么说你呀。去把年轻人叫到我这儿来，看看我能为他做些什么……”

“啊，谢谢！真是多谢了，鄂多立克是一个学东西很快的孩子。他的拉丁文也不错。您不妨亲自考考他……”

鄂多立克进人城堡中。他穿上体面的小侍从的服装，负责管理图书馆和起草伯爵信件的工作。奎多伯爵口授，他执笔，他书写的速度很快而且一个错误也没有。有的时候，伯爵会对如何写信征求他的意见，尤其对发给封建主或直接发给阿奎莱依亚主教以及发给奥地利的罗多尔福的正式信件，鄂多立克都能发表自己的看法。这些看法往往能够受到伯爵的赏识和看重。鄂多立克的看法足以同一位顾问的明智看法相提并论，尽管鄂多立克天生寡言少语，尽管他还十分年青。每当鄂多立克完成自己的工作，得以空闲下来的时候，他往往带着满脑子的幻想，在城堡中到处转悠。他走进被允许的房间和大厅里观赏壁毯，从塔楼的窗户中俯瞰外面小镇的风光。

年青的女佣们饶有兴趣地注视着鄂多立克，然而，他却表现得就像没看见任何人一样。突然间，在单调乏味的城堡生活中，开始发生一些离奇古怪的事情。有人竟然忘记关闭鹰笼的小门，导致所有猎鹰都飞走了。实际上，鹰笼只是塔楼顶部的一间容纳鹰群栖息和更换羽毛的小房间。显而易见，忘记关闭小门是故意的。明明有人就是想放飞鹰群。谁也想不出来，究竟是什么人干的，因为从来没有人干过这样的事情。甚至，猎鹰饲养人用来训练鹰群用的许多大手套，还没有被鹰爪损坏，就不翼而飞了。一群仆人徒劳地找遍了城堡的每一个角落。

猎鹰最终会飞回来的，因为它们受过驯养，对鹰群来说，城堡塔楼顶端的鹰笼，同它们出生的山崖相比，已经是更为熟悉的安乐窝。所有的仆人警觉起来，他们竭力想搞清楚，究竟是哪个笨蛋以这种方式来破坏狩猎规章的。他们找不出任何引起怀疑的蛛丝马迹。莫非是一个企图报复的仆人干的？或者是伯爵的某个仇人，在仆人中安插了一名同谋者？要么是巫师变幻的某种把戏？要么是一个爱开玩笑的幽灵，或者是某个反对狩猎的祖先的幽灵干的？

有人回忆起这样一件事情：波尔恰城堡过去有一名伯爵不小心从塔楼的台阶上摔滚下来，太阳穴撞在一个石凳上而死去。莫非是他的亡灵玩弄了这种破坏把戏？在查找原因的过程中，有人发现鄂多立克不在城堡中，难道他逃走了吗？他藏起来了吗？为了什么原因呢？莫非他就是这个破坏事件的主犯吗？斯特凡很快就得到了消息，他不知道说什么才好。他说：“首先必须在整个城堡、地下室、隐秘的地方，仔仔细细地寻找，鄂多立克有可能中邪。”

“莫非他神秘地昏了过去？”

“是的。”斯特凡回答说。

“他口吐白沫吗？在地上打滚吗？”

“是的，他也发生过这种情况。”

鄂多立克的确昏过去两次。但是，斯特凡有点夸大其词，因为，他认为，他的继子必须尽快得到宽恕，因为，他几乎可以肯定，鄂多立克是这场离奇行动的主角。然而，鄂多立克不在城堡中，他也没有回到维拉诺瓦。

“他为自己母亲的去世而茫然若失。”继父对大家说道。

“当然，当然应该是这样的。”

“母亲去世的时候，鄂多立克自己正处在病情危重时刻。他活过来后，就再也没有见到他的母亲，对他来说，这个打击太大了。”

“是的，必须尽快找到他本人。”

人们开始去森林找寻，任何一个逃到森林里的人必死无疑。有人猜想，鄂多立克可能去男爵部队当兵。但有些人坚决认为这不可能。鄂多立克太年轻，他从未表露过对参战之事有一丁点儿兴趣。但他骑马身手不凡，可能被什么冒险新闻吸引住了。眼下，唯一可能的是，他骑上炼金术师赠送的他亲手治愈的病马逃之夭夭。但是上何处去寻找他呢？他去科内里阿诺了吗？他到特雷维吉去了吗？他沿着生父逃亡的方向逃走了吗？

谁也无法猜出原因。真实情况是，鄂多立克放飞了圣·弗朗切斯科热爱的鹰群，甚至其中一只猎鹰发出的喊叫声，使鄂多立克每天都处于失眠的状态。于是，他迅速策马加鞭，奔向乌迪内市。他经过波斯特·科莱姆门进入市内。在通行方面，他也曾经遇上一些麻烦，因为税务官总是用怀疑和冷漠的眼光打量他。他考虑了一下，然后出示一封带有波尔恰印章的信件，这种信件在这里是可以得到承认的。他们虽然不识字，不明白是何许人的信件，但那个印章足以让鄂多立克达到通行的目的。

通过城门后，鄂多立克放缓行进的速度。途中，两次打听通向圣方济各新修道院需要经过的道路。天上下起蒙蒙小雨，路上到处都是泥水坑。他很快就找到了圣方济各教堂和修道院。鄂多立克的心激动得剧烈跳动起来，这是他从未有过的感觉。他将马拴在一棵树上，敲了几下修道院的大门。没有人来应门。出于一种突如其来的胆怯心理，他改变了主意，转而走进教堂。巨大哥特式的彩色玻璃窗使整个教堂显得明亮洁净。与一般教堂不同的是，这个教堂装饰不多，壁画却很丰富。鄂多立克专心致志地祈祷，将自己的打算告知弗朗切斯科圣人和母亲。他几乎没有感受到时间的流逝。

他重新又去叩响修道院的大门，这次，门被打开了，开门的正是他和斯特凡最近在家中接待过的那位化缘修士。

“神甫，您认出我来了吗？”

“我不是神甫，孩子，我只是一名不起眼的世俗修士。”

“但是，您能够认出我来。”

“我确实认出您了，你想要什么？”

“我想参观新的修道院。”

“真的吗？您过来，过来吧。这是可以做到的事情。”

“那匹马是我的。”

“我们有一个为过路人提供的马厩，请跟我来。你是幸运的，因为，这个时候，我正好有空。”

修士领着他走向修道院的长廊。修道院落成不久，鄂多立克嗅到了石灰和灰泥散发出来的气味，像所有建筑一样，修道院墙壁是用河边的石头垒成的，但还没有抹上灰泥。抹好的灰泥墙，至少有点像粗糙的围墙，计划以后在这里挂上壁毯。这个时候的修道院，像是一座空空荡荡的建筑物，因为，几乎所有的修士都去参加一个葬礼了。突然，一阵狂风将修士们的唱诗歌声传来。化缘修士名叫吉诺·迪·契维达莱，他带引鄂多立克参观了庭院、位于中心的水井、一间修士的空房间，房内有一大袋树叶和一个椴木十字架。然后，修士把鄂多立克带到菜园。当吉诺修士干完其他事情后，就到这个菜园干活。

“我能帮帮您吗？”鄂多立克问修士。

“我正在拔胡萝卜。”

“没有比这更简单的活儿了。我的马可以给修道院使用，也可以给你们使用。”

“孩子，你在说什么呀？那匹马吗？那你怎么回到维拉诺瓦呢？”

“我不回去了。”

“那你上哪儿去？”

“哪儿也不去。我留在这儿，同你们在一起。”

“怎么同我们在一起？为什么？”

“我愿意让自己成为圣方济各的一名修士，请您帮助我……”

“我？这事可不能取决于我！管事的是修道院院长神甫，这些事情由他做主。”

然而，鄂多立克好像并不为这件事感到担心，他继续平静地帮世俗修士干活：从井里打水、浇菜、铲土、锄草。他喜欢干农活，至少在那种时候。首先，鄂多立克认为，如果他要忠于自己的选择，就应该让自己适应于任何工作，因为规矩就是这样。很快，鄂多立克同修道院院长进行了交谈。院长想弄清楚，鄂多立克脑子里究竟在想些什么。他想让年轻人回家，因为鄂多立克的父亲肯定正在着急。鄂多立克回答说，他不能回家，他根本就不想回家。怎么，怎么回事？他不能回家吗？莫非他伤害了别人或者杀了人，因此，他要求在圣方济各修道院避难吗？

鄂多立克让院长安下心来。他的罪过就是放飞了波尔恰城堡的猎鹰。因为他热爱鸟类、野兔、松鼠、狐狸，他不愿这些动物成为猎鹰的猎物。院长笑了起来，问题不像他担心的那样严重。但是，鄂多立克要干什么呢？他要消除世界上的狩猎。狩猎是绅士们的嗜好。对于穷人来说，有必要狩猎吗？鄂多立克的脑子里到底想些什么呢？总而言之，他可以留在修道院中，直到伯爵的怒气消失。然后，他可以回到维拉诺瓦的父亲身边，请求大家的宽恕。

鄂多立克不再坚持什么。眼下，院长允许他留下来，这就足矣。他要求换上修士服装，但没有被答应。于是，他请求试穿一下化缘修士的修士袍。当他的灵魂同那穿上的修士袍合二为一时，他出奇地感到异常快活。长久以来的惴惴不安心情消失了，他感到内心的安宁。连母亲之死他也能用另外一种心情来对待了。

院长十分肯定地认为，鄂多立克的冒失行为过去后，他将回到自己的家中，他信任这个年轻人。波尔恰伯爵是修道院的熟人和施主。院长给伯爵写了一封长信，请求他宽恕鄂多立克，并表示确信，一旦得到伯爵肯定的宽恕，鄂多立克一定会回到伯爵身边。伯爵回信说，关于那件事，他已经不再追究，猎鹰全部飞回。最后一位没有返回的人，就是鄂多立克本人，他相信鄂多立克早晚会回去的。

斯特凡从伯爵那里得知自己儿子逃亡的地方后，急忙来到乌迪内。他用了半天时间，骑马一口气赶了35海里。斯特凡两眼饱含泪水，紧紧拥抱着鄂多立克。他本该理由充分地说服鄂多立克回家，相反，却对儿子不愿返回维拉诺瓦采取沉默的态度。

“父亲，我不能回家了。”

“为什么？”

“在这里，我终于明白了将来我要做的事情。”

“鄂多立克，你还没有接受你母亲去世的现实。我也是这样。我觉得我一直在寻找她的踪影。但是，这种情况总会过去的。时间会抚平任何伤心的事情。”

“我一直在想着母亲，这确是事实，但事情不仅仅是这样。我要当圣方济各修士，成为一名传教士。”

“别这样。我在这里等着你，就在这座城市，直到我们一起回家为止。”

“您的等待是徒劳的。”

斯特凡在一家旅店住了下来，他不想沾修道院修士客房的光。他每天都来同鄂多立克交谈。他竭力用最具说服力的话语来打动儿子，但遭到鄂多立克简单明确的拒绝。鄂多立克说，他找到了自己的位置，打算留在这里。于是，斯特凡开始考虑绑架或者请别人绑架儿子的可能性，目的是带儿子回家。当然，这一切必须在修道院外进行，否则，将陷入渎圣罪的困境。后来，斯特凡开始醒悟，自己这样做，未免太过分了。鄂多立克尽管还是个孩子，然而作为孩子父亲，他不能扼杀孩子的意愿。有一次，斯特凡在拥抱鄂多立克的时候，感觉到他衣服里面有一层坚硬的、金属般的东西，斯特凡对他笑了起来。

“你身上穿的是什么呀？护胸铁甲吗？”

“不是，父亲，是另一种东西。”

“那么，是什么东西？”

“一件苦行僧穿的刺衣，铁丝衣。”

“什么？一件苦行僧刺衣吗？干吗要这样啊？”

“锻炼自己吃苦的习惯。圣方济各修士的规矩非常严厉，我必须让自己习以为常。”

“鄂多立克，你考虑考虑。上帝并不要求我们受罪苦行。”

“也许是这样。但是，我愿意让自己献身……”

“你母亲去世让你完完全全地变成另外一个人。”

“她也改变了您。死亡迫使我们发生变化。”

斯特凡知道他与自己的儿子之间已在说着截然不同的两种话语，以完全不同的方式表达他们各自的想法。

“现在，我把你留在这里，让你过这种生活。但是，你要记住，别忘了你的父亲。”

“您也别忘了我。”

斯特凡跳上马，忧郁伤感地转身朝回家的方向行进。斯特凡一路上沉思默想，任凭身下的马径直前进。斯特凡本来同修道院院长取得了一致的意见。后来，院长有所动摇。一方面，院长希望这个不幸家庭能够重新团聚在一起。但另一方面，他自己已经对鄂多立克产生了浓烈的兴趣。他清楚地意识到，鄂多立克不是一个孩子，而是一个男子汉。只是从年龄上看，鄂多立克是个孩了，他还小，然而，他的意念坚定，已经成熟。修道院院长开始对坚定执著的鄂多立克刮目相看。年轻人坚持尽快让自己穿上修士服装，他的要求被准予满足。现在，院长对鄂多立克的意愿和想法不再产生任何疑惑，鄂多立克的表现坚定不移。

修士们已经亲身体验到苦行僧的生活，特别是来自农村的见习修士，他们进入修道院往往是为了逃避地里的苦活。他们几乎很快就意识到，圣方济各的法规比地里的农活更为艰苦。于是，他们只能垂头丧气地返回乡镇。他们很快就明白，四周垒着大石头围墙的修道院，从某种意义上说，就像一座监狱。他们焦急地渴望越狱逃走。有的时候，他们果然逃了出去，但并不是返回自己的家园，而是要么成为一些贵族部队的士兵，要么变成某些亡命之徒的盗贼。有时候，那些犹豫不定、无力作最终决定的修士，他们整日价无精打采、忧心忡忡、软弱无力地蜷曲在修道院的黑影中，他们患上了某种离奇的精神病，变得没有食欲、骨瘦如柴、丧失生活的情趣，形影相吊。于是，或早或晚，他们在农村的家人来到修道院，把他们接回去。他们像东西或牲口一样被放在马车上，家里人怀着蔑视的态度把他们带回家中，因为他们既不会当修士，也不会当农民。

正是由于这个原因，修士们既不爱农村人，也不爱同行修士兄弟，更不喜欢修道院院长。因为院长只热衷于体现吃苦精神的法规。在那个时期，如同整个时代一样，每个人都愿意过富裕而舒适的生活。从封建主那里解放出来的城市和市镇，居住有众多的工匠和企业家，他们工作得多，挣钱也多。正是基于上述原因，许多人背井离乡，涌入城市居住，挣钱正是那时普遍追求的主要目的。

在这种追求富有生活的大气候下，圣方济各的苦行僧生活，属于绝对的例外。人们施舍给修士们的东西，不允许归自己所有，只能属于集体。因为修道院是大批穷苦人光顾的地方，他们来到这里，可以得到一个面包和一盘汤的施舍。

修道院门前，人来人往，熙熙攘攘，似乎永远不会中断，特别是在规定的开饭时间内更是这样。有些是瘸子、跛子、四肢有残疾的人，被不知名的毒疮毁坏了神经的人们，被烧伤的人们，半痴呆人，由脱发病引起的半秃人，还有对正常生活丧失希望，但还有强烈本能活下去的男人、女人们。在穷苦人当中还有破产者，以及被妻子、丈夫、父母抛弃的心灵有创伤的人们。

有的人依靠拐杖、棍子跛行，他们由于麻痹症和中风，导致双臂僵直。至于那些还存有一点自爱和尊严的人们，他们在夜间才肯走近修道院，他们借助夜幕降临，不让自己被别人辨认出来，不让别人知道他们属于社会垃圾。他们走出阴暗潮湿的地下室、贮藏室、牲口圈、草房，如同老鼠出洞一样。所有人得到一样的食物：一盘汤和一块面包。有些人口中念念有词地祈祷，有些人低声地诅咒生活，诅咒连他们自己也不知如何称呼和确定的东西。

院长认为，鄂多立克修士见习期一天也不能减少，就是在最后的特别情况下，也需要尊重法规。见习期满后，鄂多立克·马蒂乌斯成为了来自波德诺内的鄂多立克，而不是来自维拉诺瓦的鄂多立克，以至于维拉诺瓦许多人甚至不知道有鄂多立克这个人。鄂多立克的胡须很短，因为他还是初次长胡子。他的头发几乎是金色的，尽管他的头发颜色较暗。鄂多立克的脸色不错，即使稍微激动也会使脸色潮红，因为他属于那种感情丰富的人。他的身材高大，整个人的外表酷似北方人。现在，他成了一名真正的、献身于上帝的修士。对于鄂多立克来说，重要的是，感到自己已经置身于世界之外，与此同时，继续关注世事。他清楚地感觉到，自己已经远离“世事”和自身的各种欲望。

修道院位于城市中心，然而却与城市隔绝。在修道院里，修士们活得与外界截然不同，他们按照修道院的规定和章程行事，局外人往往对这些一无所知。只有一堵厚厚的石墙将修士们同世界和人间的七情六欲、繁杂琐事隔离开来。那堵石墙最有意义的是，它是封地与封地之间的一条分界线，是一座堡垒，是一处荒漠，是一方大海的界限。那种隔离，不是身体上的，而是形而上学的，似乎修道院属于另一个空间。

现在，鄂多立克同他继父之间，不只是乌迪内同维拉诺瓦之间35海里的距离，而是上帝世界与人间世界的远距离。当鄂多立克在教堂里祈祷的时候，与修士兄弟们在一起，他们同穿一样的灰色修士袍，蓄着长胡须，腰间系着圣方济各修会的绳索，为死者唱祷歌或吟唱教堂的主教曲。在迸发出巨大魅力的众人合唱声中，鄂多立克仿佛感觉自己置身在一条轮船上面，大海将轮船同整个世界隔离开来，吟唱是使他感到最接近上帝的愉快事情。

修道院里，见习修士必须学会干所有的活儿。每一个修道院的修士们都或多或少地会干生活所需求的所有活儿。鄂多立克协助鞋匠修士、纺织修士、木匠修士、菜农修士干活。对其中一些手艺，鄂多立克早就掌握，对一些不会的手艺，他就学习。

日月如梭，几年过去了。宁静的天主教管辖区中心乌迪内比波德诺内要大一点，但比特雷维吉、帕多瓦、维琴察、维罗纳、威尼斯要小。修道院宛如世外桃源，远离人间琐事的困扰。在修道院里，即便是最重要的事情也只有微乎其微的反响。因为在修道院里，对任何事情的看法都没有成见。修士们也参与处理历史和土地事件的纠纷，但他们从修士的角度出发，平静处事，不受人们激情的干扰……

有的时候，修道院墙外诸如人们的哈哈大笑声、争斗声、追逐声、尖叫声、求助呼救声也会传入修道院的围墙里面。墙外发生的一切归属人类自然界发生的事情，就是最年青的修士也不会卷入进去，但是，他们会受到某些吸引，那是一种对生活中方方面面的远方思乡之情；对那些少有典范色彩，却具有生命和激情生活中的那些方方面面的怀旧……

不过，如果他们不是身穿圣方济各修士服装，他们会跑到外面广场去声张法律和正义。相反，如果他们不是为了去收容伤员，缝合伤口，尽力去救治受伤人员的话，他们谁也不会走出修道院。这是最大限度的行动。鄂多立克将自己所知道的草药知识教给草药修士，每一次，当他有什么要补充的，草药修士的脸上显出惊讶的神情，但很快就记录下来，以便在第一次机会中就能将学到的知识用到实践中去。草药修士对可以从罂粟花蕊中提炼药液马上流露出浓烈的兴趣。

关于能否使用罂粟液的问题，修士们长期争论不休。因为罂粟液虽然能减除疼痛感觉，但也有让人处在恍惚迷离的梦游症状，从而改变人的精神状态，似乎伤害人们的神经中枢系统，完全是一种邪教的药液。

另一方面，有些修士认为，战胜病痛是神圣的事业。一些文化素养较高的修士，应用哲学的理念来探讨这个问题。每当鄂多立克面对受疼痛折磨的修士，他就用药液为他治病。鄂多立克认为，疼痛来自争辩之前，争辩者们总是那些没有感受过疼痛、甚至健康状况特别好的修士们。实际上，年轻而明智的鄂多立克自己的经验告诉他，光是牙疼就足以打消任何一个人的辩论神学和道义问题的愿望。

第七章　乌兹贝克

每一位修士都关注鄂多立克的举止，他们认为，鄂多立克的一言一行具有很大的权威性。为什么？谁都清楚这一点。鄂多立克是最年青修士中的一员，是最近宣布心愿，要当一名神甫的修士。他所做的一切显示了一种独特的超凡魅力。这究竟是源于他的性格，还是来自远方的什么力量呢？谁能够主宰他呢？鄂多立克努力使自己所做的一切事情尽善尽美。直到现在为止，谁也无法指责他干了什么违反条文或法规的事情。谁也不敢同他的决定相对抗，因为大家相信，自然界的一切都是上帝创造的。

轮到鄂多立克接替其他修士值班，职责就是关闭修道院的所有门户，以及同外界相通所有大门的门闩。一天晚上，鄂多立克吹灭所有的蜡烛，闩好大门，在跨越修道院门槛之前，他环视一下周围的环境。谁知道为什么，他还朝大祭坛后面看了一眼。正是那个地方，出乎意外地暗藏着一个浑身湿透、血淋淋的受伤男人。那人发现年青修士后，竭力逃跑。他在地上匍匐爬行，像一头受到惊吓正在垂死挣扎的动物，在教堂的地面上留下一条殷红的血迹。在半明半暗的光线下，鄂多立克感到那是个约摸五十岁，甚至年龄更老一点的男人。鄂多立克呼吸急促，一句话也说不出来。是什么人呢？他从何处来的？他怎么会到这里来的？鄂多立克一声没吭。

鄂多立克跑去把这件事告诉同行修士们。四名修士抬着一个担架走过来。担架是一张渔船的帆做的，两个结实的洋槐小木球缠在担架两头。修士们有点像农民，从来不随手丢弃任何东西，因为在修士们看来，所有的东西都能派上用场。很可能，格拉多修士或马拉诺修士请求他们认识的渔民不要丢弃旧船帆，因为在修道院里，那些旧船帆可以派上用场。

船帆仍然散发出一种浓烈的盐渍气味。鄂多立克对这种气味非常熟悉，他在威尼斯闻到过。这很快引起他对一望无际的大海的强烈回忆。修道院里有一间空出来的修士小房间，不久前，一位老修士死去，埋葬在菜园的尽头，那里就成了他的坟墓。受伤的陌生人被抬上床去。鄂多立克和外科修士仔细地给他作了检查。他确实伤得不轻，身上好多处地方脱臼青肿。剧烈的疼痛，犹如滚滚席卷而来的乌云迅速地传遍他的全身，他的脸由于疼痛而抖动扭曲。毫无疑问，陌生人的状况应该借助罂粟药液来镇痛。

“他太受罪了。我认为他正是属于应该用罂粟药液的病例。”

“当然是这样。”外科修士回答说，从年龄上，他比鄂多立克要年长一倍。

“我已经让不少人尝试过我的罂粟药液，对它的效果毋庸置疑。”

“我已经毫不怀疑。”

“这个可怜人逃进我们的教堂，他肯定想躲在这里避难。”

“显而易见是这样。但是，他究竟是什么人呀？他来自什么地方？你看到他眼睛的形状了吗？兄弟，你见过这种形状的眼睛吗？”

“很少见到过。”

修士们七嘴八舌地议论着陌生人，但是他们不明白，陌生人到底听懂了还是假装听不懂他们说的话。实际上，如果有人关切地注视着他，就会清楚地看到，陌生人至少在用自己的眼神对他们作出反应，似乎他也在努力凭自己的直觉，努力想搞清楚，到底发生了什么事情一样。修士们仔细地洗涤他的伤口，涂上酒和油，将伤口暴露在外的边缘缝合起来。幸运的是，陌生人的伤口没有发炎，十多天后，他的情况很好，至少在体力上恢复得很不错。事实上，在陌生人的内心，仍然七上八下，十分恐惧不安。

修道院院长表示，现在可以让陌生人离开修道院。但是，鄂多立克反对这样做。他对让陌生人走的问题比较谨慎，他认为，只有在搞清楚究竟是什么人在追捕陌生人的情况下，才能让他离开修道院。是的，应该这样，谨慎是需要的，修道院中掌管房间和钱财的修士持一样的赞同态度。

修道院里来了两个人，提了一些泛泛的问题以后，他们询问，如果鞑靼人还在修道院的话，为什么不把他赶出去，他们究竟在等待什么。

“啊，他是鞑靼人吗？”鄂多立克问道。

“是的，他是那些嗜血成性的蒙古人中的一员。追捕他是因为他是一名杀人犯。”

“您能肯定您所说的是真的吗？”

“完全肯定。”

“他还站不起来。再说，他受避难权的保护。”

“神甫，当心你们所做的那种事吧。你们不要将一个罪犯留在修道院里。他也会把你们当中的一些人杀死的。你们当心吧。”

但是，鄂多立克没有轻信那两人的话。他非常相信自己的直觉，鞑靼人（那时，许多人是这样称呼蒙古人的）如果真是那样的话，他也不会对他缺乏信任。但是，鄂多立克明白，这是一件复杂的事情。他必须把问题搞得水落石出。从修道院对面的

《普·达依莱斯》不时传出粗鲁而令人生厌的喊叫声："乌兹贝克·沙迪滚出来！你们赶快把他交给我们！他是一名杀人犯！"

乌兹贝克听到了喊叫声，脸上重新显露出恐惧的表情。修士们决心将他留下来，至少目前是这样，即使蒙古人真的像他们所喊叫的那样。他们出于对教堂、修道院避难权保护人的过分干涉和嫉妒，才发出那样的喊叫。

就这样，乌兹贝克被留在修道院中，他很快就成为鄂多立克的帮手。他无处不跟随着鄂多立克。在饭厅，他总是同鄂多立克坐在一起。倘若鄂多立克在菜园干活，或在修剪一对紫檀木时，乌兹贝克总是围在他的身边，做好帮他干活的一切准备，把要用的工具传递给他。乌兹贝克是那样的机灵，随时听候吩咐，慢慢地，他也能够听懂一点当地的话语。凭自己的直觉，乌兹贝克明白，他的人身安全保护人首先是鄂多立克。院长召集修士们开会，介绍一个时期以来他们所了解到的有关乌兹贝克的全面情况。会议认为，修道院无法继续收留乌兹贝克，他必须离开修道院。修士们不能继续对乌兹贝克给予热情、慷慨的接待，除非他让自己成为一名天主教徒。总而言之，必须尽快了解乌兹贝克的过去经历。鄂多立克站出来为他作保。乌兹贝克对鄂多立克满怀信任和友好的感激之情。鄂多立克可以从他那里了解到所有的情况。而且，他已经了解到不少有关乌兹贝克的经历。

"譬如说呢？"

"我了解到，他是斯莱西亚蒙古军队的一名成员。"

"斯莱西亚是什么？"

"是帝王统治下的帝国的一个地区。"

"好，那么后来呢？"

"他为了服从蒙古帝王的命令，被迫参与了一个悲惨事件，就是割去众多俘虏的耳朵和舌头。但是，就在接到挖去俘虏眼睛，直到挖满一篮子为止的命令后，他感到自己有一种发自内心的造反意向，于是，他逃跑了。他是一名武士，但不是一个愿意施行酷刑的刽子手。"

就这样，乌兹贝克离开了自己的游牧部落。他放下武器，脱去战袍、解下战马的马具，换上斯莱西亚的农民服装。他剃掉胡子和八字须，从此，他隐蔽在森林里，过着漂泊不定的生活。苍鹰在欧洲丛林的上空盘旋飞翔，他就同苍鹰一起，争食睡鼠和野兔的肉充饥。沿着德国城镇生长的欧洲丛林向前逶迤延伸、连绵不断。乌兹贝克依靠猎物、蘑菇、泉水、森林植物为生。他只有躲进安全的山洞中，才敢于引火。但是，每当德国人、波希米亚人、奥地利人、卡林齐亚人、斯梯里亚人、弗留利人发现了他，立即对他穷追不舍。事实上，他属于一个嗜血成性的好战民族，属于制造悲惨、恐怖事件的部落，属于金色游牧民族的一个部落。那些追捕他的人，对他的复仇感觉，犹如暴风雨般的强烈，他们竭力要逮住他，将他粉身碎骨，碎尸万段。

借助蘑菇的能量，他来到了乌迪内市。他饥肠辘辘，疲惫万分。他总是有身陷囹圄的感觉，似乎四周有成百双眼睛在窥视着他，他成了众矢之的。

乌兹贝克悄悄溜进一个半掩房门的小茅屋中，期望找到一块充饥的面包。然而，在这里，展现在他眼前的是一幕他在参加蒙古人远征战争中所见到过的凄惨景况：一家人全被不知何方盗贼用匕首刺死。他很快就逃了出来，他担心这样的罪行会错加在自己的身上。乌兹贝克逃进了能享受某种避难权的修道院，躲进了圣方济各教堂。这就是乌兹贝克·沙迪的来历。这就是圣方济各修会应当去拯救还是交给主教警卫的男人。

“你相信他的话吗？”修士们问鄂多立克。

“我相信他。他是个寻求和平，只是为了在修道院中能得到安宁的男人。”

“但是，我们不能承担他的所有罪名，我们也无法确定他的哪些罪名是假的。”

“眼下，必须把乌兹贝克留下来同我们在一起，时间将会证明事情的真实无疑。”

“留下他，对我们来说，或许也有危险……”

“他为什么要杀害自己的救命恩人呢？别这么说，逻辑不通。对他，我可以出面担保！”鄂多立克说道。

这个话题再也没有人提起过。每一位修士很快对乌兹贝克的存在习以为常。乌兹贝克在菜园里干活，从井里打水，每样工作他都会干，而且干得出色。人们从他的身上都可以看到某种新的气象。修士们知道，蒙古人称呼乌兹贝克为依勒康，意思是“顺从的宦官”。乌兹贝克同蒙古帝国大汗相比，他不过是一名不起眼的小官，但同那些只是部落中的一名普通成员，没有任何头衔的人相比，他属于高人一等的人物。乌兹贝克当过几年蒙古帝国内一个名叫塔尔塔里亚地区的执政官。

接近乌兹贝克的修士都知道，乌兹贝克·沙迪曾经是一位举止高贵、有分寸的绅士。然而，他们首先把他看成是一位选择和平的男士，他本人经历过出生入死的险境，因此崇尚和平的生活。他热爱安宁的工作，譬如种地、为修士们饲养供他们节日加餐，或者为某一位修士举办葬礼时作为供品的家畜。其实，丧事也是一种喜事。因为一名死去的修士，在众人的祝福声中，登上了天堂之路。

乌兹贝克几乎包揽了圣方济各修会所有的日常的劳作。他只是回避出去化缘，因为这需要走出修道院，将会重蹈以往危险的覆辙。在教堂里，乌兹贝克唱诗、吟诵祷词、为弥撒服务，抄写法典并诵读。由于乌兹贝克对语言拥有极大的悟性，可以说，拉丁文是靠听觉学来的。然而，到底什么是他的真正打算呢？

“指什么事情呢？”乌兹贝克问道。

“指你将来的打算。你打算永远留在修道院里吗？”

“如果我马上离开这里，他们会逮捕我，将我判刑。”

“是的。但是，你不能在这里永远地待下去。这是一座修道院，不是一家旅店。这是修士们出家的地方。”

“鄂多立克兄弟，我很清楚修道院是什么地方。我在中国和蒙古见到过许多修道院，里面有许多佛教僧侣，他们像你们一样诵经祈祷。”

“当然，我们相信上帝是三位一体的。上帝的儿子耶稣，他为了拯救所有人而死去。”

“兄弟，我们的上帝也不差。譬如，我们中国人的天子腾格里，我向您保证，他是一个威力无比的上帝，凌驾于一切人之上。然后有土地女神泰加依，这是生长和生活在地上的包括植物、庄稼在内的一切之神。”

“乌兹贝克，我们认为，如果一个人到修道院来，像我们一样修行，信仰相同，就可以当修士。”

“可以理解，在我们那里也是这样的。”

“那么，你看着办吧，你必须从中找到自己的归宿。”

“你知道得很清楚，我不能离开这里。”

“当然啦。但我们也可以让你逃到很远的地方去，在那个地方，谁也不认识你……”

“真的吗？”

“当然真的。圣方济各修会已经遍布各个地方。我们能够马上成功。”

“好，你既然说明白了，我会考虑的。”

就这样，几个星期几个月过去了。乌兹贝克从谈话中获得了启示，他的心中已经很清楚。在乌兹贝克的东方思维中，暴力概念逐渐淡漠。其实，乌兹贝克早已作出了抉择，他只是等待鄂多立克第一个开口说出来。

东方人往往就是这样，显得丝毫不露声色。实际上，鄂多立克有一次谈到这件事情时说，乌兹贝克对自己的归宿问题酝酿了很长时间，可以肯定，在他脑子里，一种明智的解决办法已经考虑成熟。果然这样，乌兹贝克再也不能返回自己的游牧部落，他被视为一名逃离军队和战争的叛徒。他的命运就是留在西方，也就是说，由他自己开启通向西方上帝的大门，以友好的面孔接受西方上帝。换句话说，他让自己成为天主教徒和圣方济各修士的时候到了。

他在修道院过得不错，能够接受把修道院作为自己归宿的现实。当然，对于乌兹贝克来说，忘记蒙古是不可能的。但如今，他只能平静地将思乡之情和对家乡的回忆统统存放在记忆的深处。因为，他已经是一个西方人了，他必须像一个西方人那样生活下去。所以，他自愿加入圣方济各修会，使自己成为一名修士。他高高兴兴地穿上了修士僧袍。蒙古人对其他人民的上帝尤为开放。他们也对印度佛教和中国僧侣采取友好的欢迎态度。但是，蒙古人宗教开放的历史久远，他们也欢迎道教、老子的经书，还有与他们同时代的孔子儒家的学说。蒙古人对在中国寺庙中，人们见到的先人的塑像也同样的开放。蒙古人宗教的大门始终对外开放。鄂多立克认为，这反映蒙古人吸收外来宗教的一种急迫心理状态。他们怀有最终掌握宗教真谛的愿望，说明蒙古人期待有人给他们带去……他们不啻是一个成熟的民族，正翘首盼望能给他们带去福音书的人。

鄂多立克开始向修士兄弟们和院长提出上述建议。由于时代的变迁，这件事的时机趋向成熟。蒙古人长时期的远征已告一段落。忽必烈是继成吉思汗之后的最高统帅，如今，他也年老体衰，距离死神不远。或许，一个新的时期正在蒙古帝国的地平线上冉冉升起。这就是期待福音书的时候。中国和蒙古的广大民众对此正翘首以盼。鄂多立克由此受到深深的震撼。中国和蒙古的福音还是或几乎是一片处女地，等待着被人开垦，只需要合适的犁头。摆在面前的这种新形势，教皇的心中是清楚的。实际上，尼科洛四世已经派出一位名叫乔万尼·孟德高维诺的圣方济各修士，让他带着信件和特许证去晋见蒙古帝国的大汗、波斯的阿尔贡以及中国的忽必烈。现在，乔万尼是首都汗八里①的红衣大主教。

鄂多立克渴望着自己充当传教士，履行传播福音的艰巨任务。从蒙古到中国到曼吉（Mangi），也就是中国南部……鄂多立克对乌兹贝克·沙迪以如此离奇冒险的方式来到圣方济各修道院感到非常高兴，这是上帝的一个征兆。一个时期来，上帝已经开始抽出细细的蚕丝，将他引向中国。

鄂多立克非常清楚丝绸是什么东西。去过中国的旅行者，几乎所有人在回来后都异口同声地盛赞丝绸的神奇。更有甚者，有些人把蚕籽藏在竹筒里，带回西方。就这样，在整个意大利，在有桑树的地方，人们开始普遍养蚕，蚕以桑叶为食。

意大利的丝绸，尤其是弗留利的丝绸，极其漂亮、结实。于是，鄂多立克暗暗地任凭自己的想象驰骋，仿佛他已经开始从自己身上的一个看不见的蚕茧上抽丝，这根充满魔力、神奇的蚕丝，把他同中国和蒙古神秘的联结起来……

乌兹贝克也曾经讲述过丝绸这种神奇的东西。一些同战争有关的有趣而美好、甚至是令人难以置信的事情同丝绸的故事相连在一起。东方人在丝绸上画上他们精致秀丽的风景：木桥、湖泊、河流、山丘、竹林、鸟类、白衣淑女、文官和武将。但是，丝绸是一种奇特的产品，可以用来做各种各样的东西，譬如士兵用的护胸甲衣。

“护胸甲衣吗？丝绸做的护胸甲衣吗？”鄂多立克问道。

“当然，你知道得很清楚。”

“怎么可能呢？”

“事实就是这样。一种用几层生丝做成的紧身衣，这种紧身衣能阻止箭头进入武士的肉体，就是金属箭头也无济于事，箭头可以凹入肉中，但不会流出一滴血。”

---

① 汗八里，汗之城，指北京。

“真让人难以置信。”

“然而真是这样。再说你可以亲眼看看。”

乌兹贝克解开胸前衣服，在肋骨和肋骨之间，露出两个凹进处。这是在萨马尔康达附近的一次战役中，他被一支箭和一支标枪击中留下的见证。当他被击中时，曾两次从马背上跌落下来，感觉疼痛，但击中点无一滴鲜血流淌出来。织成多层的生丝，比钢还要坚韧，用这种生丝层制成东方士兵的护胸甲衣。鄂多立克深深感到，每个民族、每个国家都有自己的特点和独特之处。在一些地方，人们用钢来制造护胸甲衣。在中国，却可以用丝绸……

乌兹贝克说，那时候，船只的绳索也是用丝绸拧成的。这样的绳索比麻绳要细三倍，然而却更加坚韧。鄂多立克懂得了另一个道理，尽管乌兹贝克愿意加入天主教，但蒙古的某些东西仍然留在他的身上，因为蒙古民族的风俗习惯以及思维方式，根深蒂固地同他的血液融合在一起，并且成为他身体中的一部分。

每当修道院的生活和规章允许有些休息时间，鄂多立克就给他的蒙古朋友诵读福音书，让他尽量记在脑海中，就像乌兹贝克记起孔夫子的儒家思想，佛教先知——悉达多王子[①]即后来的释迦牟尼的“四谛”一样。在智慧、伦理、道德方面，上述各种学派之间，往往有某些潜在的相似之处。乌兹贝克被不论什么文明、处在什么纬度的各个国家的人民的智慧深深吸引住了。他认为，各种宗教的关系，或许就是类似神奇的姐妹或者至少是表姐妹之间的关系。但是，它们彼此之间没有亲属关系的概念，犹如已被忘在脑后的一名古代成员一样。所以，人们身穿钢制或丝绸层的护胸甲衣，又相互激烈地争斗。不是这样吗？不，在鄂多立克看来，情况不是这样。恰恰相反，他认为，东方所提出来的或者能够提出来的上述那些概念，是人类能够想到的无比高尚的概念。但是，这毕竟是属于人类世界的思维概念。这种概念就像一块没有经过发酵的面包，因为它缺少来自另一方世界的发酵粉。

---

① 悉达多王子，释迦牟尼出家前的本名，印度宗教领袖，佛教创始人。

第八章　中东

很长时间以来，鄂多立克心中有个问题一直想问蒙古人乌兹贝克。也许，他最好还是别触及这个问题，因为，这属于个人的隐私。这个问题就是，乌兹贝克有家庭吗？

“我有家庭，我有妻子，她是鞑靼人，生活在萨马尔康达。”

“你只有妻子吗？”

“我还有一个儿子，名叫那嘎达依。”

“他同母亲生活在一起吗？”

“这只有上帝知道。当时，我把他们母子留在萨马尔康达。然而，人的命运总是动荡不安宁。命运像风一样，不断改变方向。”

“最后一次你见到他们是在什么时候？”

“很多年以前了，至少在二十年前。”

正是在那个时候，乌兹贝克离开了蒙古金色部落。谁能知道一个逃兵的女人和儿子会有什么样的命运啊！也许儿子当了一名士兵，而妻子肯定成为别人的小老婆了。

1296年，越来越热衷于传教事业的鄂多立克，接受了出使中东圣方济各修道院传教的任务。他几乎在以下中东各个地方都传过教：腓尼基、波斯、美索不达米亚、叙利亚、卡帕多齐亚、佩尔加莫和佩特腊地区，或者，圣地的邻近地区。对于一位圣方济各的信徒来说，留在中东传教几乎是一个必须经过的阶段，是一种效仿修会创始人的方式，这正是鄂多立克前往萨拉蒂诺附近地区的原因，目的是解放圣·塞波勒克罗。

于是，鄂多立克去了一个位于腓尼基山上的修道院。但很快他就明白，在这里，几乎无法燃起传教之火。几乎所有的修道院只不过是某种类型的堡垒而已。在这里，修士们可以保持对基督的信仰，但是却不能进行传教。所有的修道院不过是伊斯兰教大海中的一些小小岛屿。它们虽然被伊斯兰教徒宽容地允许存在，然而却受到监视。

对修道院的保护不过是伊斯兰教徒显示自己宽容的一种形式而已。在那些修道院里，基督犹如一个囚犯那样，被护栏围禁起来，实际上，基督的声音不能逾越修道院的外墙。圣方济各修士们根本不可能改变伊斯兰教徒的宗教信仰，就连圣·弗朗切斯科朝见苏丹①的时候，也未能成功。

生活在修道院的修士们只限于抄录以下古代作家的书籍：奥里捷内、阿塔那西奥、马卡里奥、尼萨的格列戈里奥、那齐安佐、阿戈斯蒂诺、季内西奥、迪阿科诺、乔万尼、卡西亚诺、西梅奥内、菲洛塞诺、阿莱桑德里亚的克雷门泰等等。修道院中的有些修士从事丰富图书馆资料的工作，有些修士则用漂亮的微缩画来介绍圣经。然而，基督极少涉足和光顾这里的沙漠和山脉地带，因为，穆罕默德②占据了这里的所有空间，他以铁一般的坚定信念守护在这里。

光阴荏苒。十年后，这位来自波德诺内的鄂多立克修士返回了乌迪内。留下的其他修士兄弟，在寂静的修道院里默默地度日。鄂多立克进入修道院之时，正是西西里的维斯普里战争爆发之时，仗打了二十年之久。好在阿腊戈那国王从中调停，这场旷日持久的战争才以卡尔塔贝洛塔的和平宣告结束，新教皇克雷芒五世也从皮埃特罗迁居阿维尼翁。

对教皇的这种变迁，圣方济各的修士们感到忧伤。圣方济各修道院如雨后春笋，在很多地方建立起来，并且继续蔓延到世界的各个地方，甚至发展到整个辽阔的亚洲。圣方济各修士被指派出使到所有皇帝统治的国家去履行传教的职责。

大主教乔万尼·孟德高维诺向居住在阿维尼翁的教皇写了封热情洋溢的信件，目的是请他派出神职人员，支援他的传教事业。弥撒仪式很多，但神职人员少得可怜。教皇向他派出了七名圣方济各修士，行使各地的主教义务，七名修士中仅有三名活着抵达目的地。三位中的一位修士，名叫佩雷格里诺，他来自教廷所在地，后来成为中国刺桐的大主教。第二年，捷腊尔多·安布依尼接替了佩雷格里诺的职务。后来，有人路过乌迪内修道院，在客房中住了几个晚上，讲述了所有一切事情。

鄂多立克连续两天睡不着觉，他感到，命运之神越来越向他靠拢过来。他已经是四十多岁的人了。继父斯特凡已经走完了他的一生。整个地区无人不晓的波尔恰城堡的奎多伯爵也比他的猎鹰飞到更高的地方去了。蒙古人乌兹贝克如愿以偿，当上了圣方济各修会的一名修士。这是一桩非常奇特的事情。在威内托地区的所有修道院里，都在议论这件独特的事情。

关于上述这件事情，只有一个先例，那就是名叫腊邦·萨那的蒙古人，他于1287年受皇帝派遣，来到欧洲。他当过罗马、热那亚、佛罗伦萨的外交使节，受到瓦洛依

① 苏丹，伊斯兰国家最高统治者。

② 穆罕默德，伊斯兰教创始人。

斯的菲力甫·依勒·贝乐，也可以称之为菲力甫·依勒·法尔萨里奥的接见。他还受到英国的埃多阿尔多一世的接见。此后，这位蒙古使节并没有像许多和平使节那样，返回自己动身的出发地。相反，他选择留在欧洲，让自己穿上修士长袍，所有信奉上帝的人们惊讶万分……这是第二件无人不晓的奇特事情，犹如第一件事情一样。岁月逝去越多，流传的有关他的佳话也越广，恰如岁月留下了他所经历过的每一件事情的痕迹一样。乌兹贝克在洗礼的时候，更名为弗朗切斯科。在他看来，自己是西方圣人中最富有东方特色的圣人。然而，他又是整个蒙古金色部落地区最富有西方色彩的蒙古人。

一个修士修道院，尤其是圣方济各修士的修道院，宛如大海一般，可以将远方遇难的幸存者运送到任何海岸。圣方济各修士乌兹贝克就是那些幸存者中的一位。另外一位是贾科莫神父，他从爱尔兰来到乌迪内的修道院，他是一位个子高大、秃顶、身材肥胖的修士。从他身上不难看出，他原先并非属于修行界的人士。在世俗时期，他嗜酒如命，尤其对啤酒情有独钟。

鄂多立克同贾科莫之间也保持着牢固的友谊。毫无疑问，类似那种他与蒙古人乌兹贝克之间的圣方济各修士水平的友谊。

鄂多立克不仅喜欢同乌兹贝克讲拉丁语和当地语言，还特别愿意同他讲蒙古语和汉语。鄂多立克用这种方式来锻炼自己学习其他语言的才能。圣方济各修士乌兹贝克也乐意这样，因为这是一种让自己回忆和接近过去的一种方式。

然而，鄂多立克还有自身更多的感受。他在学讲某些中国话的时候，或者他在喊叫蒙古人的时候，愈来愈感到乌兹贝克像是一位受上帝指派的人物，上帝支持并一手安排了乌兹贝克的命运。修士们在履行他们的各种使命中，总是分为近处或远处的两类使命。鄂多立克同蒙古人乌兹贝克通常结伴而行。尤其利用闲暇时间，抓紧同乌兹贝克进行会话练习。鄂多立克感到自己置身大自然之中，几乎同大自然中的一切造物融为一体。同时，他也感到，一切造物就是他自己。我是水，水就是我。我是火，火如同我。如此类推，云彩、家畜以及那些野生动物都是这样。我是宇宙，那么，宇宙就是我。这就是圣方济各的感觉方式。因此，每个造物和每个人都是兄弟或者姐妹的关系。乌兹贝克认为，就是在老子的道学中，根本的观点也没有什么太大的差别。只是按照东方人的思维方式，道学说得比较含糊和隐喻而已。乌兹贝克认为，一个人的头脑犹如一望无际的陆地那样辽阔无比，人们可以在自己的头脑中找到任何问题的答案。头脑可以包容整个世界。可以说，成吉思汗的头脑也好窝阔台的头脑也好，忽必烈的头脑也好，他们最愚蠢之处就是着了魔似的企图独霸世界。

事实上，毋庸置疑，世界是属于我们的，这也是道学最具有重要意义的结论之一。蒙古人征服了整个世界，他们血腥屠杀敌人，用俘虏的头颅骨垫高金字塔，用割下俘虏的耳朵装满木桶！这是从未有过的什么样的征服啊！难道处于水深火热中的各国人民就不会迅速揭竿而起，争取重新获得他们的自由吗？只有当某个武力征服者行将一命呜呼的时候，他才会幡然猛醒。原来，人们只能依靠精神、形象、理想、道德的力量，来征服整个世界。

关于上述这个问题，鄂多立克和乌兹贝克看法相同，双方观点几乎完全一致。蒙古人征服亚洲和整个世界，使他们自己蒙受什么样的后果呢？他们疲惫不堪、太多的马上奔波、凛冽刺骨的寒风、永无休止的担惊受怕、张皇恐惧、杀人放火、罪恶累累！他们走过河上浮桥的时候，险象环生。无数士兵在天寒地冻的恶劣气候中倍受煎熬苦苦挣扎，他们在不见天日的泰加森林①中怨气冲天地踉跄移步行进。与此相反的唯一征服方式只能是，用精神、真理、爱的力量……把自己同人们联结在一起。

“这就是我们的任务。”鄂多立克对乌兹贝克修士说。

事实上，在乌迪内修道院里，笼罩着一种不为历史性大事所干扰破坏的期待氛围。神圣罗马帝国选出了一位新国王卢森堡阿利戈七世，他来到意大利，旨在加强世界帝国的思想。一直身居阿维尼翁的教皇不曾参与。

一位佛罗伦萨的大诗人用拉丁文写了一部关于帝国及其存在的著作，并把这部著作献给阿利戈七世。这位诗人名叫但丁·阿利基耶里，他是特雷维吉人。人们说他正在撰写一部描述阴间情景的叙事长诗。这部长诗比荷马②和维吉尔③的长诗更为美妙、更为恐怖。鄂多立克马上竖起耳朵，听到说这位诗人出生于公元1265年，与自己同岁。作为乌迪内修道院的客人，瓦隆布罗萨的一位圣方济各修士，随身带来了自己抄写的但丁长诗第一部分。这个手抄本激起了修士们极大的好奇心，尤其是对手抄本中富于隐喻的画面和带有神秘色彩的最阴暗部分。经常发生这样的情景：在某位修士的房间里，在一盏闪耀着微弱光芒的油灯下，两名坐着的修士俯首诵读托斯卡纳诗人的著作。其他修士弯腰立在他们身后，力图解释普鲁托④的诗句，或者是对猎兔狗的神秘暗示。谁都永远无法成为救世的猎兔狗吗？康格朗德·德拉·斯卡拉呢？教皇呢？还是皇帝阿利戈七世？或者是但丁的叙事长诗——来自特雷维吉的佛罗伦萨诗人称之为的《神曲》呢？

“相反，倘若是一位蒙古皇帝呢？”乌兹贝克说道。

“为什么？”

“因为，对你们来说，猎兔狗就是狗的意思。所以，你们谈到康格朗德·德拉·斯卡拉。然而，对我们来说，汗就是先生，大汗就是皇帝的意思。但丁也说：‘他的民族

---

① 泰加森林（la Taiga），西伯利亚冻土带以南的针叶树林，也指欧洲等类似的森林。

② 荷马（Omero），古希腊诗人。

③ 维吉尔（Virgilio），古罗马诗人。

④ 普鲁托，古希腊诗人。

将会处于毛毡与毛毡之间吗？’那么，好吧，所有的蒙古皇帝都出生在我们的蒙古包里，蒙古包是用毛毡和皮革搭成的……”

在场的修士们都笑了起来，但是，鄂多立克没有跟着他们笑。

“可能是这样的。”鄂多立克最后作结论说，“伟大的诗人往往都是伟大的预言家。”

圣方济各修士乌兹贝克心中非常感激鄂多立克，他把鄂多立克对他的肯定看成是一种特殊情谊的表示。总而言之，他感到自豪，因为修道院的修士们待他就像自己的兄弟一样。修士们在亚美尼亚、波斯、大蒙古帝国，甚至在中国建立了修道院。圣方济各以自己苦行僧修行征服了整个世界。教皇博尼法契奥八世受到阿那尼的侮辱后，伤心地死去。据说，佛罗伦萨人遍布全世界，位居第五。然而，尤其应该提到的真实情况是，圣方济各修道院，犹如雨后春笋，在世界各地应运而生。为深入了解圣方济各修道院的总体分布情况，已经纂写过一本统计资料。从不断完善这本资料的目的出发，总是向来自外面的每一位修士打听实情，以便看看还有什么其他地方的修道院数目，需要不断充实和补充到原有的统计资料中去。

已经拥有一本统计资料，上面记载了分布在整个小亚细亚乃至全亚洲的成百上千个修道院。修道院是人们的避难所，是那些遭家庭遗弃之人的家，是那些既无妻子又无儿女或丧失妻儿之人的家庭，就像贾科莫神父的情况一样。公元1300年，教皇博尼法契奥八世宣告为大赦年。贾科莫同妻子鲁茨一起，开始他们去罗马的朝圣之行，他们途经陆路和海路，怀着瞻仰教皇和观赏世界天主教中心的强烈愿望。他想象，在罗马，人们呼吸的是同天堂近似的空气。他把罗马这座城市构思成一个奥妙之极的神话世界。

贾科莫在爱尔兰干的是公证人行当，他精通用拉丁文撰写的《学说汇纂》[①]。他途经英国、法国和帝国大地，翻越了阿尔卑斯山脉之后，就被一种也想亲眼领略一下威尼斯风光的好奇心所驱使。因为大家都把威尼斯喻为世界最美丽的城市。然后，从威尼斯出发也好，或者从威尼斯附近的小城镇出发也好，有一条通向罗马的道路，这正是被人们称作的罗马大道。但是，就在他走出乌迪内市附近的圣・戈塔尔多地区的客店的时候，从树林里迎面窜出一群手持刀剑的强盗，他们虎视眈眈、全副武装。贾科莫用手中一根多节的欧洲山毛榉棍子抵挡着，像一名骑士或一头雄狮那样奋起自卫。他的永恒伙伴，就是手中那根长长、干瘦的棍棒。他把许多强盗打翻在地。就在他的棍棒没有来得及击倒更多敌人的时候，强盗们丢盔弃甲地逃进树林，他们像突发袭击的时候那样，一哄而散，飞快地逃之夭夭。最终，贾科莫胜利了！

然而，不幸的是，倒下去的人中也有贾科莫的妻子。鲜血染红了她的前胸和脖子。但是，贾科莫竟然没有发现她。由于贾科莫的后颈部遭到刀背一击，他的视力变

① 《学说汇纂》，公元六世纪东罗马皇帝查士丁尼命令汇编的法学家学说摘录。

得模模糊糊，再也无法看清周围的一切。

贾科莫连走起路来也变得摇摇晃晃、软弱无力，因为他所受到的一击破坏了身体的平衡感觉。他心中问自己是否身体状况永远这样，或者只是暂时过渡性的这种新情况，他感到恐惧不安。现在，他作为一个半瞎和失去平衡的人，感到狂怒失态，似乎已经成为自己庞大身躯的俘虏，丧失了准确驾驭的能力，犹如一艘没有舵手、指南针和船帆的轮船一样。

再说，他只能躺在一家客店的床上，怀着遭受一记重击的伤痛，视力模糊不清，头昏脑涨。妻子鲁茨的情况怎么样？人们对他说，他的妻子身受两处重伤，被市中心的一家女修道院收留了进去。没有多少日子，贾科莫恢复了健康，视力几乎全部复原，走路也正常。于是，他就去寻找妻子的下落。修女们掩埋了鲁茨，就像掩埋其他死者一样。可怜的公证人凄然失声，两行泪水从他那双蓝色眼睛中夺眶而出。贾科莫决定不再离开妻子被埋葬的地方，也就是说，他将永远留在乌迪内。就是罗马，他也不想去了。

贾科莫要求进入圣方济各修道院。很快，他就被接纳。因为他会拉丁文，马上就被任命为神甫。他也同众人一样，被鄂多立克的形象和举止深深吸引住了。贾科莫对鄂多立克怀着一种特别的敬仰心理。每当波德诺内神父鄂多立克被邀请到什么地方去，不管是什么样的使命，贾科莫总是当他的陪伴者，并且，身边总是带着那根朝圣时用的棍棒。

1316年3月，教皇第十三任克雷芒五世时期，一位教皇特使莅临帕多瓦修道院。他像红衣主教那样，头戴小红帽。修士们为他准备了一间休息的房间。但是，作为带来紧急信函的特使，他力图马上向修道院院长出示教皇的敕书。教皇特使站立着，念得很快。然而他得知，最好还是去乌迪内修道院，那是所有邀请者回应教皇最恰当合适的地方。教皇特使叹了一口气，两次整理了一下头顶上的小红帽，同他的侍从一起，迅速登上马匹，朝着乌迪内的方向疾驰而去。

三天后，教皇特使抵达乌迪内市。他寻思，这一次在离开之前，应该好好休息一下，他实在疲惫不堪，为此，心情欠佳。他刚刚把教皇的敕书交给修道院院长，就被安置到一间空房间休息，并吃了点东西以恢复体力。教皇特使到来的消息瞬间传遍了整个修道院。他来到修道院内环形走廊的庭院中，一名修士正在打井水，另一名修士正在菜园浇菜。然后，他从庭院来到两个小房间的两扇小窗前，修士们正在祷告。教皇特使不时地探头望望美妙的世界。嘈杂的声音从房间沿着走廊，传入每一个房间、修道院的大厅和厨房里。

教皇特使到来一个小时后，所有的修士无人不知，甚至还知道他所带来的是什么样的消息。毫无疑问，这是汗八里的乔万尼·孟德高维诺大主教提出派遣合作者的新请求。这个请求已经得到修道院院长的默许。于是，修士们私下小声议论着已经不是什么秘密的消息，而是在修道院里或多或少已被大家知道的事情。当教皇特使和他的侍从离去后，院长召见了鄂多立克，向他介绍了教皇的请求。多年来，教皇已经非常了解这位波德诺内修士的心愿。

“鄂多立克兄弟，这一次，公鸡真的打鸣了。”

“我一直期盼着这一天。”

“东方之星呈现并闪烁在天空的最高处，你期待已久的时机终于来到了。”

“我对我的期待感到欣慰、终于如愿以偿。”

“展现在你面前的东方之路是最遥远的一条路。”

“这我考虑过，也是我梦寐以求和多次想过的事情。”

“这我知道，兄弟。正因为这样，我首先考虑的人选就是你。你打算让谁当你的旅伴呢？”

“当然是乌兹贝克修士，他会蒙古语和中国话。他渴望再次见到他的祖国。”

“好吧。我相信，这也是上帝为你选中的一位旅伴。”

鄂多立克犹如长上了翅膀，飞一般地跑到圣方济各修士乌兹贝克的小房间。他看到乌兹贝克的整个身子蜷曲在草褥子上，周身上下，大汗淋淋，由于疼痛的原因，他的面孔扭曲变形。

“兄弟，你怎么啦？”

“我很难受。”

“你振作起来，我们要动身去汗八里（今北京），我和你，也许另外还有一位什么人。”

“遗憾的是，我不能当你的旅伴了，鄂多立克，换一个人去吧。”

“兄弟，你说些什么呀？我们有多少次憧憬过这种希望呀？”

“鄂多立克，对我来说，晚了，无论从哪方面来说，都来不及了。”

“你发生了什么事情？”

“我胸口像有一条紧紧咬住不松口的蛇，谁也无法慢慢地把它拉出来。”

“要我替你准备一种锦葵浸泡液吗？”

“我认为没有多大用处。”

“那么你要点减轻痛苦的罂粟油液吗？”

“好，好的。我希望这种油液至少能让我入睡。”

圣方济各修士乌兹贝克吃力地说着，他竭力从自己的口中吐出微弱的声音，念念有词，嗫嚅着多种语言。莫非他真的没有听到来自泰加森林、大草原或是荒漠的召唤吗？可以肯定地说，他听到了。然而，肉体上的痛苦更强烈地折磨着他。或许，心脏病、肺病的痛苦正在撕心裂肺地折磨着他，因为，他只能艰难地大口呼吸。乌兹贝克喝了罂粟液后，迷迷糊糊地睡着了。但不一会儿，可怕的疼痛卷土重来，预示死亡的临近。他用细微无力的声音告诉修士们，他要死去了。

在场的修士们回答他说："别瞎说，你烧糊涂了。"一方面，修士们对他体贴入微，另一方面，他们柔声地对他说些宽慰的话："疼痛会过去的，你将会同鄂多立克一起动身……"

乌兹贝克点头表示同意，但是，修士们不明白的是，他正在嗫嚅着自己再也无法起床的另一个远行。尽管他备受痛苦的煎熬，嘴角边还是露出一丝亚洲式的神秘微笑。夜半时分，一位修士过来轻声告诉他那句常说的话："记住，你必须死去的。"圣方济各修士乌兹贝克已经停止了呼吸，汗湿的黑头发粘贴在潮湿的脑门上。两天前，鄂多立克曾经问他是否愿意向他忏悔。

"按照你的意愿做吧。"

"兄弟，这是你的事情，不是我的。"

"好吧，我忏悔，请你为我这个罪人祝福吧。"

然而，在鄂多立克看来，乌兹贝克的忏悔，不同寻常，不是天主教式的忏悔，而是一个带有亚洲离奇色彩的诉说。乌兹贝克勉强地理解生命的后面就是上帝的观点，他似乎本能地看到无限，生命犹如造物本身，没有开始也没有结束，一个接一个地、持续不断地变换。鄂多立克有些慌乱，长时间地对他布道。一时间似乎乌兹贝克成了听忏悔的神父，鄂多立克成了忏悔者一样。乌兹贝克以往就一直是本末倒置、变换角色的能手。

乌兹贝克是一位不虔诚的天主教教徒吗？鄂多立克曾经向乌兹贝克提出过这个问题。蒙古人修士坦诚地承认，他曾竭尽全力，努力使自己融入天主教。然而，他的真实情况是，内心深处仍然犹豫不定，宛如天空中的一团云彩，忽而组合，忽而散开，永远无法以某种持久、固定的方式来使自己同天主教融为一体。鄂多立克拥抱他，亲吻他，但是并不理解他。圣方济各修士乌兹贝克反倒安慰鄂多立克说，你别担心，连我自己都不理解我自己，就像没有一个人能够理解自己一样。一切造物都是永无止境地比表现出来的现象复杂得多，而作为我们来说，同一切造物相比，几乎是没有什么意义的。乌兹贝克对自己的不忠行为后悔了吗？当然是这样。他真的是越来越感觉到自己的不忠。他相信天主教信仰的造物。可以肯定，那都是实实在在的真实东西！信仰本身就是悟性和逻辑的必然。鄂多立克想制止乌兹贝克这种忏悔方式，因为对忏悔不能有什么条件和进行诡辩。但是，离奇的亚洲修士乌兹贝克请求鄂多立克让他以这种方式来忏悔。再说，他将会感念上帝，他同上帝早就持有一种完全特别的关系。

不一会儿，众多钻进前胸血管的小蛇重又苏醒过来，乌兹贝克垂下了脑袋。当晚，所有的修士得知消息后，纷纷跑进乌兹贝克的房间。下半夜时分，全体修士聚集在教堂里祈祷，鄂多立克轻轻地撞响报丧钟声，他实在不忍惊醒熟睡的市民们。乌兹贝克的尸体放置在棺木中，面孔带有痛苦表情的痕迹，光着双脚，双手交叉在胸前成十字状，用圣方济各绳索系在一起。

宗教仪式完毕后，尸体被运往菜园的尽头处，两名修士在那儿已经挖好一个土坑。简短的葬礼在几个松树脂火把的亮光下进行。周围的街道沉浸在一片静寂之中，因为夜晚宵禁声[①]已经响过好几个小时。四周的大自然沉睡着，万籁俱静。黑暗中，只有黑压压一片修士们的身影，模糊而变了形地被火把投射到围墙上面。蒙古修士的尸体被众人用轻柔的动作慢慢地放置到土坑底部。这时，有人哭了起来，但声音很轻，听得出来，哭的人竭力让自己不出声响，为的是不影响埋葬仪式的肃穆气氛。

鄂多立克想到他的生父弗朗兹，几乎是在48年前，生父死在贝内文托。他也回忆起母亲的坟墓，想象着继父的坟墓。鄂多立克想到他的生命真正阶段往往是在一位亲爱的人离去，那毫无生气的尸体下葬入土的时候。

乌兹贝克以那种方式死去，所有的修士，包括鄂多立克在内都认为是自然的。鄂多立克前往中国的旅伴，也许就是贾科莫神甫。鄂多立克临动身的前夕，他精神振奋，但是，也有些担忧。当想到那一无所知的世界正在等待着他，鄂多立克的心犹如振翅待飞的燕子，激动不已。在未来大墙的后面，到底藏着什么东西呢？像一位伐木工，正在检测木质的坚硬度一样，一贯检测人们命运的上帝正在为他准备什么呢？鄂多立克将要走什么样的道路呢？对于他的前任所走过的道路，人们知道些什么呢？

---

① 宵禁声，中世纪时晚间熄灭灯火的信号声。

第九章　谢里姆

如今，人们传说曾经有威尼斯商人去过中国，名叫尼科洛和乔万尼·波罗，和他们一起的是十六岁的马可·波罗。约摸二十多年后，他们返回祖国时，马可·波罗已经四十多岁了，他在库尔卓拉利群岛的一次战役中，被热那亚人俘虏。在热那亚监狱中，他向比萨人鲁斯梯谦诺口述经过国家的所见所闻，以及多年在中国的经历。三位威尼斯人经过的是一条什么道路呢？那就是被商界称之为的“丝绸之路。”

帕多瓦省的神父致函乌迪内圣方济各修道院院长说，在威尼斯有一个再好不过的机会。四月初，将有一支小船队在大运河的尽头整装待发，前往特列比松。这支小船队隶属一位威尼斯商人，他同阿尔美尼亚·马约尔有贸易交往关系。这支小船队通常由一艘战舰负责护送。这位威尼斯商人将不收分文，把修士们带到特列比松。他是修士会的朋友，一贯慷慨解囊施舍修士们。他乐意以这样的机会和方式助宗教一臂之力，确保修士们安全抵达地中海边远的彼岸。

就这样，天意已定。那么，贾科莫感到高兴吗？他兴奋激动不已。多少年来，他将自己的愿望制约在永不离开鲁茨的坟墓所在地。他已经不只是一个丧妻的鳏夫，而是一名修士。在任何情况下，他有着喜爱冒险的爱尔兰人特性，他曾一度是啤酒店的老主顾，具有去认识了解世界的欲望。对他来说，修道院的围墙有点狭窄了。更何况，他已被任命为鄂多立克的保护人和卫士。他就是鄂多立克的保护神，更是陆地之行的卫士。他尽管只是一名圣方济各修士，然而却非同一般，他十分精通棍棒之术。他用的还是过去的那根欧洲山毛榉木棍，他曾经用它赶跑了圣·戈塔尔多的强盗团伙，他将三分之二的盗贼击倒在收割后的麦地里。木棍已变得十分硬实，坚固得就像铁棍似的。

动身的日子来到了，从乌迪内到威尼斯步行需要五天，骑马则要花两天的工夫。他们拥抱了所有的修士兄弟，修士们一方面嫉妒他们，与此同时又为他们没完没了的冒险生涯担忧。他们拥抱了圣方济各修道院院长，院长亲手把《指令书》交给他们，这是作为他们将要投宿其他圣方济各修道院的安全通行证，尤其是作为给汗八里大主教乔万尼・孟德高维诺的国书。其中一份指令函明确地说，取消旅途期间的修士一切化缘和只能步行的义务。贾科莫从掌管钱财的修士手中接过一个装着一些威尼斯金币的钱袋，巧妙地收藏在谁也看不见的修士长袍里面。

三月末的一个清晨，告别的日子来临了。

“当你们归来的时候，卡尼诺山上的白雪也将会降落到我们头上的。”管家修士说道。

“是的。然而我们也都更接近上帝的天堂了。”

“愿你们不会有任何考虑不周全的地方，我们待在这里等待你们凯旋。”修道院院长说道。

“这将是我们坚定不移的信念。”鄂多立克语气肯定地说着。

波斯特・科莱姆城守门的士兵询问他们为了什么交易离开城市，干吗要去远方。

“我们要去中国，朋友们，你们算一算路程吧！”

“去中国？你们的话是真的吗？”

“圣方济各为我们作证。”

“愿幸运始终伴随着你们。”

他们取道陆路前往威尼斯，走了一程又一程。鄂多立克的脑海里浮现出修道院全体修士挤在小窗户前向他们挥手告别的情景。修士们把手伸出窗外，在空中划下十字。很快展现在鄂多立克、贾科莫眼前的是：已经耕耘过的田野、奶牛和马匹拖拉行进的马车。他们走过了蜿蜒而泥泞的乡间小路。在威尼斯的街道上，长途跋涉的过往行人和骑士们熙熙攘攘、行色匆匆，脸上带着惊讶的神情，上下打量着骑在马上的两位修士。

他们进入城市，穿行在威尼斯的各座小桥和大街小巷中，不时停下来打听通向阿尔塞那莱红塔附近的街道。这里，就是他们同开往特列比松船队的老板威尼斯商人阿尔维塞・凡尼耶诺接头的地方。二十年前，鄂多立克动身前经中东修道院的时候，曾经到过这个地方，不过，他的印象已经有点模糊不清了。倒是那位威尼斯商人，从灰色的修士袍，以及他们从一个僻静地方来到一个喧嚣的闹市后，脸上显露的那种迷惘神情上一下就认出了他们。商人对修士们的态度既热情又慷慨大方。同商人一道来的，还有一位世俗的威尼斯修士米凯莱。

凡尼耶诺马上邀请他们到自己的家里去，他的家就在阿尔塞那莱附近，这是一个对他本人和他的职业都十分合适的地方。他还是一个风华正茂的年轻人，为人诚恳直爽，操着一口流利快速的威尼斯方言。贾科莫一点也听不懂，也许，鄂多立克能听懂四分之一。只有米凯莱都能听得明明白白。修士们在商人家中受到了款待，住了一夜。第二天一大早，再次告别和动身的时刻到了。凡尼耶诺的年轻妻子罗西娜的两行热泪夺眶而出，尽管她对丈夫每半年一次的出海经商已经习以为常。

“圣马可与你相伴同行，圣母玛利亚会保佑你的。”

“对我们俩人都是这样的。你孤独一人也不过就两个来月的时间呀！”

凡尼耶诺把她举向空中，转上半个圈，修士们对商人的这个举动并不奇怪，因为贾科莫对他已故妻子过去的这种动作都做过上百次了。鄂多立克也并不陌生，他回忆起斯特凡对母亲薇奥拉的这种动作。当然，这已经是非常久远的事情了。

他们登上了中世纪的四桅帆轮船。无论是商人凡尼耶诺还是船长，他们都熟悉英国的一个成语：“时间就是金钱。”不论在什么情况下，两个人做起事来，都是雷厉风行，快捷利落。不一会儿，轮船行进在浩瀚的大海中，环顾四周，除了无边无际的海水外，什么也看不见。尽管亚德里亚海还算不上是一个非常大的海。他们感到船身摇晃和前后颠簸起来，鄂多立克是首次出海，他觉得胃有些不舒服，便倚靠在船舷边上。轮船一帆风顺地向前行进。然而，当轮船在驶近达尔马塔外海的时候，随着爬在桅杆高处水手的一声尖叫，甲板上出现一片混乱局面。水手们互相吆喝，朝甲板的各个方向奔去，他们还不大清楚险情来自何方。不管怎样，这是他们表示出现危险情况的一种惯常、相互打招呼的声音。

到底发生了什么情况呢？肯定不会是刮风或者是风暴的前兆，因为天空蔚蓝、晴空万里，风力不会大于海上微风的速度。那么是什么情况呢？一位面带恐慌神情的水手说，桅杆高处水手发现了两艘尾随的船只。他们朝着船尾的方向疾驶过来。很可能那是隶属亚德里亚海域的海盗船。实际上，这一带是他们的势力范围，在那些凹凸不平、遍布岩石海湾的海岸，有他们的海盗基地。

“肯定是海盗船吗？”贾科莫神父带着外地人口音问道。

“不，不一定，只是一种怀疑而已。总而言之，还是小心提防点为好。”

轮船快速升起其他的三角白帆，与此同时，加快了行进速度。立体帆、纵帆、桅帆、前桅帆统统升了起来。然而，倘若果真是海盗船尾随而来，帆具也是远远不够用的。鄂多立克和贾科莫都知道，船队由三艘商船和一艘战船组成。他们听到木槌在有节奏地敲打木桩的声响。鄂多立克下到处于海平面的底层舱，看到约摸十几个壮汉在划桨。不难明白，那些可怜的人们干的是极其劳累的苦活。空气中弥漫着刺鼻的汗酸味和龌龊的臭气。他们的条件真是糟糕透顶。要是船队撞上了海盗，那就坏了。那些可怜人根本就来不及逃生。鄂多立克在桨手间穿行着。

“我真是感到不舒服，神父。”领桨手说。

“那些不幸的人们使我感到非常难受。”

“为什么？那是他们自己选择的一种工作。他们用二次或三次出海到特列比松挣到的钱，可以购买一条渔船或者是一条贡多拉船。”

鄂多立克忐忑不安地在心中默默祈祷上帝：至少停止飞快划桨水手的劳作。正好在这个时候，爬在桅杆顶端的水手宣告，形迹可疑的轮船正从海平面上消失。领桨手停止手中有节奏地敲打的两个木槌。划桨看来已经没有什么意义，轮船靠帆具前进足矣。于是，划桨水手得以再次安宁。他们擦干流淌在胸前和肩膀上的汗水，为瞬间消失的险情，脸上绽现出欢笑。

划桨水手们笑容满面、东倒西歪地倒在地上歇息，鄂多立克隐退在阴暗的地方为划桨水手们祝福。他重又登上甲板，这儿，他没有在底层舱中看到桨手们费劲摇桨时所产生的困惑难受心情。同是一条船的两层，似乎是毫无关系的两个世界。借助船上的三角风帆，轮船最大限度地乘风破浪，在海上犹如一只红嘴海鸥，或像一条剑鱼似的向前挺进。训练有素的水手们似猴子般在绳索上飞快攀行。低处的人们清楚地看到桅杆水手的来回晃悠，他们一刻也不停顿地仔细察看海上情况。水手们心里清楚，船队的安全取决于他们的远处察看能力。船首前方，成群海豚上下穿梭跳跃，形成一幅令人难以置信翻筋斗的舞蹈画面。海豚似乎愿意伴随航船而行，并且像是乐于为船队开道似的。

每个人兴致勃勃地望着海豚，因为它们是欢乐的化身和人类的朋友。鄂多立克倚靠在船首的舷绳旁注视它们达半小时之久。帆具刹那间降落的声响使鄂多立克备感欣喜，因为风向和船队都有点儿变换方向。风力很足，船队飞快地破浪疾驶。不时地，四艘航船在岸边码头停靠，补充淡水、新鲜蔬菜和柠檬。水手的喜爱吮吸柠檬汁，他们相信，这样也许可以对远离那些诸如坏血病、天花等最可怕的疾病有所裨益。

小船队抵达科斯坦梯诺波里，在这里，停靠的时间比在杜拉查、斯帕拉脱、科尔福安长一些。大海一直风平浪静，鄂多立克甚至不用为胃部长时间不适而倚靠在船舷的边缘了。船队停靠在东方帝国首都的时候，总会遇上些麻烦的事情，因为船员们登陆后，在港口地区以及在佩拉附近的热那亚超载贮存物地区，他们往往与刚抛锚的热那亚船上的人们多次发生冲突，双方船长力图拉开他们，但徒劳无用。凡尼耶诺船队上的人们很快就看到眼睛四周和肩上肌肉青肿的水手们。威尼斯和热那亚之间永无休止的对立情绪也反映在各自船队人员的冲突上面。

船队一旦驶进大海，许多水手开始沿着船身滑下他们的绳索，绳索尽头捆上大鱼钩。海水的颜色深暗，这里以盛产鱼类而出名。实际上，水手们钩到的有鲷属鱼、比目鱼、鲻鱼、鲉鱼，甚至小的金枪鱼和剑鱼。对于水手们来说，用刚刚钓到的新鲜鱼来取代船上的咸肉就像过节一样。他们找到一个适合聚餐的地方，就是用铁板遮挡船身的一个角落，用一种原始转动的铁叉来烧烤鲜鱼，船上所有的人都吃得津津有味。

眼下，船队打算靠近小亚细亚海岸。从塞尔柱王朝[①]和奥斯曼帝国时代开始，这里

---

① 塞尔柱王朝，11—13世纪土耳其的王朝。

就隶属土耳其人，他们对伊斯坦布尔和巴尔干半岛构成了威胁。有的时候，船队非常接近海岸，以至于船上的人们可以隐隐约约，或者猜想出海岸山坡上一望无际的无花果树、仙人掌以及龙舌兰、暗红色的岩石。

返回欧洲国家的一行行候鸟在碧空如洗的天空飞翔而过。岁暮天寒的冬季已告结束，金色的太阳高高悬挂在地平线上，温暖着冻僵了的大地。那些候鸟是野鸭、大鹬、灰鹤、丘鹬、玫瑰鸠等各类杂鸟的群体。这些候鸟栖息在多瑙河的出口，这是一个看来不属于人间国王的地方，而是只属于飞禽的一个奇特的王国。也就是说，候鸟群栖息在一个既不完全是陆地，也不完全是海洋的地区。鄂多立克和他的随行修士以某种方式参与船上的生活和众人的创议活动。然而，他们也在船上找到了一个角落做弥撒。但弥撒要趁海面风平浪静的时候进行。否则，船身的摇晃和前后颠簸会打翻酒杯和盛有祝圣圣饼的盒子，主祭修士如果双腿没有叉开一点，像水手们的习惯动作那样，也会有摔倒的危险。

凡尼耶诺的船队驶过深海，抵达特列比松。所有那些要去大、中、小亚美尼亚、波斯和美索不达米亚做生意的人们，都必须在特列比松上岸，继续他们的陆上行程。修士们航行了四十天，他们已经习惯于海上看陆地似乎在跳舞，脚下晃动不已的感受。

威尼斯商人在自己经营的客栈中接待修士们两天。遗憾的是，因为他要等待一个他很熟悉、甚至是由要好朋友们组成的前往波斯的商队，他没有很多时间来陪伴修士们。他们只好漫无目标地在城市的居民区独自闲逛。

当然，人们不能说，在特列比松的商人们很少，因为他们比比皆是地出现在露天、在广场、在被帐篷或是被围墙封闭起来的环境中。

特列比松具有双重面貌：有的时候，呈现出西方人和天主教的面貌；有的时候，呈现出东方人和穆斯林教的面貌。在特列比松的街道上，许多来自欧洲和意大利城市的商人来来往往。这里也有许多直接由热那亚人、比萨人和威尼斯人经营的客栈和商店。当地居民中的种族颇多：阿拉伯人、土耳其人、波斯人、亚美尼亚人和蒙古人。几十年前，他们征服了这座城市。许多房屋已经整修一新，然而，仍然残留曾经遭遇古代火灾的痕迹，在这里，可以听到人们操着十几种不同语言的口音。鄂多立克因在中东一座山上的修道院中生活过一段时间，他可以听懂某些语言。这个经历使他感到幸运，因为一个人如果置身于一个外地人聚居的地方，一句话也听不懂，就会感到很不自在。尽管三位修士把很多时间花在祈祷上面，但还是受到这座城市所有古怪离奇事物的强烈吸引。修士们逛市场的时候，总会见到一些街头卖艺人，他们要么耍弄刀枪，要么吞火、喷火，要么耍弄个头不大的猴子。

不一会儿，修士们拐到一个广场，眼前的景观让他们瞠目结舌。宽阔的广场被一方大海似的众多平原山鹑鸟覆盖着，到处是黑色的翅膀和红色的鸟头冠。它们比威尼斯圣马可广场上的野鸽子还要多，真是密密麻麻的一大片。它们中间站着一位男子，犹如一个巨人。突然间，伴随此人的一声巴掌，山鹑鸟群突然腾空而起，不计其数的黑色翅膀在他头顶形成团团云彩，黑压压一片。这个时候，男子得以向前挪动脚步。山鹑鸟群紧紧地追随男子向前飞行，它们围着他重又落在地面上，重又形成如前黑压压一片的景观。这是我们的修士们从来没有见过的鸟群迁徙前最奇特的景象。他们瞪大眼睛注视着山鹑鸟群。那个男子想把鸟群引向什么地方去呢？鄂多立克从人们口中知道了谜底。当然，他只是想让这个谜底更有依据。山鹑鸟群朝着卡内加城堡的方向迁徙飞行。

“卡内加城堡是什么？”

“是王子城堡……”

什么样的王子？是特列比松的王子吗？特列比松有一位王子吗？特列比松是一个独立的国家吗？它不属于蒙古帝国吗？修士们漫无目的地在嘈杂喧闹的城市里闲逛，为眼前的每一件离奇的事情惊讶万分。他们来到另一个闹市广场，听到了一个奇怪的故事。皇帝宠爱的一位年青男仆，忽然被杀害了。于是，皇帝请一位占卜者用巫术来提示杀人者的名字。

在庄严的礼仪中，死去的男仆被抬到特列比松的大广场，安放在情绪激昂的人群中间。占卜者施展妖术，在死人的嘴唇上撒上一点儿像面粉的粉末，然后用旁人听不懂的语言念念有词一番，只见死人坐起来一会，说出了杀手的名字以及将他杀死的原因。然而这一切是什么时候发生的呢？是在近期还是已经发生久远的事情？鄂多立克对他的伙伴们说：“这件事让我感到宽慰。”

“为什么？”

“这件事明明体现了上帝的裁决，也就是说，即使是在这个四分之三居民是穆斯林教徒的特列比松，也是以某种方式隶属上帝王国。就是在这里，也显示了上帝的威力。你们没有听说过同样的事情吧？”

“肯定是这样，人们永远也离不开上帝王国。”米凯莱说道。

修士们的头脑有点迷乱地回到客栈，威尼斯商人凡尼耶诺笑容可掬地说，他已经为修士们的事同要去波斯购买调味品和地毯的商队领队谈妥了。

“那我们需要马上购买马匹吗？”

“不用了，这人什么都准备好了，骆驼、备有鞍的拉车马匹、毯子、衣服、马车等等所有的必需物品。”

“总而言之是应该付钱的。”

“小小的表示他们就满足了，我已经为你们付了钱。”

“那我们就是您的欠债人了，您已经为我们做了许许多多的事情。”

“你们是圣方济各修士，是所有人的朋友，你们还为那些没有时间祈祷的人祷告。”

“上帝将会加倍补偿您的。”

“如果上帝愿意，我会感谢他的。”

商队头人名叫谢里姆·忽尔法兹，他来过威尼斯多次，曾经在土耳其人和阿尔塞那莱的客栈下榻，那是每当他的船需要修缮的时候。凡尼耶诺懂得一些土耳其语，谢里姆是大旅行家，会讲不少威尼斯话。就这样，修士们被恰如其分地介绍给了东方人谢里姆。接着，威尼斯商人凡尼耶诺向众人告辞。鄂多立克修士突然感到，他们失去了同天主教和意大利的最后联系。现在，他们是三位可怜的圣方济各修士，已经把自己托付给了素不相识的穆斯林教徒。他们感到离乡背井，远离祖国、自身命运已经完全掌握在外国人的手里。这儿的一切同他们原来的世界截然不同：宗教、语言、衣着、谈吐、饮食、气候、钱币……

“的的确确的是，钱币没有不一样。”贾科莫说道。他亲眼见到谢里姆的手中攥着闪闪发光的威尼斯金币。这是威尼斯商人同沙漠商队之间的贸易比任何其他事情更强有力的标志。货物交易是当时世界最具威力的交易。这正是威尼斯和威尼斯钱币同地球的这个角落也善于建立信誉的标志。

按照惯例，沙漠商队前往大亚美尼亚的额尔哲隆[①]。现在，无论从那一面极目眺望，只见高耸入云的山脉、浓荫茂密的森林、绿绒似毯的牧场。但有时也能看到披上皑皑白雪的嶙峋山岩。正是天寒地冻时节，尤其是夜晚，阵阵寒风迎面扑来，锋利刺骨。谢里姆似乎早已考虑到眼前的一切，他为大家准备了毛毯、披风斗篷和羊毛袜。

人们穿上了披风斗篷，在曲折蜿蜒小路上继续行进。在特列比松的时候，他们深信要去的将是世界上最炎热的地方。但是，炎热和酷寒首先取决于路程的海拔高度。海拔越高，天气越冷。由于某种原因，他们忽略了这一点。贾科莫和米凯莱出于根深蒂固的习惯，没有穿上羊毛袜子。山间小路继续向上盘旋延伸，商队中有人十分肯定地说，额尔哲隆是世界上最高的城市。

傍晚时分，他们终于抵达额尔哲隆，下榻在市郊的一个商队旅店里，这里既有人住的地方，也有牲口待的空间，谢里姆在各处转了一圈，因为他对每个人都要吩咐一番。就是在行程中，不管对什么人，他都是不厌其烦地关照注意事项，就是微小的细节也交待得一清二楚。

谢里姆没有敲门就进入修士们的房间，什么话没说就弯下腰触摸他们的脚。他感到贾科莫和米凯莱的脚冰凉得令人担忧。他怒气冲冲，脸涨得通红地发起火来，开始喊叫着听不明白的话语。修士们不懂他说的是什么意思。他拔出弯刀，装作要剁去贾科莫的脚。鄂多立克急忙拉住谢里姆的胳膊，他担心贾科莫毫不知情地违背了伊斯兰《古兰经》的规定。就像乌兹贝克曾经对他说起的蒙古人的荒谬而可笑的禁规，诸如帐

---

① 额尔哲隆，即埃尔祖鲁姆，土耳其亚美尼亚首都。成吉思汗和铁木儿均攻夺过此城，但未长期占领。

篷的入口和吃肉的方式等等。

贾科莫也马上反应过来。扑向谢里姆，紧紧抓住他的腰，让他立住不动。正是这种猛烈的动作，神奇地让商队头领吐出几句威尼斯话来。

“冰冷的双脚，必须用刀剁去！”

“什么，什么意思？”鄂多立克问道。只有米凯莱立刻听懂了。“冰冷的双脚，必须用刀剁掉。”

“他说我们的双脚冰凉。”米凯莱告诉鄂多立克说。

“但是，为什么要剁掉双脚？为什么要动刀呢？我搞不明白。”

谢里姆竭力说出其他的威尼斯话，但他想不到如何表达的词汇。

“双脚像冰一样。”谢里姆说道。

于是，鄂多立克凭直觉明白了到底是怎么一回事。他回忆起炼金术师曾经说过，如果一个人的四肢冻僵，就是坏疽病，因为人也是用类似于水的汁液生成的，医治坏疽病的办法只能是医生的手术刀。

“谢里姆，你的意思是要我们穿上羊毛袜，是这样吗？”

“对极了！对极了！”谢里姆说，他为终于被理解而感到欣慰。然后，他向修士们展示了自己的高山鞋，那是木屐和皮革鞋，有点类似乡村农民在牲口棚干活时穿的鞋，但是制作得更为封闭和合脚。土耳其人谢里姆让他们知道，这儿没有这种鞋，他们应该去城市找寻和购买，他们必需从根本上保护好自己不受冻，因为严寒是致病的危险因素。于是，三位修士到市区去找到一家巴扎尔①。贾科莫离开商队旅店之前，他小心翼翼地从钱袋中取出一枚威尼斯金币，这是在公共场合不得不花掉的钱币。“我的上帝，请您保佑这枚金币够花了。”事实的情况是一切顺利。商店老板不仅对这枚金币赞不绝口，还将多余的钱，一些银币和铜币找还给他们。

修士们穿上羊毛袜和高山鞋之后，感觉好多了。他们明白过来，如果自己不穿严实的话，就不可能翻山越岭。他们对谢里姆充满感激之情。谢里姆是一位坚强、得力、崇尚自己职业的人。修士们感到，他们不仅要相信上帝，也要相信谢里姆，相信木屐和皮革高山鞋的防护作用。因为上帝用了一切可能的办法，既不轻视土耳其人的伊斯兰教，也不小看做工完好的防护鞋。

谢里姆觉得自己是商队头领，是队员们所发生的一切事情的负责人，他尽职尽责。修士们在自己狭小的房间里祈祷、吟诵日课经、唱弥撒。完事后，他们努力让自己入睡。但是，从相同的呼吸方式来看，每个人都心里明白，同屋人都没有睡着，任凭自己脑子里一个接一个的遐想连绵不断。在撒拉逊人②世界中，修士们至少已经跋涉

① 巴扎尔，东方和北非国家的市场和百货商店。

② 中世纪时，欧洲人对阿拉伯人或伊斯兰教徒的称呼。

了好几百海里。然而，迄今为止，他们走过的行程同抵达目的地的行程相比，几乎微乎其微，算不了什么。然而，春蚕在继续吐丝，尽管蚕丝细细的，却如同钢丝那样坚韧结实……

“那是什么样的丝线呀？”米凯莱问道。

“那是上帝用来给我们指路的一种比喻。”

“啊，我明白了。”

“蚕丝结实极了。”

“我知道。”

“到目前为止，威尼斯商人凡尼耶诺和谢里姆成为这根蚕丝的一部分。蚕丝陪伴我们跋涉千山万水。我们成为上帝的朝圣者……”

“睡吧，鄂多立克修士。明天我们又要赶路了，我们需要旺盛的精力。”

“言之有理，晚安。”

“晚安。”

第十章　阿格里达吉[1]

第二天，商队带着马匹、骆驼、车辆、帐篷和所有行李上路了。他们经常在峡谷中步行或者骑马行进。这是一条通往波斯的“商人之路”，这条道路就是让加了铁箍、有轮子的重型车辆通过也丝毫没有问题。商队还带上了几条狗，狗群可以用来驱赶狼群，至少可以示意有危险情况出现或有强盗袭击。他们步行一会儿，再骑马赶一段，这样交替着行进，因为不时地下马步行是让脊背得以休息的一种方式。商人之路还要向上攀升，防御寒冷成为越来越困难和复杂的问题。夜幕降临的时候，他们用金属小铲和木头锤子支起帐篷。当然，帐篷的分量非常沉重，因为帐篷是用上了油的皮革缝合在一起做成的。所有的帐篷都架得很低矮，这样，才能更好地抵御山风。

谢里姆走这条“商人之路”已经几十次了，他熟知安营扎寨的最佳地点。每一次宿营都会发现前几次宿营的蛛丝马迹。这里山峦起伏，连绵不断，似乎没有尽头。这是一条安全的道路吗？不会总是安全的，不会的。

在某些情况下，强盗们同山区居民混杂在一起。不时地，他们看到一些小山村和木制棚屋，里面住着牧人和伐木工人。他们走过一些有一定宽度的峡谷，遇见一些沉默不语的山里人，这些人身穿山羊皮短上衣，头戴波斯羊羔皮帽。有的时候，他们凝神远望，可以看到浓绿苍翠的山峦上袅袅升起缕缕炊烟，不排除那也许是指引他们前进的标志。就像任何事情都可能发生一样，一种陌生、奇异的氛围笼罩在他们的四周。有的时候，在晚上和深夜，他们甚至还发现了难以解释清楚的火光。

有的时候，不仅仅狗群狂吠不止，就连马群和骆驼也变得躁动不安地嘶鸣起来，它们的鸣叫声在大大小小的山谷里此起彼伏，回声不断。赶牲口的人、护送人员、商人以及结伴同行的人们，个个睁大眼睛，屏住呼吸、手中紧紧攥着弯刀、匕首、棍棒、

---

① 阿格里达吉，土耳其奥莫省的省会，与伊朗接壤。

弹弓木然不动地等待着。贾科莫递给鄂多立克和米凯莱一人一根同他一样粗大的阿拉伯刺槐棍棒。

“兄弟，我们拿棍棒干什么呀？”

“帮助你们走路。”

“我的腿脚十分利落。”鄂多立克说道。

“有棍棒支撑会走得更稳健。”

“你是以苏格兰和爱尔兰人的思维方式考虑问题。我属于威尼斯和弗留利人的思维方式。”

“在某些情况下，所有人考虑问题的方式是相似的。”

“我们希望总是远离那些情况。”

贾科莫原本想在夜间守护着两位修士兄弟，但后来他难以抗拒瞌睡虫的魔力，呼呼地睡着了。一夜平安无事，尽管狗群吠叫了半个小时，商队的人们和衣睡在稻草和作为牲口饲料的干草堆上，这些草是他们用少量的零钱，或者一些衣服、一件铜器或铁器从山里的人们那里买来的。几乎所有的东西，山里人都是用自己的双手做成。他们甚至不知道钱是干什么用的，因为他们从来不曾到过城里。

可怕的强盗没有出现过，石头滚动发出令人生疑的声音，斧头的击打声响，这些都是山里人在树林中劳动时发出的杂音。商队经常沿着汹涌奔流的溪水行进。湍湍溪流中还有淡水鱼群游动。商队中赶牲口的人很会捕鱼，他们用有香味的草来烘烤，令人胃口大开。他们来到一条宁静的河流前，河水流向十分宽阔的河谷里，升腾起一阵阵白茫茫的雾霭，同葱绿浓荫的树枝和灌木丛连成一片。

骑在马上的谢里姆走在商队的最前面，他转过身子面向东方，眺望一座大山，在他身旁的修士们也学着他的动作，那是一座无比巍峨壮观的高山。

“阿格里达吉！”谢里姆说道。

“什么东西？”

“阿格里达吉……”

“啊，我明白了，是大山的名称。”

修士们相互瞧了一眼，从他们的表情上，可以明显看到，他们只是迁就迎合地点了点头，因为这种名称，并没有使他们进一步地明白。

“阿腊腊特山[①]！”谢里姆终于笑着说道。

“阿腊腊特山！啊，阿腊腊特山！这就是诺亚方舟搁浅的地方！”

那就是诺亚方舟山，是亚美尼亚最巍峨壮观、最神圣的高山！现在他们终于明白过来了。谢里姆的兴奋已经感染商队的所有人们！大家兴高采烈，互相拍打肩膀，甚

① 阿腊腊特山，亚美尼亚山脉，据《圣经》说，诺亚方舟就在这里登陆。

至激动得眼眶中噙着泪水。人们用手指着形状像金字塔的高山，口中反复说着“阿腊腊特”和“诺亚方舟”。这是天主教徒和穆斯林伊斯兰教徒发现他们各自宗教拥有共同根源的时刻，因为伊斯兰教徒了解圣经，他们相信天主教的主教和代表上帝意志的预卜者。

“神圣的高山！”谢里姆说道。

“当然是的，就像在西奈，上帝同摩西讲话的黑山！”

谢里姆一脸疑惑不解的神情，似乎在说，更有可能的是，上帝却是在同伊斯兰教徒讲话。总而言之，为了保持良好的情绪和出于礼貌起见，谢里姆没有坚持说出自己的想法。

所有人凝神注视着圣山兴奋异常。鄂多立克的视线始终没有离开过阿腊腊特山。啊，如果有可能的话，跑到阿腊腊特山脚下，或者登上它的山顶，该有多么好呀！然而，他们不能这样做，因为从阿腊腊特山到“商人之路”的行程有二十海里之远。阿腊腊特山对大家来说，只能成为从远处眺望、充满对圣经向往和回忆的高山。大家想象得到，攀登阿腊腊特山的陡峭山岩会是非常艰难的事情。因此，谁也不坚持去了。鄂多立克深信，壮观的阿腊腊特山上，一定掩埋有诺亚方舟已被腐蚀的残碎遗物。当时，由于天降倾盆大雨，诺亚方舟搁浅在山上的岩石之间。如果谁有勇气登上阿腊腊特山，便会惊喜地找到诺亚方舟在阳光暴晒和蛀虫蛀食下残留的圣物。相反，人们满怀对阿腊腊特山圣物的怀古之情，只是从远处致以问候是不够的，应该考虑到这一点！阿腊腊特山的所有坡面和平坦地区已经覆盖上一层厚厚的皑皑白雪。时下正是六月份的最后几天。

鄂多立克自我安慰地暗自思忖，他是永远也不能攀登到阿腊腊特山顶的，因为上帝不让他这样做。阿腊腊特山属于上帝的王国，就像阴间、炼狱这些地方是不可侵犯的一样。神学家们设想可以让阴间、炼狱存在于山脉和海洋之中。伴随商队继续行进，由于距离越来越远，确实像一个阴间王国的阿腊腊特山，显得阴暗朦胧，随后，就像梦幻似的模糊不清了。

鄂多立克不时转过身去眺望，直到远处的阿腊腊特山消失在视线外为止。四周都是绵亘不断的山峦，群山逶迤环峙，遮挡了每一条可能出现的地平线。商队默默无声地向前行进，只有车轮的滚动声，骆驼、马匹的嘶叫声。有的时候，远处传来隐藏在木头马厩中的母马回应独处公马的嘶鸣声。夜幕降临，月亮在山间冉冉升起或徐徐落下的时候，商队中总有些人，商人或其他成员，在搭完帐篷、用餐完毕，呷上几口河水后，取出一把诗琴[①]，一把巴拉莱卡琴[②]，一把吉他，总而言之，一种弦乐器，开始低

① 14—17世纪的一种拨弦乐器。

② 一种俄罗斯民间三弦琴。

声弹唱起来。

高高木头鞋底的木屐，犹如羊毛袜和毛衣一样，显不出一种真正的防御污泥和积雪的优点。皑皑积雪依然遍布在那些山岩裂缝和不见阳光的阴暗地区。每当太阳在山后消失，或晚间九十点钟的时候，人们感到寒意越来越浓，仿佛太阳持久离去，地球孤独留在太空中，需要依靠自身发热似的。

露营和点燃篝火对身体很有好处，人们在温热食物的同时也温暖了人们冰凉和灰暗的心情。火焰有助于驱赶狼群，但是也会赶走人们期待的喜爱的动物，如鼯鹿、母狍、旱獭、松鼠、睡鼠，这些都是商队愿意满怀喜悦心情烤食的动物。不一会儿，大家似乎听见了狼群嚎叫声。修士们忐忑不安地祈祷着。穆斯林教徒展开他们小小的祷告地毯，一天中好多次匍匐在地，口中念念有词。由于大家都是以某种方式祈祷的宗教人士，面对感情上的相似之处，不同宗教之间的差异似乎缩小了。几个星期来，人们眼前所见，除了山还是山。鄂多立克回想到他一直从远处眺望的皮阿·卡伐罗山、康西里奥山，以及法腊·达勒帕戈山上的皑皑白雪。但是，在这里，他置身于重重山峦的怀抱之中，谁知道什么时候才能走出群山的包围？到底还有没有平原、牧场、已经耕作和犁过的田野呢？有的时候，他几乎怀疑这一点了，耳朵里听到的，只是自己的或商队其他人的木屐碰击石头的声响。的确让人感到，再也无法走出这个群山王国了。事实情况是，多少天之后，他们来到了一片开阔的水域面前。

“那是大海吗？”鄂多立克将信将疑地问谢里姆。

“啊，不是的，处在群山中间的水域不可能是大海。那是乌尔米亚湖。”

“是湖泊……是的，我猜想也是。这湖泊应该是非常大的。”

“我不认为是这样。”

“看不到这湖的彼岸……”

“然而，这个湖泊不大，湖水冰冰凉的，那是刚刚融化的雪水……”

冰水湖预示他们已经来到另外一个城市，这个城市名叫陶来思[①]。在三位修士的眼中，这个城市很快就显得非常可爱，因为他们在城里终于打听到他们最感到高兴的东西，就是一座有他们修士兄弟的修道院。鄂多立克和另外二位修士在向谢里姆说明事情的缘由后，便迅速离开商队。谢里姆很快作出理解他们的表示。三位修士只有在商队启程前往波斯的时候，才会返回商队。

一位男孩子，在得到一枚银币后，将修士们领到位于城郊的修道院。三位修士来到这座比他们想象中还要小得多的修道院。他们习惯了大修道院：乌迪内修道院、帕多瓦修道院、特雷维吉修道院、威尼斯的众多修道院，那些都是带有几十个修士房间、

① 陶来思，明代史料中译作帖必力思，地处伊朗阿塞拜疆的大不里士，在中世纪是欧亚贸易的接触点。

有着宽敞教堂的大型修道院。相反，陶来思的这座修道院却是一座小型修道院：只有七个小房间，其中只有五间派上用场；教堂是一个低矮、狭窄的伞形建筑，里面约摸可以容纳一个大一点的家庭。教堂方形圆拱钟楼上的小钟比厨房中的瓦罐瓶大不了多少。一切都是那么微小，仿佛童话中所描述的修道院似的。对于这座修道院中的圣方济各修士来说，不仅反映出他们谦逊耐劳的一面，还展现了他们道德高尚的一面。修士们相互拥抱，激动得流下了泪水。他们长时间地交谈着，每个人都有提不完的问题。对陶来思的圣方济各修士来说，这种有客自远方来的情况很少发生，是一个值得纪念的大事。然而，在波斯的一个城市里，怎么会有可能建立起一个修道院呢？

修道院中的五名修士兄弟都是来自卡米诺[①]市的特列维吉人。鄂多立克的家乡属于波希米亚和帝国的领域。但是，现在他们似乎觉得，彼此都是来自同一地方的老乡。

尽管他们各自家乡相距甚远：帝国、阿奎莱依亚的天主教管辖区、威尼斯共和国、德依达、卡米诺大公国、卡腊列西、斯卡利捷里之间有差别上的不同之处，但是现在，他们感到相互之间的不同似乎已经缩小到毫无差别了。然而相反的是，在上述这些地方，人们几乎说着同样的语言，拥有同样的祈祷和赞美上帝的方式，修士们变得似乎觉得他们拥有同样的祖国，尽管不是这样，也不可能是这样。

小小修道院是由过去住在这里的已经故逝的修士兄弟们建造的。他们自己动手，充当泥瓦匠、木匠、玻璃匠。他们利用孩提时代在家乡所学到的知识和手艺，建造了这座小小的修道院，向来自家乡途经这里的传教士们敞开大门。

修士们为这次相逢显得激动万分，乐意让自己结识陶来思的当地人，双方修士们开始穿行在城市的各个方向。陶来思是一座非常富有、生机勃勃的城市。市场和商店的顾客盈门，生意红火。顾客为了砍价，同老板之间的口角永无休止。要价从一百开始，但卖方和买方心里都非常清楚，双方最终接受的价钱是四十。从表面上看，卖方露出失望的神情、埋怨着、揪着头发和衣服，为脑袋上的穆斯林缠头巾而苦恼，脸上做出各种怪相和献媚的表情。但是，买方打一开始就知道，在什么地方价格可以打住，尽管砍价往往周而复始地再次开场，因为卖方职业的兴趣正是集中在这个地方。

所有市场的货源充足。鄂多立克怀着惊讶不已的心情行走在大街上，一方面心中愉快地开始盘算，他们用一枚金币或者银币能够买到多少东西。因为圣方济各修士被排除在那种复杂、光怪陆离的经济世界之外，而同贫穷的规则联系在一起。修士们同任何舒适无缘。鄂多立克还是被这种置身度外的世界和资源丰富城市的状况吸引住了。这种富有是从什么地方来的呢？来自一切可能的方向。谢里姆商队的许多货车正是在陶来思统统卸空，等待装运地毯。特别是在卡山，这是商队行程的一站。陶来思是一座位于高山的城市，海拔两千米，四面八方的人们来到这里，犹如人们谈到同样

① 意大利皮埃蒙特大区的一个城市。

情况的罗马一样。这座城市还拥有一定数目的天主教徒，他们来自附近的大亚美尼亚，这就是这座城市具有另一个特殊性的原因。陶来思还被称为“枯树城市”，因为在大伊斯兰教寺院的院子里，有一棵干枯了的树，谁也不敢拔去，因为人们相信，城市的命运同那棵干枯的树干息息相关。相反，人们竭尽全力，用绳子和钉子来固定枯树，使枯树不至于晃动和倒塌。

在陶来思附近，还有一座小盐山。人们带上金属小钉和大的玻璃容器、黄麻袋或者瓦罐到盐山，随意采盐，以不花钱的方式自给自足。肯定，这是一件非常奇特的事情，因为盐溶于水中，通常缘于大海，而在山中找到盐，就像曾经在萨尔斯堡主教府和在哈布斯堡王朝的城市中找到盐一样，是一种奇特、无法解释的事情。这兴许是大自然的某种奇怪现象，因为创世主上帝的永无休止的计划不可能被后人凭经验所知晓。在别的地方，盐被认为是十分宝贵的东西。但是在这个地方，盐比沙子和石头贵不了多少，价格同纯运输的成本费差不多。

鄂多立克回忆起继父斯特凡曾经对他说过，在斯特凡那个时代里，不是用钱来支付士兵和工人们的工资，而是用盐，因为盐是生活中弥足珍贵的必需品。由此，才派生“薪俸”[①]这个词。

对鄂多立克来说，盐山是难以忘怀的。因为，在他脑海中，正以某种方式建立基于现实无限多样性的观念根基。他从一个地方到另一个地方，从一个国家到另一个国家，一切都在变化之中。当他开始周游列国，使自己成为上帝游子的时候，这是他体验到的第一件事情。他开始明白，即使在大千世界的多样性中，其实也有实质上的一致性。一种神秘的某种东西，最终也会融合在一起，这就是“一致的多样性”。天主教教徒和伊斯兰教徒恰恰拥有一种既相同又有差异的多样性……

修士们在修道院的过往人士中认识一位死在这里、来自小亚美尼亚的天主教徒，他的命运坎坷，令人难以置信。他追随妻子的足迹而来，妻子是巴索腊[②]的一位皈依天主教的伊斯兰教徒。一天，她从一种神秘、麻木状态的一个奇特的梦中苏醒过来，她看见过去的自己是一位非信徒的妻子。不，那是不可能的！于是她萌生了长时期逃亡在外的举动。疯狂爱她的丈夫追随她的足迹来到这里。后来她不知去向，她的丈夫就留在了陶来思。这同贾科莫的妻子鲁兹遇害被葬的故事相似。爱尔兰修士贾科莫从这件事看到了自己经历的再版，这个故事的经历同自己的经历既有不同的差异又有某种相似之处……

我们的主人公三位修士在陶来思待了十来天，但他们仍然觉得非常短暂。他们对小修道院的修士兄弟们说，他们必须马上离开这里。他们之间的深情厚谊让他们感到

① 在意大利语中，“盐”一词为sale，“薪俸”一词为salario，由sale派生。

② 伊拉克的一个港口城市。

日子过得出奇的快。

“你们再待些日子！你们再住几天！我们有很多话要说。”小修道院院长说道。

“不可能了。”

“为什么？”

“我们要同谢里姆的商队会合，我们必须同商队一起出发。”

“但是，谁也不会迫使你们那样做呀！”

“义务驱使我们这样做。我们必须尽快去中国。我们有汗八里大主教乔万尼·孟德高维诺的介绍信。”

他们是天主教的使者，作为长途跋涉者，停留下来只能是为了恢复体力。

陶来思的修士兄弟们明白，任何劝说和挽留都是徒劳的。不可逆转的形势驱动过路修士们继续赶路。于是，他们高高兴兴地为三位修士准备礼物：每人一双木屐和皮屐高山鞋，一顶羊毛登山帽，以备新的行程所用。最后，他们含着热泪相互拥抱告别。三位修士跟随谢里姆的商队，重新上路。他们在群山峻岭、泛着湛蓝波纹的冰凉湖泊间行进。下一站是什么地方呢？是孙丹尼亚[①]，这是波斯国王古老首府之一。这里有契罗、达里奥、塞尔塞、阿尔塔塞尔塞、阿莱桑德罗、依勒、格郎台的夏宫。其他的首府曾经是佩尔塞波里、埃克巴塔那和帕萨尔加德。所有的名字富有历史含义，充满吸引力。

终于，商队走出山峦王国，平原重新展现在人们面前。瞬间，波斯大草原的滚滚热浪迎面扑来。出乎意料的是，行程中突然遇到酷热，人们立即将高山鞋、羊毛袜、毛衣等脱下塞入旅行袋中。天气炎热炙人，他们宛如沙漠中的贝都因人[②]，身穿白色布袍，以这种颜色来抵御太阳的照射。串串汗水沿着他们身体两侧和脊梁骨向下流淌着，这使他们想起几个月前的严寒天气。至少，他们在对付寒冷的问题上，还有着行之有效的御寒办法。

白天，人们架起帐篷休息。夜晚，借助热带大草原和波斯沙漠风的作用，恢复体力，尽最大可能地多赶路。就这样，白昼和黑夜几乎完全颠倒过来。一切重要和劳累的事情放在夜晚进行。只有在伸手不见五指的黑夜才点燃篝火，着手烤牛肉和做面食。有的时候，道路在丘陵和山脉之间蜿蜒向上攀升，必须迅速交替更换服装。道路是石子路，两旁是灌木丛。他们穿上封闭完好的木屐和皮革高山鞋，因为石头间匍匐着有毒的蝰蛇，谨慎小心很有必要。

对那些首次涉足此地的人们，谢里姆每时每刻、不知疲倦地向他们重复需要遵守的规则：不要将手伸向岩石之间；严密保护双脚和胫骨处；食物中要有充足的食盐，

① 孙丹尼亚（王城），波斯的蒙古汗所建，于1305年建成。

② 贝都因人，指在阿拉伯半岛和北非沙漠地区从事游牧的阿拉伯人。

以免出汗太多；防止太阳炙伤；白天少喝水；夜间避免靠近菜园……

贾科莫和米凯莱一直紧挨着鄂多立克，因为眼下也许来自盗贼的危险很小，然而环境的危险成倍增长，因为他们正在穿越的是一片半干旱的土地，在这片暗黄而荒芜的土地上，到处都是烈日炎炎之下的草地和灌木丛。热带大草原、干草原和荒地往往交织在一起。蛇群也使得修士们惊恐不已，因为在圣经和圣父的书中，蛇总是作为诱惑者的象征出现。修士们经常跳上马背，沿着足迹模糊得几乎看不清楚的道路行进。有的时候，使人感到，谢里姆没有一个目的地，或许，在烈日炎炎下，突然间，他忘却了目的地。他们不知道如何辨明方向。有的时候，他们竭力辨明方向，但是，能为他们指明方向的，只有太阳和星星。至少是比较熟悉的星座：譬如北斗七星座、大小熊星座、鱼星座、处女星座等等。也许，需要威尼斯船长们所使用的指南针。但是，他们也听说过，指南针只有在海上才有用，然而，他们并不知道其中的原因所在。

第十一章　天涯海角

三位修士被谢里姆指引着前进。他们虽然处于非常被动的状态，但却是受到所信任人士的指引，因为他们知道，在谢里姆身后，有上帝的神秘计划。伊斯兰教徒谢里姆只不过是上帝的一种象征和暗喻而已。谢里姆深信自己是商队的一位名副其实的向导。事实上，他只不过是上帝手中的一件平常的工具而已。上帝继续在缫着蚕丝，代表他们命运的这种肉眼看不见的蚕丝十分坚韧结实。就这样，一天又一天，犹如永无休止的跳鹅游戏①，他们沿途经过一口又一口的水井，整日价为担心迷路而忧心忡忡。经过长途跋涉的漫长日子后，他们来到了卡山市②。

这是一座什么样的城市？他们只知道波斯古老的城市，那些圣经中或古代历史学家命名的城市。也就是那些经常所说的，同波斯战争史有关的城市。然而，历经几千年的沧桑之后，那些城市已经变更了名称和面貌。譬如，如今已经把埃克巴塔那更名为哈马丹。

他们竭力在脑子里寻找卡山市的印象，但是任何印象都没有。圣经中也从来没有这个城市的命名。留有八字须的谢里姆对此露出一丝神秘而狡黠的笑容。最后，他终于说道：

“这是一座拥有能工巧匠的城市。”

“什么样的能工巧匠？”

“来自东方的能工巧匠，他们热爱你们的先知者、能人巧匠的国王们，在星象学指引下的博学多才的人们……”

---

① 跳鹅游戏，一种跳棋游戏。

② 卡山（cashan）市，位于波斯的伊斯法罕和德黑兰之间，是一座繁华的城市，盛产锦缎、天鹅绒、精美陶器等。

“你说的是真的吗？”

“根据一个传说故事，能工巧匠们骑着自己的骏马和骆驼来到这里……”

意大利的修士们全神贯注地听着，就像他们每次听到一个宗教故事一样。因此迄今为止，宗教故事具有最强大的魅力。谢里姆用他掌握的三百个威尼斯词汇叙述着：波斯还是一个星象学者的国家。这些学者在星光灿烂的夜间，登上建筑物的最高层，或爬上丘陵的顶端观望天空，注视行星的动静。他们先是在商队的路上，后在卡山市的马路上，碰到一些满脸长满胡须的老者，骑在由一名仆人开道的马背或骆驼上，身披织有锦缎的斗篷，斗篷上的图案花纹酷似波斯羊毛地毯，这些老者使人感到，他们俨然一副路加福音[①]中的能工巧匠国王的形象。

在卡山，商队下榻旅店休息。修士们对上述传说进行一些调查工作。这里的人们所知不多。一位波斯人认为，过去这里曾经有过能工巧匠国王的宫殿，但是，被入侵的蒙古人所毁坏，波斯人的脸上明显带有对侵略者的憎恨表情。其实，卡山所有最漂亮的宫殿曾经保存得完整无缺，因为蒙古人也是怀有美好感情的人们，他们仰慕从不卷入战争残酷后果中的建筑师和各种类型的艺术。

鄂多立克和修士兄弟们显得有些困惑不解。总而言之，卡山是一座充满神话和传说的城市。它使人觉得，在这座城市里，任何事情都是真实可靠的。街上满是身披绣花斗篷、头缠穆斯林绣花头巾的沙赫[②]像。修士们目不转睛地注视它们，完全被它们的形象吸引住了。在沙赫王宫宫殿的高处，总是建有一个观测星象的小塔楼。宫殿有点像巴比伦[③]、巴索腊和尼尼微[④]的迦勒底人的带有顶层塔楼的寺庙。卡山确实是一座拥有智者、能人巧匠、萨满教徒、游医和占卜者的城市。

卡山也是一个不能谈论宗教的地方，因为一切空间都被穆斯林教徒占据了。但是，也有一些琐罗亚斯德教[⑤]、密多罗神教[⑥]、太阳神教等古代宗教的痕迹。成千上万的妇女在家中编织色彩绚丽的地毯。这种劳作的后果是：编织机器的轰鸣嘈杂声、阳光下晒着的染色羊毛一直铺晒到马路上。地毯的产量很人。实际上，谢里姆商队的货车正是在这里装货。波斯草原和荒漠的热风一直吹进城内。看来，正是这样的风使《一千零一夜》的故事家喻户晓。毫无疑问，其中的一个故事丰富了人们的想象力，故事叙述一位不幸的公主，她的名字叫苏莱依卡，她被禁闭在那些外墙装饰有阿拉伯图案的一座宫殿中。宫殿的花园中装有喷泉和戏水的装置，这是由来自美索不达米亚的建筑师

---

① 路加福音，圣经中的新约路加福音篇。

② 沙赫，伊朗国王的称号。

③ 巴比伦，古世纪古埃及的一座城市。

④ 尼尼微，亚述帝国首都，位于现伊拉克摩苏尔附近。

⑤ 琐罗亚斯德教，该教为伊朗人先知琐罗亚斯德所创，流行于古伊朗和中亚细亚一带。

⑥ 密多罗神教，古印度神名。

们设计和建造的，整个宫殿犹如一座大花园。人们说，花园奇妙无比，夜间用地下开采出来的石头中的黑油照明。这个城方盛产这种黑油。

然而，谁也不能观赏那个奇妙的花园，正如无法见到被幽禁的公主一样，她徒有美丽的外表，因为谁也无法看见和欣赏她迷人的形象。原来公主在巴格达的一次出游中，爱上了一位赶骆驼的年轻人，苏莱依卡公主的父亲是一位沙赫；也就是一位显贵人士，他让一个强盗团伙秘密杀害了那个赶骆驼的年轻人。然后，女儿怀着对刽子手父亲的憎恨，拒绝了一切被父母认可的求婚者。年复一年，父亲去世了。但是，苏莱依卡将自己禁锢起来，再也没有走出宫殿。

这是一个真实的故事吗？姑娘们对这个故事没有任何怀疑，她们公开指责苏莱依卡，但在一些姑娘的内心深处，却暗暗地认为苏莱依卡有道理，因为她们要求自己也拥有对一个赶骆驼人的爱恋权，倘若安拉[①]出于自己神秘的愿望去那样作出决定的话。

然而，我们的修士们面临很不一样的问题。对于他们来说，抵达卡山是他们旅程的第一和最便捷的阶段，因为他们与别人所领导和组织的商队一起，并且享有被保护和关照的待遇。现在，情况发生了根本的变化。谢里姆已经把地毯装上了他的商队，准备启程，返回特列比松。对谢里姆来说，已到了应该回去的幸福时刻。相反，对鄂多立克和其他两位修士来说，面临作出果断决定的时候。什么样的决定呢？谢里姆以这种方式回答说：

"你们面前有两条路，一条陆路，另一条是海路。"

"你认为走哪条路最好？"

"朋友，说出你想走什么路？两条路各有好处和危险。有穿越整个波斯的'商人之路'，沿着亨都库什山脉[②]，经过'丝绸之门'进入中国；另一条是绕过大、小印度的海路。"

"那你建议走哪一条路呢？"

"我建议你们在这里等待一支去帕米尔的商队，然后随同商队一起走。他们会像我一样，成为你们的朋友，因为作为客人的你们是圣人，应该处在安拉的保护之下。"

"还有到霍尔木兹和印度去的商队吗？"

"当然有，但是需要等待。"

"谢谢，谢里姆，那么，永别了！"

"为什么我们不说再见呢？"

"你想想可能吗？谢里姆，谁知道呢？也许有一天，正直的人们相会在同一个地方，再见，朋友！"

---

① 安拉（Allah），即真主。

② 亨都库什，位于阿富汗和巴基斯坦之间的亨都库什山脉。

他们像兄弟似的拥抱在一起。他们发现，历经长途跋涉后，大家的友情与日俱增。而现在，相互分别的时刻来到了。也许，他们将再也无法见面。此时此刻的他们，如同面临生离死别一样。

次日黎明时分，修士们起床帮助谢里姆将地毯和辛香调味佐料装车并为他送行。修士们留在迷人而古老的波斯南部，确实感到孤单无助。他们住进了一家便宜的商队旅店。然而，即便是最便宜的东西也使他们焦虑不安，因为他们为数不多的金币会很快用完，犹如阳光下的冰块一样。他们开始打听有关商队的消息。情况令人放心。商队是有的，但是动身的时间却有诸多的不定因素。当时正值八月份，从陆路取道去中国，季节太靠前了。

到过中国的人凭经验知道，至少需要一年的时间才能抵达中国。如此长途跋涉，不可能不考虑季节和应对季节的办法。修士们打听到的第一个消息是这样的，通过"丝绸之门"去中国的商队不是在卡山市组成，而是在捷斯特[①]。连那些前往美索不达米亚的商队，通常也是从捷斯特出发。为此捷斯特是眼下需要前往的城市。然而去那里并非轻而易举，因为要面对沙漠，这是人们从来都不敢掉以轻心，而需要认真对待的事情。穿越沙漠需要人们拥有丰富的经验，熟悉行进的路线，知道水井的方位，以及如何使用骆驼的方法等。就这样，他们需要等待一支前往捷斯特的商队，只是为了在捷斯特等待另一支前往更遥远地方的商队。这显得尤为必要，因为当人们越是靠近那个城市的时候，沙漠就成为允满陷阱和幻觉的危险的地方了……

几天后，修士们获准加入一个前往捷斯特的商队。整个旅途中，大家的话题离不开沙漠，那是贾科莫和米凯莱从未见过的真实的沙漠。相反，鄂多立克拥有一定的经验，因为他曾在菲尼契奥修道院长期逗留过。一位在威尼斯囚禁了十年的赶骆驼人以吓唬修士们为乐，他绘声绘色地向他们描述了捷斯特沙漠：没有水、只有沙子，到处都是波浪式的沙丘，沙丘总是伴随风向向前移动。

总而言之，沙漠中会刮起无比强劲的大风，就像沙漠中吹往利比亚的热风，以及阿拉伯和撒哈拉沙漠中的干热风，总是朝着一个方向吹。每当沙漠中狂风大作的时候，一切灾难都可能发生。根据历史记载，沙漠中曾经发生过整支军队被沙暴吞没的惨事。鄂多立克和修士们出神地听着，但是，他们还从来没有亲眼见到过。人们还说，一个世纪之前，确切地说，在成吉思汗时期，曾有一个商队在沙漠中失踪。人们谈论着逃亡、强盗行窃，甚至神秘的爱情故事，诸如苏莱依卡和她的父亲沙赫的故事。五十年以后，由于沙漠和沙丘毫不留情地向前推进，人们开始发现被沙丘吞噬掩埋的那些可怜人的帐篷和森森白骨。

商队向修士们的要价非常高昂，相当贾科莫精心保存钱数的一半，这笔钱用来以

① 捷斯特，伊斯兰教的圣城，以产丝而著名。是人们前往印度之前波斯的最后一座城市。

备旅途应急之需。贾科莫对花去节省下来的钱感到不安，他几乎忘记上帝的一只手拿走钱，另一只手归还钱的道理。

他们进入捷斯特后，在居民区的狭窄小路上闲逛，同时，寻找住处，这时候发生了出乎意料的事情：一群小孩在卡什邦胡同里玩耍，他们着了魔似地奔跑、尖叫。他们低着脑袋不看四周、一个劲儿地向前冲。他们撞上了贾科莫，险些把他撞倒在地，幸亏他粗壮结实得像一棵橡树。三个孩子在石子铺就的路面上飞奔。突然，他们当中的一个孩子停止欢笑，开始发出可怕的窒息声音。实际情况是，他正在吃的一颗枣子被自己横向吞下，卡在呼吸道中。贾科莫很快走到他面前把他从地上抱起来。

“我的上帝，兄弟，他透不过气了！”他说道。

“等一下，让我来试试……”

“怎么回事？”

贾科莫没有回答，他抓起小孩的踝关节，倒提着用力摇晃。小孩似乎好了些，但不一会儿，窒息的声音重新出现。眼下，这件事情几乎已成为众目睽睽之下的大事。因为从各家窗户探出许多面孔，特别是白色纱巾遮掩下的妇女面孔，她们惊恐地窥视着这一切。

“没有用，一切徒劳无用……”贾科莫焦急地说道。

“我来试试。”鄂多立克说。

“怎么样？”

“我不清楚……”

鄂多立克使用一种完全不同的方法，这种方法来自他脑海中谁也说不清的直觉。他抓住孩子的胸部，给了重重的一击。孩子像挨了枪击一样，由于肺部压缩气体的作用，枣子像射出的子弹，从张开的喉咙里吐了出来。真是感谢上帝的恩典！如果没有弄好，那些旁观者们就会迁怒于修士，似乎他们就是事件的罪魁祸首。这只是因为这里谁也不了解欧洲人和天主教徒的缘故。孩子胸前的那一击，使他的面孔呈现受到强力打击的表情。被解救的小孩开始深呼吸，涨得发紫的脸色逐渐恢复正常。

所有的人最终明白过来，鄂多立克救了孩子的性命。人们迸发出东方人的激情，很快就把鄂多立克当成一位英雄来庆贺。人们走出家门欢呼，感激安拉赐福，将穆斯林头巾或其他东西抛向空中，即便是不懂波斯文的人也能凭直觉明白他们口中念念有词的意思。获救的小孩是当地一位商人的孙子，这位商人非常富有。捷斯特是人们前往印度之前波斯的最后一个城市，天气时好时坏，变化无常。商人独自来到修士们面前表示感谢，他称自己是鄂多立克的兄弟和仆人，表示愿意为他做任何事情。从他的动作和弯腰鞠躬来看，他所说的意思完全可以被人理解。

于是，修士们被邀请到商人的豪宅中，他们得到一笔为数不少的慷慨的赏金。这笔钱比修士们离开乌迪内位于莱斯附近修道院时所得到的金钱更多。他们被认为是受安拉直接派遣的人士。他们在商人的大宅子里用膳和睡觉，同时也引发了一些有趣的现象：就是豪宅中的妇女们即便是在家中，也统统戴上了面纱，尽管修士们已经被安置在宅子里的一个特定和有限的空间中。

救活小孩的消息不胫而走，传遍城市的每一个角落。所有的人都用友好感激的眼神望着修士们。捷斯特是一座四面被沙漠包围的城市，由于拥有众多大型水井和一条不深的含水层，确保这座城市得以生存。在市区各个花园中、广场上，以及在郊区，生长着许多带有树冠的枣树、埃及榕树、阿拉伯洋槐树、仙人掌。总让鄂多立克感到奇怪的是，一枚小小的、没有什么价值的钱币，居然可以买到许多枣子，更让他吃惊不已的是，这里的任何店铺和商场，威尼斯钱币畅通无阻，每一位卖主对它的价值都了如指掌。后来，修士们认为，作为贵重金属的金子和银子，在这里拥有一个通用市场，与其说功劳归于威尼斯人，毋庸说功劳归于这儿的人们。

这座城市除了盛产无花果和枣子外，还出产葡萄，加工成葡萄干后，酿造出一种类似烈性酒的甜味酒。等待组成一支去亨都库什和“丝绸之门”商队的期望总是落空。给人的感觉是商队应该组成，但是，几乎总是以这样或那样的原因而告吹。

难道没有去那里的商队吗？不，还是有去那里的商队，但为数不多，就目前的情况而言，不像过去那么多。几乎所有的欧洲国家都可以自产丝绸了。

为什么鄂多立克、贾科莫和米凯莱丝毫不考虑旅途的巨大危险，而执意要去中国呢？

修士们没有回答，他们不能说，他们要到一个大国去布道福音，这是上帝在这个世界上从来没有装备就绪的国家。修上们不会被人们所理解，甚至会被认为是疯子。但是，他们无法摆脱处于期待与停顿状况中的焦虑不安情绪。日复一日，时光白白流逝，没有发生任何对他们所期待的目标有重大影响的事情。捷斯特似乎是一座“终点”城市。世界的极地[①]就在这里，就在这块沙漠地。他们无法看见绵亘不断的山脉，极目远眺，既看不到去印度的方向，也看不到去东亚的方向。修士们一直希望，这是等待几天就能解决的问题。相反，周复一周，希望渺茫。鄂多立克觉得，丝线好像已经断裂，或者，缫丝仍在继续，但不是以多产的方式，而是处于停滞状态。总之，情况没有任何改观和进展。

捷斯特城里还存在对天主教抱有成见的现象。在捷斯特的卡什邦这个最贫穷的居民区，有一位头上缠着穆斯林头巾，身上披着红色斗篷的老人。他经常闲聊一些对“异教徒”充满歧视的事情。他是指什么事情呢？一天晚上，老人把修士们带到自己的家中。他的家坐落在一个隐蔽、阴暗的地方，他让修士们看一个粗糙的金属十字架和一本写在狭窄羊皮纸上的福音书。

---

① 古希腊和罗马人所说的极地。

“你是一位天主教徒？”贾科莫修士问道。

“是，正是。”

“那你为什么不公开自己的身份？为什么你伪装成穆斯林教徒呢？”

“因为我是迫不得已才这样做的。在捷斯特，天主教徒是违反法律的。天主教徒滞留一年以后，就必须离开这里！”老人总是怀着恐惧的心情说着。鄂多立克、米凯莱和贾科莫睁大鹏鸮鸟似的眼睛聆听他的叙述，不知该向他表示信任，还是认为他有点消沉。老人说，他是亚美尼亚人，更确切地说，他既不是亚美尼亚人，也不是波斯人、阿拉伯人、土耳其人，而是库尔德人。库尔德人是一个受迫害的民族。他提防一切和一切人，总是关注发生在窗外的事情，辨别来自四面八方的针对自己的陷阱和阴谋。他一直是犯罪、凶杀、流血等暴行的传播者。他脑海中留有对蒙古人侵略暴行的完好记忆。他讲述着过去那些手持屠刀、大声吼叫、杀气腾腾闯入民宅的情景，从家家户户流出的鲜血似溪水般流淌到街道上，很快就被荒漠的沙子吞噬。他热情地接待三名修士，很高兴他们来到家中，把他们视为自己的庇护人。他看见贾科莫在家中的院子里，要起他的山毛榉棍棒，像位大师。如果事情正像老人所说，为什么他不离开这儿呢？

“上哪儿去呢？”

“上另一个地方去，到有天主教的地方去。”

“如果二十年前，我可以这样做，然而，我现在已经太老了。”

“你可以回到亚美尼亚去。”

“库尔德人受所有人的迫害，不管是土耳其人、波斯人，还是美索不达米亚人。”

“那么，你不想离开这座城市吗？”

“是的，在这里，我至少可以养活自己。”

老人制作皮革，擅长制作缰绳、皮包、马鞍和各种式样的凉鞋。他的身上总是散发出刺鼻的皮革味、胶水和颜料气味。鄂多立克重又回忆起自己曾经被这种手艺所吸引。他为自己也为修士兄弟们制作凉鞋。库尔德老人拼命地工作，因为工作是一种驱除恐惧的方法。总而言之，工作可以尽可能地减少担惊受怕的情绪。鄂多立克用鞋匠皮刀、穿孔器、针、细绳为老人快速地干了很多活。还教他一些很有实用价值的小窍门，既可节省时间，也以某种方式显示出西方相对波斯来说一直领先的更好办法，而波斯还只是仍然在遵循着墨守成规的老路。

贾科莫重新拾起自己的皮革制作技能，这使修士们尽量少去考虑失去的时间，不去为所面临的实际状况而焦虑不安。在捷斯特，人们觉得，修士们似乎已经忘记他们必须继续旅行的志向。库尔德老人还拥有一块三角形的自留地，他种的枣树和葡萄长得枝叶茂盛，所以，他餐桌上的食品一直挺丰盛。他们之间的交谈始终离不开有关商队的话题。走“丝绸之路”的商队看来已成为过去的事实，似乎这条路已被几代人所摒弃。比较现实的情况是，那些已经宣布动身，准备前往美索不达米亚、巴索腊、巴格达、奥尔姆兹①的商队，往往总是一再推迟行期，最后像沙漠中的海市蜃楼，消失得无影无踪。穆斯林教徒们对上述无法确定、越来越沉溺于城市商业生活的状况丝毫不感到奇怪。

人们以完全听天由命的态度来接受一切，因为安拉以这种方式作出了决定。这是造物主的意愿，有什么办法呢？人们对鄂多立克、贾科莫和米凯莱无休止地询问几乎感到腻烦。他们知道什么呢？为什么修士们不去向商人们打听消息呢？

三位修士制作了一大堆凉鞋卖给捷斯特的人们。就这样，他们赚了些钱，增加了他们钱包的分量。

一年过去了。亚美尼亚的库尔德人惊恐地表示，修士们必须离开他的家。现在修士们也成了不受法律保护的人。对他们来说，形势越来越严峻。可怜的修士们开始生活在丛林中，以枣子、无花果、葡萄干和未发酵的面包充饥。他们睡在约摸是达里奥王朝②和塞尔塞王朝③时代古老村落断垣残壁的废墟中。如今，这里荒草凄迷，是小动物躲避难以忍受的酷暑，寻求阴凉的栖息场所。

① 奥尔姆兹，位于波斯湾口一个岛上，在当时及以后的一个长时间内是同印度进行贸易的一个巨港。

② 达里奥王朝，公元前485年至公元前330年，波斯三位国王达里奥一世至三世时期。

③ 塞尔塞王朝，波斯国王达里奥的儿子继位时期。

第十二章　贝都因人

每天流浪冒险的生活使修士们无比坚强，为了生存，他们吃苦耐劳、坚忍不拔，经受了一切艰辛的千锤百炼。在一个洞穴里，他们总是点燃一堆小小的篝火，以免除每次必须点燃干柴、一块接一块添加木柴的烦恼。他们的皮肤变成同凉鞋一样的颜色。贾科莫发现用阿拉伯洋槐的树枝做的小狩猎弓箭，坚韧得同异常结实的牛筋一样。他用自制的弓箭同小偷换物，这些小偷在城市、废墟和附近沙漠绿洲之间来回奔走。贾科莫变成一位非常善于狩猎兔群、野兔和小狗的能手。但是过去，这里没有出现过狗群。我们的修士们生活在那里之前也从来没有发现过狗群。对他们来说，烤肉成为一种常规的享受。

那位亚美尼亚的库尔德老人，整日处于唯恐自己天主教徒的身份被发现的惶惶不可终日的状态中。终于有一天，他骑上自己的马，逃出城市，目的是同修士们相会在一起。然而，当他看见众多波斯人出现在地平线上的时候，脑海中出现自己被追逐、甚至送命的幻觉。于是，他快马加鞭，蓦地，马停顿下来，四只蹄子凝固在一个岩石上。出于惯性，他摔下深谷，跌在石头上，双手伸开，仰面朝天，一动不动，恰似地上的一座十字架形状。鄂多立克发现后，从高处给他赦罪、为他祝福。事实上，鄂多立克无法下到深谷。

现在，库尔德老人终于获得永恒的安息。鄂多立克深信上帝的祝福和启示。可怜老鞋匠的死去对他来说也是一种暗喻，预示他们在这个地方所经受的种种神奇与不幸的生活将告一段落。修士们在波斯生活的时间太长了，经过年复一年的推延，沙漠“尽头”的非凡耽搁日子宣告结束。永别了！库尔德人！亚美尼亚人！格鲁吉亚人！上帝以他的光辉欢迎你，库尔德人，你的生命终止把我们永远从捷斯特的魔幻中解放了出来。谁来到捷斯特，谁就永远陷入危险的境地……

三位修士把自己的口袋驮上了可怜死者的马背上，他们相信大沙漠和草原的道路，希望碰上水井、村庄和城市。终于，他们重又踏上了长途跋涉之路。鄂多立克认为，当人们无法找到必须要做的一件事情的理由时，就应该在本能中找到答案。

修士们重又行动起来，他们没有休息，没有推延，毫不犹豫，从今以后，他们只是“上帝的长途跋涉者”，他们愿意途经所有能将他们带到中国心脏的道路。时下正当夜晚时分，他们已经睡了整整一天。地平线上升起的月亮圆而大，微微带点红色。他们孤零零地行进在一望无际、辽阔萧疏的大荒原上，行进在大小沙丘似滚滚波浪的大沙漠中，行进在遍布深绿灌木丛和野花劲草的绿洲中。

他们根据太阳和星星的弧线，朝着迦勒底①的方向行进。骏马驯服又壮实，大嚼着草原上的青草，尤其是绿洲肥嫩而从无有人拔过的青草。他们根据村里人的指点，到过一些名副其实的城市：科尼奥、胡斯、佩尔塞波里、帕萨尔加德。在这些城市中，古代首都的废墟依然清晰可见，甚至仍然巍峨壮观。每一次，当他们离开一片绿洲、一处村镇的时候，他们就会长时间地打听前方路程的距离和前进的方向。当他们动身前往一个陌生地方的时候，往往总是感到身不由己地被一根看不见的上帝之线所牵引。他们不可能不想到，在茫茫大荒原和大沙漠中，他们孤单无助，牵着一匹马，几皮囊的饮水和一只装有金币的钱袋，这些钱在这种地区毫无用处。有一次，他们一整天必须急匆匆地向前赶路。因为饮用水所剩无几，没有吃的东西，受到各类昆虫的袭击，他们的脸上和手上被叮咬得体无完肤。鄂多立克知道医治这种疾病的办法，但在这种地方，什么治疗的东西也没有。他感到一种沉重的压力，一种至高的责任。兴许，对他来说，接受去中国，是一种傲慢自负的举动。尽管身陷绝境，鄂多立克没有对信任他的修士兄弟们说什么。随着体力的透支和消耗，信任和希望已经缩小到像一张蜘蛛网上的一根细丝那样微不足道了。

夜间，他们继续向前赶路，他们看见远处有亮光。那是游牧人的一堆篝火吗？那些游牧人好战和危险吗？贾科莫笑着说道：

“只有我们接近他们的时候，才能知道。”

“我觉得这个看法正确。”

“那么，我们从那一边过去。”

“那如果是一场火灾呢？”

“不会的，明显是游牧人的一堆篝火。”

他们下马步行，走近后发现是一伙贝都因人，他们坐在沙地和修剪过的草地上。修士们也没有开口，因为他们不懂游牧人的语言，连一个词也不会说。那位看上去似乎是头领的贝都因人默默递给他们装满清水的绵羊皮囊。每位修士都咕噜咕噜一口接一口地喝个没完。然后，他们用波斯语道谢。头领点点头，手指盛着烤牛肉的煎锅。

① 迦勒底，迦勒底城，古代属巴比伦王国，在今天的伊拉克境内。

是的，是的，好极了！

大沙漠使得造物变得简单化了，只要一个眼神就能明白对方急需的东西。修士们吃饱喝足，倒下就睡着了。由于长途跋涉辛苦异常，他们一直睡到次日晌午。贝都因人依然在那个地方。鄂多立克暗自思忖，是不是上帝在帮助他，直到帮助他找到另一个由游牧人或沙漠居民组成的商队为止。睡梦中，有人替他们盖上被子以抵御夜间的寒冷。

终于，贝都因人说话了，部落头领询问鄂多立克一些事情，鄂多立克凭直觉知道他问的是什么事情，因为不会用语言回答就用图画。他用干树枝在沙土中画底格里斯河和幼发拉底河、波斯湾、霍尔木兹海峡、巴索腊和巴格达。然后，鄂多立克在画面上的沙漠处止住，按照他的想象和计划，应该登上开往印度的船只。他一点也不知道是否有轮船，是否自己的想法只是一种希望。

贝都因人长时间地注视画面，为的是能猜出画面的意思。当他似乎捉摸出来的时候，做了一个非常奇怪的动作。鄂多立克画出一系列表意清楚的曲线代表海洋。头领用一只手擦去那些曲线，似乎要取消大海。这是什么意思呢？鄂多立克长时间地询问，直到笑了起来，因为他终于明白过来。原来，也许是这个意思，贝都因人不愿意同大海发生任何关系。他们属于大沙漠中的一个民族。对他们而言，大海就像不存在似的。于是他们将大海排除在他们的生活之外，连想都不去想。他们不愿意获取大海的知识，因此，甚至否认大海在画面上的存在，哪怕是在沙子上最短暂的存在。从贝都因人用小棍所指的标记来看，鄂多立克理解到，游牧的贝都因人陪伴修士们的地方，可能就在波斯湾附近，因为从他们指的方向来看，不是一直到大海的方向，对于贝都因人来说，大海是一种忌讳。

贝都因人的绿洲同美索不达米亚的平原相邻，借助沙子上的画面和每个人在自己语言中所发出的单词，鄂多立克、贾科莫和米凯莱大致清楚他们所处的方位。贝都因人甚至急于撤离绿洲，似乎绿洲根本就不适合他们生存，作为真正的人，为了从根本上符合自己的理想，他们只应该在沙漠中生活。当三角洲的绿色平原开始展现在眼前的时候，游牧的贝都因人同修士们告别。鄂多立克赠送他们两枚金币，但是，贝都因人头领拒绝接受。那么，赠送他们马呢？好的，这可以，他们收下了马，因为马可以进入他们的生活圈子。

日子一天天的过去，鄂多立克和他的同伴们行进在沼泽地、乡村、不小的城镇和真正的湖泊之间。这里水源十分丰富。修士们忍受沙漠中缺水的煎熬后，很是兴奋，经常在水中洗澡、洗他们的衣服，不加节制地痛快畅饮。他们甚至不想离开水源如此丰富的地方，担心再次陷入沙漠地区。他们放慢行进速度，几乎同水嬉戏，将自己浸泡在清澈诱人的湖水里。就这样，他们来到了巴索腊[①]。他们以为自己再看到新的东方城市和新的民俗风情的时候，不可能再产生什么稀奇的感觉了。但是，他们很快就被巴索腊征服，这座城市显示出来的魅力大大超出了他们的预料。

迄今为止，巴索腊是修士们从未见过的最大的一座城市，集市和商场规模宏大。过往行人熙熙攘攘，穿梭来往其中。看来，人们并不想购买什么，而是以观赏杂耍、各种五颜六色的叫卖商品、地毯、穆斯林缠头巾、长袍、便鞋、陶瓷器皿、彩绘瓦器等为主。修士们在里面转悠了几个小时，不时受到卖主的盛情招呼，但他们什么也没有购买，因为集市就是市场和商店，也是日常休闲的生活中心。

鄂多立克根据自己多年在中东待过的经验，懂得如果要对城市有一个印象的话，首先必须看看集市。天气酷热，使人难以忍受。街上的男子英俊傲气，头发的颜色很暗，蓄有浓密的八字胡须。

相反，女子的面容不让人看见，用纱巾遮掩起来，白色的衣服一直拖到地面，衣服也是脏脏的，上面沾有干泥巴。她们的衣袖非常宽大，衬裙下面穿着男裤，唯一可以让人看见的就是粗糙、不干净的双手和双脚。

“她们把面孔遮掩起来，说明她们十分丑陋。”贾科莫说道。

“不是这样，这是她们的规矩。她们这种样子是为了不诱惑别人。”

河渠中的水满满的，男人们为了抵御炎热，常常浸泡在水中，只把脑袋露出水面。修士们希望商船从海湾的村镇出发，然而商船至多停泊在大约位于奎什姆的小岛上。没有走多久，他们来到了阿巴丹[②]。从远处眺望，这座城市被高大的白色城墙环绕，阳光下，几乎让人感到耀眼炫目。半裸体的男人们穿行来往于城市之中。他们头上缠着白色棉制穆斯林头巾，下身用一块同样白色的遮羞布遮挡。

他们不时涂抹棕榈油，以防被炙人的阳光烧伤。地上到处支着布帐篷，为的是在炎炎烈日之下有遮阳小憩的地方。

鄂多立克、贾科莫和米凯莱在商队旅店中住了一夜，在骆驼群抗拒沙漠大风的持续嘶鸣声中，他们浑身大汗地来到了港口。他们仔细端详着那些没有铁钉、只用木钉、大麻绳索、半液体状的油状物黏合剂制作的轮船。修士们回想起他们在波斯多次见到过的、人们称之为“石油”的东西。这是那块土地神奇的东西之一。他们经常看见从地下冒出水来，但从来没有见过像那样的油兮兮的液状物。在波斯，每当人们挖地寻找水源的时候，那种液状物往往会从泥土或岩石中自行溢出。于是，石油经常遭到人们的厌恶，认为是一种恶魔似的产物，因为人们向上帝乞求水，而某些与人类作对的精灵，暗自窃笑，却让人们得到的是暗黑色的油，这种唯一在油灯中燃烧的油，正如

① 巴索腊，伊拉克的港口城市。

② 阿巴丹，伊拉克港口。

修士们刚刚看见的，也用来黏合船只。

那些船同威尼斯的船有很大的区别。现在，他们必须迎战印度洋，变化莫测的命运给他们提供了那些灵巧的，但也是令人担忧的船只。乘客中也有几个热那亚人和威尼斯人，人们说船体牢固，经得起台风和暴风雨的考验。

有驶往印度的船，我们的修士选择了其中最大、最值得信赖的一条船。从得到的消息来看，这是一条开往印度的波斯商船，目的是购买宝石和珍贵的货物。这条船大小同威尼斯中世纪的两桅船差不多，尽管船前后晃动和摇摆得比记忆中的那些船厉害，但是人们还是可以接受。由于印度洋常产生巨浪，为了减少危险，轮船几乎沿着岸边前进。总而言之，在海上，人们更可以忍受那些地方的酷热天气了。但是，海上的天空往往不像沙漠中的天空那样湛蓝明净，而是雾气腾腾，遮蔽视线。大雾弥漫开来，远处景象逐渐消失。

修士们也缠上抵御太阳的穆斯林缠头巾，同时也是为了不暴露自己的宗教信仰。只有鄂多立克抱有更多的信任和希望，然而也是怀着最大的同情理解和乐观态度来看待事物，可以说，他比同伴们看得更为开阔。从轮船行进中，鄂多立克发现命运持续变迁的征兆。相反，贾科莫一直很紧张，每一个有点蹊跷的细节都会引起他的疑惑，他根本就不信任这条没有铁钉和铁底座的轮船。他担心一个海浪就可能使船体瞬间解体，犹如一只没有铁圈的木桶一样。他竖起耳朵等候着，尤其是夜间，他担心由于魔鬼的一个灾难性的玩笑，船体有可能在他的脚下突然四分五裂。

由于贾科莫属于凯尔特族和斯堪的纳维亚的思维，上述情况与其说是几乎可能发生的，毋庸说大概会发生的。他在自己的城市利美里克一家酒店喝啤酒烂醉如泥时，在烟雾缭绕和醉眼蒙眬中，多次见到过魔鬼。

有一次，他听到波斯海员们谈起高山老人和他的巨大权力的传说。贾科莫波斯语懂得不多，但是在捷斯特，他们待在那个身不由己的古怪“边缘地方”的时候，贾科莫学会了一定数量的词汇，使他能听懂一个人讲话的大概意思。那个老人到底是什么人？从海员们的对话中，他明白那是一个可怕的人。莫非是那个海域的一名海盗吗？或者，甚至就是他们轮船船长本人的名字？船长几乎是一位老者，长着白色的汗毛，有着一张被太阳晒得黝黑、布满小伤疤面孔。他的整个外表是一个海盗船船长的样子，或许，出于睿智和达成的神秘协议，轮船航行到某个没有确定的地方，正好有一艘海盗船等候在那里。轮船的名称为库胡斯坦，即高山之国，恰好同高山老人的名称相呼应。在贾科莫的脑海深处，已经有点被扣押起来的感觉。这艘船让他觉得就是一口陷阱。他尽可能使自己处于戒备提防的状态，手中紧握那根有名的棍棒，睡在稻草垫上。因为一旦突发战斗，在全面混乱状况中，他首先想到的就是奋起自卫。自卫绝对是上帝所允许的。

后来，从海员们的其他谈话中，他明白了高山老人是北方的一位名叫阿拉奥蒂的男子，他拥有波斯山区的一块封地，一座名为阿拉姆兹的城堡，也就是一帮劫掠成性之流的巢穴，旁人进不去也攻不破的巢穴。贾科莫修士的担忧舒缓下来，不那么富于进攻性了，然而，他的担忧更多了。因为，现在的他，对多年来处于极权状态、幅员辽阔而神秘的亚洲多少有点感性知识。很明显，亚洲充满谎言，使他感到不安和不信任。他开始从根本上明白，作为亚洲人，兴许同欧洲人的透明、简单、直率不同，欧洲人谈吐直接坦率，对人直呼其名。

贾科莫对修士兄弟们谈到自己的这些想法，只是以概括抽象的方式大致谈谈而已，他担心遭到训斥。

经过许多天恐惧不安的海上航行日子，他们在印度的塔纳①登陆。贾科莫修士所有想象的事情并不现实，然而，他对亚洲仍然持有不信任的看法。修士们下船后，开始接触到印度世界以及这个国家令人叹为观止的丰富茂盛的热带大自然景观。所有的树木高耸入云，以我们从未看见过的样子长得奇形怪状。有的时候，其中一棵树似乎不仅仅具有一根树干，而是许多树干，树根同样是这种状况，以至于让人觉得这不是一棵树，而是一片树林，各条树枝上挂满下垂的植物藤蔓。这里也有枣树和结出硕大果实的棕榈树，果实同哈密瓜的大小不相上下。树林一直延伸到城市郊区，到处飞翔着色彩斑斓的各种鸟类：鹦鹉、山鹑、天堂里的各种小鸟、会飞的母鸡，不一而足。乌鸦、斑鸠、喜鹊、孔雀、顺着树枝和树干爬行的小动物，它们一面发出各种震耳的尖叫声。从总体上看，城市贫穷、安宁，到处是半裸的人群，他们穿着破烂，皮肤被太阳晒得黝黑。乞丐很多，修士们瞬间扔出不少零钱，然而，不但没有驱散他们，相反，乞丐越围越多。

在塔纳也拥有一座圣方济各修道院，其中的一些修士是意大利人。在如此遥远的地方遇到修士兄弟，使我们的修士们再次重现在额尔哲隆时候的同样激动场面。在这座比亚美尼亚修道院大得多的修道院里，笼罩着宁静与虔诚的气氛，空气中弥漫着蜡烛和香炉的气味，人们交谈轻声细语、平心静气。在这里，没有印度生活中的喧嚣熙攘气息。使人感到，宛如宁静美妙的花园，同贫穷、为日常所需而烦恼的地狱之间的大壤之别。

这里的圣方济各修士们，犹如在额尔哲隆、在乌迪内、在所有地方的修士一样，一切事情都是自己动手干：他们种地，饲养产奶家畜，编织祭衣和修士长袍，制作鞋子。半夜时分，他们被修士兄弟叫醒，在小教堂中一起祈祷，纪念他们死去的兄弟姐妹们。

鄂多立克、贾科莫和米凯莱非常愿意留在塔纳，待上一段尽可能长的日子。在这里，他们感到安全，受到保护，再次获得对自身存在价值的充分和全部的理解与肯定，

① 塔纳，在孟买北，曾一度是中世纪的重要港口，后为孟买所代替。

因为他们处在修士兄弟们中间。然而，长留这里是不可能的，这只是一个不可实现的梦想。不久，他们必须离开这个庇护地，再次把自己托付给上帝。

他们也抱着很大的好奇心想看看大蒙古帝国究竟是什么样的。他们对这里的印象是迷信盛行。因为印度人似乎都是蛇、奶牛、猴子和其他动物的崇拜者，甚至所有动物，包括那些诸如苍蝇、蚊子等极其小的动物在内。有人将面纱遮到嘴唇上方，为的是避免在没有觉察到的情况下，误将小昆虫吞咽下去。这似乎是一种普遍的嗜好，一种温和的狂热，然而，这也是完全尊重生命的表现，因此，值得尊重。各种类型的动物，从五颜六色的鸟类到从修道院悄然飞出的蝙蝠，看来都属于伊甸园的范畴。

从森林里跑出来的灰色猴群，一个个的屁股红得像西红柿。它们从容自在地在石头、山峰、塔顶、楼顶、小钟楼顶上攀行。猴群中有些猴子尖声吼叫，乍一听，修士们感到恐惧，因为叫声很像人的尖叫声。

那些游动的蛇群，尤其是小个头的蛇，有时得以钻进修道院的院子，甚至钻进到修士们的小屋里，修士们往往抓住就放生，把小蛇从窗口扔出去。鄂多立克作为修士们的典范，勇敢地抓住其中一条，他感觉到小蛇的身体烫得像发烧一样。

“什么发烧呀，它在太阳下晒的。”一位修士说道。

“我觉得在这个国家，样样东西都有热度。”

“因为阳光非常强烈的缘故。”

“岂止是发烫，汗出得太多，生病了。”

“这里太炎热，太潮湿，动物太多，阳光太强烈，一切都太厉害了。”

塔纳的这位修士兄弟同意他们的看法，由于他在这里已经好多年，对印度已经习以为常，对这儿稀奇古怪的事情已经不足为奇。修道院听到了一个消息：在离市区不远几海里的地方，一只母老虎在山上咬死一位青年猎手，人们对猎手的死亡悲剧并不引以为奇，相反，对老虎能登高而奇怪不已，因为人们确信，老虎几乎是最笨拙的山里动物。也许咬死猎人的不是母老虎，而是豹子。鄂多立克从来没有听说过这个名字。修士兄弟们指给他看一个印度寺庙石头装饰底座上的猫科动物的形象。也可以说成是一头母狮。实际上，一位修士兄弟说，豹子酷像一头母狮，但是毛皮是黑色的，眼睛是黄色的。黑夜中，两只眼睛像灯光一样明亮。

葬礼在第二天举行。一大早，鄂多立克被一阵阵有节奏的铙钹、鼓乐，以及从未见过的弦乐器闹醒。妇女们身穿色彩鲜艳的服装，围着死人跳舞，死人被放置在一堆干柴上。这究竟是一个葬礼还是一个节日呢？

一切都可怕的同西方截然不同。鄂多立克面对差别如此之大的习俗，被一种离奇古怪的魅力所征服，全神贯注地注视着。但是，由于烈日炎炎和来自各方突发的新奇景象，鄂多立克感到头脑发热和烦躁不安。一会儿，几位妇女给死者擦洗，把尸体安放在一个巨大的支架上。这是什么目的呢？最后人们要焚烧尸体吗？许多人举起一个小杆，杆顶有一个用红、紫、绿、黄色的纸做成的避风灯笼，形成一个五彩缤纷的彩虹，象征印度的永恒和永生，因为人们也是生活在鸟群、鲜花、各种动物，特别是鹦鹉之中的。

马路上流淌着臭气熏天的污水。个头像猫一样的肥大老鼠，从穷人的房屋中跑出来追逐小孩，企图啮啃他们。在山崖的洞穴和寺庙里，在天花板上，可以发现大得像秃鹰的硕大蝙蝠，人们称之为吸血蝠。人们极其惧怕它们。事实上，如果不是光天化日的话，它们能附在熟睡的人的脖颈上吮吸鲜血，使这些人再也无法苏醒过来。

第十三章　阿贝尔娜茨

男人通常腰间围着一块遮羞布，头上缠着头巾，他们骑在消瘦和营养不良的马背上，马同主人一样瘦得皮包骨头。他们好像没有气力或希望到达目的地似的缓慢地行进。他们似乎不是生活在生机勃勃的世界里，却像生活在毫无希望和目标的炼狱中，因为，反击邪恶是徒劳无用的。那些蓬头垢面总是埋伏等待在那里的乞丐，如果有人愿意给他们施舍一个铜板，也是用小木铲递过去，以避免同乞丐直接接触。为了不使自己成为乞丐一样的人，乞丐是不可接近和触摸的印度贱民。

一天夜晚，鄂多立克被一阵阵凄惨的哀哭声惊醒，这是一种从街上传来的哀诉声。乍一听，根本不像人的哀哭声，却像一种无法确定的什么动物，正以自己的方式，哀诉生活中的不幸遭遇。鄂多立克从小窗户上探出脑袋。月光下，只见下面一个隐隐约约的白色女人身影。她在做什么？真是不可思议。她好像伴随着一种神秘的节奏，一种特别的舞步，沿着修道院的围墙，缓慢地上下走着。有点类似生活在笼中的野兽，几小时、几天在笼中躁动不安，像是在检查是否存在一个可以逃出的出口。她在干什么？她是什么人？那种哀诉的舞蹈是什么意思？她想从修士们那里得到什么吗？圣方济各修道院院长回答说，她是一位年青的新娘，寻找修士们的帮助，一种难以解释清楚的帮助，连她本人和修士们也不知道是什么样的帮助。她的丈夫病情严重，大家明白，他的命运就是很快死去。

“那怎样呢？”鄂多立克问道。

“她没有儿女，她曾经有过一个很小很小的孩子，但是在西瓦的一次宗教仪式中死去了。”

“这意味着什么呢？”

“如果一个女人没有儿女，她的丈夫处于垂死状态，一旦丈夫死去，什么也不能阻止她同丈夫一起登上火葬柴垛架。”

“什么？她被判刑火葬吗？”

“不是一种刑罚，是一种传统习俗。传统就是这样。”

“但明显的是，没有一位寡妇真的愿意陪同火葬，这只不过是逢场作戏而已……”

“你错了，兄弟，所有的寡妇都以这种残酷的方式死去。”

“为什么她们这样做呢？”

“为了不再遭到众人的鄙视，总之，再也没有人问候她们，同她们交谈。她们即使活着也像死人一样。对于她们来说，活着反倒十分痛苦和难以忍受。于是，几乎所有的寡妇都愿意活生生地被烧死……”

“可怕。”

“可怕极了，但一点办法也没有。这是几千年来的一种传统。”

“这个女人是为了即将等待着她的火葬而哀哭……”

“是的。她好像在乞求帮助，但我们毫无办法。”

“唉。”鄂多立克只是用嘴发出一声赞同的叹息。他知道，在任何生活环境里，总是有可以做的一些事情。在他的头脑中，这种信念越来越强烈，因为可怜的印度女人几乎每天晚上都到这里来，一旦夜幕降临，她就开始没有意义的凄声哀哭。

修士们送给她一些钱、一些芝麻、面粉，女人一一收下。但显然，她的绝望情绪丝毫没有减轻。修士兄弟们向鄂多立克讲述塔纳四位修士殉道者的故事，以至于他几乎把那位印度女人忘在脑后了。这个新奇故事确实有意思，因为故事与修士们有关，使他们感到亲切。四位殉道修士像鄂多立克修士一样，来自西方。他们来到塔纳，作为客人，被安置在景教徒的一座修道院中。大约一千年前，在埃非索宗教评议会上，那些异教徒们，认为基督身上神的本性同人的本性相异，同人的本性截然不同。在神的本性同人的本性之间，既不存在桥梁，也不存在过渡。基督身上有两种分离的本性，它们只是通过肉体联结在一起，犹如一些脑子有病的人，他们失去了理智，带着自己身上两种不同的个性生活着。

景教徒在东方非常普遍，他们的修道院遍布各个地方，就是在印度，甚至在中国也有他们的修道院。后来，四名圣方济各殉道修士为了远离异教徒，在一位信仰伊斯兰教的印度人家中找到了落脚处。这位印度人经常同妻子吵架。妻子跑到伊斯兰法官那里去讨个公道。卡迪[①]问她能否找到证实自己控告的证据。当然啦！她请四位修士出庭，一名叫阿莱桑德里奥・德季托的人碰巧在场，他说，四位修士是非常有学识的人，在神学问题上能言善辩。卡迪热衷于宗教问题，愿意向修士们探讨，他把四名修士召集到自己面前。四位修士的名字是：托伦梯诺人托马索・德拉马尔卡、帕多瓦人雅科波、锡耶那人皮埃特罗，还有德梅特里奥，谁知道他是俄罗斯人、格鲁吉亚人还是希

① 卡迪（音译），伊斯兰教法官。

腊人。

卡迪认为基督是一位先知，但是他只具备人的本性。卡迪很快就被四位修士博大精深的神学知识置于尴尬境地。这时候，败下阵来的卡迪恼羞成怒，要修士们对穆斯林先知穆罕默德作出评价。显然，他想报复。

四名修士并没有被吓唬住，而是以理服人。法庭上的人群发出尖叫、抗议、斥骂等喧闹声。修士们毫不畏缩，然而，他们不能不这样。卡迪开始伤害基督，修士们针锋相对地予以驳斥，以其人之道还治其人之身。

这时，所有出席者开始喊叫："处以死刑！处死异教徒！"

四名修士被逮了起来，他们被扣押在一块没有树荫、四周有柱子围起的圈地中，暴晒于炎炎烈日之下。这就是"太阳酷刑"。骄阳似火，默诵弥撒的功夫足以使四位修士中暑而死。但是，他们没有死去。"太阳酷刑"长达六个小时，从下午三点到九点钟，四位修士无一中暑。看来，太阳压根儿就不愿意伤害他们，太阳酷刑被改成火刑。一些穆斯林教徒想至少救下年老的托马索修士。雅科波修士不用别人推他，自己登上火刑架，他一面在心中默默念着圣母的名字。锡耶那人皮埃特罗同样这样做。火点燃了，但几乎很快就被那个季节的一场典型、可怕的暴风雨熄灭。雷鸣电闪，倾盆大雨瞬间将火焰扑灭，卡迪等人目瞪口呆。

倾盆大雨持续了很长时间，暴雨滂沱和短暂的间隙似乎下完了整个季节的雨水。人们再也不敢施行火刑。看来，正是上帝在保护他的忠实勇士。也许，上帝就在修士们的身后护佑着他们。另一位穆斯林头目梅里克想释放四位修士，让他们远离这里，总而言之，让他们远离卡迪司法权力之外的地方。撒拉逊人迷惘不解，他们开始怀疑自己的信仰。但是，卡迪强烈地反对，他千方百计地决不同那些令他讨厌的修士们善罢甘休，因为他担心失去他的权威。

卡迪以自己的看法说服了梅里克，士兵们再次逮捕了修士们，士兵们勉强从命，因为从四位受迫害的修士身上，他们看到了上帝的好汉们。最后，四名修士被斩首，很快，天上出现了可怕的景象：闪电雷鸣，倾盆大雨。将尸体载送到帕隆博的轮船沉没，但是修士们的尸体和砍下的头颅却很快地找到了。夜深人静的时候，梅里克和卡迪都看到了修士们的幽灵。

两人吓坏了，后悔不已，赶快布施，他们在内心庄严发誓，从今以后，再也不迫害天主教徒了。

两人受到苏丹[①]的公开谴责。如果上帝本来已将修士们从太阳酷刑和火刑中拯救了出来，为什么还要杀害他们呢？尸体安置在神圣的地方展出，没有受到印度酷热天气的损害，两星期以后，尸体仍然完好无损，充分显示出上帝的神奇力量。

---

① 苏丹，古代伊斯兰国家最高统治者的称号。

鄂多立克几乎被这个故事震撼了，他很快就明白过来，他将会永远把这件事铭记心中，永远不会假装不知道这件事，他的个人经历将同这件事联系并融合在一起。无论如何，他不能扔下殉道烈士遗骨离开印度，他萌生将修士们的遗骨带在身边上路的主张。贾科莫不是很情愿这样做。

“鄂多立克兄弟，我们已经有很多东西要带在身边。”

“我们将遗骨也带上。”

“我们会遇到很大困难的。”

“这些是烈士和圣人的遗骨，比所有东西都珍贵。我们不能把遗骨留给穆斯林教徒，不能把遗骨扔在他们的一座寺庙中……”

贾科莫无言以对。相反，米凯莱支持带走遗骨。再说，他作为一位世俗修士，在修道院里，属于经常干重活的修士。鄂多立克向他的施主们要了一块桌布，将那些极其珍贵的遗骨包了起来。他没有随身带回修道院，因为他担心被窥探而被盗走，所以放在塔纳一位天主教教徒的家中。但是没有不透风的墙，他们的行动还是留下了蛛丝马迹。人们很快在贾科莫身上确定了那些忽隐忽现令人恐惧的幽灵。修士们听到街上充满疑虑的窃窃私语，看见黑夜中闪动着的黑影。在撒拉逊人和偶像崇拜者的土地上，我们的修士们从来没有安全感，同这里人之间存在分歧、怀疑、对宗教争议的恐惧。他们担心外面设置了埋伏，所以从不外出，穆斯林教徒索要天主教徒殉道者的遗骨莫非永远是不可能的事吗？他们为什么要这样做呢？莫非他们担心并认为没有保存好遗骨会给他们带来不幸，或者会直接受到上帝的惩罚……

因为四名殉道者是他们杀害的，将遗骨留下来是不正确的。鄂多立克崇尚遗骨，遗骨永远是信仰的一笔巨大财富。突然，贾科莫非常不安，因为他闻到一股烧焦的气味。我的上帝，那些夜间黑影在放火纵烧房屋吗？鄂多立克也闻到了石油的特殊气味。由于石油的易燃性能，同火灾总是联系在一起。不一会儿，火势扩展开来，变得越来越旺盛，房屋的两三个角落被熊熊大火吞没，好在第四个角落平安无事，因为火舌被季风吹向相反的方向……

于是，鄂多立克和两名修士伙伴得以逃生。此时，熊熊烈火开始卷向邻近的房屋，很快，房屋被大火夷为平地。修士们将放在修道院的遗骨仔细地掩藏好。现在，他们一心只想尽快离开塔纳这个城市，但是，他们需要努力等待一个好航班的时机。

与此同时，鄂多立克想观看每个地方风土人情的好奇心大大战胜了恐惧心理。他换上一身不易被人看出破绽的装束：头缠穆斯林头巾。身着白色长袍。像许多印度人那样在城里到处游逛。长时期以来，鄂多立克注意到，居民中非撒拉逊人，包括印度教徒，都是偶像崇拜者。他们把牛和奶牛看成神圣的动物。它们协助人类在田里干活、拉犁、耕作田地，然后它们衰老下去、丧失劳作能力，成为大家的财产。牛和奶牛可以自由自在地来往于田野、村庄、房屋、院子、城市街道和店铺中，随意大嚼摆在篮子和圆筐里的蔬菜。尽管这里的人们异常贫穷，但谁也不会驱赶奶牛，直到它们吃饱为止。

一天晚上，鄂多立克看到塔纳城河边的另一场表演，人们张灯结彩、头戴花环在火光下又唱又跳。鄂多立克走近看个究竟，原来不是什么节日活动，而仍然是一场葬礼，因为柴堆上的尸体正在燃烧。与通常的情况一样，男人们半裸着身体，女人们穿着色彩鲜艳的服装跳着轻盈的舞步。这里有吹着笛子舞蛇的巫师，危险的眼镜蛇正从柳条筐中伸出脑袋。还有众多的杂耍表演者、吞火表演者、婆罗门人、乞丐、叫卖炸糕、叫卖小小偶像类似儿童玩具的人们。

修士们装扮得同当地穷苦人十分相似，最大的差别就是肤色，尽管也晒黑了，但是还达不到印度人的程度，举止上也有不同。鄂多立克全神贯注观看葬礼的场面，这时，他的手被人抓住，重重地亲吻了一下。这是一位体态非常瘦弱的女子，但面容姣好，身穿红色的紧身衣，两眼充满哀伤和一种无限恐惧的神情。

“好人儿，我知道你是什么人，你是修道院中的一位修士……”

“那你是什么人？”

“火葬架上正在焚烧的男尸遗孀，我求求你，救救我吧，把我带走吧！把我藏起来吧！”

鄂多立克突然明白眼前的一切，他听出了这个熟悉的声音。她正是鄂多立克曾听到过的那个身穿白色衣服，夜间在修道院墙根哀哭、隐约可见的女人。整个事件的每一个细节，犹如神秘宗教舞台剧，一一呈现在眼前。需要以最快的速度行动。要么让女人失踪，兴许，还有他本人、贾科莫、米凯莱、塔纳的修士兄弟们。必须计划周密并迅速行动。他解下穆斯林头巾，没有打开就把它戴在女人头上，然后，脱下长袍，套在女人身上，鄂多立克自己就像印度人那样，剩下遮羞布。现在，这个女人几乎就像一位非常年轻、没有胡须的男人在街上通行，因为她的个子说不上是引人注目的。贾科莫紧随修士兄弟的身后，尽管他还摸不透鄂多立克的长远计谋。

修士们尽可能地掩护女人避开众人的目光，迅速穿过迷宫似的小路后，来到修道院。也许过往行人中有人看到解下穆斯林头巾、脱下长袍那一幕，但并不理解是怎么回事。很快，每个人开始注意到葬礼仪式处于完全不正常状态，因为死者的妻子失踪了，尽管她没有子女，在葬礼仪式的高潮时刻，她根本不在场。

人们感到，有点像被偷走了什么东西似的，由于他们的传统习俗受到破坏，一种突如其来的严重不安情绪蔓延开来，人们对眼前所发生的现实情况茫然不知所措。失踪的新娘不在家里，也不在亲友那里。有人说她因为惧怕火葬而投河自尽了。有些人想到是外地人、敌视宗教和印度习俗的人所为，大家立刻警戒起来。

修士们同这位名叫阿贝尔娜莯的女子靠在修道院大门后待了一会儿，鄂多立克曾经问自己，为了挽救一条性命，触犯圣方济各的教规是不是合法行为。正当他决定作出拯救行动的时候，阿贝尔娜茨打消了他的顾虑。她的一位老年女友住在修道院附近，可以收留她几个晚上。然而，对她来说，待在印度是绝对不可能的，因此，她请求鄂多立克离开修道院时，带着她一起走。

鄂多立克耐心地向阿贝尔娜茨解释不能带着她走的原因。他是一名天主教修士，不可能带着一个女人。阿贝尔娜茨根本不理解，她认为鄂多立克的话毫无意义，或者有什么不可告人的秘密，因为，她认为，如果一位来自西方的男人救了她，这就意味着，她作为一个女人引起了他的兴趣，他应该对她负责到底。鄂多立克反复解释，但毫无用处，可怜的寡妇根本就不理解。

鄂多立克回顾眼下所发生的事情，他竭力拯救她，偏离自己的命运边界线了吗?阿贝尔娜茨的参与对他们本已充满危险、困难至极的旅行雪上加霜了吗?但是，他对自己所做的事并不后悔，相反，他还可以回去再做同样的事情。总而言之，他感到欣慰，在到达目的地之前，不是仰仗宗教，而是用行动改变了一位亚洲妇女的命运。他很乐观，车到山前自有路。上帝再一次俯视下方，以便看清是否有丝线，是否从一开始就流畅地继续着缫丝。

上帝告知，鄂多立克等着要做的事情无限多，他所做的只不过是沧海一粟，他应该同样去做，因为那是他的工作。鄂多立克认为自己无法拯救整个世界，再说，已经有救世主，他就是耶稣。单个男人势单力薄，上帝已经安排好他们每日不多的行动。但是，如果阿贝尔娜茨不远离塔纳，去另一个谁也不认识她的地方，她就无法获得拯救。

鄂多立克非常清楚，上帝已经看到这一点，几天后，他获知，来自意大利的轮船已经抵达港口。这怎么可能呢?显然，事实上是印度为了贸易从意大利购买的、隶属印度的轮船。或许是应该在特列比松停留的威尼斯或热那亚的轮船。相反不是这样，而是在波斯湾船舶制造厂用意大利的技术、造船工人和设计师建造的轮船，至少部分是这样的。是威尼斯轮船吗?不是，这一次，无论船长还是船老板，都是热那亚人，他们两人也是该市的最重要头面人物，他们来到远方做生意，可以说是一次考察和探索性的试航。因为在热那亚，人们深知威尼斯人在这一领域所取得的成就，他们嫉妒威尼斯人。自然，热那亚人也以此寻求辛香调料，以及东方所有典型产品，从优质木料、家庭主妇厨房中受到青睐的产品，到珍贵的石头。

鄂多立克去找船长谈，船长再同船老板商量，很快，就得到积极的回音。在那个年代，对任何天主教徒航海人士来说，船上载有修士是一种精神上的荣耀。而且，这种情况是很少碰到的。幸运的是，这次载有这些圣方济各修士。他们怀着年轻人一样的热情，前往全世界不同肤色、不同宗教的国家，不管是熟悉还是陌生的地方，在他们要去的地方生根发芽。船老板安德烈·斯塔里耶诺满脸堆笑，高兴地把他们接到船舱。但是，他对阿贝尔娜茨的事情马上表示棘手。是的，船老板自然明白，这涉及一位本该同死去丈夫一起火葬的残酷传统魔爪中救出的寡妇。他非常清楚这一点，但是他与船长两人要对船上的男人们负有责任。多少年来，他们没有见到自己的妻子，甚至没有接触过任何女人。怎么来解决这个难题呢？

船长疑虑重重，但船老板没有过多犹豫。解决的办法只有一个，就是把女人藏在单人间里。享有单人间待遇的正是船长和船老板。可以很容易地将贮藏室改成一个单人小间。安德烈·斯塔里耶诺让出他床上的一个羊毛床垫，把修士们请进他的私人间，因为这样，修士们可以履行监督任务，任何人都不能滥用职权，对那位已经妥善安置好的印度女人为所欲为。

阿贝尔娜茨的情绪发生了迅速的变化。塔纳市刚从海平面上消失，她就笃定地认为，那个城市的人们再也无权对她施加影响了。她的担忧恐惧一扫而光。她感到生活在朋友当中，噩梦已经过去。可以说，她精神焕发，恢复了自信。她有一个小包，里面装有一个女人的必备东西：梳子、化妆品、饰针、绸带，她开始充分用这些东西装扮自己。她不必清扫船舱，无事可干。她开始梳理、清洗自己黑油油的长发，将秀发盘成松软的发型，将她的脸蛋衬托得完美得体。她把所有的饰物小心翼翼地装饰在紧身衣上。船上丰富的食品使她的身材发生了最明显的变化。她那原本瘦削的体形很快被柔和的曲线所替代。她戴上项链，耳环、手镯，在前额中间点上红痣。船老板感到，在清一色男人的船舱中隐藏一位那样的女人，肩上的责任重大。如果她存在的消息走漏出去，一场暗地里不可思议的不平静有可能提升为眉目传神的示意和窃窃私语，甚至有可能发生强暴行为。怎么办呢？他犹豫不决。也许有一种办法，但需要作出很大努力。他脑中重现让女人离开航船的想法，但他有点担忧。他不时回想起鄂多立克的话，是鄂多立克将她从火葬中拯救出来的，他对女人的命运负有责任……

"你们打算如何安排她呢？"船老板询问。

"谁知道？我们自己的命运都不能保障。我们希望抵达中国，履行在汗八里的使命。我们将会让她替我们做些什么。也许那里将有孤儿需要照料。"

"换句话说，她将成为行使使命的一位女仆？"

"在使命中不存在什么仆人和主人，只有为上帝服务的人们。"

"总而言之，她将是一名干粗活的女人。"

"她将是一位同其他妇女一样的女人。总之，一切会像我们所希望的那样如愿以偿。"

鄂多立克对热那亚船老板持十分信任的态度，特别是他还携带着殉道者的遗骨，这些遗骨保存在自己船舱中的一个保险箱里。好几个星期之后，这艘船将停泊在诺巴克王国马利普尔。阿贝尔娜茨想下船吗？啊，不可以！这是隶属印度的地方，仍然是婆罗门的风俗习惯。阿贝尔娜茨再也不愿想起自己国家迫使寡妇陪同死去丈夫火葬的习俗。不，不可以，她只能待在船舱里，谁也无法看着她，因为她应该管得住自己。

安德烈下了船，她似乎也应该下船，安德烈·斯塔里耶诺对她说了不可以。他感到自己是船上的第一负责人。鄂多立克和修士们对人们所说的这里也许埋葬着传教士圣·托马索充满好奇心。但是，究竟什么地方是准确的埋葬地点呢？奇怪得很。当地的人们一会儿指向这里，一会儿指向那里，通常是指向印度的小寺庙里面，在砌的墙或木制墙壁中。印度小寺庙的庙顶分好几层，每一层都装饰有小的或上下交叉的雕塑群。无论是里层还是外层，都装饰有特别多的雕塑，以及稀奇古怪的或是魔鬼或是神灵的塑像，常见的是塑有很多手臂的女神，或是千姿百态的男的神灵，有的正在跳舞，有的神态庄重，栩栩如生。有一个带有与众不同表情的塑像：或打瞌睡或处于默祷状态或在休息。修士们在塔纳的时候，已经多次见到过这样的塑像。鄂多立克和修士兄弟们终于明白，这是亚洲伟大的先知者形象——悉达多王子，即后来的释迦牟尼，也就是受到特别启示的先知先觉者。在印度的庙宇里，有许多受到崇拜的偶像，而且也有先知和神灵的塑像。鄂多立克感到肃然起敬，因为，这些寺庙是对宗教无比虔诚形式的表现。

肯定，传教士托马索被安葬在某一座寺庙里，传说有他的安葬地的记载。修士们毫不怀疑，托马索肯定到过这里，并在这里完成了自己传教的冒险生涯。

托马索也像所有的信徒一样，受命于耶稣为众生祈祷福音。皈依宗教者在什么地方呢？由于不曾有过，或者是数量很少而未被记载下来。彼得和保罗来到罗马，天主教在罗马获得胜利。但是在亚洲，情况则全然不同。在亚洲，别的神灵和极其古老的宗教不让天主教徒进入国门，这里的宗教总是同具有迷信色彩的暴行和打坐默祷的明智之举掺和在一起。

在诺巴尔，鄂多立克亲眼见到大神像的仪式队伍：一个庞大的木制偶像，双腿盘坐，面部表情冷漠，镀金的偶像体积比正常人大出五至六倍，偶像着上了金色和五彩缤纷的鲜艳色彩。偶像脖子上挂着用珍贵的石头、红宝石、玉石、绿宝石、蓝宝石、紫水晶做成的项链，并且还戴着一根令人生畏的头颅骨项链。

偶像被一代又一代的艺术家安放在一座大寺庙里，偶像被雕塑或装饰在寺庙内外的每一个角落里。

第十四章　巨大的岛屿

为了亲眼目睹和敬拜那座偶像，人们千里迢迢赶来，恰如天主教徒从偏僻的远处来到罗马朝拜圣·彼得铜像一样。富有的信徒将金币、银币、珍贵的宝石抛入水池中，他们为了婆罗门而捐献。今天，神像从庙宇中抬出来到街上游行。时辰一到，不计其数的众人将神像安置在一个硕大无比的、两头带着长杆的车子上，等待出发。几十头水牛拉着车子在城市中泥泞不堪的道路上行进。着了魔似的信徒将车子团团围住。人们以独特的方式折磨自己的肉体。他们在舌头上、手掌、手臂、腿脚上穿上大针，毫不顾及向下滴落鲜血的剧疼，就像毫无感觉和没有看见似的。任何酷刑和肉体折磨都是为了奉献给偶像，巨大的神像用他硬石做成的眼睛，从高处向下俯视着芸芸众生。许多人抓住车子，一直攀登到偶像身躯上，在那里，他们就好比是一群胆大妄为、触犯圣威的人，成串儿重新跌落到泥泞的地上。他们的脖子和头上戴着花环。还有许多信徒在车子后面用力推车，以便让车轮滚滚向前，尽管车子完全不需要如此这般。还有一些人，由于筋疲力尽和歇斯底里，让自己跌落到泥地里，任凭车轮从身上碾压过去。

在泥泞难走的道路上，骨头碎裂声、胳膊、大腿被压裂声狂热人群恐怖、疯狂的呐喊声，夹杂在一起，仪式达到了高潮。

然而，谁都对这种过火的极端场面无动于衷，谁也不感到惊讶意外，仿佛这种场面属于一种残酷的正常状态。苦行僧人、婆罗门徒、身穿五彩缤纷紧身上衣的姑娘们加入到车子游行队伍中，没有一个人会想到将倒下的人送去急救。相反，甚至有些父母将自己的婴儿奉献给镀金的偶像，他们把婴儿朝着偶像扔抛过去。受到惊吓的婴儿哭声随着婴儿跌落在地上而戛然无声。人们对这一切置若罔闻，态度冷漠。婆罗门徒念念有词，唱起赞美诗，游行仪式继续进行，每每向前行进一百步，重复同样的疯狂。

经过漫长、缓缓的游行仪式之后，车子回到寺庙，几百名信徒费了九牛二虎之力，将巨大的偶像重新搬回到原来的位置上去。然而，游行仪式的沿途还躺着许多被车轮碾压过的躯体，躯体的大腿或胳膊仍在抖动，他们或者受伤，或者已经死去，从肉体中伸出的白骨犹如折断的白色树枝。人们把牺牲者称为圣人，因为他们是为了把自己献给神像而死去，因为神像就是毁灭的神灵。

所有人对那种爆发出来的狂热景象印象深刻。阿贝尔娜茨比其他人更是难以忘怀。对她来说，车轮勾起了可怕回忆，因为她与死去丈夫的唯一儿子就是在那样的游行仪式中丧生的。她的丈夫是印度教的狂热信徒，把孩子抛在车轮前面，大象和水牛小心翼翼地绕过小孩，因为它们都是聪明而富有怜悯之心的动物。然而，无情的车轮从小小的身躯上碾压过去，就像碾压一个椰子一样。仪式结束后，阿贝尔娜茨费劲地找到了难以辨认的死去的儿子，将儿子的尸体抱起来，放到仪式结束后为死者堆起的集体火葬架上一起焚烧。

在阿贝尔娜茨的精神世界中，有些奇怪、反常的因素在发展，她已经觉得自己远离了所有那些宗教形式。

站在身旁的热那亚商人看到阿贝尔娜茨的眼眶里闪烁着泪光。这回，正是他向阿贝尔娜茨提出返回船舱的建议。阿贝尔娜茨欣然表示同意，因为她已经无法在印度待下去了。她再也不能容忍这些宗教仪式场面。她的眼睛里，再也没有那种接受自己国家所有风俗习惯的迷惘眼神。她渐行渐远，远离印度……她不知道自己究竟何时能够摆脱那些噩梦。

她在船上感到心情舒畅。置身于一条热那亚船上，她几乎从内心感到兴奋，因为这是永远逃离印度的标志。现在，至少是眼下，她属于大海、属于轮船、属于热那亚……

由于大家已经知道她的存在，阿贝尔娜茨不再藏起来。她给大家帮忙，洗衣服和帮厨。她尽量不去考虑自己的未来。她相信自己的救命恩人鄂多立克，却一点儿也不知道以什么样的形式去思考自己的前途。有人认为她在船上的存在会激起船员的不满，那就错了，因为她很快就拥有众多的私下保护者。

阿贝尔娜茨引发了至少半数海员，尤其是西方籍海员的意想不到的侠义感情。但是，船上也有许多印度人，对这些印度人必须严加提防。船上传言，在安德烈·斯塔里耶诺的保险箱里装有殉道者的遗骨。对于天主教徒来说，这些是圣人珍贵的遗骨。对于印度人来说，是玷污航船的不洁之物，这成为许多好复仇之人的攻击目标。

当海上风暴骤起的时候，亚洲海员几乎哗变，因为他们要求将从火葬仪式上拿下来的、已经玷污了的骨头扔进大海。船长和船老板惊恐万分。鄂多立克当机立断。他赶到安德烈·斯塔里耶诺的房间，拿来其中一名殉道者的胫骨，登上甲板，当着几十名海员的面，一面祈祷上帝平息风暴，一面将胫骨扔进大海。顿时，船舱计时沙漏马上自行漏空，海上风暴瞬间完全平息。人们透过乌云裂口看到光芒四射的晴空。

从此以后，有人开始感到，鄂多立克是上帝的化身，善于创造奇迹。此后的航行十分平稳。

航船在顺风的推动下，日夜航行，夜以继日，夜以继日，不停顿地在海上行进，好几个星期就这样过去了。

陆地的季风迎面扑来，船帆乘风破浪地前进，海员们望着风帆，脸上绽开满意的笑容，因为这是每个人所盼望和梦想的一帆风顺。

随着离中国越来越近的新鲜感觉，鄂多立克越来越想到中国。他几乎感到已经快要到达中国，因为他们在印度洋的海面上航行已经有一段时光了。谁也无法说清还有多少里程，包括曾经去过中国的热那亚船老板在内。印度之行已经结束，现在，鄂多立克认为中国之行行将开始。相反，航船在许多巨大岛屿之间，以及在只能从远处隐约可见的小小岛屿之间灵活穿行。海上不时地刮起大风，瞬间又几乎完全消失，随之出现的一个大问题，就是熟练操纵船帆的应变能力。从海面上看，陆地似乎总是千篇一律，因为一座岛屿同另一座岛屿的景观相似：郁郁葱葱的植物群、大小各异的棕榈树群、苍翠的山峦，几乎延伸到大海的森林。每当船长有点空闲时间的时候，鄂多立克就不时地向他打听消息。

“船长，我们经过的岛屿叫什么名字？”

“叫苏门答腊。”

“岛上没有开化还是文明的？”

“不知道，我没有去过。”

“但是，其他人有没有对您说起过呢？”

“是的，人们曾经告诉我，岛上没有开化。由于天气酷热，那里的人们都是赤身露体，妇女也是这样。人们最多也就是用两片叶子遮羞。”

“这么说，他们一点也不知道羞耻。”

“谁知道呢，神父。上帝在伊甸园也曾经让我们赤身露体。”

“但是，亚当和夏娃偷吃禁果犯了原罪之后，先祖们才发现了耻辱。”

“是这样的。也许对他们来说，这样的事情还未曾发生。也许他们依然生活在一种陆地的天堂之中……”

船长继续讲述在苏门答腊，人们根本就没有家庭的观念。妇女们总是属于希望占有她的男人。一切都是属于公有的，包括土地、森林和孩子们。属于个人和私有的东西非常少，只有房屋。然而，房屋确实不完全像房屋，而是竹子做的房屋。各种各样的树枝、香蕉树叶编织在一起成为隔开的墙壁，一个可以避雨的屋顶。季风经常将房屋一扫而光，人们往往总是需要重建，一切从头开始……

然而，还有更为糟糕的事情。人们流传岛上的人吃起人肉来就像西方人吃牛、羊肉一样。他们是些惨无人道的人，譬如，当他们大嚼被杀死的战俘躯体的时候，为此感到幸福。因为他们希望以这样的方式从中获得这方面的价值。但是，他们从不偷窃，谁也不想占有不属于自己的东西，不存在任何为了成为所有者的争斗和有伤尊严的事情。他们崇尚森林、河流，各种动物以及生命。这一切一点也不少……

“神父，你明白我所思考的事情吗？”

“船长，请对我说吧。”

“我希望，如果将我们的道德加上印度人、萨拉逊人、蒙古人、苏门答腊人，以及加上谁知道还有多少其他民族的道德的话，我们就会拥有臻于完美的道德。”

“这是异端和被禁止的思想。”

“然而，一个没有偷窃行为的社会，总而言之来说，是非常值得重视的。你想想看，我们那里有多少小偷，那些马路上的小偷，更危险万分的小偷是生活在豪宅或者市政府大厦里的小偷……”

“我们还有第七戒律。”

“但是很少有人真正遵循它。”

鄂多立克有点心绪不安。他考虑到在这个地方，在这个正在经过的如此之大的岛屿上，竟然从来未曾有过一座教堂，一座修道院，也没有景教徒的教堂和修道院，没有一个人听说过上帝。现实情况就是如此，这些事实使他感到很伤心，甚至他愿意自己的“使命之地”不是把中国和汗八里作为最终目的地，而是在苏门答腊停留下来，在这里履行传教使命，一切从零开始。

然而，这是一种不现实的空想……

连续几个星期的航行后，巨大的苏门答腊岛从视线中消失。开始出现的是另一个名叫爪哇的岛屿。航船在这里进入一个港口，因为航船必须在这里补充淡水、蔬菜和咸肉。船上所贮藏的酒也没有了，遗憾的是爪哇岛不生产酒。相反，特产很丰富，如樟脑、肉豆蔻、药用的荜澄茄。相传这里的国王很有权势，手下拥有众多的诸侯，他也曾经受到过企图称霸亚洲岛屿的忽必烈军队的攻击。爪哇国王在一次野战中击败了蒙古人。二三十年前，中国的一支庞大的船队来到爪哇岛，从船上走下人数极多的军队。几百张战鼓开始在海滩上擂起，鹦鹉、各种鸦鸟、秃鹫、山鹑等所有受到惊吓的鸟类都飞走了；所有的动物四下逃窜；屁股像西红柿般红色的猴子们吱呀尖叫；鄂多立克内心称之为“黑色狮子”的黑豹、老虎等纷纷四下逃生；被噪声激怒的大象也躲进森林；似乎它们对眼前突然发生的一切气恼愤恨。

战斗发生在海滩和靠近大海的平原上，受到自身数量阻碍的蒙古人，无法根据将领的计划展开他们的兵力而一败涂地。他们登船而逃。留在战场的尸体，日复一日地任凭清道夫似的鸟类啄食。从远处极目望去，人们可以发现黑压压的一片蠕动着的、剔啃死尸的鸟群。

爪哇国王下达了不许焚烧、不许掩埋尸体的命令。必须陈尸战场，以警告将来可能的入侵者。谁在爪哇登陆，首先映入眼帘的就是草丛和沙漠中一片白色的尸骨，谁就会将这种景象四处传播出去。这是一片毛骨悚然的可怕景象。但是也流传着关于王宫的种种神奇的传说。当地的商人们建议热那亚人去看看那种景象。鄂多立克摇了摇头。他既不愿意往后推延出发时间，也不愿意再耽搁下去，因为他的思想已集中到中国，因为中国已经近在咫尺。鄂多立克的态度也决定了其他人的态度。总而言之，补充给养、交换和购买行动一旦结束，航船即在半夜时分启航。

划船的奴隶们回忆在岛上所见到的一些事情。譬如说面包树、香樟树和橡胶树。有人从面包树上采集乳液，然后乳液干涸变硬，两个星期内成了面粉，人们可以用来制作面包。

竹子也引起了他们异乎寻常的好奇心，竹子长得非常高大，甚至有十几丈高，他们第一次看见东方竹林，惊讶万分。他们还注意到极长的竹子在地上匍匐蔓生，人们说，竹子包含着极细微的石子，肉眼几乎难以发现，犹如指环一样。

神话传说爪哇的战士们将小石放到伤口中去，伤口会自然愈合，这样可以永远不失去小石子。事实上，在牡蛎贝壳中更难以找到珍珠。嗨，船员们说，特别是那些上了年纪、毛发灰白的船员说，爪哇这里的石头，就像印度半岛末端帕隆勃岛上的石头一样，具有许多不同的功效，比世界所有其他地方……

人们还说到竹林中的战士们善于用竹子制成弓箭，这种弓箭让人心惊肉跳，因为箭上常常有毒。在这些地方，竹子的用途广泛，甚至可以用竹子做成渔船或帆船。

两个星期之后，航船在印度北部靠岸。在这里，印度北部和中国南部的人种和文化掺和在一起。自然，这里也曾经是被忽必烈的蒙古人征服的疆土。

这个地方非常炎热和潮湿，气候大体上同印度气候相似，但眼下所及更容易使人感到富饶的迹象，井然的秩序反映在大汗国民的举止态度上面。大汗善于对一个幅员辽阔的帝国打下自己的印记。在这个地方，离港口不远处，有不止一家的客店，可供来自远方的人们下榻住宿。鄂多立克在波斯和美索不达米亚住过嘈杂喧嚣的商队客店之后，在这里没有感到有什么不同的地方。

乡村有许多大象，它们被用来干些有益的劳作，而不是像在诺巴尔那里作为狂热的迷信对象顶礼膜拜。大象卷起一段段树干，运送到大车上后拉车，然后将树干放到木塔上，人们可以毫无危险地从木塔上驱赶老虎、狮子和黑豹。大海拥有极其丰富的渔业资源。在陆地，人们可以看到一个个渔场。因为入网的鱼儿太多，渔民们不得不剪开渔网。这样使人自然地想到福音书中所描写的奇妙的捕鱼景象。

人们将鲜鱼特意摞在海滩上，就像人们要感激龙王爷的慷慨大方似的。有些鱼被捕来晒干，正如当地人们所说，为了供奉皇帝。巨大的海龟也爬上海滩，鄂多立克觉得它们大得可以同帕多瓦大教堂的圆顶相比。他在帝国所看到的一切，正是他以多种形式长期寻觅、等待和梦想的。他感到这一切是如此伟大，完全超出寻常规则之外。

他还听说，这个地方的诸侯们在死去入土埋葬的时候，他们宠爱的妻妾、佣人以及钟爱的马必须陪葬。对阿贝尔娜茨来说，由此很快得出结论，这根本不是一个好地方。事实情况是，她下了船，然后重又回到船上，处于船长的保护之下。她一点也不喜欢这个地方。她觉得这个地方气候太炎热，无处不受到蛇类的严重威胁。原始森林危机四伏，人们野心勃勃，难以理解。她也难以忍受男人们像塔纳的人那样，赤身裸体地到处走动。在这方面，她已经使自己有了一种新的思维方式。在她身上，产生了一种比过去复杂得多的羞耻感觉。

当阿贝尔娜茨生活在塔纳的时候，面对这样或那样的事情，她同当地妇女的表现不相上下。相反，现在，一种新的情况出现在她的身上，她的思想只属于她自己个人的想法，不再受几千年传统的影响了。有些事情使她明白，现在，她根据自己所获得的印象、启示和信念行事。事实情况是，她受到船长、船老板斯塔里耶诺，甚至许多船员的尊重，这种情况是她以新的方式看待事物的原因。

船上最重要的两个人送给她小礼物，她笑容满面地收下，同时也感到十分尴尬，很明显，两个人都喜欢她。因为面对这种情况，她最近形成的个人准则对她没有什么帮助。她不理解，为什么船长和船老板安德烈·斯塔里耶诺，他们两人明明是你死我活的一对情敌，相反，他们却表现得是朋友，相互极为尊重。

这些事情属于以某种形式对生活的感受和态度的不同方式，也就是一种属于西方和天主教的方式。是的，现在阿贝尔娜茨开始懂得这些事情，因为她具有第一流的直觉感受。她的睿智促使她头脑清醒过来。如今，她最终会以同两位热那亚人中的一位结为伴侣而告终。如果她作出选择的话，会是两人中的谁呢？对这个奥妙问题，她心中有答案了吗？

是的，她早已有了。如有可能，她会抬起手，用食指指向船老板安德烈。这一想法很快使她觉得脸颊发热。因为从她来说，从来没有发生过一个女孩子家可以选择或拒绝一个男人的想法。一切事情都是由父母和富人来决定。作为女儿，不能决定自己的命运，命运早就为她的一切安排妥当。

然而，为什么她会选择船老板而不是船长呢？她说不清楚。相比之下，两个男人都还年轻，四十开外，都有地位，权威果断，富有金钱。两人都有褐栗色的头发，蓄有八字胡须。两人都很诱人，魅力无穷。但是，船老板似乎更胜一筹。不止一次，船老板安德烈·斯塔里耶诺同自己的助手下船登陆，去购买东西和交换物品。自然，他也买一些当地土特产，其中珍贵的石头就是这个国家的特产。印度和中国都有出产。阿贝尔娜茨认为，所有有钱的妇女额前都戴有一粒红宝石，谁要是不具备这种条件，额上就画上一个朱红色的小圆圈。这种情况发生在一个特别以红宝石为特产的著名国家。阿贝尔娜茨也知道这一点，因为塔纳的商人们众所周知，安德烈·斯塔里耶诺用从热那亚带来的金币购买了不少红宝石。红宝石的颜色很特别，红得像火焰和鸽子的鲜血一样。人们说，这个地方的国王拥有难以置信的巨大的红宝石。汗八里的大汗也想得到这样的巨大红宝石。国王压根儿也不想卖给或作为贡品进贡给汗八里的大汗。因为这个地方的国王们一旦涉及他们拥有的珍贵的宝石，态度极为慎重。兴许，安德烈·斯塔里耶诺从事这种稀有宝石交易的事实，在阿贝尔娜茨美丽动人的眼睛里，使他更能获得她的青睐……

船老板对买到的从未示人的红宝石心满意足。（有什么必要隐藏一把红宝石呢？）他命令轮船朝向满济，即中国南部的方向启航，这是他航行的最后一站。人们称之为满泽，于是，西方人很快掌握这个名称，并按照自己的方式改称为满济。满济就是中国。他们虽然只抵达南部中国，然而，毕竟总是中国！对于鄂多立克和他的修士兄弟来说，他们到达了旅行的最终目的地。上帝的神秘蚕丝就要结束了。非常向往的梦寐以求的中国就在眼前，他们的双脚踏上了中国的土地！鄂多立克刚刚下船，就跪了下去，用双唇亲吻土地。

“你干什么呀？”贾科莫和米凯莱向他道。

“我亲吻土地。”

“为什么啊？”

“是这样，我想，为了尊敬和崇拜。为了感谢上帝始终陪伴着我们来到这里。整个土地是神圣的，亲吻它就像亲吻一件圣物一样。”

两位修士兄弟信服地低下脑袋。一如既往，鄂多立克总能感到和看到比他们更为深远的事情。

第十五章　天堂中的婚姻

年复一年，鄂多立克一点也不知道有关教皇、教堂、红衣主教、修士兄弟们的消息。

船长和船老板对他讲述的教皇仍然是同样的克雷芒五世教皇。两年多来，他们也总是出航旅行。他们还是驾着热那亚造船工人在那座船厂建造的航船，沿着霍尔木兹海峡取道特列比松航行。热那亚人有着强烈的愿望，沿着上述海域插手盛产宝石等特产的国家，目的是同威尼斯人决一雌雄比试一下。热那亚人想方设法，没有直接驶过海域。在鄂多立克的脑海中，整个西方世界被固化了，由于缺乏新的消息，它永远也不会变换细节。他的确不用为这些事情担忧。这些事情既不属于他本人，也不归属于上帝。他应该感谢上帝，因为海路一路顺风。只有一次，当暴风骤雨来临的时候，他听到过水手们惊恐的议论，水手们担心航船让可怕的魔鬼或者海龙王拖着下沉而葬身大海。

他们怀着惴惴不安的恐惧心理通过了中国南海，幸运的是，航程一帆风顺。是的，实际上，在这海上，有好多次，整艘航船覆没，消失得无影无踪，人们再也无法寻觅到一块碎片、一片船帆、一根桅杆或者一个轮舵。这是非常令人担忧的事……大家庆幸安然无恙地渡过了险关。对每个人来说，新的大陆是一片有点神奇的土地，总而言之，根据迄今为止人们所知道的情况来看，差别是很大的……

现在，鄂多立克不再有任何到达不了汗八里的忧虑了。他确信自己将会很快见到乔万尼大主教。闻名天下的中国是什么样子呢？鄂多立克马上自问道。因为他对世界怀着一种实际和现实主义的幻想，他喜欢很快获知，他将要履行使命的地方是个什么样的国家。中国是一个幅员辽阔、秩序井然，一切事情比西方运作得更好的国家。但是眼下，他只是一种感觉，而得不到证实。

他们靠岸的城市名叫卡乌隆（Kaulun），这是一个拥有上百艘航船、帆船、渔船和运输船只的大港。安德烈·斯塔里耶诺在这里有一位蒙古朋友，他是来自北方的一位大商人。修士们、安德烈和阿贝尔娜茨被邀请到他那用围墙和木材筑成的大宅子里作客。他的宅子里摆满绘有奇妙景象的蓝色器皿、各种瓷器、细工镶嵌的漆首饰工艺盒子、地毯、皮革制品、油灯、上了油漆的木制小桌子。鄂多立克说起从圣方济各修士蒙古人乌兹贝克那儿学到的蒙古语，情况就讲通了。简直是令人难以置信。那些不超过七八百句的蒙古话是他二十年前在乌迪内学的。肯定，像乌迪内如此小的城市，是整个中国和蒙古没有人见过和听说过的小城，但是，他在这个小城学到的蒙古话却非常有用。

鄂多立克可以把基本意思向蒙古客人讲清楚，这位蒙古客人的父亲曾经在忽必烈的部队中服役。是一位军人。但这位蒙古人自己完全经商。他经营什么东西呢？什么东西都经营。这位蒙古人名叫古尔卡，喜欢谈论自己国家引以为荣的机构中的大事。在蒙古王朝，一切都组织得井然有序。

"我已经觉察到这点。"鄂多立克说道。

"功劳属于皇帝。"古尔卡补充说道。

"现在，谁是皇帝？"

"也孙铁木儿（Jesun Timur）大汗[①]。"

"你们从来没有见过他吗？"

"确实没有见过。但是却如同永远认识他一样。"

"为什么？"

"我不知道该怎样对你们说。我们常常想着皇帝。他是老天爷的儿子，守护着我们。可以说，在中国，所有人为皇帝工作，大家感到他无处不在。"

"我希望有一天在汗八里能够见到皇帝。"

"您是说在北京。波斯人将北京称为汗八里。"

鄂多立克决定在卡乌隆多待些日子，直到安德烈·斯塔里耶诺动身。总而言之，他想同安德烈明确公开地谈谈关于阿贝尔娜茨的事情。他不能以错误的方式开始在中国的使命，卸下肩上对阿贝尔娜茨的责任。这样，他也可以好好地亲眼见见这个城市，使自己对城市有一个很明确的看法。这是一个很大的城市，整洁、明净、住宅和桥梁的颜色常常是白色的。院子或菜园中的每个居民必须遵循用火焚烧或用泥土掩埋垃圾的制度。对一切事情都要求有条不紊，保持警惕。

许多桥梁在河堤和拱形结构中呈现白色，因为白色是用一种称之为瓷土的泥巴涂成的。也许这是因为中国人和蒙古人的天性，使得他们本能地偏爱那种白色。国家的官员和职员们专门负责桥梁的正常功能并保持清洁卫生。他们经常不断地检查桥梁，关注任何可能出现的裂缝，及时进行维修和养护。官员、职员和士兵由蒙古人担当，

---

① 即元泰定帝。

而中国人首先从事各种不同形式的农业、手工业和渔业。有专门使用石油管理城市照明、维修城市道路和负责城市之间交通联络的官员，他们确保各个驿站及时交换马匹、人们用膳、睡觉等一切供应和管理事务。

古尔卡对蒙古王朝的管理体系是那样的自豪，他列举了一句家喻户晓的成语：蒙古王朝国泰民安，一切井然有序，以至于骑在马上的一位少女，可以带上一个装满金币的钱袋，没有任何危险的云游王朝四方。

船长和船老板过来向修士们和主人告别，安德烈·斯塔里耶诺紧紧地靠在阿贝尔娜莰的身旁，身着中国丝绸衣服的她，比任何时候都精神焕发，光彩动人。

“先生，我有私下的话对你说。”鄂多立克说道。

“请讲吧。阿贝尔娜莰已经是我的未婚妻了。”

“真的吗？我祝贺你们二位！”

“正因为我们就要离别，您必须为我的婚礼祝福。”

“我没有比这更好的愿望了。是在这里，您朋友的家中还是在船上呢？”

“我必须顺从她的意愿。现在阿贝尔娜莰一点也不喜欢陆地。”

“我明白她的意思，她有许多理由这样做。”

婚礼于是在船上进行。在甲板上做弥撒，全体船员都参加。婚礼仪式结束时，大家鼓掌，把帽子抛向空中，以示隆重庆贺之意。船上的葡萄酒早已喝完，瓶子里已灌满用大米发酵制作的亚洲白酒。每个人接过新婚夫妇酌赐的半品脱[①]白酒一饮而尽。接下来就是相互道别、拥抱、祝贺、话别。彼此万分激动，连说话也显得有点吃力了。最后，修士们下船登陆。

鄂多立克和其他修士兄弟只有启程北上，朝着王朝心脏方向前进的想法。第二天，当他们在古尔卡的家中见到安德烈·斯塔里耶诺、热那亚船长、水手长以及两三名水手时，着实地惊呆了。出了什么事吗？发生了什么事？为什么一切准备停当，正要扬帆启航时又推迟时日回到岸上来了呢？

唉，事情有些复杂。情况是这样的：古尔卡的风俗习惯已经与中国人相同。他向斯塔里耶诺诉说了自己伤心的事情，他的四岁小女儿不久前升天了，不知道她在天上同谁结了婚……怎么说呢？这是怎样的说法呢？这是中国的一种信仰。那些死去的孩子在天上由父母指婚。人们将他们的名字写在一张纸上后用火烧掉。缭绕的青烟上升，意味着他们结合在一起升天，于是，孩子们的婚礼就完成了……

待在船上的阿贝尔娜莰知道古尔卡小女儿的事情后很难过，她愿回到岸上举行蒙古人小女儿同她死于诺巴尔大神像车轮下的小儿子的婚礼。当然，如果同时举行活着的她与斯塔里耶诺的婚礼也将会是一件非常美好的事情。于是，阿贝尔娜莰提出以中

---

① 品脱，旧时意大利某些城市液体容量单位，约为0.5升。

国众所周知的佛教礼仪再次举行自己的婚礼。

安德烈·斯塔里耶诺没有反对，相反，以两种不同方式举行婚礼，会使婚姻更加充实牢固。

古尔卡和他的妻子是虔诚的佛教徒，非常热衷于这件事。于是，阿贝尔娜茨和安德烈的婚礼再次举行。

鄂多立克神父有些尴尬，但是，安德烈·斯塔里耶诺安慰他。第一次难道不是天主教式的婚礼吗？那么，为什么不能以阿贝尔娜茨感到亲切熟悉的佛教形式再次举行婚礼仪式呢？有什么不好的地方呢？还有阿贝尔娜茨也认为她的儿子不再是一个人待在天上了。古尔卡和安德烈出资，婚礼仪式办得隆重盛大。五颜六色的丝绸服装、祭坛上的龛室、帘子、彩灯、五彩缤纷的灯笼、用炸药做成的焰火、婚礼仪式、相互拥抱。显然，在场有中国佛教僧人。每一个哪怕最细微的仪式，都是逐条逐项进行。最后是舞蹈，为了驱除恶魔，人们舞起用布和硬纸板糊成的龙，象征新郎新娘纯洁地结合在一起……

观看婚礼仪式的有邻里的某些头人，他们望着阿贝尔娜茨的双脚，露出不很相信的神色，因为按照中国的尺寸，她的双脚太大。相反，她双手的指甲太短，或多或少地颇像那些家庭妇女的指甲。也就是说，在阿贝尔娜茨的身上，体现出中等水平青年妇女的双重痕迹。总而言之，这是一种仅仅涉及热那亚商人和印度女人的事情。然后，船老板他们应该回到船上去了，这一次，阿贝尔娜茨同其他人相互拥抱、告别、涌出的泪水并不是带有无感觉的喜欢色彩和一种表面的礼仪而已，却是一种持续不断的真实感情的流露。中国之风吹拂着西方挥动的手绢、在一片最后的告别声中，轮船已经缓缓驶离了港口……

修士们愿意马上开始他们的北京之旅，但是，古尔卡竭力推迟他们的行期。他非常热情好客，不放过每一个机会向三位修士行大礼、无数次躬身相拜。修士们尽可能地回礼。在城市的庭院中，特别是在乡村，他们碰到大群白如雪的鹅群，鹅群不时地被一个人追逮，它们张开翅膀四处逃窜。从远处望去，鹅群犹如一大簇点点的白色花朵。还有不计其数的鸡群，它们的羽毛也都是白色的。不管是鹅群还是鸡群，只被一位饲养人放养，就像在弗留利地区，通常由一位牧羊人放牧羊群一样……

这里的蛇也非常多，但比起印度来说，还是要少些。人们将捕来的蛇放在炉子上烧烤，当作美味佳肴来品尝。在那些体面的蓄有修长指甲的小脚女士们的餐桌上，没有一顿饭缺少过用蛇做成的菜。修士们所携带的信中谈到在刺桐[①]应该有一座圣方济各修会的修道院，甚至拥有一位来自佩鲁贾的名叫安德烈的大主教，他是根据北京天主教大主教的要求，由教皇指派的一位大主教。然而，刺桐在什么地方？古尔卡颇有意

① 刺桐，即泉州。

思地微笑着以友好的口气回答了这个问题。他多次地弯下身子，对他能提供信息表示高兴。然后，他献出自己马厩中的马匹，由两名仆人作为侍从，带着修士们上路。朝着裁桐的方向前进。修士们的一只口袋中藏有塔纳四位殉道修士的遗骨，修士们随身带着它们越过了印度洋和中国海，他们想亲手将遗骨交到裁桐的修士兄弟们的手中。

马路相当宽阔、笔直，保养得很好。修士们在驿站租下一匹马和一辆小车，他们乘上马拉车朝着下一个驿站的方向前进。马很听话，也驯服，十分惯于这种拉车服务。马不紧不慢地跑着，修士们可以平心静气地观察马路两边一望无际田野中农民们的劳动情况。

眼前大面积的已耕地种有麦子、燕麦、小米、稻米。它们被小片竹林，或者修士们熟悉的欧洲森林中的同样树木隔断开来。农民们的头上戴着用稻草编织的圆锥形的大草帽，弯着腰在地里干活。他们中的有些人肩挑木桶，在运输着什么。他们还看到一位农民，站在一个有着许多凹陷小阶梯的大轮水车上车水，汩汩流水流向一条灌溉渠中。

鄂多立克每次看到田野，不管是荒芜的还是已经开垦过的，他都会被深深地吸引住。因为田野中的每一样东西都是自然的造物，自然是上帝的女儿，就像他本人一样。因此，他和所有的生物之间存在一种看不见的博爱精神，这是真实理解圣方济各本质和精神的方式。

他们一路经过许多驿站之后，来到了刺桐，这是另外一个大城市。至少比特雷维吉、帕多瓦、博洛尼亚大十倍。四位殉道者的遗骨终于在这里的圣方济各修道院的坟墓中获得安宁。葬礼隆重，主教亲自出席。眼前的天主教葬礼仪式，使三位修士感到似乎置身于西方的土地和气氛之中。正是为了马上能够强烈感受到中国宗教和天主教之间的关系，鄂多立克和修士们提出参观一座地方寺庙的愿望。寺庙中有无数石像，所有石像的面孔和姿态大同小异。着了色的石像群排成一列，被安置在高处，大窗户的下方。他们代表什么？

"庇护者的灵魂。"陪伴他们的一位天主教教士说道。

"就是神的灵魂吗？"

"不是的，是先人的灵魂，然后成为庇护者。有点类似我们的守护神。"

"这是什么样的寺庙？是什么教？"

"孔夫子的儒教。孔夫子是一位伟大的贤人，大约早于耶稣六个世纪，他著有闻名天下的儒教学说。"

"是一种类似的福音书吗？"

"我不敢说是，而是经过深思熟虑的有关道德方面的学说。"

鄂多立克看得非常仔细认真，他竭力去理解。在中国这个地方，使人感到，人类和神灵之间似乎没有多大的差别。他们好像就等于同样的东西，几乎可以相互转换作用。由于在一座孔夫子寺庙中也有佛像，有点像与先知者一起的同样情况。对中国人来说，这种情况完全自然，如同在天主教教堂里，在祭坛上方，靠近福音书，摆放古兰经一样。根据所感受到的情况，鄂多立克开始明白，中国人根本没有一个真正的上帝、创世主，而地神、月亮、太阳、星星、就像自然形成的宇宙，才是最真实和最古老的神灵。从本质来说，这有点像中国另一本圣书——老子的《道德经》中的基本观点。

他们正在认真思考这些事情的时候，僧侣们手托绘有蓝色形象的瓷盘，破门而入，瓷盘中盛有热气腾腾的食物。他们将瓷盘放置在一些神像的脚下，把瓷盘留在那里，希望神灵舒心地享用香味四溢的食品。然后他们口中念念有词地说神灵们"用过餐了"，把已经冷却、不再冒热气的盘子端走。

鄂多立克认为，在中国，天地之间没有什么真正的差别，任何一样东西都是相互掺杂并融合在一起。在这里，僧侣们给神仙和亡灵们供奉食品。恰恰相反，按天主教的教义，上帝的儿子耶稣将自己以圣餐的形式供奉给众人。在遥远、充满神奇的中国，尽管同天主教西方的神圣事物存在截然相反的地方，然而，却总还是有某些相似、甚至可以讲通的地方。

鄂多立克直接感受到眼前所有这一切，同时，这一切使他觉得神秘莫测。他们向裁桐圣方济各修士兄弟们告别的那一天来到了。鄂多立克同修士伙伴们朝着中国北部的方向动身启程。他们满怀喜悦的心情，乘坐着马拉车，在幅员辽阔的中国道路上前进。白色的土路显得很有诱惑力。人们将陶土铺在道路上，因此，有些路段呈现瓷盘一样的白色。有的时候，道路笔直，长得望不到头。修士们在令人心旷神怡的山丘上坡下坡。不时地，马儿发出一声声嘶叫。在地里干活、头戴大草帽的农民们抬起身来，看看发生了什么事情，途经这里的是些什么人。很快，他们又弯下身子平心静气地干起活儿来。

约摸每三十英里就是一个驿站，可以换上一匹马。对修士们来说，北京有点像罗马，似乎是世界的中心，尽管有许多差别。有的时候，在某些路段，修士们被骑在马上的士兵们护送行进。此时，士兵们俨然一副护送队和巡逻队的姿态，好像在这个辽阔无比国家中迷失方向的孤独修士们，可能是帝国安全的一种危险似的。

这种情况多少有点反映中国的双重面目：一方面好客热情，另一方面，对自己的文明持不放心和珍惜的态度。

当士兵的总是蒙古人，当农民的总是汉人，国家的一部分人从事巡逻、行政管理和打仗，另一部分人干活。从表面上看，这两部分人相处得和谐完美。

修士们对每样事情都观察得非常仔细。他们看到田里种有大豆、芝麻、稻米、棉花、黄麻、大麻、高粱。从远处望去，像五彩缤纷的棋盘。也有大片田里长满红色的罂粟花。莫非是为了从罂粟花中提炼药液吗？是那种他从露契娜和炼金术师那里学到许多东西中的药液吗？这种奇特的药液也是可怕的东西，它消除疼痛，但是使人精神麻木、神志恍惚不清。

罂粟液着实让人感到害怕吗？也许是这样，但是，鄂多立克不以为然。他对罂粟花充满无限的信任。因为，它只不过是一种花而已。罂粟花是大自然的产物。在大自然的背后，他总是看见上帝的形象，上帝是不会欺骗他的儿女们的。

经过许多中途停留的驿站之后，他们来到另一个地处海边的大城市，名叫福州。在每个城市中，总有一些使人过目不忘的令人惊讶的东西。在福州，鄂多立克看见一群不计其数的母鸡，在别的许多地方，他已经看见过。这种母鸡很特别，浑身的羽毛不像通常世界上的所有母鸡的羽毛，而是像绵羊的羊毛，至少从远处望去像绵羊的羊毛一样。鄂多立克想从近处仔细看个清楚，他企图逮住一只母鸡，但是没有成功。一位养鸡人告诉他，这种母鸡不出卖。它们属于一位统率该城卫戍的蒙古将军所有。这种奇特的母鸡留在他的回忆里。中国种种千奇百怪的事情，按时间顺序在他的脑海中越来越积淀得复杂多样。

他们又开始在王朝的马路上，在那些连接大城市、值得最大限度信赖的宽阔主路上行进。如果他们走那些连接小城镇的辅路，那么，他们就可能迷路，犹如进入一个迷宫一样。总之，他们只下榻在更换马匹的驿站旅店中用膳和就寝。每次碰到小花销时，他们就把手伸进装有金币的鹿皮钱袋中，把金币兑换成金属钱币或者纸币。幸亏他们还拥有金币，离北京也越来越近了。

驿站店主在餐桌上经常给他们上鱼，鱼是放在平底锅里用炭火煮的，里面放了厨房调料中用得最多的辣酱。一次，在一座海滨城市中，正是店主本人让他的西方客人观赏到了中国人捕鱼的办法。带有大麻布制成船帆的大渔船行驶在水面上，渔夫们没有渔网，他们用人们称之为的一种鱼鹰来捕鱼。这种鱼鹰有一张大而长的嘴巴，不时地潜入水中，用它的长嘴巴捕鱼，但它们无法将鱼吞下去，因为脖子上用绳子打了一个活结。渔夫们扒开鱼鹰的嘴巴，一面欢笑着将一条条鱼扔进篓子里，就像在戏弄鱼鹰一样。

只有篓子里装满银白色抖动的鱼时，鱼鹰脖子上的活结才被打开，可怜的受了欺诈的鱼鹰终于能以市场上不太卖得出去的瘦而小的鱼填饱肚子。

店主人就像那些地方的许多人一样，小个子，但热情周到，充满好奇心，非常愿意倾吐自己知道的所有事情。譬如，他说，他的旅店已经拥有数百年的历史，接待过来自西方的许多旅行者。

“真的吗？”鄂多立克惊讶地问道。

“真是这样的。曾经有威尼斯人来过，其中，有一位名叫马可·波罗的年轻人，其他两位商人是马可的亲戚。”

“他们名叫乔万尼和尼科洛。”

“是的，是的。正是我父亲经常向我提到的名字。马可、乔万尼和尼科洛。你们认识他们吗？”

“不认识，但是，在我们离威尼斯不远的修道院中，我们经常听到人们谈起他们。”

对店主来说，他所知道的意大利地理知识中，有两个城市他能说出名字，就是威尼斯和罗马，其他就什么也不知道了。但是，他的父亲见过马可·波罗和他的两位父辈。四十年前，他们曾经是这家旅店的客人……在这种情况下，可以证明这句谚语的有效性，即世界是小的，许多事情非常复杂并相互交织在一起。店主的父亲曾经讲到马可·波罗和他的父辈们身着中国服装，服饰华丽讲究，是大汗个人赠送给他们的。大汗是他们的朋友和保护人。大汗就是忽必烈，是伟大的征服者成吉思汗之后至高无上的皇帝。忽必烈曾经赋予马可·波罗省督之类的高官职位。

马可·波罗直接管辖过公路、驿站旅馆、马匹、餐馆、港口、灯笼、钱币，不管是金属币还是纸币。他也管过对某些假币伪造者的诉讼，诉讼最终结局是判处那些伪造者死刑。在这个领域，判决总是惩戒性的，因此，中国的国民不太愿意收到纸币，尽管纸币上有皇帝的印记。原因正是因为他们担心收到假币。对这些顽固不化伪造假币的人绳之以死刑。假币制造者是皇帝操心的一个精神负担，他们理应受到死刑的严惩。

健谈的店主还讲述了其他许多事情，譬如蒙古人力图征服契帕哥[①]。店主陪客人们闲聊了好几个小时，他的妻子和女仆们在厨房中忙碌着。鄂多立克、贾科莫和米凯莱考虑以某种方式回报他们的热情款待，譬如三人组合唱歌的决定。

“唱些什么吧。”贾科莫说道。

“唱什么呢？”

“当然唱我们的赞美诗和宗教圣歌。”

“对，兄弟，你的想法太好了……”

“我们可以试试，看看效果如何。”

他们仿佛置身于乌迪内的圣方济各教堂中，唱起古老的罗马教皇格列高利和阿奎莱亚圣歌。他们曾对自己的旅行有过各种设想，但谁也没有预料到眼下的情况，他们陶醉在圣歌的幸福之中。店主、他的妻子、她的助手们、客人们在另一个房间里倾听，由于受到无比美妙动听圣歌的吸引，他们越来越靠近过来。贾科莫拥有一副低沉、厚实的嗓音，鄂多立克的音色更为高亢夺耳、强劲有力，他们以神奇的情感交融，相合得完美无缺。在场的所有人沉浸在具有宗教色彩的寂静气氛中洗耳恭听。那种新奇的圣歌以完美的形式，毫不停顿和全神贯注的神奇效果令在场的每个人无不为之神往。亚洲人的歌唱，似乎拥有相同音乐旋律的永恒变奏，但缺乏厚重感觉。也就是说，歌

① 契帕哥（Cipango）即马可·波罗所称的日本。

声平淡，没有厚实、洪亮的音响效应。这使鄂多立克的脑海中，以某种方式浮现出东方宗教状况，缺乏玄学的广泛谐振感，好比丝织画、小桌上的镶嵌、首饰盒以及上漆的家具，缺少近期欧洲绘画中的基本原理，缺乏乔托和乔托派系绘画中赋予画面或近或远的立体感觉。

在中国的宗教中，迄今为止，鄂多立克所感觉到和明白的那些东西，没有自己真正的神学。也就是缺乏在阿尔贝托·玛尼奥、圣·托马索、维托里尼、阿莱·德·里勒、圣·多美尼柯、圣·安塞勒摩、圣·博那维吐腊、腊依蒙多·鲁罗等许多其他人的书中所写的神学，中国宗教的一切唯一同尘世掺和在一起。这就是东方文化缺少的东西：超凡性和精神性。这就是使得西方歌声如此不同于亚洲歌声的东西。

第十六章　紫禁城

修士们唱歌的时候，众人自始至终沉浸在完全的静默之中，直到演唱停止的时候，他们才好像从梦中苏醒过来，用他们似鸟儿啁啾的语言，向修士们表示祝贺。事实上，修士们已经知道，在他们开始熟悉和凭听觉感受到的中国话语之中，每一个字眼都会因讲话声调的差异而有着完全不同的意思。啊，这三名歌手太出色了！他们的歌声带来一种迷人的美妙感觉。它对于听众的耳朵又是怎样的一种慰藉和回报！他们从四面八方靠拢过来，把修士们团团围住，紧紧握住他们的手，表达热烈的祝贺。这个场面至少让三名修士能够理解众人七嘴八舌的话语，虽然他们其实只听懂了一丁点儿。从厨房飘过来烧烤的刺鼻香味，老板娘和她的小伙计们大声地嚷嚷着，好像受惊的兔子，朝炉子奔去。临告别的时候，贾科莫修士从兜里掏出了几枚钱币，但店老板摇了摇头。他的手势伴随着麻雀般的声音让修士们明白，他们的歌声就是不错的报偿。他不愿意接受银币，也不会要纸币，每一个中国人都本能地认为纸币的价值很低。

出发的时间定在第二天清晨。晨光熹微，天空呈现出鱼肚白。修士们现在比任何时候都强烈地感觉到，白色才是中国最常流行、最真实的颜色。高岭土铺的大路是白色的，旅店的墙壁是白色的，院子里的鹅群是白色的，驿站的马是白色的，马车也是白色的。一切都是白色的，连天空也不例外。不过，这白色难道不也是圣方济各喜爱的颜色吗？颇有幽默感的贾科莫修士说道，中国人对我们太好了，他们所说的“天国”[①]，其实也是白色的。路上，一些士兵又护佑在他们的两侧，鄂多立克用蒙古话向他们打招呼。现在，他能够依照对方不同的社会地位，至少会使用六七种不同的问候方式。蒙古语是王朝的官方语言，而汉人则是农民和劳动者，他们被禁止在公众场合

---

① 天国，意大利语为Impero Celeste。其中，Celeste一词具有双重含义：既表“上天的”，又指“天蓝色的”。

学习和使用胜利者的语言，因为他们必须明白无误地知道征服者与被征服者之间的区别。这种情形多少有点儿像蛇咬自己的尾巴。由农民和手艺人组成的汉人无法在官场上谋得前程，原因是他们不懂蒙古语。而他们之所以被剥夺学习蒙古语的权利，就是要他们恪守耕种田地的天职。其实，许多汉人懂得蒙古语，只不过是不得不假装不懂得罢了，否则他们要被课以罚款或者被投进监狱。

在士兵们看来，这么做是完全正当和合乎情理的。要知道，这是至高无上的天子铁木儿的旨意。士兵们一面这么说，一面挥动他们的长矛。他们的长矛尖上都系着一面小旗子，在那远离北京的外省，这多少是表示皇帝无所不在的象征吧。

修士们一路上都由士兵们护送，所以他们觉得通往杭州的路程并不那么漫长。鄂多立克用他掌握的上千个蒙古语单词，和士兵们交谈。杭州的意思是“天堂之城”。城里的居民稠密得像蚁巢里的蚂蚁或蜂窝里的蜜蜂。每一幢民宅里都居住着几户人家，大街上和集市上总可以看到熙熙攘攘的人群。有时候，他们会争吵起来，但是很难听明白是什么意思，他们抑扬顿挫的声调不足以解释清楚所发生的事情，所以只能用心地盯视着当事人的眼睛。

杭州由一道城墙和十二座城门环绕，是一个非常庞大的水城，很像威尼斯。它究竟有多少居民？恐怕很难给予确切的回答，但可以肯定地说，至少有一百吐门（Tumen）。吐门是蒙古人的数量单位，大致相当于一万。一片片民宅坐落在中国最大的河流扬子江和上百条小河的岸边，上千座石桥或木桥把这些小河连缀起来。所有的桥都呈弓形，好让船只从桥下通过，这情形也跟威尼斯相似。这儿不仅有佛教、儒教和道教的信徒，而且也有回教徒和天主教徒。每一个炉灶，或每一户人家，都要用金币或纸币来付税。鄂多立克，尤其是另外两名修士，觉得实在不可思议，怎么竟然会有纸做的货币存在。不过，鄂多立克倒是听说过一种叫“支票”的东西，它就是由托斯卡纳地区商界的头面人物签了字的纸制的票据，可以用它来交换金币，就像法国、德国或者荷兰的商业城市里那样，人们只要认识签字人和他的签字，就会把它当做流通货币接受下来。

事实上，对于日耳曼人来说，支票上的签名，简直就代表着一家商号。甚至像帕多瓦、特雷维吉和威尼斯这样的城市也已经接受支票。听说阿奎莱亚的主教还特地把许多托斯卡纳商人请到乌迪内来，向孤陋寡闻的弗留利人传授经商的技巧，特别是如何使用汇票。可是中国却走得更远。每一张纸币都打上了皇帝的印记。杭州有将近二十万个炉灶，也就是说有同样数目的家庭。鄂多立克一生中从来不曾见过人口如此稠密的城市。随后，他们朝着天国的古都进发，中国人把它叫作南京。圣方济各会的修士们也在这儿留下了足迹，他们帮助许多人改变了信仰，皈依了天主教。这些信徒中有一个颇有权势及家道殷实的人士，名叫亚特哈（Atha）。鄂多立克和同伴们在他家里小住了几天。亚特哈请他们乘坐一只小船，在被称作“蓝色之河”的长江上破浪前进，前往一座大寺庙参观。长江上游动着无数大大小小的船只。一些贫穷的家庭，无力拥有一间房屋，便栖居船上。航运显出特别繁忙的景象，船只几乎承担起了城市所有的运输任务。

运输的货物真是五花八门，最多的是牲畜、鹅、鸡、狗、蛇和种种中国人以为可以送进厨房做成美味佳肴的东西。修士们被一一作了介绍，他们是来自遥远的太阳西落国家的宗教人士，专程去北京祝福皇帝万寿无疆和万事吉祥。

亚特哈设法让他们见识了各种各样稀奇古怪的东西，所以鄂多立克返回西方以后才得以描述道："我在杭州、南京、在世界最长的河流扬子江上，在一位有钱有势的市民家里，亲眼看到了各种各样稀奇古怪的东西……"在一座佛教寺庙里，鄂多立克瞧见一个和尚用一条弯曲得像弓一样的木棍，一前一后挑着两个装满食物的木桶，朝山坡上走去。寺庙后面的小山上，是一片长满了从未见过的树木的小林子。树木都很矮小。和尚用一种带弦的乐器奏起音乐，从青翠的小树林里渐渐地跳将出来一只又一只小猴子，它们的脸孔多少有点像人的样子，显现出好奇的表情。和尚用一把长柄的木勺从桶里打出食物，盛满一只只饭盒。小猴子们争先恐后地吃食，随着另一种乐器奏出的声音，它们敏捷地攀缘着灌木和小树林的绿枝条，消失了。小动物表演的这幕场景多少有点儿奇特，不过倒也挺迷人，逗人发笑的。

"它们的模样简直像小孩儿。"鄂多立克发出了感慨。

"它们就是小孩儿。"和尚说道。

"你们说什么？它们是猴子。"

"它们是中国的小孩儿或者贵人投胎而来的。"

"噢，正是这样。我明白了，这就是你们相信的灵魂转世。"

"善良、高尚的灵魂投胎为纯扑、温和的动物，就像你们方才瞧见的猴子。相反，卑鄙、邪恶的灵魂来世就成为悲惨、可恶的动物，像蝎子、毒蛇。"

鄂多立克没有吱声。这些说法在他看来都是幼稚的，大概是主人热情款待的缘故，他觉得没有必要也不愿意去反驳。

他们乘船返回城里，辽阔的长江上，无数的船只满载着各种货物，准备运往南京的各大集市。

此刻，鄂多立克脑子里只想着他此次远行的目的地。他见到的仍然是一个接一个的城市。中国实在太大了，他又走过了长昌、扬州、明州和其他一座座城市。在一家驿站，修士们唱起罗马教皇格列高利和阿奎莱亚圣歌，希望以此来抵偿在这儿吃饭和住宿的花销。但驿站老板的为人完全不像他们以前碰到过的那位旅店主人，就是那位自称接待过威尼斯的马可·波罗和他两位亲人的店老板。

修士们倒也遇到了非常爱听他们唱歌的听众，但他们也丝毫没有因此而减免自己的花销。于是，他们手头的钱越来越少了。第一次遇到的奇迹，无论是在明州，还是在临清，永远不会再出现了。黄河夹带着惊人的黄沙，从临清城流过，中国人把这些黄沙叫做沙石。这真是一条可怕的河。它发源于中国西部的山区，纵横驰骋整个国家，时常引发水灾，造成成千上万人员的死亡，就像波河给费拉拉和罗维戈带来的灾难一样。不过黄河的危害要大上一百倍。他们在苏州逗留了一些日子，在这儿目睹了大规模的丝绸贸易。用一枚银币可以换来整整四十磅丝绸。丝绸或许是苏州买卖最兴旺的货物。

这对于鄂多立克是一件愉快的事情。来到丝绸之城，他的感受非常强烈。他确信，那根引导他的丝线再也不会断裂了，因为现在北京已经离他们不远了。道路的状况越来越好，有些路甚至用石头铺成。为了节省手头的钱，修士们有时便把行囊中的一些食品用来充饥，满足于啃干面包，喝泉水。

贾科莫把钱袋里的金币仔细地搜索了一遍，还剩下十二枚金币，好在许多城市、许多驿站和许多旅店已经留在了他们的身后，一路上他们已经度过了许多夜晚，租用了许多马匹，如今远处的北京已进入了他们的视野。北京是世界的中心，这儿耸立着巍峨的紫禁城，由忽必烈汗的众多宫殿组成。钟鼓的声音传送到很远的地方，紫禁城的城墙是彩绘的，还有朱红色的大城门，精心雕刻并绘成白色的木制拱门。再往上是镂刻和彩绘的檀条支撑的飞檐。它们跟佛教寺庙庄重的朱红色大门非常相似。

这是一座非常古老的城市。成吉思汗率领蒙古人在1215年占领了它。事实上，民间流传的种种说法要让人相信，正是在上帝的授意下，蒙古人才做出征服世界的壮举。所以不能不把他们看作了不起的征服者。在他的整个旅途中，尤其是离开特列比松之后，鄂多立克觉得，蒙古人的庞大帝国犹如看不见的影子须臾不离地陪伴着他。

傍晚时分，三位修士来到了北京。把马匹和小马车交还给驿站之后，他们朝城门走去。他们觉得这像是一场梦。经历了年复一年的跋涉，一言难尽的艰辛和冒险，自愿的和被迫的漫长滞留之后，他们终于到达了旅行的目的地。鄂多立克觉得很惋惜，在波斯的捷斯特城浪费了太多的时间，在那儿他们被迫隐藏了好几年，无所事事。在塔纳和诺巴尔也遭遇了同样的情形。如果没有这样一些耽误了时间的滞留，他们早就到达中国的京城了。不过，要真是这样，那根丝线可就会断裂了，因为世上的任何事情都不会无缘无故地发生。他们走近红色的城门，透过城门的空隙，把目光投向他们略微能够瞥见的城里的情景。映入他们眼帘的是民宅、宫殿和有着层次分明的木质屋顶的寺庙，它们渐渐地缩小，直向远处天空延伸开去。这就是他们在乌迪内的修道院，在老一辈亲人的家里，在波德诺内的维拉诺瓦镇，无数次地听到人们谈起的城市……

几名士兵和一名军官站在城门口。我的天哪，他们会放修士们进城吗？或许，会发生什么麻烦吗？是的，这不是一座普普通通的城市，它跟其他无数的城市很不一样，它是一座京城，皇帝的都城。果然卫兵们瞧见这几个西方人，马上互相交换了一下眼色，显露出某种讨厌的神情。他们开始用蒙古话盘问。

“你们从哪里来？”

“从非常远的地方。从意大利的威尼斯附近。那是马可·波罗的故乡。”

“你们千里迢迢到这儿来，有何贵干？”

“为皇上祈福。我们都是教会派来的。”

“那么，你们莫非是天主教大主教乔万尼·迪·孟德高维诺的朋友？”

“我们只听说过他的名字。不过，我们到这儿来是要听从他的吩咐。”

“那很好。”

鄂多立克递上教皇写给大主教的信件。将士一点儿也看不懂，但他明白，写信的人一定是西方教会至高无上的权威。看来，这几名修士听命于乔万尼大主教这一事实，对于说服这些士兵起到了决定性的作用。

这三名来为皇帝祈福的修士立即被带去见大主教。大主教居住在紫禁城的宫廷里，他跟忽必烈汗保持非常好的关系。一名士兵给他们备了马，把他们带到紫禁城门口。他向卫兵们通报了情况，只见那几个卫兵不时地斜眼瞟着这些陌生的来客。他们之间的谈话持续了好一阵子，紫禁城的守卫者显然有着不同寻常的责任心。

皇宫果然是名不虚传的城中城。每一道城门口都由全副武装的士兵把守，太阳落山，夜色降临的时候，城门便紧紧关闭。只有忽必烈汗御笔签署的指令才能让紫禁城的各道城门在夜间重新打开。紫禁城的周长大约有四英里，里面有各式各样的宫殿、御花园、潺潺的流水、小巧的池塘、精致的木桥、庄重的神殿、亭台楼阁，还有一座绿树成荫的山坡。这是紫禁城，也是整个北京城里唯一的小山，所以人们不由得会想到，它是由人工慢慢地堆砌起来的，就像乌迪内的山坡是由阿梯拉的士兵们用自己的头盔装着泥土渐渐地堆砌起来一样，乌迪内的君主这样便能站在山坡上，远眺阿奎莱亚的战火。

鄂多立克默默地想道，或许只有在中国才能进行如此浩大的工程，因为这是由工蜂一样勤劳的人民组成的国家。为了实施一项工程，它能够调集起千千万万的劳动大军。最有说服力的例子是长城的建设，这座绵延不绝的堡垒阻挡了任何可能来犯的敌人。至少人们是这么传说的。

紫禁城是一个令人神往的地方。这里是忽必烈汗的寝宫，又居住着他的为数众多的兄弟、连襟、王叔、亲眷、皇后、嫔妃、王子、公主、侍臣、武将、仆役、卫兵。在紫禁城的一角，有一座宫殿，忽必烈汗的若干高官，一些外省的总督在这里落脚。在山坡的高处，有另一座很漂亮的宫殿，四周栽种着世界各地的名贵树木。这土坡取名绿山。紫禁城里的一切都表明了对大自然的真情挚爱。它或许是一座把天主教徒、蒙古人和汉人联结起来的桥梁。当然是这样。这是毫无疑义的。池塘的水面游动着鸭、鹅和天鹅，水下的无数鱼儿也清晰可见。大鹬鸟群也不时从湖面上追逐飞过。皇帝若是起了打猎的兴致，完全不必离开紫禁城去舍近求远。

修士们被带到绿山的一座宫殿里，乔万尼·迪·孟德高维诺大主教居住在那儿。大概是他为皇帝陛下效劳的缘故，所以赐给了他一套带院子的宅邸。乔万尼大主教为忽必烈汗祈祷蒙古人不熟悉的外国上帝，一种西方圣经旧约中的德训篇肯定能够使大汗更好地摆脱困境。三位修士终于见到乔万尼大主教，大主教的衣着是东方人的样子。三名修士第一眼见到他的时候，几乎以为他是一位儒家学士或者佛教徒了。他蓄着东方人的短胡须，身穿丝绸袍子，长长的袖子，上面有各种鸟儿的图案，脚蹬一双皮靴。他双手拢在袖筒里，炯炯有神的目光中充满好奇。长期在中国的生活使他多少有点中国化了。修士们向他鞠躬致敬，亲吻他戴着戒指的右手无名指。

“兄弟们，亲爱的兄弟们！”他站起身来说道。

“我们终于见到了您，主教大人。我们花费了许多年的时间才完成了这次旅行。”

“嗯，是的，这样艰难的旅行我也略知一二。但能告诉我，你们是谁吗？”

“我是贾科莫神甫，圣方济各修会的。”

“圣方济各修会？啊，当然是的！你们从来都是首先挺身而出，响应教皇的召唤。我曾经向教皇呈送报告，希望派遣神职人员到这块遥远的地方来，协助我展开工作。”

“我是来自波德诺内的鄂多立克，主教大人。”

“别再这么称呼我了，看在上帝的份上。我们都是修士，都是上帝的奴仆。”

“我是威尼斯的米凯莱修士，在俗教徒。”

“听您口音，您好像不是意大利人。”主教对贾科莫神甫说道。

“没错。我是爱尔兰人。”

“那是圣·帕特里齐奥的故乡。它离这儿挺远的，可离意大利就很近了。”

大主教心里很清楚，他未必能真正找到来自西方的助手，在传播基督思想的庞大工程中助他一臂之力。眼下他迫不及待地想得到有关罗马教廷和西方的消息。

如今，谁登上了圣彼得的宝座？还是那个克雷芒五世，坐镇阿维尼翁的第一个教皇吗？可是，为什么教廷要迁到法国去呢？教廷究竟为什么要抛弃罗马？要知道，圣彼得、圣保罗和许许多多的圣者在罗马奉献出了自己的一生。为什么教廷要迁到法国去？连鄂多立克也觉得这件事情做得并不妥当。在他看来，教廷迁都之举确实是一个失误，因为这意味着把教会的大权拱手送给法国国王菲力浦四世；而更加严重的失误在于给圣殿骑士修会罗织罪名，予以取缔。虽说圣殿骑士修会聚敛了不少财富，可那毕竟是属于教会的财产……可现在，事情颠倒过来了，菲力浦把这一切都据为己有了。真是无比美妙的结局！

而他，鄂多立克，一个普普通通的修士，只能是默默地思量着这一切，因为对于这样的事情，他既显得无能为力，教规也不会容忍他去做点什么。他也绝对不会允许让自己的判断去损害圣彼得继承者的事业。

修士们一一回答了大主教提出的各种问题。随后，几乎是突然之间，他们一齐感到了极度的疲劳，仿佛直到此时此刻，他们经过千山万水的长途跋涉，而且常常是徒步行走，所积淀下来的疲劳，终于达到了顶点。鄂多立克坐在铺着席子的椅子上，昏昏欲睡，在朦胧的夜色中，他只能勉强分辨出主教的身影，听出他的声音。他忽儿入睡，忽儿惊醒，在房间里来回踱步的主教也忽儿消失，忽儿再现。教皇的身体状况如何？可不，人们都知道他是个虚弱的病号，而且纷纷传说，对圣殿骑士修会的杀戮在他内心引发了愧疚和悔恨，他的灵魂再也不得安宁……

大主教还想继续询问下去，但是可怜的修士们再也支撑不住了。他终于察觉了这一点，这才想起了得赶快给他们安排食宿。他拍了一下巴掌，一名仆人应声进来。他立即用汉人的语言吩咐仆人去妥善安排。于是，修士们这才有了落脚的窝儿。唉，终于有了落脚的窝儿！如今，那些陪伴过他们的马匹和骆驼，那些为他们遮风避雨的马车和帐篷，那些他们遭遇险情时慌忙投宿的场所，那些在房间里无声地游动的蛇，那些漂泊无定的时日，统统被抛到了九霄云外。如今，他们至少可以不再被焦虑和烦恼所困扰，心境安宁地休息一番。

不过，由于过度的兴奋和激动，他们又一时难以平静地入眠。大主教似乎有先见之明，吩咐仆人在他们的膳食中加了几滴鸦片油，以放松他们的神经，调节他们的睡眠。据说大主教是在中国的最有威望的人士之一，他比铁木儿更早赢得了声誉，多亏他的帮助，修士们美美地安睡了一夜。

第二天，谈话继续进行。当大主教问完关于西方的事情之后，那又该谈些什么呢？谈话的中心只有一个，皇帝。大主教开始谈论北京的大汗信仰的宗教。他信仰汉人和蒙古人的上帝，这上帝只有通过梦、占卜、萨满教徒和天主教徒的感觉或者演讲，才能被认知。因此，皇帝把萨满教徒和天主教徒都召集到他的宫廷里。

大主教又花了很长时间。跟他们谈论蒙古人、汉人以及他们的宗教。

“那么，蒙古人相信来世吗？”鄂多立克问道。

“当然相信，就像这世界上所有的人一样。他们还知道关于天主教的许多事情，不过主要是通过景教徒知道的。”

鄂多立克信奉宗教信仰的纯洁性，听罢大主教所说的各种宗教并存俱荣的情形，不由得困惑起来。大主教开导他，说必须适应这样的现实。汉人或者蒙古人信仰的天主教不可避免地掺和进去汉人或蒙古人的思维。鄂多立克点头表示同意。大主教的这一见解向他们揭示了事情的真实面貌，所以应当不折不扣地照此办理，就像贾科莫神甫已经做的那样。鄂多立克多么想马上投入传播福音的事业，但大主教劝他不必如此匆忙行事。现在最要紧的是好生休息，然后要尽可能完美地进入中国人的语言和思维世界。而最为要紧的是要赢得皇帝的支持。事实上，在中国，如果不能得到皇帝的恩准，要做任何事情都是寸步难行的，这是任何事情获得成功的秘诀。事无巨细，都得通过皇帝。他的恩威，犹如太阳的光辉，或者黑夜的阴影，遍及王朝的每一个角落。

而他们，在大汗的眼里，只不过是一群奴仆，一群从事宗教活动的奴仆而已。鄂多立克应当出色地掌握这一至关重要的真理。

不过，鄂多立克却有点不同的看法。倒不是他对大主教缺乏足够的信任，而只是觉得这样忍气吞声显得过于屈辱。他认为自己仅仅只是上帝的奴仆，他在做祷告时祈求上帝的恩泽。他只愿意向他的上司和教皇鞠躬致敬，这几个月来，他耳边不断听到人们谈起皇帝，可他跟这位皇帝有什么关系？为什么皇帝要在他的生活中起到如此至关重要的作用？当然，他只是在心里保存着这样的想法。他跟这世界上许许多多人一样，脉管里都汩汩地流淌着抗争的热血，但在修道院里度过的许多岁月里，他受着圣方济各教规的严格约束，已足以使这腔热血冷却了许多。那又怎么做才能赢得皇帝的青睐呢？

“首先你得自己显出非常得体的样子。”大主教说道。

“我要穿上蒙古人的衣服吗？”

“这只是许多重要的事情当中你要做的第一件事。”

“那其他事情呢？”

“你会自个儿悟出来的，哪怕每一次弄明白一件事，我的兄弟。”

紫禁城里有许多流动的理发匠，他们用扁担挑着干这一行手艺活儿需要的全部工具。大主教唤来一名理发匠，吩咐他把这三名修士的头发和胡须尽可能地剃成像蒙古达官贵人，或者至少是像有身份的人的样子。紫禁城里的理发匠一共分成四个等级。头等的理发匠只为皇帝效劳，次一等的伺候皇帝的亲属，第三等的为文官武将服务，最末一等的面向其他所有的人。尊贵和等级的体系是宫廷中最为重要和最明确无误的规矩之一，而这宫廷其实不仅仅是宫廷，而是一座有着好几千人口的城市。

理发匠拿出他的锋利的剃刀，还有梳子、发油、雪花膏、香水以及他的挑子里其他工具，操作起来。

第十七章 卢侬

修士们以这种方式开始了蒙古化。随后，他们按照蒙古人的样子穿衣打扮。

“难道必定要这样做吗？”鄂多立克问道。

“倒是没有什么法律明确规定，西方僧侣必须要跟他们穿得一模一样。”

“那么？”

“不过，如果你不遵守宫廷的礼仪，那么你就永远都别指望能够朝拜皇帝。”

“那我至少可以保留我的僧袍吧？”

“你就试试看吧。如果你不觉得太热的话……”

北京实际上是个北方城市，只是到了夏季才感觉到炎热。鄂多立克表示了这样的看法，归根到底，对于皇帝来说，他们三个不可能是那么重要的人物，眼下恐怕皇帝压根儿不知道他们的到来。

“这你就错了。”大主教说道，“从你们进入中国那一天起，他对你们的一切活动了如指掌。那些驿站的官员源源不断地给他送来情报。殉教的圣徒在刺桐安葬的情形他都知道得一清二楚。他可能以为你们是本事挺大的萨满教徒。”

“他以为我们是巫师？”

“反正是这样一类的人。比如说，能够驱除妖魔的法师，阐释梦幻的高僧，未卜先知的预言者。”

“可我们跟这一切毫无关系……”

“谁也说不清楚。但愿上帝保佑……”

“我倒是多少懂得点儿草药。”鄂多立克说道。

“那或许还派得上用场。”

“我从维拉诺瓦的一个女人那里学到了许多东西，当地的人都说她是女巫。”

“她果真是女巫吗？”

“谁个懂得药草的功能，就是女巫吗？”

“女巫有本事呼唤魔鬼，让魔鬼相助自己。”

“那她跟女巫毫不相干。她懂得草药，会做浸膏。这就是她的全部本事。”

不过，最让鄂多立克深深吃惊的是，皇帝虽然已经知道他和其他修士从意大利来到了北京，但却无意接见他们。而且，当朝臣向皇帝禀报有关这些修士的情况时，皇帝却做了一个冷漠无情的手势，打了一个哈欠，好像是说，这些修士不仅丝毫不能引起他的兴趣，而且让他心烦。鄂多立克默默地思量着眼下的这种事态，并把它跟自己渴望为教会愉快地工作的意愿联系起来。

或许，现在他们应当做的第一件事情，是让紫禁城里那些最显赫的王公贵族皈依天主教。因为他现在似乎明白了一个道理，在中国，事情总是按这样一种方式进行的：如果你成功地让一名身居高位的人士皈依了天主教，那么，他的众多的下属就会以他为榜样，纷纷效仿。

这么说来，如果设法让皇帝本人皈依天主教呢？乔万尼大主教说道，那就好像让皇帝的所有臣民，让千百万中国人都接受天主教的洗礼了。这倒不妨试一试……不过，大主教颇为悲观。这位皇帝，或许还有他的诸位先皇，活像那种用蛮子省[①]和北印度的某些树的分泌汁提炼的乳胶，你尽可以把它拉长，扯宽，随意揉搓得变形，但到头来它总是复原到最先的样子。看来任何外力对它都无能为力。

从前曾有一位皇帝，迎娶了一位天主教女信徒。这真是千载难逢的机会，但白白地放过了。从眼下的情况看，很难指望再出现这样的良机了，也不应当再抱这样的奢望。只有从最基础的事情做起，任劳任怨地工作，别无选择。

如今，乔万尼大主教只是尽力帮助三名修士在宫廷里站稳脚跟，以便能跟皇帝和他的臣僚们打上交道。他找来一对中国夫妇，伺候修士们。鄂多立克又一次表示很难接受这种安排。他说，圣方济各修士们是为所有的人效劳的，因此他们不允许任何人来当自己的仆役。大主教反驳说，圣方济教派的教规在西方行得通，但在这儿是绝对无法做到的，因为周围的一切都不容许这么行事。如果他们拒绝让这两个人来伺候他们，那紫禁城里将不会有任何人对他们表示起码的尊敬。鄂多立克只得勉强同意了。这两名仆人几乎从来不露面，谁也不知道他们藏在什么地方。不过，只要鄂多立克击一下手掌，他们马上就会出现，彬彬有礼地向他打躬致意，用鸟儿般动听的声音说话。

他们似乎对周围的事情一无所知，其实紫禁城里发生的一切他们总是能够及时知道。尽管如此，鄂多立克还是迫不及待地开始了自己的工作。可大主教仍然反复提醒他一件事，在开始履行自己的使命之前，必须设法受到皇帝的召见。

“那您把我们介绍给皇帝好了。”

“在皇帝作出决定之前，这样做无济于事。一切取决于皇帝的旨意。”

---

① 蛮子省，指中国南部。

修士们每天花费许多时间做祈祷和做弥撒。不过，为了避免长时间待在室内而生出愁闷的情绪，他们便到紫禁城的各个花园和林荫小道去溜达，以便尽可能全面地感受周围的事物。他们流连忘返，细心观摩那些砖瓦或木头造就的、雕刻着或者彩绘着各种东方鸟兽的亭台楼阁。龙的形象随处可见。其实在西方也流传着关于龙的各种传说和神话。关于圣·乔尔乔的传说真有其事吗？难道那个骑着骏马，手持宝剑和长矛的圣者，杀死蛟龙的圣者真有其人吗？在天主教的宗教故事里，龙似乎是邪恶的象征，是恶魔的形象。相反，在东方世界，事情颠倒了过来，龙是一种无比神奇的生物，它为人们驱除妖魔鬼怪。龙的形象影响着每一个中国百姓，因为到处都可以见到他们塑造的龙的形象。它又常常跟其他的图画糅合在一起，所以龙又几乎成为一种类似阿拉伯图案的东西令人难以辨认。

建筑物的木材都无一例外地选用珍贵的木材，诸如檀香木、桃花心木、乌木、雪松，通常都是微红色，或者描绘成红色。建筑物的内部也用暗红色的木材或者皮革包装起来，把碾碎的细土用蓖麻油、亚麻油或者樟脑油调匀，便可获得这种颜料。皮革鞣制加工的技术简直无懈可击，大多选用那些凶猛的野兽，像西伯利亚虎或者新疆豹的毛皮，有时也采用驼鹿皮，那是栖居在北方，出没于泰加森林和冻土地带的走兽。蒙古人还喜欢去最寒冷地区狩猎，那儿只居住着身着毛皮，放牧着驯鹿的游牧部落，像爱斯基摩人。这些野兽的毛皮还常常跟它们的嘴脸一起保留下来，这好像是某种象征，某种暗示，对付那些邪恶之徒和背信弃义者，皇帝也可以成为残酷无情者。各个高原地带和整个亚洲地区的各种禽兽，这儿也应有尽有。这样的事实，有助于把帝国无比辽阔和强大的印象，深深地烙印在人们的心中。还不时可以见到狮子的毛皮，天晓得是从哪儿弄来的，因为在蒙古人的心目中，狮子是万兽之王。

无论走到哪儿，都能遇到守卫的士兵，他们手持长矛和弓箭，穿着由上好的皮革或者丝绸制成的护胸，就像战场上排列在方阵里的战士一样。

楼台亭阁里常常耸立着金色的圆木柱，冒失的人会误以为这是黄金打造的。不错，在蒙古的北方有着蕴藏异常丰富的金矿，皇帝如果突发奇想，自然完全可以这样奢侈一回的。还有一些小的庙宇、亭台楼阁，透过用玉石砌成的圆顶，投射进来一缕缕淡绿色的、迷离的光线。

这些或大或小的圆木柱，也是千篇一律地用金色的木头拱架支撑着。

所有的宫殿都归皇帝所有，在任何一座宫殿里，都有皇帝专用的居室和客厅。不过，其中的一座宫殿，跟其他的比较起来，更称得上是皇宫，因为只要是也孙铁木儿大汗留在北京，他几乎总是在这儿下榻。这儿有各种灵巧的机械装置，诸如齿状的管道，可以把膳食和饮料一直输送到餐厅。只需把一根杠杆转动一下，操纵杆即刻动作起来，就会有装在玻璃瓶和杯子里的米酒、马奶和蒙古雌马的乳清制的烈性酒，从说不清楚的远处传送过来。

在那些用珍贵的兽皮和木材装饰的极其华丽、金碧辉煌的宫殿里，还有一些细微之处，比如说兽皮上的一些多姿多态的装饰品，让人回想起那个遥远的英雄岁月，当时蒙古人还生活在皮制的帐篷里。皇宫依然保留着成吉思汗时代的武器和战旗，其中有一根用九条马尾编织的马鞭，显出白色的条纹，它被视为成吉思汗政权最重要的旗帜和象征。所有的人都把它当做圣物，它也成为某种崇拜，某种礼仪物品。还有各种陶土雕塑，用颜料描绘后焙烧。而白色则是把高岭土和油混合在一起，调制出来的。碾碎的马骨粉又是用来给帐篷绘色用的，在那个时代，蒙古人还是以游牧为主，南征北战的民族，他们还没有从汉人那儿掌握定居生活和建筑艺术的精美技艺。蒙古人在许多事情上已经被汉化了，他们也非常尊重汉人的种种高超技艺，但他们同时又为自己的祖先和那个征服天下的史诗般的时代而自豪。

说到那个时代，蒙古人的心中留下了唯一遗憾，他们在这个城市里摧毁了太多的宫殿和太多的民宅。他们花了几十年的时间，在跟许多有才干的、坚韧的汉人的接触中，才终于明白过来，毁灭只需要一瞬间的工夫就足够了，而建设则需要许多时间、金钱、技艺和辛劳。

在紫禁城里，随时可以见到以代写书信和各式文字为职业的人。他们胸前挂着一块木板，用野猪皮套在脖子上，木板上镂刻出一个圆槽，上面放着一瓶深色浆果做的墨水。一群宫廷画师经常活跃于这座或那座宫殿里。他们在木板和墙壁上描绘着装饰画和阿拉伯式的图案，在较为光滑的皮革上描画成吉思汗从青年到老年的画像，以及拔都、窝阔台、察合台、贵由、蒙哥、旭烈兀、忽必烈汗的画像。也孙铁木儿如今下榻在当年忽必烈汗的宫殿里。它很像一座汉族的庙宇。列祖列宗的雕像和画像被当做圣像供奉起来。到处铺着地毯，特别是在波斯附属于帝国的时候。

皇宫里有好几个议事厅，摆放着供王公贵人和武将坐的椅子。大主教带领修士们参观了那些最负盛名的地方，向他们仔细讲解。他们看到了一样很稀奇的东西，在现实中和在画像上，出嫁了的妇女头顶上都戴着一种好像有点像人的脚的东西，那是她们最喜欢的饰物。铁木儿的宝座比其他人的座位要高，也比皇后和皇妃们要高。即便是太子的座椅也要比父皇的宝座矮一截。

修士们走进了皇帝的金銮殿，大殿里几乎是空空荡荡的，只有几名全副武装的士兵。大主教和他们在大殿里逗留的时候，士兵们一直用警惕的目光注视着他们，仿佛他们当中有人会突然从衣服下面掏出一把刀来，把某个人杀死。周围笼罩着一种严防阴谋的怀疑氛围。在圆柱、地毯、彩绘的兽皮和木板、大小雕像和其他物件之间，还有一样带盖子的玉器，上面描绘着历史故事和龙、鸟儿、花草果木。修士们始终没有弄明白，这玉器到底是派什么用场。他们指着玉器，互相低声地议论着，他们的每一句话，都好像是窃窃私语，连他们的每一次呼吸，都显得小心翼翼。不过，大主教倒一直显得神态自若。

紫禁城里也有一些基督教徒，他们都是在大主教和他的助手们的劝说下入教的，对大主教非常忠诚。他们既是皇帝的人，但也是大主教的人。通常大主教并不在宫廷里，而居住在城里的一个街区，在那儿从事着他所说的“事业”。

一天，一名中国女子来到大主教的住所。她很年轻，头发乌黑，手臂修长，身穿一件丝绸衣裳，上面绣着天主教的象征，鱼、鸡、乌龟、鹈鹕、牛犊、大鹰和狮子。在大主教面前，妇女们都显露出很热情的样子，但又充满了儿女们对父辈的尊敬。鄂多立克神甫明白，乔万尼大主教和这名女子之间，看来是存在着某种特殊而复杂的事情。她似乎不只是一名裁缝或者绣花女，但她又什么也不索取。倒是大主教发现了修士们的浓厚兴趣，主动出面来澄清。

“你们千万别以为那女人是属于我们的。”

“我们可绝对没有这么想，大人。”

“要把这件事说清楚，我确实有点为难……总而言之，如果她今天还能活在人世，我多少有点儿功劳。”

“那就是说，您救了她的性命？”

“没错。事情正是这样。”

现在，鄂多立克的好奇心真的达到了顶点。

“您治好了她的病？”

“不。我确确实实救了她的命。”

“那您是怎么救她的呢？”

那年轻女子名叫卢侬。在当时的中国，常常发生这样的情况，穷人们让刚刚出生的女婴死去，因为她们不能传宗接代，也不能成为种田耕地的劳力。他们或者乘着寒冷的夜晚，把女婴遗留在田野，或者好像一不小心让女婴跌落到河里，或者用毯子把女婴裹得紧紧的，让她窒息而死。当然，这种作孽的事情总是乘着别人不注意的时候做的。农民们虽然没有文化教养，但也不愿意别人把他们叫作杀人凶手，即便是在这种情况下，他们也要想方设法保全自己的面子，特别是在同村的邻居和熟人面前。

大主教有一天得到消息，北京郊区有一户农民打算摆脱一个出生刚刚几天的女婴，他立即表示，愿意把她买下来。其实这也花不了几个钱。大主教委托一家天主教徒，他们是很富有的商人，领养这名女孩子。二十年过去了，这女孩如今也成了一名虔诚的信徒。不久前，这对商人夫妇去了另一个世界，他们把自己全部钱财和不动产统统奉献给了大主教从事的事业。

如今，这样的馈赠源源不断地来自四面八方，大主教的事业也越来越充实了。有些馈赠甚至来自很远的地方，譬如亚美尼亚或者波斯。不过，大主教的事业主要是从北京的天主教徒那儿获得滋养，他们人数不少，居住在北京的一个街区里。大主教亲自带着几名助手，说服他们当中的许多人信仰了天主教。乔万尼大主教个人花销极少。他把来自四面八方的所有资金统统用于“事业”。京城的天主教徒以各种方式予以合作，推动大主教“事业”向前发展。这种事业是什么呢？开始的时候，由大主教所信赖的每一个天主教家庭收养一名从死亡线上救下来的女婴。在北京城里，反感残害众多无辜女婴的家庭为数不少，通常，这些家庭则是皈依天主教最成熟的对象。多少年来，这种“事业”获得神奇的进展，已有数百名女婴得以生还。最早一批生还女婴已经长大成人，她们有了自己的家庭，每个家庭都领养一名从死神手中救下的女婴。许多家庭为此紧密团结得像一条大铁链，比单纯、朴实的天主教显得还要强劲有力。

大主教很清楚，对天主教真正使命的最好检验，就是领养一名奇迹般生还的被抛弃的女婴。实际上，蒙古司法人员、士兵和法官，以及那些生活在乡村的少数人群也假装相信那些私下杀害女婴的意外行为，还从来没有发生过一起真正、严肃的诉讼事件，很少有人会提出疑问，杀害女婴之事很快就被人忘得一干二净。

所有天主教家庭希望彼此居住在北京同一居住区内。通常来说，他们都是从事手工艺的工匠。在出资的天主教徒之间，由于居住在同一街区、信仰同一种宗教、从事同一工种以及亲戚的缘故，他们之间的关系越来越密切。这种情况使乔万尼大主教的事业和北京天主教群体迅速发展，因为大主教的教徒们个个都非常活跃积极，并团结一致。在天主教居民区内，兴建起一座教堂，虽然还没有竣工，但天主教徒可以在这里聚集进行祈祷，举行宗教仪式。教堂工程的建筑师、瓦匠、雕刻家、木匠和画家几乎都是清一色的天主教教徒。乔万尼大主教放手让他们去干。由他们去决定一切。一座内外恰似佛教寺庙般的教堂诞生了。区别只有祭坛、神龛、十字架等等。教堂还缺少的许多东西，源源不断地由众多的教徒合作者捐献提供。

以上用非常概括的方式讲述了大主教的“事业”。在圣方济各三位修士来到的第一个星期天，大主教在教堂举行了弥撒，教堂里挤满了蒙古人和汉人，仪式在良好安静的氛围中进行，人们领享圣餐、虔诚祷告。在祈祷的人群中，还有一定数量的穷苦人，他们期待着护佑、建议和某些帮助。卢侬一家总是非常积极地参与。她的丈夫是一位铜器手艺人，祖籍是波斯，更准确地说，祖籍在两代人以前人们称之为可怕的“高山老人”生活的地方。铜匠的父亲曾经被蒙古人征服波斯时俘虏，他被押解到哈剌和林后来到北京，他曾经是制作铜制板材的师傅，他把自己的手艺传给了儿子加里布。

加里布的父亲曾经是景教徒，在乔万尼大主教的影响下，他成为一名正统的天主教教徒。加里布拥有一个大作坊，许多徒工向他学习制铜技术。他将一块铜制板材放在一个圆形铁砧上面灵巧地敲打，便可以敲打出所希望的各种形象。譬如各种大小的鱼、熊、老虎、狗、熊猫、龙等等。加里布挣下的钱财不少。他的名气很大，享有很高声望，作为一名工匠，也为皇帝献艺效劳。在北京城，“为皇帝效劳”的人士可以获得很高的声誉。

卢侬是一位刺绣能手。她并不出卖自己的作品。通常认为，作为一名妇女，只能以操持家务为本分，然而，她的丝绸刺绣是那样出色，甚至可以高价出售。加里布出售妻子的刺绣作品，并答应顾客的订货。卢依好像同这些丝绸刺绣没有任何关系，似乎这些刺绣是自然生成的。所有的顾客已经适应了这种订购方式。总而言之，大主教的“事业”蒸蒸日上。

鄂多立克、贾科莫和米凯莱也开始投身到大主教的“事业”中去。从事这种事业为介绍任何一位传教修士提供了最有效的可能。在北京，三位修士很快成为众所周知的人物。人们用汉语称呼他们的名字：鄂多立克、贾科莫、米凯莱。鄂多立克修士以前只是在中东、在埃勒·库内依特腊以及在德鲁索山上当过传教士，但他都是置身于修道院中，不存在皈依什么人的某些可能性，他几乎不了解皈依工作的方式，他曾经想象挨家挨户去传播世界拯救者基督之音；或者，他想象在某一天的特定时候，他同人们约定在广场上进行基督布道。

相反，如今一切按决然不同的方式进行。大主教的“事业”是一个复杂的过程。在从事传教事业的时候，往往发生这样的情况：蒙古人和汉人独自来聆听基督之音，并要求给他们洗礼。各种理由都有，有的时候，也有没有什么意义，甚至幽默的理由。一位驯养皇帝狗群的年轻人要求洗礼，因为他爱上了已在中国为很多人知道的圣·弗朗切斯科。有的时候，圣方济各修士们出于好奇心，来到天主教徒居住区的教堂，从事天主教的“事业”活动。孩子们等着收到一枚小钱币、一个小甜点，一个龙形的风筝或者一个铜制鱼。在“事业”活动中，这些小玩意儿很丰厚，从来没有缺少过。

老年人们来到这里，急于知道些什么，因为所有的人们期望得到福音。所有人期待着启示，就是那些熟悉孔夫子儒学、道教以及佛门学说的人们也一样。新来的人们进入教堂后，对教堂里为数不多的塑像感到惊奇，教堂里只有基督十字架、圣母、圣·弗朗切斯科、圣安东尼的塑像，再也没有其他什么了。

那么，列祖列宗呢？没有列祖列宗的塑像，只有那些以英雄形式体现基督德行的圣人像。中国人异常尊敬圣人，因为他们认为，尊敬圣人也就是尊敬列祖列宗的变相形式。圣安东尼的中文称呼为韩东尼，圣·弗朗切斯科为方泽斯库，或相似的译音。马利亚圣母塑像引发了人们的特别崇敬之情。男人们着迷似的站在圣母像面前，一面想着圣母身上凝聚了他们所寻求的女人身上的所有完美的德行：谦虚、宽容、对家庭的爱、温柔、宁静贤惠、乐于施舍。然而，圣母马利亚对女人来说还要多。她是妇女的保护伞、女主人、安慰者、庇护神、天国的姐妹。

站立或者跪在圣母塑像前的中国年轻妇女，似乎有许多神秘的罪过要禀告圣母，以得到圣母的暗中保佑。圣母马利亚被看成是所有苦难妇女的母亲和姐妹。圣母望着妇女们，知道在她们的身后有着一部痛苦和哀伤的故事。另外一些妇女尤其懂得这一点，她们是唯一真正能够彻底理解现实的另一半和月亮另一面的人。

无论是在教堂还是在其他地方，卢依似乎在为某个无形的原因而担忧。她面色苍白，并非由于涂抹滑石粉和高岭土制作的面霜所致，相反，似乎笼罩着一层看不见的灰色纱巾一样，她好像患上了一种正在体内发展的古怪毛病。鄂多立克对这种现象特别敏锐，他注意到了这一点。

北京的教堂离紫禁城不远，每当鄂多立克修士出城要做弥撒的时候，总会碰到某些人想用一辆人力车拉他去。他拒绝了。在中国人当中总有一些人要突出自己低人一等的地位，对这些人来说，好像生来就是这样。鄂多立克总是本能地予以抵制，因为，在他看来，基督教主义作为一种体现自由的宗教，摒弃一切形式的奴颜和卑躬屈膝。

好几个星期过去了，皇帝仍然没有表现出任何接见圣方济各修士的迹象。需要宫廷的达官贵人铺路搭桥。接见的事延期推迟。人们捉摸不透的是一位蒙古高官，他是一个容易发怒，笑里藏刀的人。然而，他虚伪的外表似乎是十分忠于铁木儿，因此，对他的任何怀疑也就不复存在。

他的脸总是戴着一副铜制假面具，面具做得极其完美，因为他曾被一次意外事件毁容。很多年前，有人为了报复他，将一盆滚开的沸水全部浇到他的脸上，使他的面部受到伤害乃至扭曲变形。从那时候起，皇帝让他戴上金属假面具，至少在皇帝的面前戴上，因为扭曲的面容让人看起来无法忍受。这位宫中高官名叫孔伯唐，他让加里布给他制作一副铜制假面具，同他的脸型完全一致。所有人都惧怕他，走在街上小心翼翼，避免以任何方式同他打照面。

第十八章　铁木儿

一天，圣方济各修士们得到大汗要接见他们的消息。在乔万尼大主教的屋子里，犹如一包希腊炸药炸开了一样，伟大的日子来临。人们在所有宫殿最具皇家气派的皇宫里举行盛大的节日庆典。受到邀请的人成百上千。高官和显贵们穿上饰有珍珠和红宝石，用锦缎缝制的礼服。他们浑身珠光宝气，每一个动作引发连续不断、五彩缤纷的闪光。节日庆典按照非常准确的礼仪进行。每个人按指定的位置各就其位。他们中的有些人在餐桌前侍候，至少用击掌来吩咐上肉、上酒或上小菜。

许多士兵和武官被安置在战略性的位置上，巡视着所有的出席者。僧侣们排列在皇位前为皇帝诵经念道。他们分别是佛教徒、儒教徒、道教徒、景教徒、天主教徒、伊斯兰教徒。大汗欣然接受来自各方的致敬。他深信，众多的宗教祈祷神灵兴许是一种神圣、战略上的明智做法，如同从四个不同的方向进攻一座城市一样。

这是皇帝诞辰的庆典节日，也是一年中皇宫的四大庆典之一。高官们的头上也戴着一种王冠，但比起皇帝的王冠，明显要简单得多。皇帝端坐的皇位比所有其他人的椅子要高。高官们的服装颜色根据他们的级别和职位，多数分为红色、黄色和绿色。

通晓天文和星星会合的天文学士发出开始行礼的信号。每当太阳光线穿过小塔上的孔洞时，天文学士们发出庆典开始的号令，所有人弯下身子，行跪拜礼。然后，演员们上场，表演杂技翻跟斗、插科打诨的滑稽、玩火把、耍陶制盘子等许多其他把戏。奏乐者中的每个人开始拉弦乐器，奏出的东方乐曲犹如乐谱本身无止境、变化多端的咏叹调。

紧接着几乎是宗教般的肃穆宁静。宴会上，为出席者上的菜都是庆典的美味佳肴，如烤狗肉、蛇肉片和芝麻油炸的小马肉。宴会结束后，所有人来到御花园行供奉白马仪式。白马是皇帝寿辰的传统贡品。蓦地，白马就像从天而降似的，突然出现在人们眼前。紫禁城中有不计其数的马厩，清一色的白马，节日盛装披挂列队站在那里。所有白马统统交到皇家马倌的手中，马倌很快将白马牵引到它们的位置上。然后行其他赠品的供奉仪式：香水、华贵的衣料、礼服、装满稀有玉石的首饰盒。大汗作了一个很轻微的、明显包含着谢意的动作。随后，欢快娱乐性的表演在露天进行。人们呷饮着从一个玉雕大型高脚杯中获取的上好美酒，这个玉雕高脚杯是皇宫中最引人注目的珍贵物品之一。现在，圣方济各修士们对皇帝的作用，不言而喻已经完全清楚了。

庆典持续了整个下午和晚上，有人喝多了酒，疲倦得睡着了。这被认为是冒犯了皇上，罚以不容忽视的赔罪。

鄂多立克、贾科莫和米凯莱希望大汗能够就近召见他们，对他们表示欢迎，以这种方式正式重视他们的到来。但是皇帝没有这样做，难道也孙铁木儿是一位健忘的男人吗？正相反，许多人说他的记忆力惊人。后来高官们退下，只留下很少的贴身仆人，宫廷庆典主持大师以及一些卫士。于是闻名遐迩的私人召见仪式开始，其反响将会久远……

大主教将圣方济各修士们介绍给至高无上的皇帝。皇帝的唇边掠过一丝讥讽的微笑。他用蒙古语同修士们交谈，幸好，无论是鄂多立克还是贾科莫已经能够用蒙古语进行适度的会话。铁木儿谈到“大蒙古和平”的前景。整个亚洲已被征服。蒙古骑兵没有去插上红旗、不值得征服的土地就是北方，那里刺骨寒风呼啸肆虐，只有驯鹿和驼鹿出没；还有南印度酷热之地和宋达（Sonda）群岛，那是荒无人烟、凶猛野兽、毒蛇和致命鳄鱼盘踞的地方。在那些地方，还生活着食人肉的野蛮人。世界上最美丽和富饶的地方已经被大蒙古和平之国所统治。

“你们天主教徒将是大蒙古和平之国的支持者。实际上，人们说你们的宗教是和平的宗教。”皇帝最后说道。

“当然是这样，大汗。”大主教说道。

“你们最近才到达我的国家。”铁木儿补充说道。

“正是这样，阁下。”鄂多立克回答说。

“你们总是说要创立上帝的王国。可以说，上帝的王国就在这里，它已经创立。现在要谈的只是维护这个王国。”

“上帝王国是一个精神实体，阁下。”鄂多立克回答说。

“但是，它的基础是和平。”

“是这样。”

“我的列祖列宗和我创立了一个庞大的和平帝国。”

“在这种情况下，我们教士的工作将会得到很大的方便。”

铁木儿继续侃侃而谈。戴着铜面具的高官身影在远处一闪而过。人们看见在灯笼光线下的假面具轻微的闪光。鄂多立克发现后，突然有一种不愉快的感觉。大汗赏给修士们三匹马，不是那种白色的马，而是属于皇帝自己专门职权范畴之内的马匹。皇帝还赏赐了两名随从给他们。修士们表示了异常感激。最后，皇帝示意接见结束，修士们为了不让自己的背部朝着皇帝，一一倒退离去。

大主教认为皇帝恩赐的马匹和侍从对达到自己的目的能发挥宝贵作用，为此感到高兴。以什么方式发挥作用呢？修士们问道。很简单，每天将紫禁城御膳房的部分饭食运送到天主教教区，在那里，所有的组织和准备工作安排就绪，以便将饭食分送到穷苦人们的手中。拥有马匹和侍从越多，对运送和分发工作提供了越多的可能性。看来，北京的公众舆论赞同这些饭食由天主教修士们派发，因为他们最具有组织慈善活动的才能。对他们来说，分发食品已经形成了习惯，慈善是一种日常的姿态。为了这种需求，加里布制作了好几口大铜锅。每当送饭车队到来的时候，天主教教区已经聚集了数百名饥肠辘辘的穷苦人。

为了避免让过路行人看见送饭的大锅和众多的篮子，运输车辆用亚麻布遮盖起来。然而在亚麻布上除画有龙和鸟的形象外，还画有天主教的象征，使得北京民众一眼就能辨认出这种行动的组织者。画家的水平是一流的，这些用画布遮盖的车队已经为京城每一位市民所熟知。

穷苦的人们聚集在一起，至少每天吃一顿饱饭，这足以使他们远离活活饿死的境地。于是，许多穷苦人经常光顾天主教教区，并参加大主教的“事业”活动。他们同天主教徒保持日常的接触关系，同时从中也受到伦理和神学的熏陶。他们自发地要求洗礼。他们中的一些失业人士最终正是在大主教的“事业”中找到了工作并投身到多种多样的活动中去。

在天主教区有一个集中孤儿、收养从溺水和严寒中抢救生还女婴的地方，这是一座等待教区夫妇领养孤儿们之前的幼儿园。

大主教对自己的“事业”非常自豪。他越来越相信，当他不在人世的时候，“事业”还会延续下去。这项“事业”犹如已经拥有独立生命的某种事物，由于“事业”的内部力量将会伴随时光而延续，如同生命本身一样，总是拥有继续生存下去的能力。

每当情绪低落的时候，大主教就来到接近完工的教堂，让自己亲身体验安慰的感觉。施工中的教堂尚未举行弥撒或其他的庆典活动，整个地方像个造船厂。不时地有位雕塑家带上一具石雕像驾着马车来到这里。那是某位圣人的塑像，都是大主教听说不久的圣人：阿哥斯蒂诺（Agostino）、罗连查（Losengo）、罗科（Rocco）、托马索（Tomaso）、多梅尼科（Domenico）、塞巴斯提亚诺（Sebastiano）。这些圣人塑像统统都安置在凸出的平台架上，沿着外墙排列开来。

有些手工艺工匠们进行铺地的完工劳作，整个地面用彩色石子铺就。有些工匠正在磨光木制品并在上漆，或者正在放置陶器、石灰石器皿、金属灯具。空气中迷漫着尘土，充斥着胶水、油漆以及颜料的气味。教堂工程进展快速。中国的天主教文化以同样的形式向前发展。

在北京有几百民众要求进行洗礼。修士们利用业余时间在教堂内举办快速学习班，对人们进行信仰教育。贾科莫讲解天主教教义，他执著地称之为“尼西亚信经”[①]。相反，鄂多立克讲解天主教的本质，对包括敌人在内的人们没有界限的博爱学说，我们只是人间财富的看护人，利用财富使所有的人得益。北京民众特别对抽象和玄学领域中的东西似是而非，一知半解。他们喜欢听修士们讲述具体、现实的议题，这些议题在每天的生活中容易进行比较。他们受到福音书中的一些句子的感染，譬如“如果你有两件长袍，你就拿出一件送给没有长袍的人”。这样，他们拿出自己的一件衣服，一双凉鞋或一双木屐来送人，感觉自己仿佛已经是出入教堂多年的完美的天主教徒。有人挨了邻居的一记耳光，不以暴力相还，而是完全伸出自己的另一边脸颊，看得出来，这是一位一流的天主教徒，急着让自己参与到接受洗礼的名单中去。

大主教主张在申请者诚信的基础上接纳所有人，但鄂多立克神父比较慎重，他认为还应该考虑到对福音书的熟悉程度、对天主教教义的接受程度，以及只有他才能觉察到的细微因素。什么样的因素呢？难以诉说清楚。鄂多立克用脑子看问题，他拥有比别人更锐利的一双眼睛，拥有探索心灵的第六感官，这是大主教和修士们感到不具备的一种能力。那是某种神秘的东西，鄂多立克力图用许多迹象和隐喻来做解释，但是压根儿就没有成功。兴许，鄂多立克比我们拥有更厉害的类似狗的嗅觉，或者类似猞猁和苍鹰的眼力。对于真正的皈依者，即使是隐秘的改变，鄂多立克本能的感觉得到，并且能马上将他们辨认出来。大主教对贾科莫说：“这是圣人们才拥有的一种才能！”

“您说的是真的吗？阁下。”

“我相信是这样的，亲爱的兄弟！”

对这点，贾科莫很快就心悦诚服。这种看法符合他对鄂多立克本人的看法。打他认识鄂多立克起，他心中就有这种看法，尽管当时还不是很清楚。就连所有接近鄂多立克的蒙古人和汉人一样，都微妙地被他征服了。自然，这有他言语的魅力。在北京逗留期间，他毕竟也熟悉了蒙古人和汉人。鄂多立克除了自己拥有言语的吸引力之外，在他身上还富有一种难以捉摸的感召力，这是体现在他身上的超凡魅力。在这种情况下，皈依天主教的人数越来越多，天主教教区日益兴旺发达。

最多的皈依者是手工艺工匠，乡村农民很少，因为他们比较保守，农民们没有说出口的担心是，如果他们抛弃原来信仰的神灵，将会遭到报复。在这种情况下，与其说他们害怕天神，倒不如说他们更害怕地神，地神就是同农民们在一起的收获女神，地神的袖子里藏有刀子，因为农民们以大地的收获为生，地神有可能经常给他们带来灾难和洪水。

---

① 指在第一次尼西亚会议通过的关于基督教信仰宣言。

相反，城里的手工艺工匠可以自由地接近天主教，他们不钻牛角尖，自发而方便地自行皈依。他们是从事各种手艺的工匠。织布工人、皮革工匠、贵重木材细木工匠、造纸工、漆工、裁缝、屠户、制鞋工、毛皮加工者、泥瓦匠、雕塑家、厨师、画家、铸造工匠、制币者等。天主教教区几乎正在成为北京的心脏，成为京城最富有的居民区之一。从某些方面来看，这个居民区仿佛是一个大的造船厂。可以听到锤击金属、锯东西、凿东西、演奏、刮东西的声音。此外，还有制作乐器的手工艺工匠，这都属于大主教所创立的伟大“事业”的体系，民众勤劳生产，达到皈依的最后成果。人们说，京城已有二万名天主教教徒，二万居民已经是一个比乌迪内和波德诺内加起来还要大的城市了！

在紫禁城里也有许多皈依者，但是他们不让自己引人注意。也许，他们更愿意把自己同国家法律连在一起，这不是从属于其他宗教的法律，因为他们不仅在文字上，而是整个身心都顺从这种法律。

夏天来到，紫禁城里又有许多变动和新闻。炎热的季节中，大汗要去上都[①]避暑，在那里，由于纬度的原因，气候比较温和。整个宫廷跟着他迁移出行。大汗命令要做的每一件事，他自己事必躬亲。他的外表威武雄壮，上千人围着他前呼后拥。为避免任何可能的意外事件，蒙古骑兵队被派去打前站侦察。因为在一个幅员广阔的国度中，阴谋叛乱突发事件防不胜防。

皇帝的车子由披戴华贵的四匹大象和四匹骏马拉曳，车子是用芦荟属制作，饰有着色皮革和金银丝交织的华丽车厢。跟随左右的是从最显赫高官中筛选出来的四名高官，他们身穿昂贵的丝绸夏服。同他们一起出游的还有皇子、皇帝最宠爱的嫔妃们的车子，大家坐在各自的车内，同皇帝的车子至少保持一箭之遥。侍从的数目源源不断，冬季有人死去，立马有人替补，因为所有人都有明确的分工。更不用说那种替皇帝准备狩猎弓箭，或者那种代替皇帝先行品尝御膳，以防止有可能发生的食品投毒事件。众人不能没有分工。在有着繁琐复杂礼仪的宫廷生活中，必须有完美无缺的分工。就连随从的几名修士，他们的分工就是为皇帝祈祷，为他的狩猎祝福。当宫廷列队上了大马路，骑在马上的御差朝着驿站策马疾驰而去。御差系在腰间或马匹缰绳上的铃铛响声大作，老远就可以听到，驿站旅店主立即行动起来，投入到每项迎接贵宾的准备工作中去。驿站也有人发出收到铃铛响声的信号，作出正在竭尽一切可能迎接贵宾的回应。

驿站人员精心平整大暴雨后马路上的洞孔，以确保皇家出行队伍快速行进。

大狩猎约在从北京动身后二十天行程时进行，地点是一片辽阔无际的森林。首先，皇帝的狩猎助手们放掉手中用皮条束起的猎狗群，让它们跑进森林去驱赶猎兽。这时，

① 上都，元代的开平府，忽必烈所建。

在狩猎者的射程内，天上大小飞鸟不时出现，如黄脚绿鸠、灰鹤、苍鹭、鹳鸟、鹘鸟、金色的苍鹰，秃鹫；地上跑着的有黇鹿、棕熊、猞猁、小鹿、狗、狼群等。森林里回荡着咆哮、嘶鸣，以及个头中等动物，如狐狸、松貂的尖叫声。皇帝从骑在一匹由守卫精心看管的大象背上的指令厢内射出了自己的飞箭。皇帝总是第一个发出狩猎号令的人，其他人才得以将他们手中的箭射向皇帝顾及不到、没有射中的动物身上。对猎物属于谁不会有任何争议，因为箭杆上总是附有射箭人的特殊标记。鄂多立克对这种景象几乎感到毛骨悚然，不时地使他产生放弃狩猎、一走了之的急切愿望。但是大主教乔万尼劝止住了他。他发疯了吗？他想让皇帝生气吗？他想以自己个人行动破坏铁木儿对所有人的恩宠吗？

每当被射中的猎物已经多得不计其数，可以让狩猎者心满意足的时候，“怜悯时刻”开始。这时候，百发百中的皇帝开始发话，表示他对狩猎感到厌倦，对流血受伤的猎物产生了怜悯之心。这是一种在规定时间里下令停止狩猎所产生的几乎奇怪的情绪。这种情绪恰巧发生在经过一天猎杀了几十头肥壮野兽，猎物被送到御膳房准备做出美味佳肴之后产生。总而言之，结束狩猎的时刻来到了。

这时候，狩猎助手们召回猎犬，包括大汗在内的所有人拍起手来，让那些筋疲力尽、惊恐无比的野兽重新逃回到森林中去，至少让它们待到下一次大狩猎时期来到的时候。击掌之后，修士们获得返回京城的允许。他们可以认为，属于祝福和祈祷的司法权限的大狩猎出行任务宣告结束。多么欣慰！现在修士们可以返回北京，投身到乔万尼大主教的“事业”和他的活跃的天主教活动中去。打现在起，起码有整整一年的时间不谈论出游和大狩猎的事情。

第十九章　哈剌和林[①]

教堂已经竣工，并得到合法承认。对很久前就开始建设的工程的最后收尾工作，同样要举行庆祝活动。教堂披上了节日灯饰，也就是由红色、黄色小灯环绕的“石油”灯。不计其数的各种动物形状的大小风筝在教堂广场的上空飘来飘去。一条用纸和布制作的一条长龙，由许多小伙子来回穿梭舞动。人们头戴花环，身着五彩缤纷的轻盈服装。广场上还安置了小贩，叫卖用杏仁和花生做成的在芝麻油中炸过的甜点心，以及各种美味的食品。

广场上还有街头卖艺者，吞吐玩火者、空中飞人表演者、走钢丝表演者、绳索表演者、玩杂技的人、转玩火把的人、杂要细木条上转动陶制小盘子的人们。庆典活动有点像村子里或居民区的节日活动。鄂多立克回忆起维拉诺瓦和波德诺内的民间节日，同上述的教堂落成庆典活动相比，没有什么本质上不同的地方。鄂多立克曾经同薇奥拉、斯特凡一起参加了民间节日活动，他玩得开心，但也深深感到，他不是为了过节而生，而是为了成为上帝王国中的一位市民。为此，他理解人们热爱民间节日并乐意参加娱乐活动的原因。

在维拉诺瓦、波德诺内，就像在北京一样，拥有期待过节的普通善良的人们，他们把过节当做一种特殊的机会。在这种时候，大家满怀同样的欢乐情绪和睦相处，因为不管什么地方的人都是相同的，整个世界就是一个国家。

教堂落成庆典活动之后，接踵而至的是另一项完全属于宗教性质的节日活动，大主教祝圣三名天主教教士，他们都在三十岁以下，曾经长期学习圣经上的天主教教义和圣父们的书籍。三人都懂拉丁文，鄂多立克和贾科莫也同他们进行过广泛的交谈。从来到北京的时候起，修士们协助大主教讲授他们自己所知晓的所有知识。乔万尼大

① 哈剌和林，蒙古首都。

主教感到极其满意，但是高兴中也有让他烦恼的事情，大主教向自己的修士助手们倾吐了烦心之事。他说在北京以北的蒙古首都哈剌和林，有一座圣方济各的修道院，但有很长时间没有得到这座修道院的消息。他对鄂多立克说：

“我的想法是这样，修士兄弟，就是派你同贾科莫修士到卡腊科鲁姆去察看一下修道院的情况。”

“不会有什么新的情况，新的情况也会是好的情况。”鄂多立克回答说。

“我们希望是这样，但是我们现在不清楚。”

“那就是说，必须去蒙古。”

“现在你已经完全熟悉北京的天主教情况，同样的事业也必须在哈剌和林建立起来。在这里，事业已经开始，几乎自主地向前发展。但哈剌和林的情况让我担心。”

“我同意，阁下，我们尽快动身。”

修士们作好出发前的准备工作。紫禁城的一位衣物保管人将带护耳的皮帽子、羊毛袜、兔皮手套等塞满了一些大的皮口袋。赠送的物品有一车，马匹是自从他们进入紫禁城以来配备给他们的。就这样，修士们重又开始中断了两年之久的亚洲之旅。时年1328年。他们重新开始穿越元王朝辽阔土地的长途跋涉。他们在各个驿站下榻，更新马匹。鄂多立克用圣诗的语句祈祷，又开始提出“上帝的长途跋涉者”的请求，上帝是他的领路人，他就会什么也不缺少。即便是必须通过一个黑暗的山谷，任何不测都不会降落在他的头上。

修士们只要行进在已维修好的道路上，每隔三十海里就有驿站，什么意外事件也不会发生。他们来到一个驿站，马匹只租给那些往南走的人们。相反，对去北方的人们，准备了骆驼，因为邻近不远的地方，景色迥然不同，戈壁沙漠开始显现。

“戈壁沙漠非常大吗？”

“一望无际。”

很快，耕地、山毛榉、圣栎、榆树、竹林在眼前消失，各种树木越来越稀少，展现在人们面前的是荒漠和荒原，这是修士们曾经碰到和经过的荒原。蒙古的荒原同上述荒原既不同又相似。蒙古荒原有的像海洋一样辽阔无边，高高的青草，绿油油的一望无际；有的仿佛出于大自然的错误，造就了一片沙漠之地。树木稀少极了，使人觉得，这些稀少的树木就是道路的标志和指路的标牌一样。

修士们开始遭遇寒冷的袭击。鉴于道路和驿站已经不复存在，每天晚上，他们必须架起紫禁城物品管理人送给他们的帐篷。架起帐篷远不是件轻而易举的事情，而且仅仅为了度过一个晚上，似乎不值得似的。但是，他们不可能在露天过夜。

经过三天孤独地跋涉后，修士们发现地平线上开始有东西晃动，他们强烈后悔没有随身带一个海员们用的指南针。他们碰上了由蒙古人和汉人组成的商人。向导是蒙古人，商人是汉族人。他们没有进行很多交谈，但双方能够懂得旅行目的不很清楚的原因。怎么回事呢？修士们穿过荒地和沙漠，只是为了视察一座修道院吗？这就是所有的原因吗？对于亚洲人来说，这是愚蠢行为。修士们只好很快绕开这个话题，尽管这个话题没有任何好笑和可批评的地方。事实上，鄂多立克携有盖着皇帝大印的铜制证书，这是修士们去元王朝任何一个省份，包括最边远地区的通行证。

修士们同商队在一起，对下面要走的路线不再产生疑虑，因为蒙古向导对路线了如指掌，十分清楚。他们不时地碰到还处于游牧状态的蒙古村庄，人们住在用缝在一起的皮革和肥油涂抹而成的大“蒙古包”里。他们是牧民，放牧绵羊、山羊和奶牛。冬季，牧民们把牲口赶入大的帐篷里。鄂多立克清楚地回忆起帕尔马的萨林姆贝内修士谈到的约翰·柏朗嘉宾[①]（Giovanni dal Pian del Carpine）东方之行时碰到的许多复杂奥妙的礼仪问题。鄂多立克竭力注意不去破坏这些礼仪。

他们没有穿越而是沿着戈壁沙漠前进，走过了许多大大小小河流尽头的山谷，绕过不少蒙古人称之黄金蕴藏极为丰富的山脉。似乎那边山上就是大风的发源地。修士们回忆起维拉诺瓦和乌迪内来自北方的大风。大风日复一日地刮着，每当大风停止的时候，山谷恢复了宁静，四周呈一片淡绿色，万籁俱静，这时候天上开始飘起片片雪花。蒙古村落接待了他们，当地牧民们向他们献上涂抹了山羊油的狼、熊烤肉和滚烫的大碗肉汤。

鄂多立克竭力布道天主教，然而蒙古人引以为自豪和强烈兴趣的只有国家的皇帝，伟大的列祖列宗以及征服者们：诸如成吉思汗、窝阔台、旭烈兀、忽必烈汗、金色游牧民族英雄时代的帝王们。但是，那种时代已经成为过去。蒙古人梦想再现军事辉煌，徒劳无用，他们将长弓和短弓放置在蒙古包或木屋的角落里。如今，弓箭只为狩猎所用。当鄂多立克布道和平的无上荣光以及对敌人的宽恕时，他的蒙古听众们一点也不明白他讲的是什么意思。他们压根儿没有作为光荣事实的和平概念。至于对敌人的宽恕，只有在击败敌人、把敌人贬为庶民后才能宽恕他们。一位和平、不施暴力的上帝，在他们那里不可能拥有众多的信仰者。

这里的自然景观既不像荒原也不像沙漠，而是一望无际的西伯利亚冻土带以南的泰加针叶林以及云杉树林。寒冷的空气中回荡着狼群嚎叫和狗熊的吼声。漫无边际的泰加森林向前延伸出去，像是一座长满突出物和干树枝的直立树干的迷宫，迷宫已经成为紫貂、松鼠、银狐的王国。

男人们骄傲地断言，他们是自由人。他们向修士们献上用马奶酿成的白酒。鄂多立克和贾科莫不时地躬身弯腰解释，教会规定不允许自己无节制地喝烈性酒。蒙古人

---

① 约翰·柏朗嘉宾，1182年生于意大利佩鲁贾，1221年，受圣方济各派遣去日耳曼，任萨克森修道院院长及省教务长职务。1245年4月16日，柏朗嘉宾受命携带教皇致蒙古皇帝书，劝说蒙古君王皈依基督教并建立盟邦关系，但以失败告终。

不理解这些什么规定，什么不允许，根本就听不进去。待在大蒙古包和木房里的妇女们的工作是做工和加工毛皮。男人们喜爱到外面去，因为他们实在忍受不了家中那种停滞、平常的气氛。他们用弓箭武装好自己就去狩猎。他们击鼓是为了更容易地把猎物赶出窝穴，也是回忆自己年轻时期参加战争的一种方式。

鉴于同样的原因，男人们不顾一切策马长距离地奔驰在泰加森林或荒原上，他们手中挥舞着弯刀，夜间高举蜡烛和火药，表演着灵巧的舞蹈。他们制造升向天空的人造焰火，把冻僵的夜空照得灿烂通明。他们不能算是汉族的亲密朋友，蒙古人同汉族有点像罗马人同希腊人的关系。蒙古人称汉族是一个高度文明的民族，汉族以他们的知识和儒雅征服和同化了蒙古人。蒙古皇帝已经成为中国宫廷礼仪的俘虏。驰骋在泰加森林和荒原上的蒙古男人们对紫禁城和儒雅的生活并没有好感。他们用陈旧的铜炮来进行训练，铜炮中装上石头弹，向树干发射，他们常常在树干被击倒后，发出欢乐的大声尖叫，就像他们将敌人的一名骑手拦腰砍成两半一样。

他们当中的许多人仍然对战争的经历难以忘怀。他们控制隶属的民族，吉尔吉斯人、鞑靼人、图米梯人以及所有的北方民族。有的时候，他们在进行巡逻和检查行动中，甚至跑到了长城脚下。长城是整个历史上用双手建成的最宏伟的工程。

蒙古男人们向往大北方。他们受好奇心驱使，想知道从各个方向看起来没有边际的泰加森林的后面有什么东西，他们向两位客人发出了邀请。

“你们愿意同我们一起去吗？”

“到什么地方去？”

“朝向北方星座前进。我们所有的神话故事都讲述泰加森林终止在某个地方，展现在我们眼前的将是另一幅画面。”

“那会是什么？”

“人们知道得非常少。那儿的地上长着北方鹿群吃的奇特而短小的青草和苔藓。”

“你们说的是驯鹿。”

“是的，正是驯鹿。你们听说过？”

“有时候听说过。但是我们不能跟随你们。”

“为什么？”

“我们没有空。我们必须到哈剌和林去。我们必须去视察我们的一座修道院。”

“然而，旅行是最有趣味的……”

蒙古人又说了一些，但他知道，这是无济于事的，他同二位修士之间存在一种微妙的、无法说得清楚的区别。两位修士总是讲述他难以想象的遥远而没有现实意义的事情。另一位蒙古人提到位于撒马尔罕[①]的普列泰亚尼（Preteianni）王国，他在许多年前曾经去过那里。

修士们朝着哈剌和林的方向前进，总而言之，已经不远了。他们带着两匹满载行李的骆驼，碰上了居住在山区和平原上的蒙古部落，居民都是从事放牧绵羊、山羊的牧民。修士们不停地向前赶路，终于到达蒙古帝国的古都哈剌和林。这是一个很奇特的城市，带围墙的宫殿很少，建有许多木制的房屋，还有满是塑像的佛教寺庙。只有在城市的郊区，才有一些用马骨粉涂成白色的蒙古包。他们也见到一些佛教寺庙。那座圣方济各修道院还存在吗？修士们来到哈剌和林一无所获吗？是的，那座修道院还存在，住有12名修士。当12名修士看见来自世界相反方向的修士时，他们几乎不敢相信自己的眼睛。没有一个人，几乎没有一个西方人来过这个地方。只有一位名叫顾里耶莫·迪·鲁布诺克的荷兰人同他的随行者到过这里，不过，那是很多年以前的事了。从西方来到哈剌和林这里，犹如到月球那么遥远。修士们都是蒙古人，他们都是被撒马尔罕天主教教士皈依的蒙古人。对鄂多立克来说，只要不多的几小时就足以让他明白，这座修道院处于沉睡的状态之中。一种不可思议的半昏睡状态使修道院毫无生气，蒙古修士们似乎不是圣方济各修士，却更像佛门僧侣。他们个个默祷打坐，无时无刻不在祈祷，哪怕夜半人静时也是如此，因为已经自然形成的习惯是半夜时分，一名修士兄弟叫醒其他修士兄弟们的时候说道："兄弟你记住，你会死去的。"

小教堂非常洁净，空气中弥漫着香火的气味。修道院里的好客气氛浓烈，燃起了一种欢乐、几乎是热烈的气氛。院长决定给每位修士的白垩土碗中加几勺蜂蜜。就连面包也是特别的，里面加上了马奶酪。

"你们这里的皈依情况怎么样？"鄂多立克问道。

"从数字来看，情况不错。"

"怎么说？"

"我们有20名皈依者。"

"最近一个月的情况怎样？"

"哎，怎么说呢，兄弟！"

"21名。"另一位修士说道。

"不对，兄弟，把那个驯马人算进去是不对的，他后来改变了想法。"

"他也是一名皈依者。"

"但是三年后他又信了佛教。"

"那么，一共有20名皈依者。"另一名修士认可说。

---

① 撒马尔罕，系乌兹别克东部、阿富汗以北一城市，公元前329年被亚历山大大帝攻占，14世纪为泰摩兰（Tamerlane）的首都。

“用了多少时间呢？”鄂多立克坚持问道。

“从我们到修道院的时候算起。在北京的情况怎么样？”

鄂多利克讲述北京皈依的方式有许多不同的地方，因为有天主教的发展“事业”体系，并取得了令人瞩目的成就。他讲了一个小时，用比较好懂的语言让他们理解天主教的事业是什么。慢慢地，鄂多立克在讲解的过程中，发现很难解释清楚，因为事业体系不只是一件事情，而是许多交织在一起的事情。他想了解一下，在驯养牲畜的蒙古人当中，有没有以伪装的方式杀害刚刚出生的女婴的行为。蒙古人一天的经济收入少得可怜。人们从来没有听说过有这类事情发生。在卡腊科鲁姆几乎没有恰当数目的皈依家庭可以依靠。

总而言之，在这里，一切情况都不同，要想开始实施天主教的事业体系，简直就是一种痴心梦想。那么怎么办呢？能够做些什么呢？很明显，这座修道院应该被认为不是为了为数不多的皈依者，而是用来祈祷和静思默想的地方。譬如，鄂多立克确信在北京事情进行得非常不一样，在哈剌和林也有人为他们祈祷，上帝的道路的确是无止境的……他考虑在哈剌和林停留期间，首先让自己献身于祈祷，正如修士兄弟们所做的那样。他一面祈祷，一面同贾科莫一起，唱着最有名的圣歌和圣诗，用罗马教皇格列高利的音调在小教堂里唱着。人们路过这里的印象是，修士们的歌声仿佛来自天堂里天使们的合唱，这是天使们来给一个受到启示的灵魂的献礼。

有人敲修道院的门询问，是不是在举行一个新的唱诗会。是的，修士们回答，第二天太阳下山的时候，将重新吟唱圣歌，人们都可以进入修道院聆听。鄂多立克着手准备赞美词，此前，他从来没有这样做过。他不仅同其他修士们一起唱，手中还挥舞一根欧洲白桦的细树枝，即席伴着乐声打拍子指挥起来。惊讶的修士们发现，格列高利乐曲从鄂多立克的手指间流泻出来。他出色地指挥着合唱，因为他拥有这方面的特殊才能。忽然，鄂多立克感到皮肤上一阵剧烈的疼痛，他很快意识到，是什么引起的剧疼，是他的苦行僧铁衣。不知怎么，苦行僧粗制铁衣在他腰上磨开了一个口子，鲜红的肉腐烂了。他必须把烂肉割掉，他洗了伤口，用从维拉诺瓦女人那里学来的药液再次擦洗。这种苦行僧粗制铁衣他穿了许多年，现在，他把这衣服放进一堆破烂的麻布中。

唱诗音乐会重又开始。小教堂和修道院的院子里挤满了人。人群中有一位军队的老将领，在最近攻击叛变鞑靼人的一次战斗中，在“饥饿荒原”上，他的脊背挨了一马刀。表面看起来，伤得不算太厉害，但是发作起来痛得难以忍受，特别是当他做用力的动作，或阴雨天气的时候。

唱诗音乐会正在进行，老将领是那么全神贯注，最后，他用一切可能的方式表示自己的赞美情绪。突然间，他的旧伤复发，他开始大声嚎叫起来。一位老将领疼得像小孩那样嚎叫，是一种可怕的景象。他那么高声喊疼，以往他被鞑靼人用马刀砍伤时，他都没有哼过一声。鄂多立克手中拿着自己那团破烂麻布裹着的苦行僧袍，跑过去把老将领扶起来拥抱他。就在这个时候，老将领触碰到鄂多立克的苦行僧袍，他的剧疼突然止住，老将领的感觉好极了，一点也不疼了。

“这是一个奇迹，你是一位威力无比的萨满教徒！”老将领说道。

“我是一名天主教修士。”鄂多立克说道。

“可怕的疼痛神奇地消失了。”

“请您感谢上帝。”

“我会感谢上帝的。我叫康满古。”

“好的，康满古。我叫鄂多立克。”

“我不知道怎么回事，也不知道为什么，你突然让我恢复了健康。”

他们小声地交谈起来，但是，离他们最近的人们听得到他们的谈话。老将领一个劲儿重复“奇迹”，他不愿听到谈论其他事情，或用一种不同的声音说话。他是一名老将领，只懂得简单、实在和明确的语言。为了得到证实，他开始做一些突如其来的古怪动作，如果在过去，这些动作总会引发他背部伤口神经的剧烈疼痛，现在，任何疼痛感都消失了，他的的确确恢复了健康！再说，此时一场反季节的暴风雨来临，闪电照亮了哈剌和林周围的山头。疼痛一点儿影子也没有！老将领兴奋极了，他开始跳起动作强烈的蒙古舞，这是年轻人在婚礼宴会上跳的舞，节奏快得使人们必须停下来休息和喘口气。老将领发疯了吗？他发生了什么事呢？半个哈剌和林城知道老将领痛苦的伤痛。许多人熟悉老将领在旧伤复发时突然发出的那种揪心的嚎叫声。他也涂敷过罂粟汁液，但效果不怎么样。现在，由于外国萨满教徒的功劳，他的疼痛消失了，仿佛是永远消失了。

“我没有做什么。”鄂多立克说。

“那么是你的上帝做的。”

“这可能。上帝是万能的。他可以做任何事情。”

“那我们感谢上帝。”

康满古跳上马背，十年来他不可能这样跃上马背。他开始骑马跑遍哈剌和林的各条泥泞马路。有人问到他时，他回答，萨满教徒鄂多立克的上帝是他从不知晓的最强有力的上帝。从今以后，他将是上帝的忠实信徒。如何称呼这位上帝呢？上帝没有名字。人们称呼他上帝就行了。只有上帝的儿子是先知，名叫耶稣，他就是救世主。在以后的日子里，在佛教徒、儒教徒、古代天子的信徒、天罡教徒占统治地位的哈剌和林，发生了一些令人惊讶的事情。康满古要求洗礼，他对那些说他对天主教情况无知的人表示他以后可以像一位小学生那样学习天主教知识。老将领送给鄂多立克一个皮口袋，内有一百个“巴利克”金币，这是他过去多次抢劫的成果。鄂多立克对他说，奇迹总是奇迹，奇迹是没有价钱的，但是老将领强调说，他的金子对穷苦人们有用，他拥有他愿意要的一切。

真的吗？当然是这样！鄂多立克必须接受。鄂多立克本来想从哈剌和林动身，但是谁也不放他走。修道院的修士们不愿意，康复的老将领不愿意，民众不愿意。老将领康复的消息不胫而走，迅速地传为佳话。下属康满古军团的士兵们都拥到修道院要求进行洗礼。他们为什么这么做呢？为了对他们前指挥将领的爱戴和热忱。首先是为了在哈剌和林建立起一种特殊的、对当地人很少知道的外国上帝威力的痴迷和希望的气氛。相继有两位瘸子扔掉了木头拐杖。鄂多立克不知道采取什么样的态度来面对这些事情。

“我不是一位魔术师，我从来不会治任何的病。”鄂多立克咬紧牙关焦急地对修士兄弟说道。

“但是现在你开始这么做了。”贾科莫说。

“这怎么可能呢？正是我！我不能……”

“上帝另有不同的判断。”

“但是你们什么也别对北京方面说。”

贾科莫作了承诺。但是，奇迹的消息早在两位修士谈话之前传到北京天主教居民区，成为所有人谈话的中心。鄂多立克用自己的苦行僧袍创造了奇迹。为此，在北京教堂广场上举行了一次庆祝活动，皇帝受到了邀请。皇帝没有出席，他表示歉意，委派了几位高官代表他出席。乔万尼大主教十分满意，但是，当他在高官中看见孔伯唐，那个有着坏心计名声、戴铜面具的人，突然感到像被刺了一下地不安起来。传说人们不喜爱他，根本不是政治信仰的原因，而是他的伪君子表现。但是，大汗支持他，因为他把自己装扮成一副忠实有加的样子。庆祝活动结束的时候，大主教同加里布有过交谈，双方都很激动。加里布是卢侬的丈夫，他是教皇“事业”行动计划的主角和台柱之一。

他们之间说了些什么？鄂多立克修士永远也不会知道。但他很快发现，大主教脸上焦虑不安的皱纹更深了。许多人反映，戴铜面具的高官有两副面孔。为了不让自己被认出来，他经常摘下面具，因为他的面孔并不是像人们认为的那样扭曲难看。他脸上被开水烫伤处只是隐约可见，一些粉红疤痕点缩减了很多。

第二十章 阴谋

孔伯唐身后总有一些被他收买的卫兵跟随着，他已经成为皇帝身边最富有显贵的高官。宫廷中的每一个人，不管是紫禁城内还是城外的人，为了防止成为孔伯唐复仇的目标，首先是努力使自己不成为他的仇人。孔伯唐总是在夜间离开紫禁城，来到天主教居民区，围着加里布的住宅和作坊转悠。加里布已经注意到他。不戴面具的孔伯唐也是一个相貌堂堂的男子汉，如果他一直戴着铜面具，就无法去干那些不可告人的勾当。后来，他在大白天也开始去加里布的作坊。他戴上铜面具，开了一张长长的皇帝和他自己的订货单。有些货似乎是供小孩们玩耍的简单的东西。他甚至不讲价钱就慷慨地付钱，他总是用盖有皇帝大印的纸币支付。加里布对必须用自己作坊中大量产品交换纸币有点恼火。孔伯唐很快觉察到付钱时，加里布脸上的厌恶表情。

“怎么啦！你不愿意要纸币吗？”孔伯唐问加里布。

“我没有说什么呀”。

“但是我看得出来你在想什么。”

“我从来都接受任何人的纸币。”

“但是你不愿意从我这里接受纸币，小心点，波斯人，这是一种砍头的罪行。”

“胡说，您的虚伪让您掉脑袋。”

“你不要纸币，因为你需要假纸币。”

“您说些什么呀？”

天主教区所有人已经注意到孔伯唐的出现，大家心里明白，他从宫廷里经常来到这里，必然有他不可告人的目的。到底是什么目的？孔伯唐正在策划针对天主教徒的什么勾当？整个教区沸沸扬扬，每个人都尽可能地保持警惕。

天主教教区居民的口号是“警戒”，他们有充分理由这样认为，因为带铜面具的高官最终会以不缴税的罪名指控加里布。正如人们所说，税是根据“火候”情况而缴纳的。加里布压制内心的愤怒，为了自己的家庭和卢侬，始终依法缴税。

孔伯唐反驳说，加里布从不为自己的伙计和工人们缴税。工人们已经被征了税！是的，不是所有的工人。有些工人是孤儿，他们生活在天主教徒的家庭里，他们堪为楷模，准时缴税。还有其他一些剑拔弩张、不为人知的相互指责的对话，直到加里布被士兵逮捕，关进北京监狱。

整个京城天主教界处于惊恐不安状态之中，直觉告诉他们，事情没有完结。一个夜晚，孔伯唐带着他的宫廷侍卫和一顶轿子又出现了。他把铜面具留在了家里。人们看见许多条黑影强行闯入卢侬的家中。窒息的叫声、移动东西和东西掉在地上的响声，最后，一伙人沿着北京的大街小巷迅速逃走。卢侬具有令人难以置信的敏捷身手，她挣脱捆绑她的麻绳，逃出轿子，从桥上跳进河里，消失在阴暗、可怕的水中。

孔伯唐的侍卫们沿着岸边奔跑，长时间地仔细察看水面，他们没有发现卢侬的踪影。这件事对于北京的天主教居民区、对于大主教的“事业”，对于大主教本人和整个天主教教区来说，都是可怕的打击。加里布在财政问题的罪名下被投进监狱，他的妻子神秘地失踪了！大主教心急如焚，他长时间地请求新任皇帝阿速吉八[①]（Asikipa）接见他，以便获得皇上的支持。接见的要求最后得到恩准。在皇宫的金殿上，乔万尼大主教向皇帝详细介绍事件的情况。他讲完后，阿速吉八皇帝竟然说他对大主教的话一句也没有听进去。皇帝一番令人难以相信的话着实让大主教惊讶万分。

“我明白了，阁下，我把情况再详详细细重说一遍。”

大主教复述了一遍，但皇帝的面部依然是一副茫然的神情。不管怎样，大主教必须讨个说法，因为皇帝可以同他的下属开玩笑，却不承认自己可能发生了什么分心的情况。

“我非常愿意集中注意力，然而我还是什么也没有听进去。”大汗再次说。

“看起来，您对我的话已经听不进去了，在阁下的眼里，已经没有我了。您让我的上帝从您的眼前消失，连我，您也难以容忍下去了。”

大主教缓缓地向后退出。然后，他等着被赶出紫禁城，他确信自己已经失去皇帝对他的支持。天主教界的每一个人，特别是修士们对这种情况忧虑不安。他们尽量用哈剌和林轰动一时的事情平衡北京这件事的消极影响。上帝似乎在哈剌和林选择鄂多立克修士来体现上帝的强大威力。大家竭力不做可能让皇帝生气的事情，但是皇帝自有他自己那方面烦恼的原因，虽然不是一种特别严重的原因，但从皇帝的表情来看是严峻的。事实情况是，大汗被一种奇痒无比的疾病折磨得难以忍受。他经常突然间忍不住想抓痒，但只有当他独自待在屋子里，或者至多同某位妃子在一起的时候，抓痒才不算是什么了不起的事情。

---

① 阿速吉八即天顺帝。

糟糕的情况是，身体某部分的突发奇痒也会发生在正式宴请或最重要的接见时刻。曾经用下人欠尊贵的手来取代皇帝自己的手来抓痒，但效果不佳，因为下人的手指总是抓不到准确的痒处。另一方面，也根本不能算成是下人们的错误，因为奇痒无比的地方变化无常，犹如青蛙或蚱蜢不时跳蹦在尊贵皇帝的头上或身体的其他地方，就是皇帝本人也难以指明痒在什么部位。这是一种没有固定部位和惹人恼火的痒症，在北京还从来没有听说过的毛病。加里布在肮脏的监狱中收到他的制铜工具、金属熔化铸炉、制成模子的白垩土，他用这些东西铸成一个长柄银制小手，阿速吉八皇帝就用这个长柄银小手抓他想抓痒的地方。然而这还是解决不了奇痒症状，再说，这总是非常有损皇帝至高无上形象的一种动作。

所有的人假装不清楚疥疮是什么，当皇帝抓痒的时候，人们转过身去，或者闭上眼睛。阿速吉八皇帝是那样的烦恼，他中止了同自己嫔妃们的一切消遣娱乐，他甚至变得越来越暴戾，难以对付。每当他奇痒难忍的时候，大臣们假装他们也是奇痒难忍，同皇帝一起猛烈地抓痒，似乎疥疮成了瘟疫一样。面对皇帝奇痒疾病的第三种办法是，众多的人为皇帝祈祷和举行宗教仪式。佛教僧侣、儒教徒、道教徒、伊斯兰教徒以及天主教徒聚集在他们各自的寺庙里，念经祈祷，不断烧香，鸣钟奏琴。

“如果我来试一试呢？”鄂多立克问大主教说。

“如果你没有成功呢？”乔万尼大主教回答。

“我们会同其他人的情况一样。”

“也许更坏，因为连大汗皇帝也知道在哈剌和林发生的一切。”

“不管怎样，我愿试试看。”

“试吧。愿上帝帮助你。”

后来的情况变得更糟糕了。河岸边，人们找到带有血迹的女人衣服，很快就被认为是卢侬的衣服，大主教被指控杀害了卢侬。京城社会底层形迹可疑的乌合之众起哄说，大主教对刺绣女卢侬设置了圈套，因卢侬拒绝他的非分要求而杀害了她。孔伯唐手下控制了不少喽啰：一部分是他用金钱收买的人，一部分是他威吓过来的人，一部分是与他同流合污的人。流言蜚语说大主教用轿子劫持了卢侬，因为她不顺从，大主教用匕首刺杀她，把她扔进了河里。

大主教担心自己被诬告治罪，但他却平安无事。在他的周围一切依旧，没有任何变化。事实情况削弱了起哄人群的声势。事实上，皇帝几乎怀着子女对父母般的挚爱，非常敬重大主教。面对未曾让皇帝信服的那些流言蜚语，连皇帝本人也不知道该采取什么决断。鄂多立克抓住时机，向皇帝献上自己治疗游移不定痒症的办法。当然，眼前情况非常令人担忧，在中国和蒙古的天主教面临岌岌可危的境地。

鄂多立克充满信心，他非得试一番不可。他身上灵动着先知的悟性，忧虑不安心情已经过去，甚至不复存在。他回忆起维拉诺瓦的鲁契娜，她曾经用盐、醋、一小把硫黄溶于热水中洗澡的办法，鄂多立克决定用这个办法开始对皇帝进行治疗。

鄂多立克来到皇宫称，他带来治疗皇上疥疮的很有希望的办法。宫中所有大门在他面前相继一扇接一扇打开。侍从和守门士兵们个个朝他躬身行礼。

鄂多立克来到最后的金色大殿，这是皇帝宝座所在的接见大厅。御医们、天文学士、萨满教徒、僧侣们异常排场地侍立两旁，他们希望看到北京最有名的天主教徒在他们曾经失败的地方以失败告终。鄂多立克提出他的治疗方案，他诚实地说出是向鲁契娜学来的方法，这种方法对他本人曾经奏效。他设想痒症有不同的原因造成，因此，也有不同的治愈办法。总而言之，这种办法可以在对身体没有任何损害的情况下进行尝试。迄今为止，由萨满教徒、炼丹术师、僧侣们建议的许多办法，甚至用蛇血、狼油、碾成碎末的鹿角等办法，对病情只能造成增加损害的后果。

反对鄂多立克治疗方法的人就是戴铜面具的高官孔伯唐。巫师们、萨满教徒、僧侣们都赞同鄂多立克的治疗办法，认为这个办法对皇上本人不会有任何危害。鉴于治疗方法简单，人们深信这个方法无可挽回地注定失败。

鄂多立克按自己的治疗方案，规定皇帝洗澡，水温适中，一星期洗二次。显现的效果是，皇帝的疥疮炎症消退，皮肤颜色恢复正常。停止几天治疗后，症状有复燃的苗头，鄂多立克抬起自己的手，指向皮损部分，用他藏在破麻布中的苦行僧袍触碰皇帝的皮损处，奇痒彻底消失。令人惊叹不已！妙极了！荣誉属于把皇上治好的人！皇帝的奇痒不仅是病，是折磨和痛苦，也是连续蒙受耻辱的根源所在。现在，阿速吉八皇帝可以毫无顾虑地回到他众多的妻妾中去，并同王朝中的高官显贵们一起，出席各种隆重的会议。

所有的大臣在他们相互之间和朝见皇帝的时候都绽开了笑脸，以往没有笑容的大汗皇帝曾经使朝中所有人的脸上失去了欢笑。号手们在紫禁城的城头上、北京的城墙上、河流的桥头上以及在许多驿站吹响了银色号角。鼓手们在市场上敲锣打鼓，御差被派往元王朝的所有地区，让国民和自己的皇上一起共享欢乐。轻骑卫兵列队一直来到长城脚下。

啊，如果大汗皇帝皈依了天主教！这并没有发生。戴铜面具的孔伯唐丧失可以治罪大主教的任何希望。在北京的一个大广场上有一个拱廊，每一位认为遭受冤枉的市民，或者愿对别人进行起诉的人，都可以自由地来到这里发表演说。戴铜面具的孔伯唐来到这里，公开指控大主教为了不光彩的图谋，杀害了卢侬。欲加之罪，何患无辞。孔伯唐添油加醋地胡说什么尽管大主教二十五年前将卢侬从鸦片致死的状态中拯救出来，只是为了许多年后，由他自己亲手判处卢侬溺水而死。

孔伯唐在大放厥词的高潮时刻，展示了卢侬血迹斑斑的衣服。这时，群情沸腾，挨着大骗子的人看见，他的泪水涌出，沿着光滑的铜面具表面流淌下来。此时在拱廊里，一片喧哗骚乱。一部分天主教徒列队站在一边，另一些天主教徒站在另一边，形成一道活篱笆人墙，卢侬活脱脱地出现在人们眼前，一些人认出了她。

“卢侬！卢侬！”人们叫喊起来。

“是的，朋友们，正是我。”

“卢侬，上帝祝福你！”

“请祝福我们的大主教，他救了我二次性命。那个劫持我和我的丈夫加里布，破坏大主教事业的人就是正在诬控乔万尼大主教的人。那个晚上，我逃出了他的魔爪，在轿子经过桥上的时候，我投河获救了。戴铜面具的孔伯唐是劫持人！这是真实的情况。我的丈夫加里布也是被他诬告抓进监狱的！”

恼羞成怒的孔伯唐用匕首刺向卢侬，企图让她永远闭嘴。大汗皇帝的卫队及时制服了他，孔伯唐锒铛入狱。后来，人们在皇帝面前，对他进行了严厉的指控。

“多么恐怖，就在我们的目光还将相遇的那一天，我会感到十分痛心的。”阿速吉八皇帝说道。让皇帝大臣中的某人自杀几乎是一条既定的规章。戴铜面具的高官在紫禁城中再也没有出现。不久，人们得到他自杀的消息。他是自己剖腹而死，正如孔伯唐生前多次所闻，日本人和日本的高官为了维护和保持自己完好无损的名声剖腹而死。但是孔伯唐的名声早就臭名远扬，说得更准确些，他从来就没有过好名声。

皇宫里没有了伪善的铜面具人，很快洋溢着一片喜气洋洋的气氛。现在，释放加里布的时候来到。没有几天工夫，加里布又开始整日干起制作铜器的活儿。天主教区的所有人，连紫禁城里的许多人都认为，由于鄂多立克修士的参与，这些事情才得以圆满解决。修士兄弟们经常询问鄂多立克：“你确实是一位有神奇力量的人吗？你是一位圣人吗？”但是，他们知道，鄂多立克自己不会回答的。鄂多立克真的创造了奇迹吗？奇迹是什么呢？谁也不知道，就如同谁也无法回答上帝是什么或物质世界的深刻本质是什么的问题一样。

笼罩在北京天主教上空的所有乌云统统消散了，天主教的头号敌人已经自杀。大主教的“事业”有了自己欢快的日子。来找圣方济各修士们和被乔万尼大主教承认的中国教士越来越多，他们要求成为天主教徒。北京的天主教徒已经有多少人呢？很多。究竟有多少人呢？乔万尼大主教根本不愿去统计，他说，教区不是货币交换场所，年终时不作统计。总之，天主教徒很多。自从鄂多立克修士来了之后，天主教徒的数目大大增加。天主教区内另外三个教堂正在兴建之中。许多教士为“事业”服务，因为弥撒活动很多，与日俱增。

天主教的事业组织被鄂多立克增强，并翻了几倍，成为一个最强有力的组织。就是在哈剌和林，天主教从停滞不前到恢复，现已蒸蒸日上。那位老将领要求让自己成为副主祭，后来成为一名教士。

地方天主教事业开始兴旺发达，成为天主教事业发展的一个极其重要的标志。鄂多立克、贾科莫和米凯莱已经在北京待了两年多，他们离开威尼斯至少十二年了。他们都已成为头发灰白的老人，脸上布满了衰老的皱纹。

鄂多立克经常思念自己的故乡。他已经六十多岁，春季吐丝已到尽头，或者有另一个蚕茧为了返回故土而缫丝吗？鄂多立克不清楚。相反，这些事情应当由他们自己平静地、精神放松地作出决定。当然，鄂多立克生命的秋天已经过去，冬天已经开始，尽管他只是现在才突然发觉这一点。

他默不作声地作出了留在北京的决定，只有这样，才能是一位真正传教士的归宿。他想以这种方式结束和埋葬自己内心的思乡情结。然而，这是有点自欺欺人的事情。思乡的征兆在他自己的布道中透露出来。一天，为了向他的听众更好地解释什么是圣方济各对大自然的感觉，鄂多立克开始讲述自己小时候沉浸在一片大自然绿色中的欢快心情，那时。他陪伴自己的母亲在梅杜那小河形成的水潭中洗衣服。另外一次，他不知不觉地透露了自己的身世，他曾经有过两位父亲，一位是世俗的父亲，另一位是天上的父亲。一位父亲被迫离家逃亡在外，后来战死在意大利的贝内文托·康帕诺的一次著名的战役中，那是1266年，他刚出生一年。第二位父亲是一位波希米亚军官，后来他离开了部队，干起了木匠行当。

第三次，他还谈到魔鬼相助的妖术同蕴藏在自然中富有威力的魔法之间的差别。他还谈到一位炼金术师，他与一位名叫多勒契诺的异教徒有联系，他的结局很坏，证明世界上的好与坏经常相互掺和在一起。

在鄂多立克的布道中经常讲到的还有威尼斯市，由于这座城市有名，所有中国人都熟悉。在一次为亚洲妇女生命祈祷中，他讲述了阿贝尔娜茨以幸福为结局的故事，她幸免于陪同死去丈夫的火葬，后来同一位热那亚商人成婚，这也是一件堪称榜样的事情。鄂多立克没有阿贝尔娜茨，也没有她丈夫的消息。现在他怀着很大的好奇心期待从他碰见过的人们那里得到他们的消息，因为对他来说，消息本身正是生存的最美好和令人高兴的事情之一。

鄂多立克没有得到有关他们的任何消息，他感到四周万籁无声。但是有一次乔万尼大主教的话的确包含着一个重要的消息。

“人们从你的每句话中感到你回国的愿望。”大主教说。

“关于这一点我从来没有说过。”鄂多立克惊讶地回答说。

“你自己从来没有觉察到这一点。这是一件不同寻常的事情。”

“但是我愿意在这里同你一起过完我在尘世的日子。我是一名传教士。”

“相反，我认为你要回去。回去也是为了我。”

“不，大主教，我将以一名传教士的身份死去。”

大主教想了一会儿，然后回答说：“当然是这样的。你回西方去，只是为了到阿维尼翁的教皇那里去，为了北京和全中国，请教皇派其他更多教士来。在这里，正像你任何时候可以看到的那样，我们的人太少了。这就是万能的上帝要你做的事。你同意吗？”

“我同意这样做。我到教皇那里去，但只是为了再回来。”

现在，事情已经决定，犹豫不决不复存在。鄂多立克感到自己重又找到了生命中的主要道路。关闭的窗户重又打开，重新上路回国是他的命运所在。睡梦中，在返回的途中，他又看见了覆盖着高岭土和沙石的白色和暗黄色的大路。向皇帝告别的场面热烈而亲切。这次，阿速吉八皇帝赐给他一道金牌，上面写着给各省行政长官的命令，命令他们以一切方式接待和帮助这位受到王朝嘉奖的外国长途跋涉者。鄂多立克不仅已经学会蒙古语和汉语，还学会一部分极为复杂的东方文字，他自己能读被加里布刻在金牌上的安全通行证。皇帝还赠送给他一口袋的金钱。

马匹、金钱、通用的安全通行证。必须说，回去的赞助优于来时的赞助。最困难的事情还是向大主教，向卢依，向加里布，向“事业”，向建成的和建设中的教堂告别。生离总是有点死别的味道，他的心中充满依依惜别之情。

回国动身的前一晚，鄂多立克几乎无法入睡，但是一旦开始上路，他学会让自己放松和沉浸于周围环境和事物之中。骏马驯服地载着他前进，行李放在皇帝赠送的一匹骆驼身上。道路总是修整得很好。驿站很多，在这里，他们更换马匹，在旅店休息，吃着精心为他们准备的饭菜。

第二十一章　祭司王约翰王国

修士们周复一周地骑马赶路。他们经过了无数的省份：如南山、阿斯廷·塔格。他们满怀激动的心情经过长城，碰到了列队士兵和一些将领，似乎在那里守卫没有敌人的堡垒。长城沿着绵延不断青山的山巅和山坡蜿蜒曲折地伸展开去，犹如向各个方向涌去的海浪一样。中国幅员辽阔无比，他们离开和刚刚来到中国的这种感觉完全一样。基于对蒙古和中国道路体系的完全信任，他们平静放心地在路上行进。后来，他们经过大大小小的城市开始变得稀少起来。

一路上，修士们只是遇上牧民和农民的村落。与此同时，周围的环境进一步发生变化，道路变成石子路和羊肠小道。鄂多立克感到疲劳，但是，不像他在北京时候的那种疲劳，那个时候，他把自己所有时间和精力都消耗在使命中。现在，大白天一连几个小时骑在马上也是一种疲劳，但是精神可以放松，可以沉浸在观赏四周的景色之中。

有好几天他们行进在羊肠小道上，一个人也碰不见。或许，他们碰见的人止是前往指定地点上岗，或从哨所返回驻地的哨兵们。有一些哨兵正是驻守在长城的塔楼上。现在，驿站已经不复存在。修士们就在村子里歇息。如果找不到旅店和客栈，鄂多立克拿出金牌，这是有着非凡效果的安全通行证，以这样的方式他总是能够在任何人的家中得到摆有几张床的一个房间。大家乐意把他们当作皇帝信赖的人来接待，甚至希望京城能够很快知道这方面的消息。

修士们开始更多地听到谈起祭司王约翰的事情，他们深信自己已经进入他的古老的王国。实际上，它是一个由景教徒组成的具有光荣传统的王朝。国王的公主们曾经嫁给首都的大汗。三位修士慢慢地向西方前进，他们碰见了手工匠、皮匠、理发师、卖熟食的小贩、磨刀匠、铁匠、打造刀子、剪子的人。在这个省，小手工业非常兴旺发达。

群山峻岭正变得越来越高，青峰逶迤而上，莽莽苍苍，不仅呈现一片浓绿，而且，峭壁山岩，嶙峋叠砌。鄂多立克从年轻的时候起，就经常听说过这个王国，连他出生的小镇上的人也都知道这个王国。这个王国同他想象中的样子有很大的不同。这是一个类似甚至比北蒙古的高山还要多的国家。巍巍群山、青峰挺秀、流水潺潺，长满青草的绿茸茸的山丘上，放牧着成群的绵羊和山羊。首都昌桑已经不复存在。征服者泰姆进像一阵旋风似的席卷了那里，留在他身后的是房子烧光后的一片焦土、不计其数的未曾掩埋的尸体。数十年之后，道路上和绿草中夹杂着像石头块一样的死者的累累白骨。牛、马的颅骨散落在四处的草丛中。

蒙受毁灭性军事灾难的人们，甚至没有力量掩埋尸体，侥幸活下来的人们逃往高山牧场，当牧民总比继续遭受入侵和抢劫要好得多。也就是说，走出历史和时光，到一个什么事情也不会发生的地方，也根本不会有侵略军队经过毁灭一切的地方去生活，比什么都强……

修士们长时间地在废墟中穿行。他们满怀好奇心，亲眼见证了世界上最有名、最令人赞颂的一个王国的灭顶灾难。这不仅仅是一个王国的毁灭，也是一个传奇故事的结束。曾经一度作为最具有光荣传统的王国之一，正是祭司王约翰王国。然而，几十年之后，现在这里只是一片废墟。

修士们找寻可以栖身的地方，至少点燃一堆篝火后再睡觉。他们长时间地察看着，因为所有曾经倒塌一半的断垣残壁，又抵御过泰姆进的席卷旋风，历经数十年积雪的负重后完全倒塌。这里最多的东西就是石头。伴随岁月流逝，房梁腐烂不堪，蛀虫早已将它们蛀空。古老的首都荒草凄迷，万籁俱静。还是有些居民干起牧羊人的行当，在不从属任何人的草地上放牧绵羊和山羊。从千步的远处望去，他们是没有未来的人们，生活在一个被遗弃和荒凉的地方。

王国以往达官贵人们的宫殿变成一堆废墟，羊群在石头间啮啃着青草。国王的宫殿曾经是哪一座呢？也许，连王宫的地基都不复存在了，世界上最有名望的人之一曾经居住在这里。一个世纪前，蒙古大汗以迎娶祭司王约翰的女儿为妻而无比欢欣，然而现在，连王宫遗址的痕迹都找不到了。

鄂多立克沉浸在沉思感慨之中，他的修士兄弟们像他一样。尘世的荣华就这样消失。

他们刚刚走出古都，朝着高耸的山峦行进，看到一座几乎完好的景教徒的修道院。里面只有两名修士仍然活在世上。这两位是地道的修士吗？他们身上的僧袍已经洗得显现不出最初的颜色了。多少年来，他们不刮胡子不理发，变得像生活在丛林中的野人一样。白天，他们在菜园干活，放牧维持自己生活的绵羊和山羊。他们经常念叨的只是食物，要干的活儿，要采摘和打理的菜园，需要挤奶的母羊，却很少谈到祈祷和上帝。他们辛苦劳作，永远是放牧修士。在这种荒芜偏僻的地方，他们全然忘记了自己的初衷。他们几乎把拉丁文忘得一干二净，我们的修士们必须不断地给他们提示词汇和句子。

修士们向其中一位比较年轻的修士说再见的时候，泪水不禁夺眶而出。然而，那位年轻修士并不在意，很快抽出一把镰刀割起草来。我们的修士们骑马朝向南方远离而去，他们不时回转身子，高声喊叫，向那两位野人般孤僻的修士告别。叫声在山谷回荡，多次发出回声。但是，修士们没有听见回音，那两位景教徒已经被逝去的岁月吞没了。

保养良好、标志清楚的道路不复存在，旅店和驿站已经属于远去的记忆。修士们来到王朝的边远地区。在这里，他们只能依靠金币和皇帝的安全通行证获得援助。有时候，整整一天，他们也碰不上一位牧人和一位佛教僧侣来交谈几句。当他们开始进入群山环峙的山谷的时候，看见一个堡垒，从远处看这堡垒，甚是雄伟，近处一看，几乎是一个不起眼的建筑物，至多容纳十来个人。所有人满怀喜悦的心情接待他们，特别是听到他们来自北京的时候。当地人从来没有到过北京。宫廷是什么样的？皇帝怎么样？他的妻妾们穿什么样的衣服？御膳怎么样？宫廷舞蹈呢？大臣们呢？

当人们获知他们是修士的时候，显得有点失望，因为修士们不过也从来没有尝试过尘世的生活。但是，有修士们在总比什么人也没有好。人们在木制房屋中接待了修士们，作为交换，人们愿意聆听他们的所见所闻。修士们不可能不付膳宿费用。修士们本来不想讲什么，他们回忆起自己在各个地方居留时的见闻，勾起他们对所遇到的大的事情和显贵人士的思念之情。修士们讲述，士兵们的家庭常常在遥远的地方，而将领们就有妻子陪伴在身旁，他们的妻子由于劳累的缘故，往往过早衰老和变丑。部队时常笼罩着一种苦恼和悲伤的气氛，就像在那种偏僻、缺乏任何吸引力的山区地方，将士们竭力赋予自己一种生存的意识。他们代表王朝的存在、服从王朝的命令、王朝的法律、王朝的远方指令……

昌桑（Chasan）省繁荣昌盛，一片绿色生机勃勃的景象。这儿的森林和自然景观同弗留利省有某些遥远的相似之处，有许多栗子林、欧洲山毛榉、圣栎树、榆树、杨树林以及所有已经印记在鄂多立克脑海里的树木。但是亚洲幅员辽阔。在亚洲，鄂多立克由北往南骑马或徒步跋涉，他亲眼见识了不计其数的事情。中国的天主教事业会有什么样的未来呢？在那座没有国界的葡萄园里，会有足够的工人吗？景教徒们会像一直到现在这样继续建造修道院吗？也许，鄂多立克在皇帝的疥疮痊愈之后，应该更致力于皈依皇帝……

鄂多立克并不相信加了盐和硫黄水浴的功效，他深信有上帝的参与。也许，那就是皇帝有可能被皈依的征兆，然而，他和他的修士兄弟们不善于把那件使命进行到底。或许，他在中国的那桩事情，包含着很大的放弃成分。他让自己成为上帝的奴仆，上帝是否以最有益的方式利用了他没有呢？现在，修士们正途经一个崇山峻岭和高原地带，不时地，一个个新的湖泊同修士们不期而遇。

地平线被他们从未见过的高耸入云、巍峨雄壮的山脉挡住。他们沿着各个湖泊的岸边行进，经常可以看到渔民们乘坐在属于他们自己的、带有色彩的帆船上面。老年人蓄着长长的灰色胡须，身穿各种颜色织有不同花纹的哥萨克式的宽身衣，头戴宝塔形状、带有一双护耳的皮帽子，套着羊毛袜的双脚穿着木屐或者皮鞋。

这一次，我们的旅行修士们已经备有所有一切用来抵御严寒的东西。毫无疑问，这里的寒冷没有超过修士们所熟悉的卡腊科鲁姆的严寒天气。这里也有众多的牧民，他们被迫四面漂泊，到处寻觅拥有新鲜青草的牧场。牧民们住在皮制的蒙古包里，同蒙古人成为征服者民族之前的蒙古包一样。

三位修士碰到一群数目不多的绵羊和山羊群，一头不大不小的牛，牛的脊背上长有一个肥壮的隆起物，人们称之为牦牛。不管是绵延冗长、宽阔还是狭窄的山谷，四周万籁俱静。不时地，有石头或大块坚硬的岩石脱离山顶滚动而下，一直滚到长有青草的斜坡上，形成岩石堆。牧羊人向自己的牲畜发布命令不超过三个字。牧羊犬也不吠叫，而是跑前跑后地迫使羊群做些什么，咬住羊的耳朵，纠正羊群行进的方向。

目所能及的各个方向都是高耸入云的山脉，高原似乎被神秘、宁静的上帝所主宰，高山犹如高原上的教堂。人们明显感到所在地方的海拔很高，因为呼吸有点费劲，空气异常稀薄。有的村落的房屋建造在树干的上方。筑有围墙的很像中国寺庙的木制小寺庙比比皆是。有的时候，寺庙筑成一片，相互连接，很像修道院。的确，这是一个很独特的地方。

修士们来到高山地带之后，总是下马步行，手牵着载有行李的马匹。相反，跟随他们的骆驼无须任何动作，骆驼比马还要驯服和令人信任放心。这一片地区人烟稀少。鄂多立克和其他修士兄弟走在异常陡峭崎岖的山路上，连马的眼睛里也充满焦急和害怕的神情。他们朝前走着。修士们的目的地是“丝绸门户”和帕米尔。当他们向人们打听帕米尔的时候，人们一面用手指示方向，一面因为所问地方的遥远而笑了起来。这有点像罗马或博洛尼亚的一位居民询问“去莫斯科的方向”一样。人们怎么能够感到不好笑呢？修士们打内心感到孤立无援，担心走错方向。他们从南恰姆（Nanchiam）省和祭司王约翰王国开始，已经绕了不少冤枉路了。

他们继续朝西方前进，朝着与蒙古首都同名的连绵不断的山脉走去。他们经过巴罗基勒关口进入亨都库什，来到人们称之为“马可·波罗”的“丝绸门户”。他们走过梅里斯托尔塔和马勒哈迪斯坦的冗长山谷，这里，被称为“没有上帝的土地”。这又是一件离奇古怪的事情。在某些山谷里，大家都是修道士，也就是说，他们都是上帝的人们。而在这里，人们明确给予“没有上帝的土地”这个相反的称呼。修士们雇用了一名向导，因为这里的村落之间相距太远，修士们非常担心迷失方向。他们想尽快从山区王国中走出去。修士们想去位于波斯沙漠的捷斯特。很久以前，他们曾经在捷斯特生活过好多年，只有到捷斯特去，修士们最终才会感到自在和安心，因为那是他们已经熟悉了的地方。

向导用讲述故事的方式来减轻修士们旅途中的劳累情绪。这一带山区流传着有关“高山老人”的故事和传说。“高山老人”是一个诱骗年轻人的可怕暴君。他使用的是令人难以相信的阴谋诡计，对年轻人发号施令，迫使他们去干他命令的任何事情。暴君老人的城堡坐落在青山之巅，名叫阿拉姆契，正如我们已经回忆起来的这个名字。

城堡高高的围墙耸立在一个大花园的后面。“高山老人”是一名伊斯兰邪教徒，他把自己的城堡、花园改造成一个人间的天堂。在这个人间天堂中，拥有喷射清澈泉水的喷泉、袒胸露背展现女性婀娜柔美身材的美少女、有着闪亮毛皮的阿拉伯骏马、各种美味佳肴，人们尽可绝对自由地享用这里的一切。“高山老人”用麻醉品让年轻人吸毒，将他们带到自己花园的伊甸园，让他们信以为置身于天堂之中。当吸毒越来越深的年轻人们已经过惯那座花园里其乐无穷生活的时候，老人把他们弄出来，让他们回到现实世界的日常劳累生活中去。

当年轻人苏醒过来，他们担心从此失去天堂的生活，怎样才能重新过上天堂的生活呢？简单极了。只要他们去杀害由这个可怕老人所指示的人就行了。城堡主“高山老人”曾经杀害了巴格达的哈里发[①]摩斯塔尔谢德，土耳其的伊斯兰大臣姆勒斯，塔布里兹的权势人物姆弗梯等等。当然年轻人已吸足毒品，正是从“麻醉品”（hascisc）这个词中，引出“杀手”（assassino）这个整个西方沿用至今的词。

1256年，阿拉姆契“高山老人”被蒙古大汗旭烈兀杀死。这里，每一位居民曾经处于人人自危的境地。而且亨都库什的每一个山谷中的人对那些事情仍然心有余悸。在阿富汗的乡村，人们还是以无休止的各种不同说法讲述着这些事情，似乎，这就是所有神话和传说的命运。这些故事曾经流传到很远的地方，以至于十五年前，鄂多立克、贾科莫和米凯莱在从波斯湾驶向塔纳的轮船上，就曾经听到过这些故事，尽管那时听到的故事不是这么完整。对于当地居民来说，“高山老人”似乎是一个不会死去的人物。人们害怕在高山地区蜿蜒曲折的偏僻小路上，碰上他的灵魂。

鄂多立克和修士兄弟们偶然发现一个修道院，他们解雇了向导。这座修道院很少有人知道，在帕多瓦的“花名册”中也根本没有记载。住在修道院的修士们有一种特长，他们非常善于驱赶魔鬼。显然，这是一个邪恶灵魂众多的地方，也许因为这一带地方荒僻的缘故。这儿生态环境恶劣，患上幻觉病的人们比比皆是。也许，那些地方生长一种中了妖术的曼种拉草，可以引起人们的幻觉，就像服用了过量的鸦片一样。那个地方的情况就是这样，许多人在不远的地方看见了魔鬼，人们表现得就像中了魔邪似的。修道院的修士们焚烧了令人生畏的偶像，让这些偶像成为一堆篝火。与此同

① 伊斯兰国家政教合一的领袖称号。

时，同人们一起祈祷和涂抹圣水。从此，从魔鬼和可怕幻觉中解放出来的贫苦人们感到非常轻松，他们经常要求进行洗礼。

鄂多立克等人停下来同修道院的修士兄弟们待在一起的时候，他们的向导朝着回去的道路离去。我们的修士们需要休整、虔诚祈祷和休息。他们已经完全离开中国，待在一个语言、思维方式、文化不同的另一个世界里。这个世界似乎只是在商人们和商队向导们的故事中才有。三位修士仍然穿着熊毛皮衣保暖，这是他们在哈剌和林时接受的礼物。如果在修道院修士们当中有一个奇怪的声音问道："真的有蒙古吗？"他们必须坚决回答有，因为他们身上穿的皮衣正是来自那个国家，还有他们脚上的厚羊毛袜是同皮衣同样的证据。

修道院位于一座高山上，修士们已经习惯于在这里接待在暴风雪中、在森林中游走孤立无援或在亨都库什这一带地方严寒中冻僵、濒临死亡的人们。山峰上覆盖着终年不化的皑皑白雪，那是一个奇特令人迷惑的王国。在那里，魔鬼横行肆虐。在那些地方，还有一个完全被邪恶精灵控制的山谷，人们称之为"死亡山谷"，谁走进那个山谷，很少能够得以脱身。

修道院的修士们建议长途跋涉的修士们避开那个山谷。相反，鄂多立克一行认为，同他们理所当然地返回家园相比，更愿意听命于他们的好奇心。圣经说："爱冒险的人将死于其中。"鄂多立克充满驱赶恶魔的激情，他不是从一个微不足道的人的躯体出发来看问题，而这一次是从整个山谷出发来考虑问题。这个山谷可以成为一个没有魔鬼的山谷吗？

第二十二章　丧钟

修士们应声回答可以，因为魔鬼们不仅对灵魂，而且也对大自然的地方和力量拥有管辖控制权。一条被人们称为“极乐”的河流流经山谷，使人觉得，这里同“高山老人”臭名昭著的地方，同他的极乐城堡何其相似。山谷的小路和树林不负自己的极乐名称，人和动物的嶙嶙白骨混杂在一起，经过秃鹫反复舔啃，宛如一堆堆白花花的滑溜石头。三位修士刚刚进入满目荒草凄迷、幽深的峡谷中，他们的耳边便响起阵阵游移不定的声音、分崩离析的竖琴呼号声、离奇古怪的和声。怎么回事呢？

仿佛山谷变成一个巨大的风鸣竖琴，修士们犹如被一个黑色幽灵请入山谷中。莫非是一种音响幻听吗？那是凛冽强劲的山风回荡在悬崖怪壑峡谷中的变了音的呼啸吼叫声吗？也许，所有的声响不就是空气流动所形成的迷惑声音吗？鄂多立克、贾科莫和米凯莱越来越感到毛骨悚然。他们沿着有过人、马通过痕迹的幽谷小路向前行进。曾经有不少人走过这里，他们像修士一样，猎奇心大大胜过了恐惧的心理。经过整整一天的跋涉，修士们发现，他们已经既看不到峡谷的入口，也找不到出口了。他们开始惶惶不安，似乎他们已经陷入再也走不出去的危险困境中。山风仍然响彻他们的耳边，不过，现在，他们更明显地感到呼啸嚎叫的声音来自迷宫似的幽深峡谷中。

鄂多立克开始询问修士兄弟们是否相信这个断言：即从来没有人可以活着离开这个地方。他们到处看到的嶙嶙尸骨似乎可以肯定这一点。鄂多立克问道：

“你们想到我们正在强化上帝的庇护威力吗？”

“也许，我们刚刚进入峡谷的时候，就想到这一点了。兴许，我们不应该这么做……”

“真的吗？为什么你们什么也没有说呢？”

“我们有信心，我们一直完全信任你。”

“为什么？”

“我们始终看到上帝在你身上的信号。”

“真的吗？那么这种信号现在也会有的。兄弟们，你们听好了，我会把你们从这个地方带出去的。你们相信我吧！”

“我们相信这一点。”

“那么，朝着出口前进吧！”

鄂多立克对世界和人抱着乐于探索的态度，因为二者都是上帝的杰作。探索人和世界有点像追随上帝的足迹一样，他乐意使自己成为探索世界以及探索人类的罪过和价值的专家，正如诞生于佛罗伦萨，与他同年所生的但丁诗人在乌里塞事件中所写的那样。鄂多立克感到自己有点像古代的英雄。乌里塞也是弗留利人的榜样和典型，弗留利人的天赋就是游历世界，亲眼见识世界有多么辽阔和奇特。

“死亡山谷”的高山非常巍峨壮观，约摸上午九点钟的光景，太阳的光芒就消失在山后。鄂多立克带着一丝忧虑的心情环顾四周，他相信自己看到了雕刻在山岩上的一张硕大的石头面孔。这是一种真实存在还是一种自然现象？是一种魔鬼的奇观吗？修士们开始吟诵简短而重复的祷词。他们决定夜晚停留下来，他们找到一个山洞过夜。骆驼背上驮的行李中有羊毛毯和皮褥子。夜晚，尽管他们为了抵御寒冷而自我防护得不错，但还是难以进入梦乡。第二天，阳光明媚，他们又开始行进。为了辨明方向，他们登上了一座苍翠绿山的峰顶。贾科莫忐忑不安，因为他不清楚敌人是什么样的，以及他们应该担心的事情是什么。他为无形的敌人而忧心忡忡。他感到自己被囚禁在一种无法确定的魔术之中，因为从山顶上看，除了四周望不到头的巍巍群山之外，什么也看不见。阴森的呼啸嚎叫的声音越来越强烈和明显，使人觉得，仅仅是由于山风造成的这种声音似乎是不可能的。山风没有灵魂，所以，这种可怕的声音该来自魔鬼的灵魂。从来没有想到过一种如此特别的声音也许是来自魔鬼吗？世界充满许多稀奇古怪、无法说明的事情……

在山峰的另一斜坡，修士们找到了一种闪闪发光、带有纹理的鱼鳞状的重金属。夹杂在石头中的这种金属到处皆是。贾科莫随手拿起两块，仔细琢磨。

“是银子，兄弟！好好看吧！是银子！”

“没错，就是银子。”米凯莱重复说道。

“我们拣点银子吗？我们把银子装在背包里吗？”

“背包已经很沉重了，兄弟。把银子带走将会给我们造成大问题，再说，我们的规章就是让我们受穷。”

“这是银子呀！我们将拥有帮助穷人的方式。”

“毫无疑问，这是银子。在高山这种地方得到银子会带来严重的问题。如果是在开往威尼斯的轮船上，就是另一回事了……”

但是，贾科莫没有理会。米凯莱已习惯于干重活，他也有将银子运走的想法，似乎什么也不怕。他们拣了一大堆银子，堆成一个不大不小的金字塔，尽管，他们在内心深处也知道，难以将银子带走。银子在岩石上被堆成一个有点像一条奇特的金属鱼的形状。

“兄弟们，你们现在做的事情有什么用处呢？”

“也许有一天有些用处，其他人在我们之后来到这个高处。”

“是的，有可能。”

“再说，这是一堆财宝。财宝应该堆在一起并得到尊重。”

“也许，你有道理。但是，我们现在必须从死亡山谷走出去。”

也许，许多人死在山谷是因为沉醉于山风的声音或找到的银子；也许，人们为了寻觅银矿而丧失了时间和宝贵的体力；或者，人们找到了银矿，由于担心被别人窃取而舍不得丢弃；也许，正是土地、岩石和群山峻岭在护卫自己的宝藏；也许，不少传说讲述守卫宝藏的龙和神奇野兽，只是象征性地显示从山中夺走宝藏的艰巨性。

现在重要的问题是活命，让自己从“死亡之谷”脱身。修士们必须战胜对银子的欲望，用圣方济各的语言来说，正是战胜对“钱财”的欲望。修士们牵着马，从银山的另一边下了山，他们在林区没有遇上特别的困难。很快，修士们开始找到下榻和获得保护的村庄。显然，对皇帝恩赐给修士们的通行证的信服和魅力程度越来越减退，辽阔的蒙古王朝逐渐成为民众必需忍受的沉重负担，修士们借助通行证的作用减少，更多的是他们必须把手伸向钱包掏钱。

修士们用十个星期的时间，从亨都库什山谷走了出来，他们沿着黑尔蒙德河行进，来到有着众多湖泊的波斯地区。在这里，他们安营扎寨了几天，在面对捷斯特地区的极度干旱地之前，他们小心翼翼地将所有的贮水袋灌满了水。抵达捷斯特城市后，他们对这个令人生厌地方的印象历历在目，要想逃离这个城市，解放自己，颇费一番周折。修士们在城郊架起了皮革“蒙古包”，开始用自己贮备的食品充饥。现在，三位上了年岁的修士感到有点疲倦，饥渴交迫。他们抵御劳累的能力已经很差，如果他们没有找到下榻的旅店，便打算请求随便什么人来收留他们。通常的情况下，沙漠和荒原的法律行之有效，人们可以在没有什么难处的情况下满足他们所提出的要求。也许，这是鄂多立克灵魂中的“返回的蚕茧”所为，所有接待过修士们的人中，也许有圣方济各修士、景教徒、伊斯兰教徒。鄂多立克从内心深处将他们看成是兄弟、上帝的儿子以及生命漫长道路上的旅伴。

在返回的路途中，一切都比较便捷顺利，一切都有着另一种面貌，另一番滋味。

修士们骑在马上走远路，当他们忘记道路和水井的地点时，就从容地马上问路和打听水井的地点。为了避免不必要的麻烦，修士们穿上阿拉伯白色长袍，缠上穆斯林头巾。他们的想法是同波斯人穿戴一致，不引人注意。其实，修士们感到他们就像生活在一个漫长的梦中，在十五或十六年的岁月里，他们在中东、印度、大蒙古、宋达岛屿、曼吉、中国、祭司王约翰王国、帕米尔、亨都库什所亲眼看到的一切，只不过是一个长期奇特的阶段而已。修士们再次经过苏门答腊、塔布里兹、额尔哲隆。他们又碰上了热那亚人、威尼斯人、商人和船长。船长们的轮船停泊在奎什姆或阿巴丹岛的港口或造船厂。

这些人对东方和亚洲的事情感兴趣，修士们却渴望知道欧洲的消息。欧洲发生了什么重大的事情？很多事情。他们听到的消息是教皇克雷芒五世正是在修士们动身后，很快死在阿维尼翁。现在的教皇名叫乔万尼二十二世（GIOVAN—NI XXII）。一位商人说道，威内托地区的很多商船驶往费昂德列（FIANDRE），目的是直接操纵那里精通艺术和生产的人民。修士们满怀热情倾听关于特列比松国王阿莱西奥二世支持威尼斯贸易，威尼斯人占优先地位的讲述。鄂多立克终于发现，威尼斯同热那亚自古就有的航海和贸易冲突根本就没有平息，似乎岁月没有流逝一样。他们在塔布里兹等候一支前往特列比松的威内托——亚美尼亚商队，因为修士们对自己的记忆和体力、对能否通过高山的艰险、通过在过去的商队向导谢里姆带领下所走过的崎岖小路已经不太有信心了。

修士们从远处眺望阿腊腊特山，这一次，阿腊腊特山没有引发他们绕道去山那边的愿望。在特列比松，修士们重又见到大海，人们也称之为黑海，使人更多地想到乌云密布的天空。仅仅二十天后，四艘威尼斯商船在一艘中世纪两桅帆战船的护卫下起航。修士们在船上每天祈祷、休息恢复体力、凝望大海，因为这是同家海——亚德里亚海海水融合在一起的欧洲海域。由于修士们的修道院已经距离不远，他们的心情反倒不急于抵达目的地。修道院总是在固定的地方，修士们的回国被一种秋高气爽的甜美气氛笼罩着。首先，他们的生命已走到了秋天。可以说，在鄂多立克的身上，滋生一种感悟人生的诗意，譬如，他深信，返回是接近晚年的“秋季”。

在特列比松，特别让鄂多立克震撼心灵的，就是众多天主教堂的钟声，因为亚美尼亚几乎是清一色的天主教国家。修士们每听到一次敲钟，口中念念有词：“晨祷钟声”、“晚祷钟声”、“午祷钟声”、“三钟经钟声”、“熄灯钟声（宵禁钟声）”。从某种程度来说，修士们现在才发现，他们是多么向往钟声。北京圣方济各教堂的钟声并没有取代其他地方的钟声，却以某种方式增强了修士们的向往之情。

修士们在海上风平浪静的旅途中，有两次听到海员们恼火地诉说，现在的各个季节和各种风力已经再也不是他们年轻时候的那种状况了。那时候，从希腊吹往地中海中部、东部的东北风、地中海地区的西南风，从撒哈拉吹向地中海的西洛可风、亚德里亚海东岸的一种干冷的东北布拉风、西北风、北风，都更为强劲有力。鄂多立克感到，每位上了一定岁数的人，会认为是巨大变化的见证人，为了能让自己相信，在自己生命飞速流逝的岁月中，自己经过了难以忘怀的经历。鄂多立克询问船长，风力是否当真发生了很大变化。船长耸了耸肩膀，从来不会这样。船长认为，风还是那样的风，真正发生变化的是上了岁数的那些人，他们认为自己是时代变化的见证人。

在返回的航程上，小船队没有花去更多的时间，海上风力不大不小，一帆风顺。船队停泊在码头附近的地方，也就是停靠在阿尔塞纳莱船埠。威尼斯仿佛总是过去那个样子：阿拉伯人、撒拉逊人、土耳其人、缠着穆斯林头巾的中东人、携带弯刀的亚洲人，他们熙熙攘攘地来往于岸上、街上小路、广场和小广场之间。谁也没有必要去隐瞒自己的身份和国籍，因为威尼斯尊重所有遵纪守法的人们。如果发生了有人缠着穆斯林头巾进入教堂，最多也就是教堂圣器看管人请他摘下头巾，要么离开教堂。

贾科莫和米凯莱望着穿梭来往、朝着自己目的地行走的人们时，突生一种强烈的愿望，十分愿意向人们倾诉自己从什么地方来，以及在多年的旅行生涯中，他们的所见所闻。三位来自中国的修士们受到维尼亚圣方济各修道院的款待。米凯莱留了下来，因为这本来就是他待过的修道院。在修士兄弟们的要求下，鄂多立克讲述了在中国的一些事情，贾科莫从旁帮助他回忆。鄂多立克和贾科莫来到帕多瓦，同圣方济各教士长进行了会晤，向他汇报了不同寻常旅途中的许多事情。

鄂多立克觉察到，那样的前景使他产生一种隐隐约约的担忧，仿佛自己的精力已经消耗殆尽一样。这种状况一旦发生，他就是真的衰老了。让他感到有点欣慰的是，他远离祖国十六年，到达了中国。他周围没有人或很少人知道这一点。相反，他可以肯定，从威尼斯起，一直到这里，他所碰到的人中，确有人不相信会有中国存在，似乎中国只是脑海中想象出来的一个地方。他们刚刚抵达帕多瓦，贾科莫拥抱了鄂多立克，鄂多立克也拥抱了他。约摸晚祷时分，他们来到圣者大教堂进行祈祷。他们感到似乎有一场大的考试正在等待他们通过似的。他们叩敲着修道院的大门。门卫修士探出脑袋询问他们是什么人，从何方而来。

“我们是爱尔兰的贾科莫修士和波德诺内的鄂多立克修士。”

“你们从什么地方而来？”

“从北京。”

“兄弟，北京是什么？”

“汗八里。”

“是一座城市吗？”

“是中国的首都，蒙古和整个亚洲的皇帝大汗统治着北京。”

“那我来自月球。”门卫修士笑着说道。

“别，别这样，我们不是开玩笑的人。我们真的是从那里来的。”鄂多立克修士补充说。

门卫修士上下打量着鄂多立克，维拉诺瓦神甫的神秘威望表现在他那永恒、不可思议的魅力表情上。年轻的门卫修士关门后跑去报告修道院长。年轻的门卫修士不敢相信自己的眼睛，对他来说，风险太大了。不一会儿，为世界上所有圣方济各修士起草《指令书》通行证的修士出现在他们面前。十六年后，他们才费劲地彼此相认。

“兄弟们！我的兄弟们！”他喊了起来，拥抱他们。

“我们尽力按你们的指令去做……”鄂多立克说道。

“啊，兄弟们！上帝的祝福一直陪伴着你们！”他把鄂多立克和贾科莫引进他的小房间。在中国待过的修士们回来了的消息像闪电一样不胫而走。很快，此时已经闲下来的修士们都紧挤在小房间的外面。从里面，只听见一阵渴望钻挤进屋的像蜜蜂一般的嗡嗡噪声。修道院长隐约意识到自己的自私行为，下令所有的修士们都到餐厅去，因为已经到了开晚饭的时间。

“你们累了，你们需要睡觉。”院长一面说着，一面心里明白自己的好奇心胜于一切事情。

“我们是累了，想睡觉，但也愿意讲我们的所见所闻。”

他们一起吃饭，作祷告，但没有像平时用膳那样，口中念念有词。鄂多立克和贾科莫开始讲述他们的冒险经历。没有一个人想去睡觉，仿佛黑夜消失，黄昏后的另一个黎明已经显现。从修士兄弟专注的眼神来看，好奇心驱走了瞌睡。大家紧紧地将鄂多立克和贾科莫围在中间，目光充满惊愕的神情，任凭脑海中的各种神奇想象驰骋。他们的脑海中，一幕一幕地闪现大海、高山峻岭、海盗、撒拉逊人、帆船、银矿、尸体的火葬、死于贫穷的女婴。鄂多立克讲述得越多，众人想象得越多，比起讲述的事情增加了好几倍。

不难发现，从未接触过女人、洁身自好、严守教规的修士们却热衷于阿贝尔娜茨的故事，就是那位从丈夫的火葬中被救出来，后来答应热那亚船长求婚的女子。然而，一个晚上要讲完整个亚洲的事情是不可能的。到了一定时间，修道院院长下令停止讲述，至少，修道院的规章允许这样做的。鄂多立克就这样一天天的讲述，直到他什么也想不起来了为止。贾科莫修士也讲述了不少见闻，他讲的内容同鄂多立克似乎并不相同，因为他有不同方式的见解，以他自己独特的理解回忆所见所闻。

很多日子以来，鄂多立克和贾科莫成为修道院一切事物的中心，成为从圣安东尼时代以来人们没有见过的一种光亮中心，他们使得修道院熠熠生辉。这是修道院院长的想法。为什么？他一时也不知道如何回答自己。只是后来在院长的脑海中浮现了这种古怪奇特的想法，因为圣人安东尼也好，鄂多立克也好，统统处在神圣的神秘之光的映照之下。多么奇特的想法！院长没有对任何人吐露过这种想法。

后来，两位修士告别大家回到乌迪内修道院，所有的修士们满怀好奇的眼神等待着他们。大家已经知道三位修士回国的消息。阿奎莱亚天主教管辖区、威尼斯、特雷维吉、帕多瓦、维罗纳司法辖区所有圣方济各修道院，还有威内托、帕达纳、托斯卡纳地区的多明我会、本笃会、残存的圣殿骑士会的所有修道院、卡马勒多里和伐隆布罗萨的修道院，人人皆知鄂多立克等三位修士从中国返回。因为，他们来自中国的北京，所以有点被看成他们曾经在另一个世界待过似的。这是发生在圣·保罗和但丁同时代的事情，人们已开始阅读叙述阴间的史诗——《神曲》。人们还已开始阅读《马可·波罗游记》，威尼斯在库尔查拉里岛战败后，马可·波罗在热那亚监狱里向比萨人鲁斯梯谦诺叙述了他的“游记”。这也正是在中国待过的鄂多立克本人要效仿的方式！

鄂多立克在乌迪内详尽地讲述了他在帕多瓦已经讲过的所见所闻。鄂多立克和贾科莫成了修道院所有眼睛的焦点。他们两人没有时间考虑自己的事和安排个人的生活，几乎无止境地讲述见闻，尽可能地回答好奇人们提出的诸如那个世界是什么样的，那个世界各个方面的情况等问题。鄂多立克认为，人们的好奇心会慢慢消失，那时，人们就会让他安宁下来，并且，也会逐渐将他忘在脑后了。

然而，情况不是这样。鄂多立克的名望继续攀升。贾科莫讲述了鄂多立克在上帝帮助下做过的神奇事情。那是什么呢？是奇迹吗？行行好，别这么说！应该慎用奇迹这样的词……

鄂多立克被召唤去帕多瓦。他只是服从命令而去，因为他已经疲劳不堪，很想留在乌迪内休息。对鄂多立克来说，这种疲劳已经不是什么旅途的劳累，而是新产生的不同于劳累的症状：一种从身体内部独自滋生的疲乏症状，根子在他的岁数和健康现状。鄂多立克接到通知，教皇乔万尼二十二世要单独接见他，在阿维尼翁听取他旅途中的所见所闻。

鄂多立克感到力不从心，但是他必须服从命令。他抵达比萨后，准备在比萨乘船去马赛，从马赛上岸后去阿维尼翁。但是，在比萨修道院，鄂多立克晕倒了一次，后来，他梦见圣·弗朗切斯科慈爱地建议他返回自己的修道院去。众人将行会的医生请来替他把脉，检查大小便，看看他是否患上了某种疾病。他的脉搏同心跳一样微弱。众人小声言论着，因为鄂多立克已经很有名望，在人们的口中，已经将他同乔万尼·德勒·皮昂·德勒·卡尔皮内、同古列莫·迪·鲁布罗克、同威尼斯人乔万尼、尼科洛、马可·波罗相提并论。总而言之，威尼斯的乔万尼、尼科洛、马可·波罗也是到过另一个世界为数极少的三人，他们最后也回国了，讲述了许多见闻。对鄂多立克来说，行行好，他不能再旅行了，他太虚弱了，让他回去，让他马上回到自己的修道院去！为了减少路途颠簸，人们用干草铺垫在车里；为了抵御天气的突然变化，人们准备了被子；就这样，将鄂多立克护送回帕多瓦。在帕多瓦，大家心里清楚，鄂多立克已经病得不轻，心脏功能欠佳，随时可能发生意外。正因为如此，鄂多立克向某人叙述他的见闻乃当务之急。

于是，很快，人们给他找来一位来自索拉尼亚，名叫古里耶勒莫的热情称职文书。《鄂多立克东游录》（I DE REBUS INCOGNITIS，直译：陌生之事）就是这样诞生的。鄂多立克竭尽全力口述，这时，有点影响他的语言和思维的晕厥状况已有发生。但是，鄂多立克的口述进度没有停顿，简洁、流畅、一章接一章地迅速进展。有的时候，由于身体状况，进展较慢，语法显得有点别扭，停顿下来，然后又重新开始，犹如山区一条蜿蜒崎岖的小路，曲曲弯弯。鄂多立克回忆着那些所见所闻。后来，人们把他送回乌迪内，那时，他的记忆敏捷性不如以前，神智有点模糊不清了。

鄂多立克的东游录很快家喻户晓，成为寻求那个陌生世界激情的许多人爱不释手的读物。各种版本诸如抄袭版、复制版、修正版、更改版、变动语句、名称的扩充内容版、曲解原文版的各种版本竞相出笼。鄂多立克再也没有精力去倾听从他的原版扩展出去的许多版本了。鄂多立克准备返回东方，回到不再是陌生的，从未见过的神秘而冒险的地方。然而，他却回到了上帝和自己灵魂所在的一个现实的特殊地方，上帝和他的灵魂帮助他主宰世界的宏伟事业。孤独、没有经验的地上跋涉者必须回到我们任何人都注定无法返回的那个地方去，那不是中国、蒙古王朝所在的东方，而是另一个陌生的整体世界，在那上方，正等待着他的是什么呢？

在乌迪内，鄂多立克逝世的消息瞬间传遍全城。修道院、圣方济各教堂敲响了报丧的钟声。人们在广场上卖木柴的车子间，一面讨价还价，一面低声重复鄂多立克去世的消息。每个人的内心深处感到，自己国土上的一个伟大的灵魂升天了。

距离圣方济各修道院最近的教堂也开始响起丧钟，接着，另一个近处教堂，拥有大小五座钟楼的主教堂：小钟楼、最小钟楼、中钟楼、大钟楼、最大钟楼的报丧钟声先后敲响，因为这不仅仅是修道院的举哀日，也是整个城市、邻近城镇、平原、山丘、山谷城镇、整个天主教教区的举哀日。几乎像奇迹一般的迅速，鄂多立克去世的消息无人不晓，传遍四面八方。城市的显贵们被禁止在那一天下葬死者。这样，所有的神职人员和布道修士以及显贵们都能够出席鄂多立克修士的葬礼。到处都是熙熙攘攘的人群，男人和妇女们竞相跑去瞻仰和抚摸鄂多立克的圣体，谁都但愿能够得到他的任何一件遗物。

由于发生了让大家震惊的消息，另一种触摸举动迅速穿插在鄂多立克隆重的葬礼活动中。这个消息是，阿奎莱亚天主教主教的姐妹，几个月来，她的一只手由于中风而瘫痪，当她触摸了鄂多立克的圣体后，那只瘫痪的手马上就活动自如了。怎么回事呢？一种奇迹吗？她情不自禁地喊叫起来。人们能够使用如此困难的言语来宣告奇迹吗？唯独教会中学识渊博的教士同科学人士一起，经过长期研究和学术上的探索之后，可以使用奇迹这个词语。

许多人发现，各种类型的病人：一些四肢残废的畸形人、跛足人恢复了健康。于是，在大家的允许下，这一次，人们可以使用“奇迹”这个词。

贾科莫神甫完成了他在蒙泰科尔维诺的使命后，回来轻声说，正是在鄂多立克下葬的那个晚上，他看见城堡所在山丘的树上，一只异乎寻常的大鸟展翅腾空而起，飞向布满星星的夜空。是真的吗？那是一个梦吗？一只大山鹰能够飞向城市中心，停在一棵树上吗？人们说，不可能。然而，不管怎样，这是吉祥的征兆，一个充满祥和欢乐的梦。

译后记

2005年10月28日15点零2分，同六告别了67岁又9个月的人生之路，驾鹤仙去。虽然他盛年早逝，却干了相当于百岁人生的工作。他四十余年如一日，殚精竭虑、忘我笔耕、矢志不渝、促进中意文化交流事业。意大利是个历史悠久的文明古国，是文艺复兴运动的摇篮，文学遗产丰富多彩，先后出现了六位诺贝尔文学奖得主，在当代世界文学中占有重要的一席之地。同六作为中国意大利文学研究与翻译的开拓者与领军人，先后向国人翻译、主编、撰写和介绍了一百多位意大利小说家、诗人、剧作家、文论家的作品。他将源远流长、光辉灿烂的意大利文学之花培植在中国文学的百花园里，使之争奇斗艳，为后人留下了一笔丰富的精神财富。从这个意义上说，同六生命的绝对值是永恒的。

正如作者斯戈隆在前言中所说，正当同六"进行《春蚕吐丝》翻译的时候，他病倒了，他的病情十分严重……"他经受了常人难以忍受的多次大剂量化疗、几次手术和放疗。治疗虽然延续了他的生命，但化疗的副作用和杀伤力也是无情和残酷的。同六双脚、双手的神经末梢受到无可逆转的损伤，甚至麻木到失去知觉……"生命不息、奋斗不止"，在命途多舛的日子里，同六始终乐观向上，他用从死神那里赢得的珍贵时间，病尔弥坚、争分夺秒，以顽强的意志和惊人的毅力关心时事，坚持笔耕；手指麻木发僵，不听使唤，就由我替他写，他口述。的确，《春蚕吐丝》"是在一个动人心弦命运氛围下的译本"。疏漏之处也就在所难免，敬请读者谅解并不吝指正。

人总是要走完自己的人生之路，不论长短，活得有价值就有意义。人的一生不可能总是顺遂的，不幸、重厄和病魔常常会不期而遇。精神不倒的人，就是他的肉体不复存在了，也总是令人怀念。我相信，现在依然深深缅怀同六的人，远不只是我、女儿和家人……

我衷心感谢作者斯戈隆先生、德丽安女士、莫妮卡女士、意大利皮埃梅出版社、意大利使馆文化处、四川人民出版社朱蓉贞女士、韩波先生、李明犊先生、中国社会科学院历史研究所沈定平教授对本书的出版所给予的真诚关怀和帮助。

同六，安息吧！你已经用自己的一生实践了你曾经在接受授勋仪式上的答谢词："不同民族之间的文化接触和交流是人类进步的基石。在中国传播悠久、灿烂的意大利文学，是一项艰苦而光荣的事业。我愿意为这一崇高使命奉献自己的一生。"

蔡　蓉

2006年9月

风中芦苇

1926年诺贝尔文学奖得主黛莱达是20世纪上半叶意大利一位才思横溢的女作家，她的创作道路鲜明地体现了她奋发、进取的个性，她的作品倾倒了无数读者。《风中芦苇》是黛莱达最钟爱、最能体现她细腻柔美风格的一部长篇抒情小说。1991年是她诞生120周年，我和妻子蔡蓉谨以《风中芦苇》中译本首次同我国读者见面之际，来表示我俩对这位杰出女作家热诚而真挚的敬意。

——吕同六

第一章

平托尔家的仆人埃菲克斯在靠近河流的小庄园尽头加固堤坝，干了整整一天的活。这座堤坝是他一手修筑起来的，已经历尽不少风风雨雨的年头了。黄昏时分，他在草屋前坐下，草屋坐落在白鸽子山冈的半山腰上，周围是丛丛淡青色的芦苇。他居高临下地细细打量着自己的劳动成果。

大自然的景色在他脚下一览无遗地展现，在黄昏的苍茫暮色里，庄园笼罩在一片寂静的氛围中，几处流水折射出粼粼波光；而那庄园，在埃菲克斯看来，与其说属于他的女主人们，还不如说是属于他自己的：三十年的苦心劳作和经营似乎已经使庄园完全归他所有了。两行印度无花果组成的篱笆，犹如两道蜿蜒曲折的灰墙，顺着山冈到河流，由高往低，层层叠叠地把庄园包围起来，他觉得就像这人世间的边界似的。

埃菲克斯并不去注视庄园以外的地方，因为那儿有一部分土地一度曾经属于他的女主人们，为什么要去回忆往事呢？惋惜徒劳无益，不如更多地去考虑未来，并希望得到上帝的恩典。

上帝许诺了一个好年成，至少说，上帝让山谷中所有的杏树和桃树开满了鲜花；山谷镶嵌在两行灰白色的山丘之间，在西边，远处是青翠的山峦，在东边则是大海；山谷里，春天的草木、流水、鲜花、各色闪光的斑点，相互辉映，伴随那河流的潺潺流水声，仿佛一个酣然入睡的孩童喃喃自语，安躺在一个蒙着绿色纱罩、系着蓝色带子的摇篮里。

天气已相当炎热了，埃菲克斯想起暴雨即将来临，它会使没有堤坝的河水猛涨，并使河水像一头怪物那样从河床里猛地纵身跃起，摧毁着一切东西；他寄希望于上帝的恩典，是的，但眼下还不能信赖。连山谷边缘的芦苇顿时也警觉起来，在阵阵微风的吹拂下，交头接耳，仿佛在相互通报灾祸的到来。

为此，埃菲克斯劳动了整整一天。现在，在等待夜幕降临的时候，为了不让时光白白流失，他一面编织草席，一面心中默默向上帝祈祷，保佑他的劳动确有成效。

如果上帝不愿意他的堤坝像一座山峰那样坚强有力，那末，这小小的堤坝又有什么用处呢?

埃菲克斯用柳条编织了七条草席，这意味着他向我们的上帝祈祷了七次，愿上帝和圣母保佑。山下，在黄昏的蓝色雾霭中，小教堂和宁静的草屋的围墙，就像许多许多个世纪以前被遗弃的史前小村庄。此时，一轮明月冉冉升起，犹如一朵盛开在山丘灌木丛中的硕大的玫瑰，大戟花的芬芳气息在河边飘荡。埃菲克斯的女主人们也正在祈祷。最年长的艾丝苔尔小姐，愿上帝保佑她，肯定正思念着他这个有罪过的人，仅此一点就足以使他心满意足，补偿了他的辛勤劳作。

远处传来一阵脚步声，他不由抬起头来，他似乎听出来了，这是男孩迅速而轻巧的脚步，是天使来宣告快乐与忧伤的消息的脚步声。这是上帝的意旨，是上帝派他来宣布美好的和不幸的消息。但是他的一颗心却开始颤抖起来，连干裂的黑黑的手指也在颤抖，他手中银光闪闪的草席，在月光下好像索索抖落的细细的雨丝。

那脚步声已经听不见了，但埃菲克斯依然坐在那儿，木然不动地等待着。

明月在他面前升起，夜晚的各种声音提醒他，一天已经结束了。那是杜鹃鸟富有节奏的啼鸣，提早到来的蟋蟀的嚯嚯声，一种叫不出名字的鸟儿的悲切的呜咽声。那是芦苇抖动时发出的窸窸窣窣的声响，流淌的河水越来越清晰的淙淙声；尤其是微微吹拂的清风，仿佛从大地深处透出的某种神秘的喘息。是的，辛劳的仆人的一天结束了，然而，小精灵、仙女、游荡的幽灵们的神奇无比的生活开始了。古老的巴洛尼的幽灵是从加尔泰地方的城堡废墟上来的，他们在埃菲克斯左边远远的地方，沿着河流的两岸追逐着野猪和狐狸。他们的武器在岸边矮矮的桤木丛中闪闪发光，远处猎狗低沉的吠叫声，表明了他们的去向。

埃菲克斯听见了那些在难产时丧生的女人下河洗衣服的喧闹声，她们把亡者的胫骨当作棰棒，敲打衣服。他觉得隐约看见了阿马塔托雷——头戴藏有珍宝的七顶帽子的小精灵，他们被一伙长着钢尾巴的吸血鬼追赶着，在杏树林中东窜西跳，飘忽不定。

阿马塔托雷经过时，月光下的树枝和石头都焕发出光彩。没有受过洗礼的小孩的幽灵和魔鬼的幽灵搅和在一起，在空中飘行的白幽灵化作朵朵银色的云彩，尾随着月亮。小矮子、小仙女们白天在自己的位于悬崖峭壁的石房子里，用金纺车织出了金布匹，在纺车闪射出来的巨大斑点的阴影下跳舞。而巨人们则在被月光沐浴的山峰的岩石间探出身来，手中紧拉着只有他们才能驾驭的巨马的缰绳，密切地窥视下面的动静，察看大戟植物丛中是否隐藏着蛟龙或富有传奇色彩的卡纳内阿大蛇，这些和基督同时来到人间的爬行动物，通常都在沼泽周围的沙地中活动。

尤其是在月光皎好的夜晚，所有这些神秘的生物使山丘和河谷充满了盎然生气：人们没有权利去打扰他们，干涉他们的存在，正如这些幽灵尊重人们在大白天的活动一样。这么说来，现在该是埃菲克斯离开此地，在守护神的庇佑下闭眼睡觉的时候了。

埃菲克斯在胸前划了个十字，随即站起身来，他似乎还在期待某个人的到来。不过他还是推开了权作小门的一块木板，倚靠着一个芦苇做的大十字架，这个大十字架是用来防御幽灵和魔鬼入侵草房的。

皎洁的月光透过草房的缝隙，照亮了这间狭小、低矮的屋子的角落，不过，对于身材像少年一样瘦小的埃菲克斯来说，屋子似乎是很宽敞的了。从屋顶到房梁，四周的墙壁，都是用芦苇和干草砌起来的，墙当中留了一个排烟的气孔，墙上挂着一串串的洋葱和一束束干草、象征吉利的橄榄树枝，用棕榈树枝做的十字架，一幅蜡画，一把对付吸血蝠的镰刀，一小袋为死于难产的女鬼准备的大麦。每当一阵微风吹过，所有这一切全会轻轻颤抖起来，蜘蛛网丝也在月光下闪射出清冷的亮光。地上，放着带把手的水罐，炒锅反扣着，平常他就紧挨着水罐、炒锅睡觉。

埃菲克斯铺好席子，但没有立即躺下。他总觉得听见了有个孩子走路的脚步声。肯定有谁到这儿来了。果然，过了不多一会儿，邻近庄园的猎狗开始汪汪地吠叫，霎时间，方才在静夜轻声悄语的祷告中似乎已酣然入睡的整个村子，立即充满了好像人们冷不防被惊醒而发出的喧哗和各种回声。

埃菲克斯又把门打开。一条黑影沿着山坡走上来，那山坡上，低矮的蚕豆地在月光的照耀下泛起银色的波浪。平时，夜间只要有人走过，他都会疑神疑鬼的，这会儿他又赶忙划了个十字。一个熟悉的声音在叫唤他，这是一个男孩清脆而多少有点焦急的声音，他住在平托尔家附近。

“埃菲克斯大叔，埃菲克斯大叔！”

“出什么事了？扎南托，我的女主人们好吗？”

“我觉得她们挺好的，只是她们打发我来告诉你，明天一早就回庄园去，她们有事要跟你说，可能是为了一封黄皮信，我看见诺爱米小姐拿在手里念，露丝小姐用白头巾包着头，活像修女似的在打扫院子，她也停下来，倚靠着扫把，细心地听。”

“一封信？你可知道是谁来的？”

“不知道，我不识字。但我祖母说，也许是你的女主人的外甥贾钦托先生来的信。”

埃菲克斯觉得有道理，事情应该是这样，但他仍然低下头来，甩手搔搔脸颊，陷入沉思默想，他希望但又担心自己受骗。

男孩吃力地坐在草屋前的石头上，脱下鞋子，问他有什么吃的。

“我像头小鹿那样奔跑，我真害怕幽灵……”

埃菲克斯抬起黄色的、表情严峻得好像蒙上一层紫铜假面的脸孔，用他那一双小小的、眼眶深深陷进去而四周布满皱纹的蓝眼睛凝视着男孩，炯炯有神、富有生气的眼眸里流露出一种童稚气的焦忧。

“她们对你说，我应当明天还是今儿晚上回去？”

“明天，我告诉您了，埃菲克斯大叔！您回去，而我留在这儿替你看守庄园。”

埃菲克斯已经习惯于顺从他的女主人们，于是也不再提别的什么问题。他从一串洋葱里取下一头洋葱，从挂包里拿出一块面包，男孩吃着洋葱和面包，开心得笑了，洋葱的辛辣的气味又马上把他呛出了眼泪。他们开始东拉西扯地闲聊，谈到了村子里最重要的人物，先是教堂主管，然后是他的姐姐，再后是米莱塞，他本是叫卖柑橘和酒罐的小贩，自从娶了教堂主管姐姐的女儿，便成了村子里最有钱的商人。他们还谈到埃菲克斯主人的表兄，地方官堂·普列杜，他也是个有钱的人，但和米莱塞不一样。还有放高利贷的女人卡莉娜，她是神不知鬼不觉地发起财来的。

“小偷们想把她的墙打通来着，可白费心计，他们失败了。今儿早上，她在院子里哈哈大笑地说道：‘如果小偷们跑进来的话，只能找到灰尘和钉子，我是穷苦人，就像耶稣那样一贫如洗。’但我的祖母说：‘卡莉娜大婶在墙壁里藏了一小袋金子。’”

不过，对于埃菲克斯来说，这些都是无关紧要的事。他躺在草席上，一只手放在胳肢窝里，另一只手托着下巴，他听到自己心脏怦怦跳动的声音和路旁芦苇窸窸窣窣的声响，他觉得好像是一个恶魔的喘息声。

一封黄皮的信！黄颜色是不吉利的颜色。天晓得又有什么事要落到他的女主人的头上了。二十年来，在这个村子里，凡是有什么事打破平托尔家庭单调刻板的生活时，必定不可避免地要发生一场灾难。

男孩也在草席上躺了下来，但他毫无睡意。

“埃菲克斯大叔，今天我的祖母还谈到，您的女主人们曾像堂·普列杜那样富有，这是真的还是假的？”

“真的。”长工叹了一口气，说道：“可现在不是回忆这些事情的时候，你快睡吧。”

男孩打了一个呵欠。

“祖母告诉我说，自打马丽娅·克里斯蒂娜夫人去世以后，您那个上了年岁、但有福的女主人，就像一个被革除教籍的女人，给这个家庭带来了灾难，这是真的还是假的？”

“睡吧，我对你说过，现在不是谈论……”

“您让我再说一会儿！您的小女主人丽娅为什么逃走？我祖母说，您是知道的，您帮助丽娅出逃，您一直送她到桥边，她躲藏在那里，直到有一辆卡车经过，把她带到海边，从那儿她乘船走了。她的父亲堂·扎姆，您的男主人，直到临死以前还一直在找她。他就死在那里，在桥边。是谁把他杀了？我祖母说，您知道……”

“你的祖母是个巫婆！她和你，你和她，让死人安息吧！”埃菲克斯吼叫起来，但声音显得嘶哑，而男孩却粗鲁地嬉笑着。

“埃菲克斯大叔，您别生气，这样对你不好。我祖母说是幽灵杀害了堂·扎姆，这是真的还是假的？”

埃菲克斯没有作声，他闭上眼睛，用手捂住耳朵，但男孩的声音在黑暗中仍萦绕在耳边，嗡嗡作响。他觉得这仿佛是那些从消失的岁月里走出来的幽灵发出的声音。

可不，各种各样的幽灵犹如倾泻的月光，渐渐地穿透房门和窗户的缝隙，来到他的身边：马丽娅·克里斯蒂娜，她像圣人一样美丽又宁静；堂·扎姆，紫红的肤色，火爆的性子，活像个魔鬼。他们的四个女儿脸色苍白。性格像母亲那样柔顺，实际上她们的眼睛里燃烧着酷似父亲的火焰，还有那些男女仆人、亲朋好友，他们充斥这个地区贵族后裔的富有家庭，不料刮起一阵不祥的黑风，这些人失去了踪影，就像一阵寒冷的北风吹过，月亮四周的云彩迅即消散一样。

克里斯蒂娜夫人去世了。女儿们苍白的脸上多少失去了母亲留下的柔和的神情，而随着堂·扎姆在妻子去世后变得越来越像他的贵族祖先那样专横粗暴，把四个等待出嫁的女儿当作女奴一般禁闭在家中，她们的眼睛里燃烧的火焰便越发炽热了。她们必须像奴隶般地操劳，烤面包，织布，缝纫，烹调，善于料理家中的财物，特别是在男人面前，她们不得抬起头来哪怕瞧一眼，也不准许她们去想那些肯定不可能成为她们丈夫的人。岁月流逝，却没有一个求婚者找上门来。堂·扎姆越是要求女儿们奉行冷酷的生活准则，女儿们越发变成老姑娘了。假如他瞧见女儿们趴在窗口朝屋后的小巷张望。或者她们没有得到他的允许竟敢出门去，那就大难临头了。他揍她们耳光，声色俱厉地痛骂她们，并用死来威胁那些胆敢连续两次打小巷走过的小伙子。

白天，他在镇上无聊地转来转去，或者来到教堂主管人姐姐的商店跟前，在那儿的一条石凳上坐下。过路人一瞧见他就赶忙躲开，他们尤其害怕他的那条不饶人的舌头。他跟所有的人吵架，总是那么妒忌别人家的运气，每当他走过一座兴旺的庄园时，就愤愤地诅咒："总有一天让你吃官司，倾家荡产。"然而，打官司却毁掉了他自个儿的土地，一场骇人听闻的灾难突然降临至他头上，好像是上帝特地要惩罚他的专横和偏见。

一天晚上，三女儿丽娅从家里出走，在很长时间里得不到任何关于她的消息。死的阴影笼罩了这个家庭。镇上从来不曾发生过这样的丑事，也从来不曾发生过像丽娅这样出身高贵、受过良好教育的女孩以这样的方式从家庭出逃。堂·扎姆似乎要发疯了。他东奔西跑，跑遍了所有邻近的地方和小河两岸，苦苦寻找着丽娅。但没有一个人能够向他提供任何消息。丽娅终于给姐妹们来了信，说她找到了一个安身的地方，她挣脱了束缚她的锁链而深感幸运。但姐妹们不能原谅她，硬是没有回信。堂·扎姆从此对其他三个女儿更加专横。他拍卖剩余的祖传家产，粗暴地虐待佣人，惹得众人讨厌。他马不停蹄地奔走，希望能发现女儿的踪迹，把她捉拿回家。丽娅的出逃带来的耻辱的阴影，沉重地压迫着他和整个家庭，他就像一个罪人负着枷锁。一天早上，人们发现他倒毙在镇子后面靠近小桥的大路上。看来他是死于昏厥，因为身上没有留下任何经受暴力的伤痕，只是在后颈上有一个小小的绿色斑点。

人们猜测，也许是堂·扎姆跟谁吵了架，被对手用棍棒打死的。不过，随着时间的流逝，这种流言也销声匿迹了。相反，占上风的倒是这样一种说法：他是由于受女儿出逃的刺激，心脏病突然发作而死去的。

正当姐妹们因受丽娅私奔这一丑闻的牵连而嫁不出去的时候，丽娅却写了一封信来，报告她结婚的喜讯。新郎是她在出逃的路上邂逅的一名贩卖牲口的商人。他俩如今在契维塔维凯亚[①]过着相当富裕的生活，而且很快就要生孩子了。

姐妹们不能原谅丽娅再次犯下的这一过失：她竟以如此可鄙的方式跟一个随意遇见的平民阶层出身的男子结婚，因此她们不屑给她回信。

过了一些时候，丽娅又写信给她们，告诉贾钦托出世的消息。姐妹们给小外甥寄去了一件礼物，但仍然不给丽娅写回信。

又过去了一些年头。贾钦托长大了，每年复活节和圣诞节，他都给姨母们写信，姨母们则给他寄一件礼物。有一次，他写信说，他上学了。后来一次来信说，他到海军服役了。以后又告诉姨母们，他找到了职业。然后写信告知父亲去世的噩耗，再后是母亲去世的不幸。最后，他表示了前来探望姨母们并跟她们生活在一起的愿望，如果他能够在镇上找到工作。他不喜欢现今在海关干的小差事，这种工作既卑微又辛苦，简直是糟蹋青春。他喜爱过那种虽说艰苦、却很简单的室外生活。人们都建议他回到母亲曾生活过的岛上去碰碰运气，找一个正当的工作。

姨母们开始讨论他的请求，她们愈是讨论得多，便愈难取得一致的意见。

“找个工作吗？”脾气最平和的大姨露丝提出怀疑。要知道，连本地人都难以在小镇上混下去啊！

相反，艾丝苔尔支持外甥的打算，只有最年轻的诺爱米持冷淡而嘲讽的态度。

“他也许以为到这里来可以当阔佬，那就让他来吧，让他来吧！他可以到河边去打鱼……”

“他自己说愿意干活，诺爱米，我的妹妹，那就让他去干吧，他可以像他父亲那样做牲口买卖。”

“那他早就应当先干起来，我们这一家子人可从来没有买来过公牛。”

“那是从前的事了，诺爱米，我的妹妹！再说现在有钱的阔佬正是些商人。你看到米莱塞吗？他就声称‘我现在就是加尔泰男爵’。”

诺爱米微微一笑，她深邃的眼睛里流露出一种狡黠的神情。她的微笑，使艾丝苔尔觉得比她姐姐提出的所有理由更让人沮丧。

每天都重复同样的话题。贾钦托的名字在这个家庭中回响，就连三姐妹默默不语时，贾钦托仿佛也出现在她们中间，其实从他出生之日起就是这种情形，他的陌生的

---

① 罗马附近的一个港口城市。

影子给这个走下坡路的家庭带来了某种生气。

埃菲克斯记不清楚他什么时候曾经直接参与过他的女主人们的讨论；他没有这个勇气，首先是她们不曾征求过他的意见，其次是出于他良心上的不安。不过他是很愿意让贾钦托来的。

他喜欢贾钦托，始终把他当作家庭的一员那样爱他。

自从堂·扎姆去世后，他就留下来同三个女主人一起，帮助她们处理种种复杂的事务。亲戚们不再关照她们，相反地却歧视她们，躲避她们。她们只有料理家务的能力，而对她们获得的家产的最后一点剩余——小庄园，则完全无力经营。

“我还为你们干一年，”埃菲克斯曾这样说过。但真要离开她们，他却于心不忍。于是他留下干了二十年。

三位女主人依靠他所种植的小庄园的收入生活。在歉收的年份，到了支付工钱(每年三十个斯库多[①]和一双鞋子)的时候，艾丝苔尔对长工说：

“看在耶稣的份上，请你耐心等着吧，你的工钱不会少的。”

他确实够有耐心的了，积欠他的工钱一年比一年多，以致艾丝苔尔半开玩笑半认真地许诺他，如果他比她们活得长，那就把小庄园和房屋作为遗产留给他。

他如今已经年老力衰了，但他终究还是个男人；他的影子就足以保护三个女人。

现在由他来为她们的幸福操心了，至少要让诺爱米找到丈夫！说不定那封黄皮信会带来好消息？莫非它是宣布一笔遗产？或许正是有人向诺爱米求婚？在萨萨里[②]和努奥洛[③]，平托尔女主人们还有一些富有的亲戚，为什么他们当中的某个人不能娶诺爱米呢？堂·普列杜本人可能就写过这样的黄皮书信……

于是在长工疲乏的想象里，事情忽然一下子变了样，宛如从黑夜进入了白昼，一切都显得光辉灿烂，甜蜜温馨：他的高贵的女主人青春焕发，像大鹰那样插翅飞翔，她们的倾圮的宅邸又重新高高耸立，周围的一切都是生机盎然，犹如明媚的春天里的山谷。

而对于他，可怜的长工，命运仍然安排他留在小庄园里安度余年，他仍然铺开他的席子，同上帝一起休息。在万籁俱寂的夜晚，只有芦苇仍然絮絮地私语，仿佛在向沉睡的大地祈祷。

---

① 意大利五里拉的银币，一直用到第二次世界大战。

②③ 均为撒丁岛的城市。

第二章

天一亮，他就走了，留下男孩看守庄园。

通往小镇的是上坡路，他走得很慢，因为去年他曾患疟疾发过寒热，至今双腿发软。每走一段路，他就止住脚步，回过头去眺望那一片葱绿的小庄园，两道长满印度无花果树的矮墙环绕四周，山坡上昏暗的茅屋坐落在蓝绿色的芦苇和灰白色的岩山之间，他觉得就像一个鸟窝，一个真正的鸟窝。每朝前走一段，他就回头这样张望一回，满怀着惆怅的柔情和忧伤，恰似一只离巢远飞的小鸟。他觉得他把自己最可宝贵的东西，把使他敢于面对孤独、与世隔绝的力量都留在那里。他沿着大路向上走，穿过河边杂草丛生的荒地、灌木丛和低矮的胶桤树林。他觉得自己仿佛成了一名朝圣者，肩上背着羊毛小背包，手拄一根木棍，朝着忏悔和赎罪的去处径直走去。

但愿这是上帝的意志。他继续朝前走。忽然间，山谷豁然开阔，在一个酷似大废墟的山丘顶峰，城堡的遗迹展现在眼前。一道乌黑的墙上洞开一扇空洞的蓝色的窗户，就像往昔的一只眼睛，凝视着冉冉升起的太阳涂抹的一幅玫瑰色的伤感景色，像波浪般起伏、闪耀着沙粒的灰白亮斑和灯心草的淡黄色斑点的大平原，凝视着蓝绿色的小河，白色的小镇，犹如花蕊一般耸立在小镇中间的钟楼，小镇上方的山丘以及远处努奥洛山峦飘逸的淡紫色和金色的云彩。

埃菲克斯往前走着，在灿烂和宏伟的大自然中，他显得瘦小而黝黑。初升的太阳使整个平原光彩夺目。每一棵灯心树都牵出一根银丝，从灌木丛的上方传来小鸟的啁啾声。这就是太阳的光带和阴影投照下的加尔泰山绿白相间的锥石，在他的脚下，小镇似乎是由古罗马城的一片废墟组成的。

废墟上一溜长长的矮墙，没有屋顶的茅屋，倒塌的墙壁，栅栏和院落的残余，废墟上完整无损而凄凉的棚屋，排列在巨石铺成的斜坡路两旁。火山石比比皆是，给人留下的印象是：一次突发的灾变毁灭了古老的城市，居民随之失散了。一些新建的房屋羞羞答答地耸立在荒芜之地，石榴树，角豆树，印度无花果丛和棕榈树赋予这凄凉的地方以一种诗意。

埃菲克斯越是向高处走，这种凄凉感越浓厚地笼罩心头。临近山丘的边缘荆棘和大蓟构成的篱笆之间，一座古老的陵园残迹和倾圮的比萨式教堂，掩藏在山峦的阴影里。道路显得异常荒凉，山峰的巉岩此时很像一座座大理石塔。

埃菲克斯在紧贴着古陵园大门的一扇门户前止住了脚步。这两扇大门几乎一模一样，门前都有三级野草丛生的破损的台阶。古陵园的大门用一块已经腐朽的木板勉强支撑着，而三位女主人的宅邸则保留了一个半拱形的砖砌大门，门的下楣上依稀可见残缺不全的族徽：一个头戴钢盔、手执长剑的武士，旁边写着：无畏战斗的勇士……

埃菲克斯穿过宽敞的长方形院子，院子的中央像街道一样用石板铺就，形成一个石头沟，便于雨水的排泄。他取下肩上的背包，瞧瞧他的女主人中可有谁出现。这座宅邸耸立在院子尽头，除去底层，只有一层楼，背后的山峦，像一顶巨大的白绿相间的帽子，沉重地扣在宅邸的上方。

木制阳台的下方，三扇小门敞开着，阳台的回廊环绕着房屋的上层，人们从已经陈旧的露天阶梯进入二层楼的里屋。一条几近黑色的绳索，拴在楼梯转角处牢固的木桩上，取代已经荡然无存的栏杆。房门、阳台扶手和栏杆，当初都是精细地雕刻的，而今已经受到蛀蚀，歪歪斜斜的，变成了黑色，到处都好像是被一只看不见的钻子粉碎过的尘末。

在阳台的栏杆中，除了依然完整无损的圆木柱外，还可以看到一些残存的框架上镂刻的叶子、花朵、水果的浮雕。埃菲克斯回想起他在孩提时代，这个阳台在他眼中很像环绕大教堂祭台的讲道坛和栏杆，当时，他那基督徒式的虔诚的崇敬不禁油然而生。

一位身材矮小的胖女人出现在阳台上，她身穿一套黑衣服，头上包一块白头巾，露出一张微黑的严峻的面孔。她俯下身来，瞧见了长工，她那杏仁似的黑眼睛闪耀着喜悦的光芒。

“露丝小姐，你好，我的女主人！”

露丝小姐敏捷地走下楼来，显露出她那双穿着深蓝色袜子的圆滚滚的小腿。她朝埃菲克斯微微一笑，长着黑色茸毛的嘴唇下露出一排整齐的牙齿。

“艾丝苔尔小姐呢？还有诺爱米小姐呢？”

“艾丝苔尔做弥撒去了，诺爱米刚起来。今儿个好天气，埃菲克斯！那边怎么样？”

“好，好，感谢上帝，一切都好。”

厨房也是中世纪的式样：宽敞，低矮，天花板的交叉房梁已被煤烟熏黑，一把加工过的木头椅子靠着这边的墙壁，那边是大的壁炉。透过窗格子，隐约可见远处翠绿色的山峦。光秃秃的淡红色墙壁上还可看到已经没有了的长柄平底铜锅的痕迹，光滑而闪闪发亮的几根石柱，很早的时候曾经用来悬挂马鞍、背包、武器，如今直放在那里，仿佛是为了唤醒人们的记忆。

“那末，露丝小姐……”埃菲克斯问道，露丝正将一个小小的咖啡铜壶放在炉火上。她转过那张黑白相间的大脸，向他眨眼示意耐着点性子。

“你给我去打点水来，诺爱米要下楼了……”

埃菲克斯从凳子底下拿起水桶，他走了出去，但走到门槛上时，胆怯地转过身来，瞧着来回摇晃的水桶。

“信是堂·贾钦托写的吗？”

“信？是一封电报……”

“至高无上的耶稣！他难道发生了什么不好的事吗？”

“什么事也没有发生，什么事也没有发生，他去……”

在诺爱米下楼以前，他固执地追问下去是徒劳的，尽管露丝小姐是三姐妹中最年长的一位，并掌握着家中的钥匙(其实也用不着看管)，但她从来不拿任何主意，也从不承担任何责任。

他来到水井边，这口井很像是古代撒丁岛用石块垒成的平顶圆锥状建筑，挖在院子的角落里，用石头围了起来，石头上放着几个破水罐，里面盛开着紫罗兰和一丛丛茉莉花，其中的一丛茉莉花爬上了围墙，好像在窥视那边大千世界可有什么东西。

这院子的一角，凄凉苔藓，镀上一层欢快的金色的紫罗兰，嫩绿色的茉莉花，在长工的心田里勾起了多少往事的回忆啊！

他似乎又看见了丽娅小姐，苍白，纤弱，像根灯心草似的，从阳台上探出身去，两眼直勾勾地眺望着远方，她也想窥视大千世界的那一边有什么东西。这是他在丽娅小姐出逃的那天看见她的情景，她站在阳台上，木然不动，恰似领航员用目光探索神秘的海洋……

这些往事的分量有多重啊！就像盛满水的木桶，沉甸甸地直往井下垂落一样。

可是，当埃菲克斯抬起头来，眼前看见的却不是丽娅，而是一个高高的女人，轻捷地站在阳台上，正在扣黑色外衣的袖口。

“诺爱米小姐，你好，我的女主人！您不下楼吗？”

她稍许弯了弯身，浓密的、金灿灿的黑发，犹如两条缎带披散在白净的脸颊两旁；她用她那长长睫毛下亮闪闪的黑眼睛，回答了他的问候，不过没有开口说话，也没有下楼。

她打开房门和窗户，风撞击和打碎玻璃的危险已不复存在，因为玻璃已经多年没有了！她把一条米黄色的被子抱出来晒太阳。

“诺爱米小姐，您不下楼吗？”埃菲克斯在阳台下抬起头重复问道。

“这就下来，这就下来。”

她把被子摊开晾好，好像故意拖延时间似的，眺望一会儿右边的景色，又打量一番左边的景色，两边的景色都抹上了一重忧伤的美。河流冲刷过的沙石平原，成排的杨树，低矮的桤木，宁静的灯心草和大戟，荆棘围绕的黑色教堂，长满青草的古老陵园，葱郁的绿色中间，死人的尸骨仿佛一簇簇白色的雏菊。远处是坐落着城堡废墟的山丘。

一簇簇金色的云彩在山丘和废墟上空飘游，早晨的温馨和寂静赋予整个田园一种陵墓式的庄重气氛。这块地方依然有许多昔日的遗迹，死人的遗骨就是过去的鲜花，云彩就是它的冠冕。

诺爱米对这一切全不在意。从孩提时代起，她就习惯于看见死人的骸骨了；冬天里，这些骨头仿佛在阳光下取暖，春天时则在露水下闪闪发光。没有一个人想着要把它们从那里清除掉，她何必要去操这份心呢？相反，艾丝苔尔小姐从小镇的新教堂往回走时，总是放慢脚步，温文尔雅地走着。虽然在家里的时候她从来都是急匆匆的，但一出门就显得不慌不忙，因为一个出身名门的小姐，在举止方面应当是庄重而文静的。她走到古墓的前面，划了十字，为亡者的灵魂祈祷。

艾丝苔尔小姐从不会忘记任何事情，也不会忽视任何事情，因此当她走进院子时，就发现有人在井边打过水。她把水桶放好，随后从花盆里取了一块小石子，走进厨房向埃菲克斯打招呼，问他可喝了咖啡。

“喝了，喝了，艾丝苔尔小姐。我的女主人！”

此刻，诺爱米小姐手中拿着电报，走下楼来，但她并不急于读它，好像是在吊这个长工——他过分好奇而焦急——的胃口。

“艾丝苔尔，”她在挨着壁炉的一张长板凳上坐下，说道，“你怎么不取下披肩呢？”

“今天上午人教堂还有一场弥撒，我还要出去。你念电报吧。”

艾丝苔尔也坐到长板凳上，露丝小姐跟着在凳子上坐下，这样三姐妹坐在一起，像三胞胎似的。她们之间只有年龄的差别。诺爱米还年青，艾丝苔尔年长些，露丝则已显出老态了，但老态中却显出健壮，高雅，安详。

埃菲克斯站在她们面前，等待着。诺爱米小姐展开黄色的电报纸，呆呆地瞧着，却好像无法读懂电文似的；末了，她恼怒地把电报纸摇晃了一下。

“好啦，他说过几天就来这儿。就是这么一回事！”

她抬起头来，脸孔涨得通红，严肃地瞧着埃菲克斯，另外两位小姐也把目光投向他。

“懂了吗？就是这样，好像是理所当然。他敢情是要回到自己的家似的！”

“你是怎么个说法？”艾丝苔尔问道，将一个手指头伸出披肩的十字交叉处。

埃菲克斯的脸上洋溢着喜悦的神情，眼睛周围细密的皱纹像一缕缕阳光似地舒展开来，他不想掩饰他高兴的心情。

“我是一个穷长工，我只能说，主知道一切的！”

“我的主，谢谢您啦！至少还有人是明白道理的。”艾丝苔尔小姐说。

诺爱米小姐的脸色却变得苍白，反驳的话就要脱口而出。尽管她像平时一样，善于在她认为无足轻重的长工面前控制自己，但此时却不能不反唇回击：

“这和上帝没有关系，这是另外一回事，关系到……”她犹豫了一会儿，“应当明确而干脆地告诉他，在我们的家里，没有他的位置！”

这时，埃菲克斯摊开双手，微微低下脑袋，似乎在说：那末你们干吗要和我商量呢？——而艾丝苔尔小姐却笑了起来，站起身，不耐烦地拍打着她的披肩的两侧。

“那你要他上哪儿去呢？像找不到落脚地的外地人那样上镇长家里去吗？”

“我的意思是连回音也不用给他。”露丝说着，从诺爱米手中拿过那张神经质地叠了又叠的电报纸。“如果他要来，那就来吧，可以像一个外地人那样接待他，你好，客人！”她说道，仿佛在向一个刚进门的什么人打招呼似的。“好啦，如果他表现不好，总是会适时离开这儿的。”

艾丝苔尔却笑了起来，她望着三姐妹中最胆怯和最优柔寡断的姐姐，弯下身去，用一只手在她的膝盖上拍了一下：

“你想说，把他赶走，是吗？多好的主意，亲爱的姐姐。露丝，你有这样的勇气吗？”

埃菲克斯默默思索着。蓦地，他抬起头来，把一只手放在胸口。

“这事交给我吧！”他以坚定的语调许诺道。

于是，他的目光遇到了诺爱米的目光，他一直害怕那双恰似一潭深水的水汪汪而冷冰冰的眼睛。他心里清楚，年青的女主人很认真地接受了他的许诺。

但他并不后悔作了这样的承诺。在他的一生中，他还承担过其他的责任。

他在镇上待了整整一天。

他对花园感到不放心——尽管在那个年头，偷盗情况很少发生。然而，他感到暗中的意见分歧弄得他的女主人们心神不安，在没有看见她们的意见取得一致以前，他不想离开。

艾丝苔尔小姐整理了一些东西后，又上大教堂去了。埃菲克斯答应随后赶去，但是当诺爱米上楼去时，他走进厨房，低声请求正跪在地上、在一张矮桌子上揉面的露丝小姐，把电报给他。她抬起头来，用沾满白面的手将头巾向后拉了拉。

“你听见她说的话吗？”她暗指诺爱米小声说道：“总是她！傲慢使她如此……”

“她有道理！”埃菲克斯若有所思地说。“出身高贵人家的人总是高贵的，露丝小姐。你也许捡到过埋在地下的硬币吧？您会以为它是铁的，因为它是黑颜色，但如果您把它擦拭干净，您就看得出来，它是金的……金子总是金子……”

露丝小姐明白，在埃菲克斯面前，原谅诺爱米出格的傲慢实在没有必要，何况她一贯是随和别人的意见，她因此感到欣慰了。

“你可记得，我的父亲是怎样傲慢吗？”她一面说，一面用她那双青筋突出的红通通的手揉着白面。“他讲话的时候也是这样。他是肯定不会允许贾钦托到来的，埃菲克斯，你说呢？”

“我？我是一个贫穷的长工，可是，我要说，堂·贾钦托不管怎么说是会到来的。”

“你是说，他是他母亲的儿子！”露丝小姐喘了口气，长工也喘了口气。过去的影子一直在那里缠绕着他们。

长工打了个手势，仿佛是为了驱走这个影子，他的一双眼睛注视着那双揉着白面的红红的手，恢复了平静：

“孩子是挺不错的，上帝会保佑他，但是应当关照他，不要让他得病发烧。还有，得给他买一匹马，因为他一直不在岛上生活，步行不习惯。我来负责这些事吧。重要的是你们几位之间要取得一致意见。”

露丝小姐很快用一种傲慢的声调说道：

“难道我们的意见不一致吗？你也许听到我们吵架了？埃菲克斯，你不去做弥撒吗？”

他明白她让他离去，便来到院子里，看看能否再同诺爱米说上话。她正在阳台上收被子，不便请她下来，只有上楼到她那儿去。

“诺爱米小姐，请允许我提个问题，您高兴吗？”

诺爱米怀抱着被子，奇怪地瞧着他。

“关于什么事情？”

“堂·贾钦托要来了，您高兴吗？您会看到，他是个挺不错的孩子。”

“埃菲克斯，你在什么地方认识他的？”

“从他写的信看得出来。他会很有作为的，但是应当为他买一匹马……”

“……一切都取决于你们几位之间能不能取得一致意见。这是最关紧要的。”

她从被子上撣掉一根棉线，把它扔到院子里，她的脸色阴沉下来。

“什么时候我们意见不一致的？从来都是一致的。”

“是的……但是……好像堂·贾钦托要来，您不高兴。”

“我应当高兴得唱歌吗？他不是救世主！”说着，她走进一个小门，透过门框，瞧见里面是一间明亮的卧室，一张古色古香的床，一只旧的大箱子，一扇没有玻璃的窗户，朝着远处的绿色山脉。

埃菲克斯走下楼，摘了一小束玫瑰色的紫罗兰，用交叉在背后的手指夹着花朵，径直向大教堂走去。

临近的山区的静寂和清新，笼罩着周围，只有荆棘丛中大山雀的婉转啼鸣清晰可闻，伴随着教堂里妇女们单调的祈祷声。埃菲克斯踮起脚尖，手指间夹着紫罗兰走了进去，跪在布道坛圆柱的后面。

大教堂破残不堪，整个建筑都是灰色的，潮湿的，蒙着一层尘埃；透过木头圆顶的小孔投射下的银灰色光束，倾洒在俯伏于地上的妇女们的头顶上。已经露出黑色裂缝的壁画上，那些淡黄色的人像跟这些身穿黑色和紫色衣裙而脸色像象牙似苍白的妇女非常相似，她们当中即使是最漂亮、最纤巧的，也是胸脯干瘪，肚子由于经常害疟疾发烧而明显地隆起。祈祷的声音，节奏缓慢而单调，听起来就像是超越了时间，超越了空间，在远处回荡。这是为一名刚满忌月的亡者作的弥撒，一块带金色穗子的黑布覆盖着神坛的栏杆，身穿黑色长袍、肤色白净的神甫抬起双手，缓缓地转过身子，两束光线在他的周围跳动，好像是从他那代表上帝的先知的头上发出来的。埃菲克斯没有听见年青的圣器管理人摇动的仿佛是为了驱散周围幽灵的铃声。尽管方才他还沐浴着明亮的光线，听到鸟儿的歌声，此刻他却在幻觉中恍惚做着另一场弥撒：他的眼前出现了跪在家里长凳上的堂·扎姆，再过去一点是丽娅小姐，黑色的披肩，苍白的脸色，就像所有妇女时常瞻仰的古画上的肖像，她现在好像真的站在摇摇欲坠的黑阳台上。她简直跟画像上忏悔的圣女形象一模一样：爱，忧伤，追悔和希望在她深邃的眼睛里和痛苦的嘴角闪动着，赋予她以欣慰的微笑和哀伤的泪花。

埃菲克斯凝望着丽娅，她就像置身于漫无边际的往昔的黑暗中，埃菲克斯站在她的面前，感到一阵眩晕，好像他自己也悬挂在神秘莫测的、黑暗的空间……他好像回忆起了非常遥远的、往昔的生活。他觉得，他周围的一切都具有蓬勃的生气，但它们都是一种神话般的、奇妙的生活；死者复活了，祭坛淡黄色帷幕后面的耶稣原来一年只向百姓显灵两次，如今从他的圣位上下来了，朝前走着，他也是那么瘦弱，苍白，默不作声；耶稣朝前走着，百姓尾随在后，他，埃菲克斯，也在百姓中间，朝前走着，走着，手里拿着一束鲜花，一颗充溢柔情的心激动不已……妇女们在歌唱，鸟儿在啼鸣。艾丝苔尔小姐在他的旁边快步走着，双手伸出披肩的十字交叉口。信徒的游行队伍走出小镇，整个小镇都盛开着石榴花和铁线莲，房屋全是新盖的，平托尔家的大门是崭新的、光闪闪的核桃木结构，阳台完整美观……一切都是崭新的，一切都是美好的。马丽娅·克里斯蒂娜神采奕奕地站在晾晒着丝绸被子的阳台上。诺爱米小姐显得分外年青，跟堂·普列杜订了婚，堂. 扎姆也走在游行队伍当中，像平时那样做出一副恼怒的样子，其实他是十分高兴的……

然而妇女们的歌唱停止了，一些人站起身来，准备离开大教堂。脑袋靠在布道坛圆柱上的埃菲克斯，猛地打了个寒战，从梦幻中醒悟过来，赶忙跟在艾丝苔尔小姐的身后，走出教堂回家去。

此刻，高悬空中的太阳，投射出炽热而炫目的光线，强烈照耀着比任何时候都更荒凉的小镇。女人们像幽灵似的默默地从教堂走出来，然后分散开去，消失了。平托尔宅邸的周围重新又陷入了孤独和冷静。

艾丝苔尔小姐走到水井跟前，用一块小木板遮住一株石竹花，快步走上楼，关上房门和窗子。她走过时，走廊发出吱吱嘎嘎的声响，从腐蚀的墙壁和木头上飘落下一层尘土样的灰色粉末。

埃菲克斯等待她走下楼来。他对着太阳坐在台阶上，歪戴的便帽稍稍挡住了一些照在脸上的阳光。他用一把折叠刀削着一根木桩，露丝小姐想把它竖立在柱廊下面。折叠刀在太阳下发出的熠熠闪光刺激着他的眼睛，已经凋谢的紫罗兰花被他的膝盖压得栗栗颤动。他感到心烦意乱，又不禁想起去年折磨过他的寒热病。

“那个魔鬼回来了吗？”

艾丝苔尔又走下楼来，手里拿着一个软木制的容器。他后退几步，好让她走过去，并抬起便帽下的阴影遮住的面孔。

“我的女主人，您不再出去了吗？”

“这个时候你要我上哪儿去呢？谁也没有请我去吃饭！”

“我想对您说一件事。您高兴吗？”

“关于什么事，我的机灵鬼？”

艾丝苔尔对他颇为和蔼，但缺乏亲切感，她一直把他看成是一个普普通通的男人。

“是……是你们全都一致同意堂·贾钦托的来到吗？”

“是的，我很高兴。他应该是这样的。”

“他是一个挺不错的男孩子。会交好运的。应当给他买一匹马。但是……”

“但是什么？”

“开头不要让他太自由自在。年轻人总是年轻人……我回想起当我是年轻人的时候，如果一个人允许我握住他的一个小小指头，那我就会拧断他的整个手掌。另外，平托尔家的男人，您是知道的……艾丝苔尔小姐……他们是傲慢的……”

“如果我的外甥来了，埃菲克斯，我会像对客人似的对他说：请坐下，你就像在自己的家里一样；但他会明白，在这里，他是客人……”

此时，埃菲克斯站起身来，抖掉粘在裤腿上的木桩的锯屑。一切都很顺利。可是一种惴惴不安的感觉使他十分烦躁，他还有一件事要说，但又不敢说出来。

他一步一步地跟着她走了一段，随后，脱下便帽，使出很大的劲儿把木桩栽上，又耐心地等待着艾丝苔尔回来汲水。

“给我，给我！”他一面说，一面从她手中接过水桶。当他向上提水时，他俯视着井水，避免面对面地瞧着女主人，因为他觉得开口向她要应当付给他的工钱是很难为情的。

“艾丝苔尔小姐，我没有看到芦苇垛，您将它们卖掉了？”

“是的，我把一部分芦苇卖给了一个努奥洛人，另一部分我用来修补屋顶了，这样我给泥瓦匠付了工钱，你知道，封斋节[①]的最后一天，大风把屋顶的瓦给掀掉了。”

他不再打算说什么了。有许许多多种方式可以把事情处理好，而不去伤害他所爱的人！于是他上女高利贷者卡莉娜那里去，顺道先去看望留守小庄园的那个男孩的祖母。她的个子很高，干瘦干瘦的，一张古埃及人似的四方脸，头上裹着一条叠起角的黑头巾，老太婆坐在近似黑色的石头垒起的棚屋的小台阶上纺线。长长的多皱褶的黄脖子上挂着一串珊瑚，两只金耳坠摇摇晃晃地吊在她的耳朵上，犹如两滴没有掉落的亮晶晶的水珠。看来她老糊涂了，竟忘记了摘除那些青年时期的饰物。

“您好！波多依大婶，日子过得怎么样？男孩留在庄园里了，但是今天晚上就回来。”

她用玻璃珠似的呆滞的眼睛盯着他。

“噢，你是埃菲克斯吗？上帝保佑你，那末是谁来信了？是堂·贾钦托吗？如果他回来了，要好好接待他。在发生那一切以后，他回到了自己的家里。他就是堂·扎姆灵魂的再现，因为老一代人的灵魂附在年轻人身上。你看我的孙女格莉塞达，十六年前圣诞节出生的，那天正好她的母亲去世了。啊，你看她，不是她母亲的再生吗？她来了……”

此时，格莉塞达从河边回来，头上顶着一篮子衣服，她高高的个子，提起裙子，露出小鹿般光滑、笔直的小腿。在她那古币似的苍白的脸孔上，还有一双细长的、水汪汪的眼睛，一条红带子围在腰际，束住敞开的衬衣和紧身衣，支撑着她的尚未成熟的胸脯。

“埃菲克斯大叔！”她亲切而又生硬地叫着，一面把小篮子放在他的头上，搜寻他的口袋。“我可爱的老头！我一直惦记着您，可您什么也没有给我带来……连一个杏子也没有！”

埃菲克斯任她翻弄口袋，对她的殷勤感到高兴。但是老太婆的脸孔毫无表情，目光呆滞，温和地说：

“堂·扎姆的灵魂回来了。”

于是格莉塞达挺直了身子，她漂亮的面孔和美丽的眼睛变得严肃起来，很像祖母的面孔和眼睛。

“他回来了？”

“别提这些事了！”埃菲克斯说道，一面把小篮子放到姑娘的脚边。但她认真地听着祖母的话听得入迷了。

他又上了路，他觉得他在围墙的每个角落都重新看到了过去。前面，靠着米莱塞

---

① 指基督教复活节前的四十天。

灰房子的一张石头长凳上，坐着一位穿着绒衣的魁梧男人，棕褐色的衣服反射他通红的脸庞和乌黑的胡须，显得格外醒目。

那不是堂·扎姆吗？像他一样挺着胸脯，两只拇指插在胸衣的小口袋里，其他通红的指头交叉按住怀表的金链带。他整天坐在那里，打量着过往行人，并嘲弄他们。由于怕他，许多人改道而行。埃菲克斯也是这样行事，避免让他见到，而绕道来到女高利贷者的家。

一道印度无花果篱笆就像一堵厚实的墙围绕着卡莉娜大婶的院子。她也在纺线，矮小的个子，光着脚穿着一双绣花鞋，白皙的小脸，一双像猛禽一般的金色眼睛在头巾的阴影里闪烁着。

“埃菲克斯，亲爱的兄弟！日子过得好吗？你的女主人呢？这是来看看我吗？请坐，请坐，歇一会儿。”

一群懒洋洋的母鸡在展开翅膀啄食，几只欢快的小猫跑到几头玫瑰色的乳猪跟前，一群洁白的和灰蓝色的鸽子，一头驴子系在木桩上，几行雁在空中飞翔，这些都赋予这篱笆后面的天地以一种诺亚方舟式的气氛。这幢小房子的背后是一座旧房，经过米莱塞的翻修，显得很高，屋顶崭新，但许多处灰泥已经脱落，仿佛被恼怒的时光在反抗想掠走它手中猎物的敌人时抓破了。

“你是问庄园吗？”埃菲克斯说道，他倚靠着卡莉娜旁边的墙壁。“很不错的，今年我们收到的杏子会远远多于叶子，因此我会把钱全部付还给你，卡莉！[1]别再放在心上了……”

她皱了皱光秃秃的眉毛，眼睛盯着她的梭了上的线。

“我压根儿就没有去想它，你瞧！但愿大家都像你，那末你该还我的七个斯库多就该是一百个了！”

“让雷劈了你！”埃菲克斯想，“你圣诞节的时候借给我四个斯库多，怎么现在已经是七个了！”

“好吧，卡莉，”他轻声说，垂下脑袋，好像是对那群一个劲儿地嗅他脚的小猪说话似的。“卡莉，再给我一个斯库多！这样一共八个，到了七月份，就像太阳确实是真的一样，我也肯定一个子儿不少地全部还清……”

女高利贷者一声不吭，但把埃菲克斯从头到脚打量了好长时间，朝他伸出手去，做了一个记录在案的动作。

埃菲克斯霍地向前跳了一步，一把抓住她的手腕；被小猫追逐的猪仔慌忙逃开了，在骚乱中，母鸡惊得扑鲁扑鲁地拍打翅膀。

“卡莉，让雷劈了你，如果没有像我这样的男人，你甭想放什么高利贷，只能去干

① 卡莉娜的别称。

捉蚂蟥的营生……”

“我倒情愿去捉蚂蟥，而不想吸你这样人的血，坏蛋！好吧，我的傻瓜，我给你斯库多，十个，一百个，我都借给你，如果你要的话，就像我借给那些比你更体面的人一样，就像借给你的女主人，给贵族和巴洛尼的亲戚们，但是不管怎么说，我总是要把你借的钱记录在案的，只要你还是一个傻瓜，也就是说直到你死为止……我会给你的……”

她去拿了五个里拉的银币。

埃菲克斯把钱捏在手心里走了，背后传来那女人饱含挖苦意味的道别声。

“告诉你的小女主人们，让她们好好保养自己。”

然而，他下定决心忍受任何痛苦，以便在贾钦托到来时他能显露出一副得体的仪表。他想买一顶新帽子来欢迎贾钦托，于是他来到米莱塞的店铺，低声下气地向坐在长凳上的男子打招呼。这是堂·普列杜，他的女主人的亲戚，家道颇为富裕。

堂·普列杜不屑一顾地把脑袋由下往上地微微抬起，算是打了招呼，但他却毫不懈怠地伸长耳朵，注意听长工说要买什么东西。“安东尼·弗朗泽，给我一顶帽子，长一点的，不容易让虫蛀的……”

“我可没有在你女主人家里拿到帽子。”一向喜欢长舌的米莱塞回答说。堂·普列杜在室外轻轻发出了一记怪声表示赞同，店主登上货架前木桩做的小梯子。

“任何东西都会老的，什么都要更新，像每年都要迎来新年一样。”埃菲克斯回答说。一面把目光投向米莱塞瘦长的身子，他还穿着镇上人少见的长长的皮大衣。

店铺的铺面很小，但像个鸡蛋似地塞得满满的。货架上一匹匹花布鲜红夺目，旁边一瓶瓶薄荷映射出碧绿的光彩；一袋袋面粉挺出它们雪白的大肚子，对面是一桶桶大西洋鲱鱼凸出的黑色桶壁。小小的玻璃橱窗里，彩色画片上的裸体女人朝着一瓶瓶过时的糖果和一卷卷褪色带子送去甜甜的微笑。

米莱塞从一个盒子里拿出几顶黑布长帽，埃菲克斯张开手，量着帽檐的长度。这时有人打开了朝向院子的小门，在环绕的葡萄架前，一位神色庄重的妇女坐在一把长太师椅上，悠闲地纺线，像一位古代的女王。

“这是我的岳母，你问问她，我的这些帽子是不是九个佩扎[①]一顶。”米莱塞说。

埃菲克斯依然在量着自己的额头，把戴在头上的帽檐往下拉拉，又打了个折儿。

“你选了一顶最好的帽子，怪不得人们说你不简单！你没有发现，这是一顶结婚戴的礼帽吗？”

“紧了点。”

“因为是新的，上帝的孩子，你拿走吧！九个佩扎，就像扔在马路上一样。”

---

① 一个佩扎等于半个里拉。

埃菲克斯脱下帽子，用手轻轻抚摸，沉吟了一会，终于把从女高利贷者那里借来的钱放在柜台上。

堂·普列杜把脸孔探进门来，埃菲克斯买了顶如此上好的帽子，也引起了米莱塞岳母的注意。她点了点脑袋，招呼埃菲克斯，神情严肃地向他问起他的女主人生活得怎样。不管怎么说，她们都出身于贵族家庭，应当受到正派人的尊重，只有像她的女婿米莱塞这样发财致富的流浪汉，才不懂得尊重她们。

“请代我向露丝小姐问候，告诉她，我很快会去看望她，虽说我不是高贵人家出身，但跟露丝小姐一直是好朋友。”

“可您有一颗高贵的心，”埃菲克斯有礼貌地回答。但她轻轻地转动了一下梭子，好像说：“算了吧！”

“我的当教堂主管的兄弟也非常尊重你的女主人，他总是问我：什么时候再跟尊贵的小姐们一起去庆祝救赎节？”“是的，”她用充满怀念的口吻继续说：“从年轻的时候起，他们就聚在一起过节，毫无顾忌地娱乐，如今，人们似乎羞于欢笑了。”

埃菲克斯小心翼翼地叠起他的帽子。

“上帝保佑，今年我的女主人们去参加节日盛典……是为了祈祷，而不是为了娱乐……”

“这使我很高兴，请告诉我一件事，如果可以的话。丽娅的儿子果真要来吗？今儿上午，人们都在商店里谈论这件事。”

米莱塞走近门槛，听着堂·普列杜悄声说给他听的话，不禁笑起来。埃菲克斯见此情状，便庄重地说道：

“是真的！我正是为这件事到镇上来，因为我必须替他买一匹马。”

“一匹用芦苇扎的马吗？”堂·普列杜问道，露出傲慢的笑容。“噢，这就是为什么我看见你从卡莉娜的小屋里出来的缘故吧。”

“跟她有什么关系？我们从来不向她要求任何东西！”

“傻瓜，我敢说，我绝不给你们任何东西！但我会出一个好主意，是的！你们让那个男孩待在他那个地方吧！”

然而，埃菲克斯此时已高昂着脑袋，走出商店，腋下夹着那顶帽子，什么也不屑回答，扬长而去。

第三章

光阴白白流逝，平托尔家的贵族小姐们几个星期来一直在徒劳地等待外甥的到来。

艾丝苔尔小姐特地让人去定做了一种特别的面包，只有节日才吃的类似圣餐面饼的、细巧的白面包，还背着姐妹们悄悄地买了一篮子饼干。不管怎么说，总算有一位客人即将光临，接待自然是要隆重的。露丝小姐每个晚上都梦见外甥的到来。每天将近三点钟，是公共马车到达的时间，她就从大门缝里往外窥视。然而日子一天天过去了，周围的一切却依然如故，毫无变化。

五月上旬，诺爱米小姐独自留在家里，因为姐妹们像往年一样，都去参加圣母节的庆典了。这是从远古时代就流传下来的习俗，人们都说是为了去忏悔，其实也多少有些去娱乐一番的意思。

诺爱米小姐对忏悔和娱乐都没有兴趣。在那漫长的阳光明媚的下午，她坐在家中灼热的阴影下，想到姐妹们的这趟旅行，心中不免惆怅起来。她眼前浮现出一座灰色的圆形小教堂，恰似宽广院子里草坪中间的一个倒立的鸟巢；一间间小屋圈成的围墙五颜六色，风景如画，人群像一个吉普赛人部落一样，熙熙攘攘地拥挤在里面；在神甫居住的小屋上方，是粗糙的圆柱观景台；还有蔚蓝色的背景，喁喁絮语的树木，在两个银色沙丘之间波光粼粼的大海。想到这些充溢着柔情的景象，一阵伤心的、催人泪下的感觉袭上诺爱米的心头。但她咬紧嘴唇，为自己的软弱而感到羞愧。

多少年来，每一个春天都给她带来这种烦躁不安的感觉。生活之梦的花在她身上开放，犹如古老陵园的乱石间绽开的玫瑰花一般。然而她知道，这是一个充满危机的季节，是她的精神最软弱的季节，随着炎热的初夏的来临，这一切都将消失。在笼罩周围的昏昏欲睡的宁静的驱使下，在罂粟花盛开的红色庭院里，在几片飘忽的云彩投下阴影的山峦上，在半数居民都去参加节日活动的市镇里，她任凭自己的幻想放纵地驰骋。

于是，她乘着幻想的骏马返回了往昔。

她好像又回到了少女时代，在五月的一个夜晚，登上了神甫的观景台。一轮如盘明月从海面上冉冉升起，整个大千世界仿佛都是金子和明珠的世界。手风琴把它那哀怨的乐声倾泻在焰火映得十分明亮的庭院里，在红色的火光映照下，手风琴手轻盈的褐色身影，跳着撒丁岛舞蹈的女郎和少年的紫罗兰色脸庞，在灰白色的墙壁上跃动。幽灵般的黑影在被践踏的草地上和教堂的墙壁上摇曳；衣服的金色纽扣、银色饰带和手风琴的键盘熠熠闪光；余下的一切，全消失在月夜明珠的半明半暗中。诺爱米记得当她的姐姐们欢笑和玩耍的时候，她从来也没有直接参加过节日的活动，而丽娅则像一只兔子蜷缩在庭院草坪的一个角落，也许从那个时候起，她就已在酝酿着出逃的事了。

节日持续九天，最后整整三天在歌声和鼓乐声的伴奏下举行舞会。诺爱米一直待在撤去宴席的观景台上，在她周围，破碟子、一些冷冻过的绿苹果、被遗弃的盘子或汤匙，闪烁着暗淡的光，就连庭院上空的星星也仿佛受到舞蹈节奏的震撼而摇晃起来。是的，她既不跳舞，也不欢笑，她只要看到人们在快活地娱乐就心满意足了，因为她希望这样她也就加入到了生机勃勃的节日欢庆队伍之中。

然而，时光年复一年地流逝了，生机盎然的节日庆典在远离小镇的地方进行，正是为了能够参加节日活动，她的丽娅姐姐从家里出走了……

而她呢，诺爱米，依旧待在古老住宅的摇摇欲坠的阳台上，就像从前在神甫的观景台上一样。

将近黄昏时分，有人笃笃地敲诺爱米一直紧闭的大门。

原来是波多依大娘来询问可需要她干些什么事。尽管诺爱米没有请她就座，她却一屁股坐在地上，肩膀靠着墙壁，解下系在脖子上的头巾，开始以眷恋的心情谈论节日的庆祝活动。

“所有的人统统上那儿去了，我的孙子们也去了，愿圣母保佑他们。哎，所有的人统统都去了，那儿空气新鲜，因为瞧得见大海……”

“得留下看家，我的小姐。不管怎么贫寒，但家是永远也不该抛弃的，否则，妖魔就在家里扎根了，还是老年人留下来，让年轻人去吧！”

她叹了口气，低下头来，望着胸前的珊瑚项链，把它摆摆整齐，谈起从前她如何也曾经跟她的丈夫、她的女儿和左邻右舍去参加节日活动。然后，她抬起眼睛，把目光投向古老的陵园。

“这些日子里，我好像又瞧见所有死去的人都复活了。他们全到那儿去参加娱乐活动了。我好像又瞧见了您的母亲，马丽娅·克里斯蒂娜，她坐在宽大庭院一个角落的凳子上，神情活像一位女王，身穿鹅黄色的裙子，黑色的绣花披肩，许多镇上的女人像女仆似的围在她四周坐着……她对我说：‘波多依，你过来，尝尝这咖啡，你觉得怎么样？味道好吗？’是的，她是那么谦虚。噢，为了这个缘故，我一点儿也没有回到那儿去的兴致，我觉得，我好像把什么东西留在了那儿，而且我再也找不回来了……”

诺爱米动情地表示赞同，脑袋低垂在活计上；波多依大娘的话语在她听来，仿佛是她的过去的回声。

“噢，还有堂·扎姆，我的小姐。他称得上是节日活动的灵魂。他时常大声吼叫，像是暴风骤雨，可实际上他是个大好人。暴风骤雨过后总是会出现彩虹的。哎，是的，正是在那些日子，当我坐在屋子外面纺线的时候，我好像听到马蹄声……可不，就是他，骑着他的那匹黑马，挂包装得满满的，去参加节日活动……他打我身边经过时，向我打招呼：‘波多依，你上来吗？快点，坏女人！’”

她激动地模仿着已故的贵族的话，然后，顺着自己的思路，忽然问道：

“这位堂·贾钦托不会来了吗？”

诺爱米立即显得严肃起来，因为她不允许任何外人介入她家里的事情。

“如果他来，自然会受到欢迎的。”她冷冷地回答。老大娘走了，她重又陷入冥想之中。她又如此沉浸于对往昔的回忆，以致现实几乎再也不能唤起她的兴趣来了。

房屋投下的热气腾腾的阴影渐渐覆盖了院子，大蓟的气息从平原飘了过来，她聚精会神地回想起了丽娅出逃的经过。是的，那是一个像现在一样的黄昏，临近的山峦蒙上了乳白翠绿的色彩，整个天空一片金灿灿的。丽娅待在楼上的卧室里，一声不吭，只知道在屋子里来来回回地打转；然后，她走到阳台上张望，苍白的脸色，一身黑色装束，深暗色的头发，有点儿像是镀上金黄色的蓝天的反照。她凝望着远处的城堡，突然，她抬起沉重的眼皮，激动不安地挥动两只胳膊。此刻，她简直像一只展翅欲飞的春燕。她下得楼来，走到井台边，汲水浇花，紫罗兰甜蜜的芳香和大蓟的刺鼻气息混合在一起，最初的几颗星星已闪现在山峦上空。

丽娅走上楼梯，在高高的梯级上坐下，一只手搭在旁边的绳子上，两只眼睛直勾勾地盯着半明半暗的地方。

诺爱米总是这样回想起她，就像最后一次从她旁边走过，去卧室时瞧见她一样。她们睡在一张床上，可是那天夜里，诺爱米徒劳地等着她，一面等着她，一面入睡了，但仍然在等着她……

其他的事情，在诺爱米的回忆中就有点混乱了。那焦虑不安和莫名的恐惧交织的日子和时刻，仿佛发高烧时的感觉……她只看到埃菲克斯苍白而扭曲的脸孔，他低低地弯着身子，瞧着地面，她像在寻找一种失落的东西似的。

“我的女主人们，镇静，请镇静！”他嘟嘟哝哝地说道，然而他自己却马上跑到镇上，向所有的人打听是否见到了丽娅，他还俯下身子，向水井里张望，还朝远处观察。

后来，堂·扎姆回来了……

每一次回想到这里，诺爱米的头脑中就会轰然响起一声伴随暴风雨的巨雷，她便觉得需要活动活动身子，仿佛是为了打破这一场噩梦。

于是她站起身来，走进她的卧室，还是那间从前她和丽娅一起睡觉的屋子，还是那张生了锈的铁床，床架上粘贴了褪色的金色叶子和几串葡萄，其中只有几粒还显得有点像真的半红半紫尚未成熟的葡萄；还是几堵用石灰水刷过的白墙，乌黑的镜框里挂着油画，挂着那些老得连家里没有一个人知道其价值的古老的复印画；还是那张被虫蛀蚀的柜子，上面放着一排柑橘和柠檬，它们在夕阳的照耀下像金苹果一样熠熠发光。

诺爱米想开始做些活儿，便打开柜子，柜门的支轴在静寂中发出吱吱嘎嘎的声响，好像拨动一根琴弦似的，柜子的台面铺了一层蓝色油光纸，上面放了几件衣服，已经失去光芒的太阳把一束玫瑰色的黯光投在衣服上。

橱柜里一切井井有条，上面放着一些旧的刺绣物、丝绸桌布和因为长期使用而发黄的、很像藏红花的毛毯；下层是散发着榅桲苹果芳香的衣服，常春花藤或灯心草编织的小篮子，黄色的篮子底部显出用黑墨描绘的器皿、鱼虫、撒丁岛原始艺术的小偶像等等。

诺爱米把她的活计放进这些小篮子中的一个，又拿起另外一个；篮子下面有一只纸封套家族的文书、工具、包裹、诉讼案卷，它们都用驱除邪恶的黄缎带扎得紧紧的。可是，黄缎带既没有能够阻止家族的地产转入别人的手里，也不足以避免那场官司让对手赢得胜利，那黄缎带还系着一封从来没有人读过的书信，诺爱米每次拿起小篮子时就不由得打量着它，好像从大海的岸边注视着一具在海浪中随波逐流的海难者的尸体。

那是丽娅出逃后寄回来的一封信。

那天，诺爱米好像记性不佳：姐妹们的远离，一种本能的孤独而恐惧的感觉把她带回到过去的年代：同样是黄昏的橘黄色的暮霭，山峦罩上一重绛紫色的面纱，空气中弥漫着夜的气息，这一切都唤醒了二十年来一直沉寂的心灵。她站在窗户和柜子之间微暗的亮光里，她那沉默的黑影仿佛本身就代表了一个过去的形象，她好像是从古老的陵墓走来，登上楼梯，来探访那个被遗弃的家。她把被子和小篮子重新收拾整齐，关上柜门，又打开，橱柜发出吱吱嘎嘎的声响，似乎这是家里唯一有生命的东西。

她终于作出了决定，从黄缎带下抽出那封信，白色的信纸，就像是昨天才写好，还没有人读过一样。

诺爱米坐在床上，可是当她把一只手放在床头的黄铜扣上，刚刚展开信纸的时候，下面突然传来有人敲门的声音，先是一下，三下，然后是连续不断的敲门声。

她抬起头来，用恐惧的眼睛张望着院子。

“不可能是邮差，已经来过了……”

敲门声在静悄悄的院子里回荡；从前，她的父亲在她们耽误给他开门的时候就是这么叩门的……

她扔下信，跑到楼下，但走到大门槛上，又停住脚步，侧耳倾听。她的心激烈地怦怦跳动，似乎来人叩击的是她胸脯似的。

“上帝，上帝！不可能是他……”

她终于问道，声音有些严厉：

“谁啊？”

“朋友，”一个陌生的声音回答。

然而，诺爱米竟打不开门，她的双手颤抖不已。

一个青年男子，从外表上看像是个工人，高高的身材，白白的脸孔，身着绿色的上衣，脚穿一双布满尘土的黄皮鞋，留着和鞋子一样颜色的小胡子，站在大门前面，胳膊支撑在一辆自行车上。他一见诺爱米，立即脱下帽子，满头浓密的金发上留下了深深的印痕，他向诺爱米微笑着，两片富于肉感的嘴唇间露出漂亮的牙齿。

她很快就从那双眼睛认出了他，一双大大的、蓝绿色的杏核眼，它们是平托尔家族所特有的美丽的眼睛。不过，当陌生人登上大门的台阶，用他粗壮的胳膊紧抱住她时，她越发慌乱不堪了。

“艾丝苔尔姨妈！是我……姨妈们呢？”

“我是诺爱米……”她有点不高兴地回答，但很快就变得严肃起来，“我们没有料到你这么快就来了。艾丝苔尔和露丝去参加节日的庆祝活动了……”

“这儿有节日庆祝活动？”他一面说，一面从自行车上取下一只满是尘土的箱子。“噢，是的，我记起来了，是救赎节，噢，是的……”

他好像早已认得他如今所在的地方。这是他母亲多次在回忆中向他讲起过的柱廊，他把自行车推到那儿，开始解开捆扎箱子的绳索，用一条手帕拍打上面的尘土。

诺爱米暗自思忖道：

“应该把波多依大婶叫来，应该派人去找埃菲克斯……我一个单身女人怎么办呢？她们早就知道他会来的，却让我一个人留在这里……”

这位谁也不知道从什么地方、从世界的哪个角落来到的陌生男人的拥抱，使她产生一种莫名其妙的恐惧，但她很懂得接待客人应尽的义务，不能够对这些义务掉以轻心。

“进来吧，你要洗一洗吗？待会儿我们再把行李拿上去，我去招呼替我做事的女人来……现在就我一个人在家里……我没有想到你会来……”

她尽量掩饰家里的贫寒。但是好像他早已经知道了这一点，因为他不等有人来伺候他，便把行李拿到艾丝苔尔姨妈为他准备的一间卧室里，这是阳台尽头的一间旧客房，随后又从容地下楼走到水井边，像个仆人似地洗脸。

诺爱米的胳膊上挽着一条毛巾，跟在他后面。

“是的，我是从台拉挪瓦来的，什么样的路啊！一路上急如星火地赶路，是的，我本应当打教堂前面经过，但我没有发现有节日活动。是的，镇上好像没有多少人，是的，小镇很有些衰落的样子了……”

他应声回答诺爱米提出的所有问题，但看得出来，他是非常漫不经心的。

“为什么我没有写信？在接到艾丝苔尔姨妈的信之后，我曾经犹豫不决。然后我又生病了……我不知道……对您说实话，我是前天才作出决定的，有一位朋友动身了。于是，当昨天我看到海上风平浪静，我便上路了……”

他用毛巾擦脸以后，朝厨房走去，诺爱米跟在他的后面。

“艾丝苔尔给他写信了！他就这样像过节似的出发了。”

他在一张古旧的长凳上坐下，面对把一缕紫色的阴影投进厨房的山峦，跷起二郎腿，两只长胳膊交叉在胸前，白白的手指轻轻抚摸着胳膊。诺爱米注意到，他的袜子是绿色的，这确实是一种颜色很奇怪的男袜。她点着了炉火，心里嘀咕道：

“这么说，艾丝苔尔偷偷地给他写信了？那现在就让她照管他好了！”

她怀着一种朦胧的恐惧感转过身去，打量着那个有点奇特的、被绿色和黄色裹着的男人，木然不动地坐在长凳上，好像他从此再也不愿起身似的。

可是他又开始滔滔不绝地叙述起来，谈论他的旅程，谈论他走过的荒僻的道路，并询问努奥洛市离这儿多远，该怎么个走法。他想去努奥洛，那里有一位蒸汽磨坊的老板，是他父亲的朋友，答应给他找一份差事。

诺爱米抬起头来微微一笑。

“离这儿多远？我真不知道怎么对你说，骑自行车需要多少时间。要不了多少钟点。许多年以前，我曾经骑着马去过努奥洛。是的，道路很漂亮，城市也美，空气新鲜，人也善良。在那里，不像这里经常发冷热病，所有人都可以找到工作和挣钱。在那里，所有的外地人都发了财，而这里，简直像是死人待的地方……”

“是的，是的，真是这样的！”

她去拿了几个鸡蛋，准备做煎鸡蛋。

“你瞧，这里成天都看不见肉，酒也找不到……这位磨坊老板叫什么名字？你认识他吗？”

不，他不认识这位老板，但可以肯定的是，他要去努奥洛，他会得到一份差事的。

诺爱米带着幸灾乐祸的神色笑了笑，弯下身去用锅铲触了触煎鸡蛋，他这么早就断定能找到一个位置！有多少人都在找工作哩！

“那末你放弃了原先的工作吗？”她连眼皮也没有抬，匆匆地问道。

贾钦托没有马上回答，他好像对她仔细翻动的煎鸡蛋非常关切。

几滴油掉在炉火上，厨房里顿时弥漫了油烟，随后长柄平底锅平静了下来，她又继续煎鸡蛋。贾钦托说道：

“那是一件糟糕透顶的事情！还无法肯定……但要承担很大的责任！……”

他不再说什么，诺爱米也不再问什么。他很快就要去努奥洛的希望，使她变得善良而又耐心。她在隔壁的饭厅摆好桌子，饭厅像被遗弃的、潮湿的地窖。她一面开始为他放好餐具，一面请他原谅没有别的菜招待他。

“在这个镇上生活是知足者常乐……”

贾钦托用他那双强有力的手掰开一只只核桃，同时竖起耳朵倾听打院子后面经过的羊群的叮叮当当声。几乎是夜晚了，山峦坠入阴暗之中，而待在那间墙壁上满是绿色斑点的潮湿屋子里，就好像置身于远离世界的一个山洞里。诺爱米对节日庆典活动的描绘感染了他。他用有点疲倦和昏昏欲睡的神色望着她，那个站在仍然闪着亮光的小窗户前的黑色形象，她的浓密的头发，两只支撑着破旧桌子的小手，看来让他回想起了母亲当年向他叙述的充满乡恋的思乡故事，因此他开始打听起镇上的一些已经去世的人们和诺爱米一点儿也不感兴趣的人们的消息。

“皮埃特罗大叔呢？这位皮埃特罗大叔怎么样？他是镇上最富有的人，是吗？他有多少财产？”

“是的，他是有钱人，这一点儿也不错；但他是一个精明人，傲慢得像个犹太人。”

“他放高利贷吗？”

诺爱米脸红了，因为尽管她同堂兄皮埃特罗的关系是紧张的，但在她看来，把一位出身于高贵的平托尔家族的人称为高利贷者是有伤她的体面之事。

“这是谁对你说的？噢，就是开玩笑也别这么说了……”

“可是修道院长和他的姐姐是真正的高利贷者，他们富有吗？拥有多少财产？”

“他们也不是，你说什么？也许，也许米莱塞是的，不过他放高利贷是很规矩的，只要百分之三十的利息。不再多要……”

“他放高利贷很规矩？噢，那末另一位呢？”

于是诺爱米朝桌子俯下身子，低声说道：

“甚至借一还十……有时还更厉害。”

贾钦托并不因此感到惊讶，他自斟自饮，若有所思地说：

“是的，在我们那里，高利贷利滚利也是很惊人的……朗姆波拉红衣主教的侄子就是这样身败名裂的！……”

晚饭后，他想出去走走。他询问邮局在什么地方，诺爱米把他一直带到马路上，指给他看靠近米莱塞家尽头的一个小广场。

他刚刚走远，诺爱米环顾了一下四周，便朝波多依大娘的茅屋走去。小门敞开着，但里面一片漆黑，只是在诺爱米轻轻地呼唤几声后，老妇人才从陋室的阴暗处走出来，手中拿着一块燃烧着的木头。微红色火光把她的项链照得闪闪发亮。

“波多依大娘，是我！请赶快打发人去叫埃菲克斯。贾钦托来了。再就是今晚您来同我一起睡觉，我害怕单身一人……跟一个陌生人一起……”

“我这就打发人到庄园去。但是我不上您那儿去，我不能把我的家留给精灵摆布……”

当她不在家的时候，她便把烧红的木头放在门槛上，不让精灵进门去。

第四章

一大堆乳香黄连木点燃的篝火，就像诺爱米孩提时代看到的那样，在圣母院的庭院里熊熊燃烧，火光照亮了圣殿发黑的墙壁和周围的棚屋。

一名小伙子奏起了手风琴，刚刚念完九日经的人们正在准备晚饭，或者刚刚在棚屋里吃过晚饭，他们还不打算马上开始跳舞。

天色尚早，黄昏时分清澈的天空闪现了第一批星星，观景台的小塔楼后面，西边的地平线抹上了一层淡淡的红晕，渐渐地沉入了昏暗。

那个临时形成的村庄，笼罩着一片升平景象。手风琴的乐音和棚屋里的谈话声、欢笑声，仿佛是从遥远的地方飘送过来的。

沿墙点燃的三三两两的小篝火前，闪动着一些妇女弯下身子做饭的黑影。

男人们节日前夕就运来了家什，此刻他们已经坐着他们的马车或者骑着马离去了。留下来的只是妇女、老人、孩子和一些少年，尽管所有的人都明白留在那里是为了赎罪，但他们都尽可能寻求最好的方式痛痛快快地娱乐。

平托尔家的贵族小姐们拥有最古老的棚屋中的两间，虽然每一年都建造着新的棚屋，这已几乎成为她们所有的财产，因为早在比萨的红衣主教们巡视撒丁岛主教管区，在最靠近的港口上岸，并在圣堂做弥撒的时候，她们的祖先就把这些棚屋作为礼物和奉献赠送给教堂了。

也正是坐在这两间棚屋之间靠墙的那条石凳上，波多依大娘曾亲眼瞧见马丽娅·克里斯蒂娜太太，她像一位高贵的男爵夫人，被所有去教堂朝拜的佃户的妻子们前呼后拥地包围着。

如今，艾丝苔尔小姐和露丝小姐身穿黑色衣裙，头上扎着白头巾，两只手放在腰裙下面，像两位修女似的谦卑地坐着，思念着不远的诺爱米和远方的贾钦托。

她们的晚餐是很简单的，一道牛奶汤，自然不至于填满肚子，倒使得脑子变得异常清晰、纯洁，犹如春天那无垠的蓝天。艾丝苔尔小姐不时感受到因内心的负疚而引发的颤抖，她几乎像个罪人似地暗暗思索着。贾钦托……那偷偷写的信……

在她们旁边，格莉塞达坐在地上，肩膀支靠着墙壁，手臂环抱双膝。笑嘻嘻地望着拉手风琴的小伙子。邻近的棚屋里，同格莉塞达一起来参加庆典活动的亲戚们，正围坐在一张摊开的像桌布一样的树皮周围吃晚饭，其中的一个女人轻轻地摇晃着婴儿，婴儿昏昏欲睡，兀自挥动柔软的小手，另一名妇女则呼唤着姑娘。

"格莉塞达，我的花朵儿，你过来，至少吃一块烤饼！你的祖母会说什么呢？说我们扔下你不管，让你饿死吗？"

"格莉塞达，你没听见他们在叫你吗？你听话。"艾丝苔尔小姐说。

"噢，我的艾丝苔尔小姐，我不饿……我想跳舞！"

"扎南托，过来用餐吧？你没瞧见你的乐声像一阵风吗？把人们都吹跑了。"

"等我们的肚皮吃喝得鼓鼓的，你就瞧着吧！"

女高利贷者一面说，一面走到平托尔家小姐们的右首小门边，用指甲剔着牙齿。

她也吃完了晚饭，为了不浪费时间，她马上开始在篝火的亮光下纺线。

于是，像通常那样，她、小姐们，姑娘和女人们在里面摆开了龙门阵，就像在镇上整整一年都在谈论节日一样，如今在节日里又谈论小镇。

"我不知道您怎么能只身扔下了家，卡莉教母，怎么回事？"一个身材高高的姑娘说道，她系一条围裙，端着一盆干酪，这是神甫送给平托尔小姐们的。

"娜托莉娅，我的小心肝！我没有扔下家里的宝贝，而你扔下了你家中的主人，教堂主管！"

"该给您当头一棒才好！那您把钥匙给我，我上您家去搜索，然后我跑到大城市去！"

"你以为在大城市里一定会过得舒适吗？"露丝小姐大声问道，而艾丝苔尔小姐把盒子里的奶酪倒出来，里面留下半块，然后在胸前画了十字：

"主啊，请拯救我们！"

她俩心里惦念着同一件事情，想起丽娅的出逃，想起贾钦托的到来。就在这时，她们惊奇地听见格莉塞达嘀嘀咕咕地说道：

"可是，那些待在大城市的人如果愿意到这里来呢！"

人群开始到院子里去，妇女们出现在一扇扇小门的门槛上，用围裙擦着嘴，然后去追逐孩子，把他们带回来，好安置他们睡觉。

格莉塞达的一个亲戚走到手风琴演奏者的面前，递给他一块一叠为四的烤饼。

"吃吧，宝贝！你的祖母会说什么呢？会说我不给你吃饭吗？"

小伙子把脸孔凑过来，咬了一大口烤饼，又继续拉起手风琴来。

但谁也不想头一个跳起舞来，于是格莉塞达和娜托莉娅对妇女们的冷漠态度很生气，便出言不逊，说道：

“你们瞧！没有男人，你们竟没有兴致娱乐了！”

“这里至少还有露丝小姐的长工埃菲克斯，这在你们不就够了吗？”

“他老朽得像块石头！跟埃菲克斯有什么好跳的，还不如抱着一根乳香黄连木树枝跳呢！”

突然间，神甫的狗在观景台上发出一阵狂吠，接着迅疾地冲下去，奔向庭院外面，妇女们也顾不得再磨嘴皮，赶忙跑出去看个究竟。两名男子从大路上径直过来，其中一个骑着一匹像骆驼那样的牲口，另一个人弯腰骑在一个大三脚架上，那架子的两翼在骑手的长腿下一上一下地转动。随着他俩走得越来越近，篝火的光焰照亮了他们的神秘形象。前头的第一个人是埃菲克斯，他骑着一匹马，挂包和枕头在马背上垒起了两个驼峰。另一名是陌生人，他的自行车在一阵风似地驶进院子时闪烁出一圈圈红色的光芒。

格莉塞达跳起来，异常惊慌地靠在墙上，手风琴也停止了演奏。

“我的艾丝苔尔小姐！你的外甥。”

小姐们抖抖索索地站起身来，艾丝苔尔小姐用小羊羔咩咩叫似的细声说：“贾钦蒂诺[①]！……贾钦蒂诺……我的外甥……这不是一个梦吧？是你吗？……”

贾钦托跳下自行车，站在她们面前，困窘地打量四周，他感觉到他的双手被姨妈干巴巴的双手握住了。在黑色的砖墙前面，他瞧见格莉塞达苍白的脸孔和珍珠般的眼睛。

所有的女人随即把他围起来，端详着他，抚摸他，向他问东问西。她们身上散发的热气使他激动，他向他们微笑，仿佛置身于一个人口众多的大家庭当中，他开始拥抱大家。

一些女人在他身后站起来，另一些女人则纵声大笑，抬起头来注视着他。

“这是你镇上的风俗吗？艾丝苔尔小姐，露丝小姐，他把我们当成你们了！他以为我们都是他的姨妈呢！”

埃菲克斯把枕头包卸下来，经过狭窄的小门，把它们拿到没有人住的棚屋里去。格莉塞达帮助他在靠墙的椅子上摊开，又是她打扫了小屋子，铺好了床，而在另一间棚屋里，只听见贾钦托彬彬有礼地又几乎有点害羞地回答姨妈们的问题。

“是的，姨妈，是骑自行车从台拉诺瓦来的，后来怎么样呢？我们走的是一条那么平坦、那么僻静的道路，车子骑得像飞也似的，简直可以在一天之内周游世界。是的，诺爱米姨妈在家里，她瞧着我的时候，看得出来，她肯定没有料到是我，或许她以为我敲错了门呢！”

---

① 贾钦托的昵称。

他的每一句话和他的异乡人特有的腔调，打动了格莉塞达的心。她还没有来得及细细打量这来自远方的小伙子的脸孔，却已经注意到他那高大的身材和像火焰一样浓密的金发。她也怀有了嫉妒的感情，因为神甫的女仆娜托莉娅已经挤进了小姐们的棚屋里，正在跟他搭讪。

娜托莉娅真不要脸！为了讨这个陌生人的喜欢，竟嘲笑起棚屋来。不管怎么说，棚屋是圣洁的，因为它的房客们都是虔诚的信徒，并且它们是属于教会的。

“即使在罗马也找不到这样的宫殿！你瞧这些小庭院！他们还安置了蜘蛛，不要钱的，看在上帝分上。”

“您还没有算上那些老鼠吧？如果今儿晚上听到搔您的脚板的声音，莫要以为是我，堂·贾钦[①]吧！”

格莉塞达咬了一下嘴唇，然后敲打墙壁，想迫使娜托莉娅安静下来。

“还有幽灵呢，您感觉到了吗？”

“噢，有一个女人在敲墙壁！”露丝小姐不在意地说。

“幽灵、老鼠和女人，对于我来说都是一回事。”贾钦托平静地说。

棚屋外边，倚靠着墙壁中间的格莉塞达，忽然放声大笑起来。她倾听小伙子的讲话，就像方才谛听手风琴的乐音一样。她高兴地笑着，但她实在是想痛痛快快地大哭一场。

不过，所有的人都是兴高采烈的，虽然，在这贵族之家的贫寒棚屋里，他们体味到的是一种颇为沉重的快乐。

“我好像在做梦，”艾丝苔尔小姐说，一面为外甥做晚饭，而露丝小姐闪闪发亮的眼睛始终凝视着他。埃菲克斯从行囊中拿出一小桶酒。尽管他的身子已经是那么佝偻，他却转过身来，向他的主人们高兴地微笑着。

贾钦托坐在椅子上吃饭，这把椅子有着多种用途，既是砌墙的脚手架，又可以当桌子，当床使用，他也觉得眼下是在做梦。

在遇到诺爱米相当冷漠的接待时，他的的确确感觉到了一个陌生人置身于跟他不同的人群中间的滋味。可是，眼下他却瞧见姨妈们在热情地招待他，长工像关照一个孩童似地对他微笑。姑娘们显露出脉脉柔情，带着某种渴望似地瞧着他。他听到了手风琴演奏的催眠曲，隐隐约约地看见了映着篝火的亮光中翩翩起舞的憧憧人影。他寻思着他的生活也应当总是这样充满幻想和欢乐。

“应当适应环境，”埃菲克斯一面给他倒水喝，一面说。“你瞧这水，为什么人们说这水是智慧之水？因为不管倒在什么地方，它总是形成一个水瓶的样子。”

---

① 贾钦托的尊称。

“我觉得酒也是这样！”

“是的，还有酒！只是酒有时候会起泡沫，会溢出来，但水不会这样。”

“水也是这样，如果把它放在火上煮开的话。”娜托莉娅说。

这时，格莉塞达猛地冲进棚屋里，一把攥住女仆的胳膊，硬是把她拉出去。

“放开我，你这是干什么？”

“因为你对一个陌生人不讲礼貌！”

“格莉塞[1]，莫非毒蜘蛛咬了你，把你变成疯子啦？”

“是的，所以我想跳舞。”

已经有一些女人围着拉手风琴的人，拉起手开始跳舞。她们紧身衣上的纽扣在火光下熠熠发亮，她们的黑影交叉重叠，投映在灰暗的地面上。

她们手拉着手，慢慢地排成队列，抬起脚，踩出最初的舞步，然而她们的动作显得僵硬和犹豫不决，似乎全靠相互支撑着。

“看得出来，少一个领头的人！缺少男人，你们至少要把埃菲克斯叫来！”娜托莉娅叫起来。

格莉塞达拧了一下她的胳膊，说道：“好啊，让蜜蜂蜇你！难道你竟然要大家对他恭恭敬敬么？”

听到喊叫声，埃菲克斯走了出来，他一边往前走，一边按着节拍踩起舞步，像一个真正的舞蹈演员那样扭动双臂。他在众人的应和下歌唱起来：

我去参加节日庆典……尽情欢乐……

他跳到格莉塞达身边，挽起她的胳膊，走进跳舞的女人们的队列。他的出现果然使舞蹈充满了生气。女人们的脚步显得轻快了，相互在一起扭动着，踩着舞步，身子也愈加柔顺，脸上因喜悦而闪闪发光。

“这就是领头的人。加油，加油！”

“嘿！嘿！”

仿佛有一根魔线把女人们联结起来，赋予她们一种整齐、热烈的冲动。舞蹈的队列开始弯曲，慢慢地组成一个圆圈。不时有一个女人快步跳出队形，把两只牵着的手分开，用自己的手握住它们，红与黑交织的花环形队伍扩大了，黑影组成的花环流苏在悠悠晃动。一双双脚交替着踏步，跳动的节奏也越来越快，似乎要把静滞不动的大地踏醒似的。

“嘿！嘿！”

---

① 即格莉塞达。

手风琴也演奏得越来越欢快和轻松了。几乎像野人一般欢乐的喊叫声在空间回荡，好似在要求舞蹈具有一种更为热烈、更为冲动的气氛。

“嘿！嘿嘿！”

所有人都跑出来围观。在院子的角落处，格莉塞达在姨母们两条白色的头巾之间瞥见了贾钦托的金色头发。

“埃菲克斯老兄，你让你们的小伙子来跳吧！”娜托莉娅说。

“那才是一名领头的人，是啊！”

“你如果让他站在教堂旁边，你就会以为他是一座钟楼。”

“别出声，娜托莉娅，闭上你那钢牙利嘴。”

“格莉塞，你的眼睛比我的嘴巴更会说话！”

“让烈火把你的眼睛烧瞎！”

“娘儿们，请安静，大家都来跳舞吧。”

我去参加节日庆典……尽情欢乐……

“嘿！嘿嘿！……”

喊叫声像骏马嘶鸣般地颤动，深暗色裙子所勾画出来的大腿，波浪式的红色边缘下边显露出来的短短小腿，由于舞蹈带来的欢快而跳动得越来越轻捷，越来越热烈。

“堂·贾钦托！来呀！”

“加油！加油！”

“来呀！来呀！”

所有的女人都面带笑容注视着这一场景。她们的嘴角露出闪闪发光的牙齿。

他往前跨了一步，几乎是为了逃脱两位上了年纪的贵族小姐的禁锢，但他迈开步子走到院子中间，又犹豫不决地停住了，于是女人们的圆圈形队伍打开了，重新组成长长的一列，向着这陌生人迎面走去，像孩童玩游戏那样组成环形，把他截住，团团围在里面。

贾钦托置身于格莉塞达和娜托莉娅中间。他的身材高大，显得与众不同，好像是嵌在舞蹈环形队伍中的一颗珍珠。他感觉到格莉塞达张开的小手在他手心中颤抖，而娜托莉娅粗糙的热乎乎的手好像情人的一般有力地攥住他的手。

神甫也走出了他的棚屋．朝这儿瞧瞧，朝那儿望望，神态平和，脸色红润，好像一个还没有长出毛发的婴儿；随后，他走到平托尔家小姐们的旁边坐下。

“露丝小姐，您的外甥是个仪表堂堂的小伙子！”

他掏出一只银色的鼻烟盒，摇呀摇的，把它打开，放在手心，先递给艾丝苔尔小姐，然后递给露丝小姐，最后递给卡莉娜。

“艾丝苔尔小姐，这是个仪表堂堂的小伙子，但我想提醒一句，得当心点儿。”

他撩起长衫，把鼻烟盒放进口袋里，叠起他那深蓝色的手帕，拍打胸前的餐巾角。

“艾丝苔尔小姐，当心啊，再说当年我们年纪轻轻，健步如飞的时候，我们也是常常跳舞的，现在您说呢？”

艾丝苔尔小姐高兴得流下了眼泪，但她假装打喷嚏。

“帕斯卡神甫，您的烟像辣椒一样！”

所有的人当中最快活的，要数埃菲克斯了。他仰面躺在一块空的青草堆上，好像觉得他的双脚还在跳舞，欣喜地打量着贾钦托。他朝着贾钦托微笑，就像女孩子们朝着他微笑一样。确实，正像小伙子成了舞蹈圆圈的轴心一样，“小伙子”的形象已经占据了他生活中的最好位置。

他的思绪又回溯到他兴冲冲赶回他的女主人家里看望丽娅的儿子的时刻，那是怎样的时刻啊！他是那样的兴高采烈，以致现在竟回想不起来他当时说了什么和做了些什么。他只是回忆起诺爱米冷冷的、激动不安的身影，跟在贾钦托的后面，悄悄地对他说道：

“您去吧，去吧，去参加节日活动……去吧，她们在等您。”

她把他们打发走了，当她站在关闭的大门门槛上告别的时候，脸上才透露出一点光明。

他们经过小庄园时停留了一会儿，埃菲克斯怀着恋人般的深情指着他的小山，指着那个在苍茫暮色中颤动着玫瑰色彩的芦苇的山坡，和郁郁葱葱的绿色中正等待他归来的那间茅屋。

“我一年四季都住在这儿，您的姨妈们在蔬菜和水果要运回镇上去的时候才上这儿来……但是那匹马经不起麻袋的重量！”他一面说，一面眯缝着眼睛，遮挡自行车的熠熠闪光。

“我要到努奥洛去！”贾钦蒂诺说，用目光来回打量着庄园，就像仔细端详一个人一样。

“在大热天到来以前你回这儿来！然后是秋天，待在树荫下是挺惬意的。晚上呢？月亮像一位新娘似的陪伴着你，那时，这儿园子里的西瓜长得就像水晶球那样。”

“好吧，我有空就上这儿来。”贾钦托许诺道，像一只鸟儿那样轻快地从车上跳下来。

他的同伴对小庄园的描绘把他说服了，于是他提出来去看看小庄园。

他们把马留下来，让它去啃矮篱笆墙的树枝，再一起去参观小庄园。

埃菲克斯让新来的小主人参观他用史前原始方法筑起来的堤坝。年轻人惊讶地望着由这个瘦小的男人垒起来的大土堆，然后又端详着他，好像是为了更好地估量这宏伟的工程。

“这都是你一个人干的吗？花多大的力量啊！你年轻时必定是很强壮的！”

埃菲克斯脸红了。

“是的，我过去是很强壮的！还有小路，不也是我干的吗？”

一条蜿蜒曲折的小路，也筑有加固的矮墙，就像小庄园的周围和高地用土堤加固一样，这是一项需要毅力和精力的工程，它使人回忆起古代工匠垒起的努拉盖[①]。

他们慢慢往上走着，每到一个山坡台阶就停下来，回过头去欣赏这位小个子男人的工程。远方来的青年人表现出来的孩子般的惊奇，使长工很快活。

“冬天河水上涨吗？”

“这是什么？”他把一棵小树的树枝拉向身边，问道。

他既分不清楚五谷，也不认得花草树木，不懂河水只是在春天才泛滥的！这是一行栽种的鹰嘴豆，它们尖尖的身子呈白色；那是沿着潮湿垄沟搭的西红柿棚架；一小块颇像水仙花和薯类的植物；像常春花一样在微风中抖动的葱头；被闪亮的绿毛虫蛀过的白菜。一群白色和淡黄色的蝴蝶四处翩翩飞舞，在豌豆花上停下来，和它们融为一体。一些蝗虫掉落下来，犹如被大风吹落的树叶。蜜蜂沿矮墙嗡嗡叫着，亲切地贴近花朵，被花粉染上一层金色。一排罂粟花在清一色翠绿的豆荚地里争艳绽放。

一种充溢着浓郁芳香的寂静，伴随着矮墙的阴影，沉沉地笼罩在四周。在这被植物墙和印度无花果围困起来的大千世界的一个小小角落里，一切都是那么生机勃勃，有如被世人遗忘的世外桃源，以致这远方的来人走到茅屋前的时候，竟扑倒在草地上，仰面躺下，不愿意再继续往前走了。

透过山峦上的芦苇丛，可以望见五月的轻柔而洁白的云朵缭绕飘忽，犹如女人的面纱。他望着辽阔的蓝天，好像觉得自己躺在丝绸被子覆盖的绣床上。

他看见埃菲克斯打开茅屋的门，又转过身来，用食指做了一个狡黠的动作招呼他，然后又拿了一些东西藏在背后走出来，在他身边跪下，对他使了一个眼色。他在梦中吗？

他站起身来，两只胳膊抱住膝盖坐着，在伸手去接长工递给他的刻有奇异图案的、盛满黄酒的南瓜酒杯前，他祷告了一会儿，然后把酒喝下去，酒味香甜醇厚，犹如龙涎香散发出的芳香，用南瓜酒杯小口小口地喝着，几乎给人一种精神上的享受。

埃菲克斯跪在那儿，怀着满脸的喜悦注视着他，他也空了杯中的酒，心中直涌起一种欲放声痛哭的感觉。

几只蜜蜂飞来，停在南瓜酒杯上，贾钦托从他抬起的腿上摘下一根燕麦秆，目光盯住地面，问道：

---

① 史前撒丁岛上用石块砌成的圆锥状建筑。

“我的姨妈们生活得怎样？”

吐露真情的时刻已来到了，埃菲克斯把南瓜酒杯伸向这儿和那儿，伸向左边和右边。

“你看，少爷，在你的眼睛看得到的地方，都曾经是你们家的地产。当年，这真是个豪富的人家！如今，却只剩下了这块小庄园了。不过，它仍然像心脏那样，在老人们的胸腔里跳动。她们现在就指靠这块小庄园过日子。”

“我的外祖父，他是个什么脑子啊！正是他毁了家庭……”

“如果不是他，也不会有你少爷！”

贾钦托迅疾地抬起目光，但随即又低垂下去，眼睛里充满失望的神情。

“那又干吗要让我出生呢？”

“噢，漂亮的少爷，因为上帝愿意这样！”

贾钦托不再说什么，只是照旧把目光盯住地上，他眨巴着眼皮，似乎要哭泣，但他又顺从地呷起酒来，合上眼睛，而埃菲克斯则盘腿坐着，两只手搁在一条腿上。

“堂·贾钦蒂，你来到这儿不觉得高兴吗？”

“别这样叫我！”年轻人说道。“我不是贵族，我什么也不是！你就像我称呼你一样，称我‘你’吧。我是否高兴？说不上高兴。我来到这儿是因为我不知道该上哪儿去……那儿的人太多了……在那儿，你要是想走运，就不能不变坏。你是无法理解的！有那么多富人……但又有那么多人……”

他把伸开的手指指向远方，仿佛想要指出熙熙攘攘的人群。埃菲克斯打量着他的脚，温和而怜爱地喃喃说：

“我漂亮的孩子！”

他本来想俯身对失望的小伙子说：

“有我在这儿，你什么也不会缺的！”然而，他光知道又给他的南瓜酒杯里斟酒，就像母亲把奶头塞给哼哼唧唧的婴儿一样。

“是的，我们知道，那儿可是什么样的魔鬼世界！但是这儿完全不一样，人们是能够走运的。我给您讲讲米莱塞是怎么发迹的……他来到这儿的时候，就像一只鸟儿一样，连窝都没有一个……”

可是贾钦托低着头，没精打采地听着，厌恶地稍稍歪起嘴巴。突然，他支着胳膊肘，扑向草地，手托着脸，怒气冲冲地咀嚼起燕麦来。

“如果你能知道！可是你又能够知道些什么呢？罗马有一位亲王，他拥有相当于整个撒丁岛的土地，另一位是白手起家、腰缠万贯的，当国内发生什么大灾难的时候，他捐助的钱竟比国王还多。”

“在撒丁岛也有个僧侣，每天有三百斯库多的收入，”埃菲克斯说，一副受委屈的样子，随后他抬高嗓门：“我说三百个斯库多，少爷，你明白吗？”

少爷并不感到惊奇。但过了一会儿，他问道：

“他在什么地方？能认识认识吗？”

“他在卡兰贾努斯的加路拉。”

太远了。贾钦托的眼睛流露出漫不经心的神色，又开始讲起大陆上豪绅们难以置信的富有，他们的恶习和挥霍情况。

“他们的日子过得很快活吗？”几乎受到刺激的埃菲克斯问道。

“那末，我们是快活的人吗？”

“我是，少爷！喝吧，喝酒会给人提神壮胆！”

贾钦托喝着，随后埃菲克斯摇着瓶子里最后几滴酒，把它们倒在草地上。一群蜜蜂立即被招引来，叮在酒滴上，周围只听到柔和的嗡嗡声。

不过，参加这次节日活动回来以后，小伙子好像很满意。他拥抱了姨妈们和其他女人，他的食欲很好，像一个过节的牧人似地跳舞。现在他睡着了，还发出鼾声。埃菲克斯刚才还瞧着他躺在靠墙的小床上，一双如此柔顺的眼皮轻轻阖上，仿佛隐约可见一对水汪汪的碧蓝眼睛。雪白的枕头映衬着淡红的头发，拳头紧握着，犹如一个酣睡的婴孩。他忘记了放在地上的那盏还点着的灯。埃菲克斯弯下腰去，熄灭了它，一面想道：所有平托尔家的人都是这样，是全不理会经济和危险的人们。

好吧，也许在生活中这样更好！他也翻身仰卧着，握紧拳头，透过屋顶的孔隙，星星闪闪烁烁，星星的颤动同蟋蟀的不停歇的颤动好像是融为一体了。

他嗅到了桤木的气息。一切都犹如沉浸在淙淙的流水中，沉浸在令人心头悸动的静谧中。

埃菲克斯回忆起那些遥远的夜晚，那些夜间的舞蹈和歌唱，丽娅小姐静坐在庭院一角的石头上，蜷曲着身子，像个年轻的囚犯，啮咬着绳套，悄悄地酝酿着出逃。

第五章

次日清晨，埃菲克斯又骑马回镇，向年青的女主人汇报了前一天晚上的欢乐情形，诺爱米显得很平静，只是当埃菲克斯又动身回小庄园时，才跑到大门口，叮嘱他三天内回来，好给姐妹们送去食物。

三天以后，埃菲克斯回来了，为了节省租马匹的费用，他把背包背在肩上，步行出发了。

天气凉爽宜人，从努奥列塞山峦吹来一阵阵微风，轻轻摇曳着树木，微风吹拂着草地，沿着河岸跑着，跑着，好像是要伴随河水一起奔向大海似的。

埃菲克斯在小庄园前靠近西瓜田的沙地尽头的桤木丛前停住了脚步，凝视着叶子下面像蛇一样在这里和那里纠缠着的丰满枝条，他仿佛觉得周围所有的颤动的灌木丛宛如有生命的精灵，充溢着活力。他对它们低语，似乎它们能够懂得他的话；他嘱咐它们不要断折，不要枯萎，要它们好好地生长，结出累累硕果，履行它们的义务，直到马路上传来的响声吸引了他的注意力。

堂·普列杜高傲而沉重地骑着一匹骠壮的黑马，从篱笆外面经过。奇特的是，他一眼瞧见了埃菲克斯，便勒住了马缰。

“带着那个背包想干什么？你可是偷豆荚来了？”

埃菲克斯站起身来，恭恭敬敬地说道：

“是带给我女主人们的食物。您上哪儿去？”

堂·普列杜跟他是同路。从他的绣着花卉背包里溢出一股诱人的香味，那是送给他的朋友教堂主管的礼物，一只用柳条包的带玫瑰色小颈的酒坛子。

“傻瓜，你步行去吗？现在简直把你当马使唤了？递给我背包吧，我给你捎上。我不会拐走的，不会的！如果你想更保险的话，你也骑到马上来吧，傻蛋！”

堂·普列杜连邀请带吓唬说了一阵后，埃菲克斯就傻乎乎地解下背包，放在几乎打瞌睡的黑马的背上，然后跳上马背，坐在堂·普列杜的身后，尽量让自己轻松些。

“现在您的马要受累了，肯定的！”

“这魔鬼会帮助我的，这是方圆几十公里内最壮实的一匹马，你可以让它载一座山，你瞧，它照样能走路。它现在轻松得好像连马背上的鞍子都没有似的。你告诉我，我那位游手好闲的外甥到这里来打什么主意？”

埃菲克斯在他身后做了个鬼脸。噢，原来这就是他让我跟他一起骑马的缘故！

“打什么主意，这游手好闲的家伙？他当过职员。”

“什么差事，计算游荡的时间吗？”

“不，一个好差事，在海关干活。当然，要在那些地方生活下去，需要很多钱。有的大人先生拥有相当整个撒丁岛大的土地，有的人施舍起来比国王还要大方。”

堂·普列杜忍俊不禁，只是默不作声地、狰狞地暗笑。

“噢，这么一回事！怪不得你现在一副神气十足的样子哩！”

“堂·普列杜，您为什么这样说呢？”埃菲克斯严肃地说。“小伙子是诚实的，善良的，他没有什么坏习惯，不抽烟，不喝酒，不迷恋女人。他会走运的。如果愿意，他马上可以在努奥洛找到一个位置。另外他在银行也存了钱。”

“傻瓜，你莫非亲手数了这笔存款不成？噢，埃菲克斯，请相信我，他们给你吃的不是面包，而是谎话。告诉我，现在你的高贵的女主人们欠你多少钱？”

“她们什么也不欠我。相反，我完全是欠她们的情。”。

“别说了，再说我就把你扔到河里去。你听着，现在你们为了养活那个年轻人，必须继续负债，你们从卡莉娜那里借钱，上这个精灵鬼的圈套。你们以后要卖掉那小庄园。你记住，我想买下它。如果你不及时告诉我，如果你们像前几次那样不是按合理价格卖给我，而是按半价卖给别人的话，当心点，我告诉你，埃菲塞[①]，我拧断你的喉管。我这算给你打了招呼。”

坐在后面的埃菲克斯心里憋得慌，他好像被一个比堂·普列杜替他卸下的背包还要沉重的东西压得喘不过气来。

“上帝，耶稣！为什么您这么说，堂·普列杜？您就像是您可怜的表姐妹的仇人似的。”

“让表姐妹们见鬼去吧！她们傲慢得要命！正是她们总把我当敌人对待。就算是敌人吧，你记住，埃菲克斯，小庄园我要定了……”

一路上埃菲克斯都在受罪，简直比他步行还累人，直到他从马背上跳下来，把背包卸下来。

走进围墙，他瞧见的是通常见到的情景：他的女主人们坐在长凳上，双手叉在围

① 埃菲克斯的昵称或卑称。

裙下面，卡莉娜在纺线，赤脚穿着系带的鞋子。棚屋里面，女人们坐在地上喝咖啡，一面摇着婴儿；在抹上一层金色的天空的背景中，显现出帕斯卡雷神甫的黑色身影，他用深蓝色的手帕打招呼。

“玩得高兴吗？”埃菲克斯问道，把背包放在他的女主人脚下。“他呢？”

“我们一直跳舞，”艾丝苔尔小姐说。露丝小姐站起身去安置东西。

女高利贷者激动地讲起贾钦托。

“多么可亲的年轻人！说话不多，却善良得像蜜一样，玩起来像个孩子，常常上这儿来吃我的大麦面包。瞧，这不是他跟格莉塞达从泉水边回来了？”

远处确实可以看到绿丛中个子高高的、身穿浅绿色衣衫的他，和小巧而黝黑的她，两个人的手里都提着闪闪发光的水桶，两只水桶不时碰击着，泉水便溢出，交融成点点水珠，流淌下来。两个人似乎都对这种接触感到高兴，因为都低着脑袋，望着木桶欢快地笑着。

埃菲克斯心里涌上一种预感。他来到神甫跟前，给他一篮饼干，这是一位同乡人捎给他的礼物。他看见堂·普列杜赶上贾钦托和格莉塞达，一边俯身对他们说了些什么。三个人都大笑起来，姑娘低着头，贾钦托抚摸着马脖子。

“埃菲克斯，”神甫说道，用手帕拍打着前胸，把烟草掸掉。“你瞧堂·普列杜，看来不会有什么坏事，不过肯定会弄出点流言蜚语来的。你们的贾钦托是个很不错的小伙子，总是去望弥撒和做九日祈祷，是个有教养的可亲的人。可我想叮嘱一句，要小心！”

神甫的女仆跑出来帮助堂·普列杜卸下背包，其他女人站在棚屋的门口，伸出苍白的面孔，狗在吠叫一阵以后，奔到马跟前，高高跃起，好像要亲吻它似的。

“娘儿们，慢点儿！”堂·普列杜说道，“背包里面有些东西一碰就会破碎的，你们怎么……”

“让雷电劈了它，堂·普列杜！”娜托莉娅咒骂着，一面用含情脉脉的眼睛望着他，企图征服他。啊，假使能如愿以偿的话！她可以此向格莉塞达报复，那女人把远方来的青年人完全勾引去了。

格莉塞达似乎也为堂·普列杜的到来而激动。

“你瞧，那个人，”她和贾钦托穿过院子时小声说道，“那个人是您的叔父，是一个过节的时候能玩乐能花钱的男人。他可不像您这样多愁善感！他兜里有一百里拉，就扔出一百里拉来，就是这么一个人！”

他用几只手指蘸了些水，向她脸上泼去，一点儿也没有收敛对她的吟吟微笑，柔情的眼睛里充满着欲念，还向她展露出两片嘴唇间的雪白的牙齿，好像想咬她一口似的。

“一百里拉算什么？我曾经在一个晚上就花过一千里拉，可我并不曾感到快活……”

格莉塞达把水桶放在凳子上，扑向一个躺在草堆上朝她笑的婴孩，孩子的双脚在空中舞动，想用肮脏的小手抓住她。她亲吻他的大腿，把嘴唇伸进显出粉红和玫瑰红线条的嫩肉里，她把孩子高高举起，又把他低低放下，靠近地面，然后又举起他来，逗他开口笑，把他紧紧抱在胸前，带到外面来。

贾钦托正坐在外面，摆开双腿，两只手挥动着，听卡莉娜对他说话，请他去一起品尝牛奶煮蚕豆。他们轻声轻气地谈着什么重要的事情，这时露丝小姐从棚屋的小门走出来，手里拿着一条肥肥的羊大腿和纱布包着的紫红色腰子，她打断了他们的谈话。

“得去叫埃菲克斯做一个烤肉扦，贾钦蒂诺，快去！”

格莉塞达跑去叫长工，她像一只小猫似的在长工背上蹭来蹭去，把小孩递给他亲吻。

“我真高兴，埃菲克斯大叔！今天晚上我们还要跳舞！可是您得注意您的小主人：好像老追着卡莉娜！”

埃菲克斯温柔地望着她，他似乎瞧见了贾钦托抬起充满爱和欲念的眼睛，他在心里默默祝福两个年轻人。好吧，你们尽情欢乐吧，相爱吧，正是如此，人们才去参加节日活动，节日很快就要结束了……

埃菲克斯坐在墙壁的阴影里开始削着烤肉木扦，女人们围着他嬉笑，贾钦托像往常一样沉默不语，似乎专心致志地倾听院子里飘荡的手风琴的哀怨和悲切的乐声。这时，娜托莉娅扭着腰肢走了过来。

“我的主人和堂·普列杜请贾钦蒂诺去吃饭。”

他把卷起的裤子边放下，站起身来。艾丝苔尔的一双眼睛紧紧地追随着他的身影，久久地朝凉台那边张望，娜托莉娅在那儿端着像镜子般闪光的银盘和玻璃杯走来走去，她被这光芒吸引住了。有钱的表兄竟然对待贫寒的外甥表示出热情的关注，她想到这里，便不免感到分外高兴。

女人们交口称赞贾钦托，放高利贷的女人一面用拇指和食指捻着线，在膝盖上转动梭子，一面以不寻常的柔和口气说道：

“这般温顺的小伙子，我可从来没有见过，而且还长得漂亮，很像老男爵……”

“像谁？像那个已经去世的，可还活在古堡中的男爵？”

但是露丝小姐用食指指甲紧紧压住嘴唇：在节日里不该谈到亡者。

“确实是挺神气的，活泼泼的，瞧他的双手多灵活，格莉塞，不是吗？我还可能说谁呢？堂·贾钦蒂诺！”

格莉塞达靠在墙上，怀里的婴孩吮着她衬衣上的扣子，她也望着观景台那方向闪闪发光的器皿，她的眼睛被深深吸引住了，好像老祖母在清朗的月夜窥视精灵怎样朝河边走去时的眼神一样。

埃菲克斯仍然在隔三天后回来。这一次不再是单身一人，而几乎是所有的镇上人都来参加节日活动了，女人们的头上顶着放糕点的盘子，装着用红带子系住的母鸡的篮子。

周围的杨树结出了尚未成熟的果子，好像整个山谷都沉浸在节日的气氛中。

埃菲克斯走过来看到棚屋的围墙跟前已经一字排开了许多大车，用麻袋和被单搭成的帐篷，兜售甜食和酒的小贩，在教堂的阴影处摆着他们的小摊。

一排乞丐守着小路，他们蜷缩着呈土褐色和青紫色的身子，有些人翻着可怕的白眼，有些人身上长着艳红色的烂疮和绛紫色的肉瘤，像屠夫似的赤裸着胸脯，伸出烧焦的枯树枝一般的墨黑色的胳膊和胡乱摸索的手指，在乳白和蔚蓝的地平线上，在浓密的灌木丛之间，显得格外引人注目。然而，在远处，在目光所及的绿色原野上，成群的马匹和小马驹组成一幅更为壮观的风景画。

手风琴琴声一直飘荡到很远的地方，跳跃的、撩人情欲的旋律召唤人们去跳舞，但琴声有时又变得哀怨凄恻，仿佛是由于过度的兴奋而困乏了，又好像是痛惜行将失去的欢乐，为一切事情的虚幻徒劳而叹息。于是连牲畜忧伤的眼睛里也似乎充满了一种思乡的柔情。

埃菲克斯在一群努奥洛人中间停留了一会，女人们成排地坐在棚屋前面，等待着唱弥撒的时辰，在墙壁的阴影下，她们绯红的紧身衣赋予阴暗的墙壁一种红色的色调。

然而弥撒推迟了。在凉台上，神甫们有说有笑，娜托莉娅的盘子递过来又递过去，在宝蓝色的黑夜熠熠发光。

埃菲克斯走进棚屋一看，空无一人，女主人们都上教堂去了，于是他去找她们，但他却被站在一个卖酒的摊贩前面的堂·普列杜、米莱塞和贾钦托包围了，三只黄色的酒杯子一齐朝他的面孔伸过来。

“喝一杯，傻瓜！”

“对我来说早了点。”

“对一个健康的男子汉来说，从来不嫌早的。嗅，你生病了吗？”

堂·普列杜那么重重地敲了一下他的肩膀，以致他踉跄地向前跨了一步，酒从杯子里溢了出来，洒在他的身上。嗅，一切全看在上帝的份上！他用手擦干了衣服，一口气把酒喝下。他出乎意外而又高兴地看到贾钦托掏出钱包，给小贩一张五十里拉的钞票。愿上帝保佑，这么说来小伙子真的有钱。

确实，整整一天都是快乐的，女人们沉浸在夹杂着忧郁的欢乐中，男人们只顾自己吵吵嚷嚷地快活，对她们表现出一种漠不关心的态度。

整整一天手风琴演奏着，伴随着小贩的叫卖声、猜拳人的吼叫声，合唱声或即兴诗人的朗诵。

聚在棚屋里的人们盘腿坐在地上，他们像朝拜偶像似的围着一个酒坛，诗人们即席吟诵支持或反对利比亚战争[①]的八行体诗，好几位诗人轮流朗诵，周围挤满了男人和男孩子，不时有人弯下身去从地上端起一小杯酒来。

“见鬼去吧！”

“干杯！”

“让我们一百年以后平安无恙和快快活活地来回忆这个节日。”

“拿叉子来！”

布尔台衣地方来的即兴诗人塞拉菲诺·马萨拉，模样颇有点像希腊人，打扮得像荷马史诗里荷马的英雄人物，唱道：

土耳其人不愿投降，
却顽强地战斗，
凶暴的阿拉伯人勇悍无畏，
毫不退却地向前冲锋……

酒杯从一个人手中传到另一人手中，有几个女人在棚屋门口胆怯地探头探脑。

杜阿勒凯地方来的另一位漂亮的小伙子，身穿中世纪行吟诗人的红色衣服，用两只手理着长长的头发，让它们披散在脖子上，像个哭丧妇那样几乎是边抽泣边唱着：

够了，我再也无法叙述下去了，
我只能述说记忆中的那些事；
愿意大利人每前进一步都获得胜利，
能够征服整个非洲；
平安而健康地凯旋，
愿天堂的圣人帮助他们，
带着美好的回忆和品德
健壮地返回他们的家园！

掌声和笑声四起，大家都笑了，但都很激动。

在教堂的阴影处，埃菲克斯却在听另一些同乡谈论美国和移民问题。

“美国吗？谁不尝试它一下，就不知道它是什么东西。你从远处看，它好像是一头

① 一九一一年，意大利发动对利比亚的侵略战争。

准备让你剪毛的羔羊，可一旦走到跟前，它又像一条要咬你的狗。”

“是的，亲爱的兄弟，我带着装得丰满的背包去，相信能装得满满的回来，可带回来却是空空的！”

一个身材瘦长、皮肤黝黑的巴洛尼埃塞人，像个阿拉伯人，邀请埃菲克斯喝酒，向他叙述战争的故事，他是从前线复员回来的。

“是的，”他打量着自己的双手说，“我揪下了一个鬼子的头发，是一个崇拜魔鬼的家伙。我曾经发誓要揪下他的头发，连同他的皮肉完全揪下来。我说到做到，如果我说假话，你们可以让我瞎掉眼睛。我像拿着一串葡萄似的把那家伙的头发交给我的上尉，它流着滴滴黑色的鲜血，就像颗颗黑葡萄。上尉对我说：‘好样的，科志努！’”

埃菲克斯听着，手里拿着一朵小红花。他用花柄划了个十字说：

“你该去忏悔，科志努！你杀死了一个人！”

“这在战争中算不了什么罪孽。难道瞒着什么人了吗？没有。”

于是他们争论起来，埃菲克斯凝视着小红花，仿佛是在单独地跟她说话。

“只有上帝才能杀人。”

但他不得不停止争论，因为艾丝苔尔小姐从远处向他示意回去。已是吃饭的时候，贾钦托受到神甫的邀请，所有的人几乎都友好地聚在一起吃饭。从棚屋里冒出烤肉食的香喷喷的青烟。

最安静的角落要数埃菲克斯女主人们的地方了。她们坐在自己的棚屋里，同埃菲克斯一起吃着烤羊肉。谈论远在家乡的诺爱米，谈论贾钦托、神甫、米莱塞，丝毫没有恶意地笑着。

“最初几天，”露丝小姐把一块蛋糕平均地分为三份，“贾钦托总是说要回努奥洛去，他说在那里的磨坊里有一个位置，现在已经有两天不再说起这事了。”

“可也已经有两天几乎见不到他的人影儿了，他总是跟普列杜和其他同伴在一起。”

“让他去快活吧，”埃菲克斯说。

门外，可以看到卡莉娜与往日不同地懒洋洋地坐在她那块石头上，格莉塞达怀里抱着孩子，脸色苍白，神情忧伤，一双眼睛紧紧盯着神甫的凉台。

唉，贾钦托在那儿玩乐，把她忘在脑后了，她现在好像觉得自己置身于一片茫茫沙漠的边缘，面前展现出海市蜃楼般的幻景。

埃菲克斯走出来，问她道：

“你怎么不玩呢？”

她把系在婴孩小帽子上的防眼病的黄色小带子整一整，泪水不禁夺眶而出。

“对我来说，一切都结束了！”

亲戚们从棚屋里叫唤她：

“格莉塞达，过来！你的祖母要是看到你这么瘦，会怎么说呢？难道是我们不给你吃饭吗？”

“哎，只需要几口就够了。”卡莉娜对埃菲克斯眨眨眼，示意他过来，然后说道：“过来，埃菲克斯，喝一小杯白干葡萄酒。你知道是谁送给我的吗？你的小主人，他善良得像块面包，和蔼可亲，但你听着，应该告诉你，格莉塞达不配他！”

“你让他们去玩吧！我们是在过节！”

“人们是上这儿来赎罪的，可不是来犯罪。是的，亲戚们给格莉塞达饭吃，却没有注意她白天黑夜跟堂·贾钦托斯混在一起。”

“我的女主人呢？她们没有察觉吗？”

“她们？她们像教堂里的木头圣人，她们看见了，可就是没有察觉，对她们来说，丑事是不存在的。”

“确实如此！”埃菲克斯表示同意。他把那小杯葡萄酒喝了，但他心里涌起一缕忧伤，便走到一片石楠和杂草丛生的荒地，就着乳香黄连木躺下。

他凝目远眺，挺拔的青草几乎应和着手风琴单调的旋律起伏波动，马群在阳光下伫立不动，犹如画在上了釉的蓝色地平线上一般。

声音在寂静中消逝，景物在阳光下也渐渐模糊。忽然，灌木丛旁出现了一个女人，另一个男人追上了她，紧紧地贴近她，以致两个人形成一个影子。

埃菲克斯猛觉得脊梁上透过一阵冷气，他摘下一朵雏菊花，咀嚼着花茎，静静地看着格莉塞达和贾钦托拥抱成一团。愿上帝祝福他们，愿太阳和光芒永远陪伴他们。

下午，节日活动更为活跃了，男人们对女人表现得更加热情，拉着她们去跳舞，偏移的阳光把像个蜂箱似的乱哄哄的院了染上一层玫瑰色。

太阳落山后，人们聚集在教堂里，成千个声音升华为一个声音，和谐地融为一体，犹如教堂外面灌木丛的各种温馨的气息融而为一一样。埃菲克斯跪在一个角落里，像往常一样，沉浸于令人痛楚的心醉神迷的状态。格莉塞达挨着他，像个木头天使似的直挺挺地跪着，口中念念有词地唱着。

黄昏的淡红色余晖疲软地投向燃着蜡烛的祭坛，仿佛在人们头上披上一层血染的轻纱。但是，慢慢地，红纱的色彩暗淡了，只是在蜡烛金色光芒照耀下才显得清晰可见。尽管神甫已经做完祈祷，人们还是不想离去，继续齐声唱着神圣的赞颂诗。这声音犹如远处大海的低沉波涛，犹如黄昏时分树林的喁喁絮语。这是一群完全继承着古老传统的人们，他们往前走着，走着，吟唱着最早的基督徒纯真的祈祷歌，向前走着，经过黑暗而神秘的道路，怀着痛苦和希望，朝着一个光辉灿烂、然而是无法企及的地方走去。

埃菲克斯把脑袋埋在手掌中，一面吟唱，一面啜泣。格莉塞达凝望着前面，润湿的眼睛映照着蜡烛的火花，唱着唱着，她也嘤嘤哭泣起来。这一个人的悲痛跟另一个人的悲痛是同样的，这两个人的悲痛是所有人的悲痛，他们作为仆人回忆着凄凉的过去，又像少女梦想着光明的未来，啊，爱的悲痛。

随后，万物归于寂静。

扎南托尼不耐烦地拿起了手风琴和帽子，第一个站起身来，朝外面走去。但他在教堂门口就停住了脚步，他仰望天空，不禁失声叫了一声。众人都跑过来观看。一轮新月贴着庭院的墙飘然游动，仿佛想要降落到院子里来似的。

晚饭以后，围着篝火的歌声和欢叫声又起来了，甚至堂·普列杜也跳起舞来，他使所有的女人都产生一种幸福的感觉，因为她们都希望得到他的邀请。

只有贾钦托不跳舞，他挨着女高利贷者坐着，让双手在膝盖之间摆动，脸色苍白，神情倦怠。这时，埃菲克斯听见女人们在议论，谁个那天花的钱最多，玩得最痛快。有人说：

"是堂·普列杜。"

"不，是堂·贾钦托，他花了三十多个里拉。他真是有钱。听说他有一座银矿，他玩得多痛快！"

"他请了所有的人喝酒，甚至那些他不认识的人。"

"他干吗这么做呢？"

"噢，美人儿，因为谁有钱谁就会花。"

埃菲克斯既感到高兴，又感到不安。他挨近贾钦托坐着，向他转述女人们的议论。

"一座银矿吗？不错，它的收益相当可观，但不如油田。我认识一位女士，她在梦中发现在某个地方，在一位没落贵族的领地里，有一片油田。这位贵族曾绝望得准备自杀，后来他按照那位女士梦中的指示，在那个地方开采，现在他发了大财，每个月给那女人二万里拉。"

"为什么他不跟那个做梦的女人结婚呢？或许是她有丈夫？"埃菲克斯若有所思地问道。

女人们跳着舞，只见格莉塞达盈盈的脸上漾出一片红晕，好像是节日活动中最得意的姑娘。

埃菲克斯用膝盖碰了一下贾钦托，喃喃地说道：

"少爷……他们说……你瞧那姑娘……她很善良，可是很穷，而且是一个孤儿……"

"我会娶她的，"贾钦托说道。但是他的一双眼睛朝下看着地面，好像在做梦似的。

第六章

人们在青黄不接的季节，也就是在大麦收获以前的几个星期里，贮备的麦子也没有了，于是只得去借高利贷。波多依大婶去钓水蛭，她最喜欢的地方是河流的一处小水滩，它位于鸽子山丘下面，靠近平托尔家的小庄园。

她一连几个小时地待在那里，坐在一棵桤木树的阴影下，木然不动，光裸的双脚浸在泛着金色波纹的清澈碧水之中，一只手扶住搁在沙滩上的一个瓶子，另一只手抚摸着项链。

她不时地弯下腰来，看着她那双在水中放大成波浪似的暗黄色的双脚。她从湿淋淋的腿上剥下一粒吸附着的闪闪发光的黑色果核似的东西，把它放进瓶子，用一根灯心草把它压下去，那果核伸展，收缩，变成一个黑色的指环，这就是水蛭。

约摸六月中旬的一天，波多依大婶径直来到埃菲克斯的茅屋。天气十分炎热，雾蒙蒙的蓝天下，整个山谷呈现出一片土黄色。

长工在芦苇的阴影下编织着一条席子，他得了疟疾，正在发烧，手指抖抖索索地发颤。他瞧见波多依大婶坐在他的脚边，把瓶子放在围裙里。他抬起发花的眼睛，柔顺地等待着。他几乎已经知道她到他这里来的目的。

“埃菲克斯，你是虔诚信奉上帝的人，你可以凭良心告诉我，你的少爷有什么打算？他到我家里来，坐下来之后便对孩子说，你用手风琴拉一支曲子吧(手风琴是他送给孩子的)，然后对我说，他将请艾丝苔尔姨妈来向格莉塞达求婚。但艾丝苔尔小姐没有露面，有一天我去那里，诺爱米小姐热情地接待了我，可是我离开的时候却气破了肚皮，她对我说了许多无礼的话。回到家里以后，格莉塞达也对我很不尊敬，因为她不愿意我到你的女主人那里去。我不知道该到哪里去，埃菲克斯，不是我们把小伙子从路上招引来的，是他自个儿来的。卡莉娜对我说：你把他赶走吧。可是，当他上你那里去的时候，你会把他赶出去吗？”埃菲克斯不禁笑了起来。

“他去那里肯定不是为了做爱！”

于是老太婆愤愤地抬起脸孔，她的脖子似乎比平时更长了，长得像根细绳子。

“难道他来我家里是为了做爱？不，他是一个正派的小伙子，连格莉塞达的手都不碰一下。他们像善良的天主教徒那样相爱，期待着成婚。你凭良心告诉我，埃菲克斯，他到底有什么打算？看在你的女主人份上，给我做这件好事吧。”

埃菲克斯陷入了沉思。

“是的，有一个晚上，那还是过节的时候，他对我说过：我一定要娶她……但我凭良心说，他无法做到这一点。”

“为什么？他不是贵族。”

“我再重复一遍，他无法做到这一点，大娘！”埃菲克斯加强语气说。

“钱他是有的，这是大家都能看出来的，他花钱一点儿也不计较。我记得你的已去世的主人说过的一句话，那时他年青，也常来我家坐坐，我的祖母还活着，你的主人说，爱情是把男人同女人连在一起的东西，金钱是把女人同男人连在一起的东西。”

“他？他那样说过？向谁说的？”

“对我说的，你聋了吗？是的，他对我这么说过，不过我那时才十五岁，天真得很。我的祖母把堂·扎姆撵了出去，让我跟普里亚姆·皮拉斯成了亲。我的普里亚姆是个很了不起的人，他有一根顶部是锥形的刺棒，他把它伸到我的眼睛跟前说，看见了吗？如果堂·扎姆瞧你的时候，你也看着他，我就用它挖出你的眼珠。时间就这样流过去了，而死去的那些人仿佛又回来了，这不就是他们吗？当堂·贾钦蒂诺坐在凳子上，格莉塞达站在门槛上。我就直觉得这是我和那有福的死去的人……”

当她开始没完没了地絮叨的时候，埃菲克斯心里有数，便厌烦地把她支开。

“您该安心地走了吧，您也去为您的孙女寻找一个带着上等的刺棒的男人吧。”

老太婆高兴地获知在节日的一个晚上，小伙子曾说过“我一定要娶她”的话，于是爽爽快快地走了。埃菲克斯独自一人，面对在黑夜的灰蒙蒙的雾气中冉冉上升的红色月亮，心中不由涌起一阵忐忑不安的感觉。整个山谷沉浸在昏睡的状态中，流水潺潺，他觉得身上似乎火辣辣的在发烧。蟋蟀用它们不间歇的鸣叫声倾诉着哀怨。

不，贾钦托所过的生活，不是一个对上帝虔诚的正派认真的青年人的生活。日复一日，光阴流逝，人们对他所抱的巨大希望落空了，遗留下来的只是实实在在的不安。他一味花钱而不知道挣钱，哪怕是再深的井，只顾拼命打水也总要干涸的。

有时，贾钦托晚上来到小庄园，把水果和蔬菜运回小镇，然后姨妈们在家里像贩卖偷来的东西那样悄悄地卖出去，因为贵族家的女人是不应该干卖水果蔬菜这一行的，他做的这些事倒是很有用的。在余下的时间里，他就在镇上游手好闲地到处溜达。现在，他顺着小路来了，身边像牵了一条狗似的推着一辆布满灰土的自行车，他气喘吁吁，几乎像是从世界的另一角来到这儿似的，他老远地向长工扔过一个包裹，随即就倒在地上，像一具死尸那样躺着。

他的面色像死人那样苍白，嘴唇呈灰色，左边肩膀瑟瑟颤抖，这吓坏了埃菲克斯，他忙从兜里掏出一个玻璃小瓶，在掌心里倒了两片奎宁药，塞进贾钦托的嘴里。

“吞下去，你在发烧！”

贾钦托吞下药片，竟站立不起来，把脑袋埋在两只手掌心中。

“我多么疲倦啊，埃菲克斯！是的，我发烧了，我生病了，是的！在这个令人诅咒的鬼地方，怎么能不发寒热呢？什么鬼地方啊！”他筋疲力尽，好像自言自语似的说道，“要死了，要死了……”

“你站起来，”埃菲克斯俯下身去对他说，“你别躺在那里，晚上的凉气伤人。”

“你让我死算了，埃菲克斯！别管我！多热啊！我从来都没有觉得这么热过，在我们那里至少是要洗澡……”

怎么对他说才能安慰他呢？“为什么你不待在原来那个地方呢？”埃菲克斯对他遭遇的不幸产生了一种十分怜悯的感情，因此说出了这样的话。

“今天你干什么了！”他轻声地问道。

“你要我干什么呢？没什么可干的！我到这里给你捎来面包，再把蔬菜运回那里去！她们像三具木乃伊那样活着！今天诺爱米姨妈有点发火，因为艾丝苔尔姨妈对我说拿不出钱去纳税。这意思很清楚了！她们为我花费钱财，从我这里她们却什么也不要！我对艾丝苔尔姨妈说：‘你们别担心，由我去找税务官’，诺爱米姨妈怒气冲冲，她的眼睛瞪得像只发怒的猫。我简直没有料到她会那么大动肝火。她甚至对我说：‘把你的钱拿出来，如果你有钱的话，去给格莉塞达买一个手风琴。’那有什么不好呢，埃菲克斯，如果我上那女孩子那里去，如果不上她那儿去，又能到哪里去呢？皮埃特罗叔父把我带到下等酒店去，可我不喜欢喝酒，你是知道的；米莱塞想让我赌博(他就是这样走运的！)我也不喜欢赌博。我到那儿去，去找那姑娘，因为她心地善良，老太婆又常说些有趣的事情，这有什么不好呢，你说，你说呢？”

埃菲克斯用那月亮般闪闪发亮的柔和的眼光仰视着他。他拿过装着面包的袋子，但一点胃口也没有，他感到嗓子眼因极度的痛苦而堵得发慌。

“没有什么不好的！可是那姑娘虽说心地善良，但是家里苦，配不上你。”

“爱情是不管贫困或高贵的。有多少贵族不是跟家境贫寒的姑娘结婚了么？这些你知道吗？不止一位英国绅士，不止一位美国百万富翁娶了女仆、教师、歌唱者做妻子……这是什么缘故？因为他们相爱。那些人都是富人，石油大王，铜矿大王，罐头大王！我是什么人，能跟他们相比吗？而女人们又是怎样的情形呢？俄国和美国的贵族女子又都嫁给什么人呢？难道她们不也是跟贫穷的艺术家相爱，甚至爱上她们的马车夫，她们的仆人？你能知道什么呢？”

埃菲克斯手中紧紧攥着一块面包，好似在收紧他那被往事折磨的心一样。

“还有，她们都说信奉上帝！可她们为什么不让我跟我所爱的女子结婚？”

“别说了，贾钦托！别那样谈论她们！她们都是为你好。”

“那就请她们让我组织自己的家庭，我把格莉塞达领到她们的家里，她会帮助她们的。她们已是上了岁数的人了。我去工作，我到努奥洛去，采购奶酪、牲畜、羊毛、酒，甚至木材。是的，因为现在在打仗，什么东西都派得上用场。我到罗马去，把这些货物卖给军事部门。你知道会赚多少钱哪？”

“但是，资金呢？”

“这你不用担心，我有资金。但她们一定不要打扰我。我并不是来剥削她们的，也不是来依赖她们的。噢，诺爱米姨妈太厉害了！”他突然呜咽起来，把脸孔埋在双手的手心里。“噢，埃菲克斯，我是那么痛苦！还有，看到她们是那么穷苦，我简直感到难以容忍的屈辱。我看到她们偷偷地把土豆、梨子和西红柿卖给小孩们，那些孩子也是悄悄地走进院子，手心里攥着钱，轻声地说着他们要买的东西，好像是要偷偷地销赃似的！我感到屈辱，是的！这种情况不应当再继续下去了。如果她们放手让我干的话，那些曾是她们的东西会重新得到的。如果诺爱米姨妈知道我是爱她的话，她就不会那样干了……”

“贾钦托！把手给我，你是好样的！”埃菲克斯激动地说。

他们默不作声，然后贾钦托以一种柔和、细弱的声音说话，在月夜的宁静中犹如孩童的声音颤动。

“埃菲克斯，你是个好心肠的人，我愿意向你叙述一件我一位朋友的遭遇。他跟我一起在海关当职员。一天，一位很有钱财的退休的港务局长来海关付钱，他是一位善良的大个儿先生，但像小孩那样纯真。我的朋友说：‘你把钱留下，过一会儿你来取，收条需要上司签字。’港务局长把钱留下，我的朋友拿了这笔钱，跑到外面去赌博了，输个精光。当港务局长回来取收条时，我的朋友说，他一分钱也没有收到。港务局长大为光火，便找到上司那里去，但是他拿不出收据，大家都当面嘲笑他。不过我的朋友还是被赶出了港口……是的，就这样过了四个月……是的；我记得，到了狂欢节的时候，他去跳舞，借酒浇愁，可身边连一个子儿也没有。跳完舞，他便得了肺炎，躺倒在小路边的一条长凳上。人们把他送进了医院。当他出院的时候，身体十分虚弱，他无家可归，也没有吃的。他睡在港口的拱形屋檐下，不停地咳嗽，做着噩梦。他总是梦见港务局长跟踪着他……就像电影银幕上看到的一样。一个晚上，港务局长到港口拱形建筑下找到了他。我的朋友还认为这是在梦中。港务局长对他说：‘你知道，我找你已经有一段时间了。我听说，为了这笔款子事，你失去了职位，但是我耿耿于怀的是要让你的上司和所有的人都明白事情的真相。对你来说，最好凭良心说一句，我是否把款子付给你了？’朋友回答说：‘给我了。’于是港务局长说：‘那我们一定尽力把事情处理好，我不想毁了你，你到我家里来一趟吧，这是我的地址，你明天来，我们一起到你的上司那里去。’你说这有多好！然而，到了第二天，我的朋友却没有去港务局长家。他胆怯，他害怕。再有天气非常不好，他待在那个地方没有动窝。他开始咳嗽。一个搬运工不时给他送来一点热牛奶。那是什么样的天气啊！什么样的天气啊！”贾钦托喃喃地重复着，抬起脸孔来环顾周围，几乎是为了向自己证实，眼下的夜晚是美丽的。

埃菲克斯倾听他的叙述，胳膊肘支在膝盖上，手掌托着脸孔，好像被童话故事深深吸引了的孩童一样。

“有一天，我终于下定了决心……”

一片静寂。两个男子汉的脸孔笼罩了阴影，两人都垂下了眼睛。贾钦托的一只肩膀抽搐地颤抖起来。但他抬起肩膀，摇晃它，好像要使自己摆脱这种震颤的状况，用干巴巴的声音说道：

“是的，那就是我，你已经明白了。我到港务局长那里去了。他不在家，但他的女仆，一个脸色苍白、小声说话的女孩子让我在候客室里等着。房间几乎笼罩在一片昏黑之中，但我记得，当房门打开的时候，红颜色的地板好像用鲜血洗过一般闪闪发亮。我等了好几个小时，港务局长回来了，还有他的妻子，像他一样肥胖，像他一样和善。他们俩恰似两个身材硕大的孩童，大声地笑着。夫人打开房门，以便看清楚我的样子，我咳嗽着，打着呵欠。他们发现我饿了，便请我到餐厅里去。我记得，我站起身来，但随即跌倒了，脑袋磕在椅子背上。其他的事情就不记得了。当我苏醒过来时，我已睡在他们家的床上。女仆给我端来放在银色托盘中的一碗汤，以非常尊敬的态度跟我说话。我在那里待了一个多月，埃菲克斯，你明白吗，四十天之久。他们照料我，设法让我回到原来的工作地方去。但是重返原先工作的地方是很困难的，因为所有的人都清楚我的情况。另外，我也想离开那儿，到很远很远的地方去，到大海的那边去。在那段时间里我经受的痛苦，是谁也无法理解的。我时时刻刻在梦中瞧见退休的港务局长、他的妻子和女仆。我也在现实生活中时时看见他们，比方说眼下，我好像就瞧见他们在我面前似的。他们是善良的人，但我不忍再看见他们，所以我宁愿销声匿迹。最糟糕的是，我不能离开他们的家。我待在那里，昏头昏脑的，木然不动地坐着，听着夫人说呀说的。或者在女佣人的陪伴下沉默着；我跟他们围着一个桌子坐下，听他们开玩笑，听他们为我的事想办法，好像我是他们的儿子，这一切使我难受，使我觉得羞耻，可是我不能离开他们的家。终于，有一天，夫人看见我完全病愈了，问我有什么打算。我说，我想到我姨妈那里去，我把她们说成是富有的人。于是他们给我买了动身的车票，还送给我一辆自行车。我明白，离去的时候到了，于是我就走了，来到了这里。起初的那些日子，是多么的自由！可是现在，在姨妈们的家里，我好像就在那里一样……我不知道……”

一声自我嘲弄似的狂叫打破了两个男子汉身后山坡的寂静，贾钦托突然跳起来，他以为是有人听到了他的叙述以后被激怒了。然而，他看到的只是一个不大的长长的灰色的东西，后面跟着另一个更加模糊、更加短小的东西，绕着茅屋从一侧飞也似的跳跃到另一侧，然后就消失得无影无踪，使得他想捡块石头打它都没有来得及。

埃菲克斯也站了起来。

“是狐狸，”他小声说。“让它们去吧，它们发情了，要做爱。有时它们好像是精灵。”当贾钦托重又默不作声地躺倒在地上时，他又说道，“你看见他们有多么长吗？它们像魔鬼一样吞吃尚未成熟的葡萄……”

但贾钦托不再说什么了。埃菲克斯不知道该说什么好，是请他继续讲下去呢，还是对他表示安慰，或是对他所听到的事情评论一番。啊，这就是贾钦托整日价愁眉不展的缘故，这就是生活中常常遭遇的事情！但说什么好呢？不管怎样，狐狸的突然出现，迫使贾钦托沉默不语，这倒使他高兴；不过，他还总得讲一些什么吧。

“这么说……那位退休的港务局长呢？看得出来他是位明白人，他懂得青年人……青年人容易受错误的支配……何况当他们是无依无靠的孤儿的时候！好吧，你起来吧，你想吃点东西吗？”

他走进茅屋，随后一面往外走，一面剥着一只大蒜头。贾钦托神情沮丧，一动不动地躺在那儿，或许他为方才这番吐露真情的自白而后悔，他不敢再开口了。

大蒜的气味跟周围的青草、葡萄、菝葜的香味混合在一起。狐狸又一次打这里经过。埃菲克斯吃着晚饭，可他觉得面包的滋味很苦。曾有两三次他想说些什么，但什么也说不出来，一点儿也说不出来。这一切对他都好像是一个梦。末了，他摇摇贾钦托的身子，想把他搀扶起来，轻声柔气地对他说道：

“起来吧，到屋里去！眼下流行疟疾病……”

但贾钦托的身体像铜块似的沉甸甸地躺着，似乎粘在地上，再也不愿离开土地。

埃菲克斯又走进茅屋，但久久没有合眼，就是在梦中他也痛苦地想着应该对贾钦托的叙述说些什么，但他不知道该怎么说，是说好还是说坏。

“我应该对他说，好吧，振作起来，你会改邪归正的，再说你那时是一个孩子，一个孤儿……”

可是他梦见诺爱米用她那恶意的眼睛瞧着他，咬牙切齿，小声地对他说：

“你认清楚他了吗？你记清楚他是个什么样的男人吗？”

他觉得胸口压抑得慌，顿时惊醒过来。尽管还是黑夜，他爬起身来，然而贾钦托已经走了。

一连许多天，贾钦托都没有露面。埃菲克斯开始不安起来，而且在茅屋的阴暗处蔬菜和西红柿已经堆了一大堆，谁也不来取走。

每天晚上，拥有通向海边的大片庄园的堂·普列杜打镇上走过时，如果看到长工，便伸出食指来，指着他表姐妹们的土地，然后指指胸脯，意思是说他等着收买小庄园，把它归为己有。但埃菲克斯已经习惯了他的手势，一面向他施礼，一面用头和手表示不行，绝对不行。

在贾钦托吐露真情以后，埃菲克斯一直忧心忡忡，他每当瞧见堂·普列杜，便觉得他比平时更加喜欢嘲弄人了。

一天晚上，他站在篱笆墙旁边等候堂·普列杜，对他说道：

“堂·普列杜，你看见我的小主人了吗？好多天以前的一个晚上，他到这里来过，当时他还发着烧，现在我正念着他。”

堂·普列杜高高坐在马上，鼓着脸颊，闭着嘴，勉强笑着。

“昨天晚上我看见他在米莱塞那里赌博。他又输了！”

“输了！”埃菲克斯惊慌失色，机械地重复道。

“依你该怎么说呢？你要他总是赢吗？”

“他曾经对我说再也不赌了……”

“他的话你信以为真了吗？即使你给他一枪，他也不会说真话的。不过他人并不坏，他说谎话，因为他以为那是真的，就像小孩一样。”

“确实像一个小孩……”

“不过，那可是一个长着满口牙齿的小孩！他又是怎么狼吞虎咽！他还会把你们的小庄园吃掉的。埃菲克斯，你记住，幸亏我在这里，要不，可就惨了……”

埃菲克斯胆战心惊地仰视着他。身躯肥胖的堂·普列杜骑在马上，在晚霞中使他觉得好像是一头凶恶的猛禽，是他最为害怕的许多夜间魔鬼之一。

“耶稣，救救我们吧，我们的救赎圣母，关怀我们……”

堂·普列杜已经走远了，埃菲克斯顺着大路追上他，用双手递给他一只装满蔬菜和西红柿的篮子。

“堂·普列杜，请您让您的女仆把这个篮子送给我的女主人，我不能扔下小庄园……堂·贾钦托又不露面……”

堂·普列杜起先惊异地瞧着他，然后宽容地笑了笑，向他噘起肥厚的嘴唇，抬起一条腿，用脚尖指了指，说：

“瞧那里，有地方。”

埃菲克斯把篮子塞进背囊，堂·普列杜没再说别的什么，走了。他返回茅屋，他曾很担心女主人们会责骂他，他知道干了一件严重的事情，也许是犯了一个错误，但他没有后悔。一只神秘的手驱使他去这样做；他知道，凡是在超自然力量的支配下，都是善意的行动。

他等贾钦托一直等到深夜。一轮满月把山谷照得白茫茫的一片，黑夜是如此明亮，以致可以把草木的枝枝叶叶都分辨得一清二楚。甚至幽灵在那个月光皎洁的夜晚也不敢出来了，潺潺的流水显得那么单调，竟没有那些难产妇女的亡灵在河边拍打衣服的声音来伴唱。连幽灵们在那个夜晚也安静下来了。只有长工一人夜不能眠，他想起贾钦托叙说的那段和退休港务局长交往的遭遇。心里不禁涌起一种无限温柔而又无限忧伤的感情。

在这个世界上，我们每一个人，或多或少，或现在，或过去，或将来，不都会犯下过失吗？退休的港务局长不是表示了宽恕吗？为什么其他人就不能宽恕呢？啊，如果所有的人都能够相互宽容的话！世界就会太平无事了，那一切就像那个月夜一样清明而安宁。

他站起身来，到小庄园里去转一圈。是的，在银白色的小路上，连花儿的影子都看得一清二楚，带刺的印度无花果的叶子影影绰绰，下面小河里的水是静静的，好像停止了流动；星星眨巴着眼睛。

忽然，篱笆后面桤木丛之间有一黑影晃动，那是一个黑漆漆的畸形动物，两条银色的腿在沙地上发出吱吱嘎嘎的声响，随后停住脚步不动了。

埃菲克斯迅即奔跑过去，好像在飞一样。

“是你！是你吗？你把我吓了一跳。”

贾钦托扶着自行车，默不作声地跟在他身后，走到茅屋前时，他又一次躺倒在地上，失声抽泣起来：

“埃菲克斯，埃菲克斯，我再也受不了啦……你干了什么！你干了什么！”

“我干了什么？”

“我也说不清楚。堂·普列杜的女佣人来了，带来一只篮子，说是你让捎给女主人的。露丝姨妈和诺爱米姨妈正好在家里，艾丝苔尔姨妈参加九日斋去了。她们接过篮子对女佣道了谢，还给了她小费。谁知不一会儿诺爱米姨妈就昏倒了过去，露丝姨妈以为她死了，尖声叫了起来，急忙派人跑去叫艾丝苔尔姨妈，她惊慌失措地赶了回来，她也第一次恶狠狠地盯着我，说道，我的到来是为了置她们于死地。啊，上帝，上帝，啊，上帝，上帝！我一面用醋擦着诺爱米姨妈的脸孔，一面伤心地哭泣。我敢用我母亲的名义向你发誓，我伤心地哭泣，可我不知道为什么。终于，诺爱米姨妈苏醒了过来，她挥手让我走开，另一只手捂住眼睛说道：她还不如在这一天之前死去。我问道：为什么？为什么，我的诺爱米姨妈？她只是挥手让我走开，用另一只手捂住眼睛。我遭了什么罪啊！我干吗要到来，埃菲克斯？为什么？”

长工不知道该怎么回答。现在他明白了，是的，全部错误就在于把篮子交给堂·普列杜。他思索着弥补的方式，但他想不清楚这究竟是怎么回事，不知道什么缘故，他又一次感到，他的女主人们遭受的不幸的全部分量都压在他的身上。

“你冷静些，”最后，他说道，“我明天回镇上去，想办法弥补这一切。”

于是贾钦托恢复了常态。

“你必须对姨妈们说不是我的主意让你请堂·普列杜把篮子捎回去的。她们以为是这样的。她们认为，尤其是诺爱米姨妈，以为我想跟堂·普列杜拉关系，好让她们感到难堪。我是所有人的朋友，为什么我就不应该是堂·普列杜的朋友呢？但姨妈们知道，他想把小庄园买下来。我难道在这里有什么罪过？难道是我愿意出卖庄园吗？”

“谁也不想出卖它。为什么你要说这些事呢？可是，你，我的宝贝，你……你头天晚上说的事，第二天就变卦了。你起了誓，许下了保证，要让你的姨妈们幸福，而昨天晚上，你却去赌博了……”

“赌几次就能赢了。我想赢钱，正是为了她们。不，我不愿意再成为她们的负担。我想死……你想，”他小声说，“现在，在发生今天这样的事情以后，我觉得自己好像又在港务局长家里……上帝帮助我，埃菲克斯！”

埃菲克斯惶恐地听着，感到自己又一次面临着这个家庭的悲惨命运，而他，就像苔藓粘贴在石头上一样依附着这个家庭，他不知道该说什么，也不知道该做什么。

“唉，”贾钦托深深地叹了口气，“我肯定要离开这里，我可不要等到她们赶我出去的时候！我的姨妈们的心地并不善良，尤其是诺爱米姨妈，但没有关系，她没有原谅我的母亲，怎么会原谅我呢？可是我，可是我……”

他低下头来，从衣兜里掏出一封信。

“埃菲克斯，你看见它吗？我什么都知道了。如果诺爱米姨妈在读了这封信之后仍然不肯原谅我母亲的话，那她怎么会有好的心肠呢？你知道这封信说些什么，是你把它捎给诺爱米姨妈的。我来的那天，它在小床上放着，我把它收起来了。我读了几行，然后从柜子里拿出来，就是今大……这是我的，是我母亲的，是我的……这封信不应该放在那里……”

“贾钦托，把信给我！”埃菲克斯伸出手来，说道。“这不是你的！把信给我，我把它交给我的女主人们。”

然而，贾钦托把信在手心里捏得紧紧的，摇摇头。埃菲克斯竭力想拿过来，他恳求着，好像在乞讨似的。

“贾钦托，把信给我，我把它带回去，放回柜子里。我会跟她们谈谈，让她们平静下来的。你在这里等着我，但是把信给我。”

贾钦托打量着他。他的肩膀在颤抖，但目光冷冷的，甚至是残酷的。于是埃菲克斯跳起来，双手按住他的肩膀，在他耳边迸出一个字。

“小偷！”

贾钦托好像遭到了一头秃鹫的突然袭击，松开了手，信掉到了地上。

第七章

天刚蒙蒙亮，埃菲克斯就上路回镇上去。

夜莺在婉转歌唱，整个山谷都沉浸在金色的光辉中，这是灿烂的晴空反照下略带淡蓝色的一种金色的光辉。几个渔夫的身影清晰地显露出来，好像是一幅描绘着绿色的河堤、静静的碧水、点缀着洁白的卵石的油画上的人物。

虽然天色尚早，埃菲克斯已来到镇上。他看见女高利贷者正在她院子里纺线，周围是圆滚滚的小猪和逗人喜爱的鸽子群，他向她打招呼，示意晚些时候上她这儿来，她捻动梭子，表示她可以等待，不用着急。

再走过去，只见波多依大婶正端着一碗给孩子们当早餐的牛奶。埃菲克斯想绕过去，但老太婆已提高嗓门说话，他不得不停下来听着。

“好呀，我惹你什么啦？因为孩子们相爱，我们上了岁数的人就该成冤家了吗？”

“我有急事，波多依大婶。”

“我知道，你的女主人家里吵起来了，但这不是我的过错，这次我没有卷进去。你的小主人硬要格莉塞达待在家里，不要她光着脚丫子走出去，不要她再去洗衣服。我就只好当奴仆了，但我当得高兴，因为可以让孩子们高兴……”

“上帝，救救我们吧！”埃菲克斯叹了一口气。“波多依大婶，你放了我吧，向上帝祷告，向我们救赎圣母祷告……”

“救赎的办法在我们身上，”老太婆声称。“应当有良心，别的什么都无所谓……”

“应当有良心。”埃菲克斯自言自语地说，走进他女主人的家里。

一切都是静悄悄的。阳光照耀着院子，井台上的茉莉花盛开，亡人的白骨四散在古老陵墓的金色草地间。戴着绿色、白色帽子的山丘环绕着住宅。一小根绘着历史故事的小柱子从阳台上倒下，像一节火箭的残骸。一切都是静悄悄的。

埃菲克斯走进屋里，看见他让堂·普列杜捎来的篮子放在椅子上，几乎已经空了，说明蔬菜已经卖掉，只有圣·乔万尼的黄色西红柿还在，他好像在做梦，坐下来问道：

“发生了什么事情？其他人都上哪儿去了？”

“艾丝苔尔做弥撒去了，诺爱米在上面。”露丝小姐说着，一面弯腰煮咖啡。

在她们回来之前，他没有说什么别的。艾丝苔尔把手指伸出披肩的交叉处，诺爱米脸色苍白，默不作声，低垂着淡青色的眼睑。

埃菲克斯不敢瞧她们，只是在女主人们在椅子上就座，艾丝苔尔发问以后，他才恭恭敬敬地站起来，走到她们跟前。

“埃菲克斯，你知道发生什么事了吗？”

他抬起眼睛，发现诺爱米犹如法官盯着罪犯般地看着他。

“我知道。是我的过错，但我那样做是存心为您们好。”

“你干的这一切，都是存心为我们好！你要是存心为我们坏，那才好呢！可是……”

“再说，他终究不是冤家对头嘛！他是亲戚，不管怎么说！”

“你的人，你的死鬼，埃菲克斯！”

“好吧，就是说这样的事再也不会发生了！”

“他走了吗？”于是艾丝苔尔小姐不安地问道。

“走了？堂·普列杜？上什么地方去？”

“谁说普列杜？我说的是那个可怜的家伙……”埃菲克斯望着篮子。

“我说的是堂·普列杜……就是昨天我做的那件事。”

诺爱米冷冷一笑，可这是一种嘴巴、眼睛都朝着左耳扭曲的冷笑。

“埃菲克斯，”她尖声尖气地说，“我们说的是贾钦托，你，当初你主张让他来的时候，曾经说过‘如果他表现不好的话，我来打发他走。’你说过这话没有？”

“我说过。”

“那末你就履行你的诺言吧，贾钦托要把我们毁了。”

有片刻工夫，埃菲克斯垂下脑袋，脸孔涨得通红。他为脸红而感到羞愧，但很快便壮起胆子，问道：

“我可以说一句话吗？如果说得不中听，那就算是没有说。”

“说吧。”

“依我看，小伙子不算坏。只是在此以前被人带坏了，他在对他来说最糟糕的时候失去了父母，成为单身一人在马路上闯荡的小孩，迷失了方向。应该把他往好的路上带。如今，在这里，在小镇上，他不知道干什么好，他得了热病，他烦闷，因此去赌博，去追求爱情。但他的想法是好的，显得很有教养。他什么时候曾经对你们不尊重？……”

“这倒没有……”艾丝苔尔小姐打断说，露丝小姐也表示没有。然而诺爱米一面慢慢地捏紧拳头朝埃菲克斯伸去，一面用苦涩的声音说道：

“打他来了以后，尽干些对我们不尊重的事情。可不，什么招呼也不打就闯来了……刚来就跟那些和我们作对的人打得火热，然后放纵自己，追求最卑贱的女孩子。一个在河边赤脚的女孩子！他游手好闲，整天在无所事事中打发日子，连你也说起过他的这种表现的。如果这些在我们家里不算是对我们不尊重的话，那又是什么呢？你凭良心说说看……”

“是的，”埃菲克斯承认。“但我重复一遍，他毕竟是一个年轻人，应该帮助他，为他找个差事。再有，我还想说另一件事……”

“那就说吧！”诺爱米说，她带着那种蔑视的神情，以致他不寒而栗。但他还是壮起胆子说道：

“我认为，他一旦有了自己的家庭，这会对他有好处的。如果他真心爱那女孩子……为什么不让他跟她成婚呢？”

诺爱米霍地站起来，两条发颤的腿靠着椅子。

“他付给你钱让你这么讲的吗？”

这时，他以一种无所畏惧的神情，盯着她的眼睛，他只想回答一句话：“我不是一个乐于接受钱财的人。”一股苦涩的口水快从嘴巴里满溢出来，但他硬是把这句话和口水一起咽了下去，因为他看见艾丝苔尔小姐扯了一下诺爱米的外衣，露丝小姐脸色苍白，恳求似的望着他，他明白她们都猜到了他要回答的那句话，她们知道他不是一个用钱买得了的长工，说得更确切些，是的，他是一个长工，但是他这一个长工是世界上任何财物都收买不了的。

“诺爱米小姐！您说的话连您自己都没有想好，诺爱米小姐！您的外甥还没有收买我的钱，就是他有，也根本不够！”他终于用怨恨的、发抖的声音说道。诺爱米在椅子上坐下，把双手放在膝盖上，几乎是想掩盖颤抖的双腿。

“至于说钱，他确实是有的！可不是他的，但他有钱。”

“那是谁给他的呢？”

六只眼睛惊讶地盯着他，诺爱米又冷笑起来，但艾丝苔尔小姐把一只手放在她的手上，和蔼地说：

“他从卡莉娜那儿拿钱，我们以为你是知道的，埃菲克斯！他从卡莉娜那儿借高利贷。堂·普列杜给了他一些票据，因为他指望作为抵押占有我们的小庄园，你明白了吗！”

他明白了，低垂着脑袋，紧闭双眼，面无血色。他惊恐地张开拳头又捏紧它，不知该怎么回答才好。

“她们以为我是知情的？怎么搞的！……为什么呢？……”他暗自寻问道。

“是的，”诺爱米恶狠狠地说，“我们认为你知道这件事，不仅知道，而且你还在你的女朋友卡莉娜那里为他打保票……”

“我的女朋友？”他忽地睁开恐惧的眼睛失声嚷了起来。他脸红了，他还嚷了些什么话，可他不知道自己说了什么，他挥舞着帽子，猛地拔腿就跑，好像去灭火似的。

他在小院子里找到了女高利贷者。

院子里一片宁静，就像诺亚方舟一样。一群洁白的鸽子的珊瑚色脚掌站在小门的门框上，咕咕地叫着，葡萄架把一圈金色的光环投在小门的阴影上。女高利贷者在纺线，小小的双脚穿着一双绣花鞋，叠起的头巾扎在头上。

埃菲克斯难以言语的痛苦扰乱了院内的平静。

“快告诉我，贾钦托的事情是怎么回事？”

女高利贷者扬起她那光秃秃的眉毛，心平气和地望着他。

“他打发你来的？”

“刽子手让我来绞死你！你快说，快点。”

他以一种威胁性的动作让梭子停住，她有点胆怯，但并没有流露出来。

“那么是你的贵族小姐打发你来的？你对她们说，让她们别伤脑筋，还债还有的是时间，我并不着急。我一共给了小伙子四百个斯库多。在节日庆祝活动的时候，他就向我要钱花。他想让自己在众人面前留下一个好的形象。他说他等着从大陆上给他寄钱来，他给了我一张堂·普列杜签字的票据，我能说不给吗？以后，他又上我这儿来，对我说大陆寄来了钱，他跟米莱塞赌博了，把钱都输光了。我对他说，我拿那张票据去找堂·普列杜。他害怕了，于是给我拿来另一张艾丝苔尔小姐签字的票据，这样我又给了他钱，我怎么能说不给呢？你什么也不知道！”说完，她又纺起线来。

埃菲克斯沮丧极了。于是他回想起艾丝苔尔小姐曾经偷偷地写信给贾钦托，叫他上这儿来，自然也可能偷偷地在票据上签字。她们将来怎么还清这笔债呢？他现在觉得双腿肿胀，沉甸甸的，全身的血液直往下身奔流，使得他的心脏和脑袋空空的，双手僵硬，整个身子动弹不得。她们将来怎么还清这笔债呢？

女高利贷者继续纺线，一群鸽子咕咕叫着，小猪懒洋洋地躺在阳光下，母鸡啄着它们的玫瑰色肚皮上的苍蝇，整个世界显得那么宁静，唯独他遭受着心灵的剧痛。

“噢，那么你是不知道啦？我以为她们用了一部分本来是留着支付你的工钱。起先我想让贾钦托从这笔钱中扣除你欠我的十个斯库多，但说句实在话，我觉得不妥当。不过，如果他再提出借钱的要求，我就想把账总的结清……”

埃菲克斯努力想让自己动弹起来，他重新摘下头上的帽子，向她的脸上挥打过去，绝望得快丧失了理智。

“啊，你这该死的……让刽子手来绞死你……啊，你干了些什么？”

小院内骚动起来。鸽子群飞上了屋顶，猫儿窜上了墙头，只有那女人不吱声，以免惊动邻居，但她弯下身子，躲闪对方的打击，并且用梭子阻挡。她跳起身来，向后退着，当她退到厨房里，站到房门后面的角落，便双手操起一根闩门的铁棍，挺起身子，靠墙站着，恶狠狠地像个拿着棍棒的复仇女神。

这下该轮到她来迫使那男人后退了。她压低嗓门威胁地说：

“滚开，杀人犯！滚……”

他向后退着。

“滚开！你想从我这里得到什么？难道是我来找你们的吗？当你们忍饥挨饿的时候，或者被贪欲驱使的时候，你们都上我这里来了，堂·扎姆来了，他的女儿们来了，她的外甥来了，你也来了，杀人犯！当你们要求我的时候，都一个个像个好人的样子，过后就变得像恶狼那样残暴。滚开……”

埃菲克斯站在门槛上，她紧紧逼着他。

“我还要对你说，正因为你们是这样对待我，我也不愿再耐心等下去了，还债的期限是九月份，你们必须给我还清，要不，我就拒绝承诺票据。如果签字是假的，我就把小伙子送进监狱。你滚吧！”

他走了。然而，他没有回家，他顶着阳光，在空旷的小镇上踽踽独行，脚下不时绊着四处散落的火山石。他似乎觉得记忆中传说的火山就在今天上午爆发了。

他在废墟中转悠，他觉得有义务去发掘，把亡者从瓦砾堆中移开，挖出深埋在地下的宝藏，然而他无能为力，他是那么孤独，那么软弱无力，对重新开始是那么没有信心。

他转悠到教堂前面，看见大门敞开着，就走了进去。弥撒已经结束，教堂看守人正在打扫，在若明若暗的静寂中，只听到扫帚的沙沙声，好像古代城堡里的贵族夫人穿着锦缎拖裙走路时发出的窸窣声。

埃菲克斯在布道坛下的老地方跪了下来，脑袋倚着柱子，祷告着。血液又重新在他的脉管中流动起来，但像岩浆一样沉甸甸的，热乎乎的。发烧的热度使他浑身发烫，落在破旧房顶上的夕阳投下一束束银灰色的光线，使他觉得犹如黑色天花板上的开了许多白色的圆孔，所有画像上苍白的人物都俯视着下面，他们的模样扭曲着，仿佛就要离开画面掉落下来似的。

圣母在她那无名氏的黑色画框中往前探出身来。在她的深邃的眼睛里和痛苦的嘴角间，闪动着爱、忧伤、追悔和希望所赋予她的欢笑和泪水。

埃菲克斯凝目注视着她，久久地望着她。他好像回忆起了从前的、遥远的生活，好像觉得圣母向他示意靠近她，帮助她走下来，跟着她走……

他闭上眼睛。脑袋颤抖着。他好像同她一起在月光下的河边沙地上行走，他们小心谨慎地往前走着，默不作声地往前走着，来到靠近桥边的大路上。在那里，他的视线模糊了。只见一辆大车，丽娅坐在车上，藏在果皮袋子中间。大车在黑夜中消失了。但在桥上，月光下，躺着死去的堂·扎姆。他躺在尘土中，后颈有一块肿起的葡萄大的紫色斑点。埃菲克斯跪在他面前，摇撼着他。“堂·扎姆，我的主人，起来，起来，你的女儿们在等着你。”

堂·扎姆一动也不动。

他是那么伤心地抽泣着，以致教堂看守人拿着扫把走到了他的跟前。

“埃菲克斯，你怎么啦？你不舒服吗？”

他圆睁恐惧的眼睛，好像还看见卡莉娜拿着铁棍对他大嚷：“杀人凶手！”

“我发烧了……我好像要死了……我想忏悔……”

“你到这里来干吗？你不向耶稣去忏悔！”教堂看守人讥讽地笑着，嘀嘀咕咕地说。但埃菲克斯仍然把前额靠在布道坛的柱子上，抬起眼睛仰望着祭坛，开始结结巴巴地说胡话。大颗大颗的眼泪沿着脸颊往下淌，越过抖动的下巴，一滴一滴地掉落在地上。

贾钦托躺在茅屋前的地上等着埃菲克斯。当他看见埃菲克斯走过来，手里拿着的篮子尽管是空空的，但好像是在地上拖着，他就明白，他们什么都知道了。这样更好！他至少可以把压在身上的一部分最令他羞愧的重量卸下来，沉默不语。

“把情况给我说说，”当埃菲克斯在通常坐的位置上坐下来、却并不放下篮子的时候，贾钦托说道。“你说呀！”他又提高嗓门重复着，因为埃菲克斯默不作声。“现在该怎么办？”埃菲克斯叹了一口气。

“现在该怎么办？我的女主人们稍稍平静下来了，因为我答应她们把你赶走，明白吗？她们以为票据确实是由堂·普列杜签的字。我没有勇气对她们说出真实的情况，因为签字是假的，告诉我，是假的，是吗？噢，是的，我说的对吗？啊，贾钦托，我的宝贝，你干了些什么呀！现在该怎么办？你回努奥洛去吗？找个工作？你还得清债吗？”

“太多了……一笔很大的数目，埃菲克斯，怎么办呢？”

埃菲克斯弯下身子，异常恍惚地对他小声说道：

“你走吧，上帝的儿子，你走吧！我本意是不愿让你走的，但如果连我都说你该走了，那是因为没有别的拯救办法了。你一定还记得，那天晚上你说过的那些美好的事情。你说，你愿姨妈们都生活得很好，愿意让这个家重新兴旺起来……当你要到这儿来的时候，我也这样想过。可是，现在的情形恰恰相反！恰恰相反，如果你不把债还清，女高利贷者就要把小庄园作抵押拍卖，因为你搞了假签字，你将被送进监狱，她们就要去当乞丐……这些就是你干的，这些！我知道你不是出于坏心干的。那天晚上，你许诺过许多美好的事情，你，上帝的儿子……”

贾钦托的肩膀又开始颤抖，他抬起脸孔，对着埃菲克斯俯下的脸孔，互相失望地对视着。

“我不是出于坏心干的，我想挣钱。可是，在这个小镇上该怎么办呢？你是知道的，你始终是那么……那么……贫穷……”

“姨妈们是不会再拿出一个铜板的，”他忧伤地沉默了一会儿，继续说：“是的，还有艾丝苔尔姨妈的签字，那是我签的，因为……女高利贷者不借给我钱，但我会偿还的，你看着吧，如果还不了，我就去蹲监狱。没有关系。”

“蹲监狱？不，这我不能允许，不。”

“那末你，埃菲克斯，你有钱吗？”

“如果我有钱的话，也不会在这里干着急了！我早就赎回票据了……”

“埃菲克斯，那该怎么办呢？怎么办呢？”

“好吧，你听着，你仍然到女高利贷者那里去，你让她再借给你一百个里拉，你就到努奥洛去。在那里，你寻找一个落脚的地方。现在重要的是，你要改邪归正，从此振作起来，明白吗？”

然而，贾钦托直到最后一刻还指望从长工那里得到资助，他现在不再作声，没有再说别的什么。他像一头生病的牲畜蜷曲着身子，倾听着蚱蜢在干枯的叶子之间飞翔时发出噼噼啪啪的响声，用一种惘然的眼神看着它们拍打着自己的彩虹般的翅膀。两只绿色蚱蜢落在他的手上，它们像金属般牢固地交叠在一起，浑身打了个寒战。他想起格莉塞达，他想到他必须离去，再也见不到她了。他是那么贫寒，以至于也要抛弃一个同样贫寒的姑娘。他把脸孔埋进青草间，不出声地抽泣着，双肩由于战栗而不停地抽动。

第八章

星期四晚上，女高利贷者不再给钱，因为她害怕星期四女神，这位女神往往在晚间纺线的人面前显现，可能对她们带来不吉利。

她坐在门口的小台阶上祷告。葡萄架在月光照耀下显出银白与乌黑的光彩；她不时环顾四周，仿佛瞧见在长满印度无花果的墙壁上，到处是埃菲克斯闪烁着怒火的绿色眼睛。其实它们是萤火虫。

它们是萤火虫。然而她还是相信幻觉的东西，相信夜间出没的生灵的超自然生命。她回忆起她孩提时代的贫寒生活，她要过饭，到城堡废墟下面去捡干树枝，饥饿和疟疾的寒热犹如疯狗似地追逐着她。有一次，当她踩着像刀子般尖锐的碎石堆的时候，迎着静静地悬挂在多尔加利山丘上方的红太阳向前走的时候，一位贵族先生悄悄地跟上她，拍拍她的肩膀。他穿着跟阳光、山脉一般颜色的衣服，脸孔长得像平托尔堂·扎姆的一个年轻时死去的儿子。

她马上就认出了他，他是男爵，是许多上了岁数的老男爵之一，他们的灵魂还活在城堡的废墟之间，活在从山丘直至人海的地道里。

“姑娘，”他用陌生的声音叫她，“你快跑去找接生婆，请她今晚到城堡来，因为我的妻子肚子痛了。快去，拯救一个灵魂要紧，你要保守秘密，拿着这个。”

卡莉娜浑身颤抖，靠着她的一捆柴火，勉强站住，在彤红的阳光照耀下，她觉得柴火好像一块乌云。她没有力气把一双小手伸出去，男爵给的金币掉落在地上。

他消失了踪影。她扔下柴火，像啄着面包渣的小鸟似的恐惧地拾起金币，轻快地连蹦带跳跑了。可是，接生婆虽然看到她热乎乎的手心里捏着的汗湿的金币，却往她脸上啐了口唾沫，以消除她的恐惧，笑着对她说：

“去你的，你在发烧，太激动了，钱是你捡到的，在城堡下面还可以捡到。你把它们给我，我让你这些钱像摇钱树似的利上生利。”

卡莉娜把钱给她，只留下一个带孔的金币，把它用一根红色的皮条穿起来，挂在脖子上。

“去吧，”她对接生婆说，“您去救救一个生灵吧，您假装不相信这件事，为的是让我保守秘密。但我不管怎样都会保守秘密的。”

随即她像个死人一样倒在地上。

接生婆一直坚持说，那是发烧时的一种幻觉，但人们知道，她这么说无非是要让卡莉娜保守秘密。

钱币果然像摇钱树似的利上生利，年复一年地越滚越多，犹如她看到堂·普列杜家中院子里的那些绿色与红色的石榴一样。

后来，有一个晚上，年事已高的卡莉娜体味到了跟那次经历的恐惧和兴奋一样的心情。一位年轻的先生，恰似那男爵巴洛内出现在她的面前，他就是贾钦托。

每当她见到他时，她就重新体味到那令人头晕目眩的感觉，重新回忆起男爵那遥远的、古老的地下生命。

这会儿他又来了。高高的个子，身穿黑衣服，脸孔在月光下显得那样苍白，他走进来，靠着她在门槛上坐下。

“卡莉娜大婶，”他用陌生的声音说，“为什么你把我的事说给长工听了？”

“是他要我说的，他打我，想杀死我。”

“他想杀死你？为了那么点儿吗？噢，这个人跟我的姨妈们为了贫穷而吵得不可开交，而那儿的人们，借了几百万的债，谁也不知道！”

但老太婆对那儿的人一点儿也不感兴趣。

“我不得不操起棍棒来自卫！少爷，你明白吗？这长工是狠心肠的，不值得信任！”

贾钦托木然不动地待了一会儿，望着落在自己手上的一串葡萄颤动的阴影，然后惊跳起来。

“我不再相信了，我想走。在这儿我再也无法生活下去了……我会挣到钱的，四十天内，我把欠你的一切统统还清，一个子儿也不少。但是现在您必须借给我旅费。我给你另一张票据。”

“谁签的字？”

“我自己！”他坚定地说，“我自己，您尽可相信，您救救一个生灵吧，起来，快点儿！您得保守秘密。”

他像男爵一样拍拍她的肩膀，她站起身来，去拿箱子里的钱。她拿了两张五十里拉一张的钱，抚摸了好半天，透过月光打量着它们，她想贾钦托的旅费只要一张就够了。于是她把另一张五十里拉的钞票放了回去。住宅的小窗户上方高挂的月亮在她僵硬的胸脯上投下一缕银色丝带似的亮光，从她衬衣的开口处可以瞥见穿在皮条上的那个金币已变成了黑色。

贾钦托并不感到满意。这张薄薄的钞票怎么能跟意大利本土上大贵族们的财富相比呢？然而，女高利贷者既然说不要票汇，他自然就明白了，她是向他作了一次施舍，他觉得一种无法替代的忧郁袭上心头。他仿佛感觉到，他眼下还待在港务局长家的会客室里，一动也不动地等待着。

“那末，不晚于明天，我把钱还给您。”他站起身来，许诺说。

他来到米莱塞那里，打招呼，说第二天他要走了。

在那里，通过大门，可以看见笼罩在月光下和葡萄架阴影下的白色和黑色的院子。米莱塞的岳母坐在她粗俗的女皇般的大扶手靠背椅上，为了尊重星期四女神，她没有纺线，而是跟她那发烧的女儿闲聊，脸色白皙的女仆们坐在靠墙的地上。

“我的女婿刚才出去了，他上堂·普列杜那里去了。”她对贾钦托说。“您的姨妈们好吗？向她们问候，谢谢她们送给我的兄弟——教堂主管的礼物。”

“那些黑李子！”一个女佣嫉妒地说：“娜托莉娅她偷偷地都吃光了。”

“如果您还给我的话，堂·贾钦托，我跟您上庄园去。”娜托莉娅挑衅地说。

“你来吧，”他回答说，但他的声音悲怆，沉重。

年迈的女主人提醒说：

“娜托莉娅，每一个人都应当追随与自己相称的人！”

当他走到街上，他听到女人们在他背后格格地笑着，谈论他和格莉塞达。是的，他应该离开这儿，去寻找他的幸福。

为了不打未婚妻的屋子前面经过，他走上了一条石子小路，然后又拐入了另一条石子小路，一直走到通向教堂废墟的场院。

四周的大戟散发出沁人的芬芳，淡蓝色的月亮在古塔的废墟上空闪耀，宛如黑色烛台上点燃的火焰。他觉得在这个世界的死角再也不会出现白昼了。在场院后面，在石榴树和棕榈树之间，一座像摩尔人居住的房子，带着拱形大门、回廊、半月形的窗户，显示出白色的外形，这就是堂·普列杜的家。

他穿过宽敞的院子，长长的芦苇编织的栅栏在月光下闪闪发亮，白天在上面晒着豆荚，现已用灯心草席盖了起来。贾钦托看见他肥胖的叔父和细瘦的米莱塞的身影投照在柱廊后面一扇镀金的房门上，一动不动。他们正坐在那间底层房间里喝酒，翘起双腿，胳膊肘顶着桌子角。他们两个人，一个胖子，一个瘦子，好像日子过得非常得意。

“喝，喝吧！”两人一齐向贾钦托递过自己的酒杯，但他一下子挡住两只酒杯。

“你不舒服，所以不喝？”

“是的，我不舒服。”

但他没有说怎么不舒服，而那两个人也是不会理解他的。

“你的诺爱米姨妈揍你了吗？”

“格莉塞达没有拼命吻你吗？”米莱塞说着，重复说着抱有嫉妒心的女佣的诅咒。

“唉！”贾钦托深深叹了一口气，把胳膊肘支在小桌子上，以便用两只手撑住脑袋。他的肩膀不住地抖动。堂·普列杜望着他，脸色不由得变得苍白，而贾钦托颤抖的肩膀使他感到厌烦，他站起来，把手放在他肩上，说道：

“我们出去，上外面去呼吸点新鲜空气。”

他们出去呼吸新鲜空气。他们的脚步声在静寂中回响，犹如夜间巡逻兵的脚步声。他们转了一圈又一圈，贾钦托也被他的同伴们略带苦涩的欢乐气氛感染了。

“皮埃特罗叔父，我们上剧院去吗？在大陆的城市里，这个时候才开始夜生活和娱乐。在剧院前面停着许许多多马车，就像一条黑色的河流，还可以看到女士们牵着小狗溜达……”

米莱塞放声大笑，以致禁不住呜咽起来。堂·普列杜比较含蓄，但他的笑声，如果你仔细观察，就像刀子一样剜着人的心。

“那你回到那里去吧！你也带上格莉塞达，像牵一条小狗一样。”

“唉，你们太傻了，在这个小镇上。”

“可是跟你不一样。”

他沉默不语，但过了片刻，又说道：

“你们为什么叫我傻瓜？我为什么要有一颗善良的心呢？为什么我想要美美地度过青春呢？而你们，你们干什么呢？你们过着怎样的生活？您的生活怎样呢？您根本就不爱您生病的妻子。您，皮埃特罗叔父，您的生活又是怎样的呢？您把您的钱攒积起来，就像在席子上堆起的豆子，然后把它们喂猪。你们谁也不爱，就连你们自己也不爱。”

两个朋友不禁失声大笑和狂叫起来。

“今儿晚上你果然病了，得了没钱的毛病。”

“我的钱包比你们的还要满得多！走，我们上小酒馆去，到那里见分晓。”他在黑暗中红着脸说。

“方才是你不愿意跟我们一块儿喝酒！我接受你的邀请，喝酒去，且不管你的死活。”

他们终于来到了几乎没有什么顾客的小酒店，只有两名男子默不作声地在打牌，第三名男子一会儿瞧瞧这个人的牌，一会儿瞧瞧那个人的牌。可当他瞧见堂·普列杜对他示的一个眼色，便赶快凑到这群新来的人跟前。于是四个人围着另一张桌子坐下。

小酒店的老板，一个小个子的镇上人，好像是《圣经》里的犹太人，身穿一件束在东方式样的裤子上的齐膝紧身上衣，拿来一壶地中海东部沿岸出的酒，把一盏乌黑的铁皮油灯摆在桌子中间。米莱塞把脑袋歪向右边，若有所思地洗牌，一面忽而瞧瞧这个同伴，忽而瞧瞧那个同伴。

“押多少？”

“五十里拉，”贾钦托回答。

他掏出女高利贷者给他的一张钞票。

他输了。

黑色的油灯上淡蓝色的火花静止不动了，仿佛古塔遗址上空的一弯月亮。

第九章

七月的一个晚上，诺爱米坐在院子里的老地方缝衣服。天气十分炎热，灰蓝色的天空好似蒙上了一层大火后的烟尘，西边天空最后一片火焰似的晚霞已经暗淡下来。已开花的印度无花果给灰色的菜园抹上了一重金灿灿的色调。在教堂塔楼的废墟后边，堂·普列杜的石榴树好像染上了一片斑斑血迹。

诺爱米觉得自己的整个身心都沉浸在这一片灰色和红色之中。许多年来，她在春天总要犯病，可今年夏天的突然到来却没有使她的毛病好转，相反，每日每时她都愈加强烈地觉得需要孤独，这种感觉驱使她常常独自一人待在僻静处，就像一个没有希望痊愈的病人更乐意沉浸于自己的痛苦之中。

这一天她又是独自一人。艾丝苔尔和露丝接受了教堂主管的邀请，去参加一个节日委员会的活动。贾钦托为米莱塞到奥里埃去采购酒了。是的，他已沦落到了这个地步，沦落为一个曾是流动商贩的仆人。诺爱米瞧不起他，连话也不愿意跟他说，可是当她独自一人的时候，她就仿佛又瞧见他向她弯下身子，用他的酸涩的眼泪浸湿她的脸孔，用颤抖的声音说着："我的，我的诺爱米姨妈，为什么，这是为什么？"他的眼睛充满忧伤，犹如夏日天空那样灼热，使她难以忘怀。

她似乎尝到了他的眼泪留在她嘴唇上的滋味，那滋味包含了人类的一切忧伤，一切软弱，于是她的眼前又浮现出他日常的各种形象，他无力适应现实的愁闷、沮丧的神态，这对他是无法抗拒的，因为他给人这样的印象：他犹如一块巨石，从山上急剧滚落，毁坏了家园，但这种印象很快消失了，只留下他那善良、懊丧、充溢着激情的形象。

是的，这后面一种形象，诺爱米是挺喜欢的，她常常感到这个形象是如此生气勃勃和实实在在，紧紧靠着她，她禁不住脸红，哭泣，仿佛被一个悄悄地走进院子的情人猥亵过一样。

于是她的整个心灵因激情而颤抖，一种欲望的旋风席卷了她，她把她的忧伤的思绪一扫而光，犹如秋风把树上所有枯败的黄叶扫落、卷走一样。

她感到一阵眩晕，就像那天一样，她的眼泪就跟贾钦托的眼泪溶在一起，她用贪婪的、颤抖的嘴唇吮吸她从来不曾给予的、也从来不曾接受过的所有的吻，就像吮吸一只酸果的鲜汁一样。贾钦托的青春、热情和痛苦倾注到她的身上，她把自己的年龄、自己的外表、自己的本质统统置之不顾。她仿佛觉得自己仰卧在一个茂密的树林之中，沉浸于一泓清亮的泉水。她看见一个弯下腰的身影在她的嘴唇上吮吸着，吮吸着。那就是贾钦托，然而还有她，渴求爱的活生生的诺爱米。那是一个神秘的精灵，吮吸着整个喷涌的清泉，从她口中吮吸着整个生命，他永不满足地渴求着；随后，他仰卧在茂密的树林之中，沉浸于一泓清亮的泉水，跟她浑然融为一体。

一声敲门声把她唤醒过来。她前去开门，以为是姐姐们或是贾钦托，她害怕他们回来，因为那足以使她停止美好的遐想。但当她看到是波多依大婶时，本能地又把大门关上，拒老太婆于门外。波多依大婶则硬是用力把门推开。

“诺爱米小姐，您想把我像只蜘蛛那样压死吗？我来不是给您过不去的。”

诺爱米往后退了一步，显出冷漠、轻蔑的神态，眼睛瞧着手里拿的布。

“你要干什么？”

“我要跟你谈谈，但却是心平气和的，就像基督徒跟基督徒那样谈话。”老太婆说，一面整理着脖子上闪闪发光的珊瑚项链，她身子颤抖着，神色悲戚，瘦骨嶙峋，像一具骷髅。

“诺爱米小姐，请瞧着我！别低下眼睛，我是来请求您的帮助。”

“向我？”

“是的，向您，小姐。已经三个月，你们不再让我踏进这儿的门槛了，你们是有道理的。但昨天晚上我梦见了马丽娅·克里斯蒂娜夫人，我瞧见她站在我的床前，就像那次临终涂圣油礼时一样。马丽娅·克里斯蒂娜夫人是那样美丽，她戴着白头巾，好像一朵百合花。‘你上诺爱米那里去，’她对我说，‘诺爱米有我的一颗心，因为死人的心是留给了活人的。去吧，波多依。’她对我说，‘你会看到，诺爱米将会帮助你。’这些话是她对我说的。”

诺爱米靠近大门站着，脑袋低垂，竭力想继续做针线活儿，她手里的白布映射出山峦上方天空的红色。

“好吧，您要什么？”

“我这就告诉您。您什么都知道了。年轻人在相爱。我曾经说过：‘如果他们相爱，为什么要阻止他们呢？而我们，年轻的时候不也是恋爱过吗？’可时间一天天过去了，小姐，小伙子变得很古怪。我的格莉塞达瘦得像一根细线。他不让她出门，不让她去干活，只要看到她站在门槛上，便让她进去，如果格莉塞达埋怨起来，他就说：‘为了你，我让姨妈们都难过死了，尤其是诺爱米姨妈。’他也不再说别的什么，因为他教养好，心也善良。但是这些话像毒药一样，摧残人可又不让人叫出声来。”

她叹了一口长气，攥住诺爱米围裙的边角，用乌黑的手指把它卷来卷去。

“诺爱米小姐，我的小姐，您有一颗您母亲的心。我可以这么对您讲。当年我的父亲警告我，如果你再瞧一眼堂·扎姆，我就用赶牲口的刺棒把你的眼珠挖出来。于是，我就闭上了眼睛。从那时候起，堂·扎姆对于我来说就已经死了。可是格莉塞达不是这样，她不可能把眼睛闭上。”

诺爱米身不由己地感到心慌意乱。老太婆像小女孩那样把她的围裙边角卷来卷去，使她非常难受。

“是您的过错。”她严肃地说。“您这么大岁数知道是怎么回事，应该怎样去了结这些事情。”

“我们知道，我们知道……但我们始终什么也不知道，我的小姐！心是永远也不会老的。”

“这点确实如此。”诺爱米承认，但她的声音好像是从嘴里很勉强地说出来的。然而她很快地皱起眉头，抬起冷冷的带有讥讽神情的眼睛，注视着老太婆的眼睛。

“好吧，您要我干什么呢？”

“请您对堂·贾钦托说，是的，请您对他说：要么别再纠缠格莉塞达，要么跟她结婚。”

“应当由我对他这样说吗？为什么非要我去说呢？”诺爱米问道，由于老太婆并不回答她的问话，而只是盯着她瞧，她有一种痛苦的印象，好像老太婆全部知道似的。她垂下眼睛，冷淡而苦涩地说：“我什么也不对他说，您好生想一想，你们是知道这一点的，他是什么人，您是一位坏祖母，竟允许格莉塞达看上一个跟她不相配的人。”

“为什么他跟她不相配呢？一个自由的男人永远是跟一个自由的女人相配的，只要有爱情就行了。我的小姐，您发发慈悲对他说吧，我不是来向您乞求面包，而是比面包更重要的东西，这关系到拯救一个女人。小伙子听您的话，因为他是心地善良的，他说：其他的事我并不遗憾，只是诺爱米为我感到痛苦……好吧，我要让您相信，他总是谈到您，他爱您。格莉塞达甚至嫉妒您了。”

于是诺爱米笑了起来，然而她觉得自己的膝盖直打哆嗦，心中感受到一种黄昏的光辉灿烂美。那是碧波粼粼的大海，点缀着星罗棋布的金色岛屿，远处显出海市蜃楼的美妙景色。她从来没有体验过这种陶醉的瞬间。

刹那间，世界好像完全变了样。老太婆望着诺爱米，在她那呆滞的眼睛里闪烁着狡黠的眼神，就像她那骷髅般的脖子上挂着的那串象征青春的项链。

“诺爱米小姐，那您对我说些什么呢？我能稍稍安心地走吗？是的，您果真会帮助我吗？”

“您走吧。”诺爱米用改变了的声调说道。但是老太婆并没有走，她低声下气地连声道谢。

“我们这穷人家一直是挨着你们的家，就像奴仆靠着主人一样。我们不相往来的状态不能再继续下去了。我的扎南托尼每次从菜园回来，总是一面哭，一面说道，为什么小姐们赶走我呢？于是他拿起手风琴就到这里来，在墙后面拉起来。他说，给诺爱米小姐奏小夜曲来着。小姐，您听到了吗？现在一切都将会很好的。”

“我们希望，一切都将会很好的。”诺爱米说，可是她也不知道什么事情将会很好。她的心头突然涌上一种对所有人的爱的情感。“你对扎南托尼说，让他今天晚上上这儿来，我给他红梨。”

老太婆一把攥住她的手吻起来，泪流满面地走了。诺爱米回到自己的位置上。东方的天空已渐渐黯淡下来，只有山峦的上空仍然如火焰似的一片彤红，仿佛白昼的所有光亮却都集中到那儿了。她竭力控制自己，继续做针线活，可她的双眼既看不见白布，也看不见针，眼前只有那巨大的亮光，那个无边无际的、深远的海市蜃楼的幻景。她好像听到了男孩演奏的小夜曲，听到了歌颂爱情的诗句，在黄昏的炽热空气中回荡。眼前又显现出神甫简陋的平台和教堂，庭院里燃烧着篝火，节日活动热火朝天。突然，她也匆匆跑去，走进了跳舞的妇女行列里，她也参加了节日庆祝活动。她成了所有人当中最狂热的一个，就像格莉塞达和娜托莉娅一样，她感到，所有在场的女人的欢乐、甜蜜和激情，都在她的心中燃烧起来。贾钦托紧紧握住她的手，在她的四周、在庭院里，在这大千世界上，都是节日活动，是为他们俩举行的……

然而，她渐渐苏醒过来。她觉得，篝火已经熄灭了，她血管里的血液也停止了狂热的悸动。她为自己的梦幻感到羞愧。她想起了对老太婆的许诺：“一切都将会很好的。”于是，她思索着对外甥要说的话，说服他走上正道，跟格莉塞达结婚。但愿他们俩幸福！现在，她爱他们两个人，女人以她的爱构成了男人的一部分。但愿他们带着自己的贫穷，带着自己的爱情，在他们走向乐土的旅程中恩爱幸福。她爱他们，因为她感到自己置身于他们之中，已经成为他们的一部分，由于她的爱而跟贾钦托联结在一起，由于她的痛苦而跟格莉塞达联结在一起，她像一位老母亲那样祝福他们，但她觉得自己是经历了一种神秘的生活之后置身于他们中间的，就像耶稣在逃往埃及时置身于父母之间一样……

她像一个孩子，又像一个老人，嘤嘤哭泣，不知道是为了什么缘故，或许是因为幸福的痛苦，或许是因为痛苦的幸福。

这时又有人敲门。她用布擦干眼泪，跑去开门。一个男人走进来，把大门关上。

他是信使。身材细瘦，身穿制服，黝黑的脸膛，胡子大约有八天没刮过了。他手里拿着一张长长的一叠为二的公文。他把淡绿色的硬帽从秃脑瓜顶上取下，望着诺爱米，有点难于启齿。

“艾丝苔尔小姐不在吗？”

“不在。”

“我想……我想交给她这个。但也可以交给您。”他很快地说着，用铅笔在公文的下端写了几行字，“已面交诺爱米小姐，诺爱米·平托尔。”

她严肃地望着，内心在颤抖。无数个问题涌到她的嘴边，然而她不愿在这个全镇人害怕和蔑视的男人面前表露出自己的惊讶和软弱。

信使还有点犹豫是否把公文交给她，但最后终于决定交给她，并迅速地走了。

她开始读这份公文，手里仍旧拿着白布，眼睛仍旧因为爱的泪水而润湿。

“以国王陛下的名义……”公文包含着某种神秘莫测和令人可怕的东西，好像是来自一位邪魔的权贵。

她慢慢地读着，逐渐明白了。诺爱米以为这是在梦中。她又回去坐下，仔细地重新读起来。卡泰莉娜·卡尔塔，职业家庭妇女，要求艾丝苔尔·平托尔小姐在通知书到达的五天之内，归还二千七百里拉，包括根据艾丝苔尔·平托尔小姐签字的汇票的开支。

起初，诺爱米像埃菲克斯一样，以为这是艾丝苔尔的轻率行为。一阵瞬间即逝的红晕掠过她的脸颊，犹如在黑夜遥远的地方刹那间照亮而又熄灭的火焰。她的意识深处猛然涌出一个确信无疑的想法，为了贾钦托，艾丝苔尔不久以前也做出了失去理智的行为，然后是一片寂静、黑暗。是的，前不久她也是这样，可是艾丝苔尔呢？艾丝苔尔不会像她那样丧失理智，艾丝苔尔也不会为了那个冒险家的爱而使家庭毁灭的。

事情的真相像闪电似的击中了她，迫使她跳将起来，踉踉跄跄地从这里跑到那里，她整个人中了邪似的，摇摇晃晃。

姐姐们回家时瞧见了她这副模样。

艾丝苔尔小姐从披肩里伸出手来，拿着公文，露丝小姐点上油灯，因为天已经黑了。

三个人都在一条长凳上坐下，诺爱米恢复了平静和严峻的神情，重新高声念着公文上的内容。姐姐们的脸孔探向公文，因焦急而渗出的汗珠闪出晶莹的光亮。诺爱米抬起眼睛，说道：

“如果你，艾丝苔尔，根本没有签什么字的话，我们就根本不要偿还。清楚吗，为什么要徒自悲伤呢？”

“那他会去坐牢的。”

“他活该！”

“你，诺爱米，你怎么能这么说呢？能让一个基督徒去坐牢吗？”

“那末你准备怎么办呢？”

“偿还。”

“然后去讨饭吗？”

“耶稣也讨过饭的。”

“但是耶稣也惩罚过人的，他惩罚过犯罪者、欺诈者、伪造者……”

“那是在另一个世界，诺爱米！”

当姐妹俩争论时，露丝小姐沉默不语。但她靠在椅背上，冷汗涔涔，两只手像失去知觉一般在腰际垂下来。她生平第一次尝到了一种奇特的感情，为了拯救这个家庭，需要行动起来，做些什么事情。

“唉，”艾丝苔尔说道，她站起身来，把披肩交叉在胸前，“再说需要耐心和谨慎，我上卡莉娜那里去，求她宽容宽容。”

“你，我的姐姐？你上放高利贷的人家里去？你，艾丝苔尔·平托尔小姐？”

诺爱米拉住她的披肩边角，然而艾丝苔尔小姐尽管说要耐心，谨慎，却忍耐不住了。

“艾丝苔尔小姐，算了吧！我的妹妹，你是知道的。困难使所有的人平等。”

她走了。

诺爱米又被一种耻辱和愤怒的强烈感情所主宰，埃菲克斯的形象犹如一个为他人奉献一切温顺的殉道者的形象一样出现在眼前，于是她跑到院子里，站在大门口，等待着有人路过，以便请他去叫长工。

“他，他是全部事情的根由！他曾许诺关照贾钦托，并保护我们防止他……”

没有人路过。四周静悄悄的，就连屋里的露丝也像个死人似的。诺爱米永远也不会忘记这个黄昏时分的等待，她仿佛觉得，这也是她生命的黄昏时分。她木然不动地站在残缺不全的石头门槛上，向前探着身子，她好像在等待着一个神秘莫测的人，一个既是救世主，又是复仇者的人。

响起了脚步声，有点缓慢，又有点沉重的声音：一个身影出现在街道那边，他往这边来，在地平线的暗淡背景下，这身影越来越凸出，越来越巨大。那是个黑色的身影，然而在她的心里却燃起一线希望之光。

他走到诺爱米的面前，发现她的慌乱神情后便停住了步子，而她正用张开的手掌全力支靠着墙壁，以防跌倒。她怀着一种渴求、但又害怕向过路人求援的心情，因而更加惶悚不安。

但来人问道：

“诺爱米，发生什么事了？”

她感到自己的心快要破碎了，要喊救命了。

“普列杜，劳驾，请替我找个人到庄园去叫埃菲克斯。”

“我去，诺爱米。”

“你？你？你……不……”

“为什么不呢？”他尖声嚷道。“你怕我偷你庄园里的西瓜吗？”

她继续含含糊糊、结结巴巴说：

“你不……你不……你不……”

堂·普列杜已猜到了那里面所发生的事情。

他不知道为什么，不过从某个时候起，从他捎来小篮子的那个晚上起，从贾钦托对他说“您把您的钱攒积起来，就像在席子上堆起的豆子，然后把它们喂猪”以后，他就感到一种内心的空虚，一种奇怪的不舒服感觉，仿佛是外地人把自己的空虚和不舒服感觉传染给了他，他想到表姐妹，便产生了一种异乎寻常的怜悯感。他看到诺爱米浑身打战，于是他也把手挨着她的手扶在墙上。他们的脸孔挨得很近，他散发着一种男人的气息，汗味、被阳光晒黑的皮肤味道、酒味和烟草味，而她呢，一种内在的馨香，薰衣草和泪水的气息。

“诺爱米，”他粗鲁而又胆怯地说，把帽子摘下来，然后重又戴在头上。“如果你们需要我，就对我说。究竟出了什么事啦？”

诺爱米没有回答，她无法说什么。

“出了什么事啦？”他高声重复着。

“我们给毁了，普列杜……”她终于开口说道，好像违背自己的意愿而说了出来。“我们完了，贾钦托伪造了艾丝苔尔的签字……女高利贷者为此告了我们……”

“啊，刽子手！”堂·普列杜用拳头猛然敲打着墙壁，嚷了起来。

诺爱米很害怕他这声叫喊，需要保持体面的意识使她恢复了镇静。她好像觉得，邻居们都已探出身子来探听她的贫寒的秘密。

“请到里面来，普列杜，我都告诉你。”

他走进二十年来连门槛也未跨过的里屋。

油灯在老式的凳子上燃着，它的火焰似乎怜悯地伴随着露丝小姐，她仍然一动不动地坐着，脑袋靠在椅背上，两只手僵直地垂下。她那半边被油灯照亮的脸孔是蜡黄的，在阴暗处的另一半则罩在黑暗中。半睁半闭的眼睛向上翻着，好像只是在努力盯着远处的一个点。

堂·普列杜一看见她，吓得跳起来，突然又站住不动了。从他的动作中，诺爱米已经明白发生什么事了。她恐惧地望着他，然后看看姐姐，跑过去摇着她。

“露丝，露丝？”她小声叫唤，朝她俯下身子，紧紧抱住她的两个肩头。

露丝的脑袋向下耷拉着，一会儿倒向这边，一会儿倒向那边，随后她整个身体好像探向前方，弯下身去，倾听地下向她发出的叫唤声。

扎南托尼手风琴的如泣如诉的乐音，犹如远处投射来的一缕光，传到了慌乱、痛苦的诺爱米耳中。男孩子用童音自伴自唱，他的充满难以诉说的哀愁的歌声在温馨、明亮的夜空中回荡。诺爱米仍然跪在椅子旁边，椅子上躺着露丝小姐的尸体，她抬起眼睛环顾四周。只有她独自一人。堂·普列杜跑去叫艾丝苔尔小姐了。她回想起老太婆的话："扎南托尼给你拉小夜曲来着。"从她那发青的嘴唇中，吐出一声痛苦的呻吟。凄厉的呼叫、呻吟和哀鸣，跟手风琴的乐曲声、男孩的歌唱声融为一体，犹如一个在森林中被遗弃的受伤者的喘息声，跟夜莺的婉转的啼鸣交融在一起了。

但刹那间，万物都归于寂静无声。随后只听得纷乱的脚步声和嘈杂的人声，小院里挤满了人。诺爱米看到男孩挨着自己，脸色苍白，眼睛睁得大大的，把手风琴紧紧贴着胸脯自卫，好像防止有人袭击一样。她在他耳边说道：

"你快跑，去叫埃菲克斯。"

第十章

露丝小姐去世了，阴影和寂静又重新笼罩着这个家庭。

埃菲克斯坐在小台阶上，手中拿着一朵小茉莉花，脑袋仰靠着墙壁，他怀着一种模糊的恐惧心情等待着贾钦托的归来。

贾钦托没有回来。毫无疑问，他已经知道他闯下了大祸，所以犹豫不决，不敢回来。他如今在什么地方呢？在奥列那，还是在努奥洛，或者在更远的地方呢？

埃菲克斯努力把令人惊骇的三天来的思绪、回忆和印象汇拢在一起。他似乎觉得，他仍然坐在他的茅屋前面，倾听周围桤木丛中夜莺的啼鸣，那和谐的乐音，好似河水的潺潺声，在空中飘荡，使夜晚显得凉爽清新。那乐音是那么悦耳动听和令人伤悲，以致晚间的幽灵们也一动不动地藏身在山丘边，探身倾听着。埃菲克斯觉得自己好似被一阵狂风带走了，他靠回忆和希望聊以自慰。他等待着贾钦托，贾钦托来到这儿，带来十分离奇的消息，他已找到了工作，他履行了自己的诺言，让老姨妈们得到安慰。堂·普列杜提出要娶诺爱米为妻……

然而，贾钦托没有露面，倒是扎南托尼来了，胸前捧了一件什么黑乎乎的东西，好像是一头死去的秃鹫。从那一时刻起，埃菲克斯直觉得自己像是个被高烧击倒，陷入神志不清状态的人。多可怕的噩梦啊，漆黑的夜间隐约显出一条白茫茫的大路，手风琴声从山上流泻下来，使夜莺也停止了啼鸣！所有的精灵和魔鬼在阴影中蠢蠢欲动，飘忽不定，追逐着他，包围着他。

现在，他又重新等待着。可是贾钦托也好像变换了妖怪似的形象，好像夜间的幽灵把他拐到他们的神秘王国里去，以致他从那里回来时，模样儿已经变换了。

要是他再也不回来了。那倒也是件好事。

从厨房里透出一缕微光，把庭院的一角照亮，可以听到里面有某种细微的声响，诺爱米和艾丝苔尔小姐在里面走动，但好像她们也害怕，害怕让人听见她们的声音，让人感觉到她们的存在。

忽然有人推开大门，这三个人，两个女人和长工霍地跳了起来，好像从那死亡的噩梦中苏醒过来似的。

还是波多依大婶，她来询问贾钦托的消息。她像一个阴影似的往前走动，但看来她让一个什么人留在了外面，因为她转过身去张望，而小姐们以厌恶的神情往后退了几步。

“已经五天了，不见小伙子踪影，不知道他在什么地方？埃菲克斯，我的宝贝，你说说看，他在哪里？”

“我怎么能告诉你连我也不知道的事呢？”

“你告诉我，你告诉我，”她固执地坚持着，朝埃菲克斯弯下身子去，手里托着脖子上的项链，几乎想把它摘下来送给他。

“你们把他赶走了吗？是诺爱米小姐把他赶走的，是吗？告诉我，你是知道的。我的格莉塞达痛苦得要死啦……”

她弯下身子，深深地弯下身子，她那黑色的侧影，好似一座山岳的轮廓，在埃菲克斯眼前闪烁着一颗星星。

“我的宝贝，我能给你什么呢？”

“老大婶，什么也不要！”他高声说道，“我向您发誓，我不知道！他回到这里，我就告诉您……”

“埃菲克斯，你是好人！上帝会保佑你的。你到外面来……安慰安慰她吧……”

她一把攥住他的手，把他往外拽。格莉塞达正靠在墙上，呜呜咽咽地抽泣，好像在抗议一座监狱，里面禁闭着全部幸福，但她却无法进入。

“哎，你怎么啦？他会回来的，肯定会回来的。”

“我的宝贝，你听见了吗？”老太婆说道，去拉靠在墙上的姑娘，“他会回来的！他没有永远离开这儿，没有！”

“是的，他会回来的，姑娘！”

格莉塞达拉住埃菲克斯的手，一面抽泣，一面吻起来。他感觉到她那被泪水浸湿的嘴唇，吻了他的手指，犹如一朵被露水润湿的鲜花留下了印痕。他浑身打了个寒战，他感到三天来一直侵扰他的噩梦烟消云散了。

“他会回来的。”他高声重复说。“一切都会顺利的，他会悔过自新，痛改前非。你们会幸福的，一切都会顺利的……”

两位得到安慰了的女人走了。他又回到屋里来，只见诺爱米在他面前站着，好像一条可以触摸到的静止不动的黑影。

“埃菲克斯，我都听见了。埃菲克斯，你休要起坏念头，让我们也死去。贾钦托绝不能再回到这个家来了。”

埃菲克斯手里仍然拿着那支茉莉花，花儿在黑暗中颤抖，仿佛它也蒙受了痛苦似的。

“让你们死去……我！为什么？”

“埃菲克斯，我都听见了！”她用单调的声音重复着。突然，她的影子跳将起来，黑影好像变得高大，变得魁梧了，埃菲克斯觉得好像一只老虎向自己扑来。

“埃菲克斯，你明白吗？他绝不能再进这个家门，也不应再进这个小镇！你，你是一切灾祸的根源，是你让他来的，你说过你要保护我们不受他的伤害……你……”

埃菲克斯像一个忏悔者似的摘下帽子。

“诺爱米小姐，原谅我吧！我原以为是做好事……我本来这么想的：当我不在人世的时候，至少有人会来保护你们……”

“你？你？你不过是一个长工罢了！你不甘心让我们当贵族，你想看到我们用你的背囊去沿街乞讨。让乌鸦先啄掉你的眼珠子。你看到我们姐妹当中的两个从这里走了……可另外两个姐妹绝对不会这样的。你永远是长工，我们永远是主人……”

埃菲克斯在胸前画着十字，好像面对着一个着魔的女人。他跑去拿他的背囊，以便逃到世界的尽头去。然而，艾丝苔尔小姐一把拉住他的手，步步紧逼着他的诺爱米，像露丝小姐一样倒在凳子上，紧闭双眼，脸色发紫。

他走到屋外，坐在小台阶上，整整一夜他把脸孔埋在双手间，一动不动。

天亮之前，他动身去寻找贾钦托。他走了一程又一程，起先大路呈现出灰色，慢慢地呈现出白色，最后化作玫瑰色。曙光仿佛从山谷升起，好像绛红色的烟雾，浸染了地平线上一座座奇妙的山峰：科拉西山，乌迪德山，贝拉·维斯塔山，萨·巴尔迪亚山，桑突·尤阿内山，诺乌山，在璀璨的盆地上耸起，就像清晨绽开的一朵硕大的鲜花上的花瓣。天空也好像要折下腰来，因这美景而显得苍白和激动。

随着太阳的冉冉升起，奇妙的景色消失了。乌鸦展开像尖刀似的发光的双翼，尖声叫着飞掠而过。罗尔托贝内镇展露出它用石块垒成的圆锥状建筑的轮廓，它的对面是白色堡垒状的奥里埃那镇，在这两座市镇之间的地平线上，出现了努奥洛市的主教堂。

埃菲克斯走着，眼前像蒙上了一层热雾似的。他觉得自己好像是个死人似的走着，像一个接受惩戒的幽灵似的走着，他必须走到那永无止境的目的地。然而，不时有一种叛逆心理向他袭来，促使他停下脚步，坐在柱式护栏下眺望着远方。沿着河谷和山峦上升的道路，蜿蜒在橄榄树岩石和印度无花果之间，是的，他觉得这整个一条灰色的道路，是他蒙受磨难的道路，也是一条能够通向自由之地的道路。他一面思索着，一面打量前面奥尔托贝内市的轮廓，那是一个用花岗岩建筑起来的城市，它有许多宁静、坚固的古堡。我何不独自在那儿藏身，以野草和偷来的肉为生，像一个强盗那样自由自在呢？

在河谷的豁口处，他瞧见峭壁上面雕刻的一个钉在大十字架上的耶稣像，这十字架好像上与蓝色天空沟通，下与灰色地面相连。于是他赶紧低下脑袋，跪了下来，为自己的胡思乱想感到羞愧。

贾钦托在奥里埃那镇。他已经得知所发生的灾祸和露丝姨妈的去世，他害怕回到那里去。他靠着替米莱塞卖酒获得的回扣，很少的几个里拉勉强度日，可是他不知道以后该怎么办？他从位于小院尽头上方的一间简陋的小房的小窗户眺望远方，犹如从小洞里眺望庞大的依斯波诺山的西莱大河谷，努奥洛主教堂，以及涂上一层玫瑰色的高高的云天。

然而他连努奥洛也不想去，他怀着一种期待的心情，期待着还要发生什么事情。于是，他在小镇上东游西逛，白天在教堂门口懒洋洋地晒太阳。白色的小镇在明澈的蓝色的山峦衬映下，仿佛是大理石和空气造成的，它像采石灰场似的炎热，但不时有一阵海风吹过，使它凉爽不少。果园里的核桃和桃子在潺潺水声和鸟儿的啁啾声中喁喁细语。

贾钦托打量着那些去做弥撒的妇女们，她们端庄、严肃、宽宽的脸庞在黑缎子似的头发的衬托下略显苍白。她们赤裸着小鹿似的脚踝，穿着漂亮的绣花小鞋，坐在教堂的地板上，身上穿的是红色的紧身衣，几乎整个身体都被绣花的披肩掩盖了，使人犹如置身于花园一样。教堂里到处都是悬挂的彩带和偶像，镶嵌有珠子眼睛的小巧而乌黑的圣人，肥胖而变形的圣人，他们与其说是偶像，倒不如说是魔鬼。

圣礼完毕之后，妇女们纷纷回家，贾钦托也往他的栖身之处走去，打一个教堂废墟的前面走过，这衰落的教堂使他想起姨妈们的家。他与其说想格莉塞达，不如说更想诺爱米姨妈，他真想放声痛哭一场，跑回家去，挨着在院子里做针线活的她坐下，挪开缝制的衣服，把脑袋贴着她的膝盖。不过，他马上又为自己的梦想而感到羞愧，便回到僻静的小房间的小窗前，眺望着努奥洛主教堂，或许，只有在那里，他才能得到拯救。

燕子窝随着时令的变化而显出了石头般的颜色，构成屋顶和小窗户之间的装饰。每一个窝里簇拥着一群雏鸟，不时有一只发光的、小小的圆脑袋像软体动物一样露出来，一只雏燕脱壳而出了，随后又是另外一只，十只，二十只，它们飞来飞去，划出一个个小小的黑十字架，在贾钦托的小窗口周围发出忧伤的呼叫。

当小燕子几乎是擦着他的脸孔飞过的时候，他真想逮住一只。他一动不动地埋伏在那里，就这样消磨着时间。然而，有一天。当他瞧见了埃菲克斯疲惫不堪的身影朝小庭院走过来的时候，终于明白，他正是在等待着埃菲克斯。

长工来到小窗户的下面，默默无语地抬起头来瞧着。他几乎大吃一惊，呆呆地几乎张不开嘴了，但他朝着街道晃了晃脑袋，示意贾钦托跟他走，于是贾钦托尾随在他后面。

他们走到教堂后面，背靠着断垣残壁，眼前是灿烂明媚的田园风光。

“哎，好吗？”埃菲克斯用颤抖的声音问道。

这句话让贾钦托发笑，不知道为什么，面对长工的寒碜模样，他突然觉得整个人有了精神，心中充满了恶意。

“你问我好吗？我正要问你呢。又出了新鲜事迫使你来跟踪我吗？你上这儿来莫非是为诺爱米姨妈的婚礼采购喜酒？”

“请你尊重你的姨妈们！你再也看不到她们了。露丝小姐去世了。”

于是贾钦托垂下脑袋，瞅着自己的双手。

“瞧你，瞧你！连一句表示悲痛的话也没有，你说说！也没有一滴眼泪！她是为了你的缘故去世的，卑鄙的东西！为了你的缘故，她痛苦地死去了。”

贾钦托的肩膀开始颤抖，他的下唇也哆嗦起来，然而他愤怒地咬紧嘴唇，一会儿紧握拳头，一会儿又松开手掌，仿佛想攥住什么，又想扔掉什么东西似的。

“我究竟干了什么啦？”他傲慢地问道。

埃菲克斯痛苦而蔑视地仰望着他。

“你还问得出口呢？如果你不知道究竟干了什么，那为什么你还要待在这里？我什么也不想对你说，也不打算问你什么，因为你什么也没有了，连良心也没有！我只是来告诉你，你再也别进她们家的门！”

“你满可以不必这样辛劳的！谁想进那个家门了？”

“你就这么回答吗？你至少说说你打算怎么办？你已经逼得你的不幸的姨妈们去讨饭。你打算怎么办呢？”

“我会全部偿还的。”

“你？开空头支票吗？唉，够了，我的上帝！我再也不相信了！你如今休想骗任何人了，知道吗？该收场了，你别再装模作样，因为我们再也没有什么东西可以给你了，卑鄙的东西，明白吗？”

于是轮到贾钦托抬起头来仰望着埃菲克斯，做出一副诧异而又凶狠的姿态，然后又张开双臂，好像要从地下站起来，晃动全身向埃菲克斯撞去，活像一只朝它的猎获物冲击的老鹰，他的眼睛和他的牙齿在黄昏的落日下闪闪发光，面目显得十分狰狞。

“你说，你不感到羞耻吗？”贾钦托小声说道，攥住他的胳膊，死死地盯住他的眼睛。

埃菲克斯觉得那目光直射入他的眼睛，燃得瞳孔火辣辣的，耳朵里回响着他的怒吼。

“你不感到羞愧吗？你这个卑贱的东西！我可能做错了事，但我是年轻人，我可以改正。你为什么要来折磨我呢？我就知道你会来的，我早就等着你。你，你至少应该理解我，而不是诅咒我。你明白吗？为什么现在你不回答呢？啊，刽子手！啊，你现在发抖了，滚吧，我为接触了你而感到耻辱。”

他用力推开他，走了。埃菲克斯追上他，一把攥住他的手。

“等一等！”

他们沉默了一会儿，好像在倾听来自远方的一种声音。

“贾钦托！你只告诉我一件事。贾钦托！我作为一个垂死的人对你说话。贾钦托！看在你母亲的份上告诉我！你是怎么知道的？”

“这跟你有什么关系呢？”

“告诉我，告诉我，贾钦托！看在你母亲的份上。”

贾钦托永远也忘不了埃菲克斯那一瞬间的眼睛，那双眼睛好像是从地狱的边缘向他乞求饶恕，而那双手紧紧握住他的手，把它用力朝向地面拽去。长工的身子弯曲了下去，不断弯曲下去，渐渐地倒下去。

一片寂静。

埃菲克斯松开贾钦托的手，他弯曲着身子跌了下去，一面摸索着地面，一面开始咳嗽和吐血，他的脸孔呈现出腐烂了似的铁灰色。贾钦托以为他要死了。他把他拉起来，让他的肩膀靠在墙上，他站起来，低头俯视着他。

“告诉我，告诉我！”埃菲克斯喘着气，用嘶哑的声音说，一面抬起被鲜血染红的手掌，“是你的母亲吗？你至少告诉我，不是她。”

贾钦托摇了摇头，表示不是。

于是埃菲克斯似乎平静下来。

“是的，”他小声说道。“是我杀死了他，你的外祖父，是的。我曾在马路上，在教堂里，忏悔过千百次，但我并不是为了她们才这样做的。如果没有我，谁来照顾她们呢？但那毕竟是场灾难。贾钦托！这点我向你发誓。我早就知道你的母亲想出逃，我同情她，因为我爱她，这是我的第一桩罪过。我竟打她的主意，我是个小人，是个仆人啊。于是她利用我的感情，为了出逃而借助我的一臂之力……而他，作为父亲已经看出了这一切。一个晚上，他想杀死我。我出于自卫，用一块石头击中他的脑袋。他像个陀螺似的围着自己打转了一阵，用手抱住后颈，在远离袭击我的地点倒下去了……我以为他是装腔作势……我等着……我等着……等他爬起来……随后我开始流汗了……但我却不能动弹……我一直以为他是假装的……我瞧着他……瞧着他……就这样过了很长的时间。我终于走近了……贾钦托？贾钦托？”埃菲克斯气喘吁吁地用微弱的声音重复了两次，好像仍在呼唤死者一样。“我叫了他一声……他不回答。我不敢去碰他……于是我逃走了，后来我又回来了……一连三次都是这样，我始终没有去碰他，我害怕……”

贾钦托沐浴在天空的红霞中，投下一条高高的黑影，他倾听着，肩膀瑟瑟颤抖，埃菲克斯仰望着他，以为看到了整个地平线的晃动。

突然，贾钦托什么也没说，扭身就走了，埃菲克斯于是发现面前是一片自由的空间，笼罩着阴影的玫瑰色的河谷，往上，再往上，一直到洒满晚霞的黑沉沉的努奥洛山丘。

四周静悄悄的，只有从断垣残壁中飞出来的燕子的几声尖叫，以及远处响起的马蹄声，越来越远的马蹄声。

“是贾钦托，”埃菲克斯想道，“他骑上马回那儿去了，他会向姨妈们吐露全部真情，并粗暴地对待她们……”

他倾听着。他觉得重新听见了马蹄声敲打在墙头上，敲打着他头顶，然后往下，敲打着他的身体，他的心脏。

“他什么也没对我说就走了！可是我，当他对我谈起跟船长的事情时，我的表现可不是这样的！”

忽然，他像被什么东西叮了一下，猛地跳了起来，抖掉衣服上的尘土，走了。他沿着大路往前走，走过教堂，脑子里浮现出贾钦托回到家里粗暴对待女主人的情景。

然而，他回到家里，整个家庭重又笼罩着死一般的寂静。

艾丝苔尔小姐正在清洗准备磨面的麦子，把筛子里的麦子浸在一个盛满水的深底圆锅里，所有的小石头子全汇集到筛子的一角，她用力抖动筛子，把小石头子儿统统颠出去。小麦里有许多尘土和小石子，因为这是麻袋中留给她们的最后一点粮食。

但埃菲克斯最难受的，是看见诺爱米小姐头上扎着露丝小姐的白头巾，表示哀悼。

她苍老了，脸孔像她那条补了又补的床单那么苍白。

他面对着她们坐在长凳上。三个人都很平静，就像什么事也没有发生过一样。

“他走了没有？”诺爱米问。

“他会走的。”

她盯着他瞧了一会儿。她发现他是那样苍白、干瘦。怜悯之心油然而起，她不再说什么了。

连续八天，他们三人都生活在忧心忡忡之中，希望贾钦托回来，弥补过去所做的坏事，又希望他已经远走高飞，永远也不会再露面了！

第十一章

秋季的一天，埃菲克斯来到堂·普列杜的家里。

只有两个女佣人在家。一个上了年纪的胖胖的女佣人，摆出一副修道院长妹妹的令人生畏的架子，另一个年纪轻些，动作利索，正受着疟疾寒热的折磨。他必须在底层房间里等着，漫不经心地打量着宽敞的庭院里栅栏状的架子，上面晾晒着绿色和黑色的无花果，紫色的葡萄，用罩布盖住的西红柿片。整个家庭显得宁静和富足。修剪过的棕榈树枝在明亮的墙壁上投下波动的影子，鲜红的石榴绽开在金灿灿的叶子间，露出珍珠般的果粒，犹如小孩洁白的牙齿。埃菲克斯不由联想到他可怜的女主人们的可悲的家庭，想到诺爱米好像黑暗中的一朵鲜花，渐渐地枯萎……

"你瘦了好多，"上了年纪的女佣人坐在房门口纺线，对他说道，"你发烧吗？"

"他们在啃我的骨头，剔我的肉，上帝保佑。"他叹了一口气，瞅着自己抖抖索索的发黑的双手。

"你的女主人们好吗？在教堂里也见不到她们了。"

"打那次大灾大难以后，她们连教堂也不去了。"

"堂·贾钦托不回来了吗？"

"不回来了，他在努奥洛找到了工作。"

"不错，我的主人最近遇见了他，但那份工作好像不很称心。"

"只要能糊口就行了，斯苔法娜！"埃菲克斯提醒说，但没有抬起头来，"只要能糊口，又不犯过失就行了。"

"这是不容易的，我的宝贝！怎么能过河水蹚不湿鞋呢？"

"打桥上走，"另一位在院子里剥一堆杏仁的女佣人插嘴说，随后问道。"那末格莉塞达呢？她也戴着孝不再出门了。"

埃菲克斯没有吱声。

“堂·普列杜现在还常上你们那里去吗？”

“我不知道，我一直待在小庄园里。”

这勾起了佣人们的好奇心，因为一个时期以来，她们的主人不时给表姐妹们送去礼品，尽管他背底里嘲笑她们，但却不允许其他人当他的面说她们的坏话。不过，埃菲克斯不愿意跟她们说知心话。堂·普列杜打发人去叫他，他上这儿来等他，不是为了闲聊。低烧和虚弱使他的耳朵边不断响着一阵阵噬噬嗡嗡的声音，他好像听到夜晚的河水的潺潺声，听到遥远的地方传来的隐隐约约的声音。他的脑袋里装着整个世界，这个属于他的世界是跟现实世界毫不相干的。

对他来说，贾钦托已经无关紧要，还有格莉塞达，甚至女主人们现在对他也是无足轻重的了。所有的一切他都觉得是遥远的，而且越来越遥远，好似他已经登上了一条航船，从灰暗浑浊的海面上望去，陆地从地平线上渐渐模糊，以至消失。

这时堂·普列杜走了进来，但已不像过去那样肥胖，好像稍许掉了些肉。金链子在喘吁吁的腹部晃动。

埃菲克斯站起身来，不想再坐下去。

“最好出去走走，”他说道，一面用手指指门外，好像一个要出门到远地方去的人。

“你有很多事情吗？去参加什么节日活动？”

堂·普列杜的讽刺不再使他感到难堪，但对节日活动的暗示使他的心怦然悸动。

“是的，我想去参加圣·科西摩和圣·达米亚诺节。”

“好吧，你去吧！我想你不会马上去的。坐下，我有一个问题要问你。斯苔法娜，拿酒来！”

但埃菲克斯做出一种恐惧的动作，推开酒杯。他将永远不再喝酒，永远不再沾上任何恶习！他已经忌酒两个月了，有时候口渴得厉害，他为了赎罪也滴酒不进。他恭顺地坐着，重又瞅着自己的双手，而堂·普列杜一面警惕地注视着院子，以防女佣人们偷听，一面悄声问道：

“告诉我，我表姐妹们的事情怎么样了？”

埃菲克斯仰起头来，但随即又垂下眼睛，脸孔涨得通红，好像一具烧过后失去了血肉，只剩下一张皮的骷髅头。

“我的女主人们不再相信我了，她们不再对我谈她们的事情。这是对的，对我说些什么呢？我只是一个长工。”

“欠你的工钱，可又不付给你！就这件事她们至少应该跟你谈谈。她们欠你多少？”

“我们不谈这件事，我的堂·普列杜！别难为我了。”

“你自己难为自己，傻瓜！好吧，你听着，我有几次上她们那儿去，压根儿就不可能从她们的嘴里套出半句话来。也许艾丝苔尔还会说些什么，可是诺爱米生硬得就像块马蹄掌。发生露丝的不幸的那个晚上，我偶然打那里经过，只有那个晚上她才对我信得过。看在上帝的份上，我敢打赌，只是因为她陷入了绝望。以后她又恢复了敌视的态度。当我上那儿去的时候，开始对我还好，但时不时地恶狠狠地斜眼瞧着我，好像她们的不幸是我造成似的。如果艾丝苔尔要开口说话，她是那样凶狠地盯着她，以致艾丝苔尔到嘴边的话也没有了。”

“她也是这样对待我的，”埃菲克斯说，“的确是这样。”

他几乎感到一种慰藉，因为对诺爱米凶狠的眼神的回忆，比一直折磨着他的悔恨更加厉害地困扰着他。

“现在，你听着。因为从她们那里什么也打听不出来，我便问了卡莉娜。可她，愿恶魔绞死她，竟也守口如瓶。那个该死的女人精通自己的营生，她装作相信艾丝苔尔真的在贾钦托的支票上签了字，而且表白，她只关心自己的事。我知道你和艾丝苔尔到她那儿去过，试图找到挽救的办法。卡莉娜把支票延长了三个月的期限，但又抬高了一旦不能如期兑付时应付出的费用和高额的利息。艾丝苔尔把小庄园和住宅都抵押了进去，这简直是把绳索套在了自己脖子上。是这样，好吧，现在呢，已经是十月份，你们怎么办呢？”

“我也不知道怎么办，她们什么也不对我说。”

“我知道艾丝苔尔到处找钱，她找得好苦啊，但她会碰得头破血流，什么也得不到。我知道，她还准备卖掉小庄园，然而不是卖给我。”

埃菲克斯瞅着自己的手指，沉默不语。但堂·普列杜对他这种漠然处之的态度感到愤怒，用手猛地拍打他的膝盖。

“木头圣人，你想些什么？你说，想什么？”

“好吧，我对你说实话，我希望贾钦托能还清他的债。”

于是堂·普列杜在椅子上哈哈大笑，笑得流出了眼泪，胸脯猛烈起伏，肉乎乎嘴唇间的牙齿闪闪发亮。连他交叉放在胸前金链子上的指头也好像在耻笑似的。

埃菲克斯惊慌地望着他，眼睛里充满像一头受伤野兽似的惶恐神情。

“如果他饿死了呢！前天我看见了他，衣衫褴褛，鞋子也破了，连自行车也卖掉了，其他我就不必对你说了！”

“不，你说！他偷窃了！”

“偷窃了？你疯了吗？现在连你也说起他的坏话来了，那朵稚嫩的小花，那位美妙的天使。他偷什么啦？连偷窃这一行都不会干的。”

“他说了些什么？他会回来吗？”

“如果他脑子里会闪过这种念头，我就折断他的两条腿。”

堂·普列杜说道，脸色顿时阴暗下来。

埃菲克斯突然感觉到，他的不幸的女主人们终于有了一个靠山，一位胜过他的保护者。啊，愿上帝保佑，他不会扔下她们不管的。于是，他旧日的希望忽然又复活了，那就是希望堂·普列杜娶诺爱米为妻，这样他的女主人的家庭将从废墟上复兴起来。然而他的欣喜犹如过去曾经燃起的希望之火一样，很快就熄灭了。他又重新置身于他的荒芜的沙漠，他的茫茫大海，他的神秘而可怕的旅途，去接受主的惩戒。即使大千世界中的万物都是属于他的，即使他忽然成为国王，即使他拥有使世界上所有的人都获得幸福的特权，也不足以勾销他的罪恶，也不足以把他们从地狱中拯救出来。因此他怎么能高兴得起来呢？他重又低头瞅着自己的双手，以便掩盖自己眼神所反映出的坚定而顽固的想法。

“贾钦托不会回来，更不会掏出钱来还债，我向你担保。但你得记住我对你说过上千次的事情，我想要小庄园，我来付清全部债务，这样你们可以保住房子。你设法去说服她们，那些木头脑瓜们。我把你留下当我的长工。”

“为什么您不去对她们说呢？她们不会听我的。”

“难道她们就听我的？我曾设法跟她们谈这件事，然而好像对牛弹琴。你应该说服她们，你。”他高声说道，又用手掌在他膝盖上拍打了一下。“你是愿意她们好的，是吧，这就是唯一的出路。你应该这样去做，你的义务是打开她们蒙住的眼睛，如果她们是瞎子的话。你必须这样去做，明白了吗？你的耳朵里有虫子吗？”

实际上，埃菲克斯显露出一副漠然的样子，像一个聋子一样。

应该这样吗？堂·普列杜是在威胁吗？或许堂·普列杜知道了什么事情？对于他来说，如今什么也不在乎了。他唯一害怕的是下地狱，但他还是以为，或许堂·普列杜是有道理的。

“那我该怎么去做呢？”

“你应该表现得像个男子汉，哪怕只有一次也就够了。你应该对她们说，如果不愿意付给你工钱的话，那末至少应该以感谢的方式来报答你。如果小庄园落到另外一个主人的手里，你就会像条狗似的被赶出门去。是的，上帝会帮助我的。不过，你要跟叫花子们一起去参加节日活动。”

埃菲克斯不由浑身震颤，因为那正是他苦苦思索出来的悔罪的法子。他站起身来说道：

“我会尽一切努力的。但唯一的要求是……”

“唯一的要求？”堂·普列杜攥住他的衣袖问道，“你坐下，魔鬼，喝一杯。唯一的要求是什么？”

埃菲克斯重又倒在椅子上，他哆哆嗦嗦，汗流浃背，像是要晕过去了。

“就是要您娶诺爱米小姐为妻。”

堂·普列杜又狂笑起来，他笑着，但牢牢按住埃菲克斯，似乎不肯让他离开。

“你多有意思啊，魔鬼！我要雇你一辈子，你却在我情绪不好的时候拿我来开心！

我让你娶斯苔法娜当老婆，也许她对你来说胖了点儿，但她不会给你带来危险，因为她已经三十过头了……”

“斯苔法娜，斯苔法娜！”他大声嚷道，继续不让他走开，朝着房门转过笑容可掬的面孔，“你听着，这里有位求婚的人。”

女佣人探进身来，她皮肤黝黑，肚子肥大，胸部臃肿，脸孔严肃得像个贵妇人。埃菲克斯带着乞求的神色看了她一眼。

“堂·普列杜想笑嘛。”

“真是个坏兆头，他想笑的时候，别人就必须要哭。”女佣人说道，无视主人的目光。在她的身后，另一个女佣帕恰娜，脸上罩着一重让人猜不透的苍白，紧抿着嘴，露出两个小酒窝。

“我对你说过，你将会跟埃菲克斯结婚的，斯苔法娜。现在你表示不同意，过会儿你就会同意的。有什么好笑的呢？”

“这是嘲弄你！”帕恰娜在后面低声说。

她碰了斯苔法娜一下，敦促她回驳主人。但胖女佣一本正经，没有兴趣去开玩笑。她没有说什么，直到主人和埃菲克斯一起出去。

于是两个女用人开始议论主人的表姐妹们的短处。

“当我提着篮子，带着礼品上那儿去的时候，她们对待我就好像我去向她们讨饭吃似的，其实，却是我给她们送东西去！你没有看见埃菲克斯脸黄肌瘦的样子吗？她们已经二十年没给他工钱了，现在连饭也不给他了。你没有瞧见我们的主人在谈到他的表姐妹们的时候是多么激动吗？”

“岁月不饶人，就是小马驹也要变老的，”斯苔法娜评论说。但是她俩都感到，她们那没有女主人的命运正面临着某种新鲜然而又是严重的变化。

堂·普列杜陪着埃菲克斯，沿着被方才下的大雨浇湿的路走着。青草在荒僻的住宅的墙壁上蔓生。温馨而深沉的静寂笼罩着一切，金黄色的云彩在湿润的青山上方缓缓飘动，从小镇的高处可以望见贵族小姐们的大门前一片被镀金似的灯心草覆盖的草地，白沙聚成的小岛之间的碧绿的河流。四周安静得可以听到妇女们在岸边一棵孤零零的松树下拍打衣服的声音。波多依大娘站在自家的门槛上，一只手扶着墙，另一只手搭在眼睛上张望着，她似乎衰老瘦弱了不少，而她瘦骨嶙峋的身上佩戴的首饰却更加显眼，带着凄凉的色彩。

“你干什么呢？”堂·普列杜向她表示问候。

“等我的格莉塞达，她到河边去了。说实在的，我是不愿意她去的，因为小伙子，您的外甥不许她去，如果他知道了，肯定会生气的。可是我的格莉塞达总是做她所要干的事情。”

“他给你们写信了，贾钦托？”

“给谁？写信吗？从来没有过。没有一点他的消息，不过他一定会回来的，因为他作过了许诺。”

“是的，连死人也要回来的，您说呢！”

老太婆朝埃菲克斯转过身去，他站在那里低垂着脑袋，瞧着石头子地面。

“他没有对你说过要娶她吗？你快告诉我，他说过没有？”

埃菲克斯打量了她一眼，就像打量斯苔法娜一样，没有回答。

“最使我不舒服的是贵族小姐们的怨恨。”老太婆一面说，一面又朝河边张望。“她们不欢迎我们，只有扎南托尼有时可以进入她们那比巴洛尼城堡更加闭塞的家里去。她们宽恕卡莉娜，虽然她像瘟疫那样令人讨厌，我对她们却不这样。愿圣母帮助她们。话又说回来，小伙子回来后，一切都会好起来的，诺爱米小姐也是这样说的。”

两个男人走远了，但老太婆追到堂·普列杜的身后，招呼他，小声对他说：

“你能不能为我做件事呢？请您对格莉塞达说，不要去河边，好吗？这对于她来说是不体面的，因为她要跟一位绅士成亲。”

堂·普列杜张开他那肥厚的嘴唇，很想笑出声来，说一句他平时常说的傲慢无理的话，但他只是朝抖抖索索的老太婆低头看了一眼，望着她那摇晃的项链和耳环，于是他也摸摸自己的金项链，脸色阴沉下来，就像那天晚上他看到外甥颤抖的肩膀一样。

他赶上埃菲克斯，两人在贵族小姐们关闭的大门前停住脚步。小台阶上长满了大荨麻草。堂·普列杜每次回想起诺爱米站在那里在阴影中等待的情景。

“好吧，那我们一言为定？你必须按照我对你所说的去做，明白了吗？”

“明白了。我尽一切努力，”埃菲克斯说。他敲门，但没有人来开门。堂·普列杜悄然站在那里，摸着自己的金项链，朝河流下面望去，好像他也在等什么人似的。

“难道她们也死了不成？”

“艾丝苔尔小姐大概在教堂里，诺爱米小姐也许躺下了。”

“为什么？她不舒服吗？”

“啊！有些日子了，每当我回来时，总看见她躺着，她头痛。”

“噢，噢，应该让她出来呼吸点新鲜空气。”

“我也是这么想的，但上什么地方去呢？”

堂·普列杜朝河水下游张望，他的脸孔显得有点异样，几乎让人觉得是漂亮的，像他外甥的脸孔一样忧伤而心不在焉。

“噢，我说，能不能上那个地方去，上柳树谷去，我的庄园也在那儿，靠近海边，还有一些白葡萄……”

埃菲克斯的脸孔忽然泛出光彩，他想说些什么来着，但听到里面有人开门，堂·普列杜连身子也不转过来，便走开了，连忙顺着墙根隐蔽起来。

第十二章

埃菲克斯异常惊奇的是，艾丝苔尔小姐竟会同意表兄的主张。这样，小庄园变卖了，票据被抵偿了。但发生了一件引起整个小镇议论纷纷的事情。埃菲克斯依旧伺候诺爱米和艾丝苔尔，同时又当上了如今属于堂·普列杜的小庄园的分益佃农。他把自己获得的一份劳动果实送到他的女主人家里，以致堂·普列杜的尖嘴俏舌的女仆们议论说，埃菲克斯已从仆人上升为亲戚，甚至变成平托尔贵族小姐的保护人了。

最出乎人们意料的还是堂·普列杜的宽容态度。一段时间来，他仿佛变成另一个人了。甚至显得消瘦了，还流传着一种奇怪的说法，他“接触书本了”，就是说，他因圣书的魔力而着了迷。

谁会对他这样行事发生兴趣呢？

没有人知道，这些事情也永远无法弄得一清二楚，如果人们知道得清清楚楚，也就不会觉得它们重大而神秘了。实际情况是：堂·普列杜消瘦了，也不再用傲慢无礼的方式来谈论未来，他甚至愚蠢地买下了一块没有价值的庄园，长工连同庄园一起，归属于他，但他又给予长工充分的自由。

斯苔法娜和帕恰娜说：

“这是他向他的不幸的表姐妹们表示的一种施舍行为。”

他们双方亲密起来，因为堂·普列杜不断给平托尔贵族小姐们送去礼物。他们承认，他好像着魔了。她们小声地谈论埃菲克斯：世界上什么事情都是可能发生的，埃菲克斯爱他的女主人们，甚至到了使自己善于为她们施展魔法的地步。他跟堂·普列杜的往来首先引起了两个女用人的疑惑。斯苔法娜细细察看，门槛下可有什么隐藏起来的神奇的东西，而帕恰娜有一天在主人的床上找到一根黑别针……不寻常的事情要发生了……

整个冬天，平托尔贵族小姐们一直待在家里，从不谈起是否去参加救赎节的活动，但随着白天越来越长，古老的陵园里青草蔓生，连艾丝苔尔小姐也越来越体味到倦怠的感觉，染上了每年春季使得诺爱米苍白无力的忧郁病，她几乎不再上教堂去了，只是在家里懒懒地走来走去，不时端坐在那里，两手低垂到膝盖，说双脚使她疼痛难受。在这个家庭中，贫寒的状况不再像往年那么厉害，因为埃菲克斯提供了日常必需的东西，然而家中似乎总笼罩着忧伤的气氛。

复活节前的四旬斋，两姐妹去忏悔。那是一个美丽的早晨，阳光明媚，人声喧闹，可以听得到孩子们的尖叫声，原野上灯心草丛间羊群的叮叮当当声，小河越来越响的似乎发出威胁，但其实是戏谑的流水声。天空一片蔚蓝色，没有一丝云彩，空气是那么清新，古堡的峭壁清晰可见，熠熠发光的岩石，废墟上的一扇空空洞洞的窗户，窗户染上了一层蔚蓝色，四周环绕着常春藤。

帕斯夸莱神甫待在忏悔室里，他不打算走出来，尽管娜托莉娅拿着装有咖啡和饼干的小盒子在教堂圣器收藏室里等着他，当女佣人瞧见这两位新的忏悔者走来，便做了一个失望的手势，她想不如干脆上她的女友格莉塞达那儿去热热咖啡。于是她把小盒子放在头顶上，出了教堂的后殿，沿着露水下闪闪发亮的黑莓丛之间的羊肠小道走去。

透过波多依老大娘敞开的屋门，她看见格莉塞达正弯着身子在火焰很旺的炉子上为生病卧床的祖母煮咖啡。

“你一天天地枯瘦下去了。”娜托莉娅进门的时候对她说道。

格莉塞达确实很消瘦，脸色苍白。她仍然是未成熟的样子，像个干瘦干瘦的女孩，细细的脖子和蜡黄的脸孔的一些动作使人想到她的祖母。只有一双大大的眼睛水汪汪的，充满忧郁和阴沉的神情，好像原野上灯心草丛之间沼泽地的水。

“我的咖啡凉了。方才你的姨妈们又来了，咖啡简直凉得像冰水。”娜托莉娅说道，她从盒子里取出咖啡壶。“我也就便喝一点。”

“我的姨妈们！她们活该受到诅咒！你却跟她们在一起！如果她们把自己的全部罪恶像竹筒倒豆子那样讲出来，你肯定会发现你的主人晕死在忏悔室里……”

“嚼舌头的！让毒蛇来咬你。你拿块饼干，嘐，这儿，我把它像鲜花一样给你，也好让你的心变得温和点儿……”

不过，格莉塞达的心确实是受了折磨的，所以对这玩笑并不予理会。

“如果你来是为了刺我的话，你就大错特错了，娜托莉娅。刺，你是没有的，因为你是大戟而不是玫瑰。我没有什么痛苦，也没有什么遗憾，我像河岸上的松树那样挺拔坚强。总有一天你会打发一名使者上我这儿来，乞求我成为我的女佣的。”

“你打算跟谁结婚呢？古堡的男爵吗？”

“我将跟一位活人成亲，而不是死人，死人要跟你做伴！”

“我觉得是你迷住了堂·普列杜。”

“如果我愿意，我也可以嫁给堂·普列杜，”格莉塞达说道，她骄傲地抬起悲伤而又充满稚气的脸孔，“但我的脑子里有别的想法！”

娜托莉娅注视着她，怜悯之情油然而生。她觉得，格莉塞达有点儿控制不住自己，内心很痛苦，便不再说让她难受的话了。她又拿了一块饼干，跑去给病床上的波多依大婶。一束光线从小屋顶上投射进来，照亮了床铺，枯瘦的老太婆穿着衣服，戴着项链和耳环，一动不动地躺着，犹如一具穿好衣服等待安葬的死尸。

娜托莉娅以为她睡着了，摸了摸她滚烫的手，老太婆把她拉到自己的身边，悄声对她说：

“听着，娜托莉娅，请你为我做件事：你上埃菲克斯那儿去，告诉他，我有话要对他说，但不要让格莉塞达知道，去吧，小斑鸠，快去！”

“我上哪儿去找他呢，这个埃菲克斯，他会在镇上吗！”

“他从小庄园来了，我看见他走上来了，”老太婆说着，把一个手指贴在嘴唇上，因为格莉塞达拿着咖啡进来了。

“你瞧，娜托莉娅，今天早上她要起来，可她还发着高烧。奶奶，奶奶，您盖上毯子。”

“我会盖的，我会盖的，其实我们所有的人都蒙在毯子里。”老太婆说道。

娜托莉娅心情沉重地走了。

凑巧得很，当她打贵族小姐住宅前经过的时候，正好瞧见埃菲克斯从偏僻的小路走过来，他被背包压得弯下了腰，弯得好像在地上寻找什么东西似的。

“老太婆快要死了，她恐怕看不见他了。”娜托莉娅想道。

埃菲克斯的目光像野兽的眼睛似的冷漠无情，瞅了她一眼，没有说他是否上老太婆那儿去。当他知道他的女主人们正在忏悔，便卸下背包，把它放在小台阶上，坐下来等着，大荨麻刺着他的双手。

于是娜托莉娅回到教堂，看看能否告诉贵族小姐们，说长工已经回家。这样她们也就不会再打扰神甫了。但是忏悔室的一侧是艾丝苔尔小姐，可以看见披肩边像一只黑翅膀一样露在外面，另一侧是诺爱米小姐，脊背在轻微地起伏。蓦地，在没有光泽的黑布下面，一只长长的有点神经质的脚从提起的裙子里露了出来。

在教堂的好几处地方，其他的忏悔者跪在暗绿色的地板上祈祷。四周静悄悄的，蓝色的光线，青草的芳香，使教堂像洞穴一样笼罩在湿润和哀伤的气氛之中。画框中的圣母似乎嗅到了芬芳的空气带来的春天的气息。诺爱米在教堂里面也感觉到了格栅窗散发出来的铁锈味，人的气息，生活的悸动，死的愿望，情欲的苦闷，屈辱的痛苦，她感觉到了希冀情爱的女罪人的全部忧虑、哀伤、怨恨和热切的渴求。

她们回到家里的时候，看见埃菲克斯正吃力地用手撑着小台阶站起来，因感受到上帝的仁爱和哀怜而仍然激动不已的诺爱米第一次发现长工衰老多了，形容憔悴，面色灰白，他身上的衣服也显得十分宽大。她伸出手去想扶他站起身来。可是他已经站起来了，没有注意到她的动作。

当他们走进屋子时，艾丝苔尔小姐问起小庄园的情况，好像庄园还是属于她似的。他以不同寻常的粗鲁神情耸耸肩膀作为回答，跑到井边洗手去了。

四月给忧伤的小院子也带来了生气，燕子从凉廊的燕窝里探出乌黑的小脑袋，瞧着低飞的伙伴们，好像要追踪它们在古陵园的茂盛草地上投下的影子。

“埃菲克斯，我觉得你的身体不大好，你应当吃点什么或者休息几天，”诺爱米说道。

“啊，是吗？诺爱米小姐，相反，我却想赶路哩！”

“你听我说，你的情况不好，别开玩笑了。你怎么啦？”

他用熠熠发光的眼睛望着她，他突然显得那样兴奋，以致眼睛周围的一道道皱纹看去仿佛是一缕缕的光线。

“我老了，”他说道，用一只手拍打另一只手。突然，他的兴奋消失了，像刚才突然出现一样。

他回到了镇上，因为堂·普列杜派人去叫他来，否则他是再也不会离开小庄园的。诺爱米小姐的怜悯对于他的痛苦能起什么作用呢，只是更加重它罢了。

于是他来到新主人的家里，正好碰上他爬在木头梯子上，修剪金色叶子蔓生的石榴枝条下的葡萄。

那儿的燕子也在迅疾地穿梭飞行，但在乳白色天空的背景下飞得更高。屋内可以听到女佣们为迎接复活节而打扫和整理房间的声音，周围是一片深沉的宁静。

埃菲克斯不会忘记那个时刻。离开小庄园的时候，他确信发生了什么特别的事情。他站在梯子下向上仰望，他觉得，堂·普列杜也是忧伤的，几乎生病了，他要下来，但显得踌躇不决，一只手握着闪闪发光的刈草刀，另一只手拿着葡萄枝，枝头的尽头淌下一滴滴紫色的东西，好像是一只划破的手指淌下的滴滴鲜血。

“你稍等一会儿，让我弄完：你急着要走吗？”堂·普列杜说道，但很快就恢复了常态。他好像想起了什么，便从梯子上沉重地走下来，让埃菲克斯把梯子拿到那边去。

“好吧，”当他们走进洒满阳光和燕子的阴影的房间里时，他开始说道。“好吧，我必须告诉你一件事……”他犹豫不决地瞧着指甲。“就是说，我想娶诺爱米。”

埃菲克斯开始颤抖起来，他颤抖得那么厉害，以至于放桌子上的手好像在跳动似的。于是堂·普列杜像以前那样不自然地、狡猾地放声大笑起来。

“我看你是不会娶她的！我为你留下了斯苔法娜，你知道吗！”

埃菲克斯默不作声。他默不作声地望着他，他的眼睛是这样充满激情，恐惧，兴奋，终于迫使堂·普列杜重又严肃起来，但他仍然试图开玩笑。

“你干吗那么害怕！你希望我付给你她们欠你的工钱吗？不，你知道吗，你同艾丝苔尔去商量吧，这跟我毫无关系。另外，还有一件事……”

他用指甲去刮西装背心上的一个污点，全神贯注地瞧着。

“你说，她会要我吗？”

“唉，您说些什么！”埃菲克斯结结巴巴地说道。

“这件事还不是很有把握！啊，现在我们谈正经的，在我下定决心以前我仔细考虑了。我这么做，你应当相信，并不是一时心血来潮，而更多的是出于义务。我期待什么呢？我还有什么奔头呢？在我这种岁数，一个非常年轻的女人对我是不合适的。不过这是无关紧要的，总而言之，我决定了。好吧，我不想对你否认这点，诺爱米是漂亮的，我喜欢她，说老实话，我过去一直喜欢她。唉！你想说些什么呢？岁月流逝，我们就任凭岁月像河水一样流逝，只有当我们缺少什么的时候，这才发现缺少了什么。唉，让它去吧！”他说道，双手在膝盖上敲打着，然后站了起来，随即又坐下去。“现在最要紧的是知道诺爱米是不是答应。我在合适的时候会提出求婚，我将请帕斯夸莱神甫或大夫，或者她愿意的随便什么人去她那里，但是我不愿意听到她的拒绝，唉，愿上帝帮助我，啊，这不行！埃菲克斯，你明白吗？”

埃菲克斯非常明白，他点点头，表示明白，他用闪闪发光的眼睛表示明白。

“我该去对诺爱米小姐谈谈吗？”

堂·普列杜用一只手在他的膝盖上拍了一下。

“好极了！是这样，埃菲克斯，最好先由你去谈，这样最好！只是这些事情不应该让她恼怒。你去对她说‘派谁来正式求婚呢？帕斯夸莱神甫，或是她姐姐，还是谁呢？’如果她说谁也别派来，那更好，看在上帝的份上，那更好！还有，事情我们得尽快地不声不响地进行。我们已不是两个小孩子了。你怎么想的？我九月份就满四十八岁了，她大概三十五岁了吧，你说呢？你知道她的确切年龄吗？噢，然后你对她说，什么也不需要她考虑，房子准备好了，还有女佣人，是的，闲言碎语会有的，会得到报应的。床单也有，一切都有。贮备的东西一点儿也不缺少，噢，上帝会保留这些东西的！够了，这些事情我们还得跟艾丝苔尔谈谈。我只是感到遗憾……好吧，我可以对你直说，我感到遗憾。露丝是那样地死去……否则她也会高兴的……”

埃菲克斯站起身来。他感到有什么东西在刺他的整个身子，他该走了，该去加紧迎接命运之神的到来。

他们听到女佣们发怒地敲打家具的声音。岁数大的女佣终于出现了，头上顶着餐巾，手上拿着另一块餐巾，神情严肃，庄重，然而眼睛里充满了对主人意愿的顺从表情。她打开柜子，斟了一杯茴香酒，以一种模糊的恐惧感望着埃菲克斯，但同时仔细窥察他是否认真考虑主人的难以忍受的玩笑。然而埃菲克斯是那样谦卑和惊慌失措，以致她回到后面对年轻的同伴说道：

“是的，他施行了魔法，他做得很巧妙。幸运就像闪电一样降临到那人头上。好好打扫，这样举行婚礼的时候就可以省些力气了。”

“你跟埃菲克斯的婚礼吗？”帕恰娜说，“对堂·普列杜来说，得先等诺爱米小姐接受了求婚！”

然而，斯苔法娜做了个此事无足轻重的姿态，她认为这番话是荒谬的。

堂·普列杜像朋友那样一直送他到大门口。埃菲克斯在街上环顾四周，叹了一口气。

一切都变了。就像经受了一场暴风雨的洗礼，烟雾升腾又消失之后的河谷一样扩大了。古堡矗立在蔚蓝色的天空之下，废墟上沾满露珠的青草索索抖动，远处是长着赭斑的灯心草的平原，这一切都弥漫着对孩提时代的回忆的温馨，那长久以来已经失落的一切，那长久以来所渴求以后又被遗忘的一切，那再也不被人回忆并再也不被人惋惜而终于又重新获得的一切，都弥漫了温馨的甜蜜。

一切都是温馨的、美好的、亲切的：教堂的黑莓丛，暗绿色的蜘蛛网丝和带露水的紫罗兰环绕四周，淡灰色的墙壁，腐朽的大门；开洁白花朵的古老陵园，燕麦和大荨麻间散落着片片白骨，丁香花状的小蝴蝶，仿佛小花和浆果的赭色七星瓢虫在羊肠小道和篱笆墙上飞翔。一切都是清新的，纯洁而美好的，就像当年我们孩提时代走出家门，奔向奇妙无比的大自然一样。

教堂的大门敞开着，在复活节前四十天的封斋期总是如此。埃菲克斯走进去，在布道坛下面他的老位置上跪下。

圣母俯视着，她也显出快活的样子，犹如巴洛尼家族的贵客，一位西班牙贵族小姐出现在古堡的阳台上。她也感觉到春天的来临，她充满了欢悦，尽管这是我们的主受难的日子。大概是某个富有的大地主向她求婚，她站在阳台上向过往的路人微笑，也向跪在布道台下的埃菲克斯微笑。

“我的主，我感激您，我的主，现在请把我的灵魂带走吧，我对所经受的折磨，所犯下的过失感到幸福，因为我体验到了您神圣的仁慈，您的宽恕，您的保佑，您的无限伟大。请把我的灵魂带走吧，就像鸟儿把麦粒带走一样，我的主，请把我化成一股清风，我赞颂您，因为您满足了我的心愿……”

他吃力地站起身来，双膝麻木酸痛，他感到一阵难受，犹如云彩的阴影闯入教堂，遮掩了圣母的面孔一样。

诺爱米小姐的面孔也遮上了一层阴影，她在院子里弯腰缝补衣服。

埃菲克斯从井台边摘下了一枝紫罗兰，走过去献给她，她抬起一双惊奇的眼睛，却并不收下鲜花。

“您猜猜看，谁让我献给您的？您拿着。”

“你摘下来的，你拿着它吧。”

“不，真是这样，您拿着，诺爱米小姐。”

他在她面前席地而坐，像一名奴隶那样，双腿盘成十字形，用双手扳住自己的双脚，他不知道该怎样开始，然而他相信女主人已经猜到了。事实上，诺爱米小姐已经让紫罗兰掉到白帆布小篮子里，她的心剧烈地跳动，是的，她猜到了。

“艾丝苔尔小姐在哪儿？”埃菲克斯说道，一面把身子朝他的脚弯下去，“她要是知道了，该会多么高兴啊！堂·普列杜就是为了这件事让我回小镇的……”

“可你尽说了些什么呀，可怜的家伙？”

“不是，您别叫我是可怜的家伙！我很高兴，此时，我就像为了上帝而去献身，我瞧见天门打开了。我回到这里以前先上教堂去了，为了感激我的主。我知道，这件事是这样……”

“埃菲克斯，你这是干什么？”她用含混不清的语气说道，同时用针尖去刺紫罗兰花，“我不明白你的意思。”

他抬起眼睛，瞧见她脸色苍白，嘴唇颤抖，眼皮发青，像死人的眼皮一般。这显然是兴奋，所以她的脸色才这样苍白。他浑身感到一阵震颤，心中不由涌起一种直想跪倒在她面前的愿望，对她说：是的，是的，这是皆大欢喜的事情，诺爱米小姐，让我们一起痛痛快快哭一场吧。

“诺爱米小姐，我的女主人，您接受了，是吗？您很兴奋，是吗？我可以去告诉他，请他来吗？”

她竭力克制自己，紧紧咬住嘴唇，又张开眼睛，脸孔恢复了血色，但只是在眼皮和嘴唇四周显示出淡淡的血色。她望着埃菲克斯，他又发现她的眼神就像灾难临头的那些日子里一样，充满怨恨和傲慢，阴影又重新笼罩了他。

“请您别生气，如果我首先告诉他这件事，诺爱米小姐！我是一个可怜的长工，是的，可我会像一封信那样封闭得紧紧的，如果您接受，堂·普列杜将让神甫来求婚，或者您愿意的任何人……”

诺爱米把受到伤害的紫罗兰扔掉，又开始缝补起来。她看上去很平静。

“如果堂·普列杜愿意笑，就让他笑吧，这跟我没什么关系。”

“诺爱米小姐！”

“好吧，好吧，我不是说他这样行事不认真，是这样。你别上那儿去了。不过，现在请你起来，你走吧。”

“诺爱米小姐！”

“得了，你现在还要什么呢？起来，你别两手合一跪在那里！你真是个蠢东西！”

“但是，诺爱米小姐，您怎么啦，您拒绝啦？”

“我拒绝。”

“您拒绝啦？我的诺爱米小姐，这是为什么呀？”

“为什么？难道你忘记了吗？我老了，埃菲克斯，上了岁数的女人不想开玩笑，我们也别再谈这件事了。”

“这仅仅是您对我要说的吗？”

“这就是我要对你说的话。”

他们彼此不作声了。她照旧缝补衣服，也抬起膝盖，双手紧紧环抱着。他好像在做梦，他一点也不明白。他终于抬起头来，举目环顾四周。不，这不是梦，一切都是真实的。院子里充满阳光和阴影。从阳台上掉下一些碎木片，好像秋天里掉落的松树叶子。在院墙那边，可以看到像白糖般雪白的山峦，一切都是和谐、温柔的，就像上午他从堂·普列杜家里出来时一样。他好像还听到了女佣们敲打家具的声音，然而现在都好像是在他身上抽打。是的，有什么东西在抽打他，抽打他的脊梁骨、肩膀、肩胛骨、肘臂、膝盖和手指关节。诺爱米小姐坐在那里，脸色苍白，不停地缝着、缝着，她的针仿佛刺着他的灵魂。燕子不停地在他们头顶上盘旋，好像黑色的活动花环，又像一只只小小的黑色十字架。它们的黑影在地上奔窜，就像被风儿刮走的树叶。他回想起当他从布道台下站起来的时候体验到的痛苦心情和圣母面孔上笼罩的阴影。他深深地叹了一口气。他明白了，那是上帝对他的惩罚。

于是他攥住诺爱米的裙边，非常缓慢地开始讲话，连他自己也不太明白他所说的意思，不过，这肯定是缺乏说服力的谈话，因为她继续缝着，不予理睬。她恢复了平静，嘴唇边挂着一种含糊的微笑。

只是当他觉得一切该说的话都说完了，一切既往的穷困，一切未来的美好前景都谈到了，她才开口说话。她讲得那么慢条斯理，略微抬起眼睛，几乎是用眼睛在说话。

“埃菲克斯，你不要想得太多了，你不要卷入我们的事情中来。再说，你知道，我们一直生活到眼下，我们的日子难道不好吗？我们缺少什么呢？我们在上帝的帮助下照样会过得下去，面包不会没有的。堂·普列杜家里的财产太多了，我都不知道该怎样照管它们。”

埃菲克斯失望了，他苦苦地思索着。如果不编造谎话，那怎么办呢？

他又抚摸她的裙边。

“我的诺爱米小姐，我应当对你说那些严重的事情。我本来不想说的，可是您的固执态度迫使我只好说出来，堂·普列杜已经铁了心了，如果您不答应的话，他会去死的。是的，他好像着了魔似的，吃不下，睡不着。您不知道爱情意味着什么，我说诺爱米小姐，爱情会让人去死的。让一个男子汉断送性命在良心上是过不去的……”

于是诺爱米笑了起来，露出一口闪闪发光的牙齿，犹如一个欣喜若狂少女的牙齿。那笑声使埃菲克斯觉得不舒服，使他气恼，使他心中陡然升起一股恶意，越发想说谎。

“诺爱米小姐，还有一件更严重的事情！是的，您迫使我把它告诉您：堂·贾钦托威胁说要回来，您明白吗？”

她停止缝纫，双手紧紧抓住布料，挺直身子，仰起面孔朝后弯去，想更好地呼吸。

埃菲克斯恐惧地跳了起来，他以为她要昏过去了。

但这仅仅是一刹那。她又重新用狡黠的目光注视着他，平静地说道：

“就是贾钦托回来，再也没有什么可失去的了。我们不需要任何人来保护我们。”

他从地上捡起紫罗兰花，走到台阶上坐下，就像露丝小姐死去的那个晚上一样。他不再问自己为什么诺爱米小姐要拒绝生活。他似乎明白过来了。那是上帝对他的惩罚。惩罚笼罩着整个家庭。他是藏在水果里的虫子，他是啃啮家庭命运的蛀虫。正是像蛀虫一样，他悄悄地干下了他所做的一切事情，他啃啊，啃啊，而今，他感到惊奇了，他周围的一切怎么都粉碎了呢？他应该离开了，他只明白了这一点。然而，还有一线希望支撑着他，就像一根仍然新鲜的花茎支撑着他手指间的青灰色的紫罗兰一样。上帝不会对不幸的女人们置之不顾的。诺爱米小姐也许对他充当使者的方式感到生气，可他一旦走了，她也许会屈服的。再说，两个相依为命的弱女子是无法生活下去的。

他必须离开了。他如何去做尚不十分清楚的事情呢？他只觉得有一个声音在召唤他，从大路的寂静，从大墙外面，确实有一个声音在召唤他。

他站起身来，走了，不过他又回转身来，去取靠在走廊木桩上的背包。几百年以来固定在那里的木桩倾倒了，像一只大的黑色手指头抛在院子的卵石间。他不禁浑身打了个寒噤。是的，他应当离去了，就连那木桩也倒了下来，再也不支撑他的背包了。

诺爱米一直斜眼注视着他的一举一动，她惊奇地发现，埃菲克斯竟没有把木桩重新扶起来，固定好，就要离去了。

“埃菲克斯、你要走了吗？”

他止住脚步，垂下头来。

“你不等等艾丝苔尔？复活节回来吗？”

他摇摇头，表示不回来。

“埃菲克斯，你生气了吗？我对你说了些不好的话吗？”

“什么坏话也没有说，我的女主人。只是现在我该走了。”

“那你就趁早走吧。”

他踌躇了一会儿，他觉得忘记了什么事情，正像人们准备上路之前询问自己，是否一切都已准备妥当一样。

“诺爱米小姐，没什么吩咐了吗？”

“没有了，我只是觉得你身体不太好，你病了吗？你留在这儿，我们会去请大夫，你的两条腿直打哆嗦。”

“我该走了。”

"埃菲克斯，你听着，你别介意我对你说过的话。事情就是那样，我不能，你能明白的。我知道这使你感到不高兴，但我不能那样做。你什么也别对艾丝苔尔说。你想走，就走吧。但如果你觉得身体不舒服，就回来吧，你记住，这是你的家。"

他把背包在肩膀上套好，走出了大门。在门口的小台阶上，他把两只脚使劲在地上蹬了蹬，为了不把他将离开的家庭的尘土带走。

第十三章

扎南托尼在外面等着埃菲克斯。

“我叫您三次了。我们走吧，奶奶病着，她有话要对您说，为什么您不来呢？没有人会拿您挂包中的面包的。”

老太婆仍和衣躺在床上，赤裸的手腕像燃烧的木炭那样通红、灼热，她似乎昏昏欲睡，然而当埃菲克斯朝她弯下身子时，她却用嘶哑的声音对他说：

“你看到了吗？格莉塞达还照旧到河边去洗衣服，因为不干活不行。而你曾说过，贾钦托会娶她的！”

“波多依大婶！要有耐心，我们生来就是要挨苦受难的。”

老太婆支起胳膊，用力地把他拉到自己身边。破床上散发出一阵仿佛从坟墓里冒出来的腐败气味，但他并没有避开，他觉得波多依大婶浑身炙热，好像被火烤过似的，她的项链触到他的面颊，她呼出的热气，像一只蜘蛛爬过他的头发。

“埃菲克斯，你听我说，我们是上帝的人，我就要去了，堂·扎姆会亲自来接我的，就像我们少年时代相互说好的那样。现在是我们一起走的时候了。在路上我会对他说，别停留在他倒下去的地方，别停留在你杀死他的地方。为着你对他女儿们的爱，请他宽恕你。他会宽恕你的，埃菲克斯。你挑的担子是过于沉重了。不过，你，你，埃菲克斯，你现在该救救我的格莉塞达了，她简直六神无主了，她只等着我死了好从这儿逃走，我不能安心地闭上眼睛。你到小伙子那里去，对他说，不要抛弃这姑娘，记住他曾经答应要跟她结婚。让他来娶吧，就这么办；你还要告诉他，诺爱米小姐也不会再想他了，去吧。”

她推开了他。埃菲克斯好像从地狱回来似的，睁大了似乎被灼伤的、蒙上了一层灰的眼睛。老太婆不再睁开她的眼睛，双手僵硬，张开僵直的手指，只有黑紫色的嘴唇还在翕动，然而，她不再说话了。

她不再说话了。

从屋顶的洞口，像从一个翻转过来的漏斗射下一缕金色的光线，照亮了破床上她黑乎乎的身体和她的项链，而荒凉的房间里的其余部分则笼罩在一片阴暗之中。

埃菲克斯仿佛从井底仰望着远处高高的光点，突然，他感到光线转移了，洒落到了他的身上，把他浑身照亮。于是，一切都清楚了。他的眼睛如今能够辨别一切，四周是黯淡的谬误，中心雪亮雪亮的，那是上帝对他的惩罚。

他拿起挂包，什么也不说，走了。

经过堂·普列杜门前的时候，他叫出了斯苔法娜，对她说他因有事被迫出门，他不知道什么时候再回来。

“你至少应告诉我，你上哪儿去。”

“上努奥洛去。”

上努奥洛去，需要两天时间。他慢慢地往前走着，走一段路歇一段，当他感到累了，就在马路边上躺一会儿。他闭上眼睛，但无法入睡，他又睁开眼睛，瞧见淡黄色的大路，一头通向努奥列塞山峦，一头通向巴洛尼亚海，消失在远处的墨绿和蔚蓝之间。他似乎觉得，自己一直是这样生活过来的，觉得自己一直是置身于一半已经走完，一半尚待走完的道路上；他身后。他抛弃了那块他犯下罪孽的地方，在他前面，山峦重叠，是他将要忏悔的地方。

天气晴朗，山谷已经覆盖着青草，长春花盛开，犹如漾着微笑的孩子的眼睛。

灌溉水渠纵横贯串于绿色的金鸡纳树之间，波光粼粼，小河在桤木丛间潺潺流动。时而有一辆大车打大路上经过，埃菲克斯真想请求车夫带他一段路，但很快又陷入痛苦之中。

不，他此行是为了忏悔自己的罪孽，因此他应当一路跋涉，在没有任何人帮助的情况下到达目的地。

不过，他这头一次跋涉尚有一个目的，因此，他仍然在为尘世间的事情操心，他要尽快地到达，在这以后，他觉得就会得到解脱。他孑然一身，思想上挑着沉重的担子，耐心地走向死亡。第一个夜晚，他是在山谷的道班屋里歇的脚，可是，他不能入眠。夜清澈、温馨，天色苍茫，河谷四周是圆柱形的峭壁，一轮明月，犹如神殿的拱穹上悬挂的一盏金灯。然而，一个病魔缠身的人正在好像牲口棚一样凄凉的道班屋里呻吟，人世间的痛苦扰乱了寂静。

黎明之前，埃菲克斯又出发了，比行前更觉劳累。奥列那山峦耸立在雾气腾腾的苍白的晨曦之中，犹如花岗岩砌的粗糙的祭坛上袅袅升腾的香火的烟雾。四周的景物全染上一层神圣的色彩，救世主仿佛显现在最高的峭壁上，他的灰黑的双臂钉在十字架上，背后是天空的一片金色的苍白。

埃菲克斯跪下来，但他没有祈祷，他无法祈祷，因为他忘记祷词了。可是他的眼睛，他的瑟瑟颤抖的双手，他的因发烧而整个颤动的身体，就是一种祈祷。

随着越来越走近努奥洛，他觉得他的心仿佛一下子悬吊到了山谷上空，猛烈地跳动，而且跳得越来越厉害。

“这是磨坊，贾钦托该在那儿。”他高兴地想到。

这是他在尘世旅途上的最后一站，是他受苦受难的行程中最后一次的爬坡，是一条龌龊的油污的上坡小路，一只死猫躺在垃圾堆中间，长满绊根草的高墙上方的是红色的天空。

他走了一半的坡路，便转过身子，只见从山谷升起的阴影，在奥尔托贝内的一片玫瑰色金鸡纳树上绘出一个深褐色的圆圈。他继续沿着小路朝上走去。高处，磨坊的喘息声，一种男性的激动，同晚祷的钟声蕴含的女性的召唤形成鲜明的对照。在道路的尽头，农夫牵着上轭的耕牛，像堂·普列杜一样神气的有钱人，头上顶着细颈水罐的女人，来来往往；另外一些女人脸色苍白，坐在一个小院围墙外面的石头上休息。

埃菲克斯跟她们说话，他吃力地站着，挂包从肩膀上滑落下来。

“请问堂·贾钦托在什么地方？”

“谁？磨坊里的那个人吗？在这儿，在这儿，最上面，你挂包里给他带了点什么东西？你是他的仆人吗？”

“是的，堂·贾钦托在干什么活？”

“噢，工作，娱乐。他很快活。他是一个好心肠的小伙子，所有的女人都乐意接近他……就像争一块蜜糖似地争夺他……”

于是埃菲克斯回想起救赎节，娜托莉娅和格莉塞达把贾钦托这个刚来的陌生人紧紧夹在中间跳舞的情景，强烈的痛苦刺激着他，但他满怀痛苦的同时，又产生一种作出某种努力来跟命运抗争的强烈愿望。

“我在什么地方可以找到他呢？现在他在磨坊吗？”

“瞧，那儿过来的就是他！”

不错，贾钦托正急匆匆地走来，光着脑袋，头发和衣服上都是白色的面粉，已经有人跑去告诉他说，长工来了。

“你上这儿来找什么？”他问道，一面攥住他，摇着他的肩膀。

埃菲克斯瞧着他，一句话也不答，任凭他把自己顺着小路一直接到靠近山谷的两座小房子之间一个封闭的小院子里。一个矮小得几乎像是侏儒的男子正从井里打水，他有一双忧愁的大眼睛，脸色苍白，贾钦托把他介绍给埃菲克斯，说是自己的房东。

“我必须跟你谈谈。”埃菲克斯说道。

“我听着，你说吧。”

他们在厨房里坐下，可那男子在准备晚饭，埃菲克斯不愿当他的面谈话，而贾钦托则开着玩笑，放声大笑，并不急于开始谈话。

透过小窗户，可以看到奥尔托贝内山岩壁上的耶稣像，它是那么渺小，仿佛是一只燕子；从菜园里飘来阵阵紫罗兰的香味，不由使人想起远处贵族小姐们的院子。

埃菲克斯觉得一阵心酸，竟不知道怎么说，说什么才好。他只说了一句：

“贾钦托，我觉得你变得快活了！”

“有什么法子呢？难道要我上吊不成？”

正在弯腰煮空心面的矮个子男人抬起他的忧伤的眼睛，贾钦托只顾嬉笑，抬头仰望屋顶的房梁。

“你知道，埃菲克斯，我来到这儿的最初几天，借住在这个上帝的好心仆人家里，我确实曾经企图上吊。米凯利，您还记得吗？”

矮子示意是的，但摇了摇头表示责备。

“是他救了我，把我像孩子似的放到床上，当他出门的时候，便把我捆绑起来，我当时还发着高烧。可后来一切都过去了，现在我很快活和满足。米凯利，是吗？我不是很快活和满足吗？埃菲克斯，快说吧，你来当然是要破坏我快活的情绪。”

“波多依大婶去世了。”埃菲克斯终于说道。

贾钦托把叉子凑到他的脸跟前，几乎想是捅他的脸孔。

“好啊，你这丧门星！我知道你会带来一个死人的消息！还有呢？”

“格莉塞达准备离开家里，过几天你就会看到她上这儿来，这就是我来要告诉你的。”

贾钦托又做出一副从前有过的稚气十足的神气，充满忧伤和恐惧。

“啊，别这样，这样不好！我不愿意她来！”

“你不愿意吗？你怎么能够阻止她呢？再说她是你的未婚妻，你答应要娶她的。”

“我不能娶她，是的，我确实不能。米凯利，是吗？我不能娶她，也不愿意！我实在没有结婚的条件。我是一个穷光蛋！我要履行其他的义务，你是知道的。好吧，我可以在这个男人面前说清楚，他了解我的一切，就像你清楚我的底细一样，而且同情我。我必须偿还姨妈们的债务，为此，我曾经想去死，因为我的心已经绝望了。但这个男人对我说：留在我家里吧，不要你付房钱，我让你住，只要有我吃的，我就会供你吃，但是你应该工作，偿还你的债务。”

埃菲克斯惊奇而又半信半疑地望着那矮个子的男人，好像用眼睛在询问他：“你为什么如此慷慨大方？”

那男子只顾埋头吃盘子里的面条，此时抬起一双眼，说道：

“因为我们都是基督徒！”

于是埃菲克斯恢复了常态，他想起了这次来的目的。

“贾钦托，总而言之，你应当跟格莉塞达结婚，她过几天就会到这里来的，不要赶走她，不要失去她！”

“可是，我的圣人！难道你没有带耳朵听见我说的话吗？我告诉你，我不能娶她，我不能跟她结婚，我必须偿还姨妈们的债务。”

“你跟她结了婚，也照样可以还债的。”

“她得了一大笔遗产吗？”于是贾钦托放声大笑说道。

然而，埃菲克斯严肃地注视着他，重复了两遍：

“我上这儿来正是为了跟你说这件事的。”

房东明白他待在这儿的时间过长，便悄悄地走开了，尽管贾钦托要留住他，叫他回来。

“让他去吧，”埃菲克斯说，“我对你说的这件事，谁也不应该知道。”

于是只剩下他们单独在一起，两个人都有一种为难的感觉。光线似乎成了他们之间的障碍。他们来到小院子里，坐在台阶上。贾钦托把身后的小门随手关上，仿佛是为了不让光线和炉火偷听。埃菲克斯寻找着合适的字眼，以便倾诉心中难堪的秘密。唉，他觉得他心中的秘密是那样的不寻常和沉重，以致他无法把它完整地从心底里全部掏出来，也许只能掏出一些片断，是的，鲜血淋淋的片断。他蜷曲着身子，吃力地掏着，掏着，好像把一块巨石从水中打捞起来一般。终于，他站起身来，深深叹了一口气，神情疲倦，四肢乏力。

“贾钦托，我对你说吧，世界上的事情是无奇不有的。堂·普列杜想跟诺爱米小姐结婚，可诺爱米小姐不愿意。这全是你的过错。”

贾钦托没有吱声，然而紧紧攥住他的胳膊，好像要把它折断似的，随后又放开了它。

埃菲克斯觉察到他有点气急，仿佛不舒服似的，而当他自己的胳膊被紧紧攥住的时候，也痛苦地喘着气。

“是的，是你的罪过，你的罪过。”他几乎咄咄逼人地重复道。“你不知道吗？好极了！至少老太婆没有对你说起这件事，但现在你至少得严肃地考虑这事。应当把你的姨妈从痛苦中解脱出来，明白吗？明白吗？”

“我能做些什么呢？”贾钦托终于开口说话。他好像又重新陷入他往日的忧伤之中。他在阴影中蜷缩着身子，打量着他脚边的土地，他瞧见了一道阴森森的深渊。

“你能做些什么？你是明白的，我已经对你说过。你开始尽你的义务，然后她会尽她的……”

“我能做些什么？我能做些什么？你以为能由我们来摆布命运吗？你记得我们在那个小庄园所说的话吗？你难道是由你自己来摆布命运的吗？”

埃菲克斯也蜷曲起身子，他们挨得那么近，以致相互能感到对方身上的热气。他们几乎脑袋挨着脑袋，好像倾听着地下的一种声音。

“真是这样！我们不能摆布命运。”埃菲克斯承认。

“还有，你以为她跟彼特罗大叔结婚就能幸福了吗？仅仅靠面包是不能获得幸福的，现在我才发现……还需要别的！”

“可你，告诉我……你……”

“我？”

“是的，你，你知道吗？”

“你要我对你说什么呢？一个男子汉总是能觉察到这些事情的。但是我向你起誓，看在我母亲的份上，我一直是尊重她的，诺爱米，就像一件神圣的东西……还有，是的，我讲给你听，因为我知道我可以告诉你，只有一次，当她晕过去的时候，我俯在她的眼睛上哭了，是的，我可以告诉你，就好像我可以以同样的纯真无邪对我母亲说一样，是的，我们对视着……通过泪水，也许那个时候……也许那个时候……我不知道，就是这些，我没有别的什么对你说了。然而也许就是为了这个缘故，我才离开那儿的，而不是因为我犯了什么过错……”

“让我再问你另一件事，当你最后一次来到小庄园的时候，你已经知道了吗？”

“我已经知道了。”

“好，”埃菲克斯站起身来，说道，“你是一个男子汉！”

“你还想知道什么？”贾钦托受了奉承，很快回答。“我多少懂一点生活，再没有别的什么了。在我的故乡出生的人，会很快地懂得生活。你也懂得生活，当然是以你的方式，正因为这个缘故，我们才能够相互理解，虽然是以不同的语言在交谈。请你回忆一下，我到小庄园的时候……我赌钱，在支票上搞假签字，因为我想偿还赊欠的钱，这样当我回去时好在债主面前炫耀一下自己。他那时会说，那个不幸的人已经站起来了。相反，我却越来越走下坡路，越来越走下坡路……当时我好像真的落到了失去理智的地步……现在，我睁开了眼睛，我明白什么是真正的拯救。你，你是在什么地方寻找到真正的拯救的？为了别人而生活。我也愿意那样行事，埃菲克斯，”他凑近他的脸孔，继续对他说道：“是的，你拯救了我，我愿意像你那样……你说，我讲得有道理吗？在奥列那，我曾经把你摔倒在地上，不过，就是圣人也会受到虐待的，正因为这样，他们才从来不失为圣人。你说，我讲得有道理吗？”他摇着他的肩膀，重复说。“你还记得我们在小庄园说的话吗？我一直在回忆这些事，我正是这样对自己说的：埃菲克斯和我是两个不幸的人，但我们是真正的男子汉，我们两个是比彼特罗大叔，比米莱塞更称得上男子汉的人，肯定是这样的！彼特罗大叔吗？彼特罗大叔是个什么东西？他让姨妈们孤立无援，承受那么多年的痛苦，让全镇人都知道她们的贫寒，嗤笑她们。现在连他也打算做好事了，因为他想娶诺爱米！他那样做，是因为他喜欢诺爱米，只是把她当作一个女人，就像我喜欢格莉塞达一样，别无其他。那是爱情，还是慈悲呢？她不愿意嫁给他，做得对，做得对！我赞同她这样做！真正的爱是你对她们的爱，如果她们必须爱什么人，必须跟什么人结婚，结婚，是的，我是说结婚，那应该是你，而不是彼特罗大叔……相反，她们却把你当成一条老狗一样赶出了家门，现在你越来越不中用了，而你反倒因此更加爱她们，因为你的心是一颗真正的男子汉的心！……好吧，你现在想干什么呢？啊，可怜的人……你感到了羞愧！你还哭得不够吗？快，勇敢些，男子汉！走吧。”

他又从后面扳住他的肩膀，摇着他，但埃菲克斯哭泣着，身子蜷缩成一团，脑袋低垂在两个膝盖之间。寂静的夜晚充满了他的抽泣声，他想起了在奥列那古老的教堂前面跟贾钦托吵了一场之后他吐血的情景。现在他已觉得所有的血，所有的邪恶的血，所有的罪过的血，都从他的眼睛里向外溢流。他的身体已被掏空，成为一个空架子，只有灵魂还在里面，在犹如夜晚的黑洞洞的、寂寥的空间撞击；可贾钦托充满温情的话语在漆黑的夜空中闪烁，他自己的泪珠像星星那样在他周围照耀着，向他发着光。

埃菲克斯在努奥洛待了一个星期。

无论是他，还是贾钦托，都等待着格莉塞达终会来到这儿，然而几天过去了，她却没有来。

贾钦托还没有就此作出决定，但看起来，他显得很平静，他干活，只是在吃饭的时候才回来，跟他的房东开玩笑，请他指点接待姑娘的方式。

“当然我不愿意抛弃她，可怜的孤儿！如果我们让您娶她呢？家里需要一个女人。”

矮房东以责备的眼光瞧着他，然而没有说话，至少当着埃菲克斯的面是这样。而埃菲克斯不愿意跟命运对抗，他觉得，试图违背上帝的意愿，就是一种罪过。他应该听从命运的安排，就像种子随风飘洒一样。上帝是知道要做什么的。

埃菲克斯仍然没有决定离开，他等待着格莉塞达：当贾钦托不在家里的时候，他沿着小路走去，坐在河谷边，眺望山下的白色小路。磨坊有节奏的震动声使他感到激动，几乎是惊慌失措。他感受到了心脏的跳动，一颗使得古老荒漠的土地获得青春的新的心脏的跳动。在那节奏声里跃动着贾钦托的血液，埃菲克斯想到他，就体味到一种凄然欲泪的感觉。于是他仿佛觉得眼前时常浮现出他的形象，高高的个子，和蔼的表情，浑身沾着白色的面粉，犹如一株打了霜的生机盎然的植物。劳动和善良的意愿使他获得净化。大家都喜爱他，他也友好地对待大家。妇女们把麦子送到磨坊，围着俯身过磅的他，用慈母般的眼光，用情人的眼光瞧着他。一天晚上，埃菲克斯去找他，碰上了机器的隆隆声和灰白色人影晃动的热烈场面。看到了重重叠叠的黑影，听到了磨面的重压发出的吱吱嘎嘎的声音，他似乎隐约看见了一幅炼狱的缩影，贾钦托在一群罪人中受刑，然而期待着赎罪的结束。

复活节之后的星期天，埃菲克斯到伐尔维尔戴的小教堂去参加一个乡村节日。

那是一个寒冷的下午，刺骨的北风在依萨莱山谷上空呼啸，远处笼罩于云层间的阿尔伯山宛如在惊涛骇浪的大海中一艘触礁的船只，冬天似乎仍然显得咄咄逼人。

埃菲克斯跟随在一队村妇的后面，她们身穿长达膝盖的、沉重的紧身束腰长衣。寒风吹打着他的胸脯，他感觉到了某种新鲜的、强烈的东西一直渗透到心底里。人们神色忧郁，但默默无语地走着，仿佛是一列举行宗教仪式的队伍，不是前往节日庆祝活动的场所，而是去参加祈祷。就连远处的手风琴声也重复着圣赞诗的宗教旋律。他不由感到，他的忏悔已经开始。

他来到石坡高处的小教堂，靠近大门坐下，开始祈祷起来。他似乎觉得，小圣母多少有点惊恐地从她那阴冷潮湿的壁龛里打量着前来扰乱她的孤寂的人们。风刮得越来越厉害，太阳迅速地落到河谷，好像要迫使那些令人生厌的信徒离开似的。妇女们也的确更严实地裹好自己的紧身服，念完玫瑰经后便开始往回走。

只留下了一个卖果仁饼和白糖黑面玩偶的女人，两个坐着的男人，其中一个坐在教堂大门外的废墟上。

埃菲克斯坐在离他们不远的地方，神色庄重地望着他们。他认出了他们，他曾在救赎节遇见过他们，这是两个穿着体面得像有钱人一样的乞丐，身穿深蓝色的长裤，绒织上衣，一个还是年轻人，高高的个子，佝偻着身子，干瘦焦黄的脸孔，好像骨头只包着一层皮似的，耷拉着发青的眼皮，一副突出的大牙上面，灰色的嘴唇喃喃地翕动，他仿佛睡着了似的，在梦中发出呓语，对外部世界感觉淡漠。另一个是上了年纪的乞丐，但身体壮实，脸孔因为充血而涨成紫红色，整个身子不自然地颤抖、晃动，他把帽子放在叉开的两腿之间，不时弯下腰去瞧瞧帽子里面的小钱币。

夜色很快降临了，乌云密布，人们离去了，就连卖甜饼的女人也关上了仍然满满的盒子，开始用蔑视的口气对乞丐们说话：

“不值得跑这么多路！这个节日真没有意思，我的兄弟！”

“日子混不下去啦！”老乞丐说道，把钱币倒在手帕里，然后把帽子重新戴在头上。然而当他站起身来时，忽然跌倒了，好像双腿一软，瘫在门口的石子路面上，脑袋栽在墙壁上，双手趴地。

钱币碰撞石头发出的声音，惊醒了另一名乞丐，他抬起灰土色的脸孔，睁大混浊无神的眼睛，像是听到了一种可怕的声音似的。

老乞丐呻吟着，女人和埃菲克斯扑向他，但怎么也没有把他的脑袋抬起来。

“应该让他平躺。”女人说道，“我这就给他喝点白酒，帮帮我，让他躺下来。”

他被抬着平躺下来，但是她想送入他嘴里的白酒一滴滴地滞留在紧闭的牙齿上，顺着他的下巴向下流。

“他好像死了。你，你还不动弹吗？”她对另一名乞丐说。“他本来就病了？你怎么不说话？”

那人想说什么来着，但从他的嘴里只发出几声哼哼唧唧的声音，以后就忽然号啕大哭起来。

“快，你快去，去叫树林里的牧人……”

“你把他打发到哪里去呀？他是个瞎子。”埃菲克斯说道，他跪下来，用一只手放在老人的心脏上面，心脏在跳动，慢慢搏动几下，然后很快微弱下去。

黑云迅速地密布，每片乌云在附近地平线飘过时，都投下了一重雾霭，大风在教堂的背后呼啸，所有的枞树瑟瑟地颤抖，好像逃跑似地朝河谷方向倒去，闪烁出一片绿色的光芒，由于忧伤和恐惧而痉挛般地晃动。

连那女人也害怕起寂静和突如其来的死亡来了。她把盒子放在头顶上，说道：

“应该去人。我上努奥洛去叫医生。”

于是就剩下埃菲克斯一人，置身于奄奄一息的老乞丐和瞎子之间。

“我的同伴有心脏病，”瞎子说道。“前些日子他身子不好，可是谁也不相信，人们从来不相信……”

“他是你的亲戚吗？”

“不是，十年前我们在庆祝圣诞节的时候遇见的，那时我有一个同伴，叫儒昂·马里奥，他待我坏极了，就像待一条狗一样。于是这个可怜的老头儿就让我跟着他，他像待儿子似的对待我。如果我没有坐稳，他就不放手。现在这一切都完结了……”

“现在你打算怎么办呢？”

“你要我怎么办呢？我就待在这儿，等待死神。所有的东西我都带在身边了，愿我的心灵得到拯救。”

“我可以带你到努奥洛。”埃菲克斯说道，突然他呜呜咽咽地哭起来。

他朝着垂死的老头弯下身子，用那女人留下的酒润湿他的嘴唇，把蘸了酒的破布润湿他的额头，试图让他苏醒。然而，悲惨的脸孔不断渗出青色、紫色，在苍茫的暮色中显得越来越僵硬。就连心脏也停止了跳动。埃菲克斯重又体验到他生命中最可怕的时刻，他回想起大桥，在大桥下面，月光投照着摇曳起伏的灯心草丛，他弯下身子倾听他死去的主人的心脏……

但是他感到宽慰，正如一个长期在崎岖曲折的地方漂泊流浪的人重新找到了迷失的路途，找到了他最初的出发点。

“你，不走吗？”一直待在原地木然不动的瞎子问道。

“上帝一声吩咐，我就会走的。现在，我得生火，因为必须在这儿过夜。”

他去拣拾木柴，狂风越刮越厉害，来自奥尔托贝内山脉的乌云升腾、降落，犹如火山熔岩流，犹如袅袅烟柱，弥漫于整个河谷上空。在努奥洛的上方，是一片天青石般的惨淡的蓝色天空，一轮玫瑰色的新月悬挂在峭壁之间。

埃菲克斯回到棚子附近时，看见瞎子站起身来朝同伴弯下身子，唤着他的名字。他流着眼泪，摸索着钱袋。找到钱袋后，便揣入自己的怀里，又继续哭泣起来。

他们就这样度过了一夜。瞎子叙述自己的经历，穿插着讲《圣经》的故事。他的痛苦很快平息了，就像一场巨大的灾难迅速消失殆尽一样。

“我的兄弟，你相信吗？我出生在富贵的家庭，我的父亲像雅各[①]一样，然而他没有那么多儿子，他说，我的儿子是瞎子，可这没有关系，他有一双金子造就的眼睛，因为他富有财产，他照样能看得见的。我的母亲有一副像水果一般甜蜜的嗓音，我记得她说过，只要我的依斯泰内是纯洁无辜的人就行了，其他都无关紧要。对你说，我的兄弟，我的父母去世以后，所有的亲戚和熟人都像吃一串葡萄那样，把我的财产吃光了，让上帝宽恕他们吧。他们逼我去讨饭，但是我保持了纯洁，我可以对你说，我没有对任何人做过坏事。上帝一直保佑我，先是儒昂·马里奥，愿上帝宽恕他，然后是这一位，他们是我的同伴，我的兄弟，就像伴随托比亚的天使们，现在……”

“现在你也不会缺少同伴的，”埃菲克斯严肃地说，“你说你是纯洁的人，你的意思是什么？”

“我的意思是我坚持朝永生走去，”瞎子小声地说，“我朝一个将向我打开的双扇门走去，什么也不去想。如果有面包，我就吃；如果没有，我就不吱声。我从没有去碰过别人的东西，我也从来不知道女人是什么味儿。儒昂·马里奥有一次给我找来一个女的，我闻到她身上有一股臭气，就像被邪风吹倒似的趴在地上。我该怎么办，我的灵魂？如果灵魂不安，我还有什么呢，好兄弟？”

“但是你拿走了一个死者的钱，坏蛋！”埃菲克斯说道。

“这是我的钱，对一个死人来说，钱有什么用呢？那末，我对你说，你说得不对，我既没有偷窃，也从不流血，就是约瑟的兄弟也没有流血。犹大对他们说：与其把约瑟杀死，不如把他卖给以实玛利人[②]。他们真的那么做了，你知道朱塞佩·埃伯列奥的所有故事吗？很可惜，你要走了，如果不走，我愿意讲给你听。”

“不，我不走。”埃菲克斯说道，“从今以后，我就陪伴你，我们手拉手地并肩走。”

瞎子低下了头，过了一会儿，他摸了摸钱袋，对陌生人的决定并不感到奇怪，只是问道：

“你也是一个乞丐吗？”

---

① 据《圣经·旧约》，雅各是拥有无数牲畜和众多男女奴婢的大富户。

② 据《圣经·旧约》，约瑟从小娇生惯养，他的同父异母兄弟们行了不义，把他卖给以实玛利人。后来约瑟当了埃及宰相，并没有对兄弟们施行报复，而是以仁义待之。

“是的，”埃菲克斯说道，“你没有发觉吗？”

“那好吧，拿着，你拿着它。”

他把钱袋递给他。

第十四章

他们离开那儿，去参加圣灵节。瞎子对每个节日举行的时间和要走的路都了如指掌，实际上是由他来带着同伴走。

经过努奥洛时，埃菲克斯把他带到磨坊，让他靠在一堵墙上，便跑去向贾钦托告别。

“我要到很远很远的地方去了。再见吧。别忘了你的诺言。”

贾钦托在称一袋磨过的麦子，他抬起眼睛，眼睫毛因为沾着面粉而全白了。他笑了起来。

“什么诺言？”

“许诺好好地称。”埃菲克斯说完便走了。

贾钦托称好一袋麦子以后，跑到磨坊外面，只见两个乞丐手拉着手，犹如两个病人的苍白而颤抖的身影，走远了。他叫了一声，然而埃菲克斯没有转过身来，只是向他打了个告别的手势。

他们走出小镇以后，问题就来了，因为尽管背包里装满了食品，但埃菲克斯注意到，瞎子还是要向行人乞讨。

“我们有东西，干吗还要向别人讨？”

“那明天呢？难道你不考虑明天吗？你这是什么样的乞丐？看得出来，你是新入伙的。”

于是埃菲克斯发现，他不愿意行乞，因为他感到耻辱，他为自己的耻辱而脸红。

天气变坏了。黄昏时分下起雨来了，两个伙伴走近一个牧人的茅舍，但里面的人不让他们进去，他们只好在靠近牲畜的一个用树枝搭的棚子里栖身。一群狗吠叫起来，整个湿漉漉的平原蒙上了一层凄惨的薄纱。雨水和风把埃菲克斯想点燃的小火扑灭了。

瞎子无动于衷地坐着，一副悲戚的面容显出严峻的神情。他从不躺下，只用双臂环抱膝盖，在火光的映照下，大而黄的牙齿闪闪发亮，紫青色的眼皮低垂着，他又开始讲述他的故事。

“你应该知道，为了盖所罗门[①]的王府，整整花了十三年的漫长时光。它坐落在一个名叫黎巴诺的森林中，那里生长着高大的香橼果，是一个凉爽的地方，整个宫殿都是用金柱子、银柱子和上好的木梁造成的，地板用大理石铺就，就像高等的教堂里那样，王宫中央有一个院子，那里的喷泉昼夜不停地喷水。墙壁是用锯得像砖块一样整齐的细石砌成。王宫里的金银财宝不计其数，盘子是金的，器皿是金的，整个宫殿用金石榴和金百合花装饰，连狗的项链也是金的，马群的鞍具是银的，被面是猩红色的。示巴女王[②]来了，她早就听说这些事情，她很嫉妒，因为她也非常富有，她想看看到底谁最富有。要知道女人是好奇的……”

一名牧人被瞎子讲的故事吸引住了，他弯着身子，以免被雨水淋湿，跑到棚子跟前。其他同伴也效法他，接踵而至。

瞎子受到成功的鼓舞，更加精神抖擞，他站了起来，讲述塔马尔和带馅炸糕的故事。

牧人们开心地笑了起来，他们互相用胳膊肘拱对方的腰部。他们给瞎子送来了牛奶、面包，向他施舍钱币。

但是埃菲克斯感到难受，一等到只留下他们两人时，他就训斥起同伴的狡黠和恶劣的行动来。

“你讲话的神气真像我的母亲。”瞎子说道。随即在雨中睡着了。

参加圣灵节的人不多，但都是有钱的人，都是些富有的牧人，他们带着肥胖的妻子和活泼、美丽的女儿。脸色紫红、神情傲慢的男子汉们骑马而来，腰间佩着插在皮鞘里的长剑。年轻人都是高高的个子，洁白的牙齿，闪闪发亮的眼睛，他们像阿拉伯半岛和北半沙漠地区从事游牧的贝督因人那样敏捷，女孩子们柔顺、恬静，就像瞎子所想象的《圣经》中的女人一样。

雾气愈来愈浓，石头和平原的灌木丛包围下呈现褐色的小教堂四周，万籁俱寂，散发出刺鼻的树林的气息。灰色天空中飘游的浮云，给这块地方添上一种更加奇妙的色彩。

整个上午，从雾蒙蒙的小路上源源不断地涌来骑马的男人，他们一声不吭，犹如在那世界遥远的角落参加某个秘密集会似的。对于跟瞎子一起坐在教堂进口处的埃菲克斯来说，这一切全恍如梦中。

---

① 据《圣经·旧约》，所罗门是大卫的儿子，后继位任以色列王。

② 据《圣经·旧约》，示巴女王闻说所罗门王极其富有，才华过人，便前往提出种种疑难问题，所罗门一一作答，示巴女王叹服。

这里没有其他的乞丐，当那些身强力壮和傲慢的男人们打埃菲克斯面前走过的时候，从他们的嘴巴和鼻子里呼出一种生命的气息，他不由感到一种莫名的恐惧和羞耻，还有嫉妒。那些人是男子汉，好像都是凌驾于法律之上的强人。他们的手好像是随时准备捕捉稍纵即逝的幸福的利爪。他们当然不会为自己的罪过而反悔，如果他们有罪的话；他们当然也不会折磨自己，如果他们在生活中敢于为自己雪耻报仇。他觉得他们带着蔑视的眼光瞧着他，把钱币扔给他，为他是一个男子汉而羞愧；他们用脚踢他，就像要踢开一块最肮脏的抹布一样。

但随后他又抬头朝远处眺望，在大雾的那边，他仿佛觉得是另一个世界，瞎子所说的大门，永生的大门开启了。他不禁为自己的羞愧感到后悔。

他的同伴在他身旁继续乞讨，一面慷慨陈词地说话，或者把脸孔转向他，好让路人听得到。

“在这人世间，我们该怎么办？永远成为那些向我们施舍的可怜人的累赘吗？”

“亲爱的兄弟，我们该怎么办呢？”

“是的，我的兄弟，一切都听从上帝意愿的安排，我们是他的工具，他利用我们去测验人们的心肠，就好比乡民用锄头去翻动土地，看它是否肥沃一样。基督徒们，不要把我们当作两个比落叶还悲惨、比麻风病人还肮脏的可怜人，请把我们看作是上帝用来测验你们心肠的工具！”

铜币犹如朵朵坚硬、响当当的花儿落在他们的面前。有两个英俊的努奥洛年轻人，为了赢得姑娘们的青睐，开始向瞎子投掷钱币，他们从远处以瞎子的前胸为活靶子，每当把钱币掷个正着，就狂笑起来。然后，他们又走近埃菲克斯，把他当作另一个活靶子取乐。铜币的每一击都使埃菲克斯整个身子震跳一下，好像他们要用石头击毙他似的。可他又怀着某种贪婪的心情捡着钱币，最后，取乐结束了，他重又感到后悔和耻辱。

这时，妇女们开始做午饭。她们在一棵偏僻的大树下燃起了篝火，袅袅青烟跟尘雾掺和在一起。她们大红色紧身衣的斑点在灰蒙蒙的空间显得比火花还要刺眼。在这小小的节日，既没有歌声，也没有音乐，埃菲克斯觉得这节日似乎是一次强盗和牧人的集会，他们聚合在那里，是想重新见到他们的女人和做神圣的弥撒。

中午时分，所有的人都集合在树下，围着篝火，神甫坐在他们的中间。天气转为晴朗，一束金色的阳光从天顶穿透云层，径直投射到大树上方；树下，牧人们围坐在地上，妇女们手里拿着小篮子，神甫把背包像防御潮气的披肩搭在肩膀上。孩子们开心地笑着，狗群摇动着尾巴，眼睛直盯着它们的主人，期待着扔几根骨头给它们啃啃，这一切使人联想起《圣经》里描绘的温馨、和谐的场面。

几个富有怜悯心的妇女给这两个乞丐端来大盘的肉和面包。听到她们在草地上沙沙走动的脚步声，瞎子抬高了嗓门，讲道：

“是的，从前有个国王，他对树木、动物，甚至连火都爱得要命。于是上帝生气了，他让这个国王的仆人们变成坏蛋，让他们联合起来杀死国王。他们那样做了。是的，那国王让众人都去崇拜浑身是金子的上帝，于是，这世界上便留下了对金钱的贪求，以致为了金钱，至亲骨肉之间可以互相残杀。在我身上因此也发生了这等事，我的亲戚看到我是个看不见光明的人，就像秋风扫落叶那样把我剥得赤条条的，洗劫一空。”

众人很快地离去了，两个乞丐又一次孤独地留在空旷、悲凉的地方。

烟雾愈来愈稀薄了，黑黝黝的树林的轮廓，在略带苍白的浅蓝色地平线上愈来愈清晰地显露出来。一切都是那么宁静，仿佛有一双无形的手把坏天气的面纱从这儿或那儿揭开。一道巨大的、颜色鲜艳的七色彩虹和另一道较小的、稍显暗淡的彩虹横架在天空。努奥洛的春色，朝着坐在小教堂门槛上可怜的埃菲克斯微笑。露水润湿的淡黄色毛茛在银白色的草地上闪耀着露珠似的光芒。夜色降临，第一批星星亮了起来，朝着花儿微笑。天和地成了相互辉映的两面镜子。

一只夜莺在淡淡地染上了一重烟雾的、孤独的树枝上啼鸣。夜晚的清新，静谧的远处的和谐，朝着花儿微笑的星星，朝着星星微笑的花儿，年轻、英俊的青年牧人们的欢笑，女人们被大红色紧身衣裹住的激情，等待富人们施舍残羹剩饭的可怜的穷人，遥远的痛楚，遗留在那儿的希望与往昔，离别的乡土，爱情，罪孽，悔恨，祈祷，不停息地行进，不知道在何处过夜，可是却始终受到上帝指引的朝圣者的赞歌，小庄园绿色的寂静，那儿河水的潺潺声，桤木丛絮絮地低语，格莉塞达的欢笑与悲泣，诺爱米的欢笑与悲泣，他，埃菲克斯的欢笑与悲泣，整个世界的欢笑与悲泣，全在这孤独的大树上夜莺的啼鸣中颤抖和震动，那大树似乎比山峦还高，那枝盖仿佛与天空连接，最高的一片叶子仿佛嵌入于一颗星星之中。

埃菲克斯又哭泣起来。他自己也说不清楚是什么缘故，但他仍然泪如泉涌。他觉得自己在这个世界上是孤身一人，只有夜莺作他的伴侣。

他仍然感受到努奥洛年轻人把钱币扔到他的胸前，他仿佛被石子击中似的震动，可这却是一种兴奋的战栗，一种殉道的乐趣。

同伴的肩膀紧靠着教堂关闭的门，双手抱着膝盖，打着呼噜，酣然入睡了。

他们去福尼参加圣殉道节。他们总是一小站一小站地行走，在羊圈中歇脚；瞎子在那儿有办法让牧人们围拢来听他说书，他说他能根据气味来识别他们。他向那些普普通通的人，向那些敬畏上帝的人，叙述《圣经·旧约》中最激动人心的故事，自然也叙述那些被歪曲的、因而引起年轻人和放荡不羁的人反感的故事。

同伴的这种表现使埃菲克斯很难受，有时他会产生如此厌恶的感觉，以致他真想扔下他，但反复考虑之后，他觉得，他的悔罪或许正应当是如此艰难。他对自己说：

“就算是牵着一个病人，一个麻风病人吧。上帝最能理解我的慈悲心。”

一路上，他们遇上了参加节日活动的其他乞丐，所有的乞丐都像遇见一个老相识似的向瞎子打招呼，却以一种冷漠的眼光打量着埃菲克斯。

“你还身强力壮，”一个年轻的瘸子对他说道，“怎么也来讨饭呢？”

“我得了一种说不清楚的毛病，弄得我筋疲力尽，没法干活。”埃菲克斯回答道，但他为自己的谎言感到羞愧。

“上帝吩咐，只要力所能及，便要尽力劳作，如果我能干活……噢，那些能够干活的人是多么幸福！”

埃菲克斯想到贾钦托，他在找到工作之后，变得快活而又善良。他内疚地扪心自问，他这样抛弃自己可怜的女主人们，是否又一次铸成大错。

就这样，他走啊走啊，但怎么也不得安宁，他总是惦念着那片故土，在小庄园的芦苇和桤木丛之间的那片土地。特别是晚间夜莺歌唱时，思乡之情更是深深折磨着他。

“堂·普列杜会在想起什么呢？他正等着我给他捎去诺爱米小姐的回音。不过，上帝将会作出安排的，会妥当安排的，现在我带着自己致命的罪过，带着自己的灾难，远远地离开了她们。”

他在乞丐的行列里走着，走着，经过了马莫雅达绿色的河谷；他朝着福尼的方向走着，走着，走上了小路，在乌云朦胧的夜晚，捷那尔捷杜山脉带着城墙、城堡、巨石、坟墓、银色的城市、烟雾笼罩的蓝色森林等奇幻的形态，巍然耸立于眼前。然而，他觉得自己的身体像一只已经被狂风撕裂的口袋，肮脏，空洞，唯一的用处只能是扔在破布堆中。

他的伙伴们的情况并不比他更美妙。他们往前走啊，走啊，不知道要上什么地方去，也不知道为什么要去。他们所去打尖的地方，对于他们来说是冷漠的，是既无欢乐又无忧伤的偏僻去处。他们只是在那儿歇歇脚，弄点吃的东西。

他们之间不时发生争吵，用令人作呕的脏话吼叫，说些亵渎上帝的混话，他们有着幸运的人们所怀有的一切欲念。埃菲克斯累得要死，浑身火辣辣的发烧，他不想去劝说他们，也不觉得要可怜他们。他仿佛置身于梦中，追随一群魔鬼游荡，就像在那小庄园里经历的许多次夜晚一样。他似乎已经死去，只是又被阴间的王国驱逐了出来，所以仍然在人世间漂泊流浪。

在福尼，乞丐们聚集在教堂附近的院落里。那里挤满了来自远方的人群，埃菲克斯开始尝到新的折磨，他担心会被人认出来，便竭力躲在他的同伴的身后。

挨着他们的是另外两个乞丐，一个是上了岁数的瞎子，另一个是年轻人，后者在上这儿来之前，在胸口右侧扎了一道口子，涂了一种毒草的汁液，使皮肉红肿，在众人看来恰似一个毒瘤。

埃菲克斯对这种骗局感到愤怒。当钱币落入他同伴的帽子里的时候，他的脸孔竟然涨得通红，就像他也欺骗了那些好心人一样。

钱币不停地朝乞丐们扔过去。他从来没有想到世界上会有这么多的好心人。妇女们尤其显得慷慨大度，每当年轻的乞丐的假毒瘤在衬衣的皱褶之间显得肿胀起来，像无花果似的，她们的眼帘便映出一丝隐约的温情。

几乎所有的女人都停住脚步，俯下身来询问。一些女人身材细长，身穿撒丁岛手织的粗毛呢衣，罩着绣有杏黄和浅绿色古埃及象形文字的围裙，头戴猩红的风帽，好像是从遥远的地方，从古老的埃及来的。另一些女人胯部坚实有力，宽阔的面颊像两个熟透的苹果，热情、湿润而富有肉感的嘴唇，就像盛满蜜汁的盘子的边缘一样。

埃菲克斯低垂双眼，回答妇女们的询问，伤感地收集着向他施舍的钱币。但也有些男人围着年老的瞎子和佯装身患毒瘤的病人，其中一个人弯下腰来，仔细察看瘤子。

“是的，愿上帝这样帮助我，”他说，“正是这样，它才长出一年。”

“只一年吗？”那人嚷道。“啊，我一千件事里还做不完三件呢。拿去吧！”

他扔给假装患病的乞丐一枚银币。于是爆发了一场竞争，看谁向这个垂死的乞丐施舍得最多。银币像雨点般落入他的背囊，以致埃菲克斯的同伴气得脸色发青，声音由于嫉妒而发抖。中午，他拒绝吃饭，而后沉默不语，看来他正在酝酿某种卑劣的伎俩。事实正是这样，当人们重新聚集在院落里时，在路过的妇女从口袋里掏出钱币向假病人施舍的当儿，他终于大声嚷起来：

“你们好生看看吧！他比你们谁都更健康，那玩意儿是他用一根毒针在自己身上刺的。”

于是有人弯下身子，去仔细察看那只假瘤子；那乞丐脸色发白，一动也不动，也不说话，毫无反应。然而，他的同伴，年老的瞎子，突然跳将起来，他高高的个子，晃晃悠悠的，犹如一棵受到狂风袭击的树干，他移动了几步，扑到埃菲克斯同伴依斯泰内的身上，挥动两只槌子般的拳头，狠狠揍他。

起先，依斯泰内垂下脑袋，几乎把它藏到膝盖中间，然后站起身来，攥住袭击者的大腿，用力摇动，但无法把他扳倒，便狠命咬他的膝盖。他们都不吭一声，他们的沉默使这个场面更加富于悲剧意味。然而，过了一会儿，一群人围拢来，妇女的尖叫声和男人们的笑声打成一片。

“可我想知道，他怎么看得出来的！”

“他果真是瞎子！让灾难来收拾这帮家伙，他们彻头彻尾是伪装……”

“我向他施舍了三次，一共九个莱阿利[①]！你是怎么装成有瘤子的？……告诉我，我再给你另外九个莱阿利，这样我也好来伪装自己，还可以逃避服兵役。”

“瞧，当兵的来了！”

---

① 西西里王国货币名。

“你们别吵了，什么也别给了。”

围观的人群闪开，让宪兵走过，他们身材高大，鲜红、深蓝色飘动的羽翎使他们显得像一只只奇妙的鸟儿。他们居高临下地俯视着在地上扭作一团的乞丐。

老瞎子气得直打哆嗦，但没有吭声，另一个瞎子回到原先的位置上，用悲哀的声调说，他什么也不知道，他根本没有动，只感到一个人像一堵倒塌的墙整个地压在他的身上。

宪兵喝令他们站起来，把他们带走了。人们排成一列，像举行宗教仪式的队伍尾随在后。埃菲克斯也跟在后面，但他的两条腿不停地颤抖，他的眼睛好像蒙上了一层雾。

“现在他们就要逮捕我了，他们会知道我是谁，会知道一切，会把我判刑的。”

然而，谁也没有去注意他，两个瞎子被带进兵营之后，人们就一哄而散了。只留下他独自一人，坐在离兵营不远的一块石头上等着。

他心里乱作一团，可实在没有任何理由让他抛弃瞎子。他在那里待了一个钟头，两个钟点，三个钟点。四周静悄悄的，人们已在不远的地方开始节日庆祝活动，他所在的那个小镇的角落，仿佛是一片荒漠。阳光投射在像茅屋似的低矮、潮湿的屋顶上，下午的和风挟带着青草的芳香，送来远处的几声叫喊，几声乐曲。

宁静更增添了埃菲克斯的不安。他第一次感到他清醒了，犹如被凉风吹拂的山上的岩石，他明白了自己苦行悔罪的错误。不，这绝不是他所梦想的救赎。

他的可怜的女主人们，在那儿受苦受难，她们孤苦伶仃，如今莫非已经被遗弃了吗？他第一次萌生出归乡的念头，他渴望拜倒在她们的脚边，像一条忠实的狗一样，了结自己的余生。返回故土。谴责自己的灵魂，但不能让她们遭受折磨，这才是真正的忏悔。然而，他不能置同伴于不顾。这时，兵营的大门打开了，两个瞎子手牵手像亲兄弟一样从里面走了出来。

埃菲克斯迎上前去，拉起他的同伴的手。就这样，他们回到了教堂的院子，他们转了一圈，寻找那个假装有病的乞丐。人们唱歌，跳舞，奏乐。晚霞把钟楼、屋顶、四周的高树全抹上了一层玫瑰色。从教堂里走出来一个人，唱起赞美诗，为舞者助兴。香火的芳香气息跟菜园的气味混合在一起了。

尽管他们找了又找，可装病的乞丐既不在院子里，也不在教堂里，周围的马路上也没见他的人影。有人说他害怕宪兵抓他，逃之夭夭了。于是，埃菲克斯留下来，跟这两个瞎子待在一起。

第十五章

日复一日，埃菲克斯搀扶着他们行走。

他们或者是三人成行，或者是跟其他乞丐结队而行，去参加一个又一个节日的庆典活动，仿佛他们命定要去一个永无尽头的惩罚罪孽的地方。

节日活动都大同小异，主要的节日都在春季和秋季，在偏僻的乡村小教堂，在山上，在高原上或者在河谷边举行。于是，整整一年杳无人迹的荒郊，被遗弃的野地，突然间变得热闹而又繁华起来，还带来了生活与欢乐。村民们身穿色彩鲜艳的服装，深红色的紧身衣，菊黄色的饰带，像火焰一般耀眼的红围裙，犹如朵朵鲜花，点缀在绿色的乳香黄连木和收割后的象牙色庄稼地里。

人们到处饮酒，唱歌，跳舞和欢笑。

埃菲克斯也穿得像其他的乞丐一样，他牵着两个乞丐，似乎觉得这就是他的命运，他的罪过和他的惩罚。他不喜欢他们，却以无比的忍耐心对待他们。

他们也不喜欢他，但又为得到他的关照而相互嫉妒，不断地吵架。

八月和九月，他们马不停蹄地赶路，艰难地朝前行走。先是为了参加救世主节，登上奥尔托贝内山。

那是八月份，一轮满月从海面升起，高高挂在天空，把银色的光辉洒遍树林。是的，在奥尔托贝内山上，埃菲克斯看到了遥远的故乡的山；整整一夜，他在那仿佛把深蓝色的天空和灰暗的大地连接起来的黑十字架下面祈祷。黎明时分，他听到远处传来赞美诗声。一列信徒的队伍从河谷上走来。瞬息间，山岩染成一片乳白色和橘红色。灌木丛绽开了孩子们微笑的面容，上年纪的牧人像皈依了宗教的古代克尔特人，在盘旋山道上跪下。

在石头祭坛上方，圣餐杯在阳光下熠熠发光，救世主慢吞吞地从岩山后面显出脸孔，在灰暗的地面和蔚蓝的天空之间竖起十字架。灌木丛后面传来一阵伤心的哭泣声，那是搀着两个瞎子的一个乞丐。他是埃菲克斯。

九月，他们登上了戈那列山。又遇上了坏天气，狂风暴雨不停，汹涌、浑浊的水流把坡地冲刷出道道犁沟，树木在狂风的抽击下歪歪斜斜，整个山林在隆隆的雷声中震颤。然而，信徒们照样涌来，他们沿着一条条弯弯曲曲的小径，沿着一道道蜿蜒迂回的山路，云集在小教堂里，像各条血管的血液统统流向心脏似的。

埃菲克斯与同伴们在石壁的凹处歇息，他眺望着雾霭中穿越云层的各种奇形怪状的形象，他觉得，年轻瞎子所讲述的世界大洪水的故事①，就是他们的遭遇。可不，一些族长获得了拯救，他们要在山上安身，他们带着自己的女人和儿女来了，他们既悲伤又快活，因为他们失去了一切，同时又拯救了一切。

女人们特别喜欢从坐骑的高处，从她们的披巾中伸出脸孔，以迷惘但不时闪烁喜悦的光芒的大眼睛，四处张望着。一些东西使她们害怕，一些东西使她们高兴，或者就是她们自己的恐惧使她们高兴。远处的呼喊在云雾中激起的回声，仿佛奔驰的野马随风飘荡的嘶鸣。

埃菲克斯一直担心被认出来，尽管他穿着破衣烂衫，粗硬、灰色的胡子就像半只用驴子的棕毛做的面具。他打量着从他面前的小路上走过的香客，只要有人注视他，他就突然缩成一团，闭上眼睛，就像玩捉迷藏游戏的小孩藏起来的时候一样。

一个多少有点放纵的男人，骑着一匹黑马，缓缓地走上来，他身穿手织粗呢大衣，镶上猩红色的衬套。风儿吹开了这种酷似西班牙斗篷的外衣的下摆，让人窥见了绣花的背包，骑士粗壮的双腿夹住像银子一样闪光的马刺。头上戴的一顶帽子在一张温厚而富有嘲弄意味的脸孔上投下了阴影，他朝着乞丐们转过身来，轻轻地冷笑了一声，扔下了几枚钱币。

埃菲克斯重新睁开眼睛，慢慢地站起来。

“你知道那个人是谁吗？”他对年轻的瞎子说道，“是我的主人！”

雨停了。三个同伴继续登山。他们默不作声，佝偻着身子，仿佛在小路上寻找什么丢失的东西似的。浮云在山岩和灌木丛上空掠过，树木在大风中剧烈地扭曲着身子，好像发狂似的要脱离大地，而后又想折回来，依附于大地。雷声仍然隆隆作响，一切都陷于极大的骚动和不安。埃菲克斯觉得自己像被旋风卷走的一片枯叶。

他们在小路的十字标记旁边坐下。

狂风呼啸，但是晚些时候，太阳穿云而出，把乌云驱赶到地平线的尽头，山峦和河谷周围的一切全变得金灿灿的，河谷上的薄雾全聚集到银光闪闪的湖面上。

---

① 据《圣经·旧约》，上帝见人类互相残杀，人世间充满仇恨、暴力与罪恶，大为震怒，决意发大洪水，毁灭这罪恶的人类，只留下善良的挪亚。

乞丐们在阳光下暖和身子，埃菲克斯收拾着得到的施舍物，每一声脚步都使他颤抖，他害怕再次看到堂·普列杜，不过他还是不时抬起头来，似乎在倾听一个遥远的声音。

他仿佛觉得自己仍然坐在小庄园的茅屋的前面，细听狗群的沙沙声，于是，他心中的声音对他说：

“埃菲克斯，如果你在那儿是为着真正地忏悔罪过的话，那干吗要担心被认出来呢？当你的主人路过时，你站起来，向他问候。”

蓦地，一阵喜悦之情使他跳了起来，这种感觉像一股暖流渗透了全身，如同阳光烤干了衣服，温暖了他那冻僵了的四肢。于是他又想到他的女主人们，他仍然爱着她们，他等待着堂·普列杜，以便向他询问她们的消息。

然而，堂·普列杜没有下山。

听完弥撒之后，他朝山下走去。一长串像玫瑰花似的漂亮姑娘们，甜蜜地笑着，紧紧地互相依偎。

“你看见了那个领圣餐的肥胖男人吗？”一个姑娘说道。“他是贵族，一个有钱的人，着了魔的男人。”

“是的，我知道。他应该娶的一位贫寒的姑娘，可没有娶她。这姑娘让他着了魔。”

“去，吊死你，玛丽娅，你说些什么？如果让他着魔，那是为了让他娶自己……”

“哎，别为了这个来推我！拧断你的脖子，弗朗齐斯卡，好吧！”

她们的牙齿洁白闪光，却满口是不堪入耳的话语，打埃菲克斯的面前走过。有个姑娘放慢了脚步，朝乞丐们扔了一个钱币，微风撩起了她的绣花头巾的边角。

埃菲克斯等待着堂·普列杜。族长们，默不作声的女人们，腿脚敏捷的年轻人，身材矮小的牧人们，都下来了，他们因孤独而神色忧伤；但是，仍然看不见堂·普列杜的影子。

埃菲克斯等待着。午后，人们都下了山，回到林中空地的棚屋里。堂·普列杜仍然没有出现。

于是，埃菲克斯带领同伴们来到小教堂，教堂前面只有几个年轻人靠着岩石观看半山坡的赛马。风儿似乎停止了，在山下的小路上，戴着风帽的村民们跃马奔驰。

埃菲克斯让瞎子们靠墙坐着，他踮起脚尖走进小教堂，来到祭坛的小台阶前。堂·普列杜一动也不动地跪在那儿祈祷，马刺搁在脚边。他仰起脸孔，在大蜡烛金色光芒的照耀下，他的头发几乎染成了蓝色，大衣的红衣边微微卷起，很像是朝圣的巴洛尼贵族。埃菲克斯常常在教堂中见到这样古老的场面。

堂·普列杜专心致志地祈祷，当埃菲克斯轻轻地扯动他的大衣时，他惊讶地转过身来，但没有认出乞丐是谁，只是粗暴地说道：

“见鬼去吧！连在这儿你也不让安宁吗？”

“堂·普列杜，我的主人！我是埃菲克斯，您认不出我来了吗？”

堂·普列杜急忙撩起衣边，跳将起来，几乎想拥抱他的仆人，他们像两个老朋友似的对视着。

“一切都好吗？”

“好吗？”

“是的，”堂·普列杜首先恢复常态，说道，“贾钦托向我讲述了你的英勇行为，傻瓜蛋！你干起了一门不费力气的职业，懒鬼！好职业，是的！好吧，拿着！”

他递给他一个钱币，可是埃菲克斯用一双像一条忠实的狗一样的眼睛望着主人，他没有生气，只是长叹了一声。

“堂·普列杜，我的主人，请告诉我关于我的女主人们的消息。”

“你的女主人吗？谁看得见她们呢？她们像水貂一样关闭在自己的巢穴里。”

“那么贾钦托呢？”

“我在努奥洛看见他的，那个饿死鬼，为什么你没有让他跟你一起要饭呢？而现在，你知道他干了什么吗？他娶了另一个饿死鬼格莉塞达，是的，蠢货！”

“这很好，他这么许诺过的。”埃菲克斯说，他重又感到满心欢喜。“这样她就如愿以偿了，我的主人。”他思忖道。

埃菲克斯朝着骂骂咧咧的堂·普列杜微微一笑。堂·普列杜为自己最初的慈悲行动而后悔，他不该把埃菲克斯当成一个乞丐来对待。

过了圣·科斯马节和达米雅诺节以后，埃菲克斯跟瞎子们一起到毕蒂镇去参加圣母奇迹节。在抵达目的地以前，他们在奥鲁内歇脚，埃菲克斯尽管感到劳累不堪，但他不敢闭上眼睛，因为担心同伴把他最近辛辛苦苦积攒来的、放在背包中的钱偷去。他平心静气地祈祷，不时半张开眼睛，瞥一眼在一棵橡树下入睡的同伴们。

虽说还是夜晚，但东方朝着大海方向的山峦之间已泛出鱼肚白，那儿已经是黎明了。这时，埃菲克斯由于困倦，以为自己已经闭上眼皮，进入了梦乡。他看见老瞎子坐起来，身子朝前倾斜，侧耳细听，用手撑着橡树的树干，站起身来，随后犹豫了一会儿，便走到他跟前，在黑暗中伸出一只钩子似的手，犹如钓鱼一般抓过背包。

埃菲克斯一动也不动，没有作声。老头儿离去了，没有回头，在山峦的蓝色阴影中，消失于丛林和岩山间。

只有当他不再看得见老头儿的时候，才发现自己并没有做梦。他跳了起来，但他觉得仿佛有一只手把他往下攥，迫使他重新坐下来，不要动弹，慢慢地，一阵兴奋的冲动，奇特而喜悦的心情，一种想纵声大笑的愿望，取代了原先的惊奇，他笑了起来，在他的周围，天空抹上了蔚蓝和玫瑰色，鸟儿在丛林间歌唱。

“这就是了，”他思忖道，“上帝替我解脱了我的同伴中的一人，啊，给我卸掉了多么沉重的负担！”

他把另一个同伴叫醒，对他讲了刚才发生的事。

“你看到了吧？埃菲克斯，现在你信服了吗？我早就知道他是假装的，我不是很快就揭露了他吗？你牵着他向前走，你跟他日夜折磨我。现在我们去揭发他，找到他，砸碎他的骨头。”

埃菲克斯笑了。在节日活动中，他几乎很快活。一群他没有见到过的香客把教堂、周围的田野和通向小镇的小路挤得水泄不通。在圣殿四周不断涌动的人流，犹如一条红与白、黄与黑相间的长蛇，迎风飘展的旗帜就像许多大蝴蝶纷飞，赞美诗合唱的和声，马儿的奔驰声，欢快的喧闹声，跟朝圣者的歌声融合在一起。妇女乌黑光亮的头发披散在肩头，犹如垂下黑色的面纱。男人们跟在后面，他们没有戴帽子，手里拿着蜡烛，光着脚丫子，脚上落满尘土，好像来自世界的另一尽头似的。所有人的眼睛里都充溢着疑虑和希望。

马群慢悠悠地沿着山路往上走，它们充满欢乐或是痛苦。容光焕发、热血沸腾的小伙子策马而行，脸色苍白的姑娘们把激情隐藏于内心，犹如埋在灰烬中的火炭一样，病者和狂人的眼睛里也都透出生和死的神色。

埃菲克斯站在稍稍离开教堂、没有许多人经过的地方。瞎子不住地唠叨，怨这怨那，脸色阴沉，带着威胁的神气。

到了傍晚，乞讨的收入仍然很少，瞎子发泄着不满，责备埃菲克斯杀害了另一个同伴，以便解脱自己和侵吞钱财。

埃菲克斯微微一笑。

“过来，”他一面说，一面拉起他的一只手，走了一段路，“你听到了吗？”

瞎子听见了另一个同伴的声音，他在他们面前乞讨。

“现在你们不要再像上次那样胡闹。”埃菲克斯说道，“如果你们再互相厮打，他们会拘留你们，我呢，说实在的，我就洗手不干了。”

于是真瞎子朝着假瞎子弯下身子，咬牙切齿地低声对他说：

“为什么你要这样干，骗子！”

“因为我觉得应当这样做，高兴这样。”

埃菲克斯笑了。瞎子似乎“看见了”他的笑容，不禁恼火起来，把他对小偷同伴的一腔怒火统统发泄到善良的同伴身上。

“我再也不愿意跟你在一起了，宁愿栽在地上死去。你是一个蠢货，一个不中用的家伙；你跟我在一起，你觉得快活有趣，却让我受尽折磨，你去上吊吧，滚到地狱的最底层去吧。”

“你这么说，因为你知道我不会抛弃你的。”埃菲克斯说道，“你尽管是瞎子，但是你了解我，而我尽管看得见，却不了解你。如果你以为能够找到另外的伙伴，那你就去找吧。我会帮助你的。”

假瞎子紧紧抱着偷来的背包，侧耳细听，他抓起依斯台内的手，对他说道：

“留下跟我在一起吧，魔鬼！”

他们手拉手地站在一起，就像埃菲克斯看见他们从福尼兵营中走出来的时候一样，他觉得他们以向他挑战的神气，等着他开口。于是他掏出那天乞讨得来的一小袋钱币，在他们眼前晃了几晃，笑嘻嘻地打量着他们，然后把钱币塞到真瞎子的手里，离去了。

他自由了！可是他觉得他身后还牵引着那同伴似的，他依旧摆脱不了对他们的想念。

他马不停蹄地昼夜赶路，沿着依萨莱河谷来到海边。他扑倒在地上，躺在两堆灌木丛间，他觉得他仿佛经历了一次周游世界的长途跋涉之后回到了自己的小镇。

但他在梦中又看到了瞎子，蜷曲着身子，半张着的青灰色嘴唇，露出充满野性的牙齿，他感到瞎子在嘲笑他，可怜他。

“你以为你洗手不干，得到安宁了，瞧着吧，埃菲克斯，现在，你的道路真正开始了。”

他沿着大路行走。随着愈来愈接近小庄园，他听到手风琴如泣如诉的乐音，他恍惚觉得这是自己已习惯于节日活动的耳朵的一种幻觉。

众多遥远的往事又浮现在他的脑海，周围所有的树叶都摇曳多姿地向他致意。眼前是篱笆，河流，山丘，茅屋。他没有感到激动，然而，那朦胧柔和的琴声，使他觉得仿佛来自一泓宁静的绿水，像声声亲切的召唤吸引着他。

他走进小庄园，抬头望去，立即发现小庄园照管得很不好，这儿像是一个没有主人的地方，树上的果实几乎都掉光了，这儿或那儿悬挂着断裂的树枝。

扎南托尼坐在茅屋前的葡萄藤架下拉着手风琴，单调的琴声向四周飘散，犹如梦幻的面纱笼罩着这荒僻的地方。

小伙子看见一个佝偻着走来朝茅屋里张望的陌生男人，便停止演奏，他那柔和的眼睛变得警惕起来。

“你要干什么？”

男人脱下了帽子。

“埃菲克斯大叔！”小伙子叫了起来，重又拉起了手风琴，同时笑着滔滔不绝地诉说。“您没有死去吗？有人说您到了美洲，发了大财，给您的女主人寄了很多很多钱。现在我是这里的看守人。我可以像对待小偷那样把你赶走，但我不这样做。您想要葡萄吗？您摘吧。我的主人，堂·普列杜不在乎这块地，他有许多别的庄园。这里出产的东西，我的主人都拿来送给他的表妹们，您的女主人了。可是她们总是闭门不出，就像刺猬总是龟缩在自己的皮囊中一样。噢，埃菲克斯大叔，我要对你说一件事。有一天晚上(平时，晚上我就关在茅屋里，因为我害怕幽灵，我总是觉得祖母在敲门)，有一天晚上，我害怕极了，我感到有一个软绵绵的东西在我的脚下乱动，我叫了起来，出了一身汗。天亮的时候，我才发现是一只受伤的野兔子，它挣脱掉绳套，逃跑了，但它的一只脚掌断了，它用两只像基督徒一般的眼睛望着我，我替它包扎了脚掌，但后来，它发高烧，在我的两只手中烫得像团火，慢慢地变成黑颜色，死去了。”

埃菲克斯坐在茅屋前，眺望着远方。

“你看，”他严肃地问道，“堂·普列杜会继续让我帮他干活吗？”

小伙子变得咄咄逼人起来。

“那么说您要把我赶走喽？那我该怎么办呢？格莉塞达一结婚就走了。我怎么办呢？我去讨饭吗？不，还是您去讨吧，您是老头儿。”

“你说得对。”埃菲克斯说道，耷拉着脑袋。但是小长工的顺从使他产生了怜悯心。

“堂·普列杜是个大富翁，他照样会雇你的，他可以把你派到其他庄园去，因为我喜欢待在这儿，这儿是一个好地方，格莉塞达也是这么说的。”

“格莉塞达现在干什么？”

“缝制她的结婚礼服。”

“告诉我，扎南托尼，堂·贾钦托来过镇上吗？”

“我的姐夫，”小伙子骄傲地说，“是的，他七月份来过。格莉塞达身体越来越差，差一点儿要死了。是的，他来过……”

他沉默了，把脸孔埋到手风琴上，忧伤的眼睛充满了对往事的回忆。

“你把一切全都告诉我，你可以跟我说，扎南托尼，我就是你家里的人。”

“是的，我这就对你说。当时，格莉塞达身体很不好，瘦得不成样子了，晚上发烧，像个疯子似地爬起来，嚷嚷要到努奥洛去。可她打开房门，又没法子办了。您明白吗，祖母在外面，把门关上，不让她走。这样，有一天，我便上努奥洛去了。我找到了堂·贾钦托，他在一个简直跟地狱差不多的磨坊里。我把一切都告诉他了。于是他请了三天假，跟我回来。他租了一匹马，因为价钱比叫一辆马车便宜，他让我坐马后面，那太棒了，骑在马上就像巨人似的。他终于向格莉塞达求婚，圣人节时他们结了婚。”

“他向谁去提出求婚的？”

“不知道。向她本人！”

“告诉我，扎南托尼，堂·贾钦托上他姨妈家，到我的女主人那儿去了吗？”

小伙子又迟疑了一会儿。

“是的。”他随后说道，“他去过，我想他们肯定吵架了，因为他出来的时候双眼通红，好像哭过似的。格莉塞达望着他，苦笑了，但硬是咬紧了牙关。他说：这是她们最后一次见我了。”

埃菲克斯不再问什么了。他留在茅屋中过夜，外面刮起了大风，路边的芦苇犹如受刑的灵魂一般不断呻吟，使得小长工恐惧不安。埃菲克斯开始学着瞎子的声调，讲述《圣经》的故事。

“是的，从前有个国王，他借口树木都是神灵，让人们崇拜树木，还有牲口，甚至火。于是上帝生气了，他让这个国家的仆人们变成坏蛋，让他们联合起来杀死他们的主人。是的，那个国王让人们崇拜一个浑身是金子的上帝，于是，这世界上便留下了对金钱的贪求，为了金钱，至亲骨肉之间可以相互残杀，甚至无辜的灵魂也崇拜金钱。”

然后，他开始描述所罗门的庙宇和宫殿。他滔滔不绝地讲述着，扎南托尼却呼呼入睡了。外面，坡地上的芦苇发出如此强烈的窸窣声，使人恍若觉得它们在互相厮杀。

黎明时分，埃菲克斯走出茅房，只见大片芦苇倒伏，长长的苇叶像折断的利剑那样遗弃在地面。幸存的芦苇也稀稀拉拉的，仿佛弯下身子来俯视同伴的尸体，用自己受伤的叶子抚摸它们。

“给您葡萄，埃菲克斯大叔。”小伙子对他说，若有所思地跟他打招呼，“如果堂·普列杜打算派你上这儿来，我很高兴，这样，我们可以一起讲故事，消磨时间。请你上格莉塞达那儿去问候她。”

埃菲克斯重又上路了，朝着小镇的方向走去。清晨凉丝丝的，白色的山丘仿佛被雪花覆盖，一片洁白。小镇上方的山峦点缀在平原上，它们在城堡后面像覆盖的木柴堆那样冒着热气。在玫瑰色的晨曦中，一切全悄无声息，死一般的寂静。然而，埃菲克斯重新寻找到了自己的灵魂，他好像一个浪子，在自己所有的希望泯灭以后，回到了他痛苦的家。

他直奔女高利贷者家里。他高兴地发现，尽管她没有马上认出他来，但相当和蔼地接待了他，把他当作一个外地人，是某个地产业主打发来的仆人向她借债的。

“卡莉娜，让乌鸦啄伤你，认不出我来了吗？可你也瘦多了。”

她手里拿着两只鞋，她让它们一只只掉在地上，然后又弯腰拾起来。

“埃菲克斯，你看见了吗？我是如何诅咒你的，你竟拍拍屁股走了！你连衣服也变了。你想起来了吗，你什么时候想杀我？”

“随时都想，如果你不住嘴的话！告诉我，你日子过得怎样？”

“不怎么样，我总是头痛，有一段时间了，疼痛和睡不着觉让我瘦成这副模样，背驼了，人也瘦了，就像吸血鬼附身似的。”

“正是这样！”埃菲克斯这么思忖，但他没有说出口。

“这是一种很讨厌的病，头痛，我的埃菲克斯，现在，我甚至已经许诺到圣·方济各那里去朝圣，在十月份……”

“你听着，”埃菲克斯说道，他坐在炉子前面，丝毫没有离开的意思，“你去朝圣是无济于事的，如果你要忏悔的话，就在你家里忏悔吧。”

“我没有必要忏悔！如果我去，也只是出于我的虔诚。我的灵魂披露在上帝的面前，而不是在一个像你这样的罪人面前。”

他垂下脑袋。

“你听着，”他又说道，“我需要衣服和钱。你应该帮助我，卡莉娜，如果你愿意，你能够做到的。我就像一个上过前线的士兵，现在回来了，但是不能还穿这身衣服。”

“至少你应当告诉我，你究竟去干什么了？”

“是这样，我想在世界各处走一下，我一直走到遥远的东方，在那里有所罗门国王的庙宇和宫殿……那宫殿整个都是金的，门是金的……盘子和器皿是金的，甚至连钥匙和门闩都是金子的……”

女人窥视着他，一面系上新的鞋带，可并不扔掉旧鞋带，因为系什么别的东西的时候还可以派上用场。为什么他这么讲话呢？以乞丐所特有的富于节奏的腔调呢？他是在挖苦她，还是在发烧呢？

“埃菲克斯，我的宝贝，你周游世界，磨坏了你的鞋子和脑子了！”

不过，她还是把钱借给了他。

他却仍然不走。

“我不能就这样出去，让堂·普列杜的刻薄的女佣人笑话我。你得设法给我弄套衣服，去吧，你不睡觉的时候还考虑什么呢？去吧，去吧，你也是一个基督徒。”

“怎么，我也是吗？我的宝贝。我比你更像基督徒，我不会扔下我的家和小镇去周游世界……”

“你再不住嘴，我去拿门闩了，卡莉娜，住嘴吧！”

整个上午，他们不断地唇枪舌剑，半是开玩笑，半是说正经话。下午，她出门去，从一个丈夫到美洲去的妇女那里买了一套几乎是新的衣服。

傍晚时分，埃菲克斯回到他的女主人那儿。是的，他就像一个流浪汉百无聊赖，自由自在地逛荡了一天似的。四周一片静寂，凄凉；山峦耸立在黑黝黝的房屋上方，黄昏的暗绿色天空，悬挂着一轮新月，夜的星辰在月亮的上方颤动。

大门紧紧闭着。墙根和小台阶上杂草丛生，使人觉得面前仿佛是一幢被遗弃的房屋。埃菲克斯突然害怕起来，竟有点不敢去敲门了。

他瞧见格莉塞达的小门透出亮光，犹如一堵漆黑的墙上镶嵌着的一块金色长方形，于是他想起了扎南托尼的嘱托。

格莉塞达正在炉火前烤烘浸湿的裙子。她赤着双脚，伸直的小腿犹如紫铜似的闪亮。她瞧见陌生的男人，便赶紧放下裙子，当她认出埃菲克斯时，立即发出欢乐的叫声，大声笑起来。

“怎么，格莉塞达！你还到河边去？新郎让你去吗？”

“他不也是劳动吗？莫非他是一位贵人吗？等他成了贵人，我也该入土了……好吧，你不走过来吗？您坐下，那个背包你可觉得沉？里面也许全是金子吧？您不声不响，神不知鬼不觉地交上了好运，您真是个魔鬼！”

他坐了下来，把背包放在地下，打量着格莉塞达。格莉塞达也狡黠地打量着他，让他明白，她知道事情的真相。

“我们，埃菲克斯大叔，还有我们，我和贾钦托，也会干一些事的。我们也会成为富翁，埃菲克斯大叔。谁知道呢？世界上什么事都可能发生的。我相信，什么事都会发生。”

“你们不是已经是富翁了吗？谁能比你们更富有呢？”

她像过去那样，娇媚而憨态可掬地朝他弯下身子。

“这是我过去一直说的！当您的女主人们嫌我穷，不愿意我和贾钦托结婚的时候，我说过，我难道不是年轻姑娘吗？我不是爱他的吗？也许诺爱米小姐和堂·普列杜把他们的所有财产加在一起，比我们更富有吧？许多年来，是的，他们只想着发财，而不想其他！”

埃菲克斯浑身打了个哆嗦。

“他们结婚了吗？”

“当然，他们这就要结婚！他像我今年春天那样消瘦。有人说他病了，是的，他病了！痴爱病。他甚至到奥列那去请教巫婆。最近，上个星期，他到戈那列去朝拜圣母，他捐了三枚银币，希望出现奇迹。那些不怀好意的人是这么说的！”

埃菲克斯的脑袋埋在膝盖之间，心事重重地注视着地皮。

“我应该回来吗？”他暗暗自问。“她们不会认为是什么幸运的风把我吹来的吧？”

就在这瞬间，他突然为诺爱米在他回来之前就接受这门亲事而感到遗憾。不过，他马上很谦卑、羞愧地站起身来。唉，他好像依然是一个罪人！

“你看堂·普列杜会在那儿吗？”他出门之前，转过身来问道。

“我可是在这儿，并不在您女主人家，埃菲克斯大叔！”格莉塞达说道，她微笑着走到他跟前。“我也没法对您说，我去看看，因为您的女主人们只要瞧见我去，就把大门关得紧紧的！”

他走了，但他的心又一次扭曲了，不安地颤动着。他仿佛觉得。他敲女主人门的声音，好像在叩击他的心一样。

第十六章

出来开门的是诺爱米。埃菲克斯瞧见她出现在自己的面前，庭院蓝绿色的背景衬托着她高高的、细细的身材，白皙的脸孔，这真是丽娅姑娘，简直是丽娅姑娘的再现。

诺爱米在让他进门之前，仔细地打量着他，好像在审视一个陌生人，然后只是说道:“噢，噢，是你呀？”这种冷漠的、多少带点嘲讽意味的表示，足以增添他的羞辱和不安的感觉。

“瞧，我的诺爱米小姐，我回来了。”他一边说，一边跟随她穿过院子。“浪子回来了，艾丝苔尔小姐好吗？能允许我去看看她吗？”

半明半暗的青光笼罩着所有的东西，一切都原封未动，阴沉的阳台从灰暗的墙壁上伸展出去，水井旁依旧是红花，楼梯依旧绑着绳索。

从厨房里透出一缕亮光，但不是格莉塞达家那种明亮的火光，只是一盏小油灯放在陈旧的长板凳上，留下一圈黑影。

不，什么变化也没有。一切依然是死气沉沉的。埃菲克斯难过地思忖：

“看来诺爱米小姐答应那门亲事的说法不是真的。”

他本能地寻找挂背包的木桩，可木桩不见了，没有人重新竖上它，他只好挎着背包，就像一个马上要离开的客人。

艾丝苔尔坐在旧板凳前面的一张小凳子上，安安静静地看书。油灯投射出她的修长的影子，一只猫蹲在她的黑影里，一直用眼睛注视她双手的动作。蓦地，它纵身跳到她的大腿上，好像要躲藏起来，然后又从她的大腿跳到长凳下面去。她抬起头来，瞧见了陌生人，便用闪闪发光的眼睛盯着他，书在她的手心颤动。

“是的，是我，我的女主人！我回来了。浪子回来了。艾丝苔尔小姐，该怎么说才好呢？您的身体好吗？”

“埃菲克斯！埃菲克斯！埃菲克斯！”她喃喃地说道。

“我正是埃菲克斯，您的眼睛不好，艾丝苔尔小姐，您戴眼镜了吗？”

“你，埃菲克斯！你坐下，是的，我因为眼泪流得太多，把眼睛弄坏了。”

诺爱米以狡黠的眼光望着他们，似乎在欣赏这一场面。

“是的，艾丝苔尔！你戴眼镜了，因为你已经上岁数了。”

“你坐下，”诺爱米又对埃菲克斯说道，用手拍拍长凳。埃菲克斯挨着上了岁数、因他的意外出现而颤抖的女主人坐下。起初，他们不知道讲些什么才好，他紧紧搂着背包，不好意思地耷拉着脑袋。她摘下眼镜，把它夹在书里，似乎想要靠在长工的旁边。

终于，他们都转过脸来互相对视，她以一种责备的神情摇晃着脑袋。

“好极了！你周游了世界，现在回来了！可是你为什么从来不写一封信，哪怕三言两语，或者捎个问候的口信？连去美洲的人都回来了！”

埃菲克斯张嘴想要回答，可是他看见诺爱米在窃笑，好像她知道实情似的，便愈加觉得羞愧，便默不作声了。

“你就那么走了，埃菲克斯！好像我们欺侮了你似的，甚至连一声招呼也不打，埃菲克斯！你想想看，你想想看，我一直在扪心自问：为什么埃菲克斯要那样做呢？能不能最终知道是什么缘故呢？”

“唉，这世上的事！人愈老，便愈糊涂了，”他打了一个含糊的手势，回答道，“现在我回来了……我们别再谈这些了。”

“那末现在你打算干什么呢？你回到堂·普列杜那儿去吗？或者像人们所说的，你真的发了财了？可你干吗不把背包放下来呢？至少你应当在这儿吃一点东西。”

“我该走了，我的艾丝苔尔小姐……我只是来问候您的。”

“你在这儿待到明天吧。”诺爱米说，她几乎用猫一样灵敏的动作帮他解下背包，把它放到长凳上。

他们相互凝视，于是他明白了，她们两人有话要说，想继续中断了的谈话。

“埃菲克斯，你听着，至少你要对我们讲讲你的事情，因为你从没有写过信，现在，你该有多少事情要讲，噢，埃菲克斯，谁也不会相信，你上了年纪反倒要去周游世界！”

“虽然去得晚，但总比不去好，我的艾丝苔尔小姐！不过值得一提的事儿很少。”

“那就讲很少的那些事吧。”

“好吧，好，我给你们讲……”

诺爱米默默地摆好餐具，还是那只因年代久远而发黑、磨损的小篮子，还是原先的那种面包和小菜。埃菲克斯一面吃，一面叙述，他讲话含含糊糊，甚至羞怯地编造一些谎言。可是当他把面包屑和杯子里的剩酒撒在地上的时候——因为土地总是要从人那儿获得自己的一份营养——，他伸直了脊背，眼睛四周的皱纹舒展开了。

“一路上，我们竟遇到那么多可怜的人，我们走啊，走啊，但并不清楚什么地方才是尽头，可是始终满怀着发财的希望。我们列队朝前走着，真像一群罪人。”

“你们没有去过大海吗？”

“大海，当然去过，我说了些什么？在海上遇到了暴风雨，有好多次我们浑身都湿透了。没有挨过饿，没有；话又说回来，谁会觉得饥饿呢？我没有这种感觉，有几次我觉得好像有一只手狠命揪住我的肠胃，要把它掏出来似的，于是，我吃了起来，喝了起来。到了目的地，大伙儿开始干起活来。”

“干些什么样的活？”

“噢，不费力气的活儿，就这样……从一个地方把土挖起来，然后搬到另一个地方……”

“要造一条运河，让海水流到运河里，是真的吗？不过，海水会流到运河里来吗？”

“是的，海水流进了运河，那是由像水泵一样的机器来抽水，总之，我也讲不清楚！”

诺爱米默不作声地听着，用手轻轻抚摸着躺在她大腿边打鼾的猫。她听着，然而她的思绪已经飞向远方。

“你到过那儿的乡下吗？人们说那儿什么都贵得要命，你记得去参加那儿救赎节的移民们说的吗？还说那是个没有娱乐的地方。”

“噢，过救赎节的时候可快活了！谁想玩就只管玩！有人奏乐，有人跳舞，有人祈祷，有人酗酒，尽兴以后才散去……”

“都散去吗？去什么地方？”

“我想说……回他们的棚子里休息。”

“他们说什么话？”

“语言吗？他们来自四面八方。我跟我的同伴说撒丁方言……”

“噢，你有撒丁岛人做伴？”

“是的，一个是上了岁数的，一个是年轻人。我好像觉得眼下他们还在我身边似的，当然绝不像尊重我的女主人那样。”

诺爱米的眼睛闪烁出狡黠的光芒。

“我相信我们是最清白不过的了！”她拍拍他的肩膀，说道。

“是的，一个上了年纪的人和一个年轻人，他们总是吵架，他们脾气很坏，贪婪，嫉妒，可是从根本上说，他们是好人。人生来就是这样，亦好亦坏，又善又恶。而且他们都是不幸的人。有钱人也是这样，经常是不幸的，唉，就是这样！”

于是，诺爱米紧握他胳膊的手，使他回想起在努奥洛的院子里贾钦托紧握的手，回想起阻碍诺爱米接受堂・普列杜求婚要求的隐秘。

“堂・普列杜就是一个例子，”他几乎是不由自主地说了出来，他望着年轻的女主人，随即补充说道："难道他不是有钱的人，同时又是不幸的人吗？"

可女主人又笑了，他禁不住恼火起来。

"有什么可笑的呢？堂·普列杜难道不是不幸的人吗？而您，我的诺爱米，您不会可怜他的……尽管他是个好人。"

这时，艾丝苔尔小姐站起身来，一只手扶住长凳的椅背，神情严肃地望着他们。

"他有什么好的，"诺爱米收敛起笑容，"现在他是个老头儿，再也不能嘲弄未来，这就够了！我们别再谈论他了。"

"不，我们就要谈这件事。"艾丝苔尔小姐固执地说，"埃菲克斯，给我说说你的意见。"

"我的艾丝苔尔小姐，我该对您说些什么呢？说堂·普列杜愿意娶诺爱米小姐吗？"

"噢，你也知道了吗？你是怎么知道的？"

"第一个媒人就是我。"

"你是第一个，也是最后一个。"诺爱米大声说道，把猫像扔一团毛线一样扔了出去。"够了，我不愿意你再提起这件事了。"

然而，埃菲克斯反抗了。

"可是，我的诺爱米小姐，我压根儿就没有把结果告诉他！我怎么能把您的答复告诉他呢？我不敢，我正是为了这个而出走的。"

艾丝苔尔又在他身边坐下，他感到她整个人都在颤抖。

"噢，埃菲克斯，"她喃喃地说，"他那个时候就有这个想法了。而你什么也没有说，是吗？而你逃走了？可为什么要这样呢？说实话，我觉得一切都是一场梦。我好像蒙在鼓里，什么都不知道，只有别人来跟我提起过这件事，而且是外面的人。而你，我的妹妹，你……你……"

"艾丝苔尔，我该对你说什么呢？难道他从没有提出过求婚吗？难道当时他一点儿也没有说清楚吗？他送来礼品，他来过几次，坐下来跟你聊天。跟我几乎不说一句话。难道是我把他赶走，是我吗？"

"你没有把他赶走，可你的表现比赶他走更坏。他来的时候，你总是冷笑，你对他冷嘲热讽。"

"正是这样，种瓜得瓜，种豆得豆。"

"诺爱米，为什么你这样讲？最近一段时间，你在这里好像变成了疯子！你别再申辩了。为什么你说他戏弄你，如果他派人来对你说他爱你呢？"

"他打发一个长工来对我说这事！"

艾丝苔尔小姐瞥了埃菲克斯一眼，然而埃菲克斯低着头，默不作声，就像过去他的女主人们发生争论时一样。总之，他等待着，他确信诺爱米瞧不起他，但会找他，他们两个人会单独谈谈。

“埃菲克斯，你听到她怎么说的吗？我告诉你，不只是你提到这件事，连贾钦托……”

这个名字立即在周围造成一种可怕的空虚。埃菲克斯瞧见诺爱米痉挛地跳起来，又气又恨，连脸色都发青了。

“艾丝苔尔！”她厉声地说，“你曾经发过誓，再也不提他的名字。”

她怒气冲冲，无法抑止，昂头走了出去。

“是的，”艾丝苔尔小姐俯身对着埃菲克斯的耳朵嘀咕说，“她恨他到了这种地步，让我起誓再也不提他的名字。他最近一次来的时候告诉我们说，他要跟格莉塞达结婚，并且劝诺爱米接受普列杜的求婚，她大发脾气，把贾钦托赶了出去，就像你方才看见的那样。他哭泣着离去了。可你告诉我，告诉我，埃菲克斯，”她伤心地继续说道，“难道这就是我们可悲的命运吗？贾钦托让我们破了产，娶了那个穷丫头，诺爱米却又拒绝飞来的好运。这是为什么，埃菲克斯？你说说，你周游过世界，这世上处处都是这个样子吗？命运为什么如此地折磨我们这些像芦苇一样的可怜人呢？”

“是的，”他回答道，“我们正像风中芦苇一样，我的艾丝苔尔小姐。这就是为什么这样的缘故！我们是芦苇，而命运是风。”

“好吧，就算是这样，可为什么会是这种命运呢？”

“你说这风，为什么？只有上帝知道。”

“但愿按上帝的意愿行事。”她说着，脑袋耷拉到胸口。埃菲克斯看到她是那样逆来顺受，那样苍老，那样悲伤，几乎觉得自己是个坚强有力的人了。为了安慰她，便想给她叙述瞎子讲过的众多故事中的一个。

“人是永远不会满足的。您知道示巴女王的故事吗？她长得很美，统治着一个遥远的王国，拥有许多无花果和石榴花园，一座完全用金子砌成的宫殿。后来她听人说，所罗门国王比她更富有，她便坐立不安，夜不能眠了。她嫉妒万分，甚至不惜远道跋涉半个世界去看个究竟……”

艾丝苔尔小姐朝另一边俯下身去，拿起夹着眼镜的那本书。

“这些故事都在这里面，这是《圣经》。”

埃菲克斯惭愧地望着书，不再继续说什么了。

他一个人留了下来，独自躺在席子上；但是，尽管他困乏得厉害，却无法入眠，他恍惚之中觉得瞎子们就蜷缩在他身边，而室外和四周则是笼罩在黑暗之中的一个陌生的地域。他的女主人们仍然待在那儿，坐在长凳上望着他，苍老的艾丝苔尔小姐流露出几乎是哀求的神色，诺爱米小姐微笑着，然而比她严肃的时候更加可怕。

奇怪的是，他觉得自己不再顺从艾丝苔尔小姐，不再惧怕诺爱米小姐，他似乎真的摆脱了长工的地位，在他的贫寒的女主人们面前变成了富人。

“我能够帮助她们，我仍然能够帮助她们，即使她们不愿意……明天……”

他焦急地等待着明天，这就是他为什么睡不着的缘故。明天他将跟诺爱米谈谈，继续他们几个月之前中断了的谈话；也许，他可以给堂·普列杜带去满意的答复。

于是他开始祈祷，起先轻声地，后来声音越来越高，直到他觉得仿佛置身于向奇迹圣母朝圣的唱诗行列之中。

明天……一切都会好的，明天，一切将会谈妥，一切将会明朗。他仿佛最终明白，为什么上帝驱使他扔下自己的女主人们，背井离乡漂泊天涯，那是为了使贾钦托有时间恢复理智，使诺爱米治愈自己的创伤。

“如果我当时立即把答复告诉堂·普列杜，那一切早就结束了。”他宽慰地想道。他幻想着，渐渐进入了梦乡。朦胧的亮光，照耀着周围的平原，巨大的黑弧上升起一圈洁白的光环。黎明降临。瞎子们站起身来，让他坐在他们的手上，要他用胳膊抱住他们的脖子，这样，他们把他抬起来，一面唱着颂歌，一面向远方走去，就像孩童们玩游戏一样。

他笑了，他从来不曾这样幸福过。然而，在厨房黑暗的尽头，艾丝苔尔小姐和诺爱米小姐一动不动地坐在长凳上，他又觉得自己顺从她们中的一个，惧怕另一个。于是他又闭上眼睛，好像是假装自己也是一个瞎子。他们就这样三个人走着，唱着赞美圣灵的颂歌，在松软、湿润的土地上行走。然而，一只手突然从背后拉住他的大衣。他跌倒在地，哼哼唧唧地嘀咕着。他睁开了眼睛，瞧见诺爱米小姐手里拿着一盏灯，站在他面前。

“埃菲克斯，你明天一早就要走，所以我又下楼来了！”

他一跃而起，坐在席子上，坐在她的脚边，而她手里执着一盏灯，一动不动地站着，一道光环围绕着一圈黑影，就像他梦中见到的一样。

“再说我想单独跟你谈谈，埃菲克斯。有些事情艾丝苔尔不清楚。你跟她瞎扯是要坏事的，你也真不明事理。”

他默不作声。他明白了，是的，他必须像一个仆人那样沉默和作假。

“埃菲克斯，你有些事情不清楚，因此你说得太多了！如果那天你只是报告消息，而不是给我出主意的话，事情可能会好一些。相反，我们谈了许多徒劳无益的事情；现在，我只想知道，你是否把我们的谈话内容告诉了普列杜。”

“什么也没有说，我的诺爱米小姐！”

“埃菲克斯，我想问你另一件事，但是你要对我说实话，你……”她犹豫了一会儿，然后提高了嗓音，“你跟贾钦托谈过这件事吗？对我说实话。”

“没有。”他以坚定的口气吐出这句谎言，“我向您发誓，我没有谈过这件事。”

“那末你认为这件事是普列杜对他说的吗？”

“我想是这样，我的诺爱米小姐。”

“还有一件事，告诉我，你为什么要出走呢？”

“我也不知道。我方才入睡的时候也正在想这件事。我想，也许是上帝要我走的。当时我曾经害怕，也羞于把您的那个答复告诉堂·普列杜。是的，诺爱米小姐，堂·普列杜之所以让我为他干活，只是为了这个缘故，我明白这一点。他爱您，想让我来当中间人。于是，当您说不同意的时候，我只好逃走了……”

诺爱米笑了起来，但那是一种轻松的笑，跟以往狡黠的笑全然不同。这是她对埃菲克斯的怜悯，对堂·普列杜的怜悯，但这又是满意和欣喜的表示，埃菲克斯还从来没有见到过她这样的笑容。他回想起那副笑容，那张朝他低垂的小脸，那个黑影以及四周颤动的亮光。他的心猛烈地跳动，几乎要跳出了胸膛。

丽娅在那个出逃的黑夜，就是这样站在他的面前的。

“还有一件事，别的再也没有了。听着，你认为贾钦托真的会娶格莉塞达吗？”

“是的，这是肯定的。”

“他们什么时候结婚？”

“圣诞节之前。”

她把灯拿得低一些，好像要把他的脸孔看得清清楚楚，而灯光也确实清清楚楚地映照出他的脸。她是那么苍白，她的脸孔是那么年轻，同时又是那么苍老！

傲慢，激情，打破自己老一套的清贫生活的渴求，以破裂的碎片重建另一种崭新的、富有的生活的愿望，在她的一双眼睛里燃烧。

“听我说，埃菲克斯，”她移开了灯光，说道。“好吧，你去对普列杜说，我同意了。但是我们必须立即结婚，赶在那两个人之前。”

第十七章

埃菲克斯重又来到小庄园。丰收季节结束了，水果已经收获。扎南托尼按照主人的吩咐，在小镇周围盛长灯心草的地方放牧羊群，他高高兴兴地去了。

埃菲克斯重又坐在茅屋前的老地方，四周是蓝绿色的芦苇丛。白色山丘上方的天空呈现一片绛红色；风儿轻轻吹过，芦苇瑟瑟颤动，仿佛向他喁喁细语。

“埃菲克斯，你记得吗？埃菲克斯，你记得吗？你背井离乡，如今又重返家园，你就像我们家庭中的一员，重又回到了我们中间。有人屈服了，有人被压垮了，有人今天挺住了，但是明天就会屈服，后天就会被压垮。埃菲克斯，你记得吗，你记得吗？”

他一边编织席子，一边做祷告。他不时感到腰部的阵阵剧痛，使他不得不硬是挺直身子，但仿佛有人用铁钎插进他的五脏六腑一般，他又重新弯下身去，脸色铁青，浑身颤抖，恰似一株风中芦苇。然而，一阵痉挛过后，他随即觉得身子异常软弱，却又觉得异常平静，因为他希望早点儿离开人世。他的末日来临了。

只要他能够挺住，他就留在小庄园里，依靠着大地，大地吮吸了他的全部力量和泪水。

秋色愈来愈浓，十月的晴朗日子渐渐逝去，十一月的初寒渐渐降临。河谷尽头的山峦犹如火山一般，苍白的炊烟向乳白色的云雾飘去，好像火山蓝色熔岩的热气和火柱在那边的海面上升腾。

傍晚时分，天空豁然开朗，世界上所有的银矿仿佛都聚集到地平线上，隐隐约约的一群工人在那儿劳动，他们建造房屋、宫殿和整座城市，随后又立即把它们毁坏，在暮色中再让一片片废墟染成白色，上面铺以金色的草儿和玫瑰色的灌木丛。银灰色和黑色的马群驰过，一星黄色的光亮在被毁坏的城堡后面闪烁，好像是隐士或那边避难的强盗发出的火光。一轮明月升起来了。

慢慢地，月光给全部神秘的景物洒上一重银白色，仿佛魔指一点，一切全消失得无影无踪。淡蓝色的湖水浸没了地平线，秋天的夜晚明净、凉爽，夜色裹着天空的大星星，地面远处的灯火，从山脉伸向海边。万籁俱寂，河谷沉睡了，河水像脉管中的血液似的潺潺流动。埃菲克斯觉得死亡临近了。死神由一伙游荡的妖魔伴随着，慢慢地、默不作声地从小路逼近了，他从远处小河岸边拍打衣服的声音中，从变幻为树叶和鲜花那些无辜的幽灵的飘荡中，感觉到了这些妖魔……

一天夜晚，他在茅屋里昏昏欲睡，突然好像有人摇晃他似的，他惊醒过来了。

他恍如觉得，一个神秘莫测的家伙，压到他的身上，把匕首捅进他的胸膛，使劲搅动他的五脏六腑，他身上所有的血液从扎伤的窟窿里汩汩地涌出，浸透了他的头发、脸孔、双手和席子。

他开始大声呼叫，就像真的有人要杀死他那样，然而，在黑夜中，只有喃喃的流水回答他。

于是他害怕起来，他想回到小镇去。但是在漫长的黑夜中，他虚弱得无法动弹，仿佛已流尽了最后一滴血。他整个身子都被虚汗浸透了。

黎明时分，他准备启程。别了，这一次当真要走了，他把茅屋中所有的东西摆放整齐，农具放在茅屋最里头，旁边是卷好的席子，罐子翻过来放在圆木桩上，灯心草捆放在墙角，打扫干净炉膛，一切都拾落得整整齐齐，就像一个善良的长工要走了，让接替他的人对他有个好印象那样。

他把背包带走，从篱笆上摘下了一朵茉莉花。他转过身来朝四周打量了一遍，似乎觉得整个河谷都像茉莉花那样洁白而温馨。

一切都悄然无声，幽灵们都隐退到晨曦的帷幕后面，连流水的淙淙声也变得更加轻微，似乎要让埃菲克斯沿着小路走的脚步声更加响亮；只有坡地上的像剑一样的芦苇叶子，在空中碰撞和震颤。

“埃菲克斯，永别了！埃菲克斯，永别了！”

他回到了他的女主人那儿，躺在一条席子上。

“你回到这儿来是对的。”艾丝苔尔给他盖上一条被单，说道。

诺爱米也朝他弯下身子，摸摸他的脉搏，抓住他的一条胳膊，竭力说服他躺到床上去。

“您让我待在这儿，我的诺爱米小姐。”他露出微笑，呻吟着说。然而，他的眼睛一点儿生气也没有，就像瞎子的眼睛一样罩上了一层死亡的阴影。“这是我的地方。”

过了一会儿，他的病势加重了，他抽搐着，脸色发黑。女主人们赶忙打发人去请医生，他开始昏迷不清，说胡话。

厨房里到处是幽灵、令人骇然的怪物不停地抽打他，在他的耳边嚷道：

“你忏悔！你忏悔！”

艾丝苔尔小姐也在芦席前面跪下，喃喃地说道：

“埃菲克斯，我的灵魂，你想要我们去叫帕斯夸莱神甫吗？他给你念福音书，这样你会觉得轻松些……”

然而，埃菲克斯只是用混浊的眼睛直愣愣地望着她。发黑的脸上，汗水发出幽光。对生命了结的恐惧几乎令他窒息，他害怕他的灵魂突然抛弃他的身躯离去，就像他突然抛弃女主人的家离去一样。他害怕他的灵魂被驱逐出正直人的世界，同河谷的幽灵相伴，去接受惩罚，去漂泊。于是他回答道：不，不要，不要神甫，他宁愿遭受惩罚，宁愿去死，但害怕泄露自己的秘密。

堂·普列杜来了，他挨着席子坐下，开始开玩笑。堂·普列杜兴致很好，因为又发胖了，金链子也就不再挂在他黑色的大肚子上了。

“你干吗要回到这儿呢？傻瓜，如果你上我家里来，待在那儿不好吗？你就像一只猫，尽管装在麻袋里送得远远的，仍然要回到老家。起来，我们走吧，我把你安置在斯苔法娜的床上去。”

诺爱米也朝他弯下身子，手里端着一只冒着热气的碗，一面给他擦去脸上的汗珠，竭力模仿胖未婚夫的口气说道：

“醒一醒，喝一点汤，你愿意像条光棍似的死去吗？”

“那么，”埃菲克斯抬起头来，但拒绝喝汤，说道，“我们走吧……”

“你说什么呀？你还想走吗？还想当流浪汉……”

“喂，男子汉，你要干什么？我们到斯苔法娜那儿去，她给你留了一只石榴……醒醒，小伙子！”

但是埃菲克斯又垂下了脑袋，闭上了眼睛，他并没有因他的主人们的玩笑而生气，他只是觉得离得他们很远，离所有的人非常遥远。很远，越来越遥远；然而，他身上的负担是那么沉重，他既不能前进，又无法后退。情况比他牵着瞎子们在身后走的时候更糟糕。

医生终于来了。他触摸埃菲克斯的全身，用指关节在他硬邦邦的腹部敲打，就像在一面鼓上敲打似的，又把他的身子翻过来，转过去，把被单盖在他身上，就像盖在一块发酵的面包上那样。

“是肝脏在开不祥的玩笑。埃菲克斯，你应该躺到床上去。”

病人伸出一只食指，表示不愿意。

“我既然快要死了，就让我像长工那样死去吧。”

“在上帝面前是没有长工和主人之分的。”艾丝苔尔小姐说道。

堂·普列杜弯下身去，想用两只胳膊把他抱起来。

“别作声，傻瓜。别作声！”

但埃菲克斯开始呻吟起来，虚弱地晃动身子，就像一头受伤的小鸟挣扎着要飞一样。

“你们是想让我早些死去……”

于是医生摇摇头，打了个手势，两眼望着天空。堂·普列杜把病人放下，给他盖好，不再开玩笑了。

他们就让他这样躺着。过了一个又一个小时，一天又一天。处于昏迷状态的埃菲克斯梦见自己跟瞎子们一起朝前走，朝前走，经过河谷和高地的茅棚。他梦见节日的庆祝活动，人们向他扔过来的钱币，好心的妇女，骑着白色斑马，奔驰在山脚的漂亮青年人，纷纷从远处朝他扔钱币，一面说着挖苦的话。

然而，高高的、熏黑的墙面，长满红色斑点的树枝，还有一条长板凳，始终挡住地平线。他无法逾越这些障碍，可他必须穿越过去，以摆脱他的沉重的负担，解除他的病痛。

大约有两次，诺爱米瞧见他起来，想走到院子外面去。于是她们取走了大门的钥匙。

艾丝苔尔小姐朝他弯下腰去，替他放好枕头和身上的被子，摸摸他的脉。

“埃菲克斯，院长要来看你。”

他紧闭双眼，伸出一只食指，表示不要。

开头几天，有人要求来看他，但是诺爱米只打开大门的一条缝，打发走了所有的来访者。他在里面听见了。人们还记得他，记得他这个如此遥远、已走到世界尽头的人，这使他惊奇，使他不安。

“刚才是谁来找我呀？”一天早上，他问艾丝苔尔小姐。

“好像是扎南托尼。”

“我的艾丝苔尔小姐，如果他再来，谢谢您让他进来……该开始告别了……”

“埃菲克斯，你说什么？为什么有这样的念头？干吗你不肯让院长来呢？他会给你念福音书，你就不会害怕死……”

他不再说什么。不，他们欺骗他，但死的时辰还没有来到，他只是硬留着一口气，因为他害怕把自己身上的重负留在女主人的家里。

他周围的生活呈现出一派新气象：每当堂·普列杜来到时，欢愉的气氛笼罩了整个家庭，艾丝苔尔小姐腼腆地笑着，诺爱米和未婚夫或是商议未来的计划，或是闲谈，有时为了尊重病人起见，又突然默不作声。

于是，他觉得自己碍事，想远远地走开。

一天清晨，为了照料他而在楼下房间睡觉的艾丝苔尔小姐很早就起身，一面小声地自言自语，一面把一切东西都整理得干干净净，然后端着一小杯牛奶，朝他弯下身子，说道：

“埃菲克斯，醒一醒，快活点儿！今天普列杜要确定婚礼的日子了，你高兴吗？”

他点点头表示高兴；随后，他用被单蒙住脑袋，在被单下面，他似乎已是一个死人，然而他照样为自己女主人的鸿运高照而感到欣慰。

诺爱米也起得很早，跟姐姐商议着什么事，傲慢地说道：

“为什么必须由他而不是我来决定日子呢？我不是一个随大流的乡下女人。”

“你真不耐心！婚礼已经预告了，今天就要商量其余的事情了。”

诺爱米激动不安，埃菲克斯听见她在屋子里来回走动，步子轻快而急躁。终于，她倚靠着门口坐下来，安静地缝起衣服。

堂·普列杜来时，她挪开一点儿凳子，把衣服移到一边，好让他走过。她只是稍稍抬起脸，微微地点一下头，回答他的问候。这时，扎好头巾的艾丝苔尔小姐很快走下楼来，充当这两位未婚夫妇的调解人，因为他们之间不断发生误会。诺爱米对什么都不满意，从反面来理解谈论的一切，不管堂·普列杜出于良好的愿望提出什么想法。

他一进来，首先走到埃菲克斯跟前，站在那儿俯视着他。

“怎么样？我觉得情况不错。咱们起来吧，勇敢点儿！”

因为堂·普列杜弯下身去摸他，埃菲克斯便抬起深深陷下去的、表情漠然的眼睛，伸出手去，好像是要推开碰到自己快要衰竭身子的那个庞大的身躯。

“请走开，请走开……”

于是堂·普列杜走开了，坐到未婚妻的旁边。

“今儿个情绪怎么样？”

“普列杜，放手，别扯衣料，你让针扎了我……”

“这正是我愿意的！”

“普列杜，放手，你真像个小孩子！”

“这是你的过错，你施展魔法让我变得孩子气……”

“普列杜，住手！”

“你知道那位女哲学家斯苔法娜说什么吗？她说你现在施展了全然另一种魔法，起先你让我一天天瘦下去，如今你让我一天天发胖……”

“普列杜，你真会开玩笑，可你的女佣人们都是些嚼舌头的女人。”

“不过，一个明显的事实是，我确实发胖了。只是找不到一种破魔法的法子……”

艾丝苔尔小姐倚着诺爱米的椅子，默不作声地瞧着表弟，等待着。果然，他朝她转过脸孔，双手往膝盖上一拍，说道：

“对了，我们什么时候打破这条锁链呢？”

“普列杜，由你来决定。”

诺爱米继续缝着衣服，她仰起脸孔，双眼闪烁着光芒，但很快又低垂眼睛，什么话也没说。

“艾丝苔尔，我说在基督降临节前。”

“好吧，就在基督降临节前。”

“你觉得这个月中旬一切都会准备好吗？”

“一切都会准备好的，普列杜。”

“那好吧。”

短暂的沉默。诺爱米继续缝衣服，艾丝苔尔小姐从背后瞧着她的肩膀。终于，堂·普列杜几乎是胆怯地问道：

“你说呢？”

“你们在谈什么？”

“诺爱米！”艾丝苔尔抗议了，但未婚夫向她示意别作声，他又开始扯动未婚妻膝盖上的衣料。

“关于魔法，我们正在谈魔法！想法子在我没有太发福的时候破它。你说，该怎么破呢？好吧，就这样，就这样！为看见我们的人祝福！”

堂·普列杜搂住诺爱米的肩膀，在艾丝苔尔勉强的笑声和诺爱米的抗议声中，响起一记热烈的亲吻声。

“我真高兴，现在我可以死去了！”埃菲克斯在被单下暗想；可是他却觉得他无法迈出步子，他无法从围困他的半圆形大墙走出去。

堂·普列杜整天都待在那儿，表姐妹们留他吃午饭。他谈笑风生，又开始对未来说些调侃的话，但常常沉默不语，因为诺爱米似乎不太注意他。于是，在埃菲克斯周围笼罩着一片深沉的寂静，他明白，他在那儿是碍事的，他已成为女主人和堂·普列杜的负担和累赘。

他应该走了，应该让这对未婚夫妇自由自在、相亲相爱、开玩笑，清除他们眼前死亡的形象。

蓦地，在黑暗中，在被单下，他似乎明白了他不能离去的缘故。有件什么事把他继续留在女主人家的家里，就像有一笔账目没有偿还而应当偿付一样。

当艾丝苔尔小姐以为他已经睡熟，朝他弯下身子，轻轻地掀起被单角时，看见他的眼睛睁得大大的，涨红了脸孔，嘴唇在发抖。

“埃菲克斯，你怎么啦？”

他轻轻眨了眨眼睛，向她示意靠近些，然后用微弱的声音向她喃喃说道：

“我的艾丝苔尔小姐，劳驾，请您给我叫一下帕斯夸莱神甫。”

忏悔之后，他不再说话，不再呻吟了。他蒙着脑袋，不过艾丝苔尔小姐常常掀起被单，瞧瞧越来越瘦削、越来越发紫，而且布满皱折、活像一只干瘪的李子的脸孔。一天晚上，他睁开眼睛，用那令人怜悯的、可怕的眼睛盯着她，用微弱得几乎听不见的声音说道：

“我的艾丝苔尔小姐，太漫长了！请你们再忍耐点儿。”

“埃菲克斯，什么东西太漫长了？”

“路……总也走不到尽头！”

他好像是一直在行走。他登上了一座山，经过了一条轮船的油舱；他来到了另一座山，来到了另一处平原的尽头，这儿是浩渺的大海。

不过，现在他走得很平静，他只是很遗憾，他的身子总是走不出他的女主人家；然而，有一天，或是一个夜晚，他不再知道是什么时候，他似乎来到了芦苇丛边小庄园的矮墙跟前，沉重地躺在石头上。芦苇瑟瑟作响，朝他弯下身子，用犹如手指、犹如舌头的充满生机的叶子，温柔地触摸他、舔他。它们对他喁喁细语，一片叶子触弄他的耳朵，好让他听得清楚；那是一种神秘的、持续的低语，重复着河谷里那些精灵的喃喃声，河水的潺潺声，朝圣者们吟唱的颂歌声，磨坊的颤动声，扎南托尼手风琴的呜咽声。他趴在地上，用手扶住矮墙，侧耳倾听着，他瞧见他的女主人的厨房，但在另一个方向，他又瞧见雾蒙蒙的一片，犹如遥远的戈那列山。

艾丝苔尔小姐从河谷走上来，她的脸孔被一条黑纱半掩着；她掀开黑纱，露出痛苦、阴暗的脸孔，眼睛里充满怜悯的神色。然而，她走到矮墙跟前，便往后退却，好像害怕摔倒似的。于是又出现了其他的身影，所有的影子的脸孔都被一条黑色面纱掩盖着，他们走到矮墙跟前，然后由于害怕坠入深渊似的又很快地退却了。

埃菲克斯认识所有的影子，他听见他们谈话，明白他们是活生生的人，同时他又恍如置身于梦中，他们都是生活之梦的影子。

这些影子当中有神甫，有米莱塞、扎南托尼、堂·普列杜的女仆，还有堂·普列杜和诺爱米，他们当中不时有人大着胆子走上前来，想方设法帮助他，想帮助他离开矮墙，但都没有成功。

他开始对他们感到厌烦，把脸转到另一边去，注意着雾蒙蒙的河谷。慢慢地，雾气变得稀薄，金黄色的树林从蔚蓝色的豁口中显现出来；在他上方的坡地上，一株石榴树像瞎子所讲述的一样，垂下沉甸甸地绽开红果实的树枝，撒下珍珠般的颗粒。

然而，走近矮墙的人们不让他平静地注视清楚，于是他不再转动身子。直到有一天，一只手放在他的肩头，耳边一声声缓慢的叫唤惊醒了他。

“埃菲克斯，埃菲克斯！”

在他的上方是贾钦托的脸孔和一双充满温情的、湿润的眼睛，在许多死去的形象中，那是唯一仍然活着的。他是那样生机勃勃，以致他的一双热乎乎的手几乎能够把他拉起来，重新使他在这个世界上站立起来。

然而，只是瞬息的工夫，这个形象也模糊了，失去了生气，眼前重又出现幻影。埃菲克斯感到异常痛苦，仿佛死去的是贾钦托，而不是他。

“埃菲克斯，醒醒，醒醒！你怎么啦？你什么也不对我说吗？我是专门为你而来的，我在这儿。她们不肯让我进来，我是跳墙进来的。看着我，醒醒！”

埃菲克斯望着他，然而再也看不见他的眼睛了。

“诺爱米姨妈一看见我就飞也似的跑了！因为她永远也不会饶恕我！告诉我，她对你说了些什么？是不是她再也不愿看见我，她发誓不再提起我的名字了？我知道，但这不要紧。她要出嫁了，我为她高兴。你知道我前一次来的时候发生过什么事吗？我对她说，诺爱米姨妈，您结婚吧，普列杜大叔是个有钱的人，他爱你，他会使你幸福的。她却轻蔑地望着我，我很清楚，她永远也不会作出决定的。埃菲克斯，你听着(我们小声点儿，但愿没有人偷听)。于是，我想到你的建议。我望着她的眼睛，对她说：‘诺爱米姨妈，我将要娶格莉塞达，因为只有格莉塞达，像我一样贫穷，像我一样年轻和孤身一人，她可以成为我的伴侣。’那时，诺爱米姨妈的脸色像个死人一样苍白。我感到害怕，便离开了，我哭了，她对你说起过吗？埃菲克斯，醒醒，你不在听我说话，醒醒！艾丝苔尔姨妈来了。艾丝苔尔姨妈，埃菲克斯为了不出席我的婚礼和诺爱米姨妈的婚礼，不给我们送礼，假装生病了，这不是真的吧？而人们都在说，你旅行回来，随身带了许多钱……”

埃菲克斯听到了这些话，也明白这些话的意义，然而这些话没有声音，仿佛是写出来的。

“醒醒，至少请你告诉我，你发生了什么事？你不用给我讲去过什么地方。你还记得，当你到磨坊来的时候，我问你到什么地方去吗？你回答说，到一个美好的地方去。你想不起来了吗？你睁开眼睛，看看我。你究竟去什么地方了？”

埃菲克斯又觉得非常腻味，他睁开了一会儿眼睛，马上又闭上了，眼皮因死亡的梦魇而异常沉重。贾钦托的声音，好像在矮墙那一边，跟芦苇的瑟瑟声，跟风儿吹拂的嗡嗡声融为一体了。

突然间，他觉得又振作起来，重新有了生机。夜间，病痛猛烈地发作，仿佛在伤疤上撒了一把盐似的折磨他。剧痛使他既聋且哑，但是他瞧见堂·普列杜作出一种反感的手势，凝视着诺爱米。由于婚礼定于明天举行，如果他死去，将会给新婚夫妇带来不祥的兆头，或者迫使他们推迟婚礼举行的日子。于是与死神搏斗的愿望，犹如远处的一星灯光，在已经团团包围他的一片黑暗之中闪烁着。他露出面孔，说道：

“艾丝苔尔小姐，我好些了。请给我喝点儿水。”

两个女人都觉察到了，诺爱米亲自抬起他的脑袋，给他喝水。

“埃菲克斯，好极了！这样好，你知道今天要发生什么事吗？”

他一面喝水，一面点头表示知道。

“埃菲克斯，你打心眼里高兴，是吗？你是多么向往这一天，是吗？你或许会觉得这是一个梦。”

他又点头表示同意，同意。一切，一切都是个梦。

然后，她们留下他独自一人，因为诺爱米该更衣打扮。他抬起脑袋，环顾四周，偷偷地继续作出同意的表示。一切进展顺利，婚礼在新郎的家里进行，在这里，没有任何东西会打破古老的平静。出于诺爱米对病人的关怀，没有打扫厨房，虽然按照风俗举行婚礼的人是要打扫的。屋子里，院子里，静悄悄的。长凳上的猫蹲在那儿一动也不动，乌黑的皮毛，绿色的眼睛，仿佛静物中的偶像一般，寂静中可以听见腐蚀了的木制阳台吱吱嘎嘎作响。埃菲克斯略略抬起脑袋，最后一次再看一眼破残的墙壁，古老陵园中的青草和骨花。

蓦地，一个他认不出来的身影出现在门口，苗条、修长的身材，身穿一件镶着许多黑色花儿的紧身衣服，头戴一顶玫瑰花环，脸上、身上、脚上，有什么东西在闪闪发光，还有眼睛、首饰、鞋子……

他睁大眼睛，认出了诺爱米，在她的身后，艾丝苔尔小姐正在给她平整帽子上的玫瑰花和衣服上的皱褶，她的黑色披巾搭在肩膀上。他觉得艾丝苔尔仿佛是新娘的影子。

“我这身打扮还不错，是吗？”诺爱米一面站在他面前平整衣服的袖口，一面说道：“你不觉得这件衣服紧吗？现在这样时兴。你看这衣服多漂亮，是普列杜送的。”

尽管衣服紧身，她还是弯下腰来让他看一串念珠和一个大的金十字架。

“你瞧见了吗？这金十字架是古代一位大主教的，后来归普列杜的祖母，就这样在家里传下来。它挺好看，是吗？你瞧瞧耶稣，好像在微笑，可眼泪和鲜血在往下滴……你瞧……背面……”

埃菲克斯不出声地瞧着，一双干枯的黑手抓住被单边，他已经是一具死尸，似乎从世界那边又复苏过来，以便最后一次分享他的女主人的幸福。

诺爱米更深地弯下了腰，屈着膝盖，以致她的脸孔几乎能够碰到他的脸孔。

“你瞧，这是什么样的礼物，埃菲克斯！”

在镶着黑色花朵的衣服映衬下，她的脸色显得苍白，狡黠的眼睛里噙满泪水。

然而，埃菲克斯已经感觉不到痛苦了。

“我们生来就像耶稣一样要受苦的。唯有哭泣和沉默……”他用微弱的一口气说着。

这是他的祝愿。

从那时起，他不再说话了。他觉得他似乎抓住了被单边，以免坠落到那边去；他觉得他似乎从高墙上观望着人世间的众生相。

堂·普列杜和亲戚们来接新娘了，他们走进门来，他们像梦幻中朦胧的影子，带着特别奇怪的表情，在厨房周围列队站着。

堂·普列杜身穿一套黑礼服，崭新而紧身的衣服迫使他必须时时进行深呼吸，但是埃菲克斯看不清他的脸孔，却瞧见米莱塞长长的、像塞满米饭似地绷得紧紧的、又略带嘲笑的嘴巴，瞧见女主人们的一位女亲戚的大肚子，她将护送新娘，瞧见两只白净的小手擎着两支扎着玫瑰红带子的大蜡烛。

所有的人表情都很严肃，好像是来接他这个垂死的人，而不是来接待嫁的女主人似的。他们轻轻地走路，为了不使他感到难受。

艾丝苔尔小姐在安排接新娘的队伍，滑落的披巾在肩头上飘动。队伍最前面是手里擎着蜡烛的儿童，然后是新娘和亲戚，后面是少数客人，米莱塞尾随在最后面，似乎在悄悄地讥笑所有的人。

“现在他们留下我一个人了。”埃菲克斯有点苦涩地想道。“我独自一人。可全是我成全了这一切！”

诺爱米在门口转过身来，用金十字架向他作了个告别的手势。别了。而他就像对待贾钦托一样，反而有一种是她要去死的感觉。

众人离开了园子，走出了大门。艾丝苔尔小姐朝他弯下身子，好像要用自己的黑披巾盖在他身上。

“我把他们送到那儿，就赶回来陪你；我是必须要去的。你安静点儿，别动弹，别动弹。”

是的，他在自己的位置上一动也不动，孤独地躺着。附近传来扎南托尼为庆祝新婚夫妇演奏的手风琴声，他重又回想起许许多多往事。努奥洛地方磨坊的嘈杂声，戈那列山峦上空的云彩，山坡边芦苇的瑟瑟声……

“埃菲克斯，你想起来了吗？埃菲克斯，你想起来了吗？”

厨房变得多么宽大！它显得阴暗而又温馨，远处的墙，神秘的背景，犹如黑夜中的油舱。夜莺在歌唱，瞎子讲述着所罗门国王的金色宫殿的故事。

“……一切全是金的，就像在真实的世界中，一切全是纯洁的，闪闪发光的，金的石榴，金的器皿，金的席子……”

他见过堂·普列杜的家，石榴树的累累果实，棕榈树枝，遮掩着串串葡萄和金色南瓜的席子。

“诺爱米会很好的……在那儿……吃得好，将会发胖，会给艾丝苔尔小姐一笔钱，修复阳台。她会生活得很好的……她将会像示巴女王一样。然而，她也像示巴女王一样，不会满足……诺爱米也会厌倦金十字架，而像丽娅那样远走高飞的，像示巴女王，像所有人那样……”

然而，这再也不能激起他的好奇心了；到很远很远的地方去，他应该走得远远的，到另一块土地上去，那儿有比我们更伟大的事业。

他去了。

他闭上了眼睛，把被单蒙住脑袋。他重又找到了小庄园的矮墙，芦苇丛在瑟瑟絮语。丽娅和贾钦托默不作声地坐在茅屋前面，眺望着大海。

他好像熟睡了。然而，他突然身躯震跳了一下，似乎觉得从矮墙上掉了下去。

他掉到了那一边——死亡的河谷。

艾丝荅尔小姐看到被单下的他是这样的平静，一动不动。

她摇他，叫唤他，发现他已经死去。他们让他孤独地死去，她开始失声痛哭，沙哑的抽泣使她自己害怕起来。她竭力让自己镇静，然而不行。似乎一个灵魂在她身躯里面违背她的意愿而哭泣。于是她走去关上大门，不让外人因为瞧见她对长工之死是如此绝望而感到惊奇，不让家里人知道在一个大喜日子里扔下他独自一人死去。

她为了等待时光的过去，便开始搬动干瘪的、轻得像小孩一般的尸体，给他擦洗，穿上衣服，一面祈祷，一面小声地对他说话，告诉他婚礼进行的情况，诺爱米踏进自己富丽的新屋时因为幸福而哭泣的情形，告诉他新房里的礼物摆得满满的，人们向新婚夫妇的院子里撒下麦子和鲜花，祝贺他们幸福，总而言之，所有的人都兴高采烈。

“你就这么做了……这么走了，悄悄地走了……什么话也没留下……像上次一样……唉，埃菲克斯，你不该这样……今天，恰恰在今天！”

他似乎在平静地听着，半闭着混浊的眼睛，但是决定像一个恭恭敬敬的好长工那样不回嘴。

艾丝荅尔小姐想起埃菲克斯喜欢鲜花，便从井边摘下一支天竺葵花，放在他摆成十字形的手指之间，最后用一条绿色的丝毯盖在他身子上面，这丝毯本是为婚礼而取出的。但毯子不够长，他的双脚露在外面，按风俗脚朝着门口。长工仿佛睡着了，仿佛在开始永恒的跋涉之前，最后一次在贵族家里休息似的。

乔恰里亚的女人

莫拉维亚是当代意大利的文学名家之一。《乔恰里亚的女人》是莫拉维亚自称“反映意大利抵抗运动的小说”，展示了意大利法西斯主义统治和德国纳粹入侵带来的种种灾难。

——吕同六

第一章

啊，当我离开我的家乡，来到罗马当新娘的时候，那是多么美好的时光！你们当然听过这样一首歌谣：

"乔恰里亚的女人当新娘，

有人送细绳，

有人送鞋子。"

我把我的一切都献给了我的丈夫，细绳和鞋子，因为他是我的丈夫，他把我带到了罗马，我当时很高兴来到这里，却不知道正是在罗马，厄运降临到我的头上。

我长着一张圆脸，一双大大的、黑黑的、但有点发呆的眼睛，浓黑的头发长到齐眼，梳成两条粗绳子似的辫子。我的嘴唇像珊瑚那样鲜红，我笑起来的时候，露出两排整整齐齐的洁白而整齐的牙齿。我当时身强力壮，头顶戴上垫圈，能顶上100斤的东西。我的父母都是农民，但是，他们给我准备了体面的嫁妆，就像给一个贵妇人准备的似的，都是30件一套：30条床单，30个枕套，30条头巾，30件衬衫，30条短裤，都是质地细腻的毛料和妈妈用织机纺出来的布料。有些床单还是绣花的，上面有许多美丽的刺绣。我还有很贵重的红珊瑚项链，金耳环和红珊瑚耳环，镶着红珊瑚的金戒指，还有一枚镶红珊瑚的金别针。除了这些，我还有祖传的金首饰，我还有一枚可以别在胸前的纪念章，上面有一只非常美丽的浮雕宝石，雕了一个牧人赶着一群羊。

我的丈夫在台伯河畔大街5号小巷，经营一家小食品店。他在店铺上面租了一小套房间，从卧室窗口伸出身子，我可以用手指触摸牛血般鲜艳的招牌，上面写着"面包和点心"。小套间有两扇窗户朝向院子，两扇窗户朝着大街，一共有4个小房间，狭小而且低矮，但我把它们布置得井井有条，有些家具是从鲜花广场买来的，有些是家里祖传的。卧室整个布置一新，仿木的镀铜大床，绘着图案，床头装饰着花束花环。

大厅里装有一张漂亮的细木沙发，铺有花卉图案的布套，两张同样质地，铺同样布套的小沙发，一张吃饭用的圆桌子，一个餐具柜，里面放着装水果、带鲜花图案的镶金边的细瓷盘子。

我的丈夫每天一早就下楼上店铺去，我留下整理房间。我清刷、擦洗、掸灰尘、打扫每个角落和每样东西。清扫完毕之后，家里亮堂得整个就像一面镜子，柔和、宁静的阳光从挂着雪白窗帘的窗户投射进来，我打量着屋子，瞧见它们整理得那么整齐、洁净，所有的东西井井有条，心中不禁升起一种说不出的高兴。啊，拥有一个属于自己的家是多么美好！这家跟任何人无关，也没有任何人知道它，我就靠打扫和整理它来安度一生。清扫以后我就穿衣服，仔细地梳头，提上篮子到市场去采购。市场离家只有几步路，我在货柜间转悠一个多小时，主要不是为了采购什么，因为货架上的大部分东西，我们的小店里都有，我只是什么都瞧瞧，水果、蔬菜、肉、鱼、蛋。我对这儿的一切都了如指掌，我喜欢计算价钱和赚头，估价质量，发现卖主的欺诈手法和伎俩。我还喜欢讨价还价；拿起东西掂掂分量，把它放还原处，然后又回来讨价还价，最后，我什么也不买。那些卖主中有人向我献殷勤，向我暗示他会送给我免费的东西，只要我顺从他，然而我让他很快明白，我跟那一类女人毫无共同之处。我一向傲慢，一点儿小事就会让我发火，气得热血直往脑门上冲，幸运的是，女人不像男人兜里揣着刀子，否则，我也可能会杀人的。

卖主中有一个最使我讨厌的人，死乞白赖地纠缠着我。有一天，他竟要硬行塞给我什么东西，我拿起一根大别针，在他后面紧追不舍，幸亏警察出来干预，否则我就把大别针戳到他的脊梁骨里去了。

我情绪饱满地回到家里，把做汤的水烧上，放进香料、几块骨头和几片肉，随后就很快下楼到店铺去。我在那里也很愉快，我们什么都卖一点儿：面食、面包、大米、干豆、罐头、酒和油。我站在柜台后面就像一位女王，手臂光裸到胳膊肘，胸前别着那枚带有浮雕宝石的纪念章。我拿东西过秤，用铅笔敏捷地算账，再用一张黄纸把东西包裹起来，递给顾客。他，我的丈夫，动作就比较缓慢。说起我的丈夫，我忘了说，我跟他结婚的时候，他已经几乎是个老头，有人说我跟他结婚是为了有利可图，不错，我从来就没有爱过他，但是上帝可以作证，我一直是忠于他的，尽管他却谈不上忠于我。他是一个有自己主见的男人，可怜的家伙，他最大的主见就是，以为别的女人都喜欢他，实际情况正好相反。他长得肥胖，但并不是健康的肥胖，黑眼眶的眼睛里布满血丝，一张蜡黄的脸，就像涂抹了一层烟草屑。他脾气暴躁，内向，粗野无礼，谁跟他有不同意见就得倒霉。他时不时地离开店铺，我知道他去找某个女人了，但我敢发誓，如果他不给钱的话，女人们是不会顺从他的。要知道，有钱就有一切，金钱甚至能诱使一个新娘撩起裙子。当他心情愉快甚至热情、彬彬有礼时，我马上就明白，那是他的欲望得到了满足。相反，他找不到女人的时候，就变得情绪阴沉，对我没有好气，有时甚至打骂我。有一次，我对他说：

“你如果需要，就去找妓女吧！可你别碰我，否则，我就离开你，回我的老家去。”

而我不愿要情人，尽管我已说过，有许多人追求我。我的全部兴趣都投入家庭和店铺里，我生了女儿以后，整个兴趣就放在我的女儿身上。爱对于我来说已无关紧要，甚至，也许可以说，由于我的丈夫是那样的苍老和难看，爱已几乎让我讨厌了。我只想安安静静地生活，我什么也不缺少。再说，不管发生什么事情，女人应该忠于丈夫，即便男人就像我的丈夫那样不忠于她。

几年以后，我的丈夫再也找不到顺从他的女人了，即便用钱也找不到了，于是他变得难以令人忍受。好长时间我没有跟他做爱了。后来，也许是因为没有女人的缘故，他重新又纠缠住我，想强迫我跟他做爱，但不是像丈夫跟妻子那样，而是像妓女跟他们的嫖客之间那样，譬如说，他揪住我的头发，让我用嘴巴吮吸他那个东西，这是一件我从来不喜欢干的事情，即便是我头一次作为新娘来罗马的时候也不愿意干的，当时我曾经觉得自己这样幸福，以致我几乎以为我爱上了他。于是我对他说，我再也不愿意跟他做爱，不管是像新娘那样，还是像妓女那样。他第一次揍我，竟打得我鼻血直流。后来他见我态度坚决，就不再纠缠我，不过开始恨我了，并且用各种方式折磨我。

这一切我都忍受了，但骨子里我也恨他了，不愿意再瞧见他。我在忏悔时，把这一切都向神甫坦白了，总有一天，事情会闹得不可开交的。这位神甫倒确实是个真正的神甫，他劝我任劳任怨，向圣母倾吐我的全部痛苦。就在这个时候，我雇了一个小女孩干家务，这个叫比采的姑娘才十五岁，是亲戚给我推荐的。她几乎还是一个小女孩，我丈夫却开始盯住她了。当他看见我忙于应酬顾客的时候，就离开店铺，疾步登上楼梯，溜进厨房，像一头狼似的向她扑过去。这一次我教训了他，要他别再打扰比采。可是，他却屡教不改，继续纠缠比采，我把她辞退了。他因此变本加厉地恨我，他开始叫我乡巴佬：

“乡巴佬回来了吗？……乡巴佬在什么地方？”

总之，这真是名副其实的折磨。当他得了重病的时候，说心里话，我几乎觉得浑身轻松自在了。不过，我还是实心实意地照顾他，就像丈夫生病时应当照顾的那样。谁都清楚，我不再照顾店铺了，整日价守在他身边，甚至连觉都不睡了，末了，他死了。于是我重新又体验到差不多是幸福的感觉。我有一个几乎是天使般的女儿，确实，我对生活再也无所求了。

1940、1941、1942、1943，那些年是我一生中最幸福的年代。当时正在打仗，这是真的，但我对战争一无所知，我心里只有我女儿，因此什么对我都无关紧要。他们如果愿意，就相互残杀好了，用飞机、用坦克、用炸弹，对我来说，只要保住店铺、住宅就够了，就像我当时那样。实际上，我对战争所知甚少，因为，尽管我会算账，也会在一张明信片上签字，但说老实话，我认不了多少字，报纸我也看；但只关心黑幕新闻中的凶杀案件，而且还是让罗赛塔给我读报。德国人、英国人、美国人、俄国人，对我来说，就像俗话所说的，屠夫、杀手，都是一丘之貉。光顾店铺的军人们说，我们在那个地方要打胜仗，我们要开赴这个地方，我们将如何……我就告诉他们，对我来说，只要店里生意好，什么都行。

我的生意确实不错，虽然当时实行那个令人讨厌的配给制，罗赛塔和我几乎整天手里拿着剪刀忙乎，好像我们是两个裁缝，而不是掌柜的。由于我精明能干，店里生意不错，我在过秤的时候，总能赚一点儿，另外，因为实行定量供应，我们也做一点黑市生意。罗赛塔和我不时地关上店门，到我的家乡或附近别的地方去。我们带上两个空的大纸板箱子，然后满载而归，什么都带一点：面粉、香肠、鸡蛋、土豆。我买通了警察，因为他们也饿着肚子，这样，我偷偷卖出的东西，要比公开卖出的多。

一天，有一个警察打算讹诈我。他来到店里，对我说，如果我不跟他做爱，他就告发我。我不动声色地对他说：

“好吧……你稍晚一点到我家里来。”

他脸红了，好像给了他一下似的。他什么也没说就走了。在约定的时间，他来了，我让他跟我去厨房，我打开一个小盒子，抽出一把刀子，突然指着他的脖子说：

“你要告发我，但我先把你宰了。”

他大惊失色，急忙说，我发疯了，他只是开一个玩笑而已。他又补充说：

“你难道不是和其他女人一样吗？你不喜欢男人吗？”

我回答他说：

“这些事情你该去对别的女人说……我守寡，我开了爿店，我心里只有店铺……对我来说，爱已经不存在了，你好生记住我的话。”

他没有马上相信我的话，有一段时间他继续向我献殷勤，不过态度倒是毕恭毕敬的。而我却是说了大实话。罗赛塔出生之后，也许在此之前，我对爱情就不再感兴趣了。我就是这么一个人，我从来不能忍受别人摆布我。虽然我的父母当年没有为我定亲，但我自信今天我可能还是母亲造就我的样子。

外表是不可信的，因为尽管我个子矮了些，随着岁数的增长，我胖了些，但我脸上的皮肤细腻，没有皱纹，一双黑黑的眼睛，牙齿雪白，我是讨男人喜欢的。那段时间，就像我说过的那样，是我一生中最幸福的年头，数不清的男人向我求婚。但我知道，他们是被店铺和房子所吸引，连那些一本正经地爱我的人也不例外。也许连他们自己也不清楚这一点，对于他们来说，店铺和房子比对于我更有吸引力，他们自欺欺人。但我有自己的判断，我想：

“为了店铺和房子，我难道会委身于任何一个男人……为什么他们就与我不一样呢……我们都是用面喂大的人。”

我不说他们是富人，但至少应当是小康人家。然而不是，他们是一些失意的人，一眼就看得出来是急切需要结婚的人。那不勒斯安全部门的一个家伙，比别人装得更像坠入情网的样子，竭力地诱惑我，对我无比殷勤，甚至以那不勒斯方式叫我“切西拉太太”。我一针见血地对他说：

“瞧，如果我没有店铺和房子，你会对我这么说话吗？”

那人至少还是明白的，他笑着回答：

“可房子和店铺你已经有了。”

的确是这样，不过，他直言不讳，因为我已经破灭了他的任何希望。

战争在继续进行，可我并不关心。电台在歌曲之后播送战情公报的时候，我对罗赛塔说：

“关上，关上那收音机……这伙瘟神，都是些妓女的杂种，他们想厮杀就相互厮杀吧，我可不愿意听这些事，他们打仗跟我们有什么相干？……他们不征求穷苦人们的意见就那么干起来，穷苦人反倒要离乡背井，所以，我们这些穷苦人不关心这些事是天经地义的。”

不过，话又说过头来，应该承认，战争对我是有利的。我越来越多地做高价的黑市生意，越来越少地按政府规定的价格做门市生意。那不勒斯和其他城市开始挨炸的时候，不断有人来对我说：

“我们逃吧，他们会把这儿所有的人都杀光。”

而我回答说：

“他们不会来罗马的，因为罗马有教皇……再说，如果我走了，谁来照看店铺呢？”

我的父母亲也从乡下写信给我，要我上他们那儿去，但我婉拒了。罗赛塔和我越来越频繁地带着箱子下乡去，然后又带着我们弄到的东西返回罗马。乡下的物品丰富，可农民不愿意把东西卖给政府，因为政府压价很厉害，他们等我们这些跑黑市的人，按市场价格来收购。除了箱子装得满满的，我们还把许多东西藏在身上；我记得，有一次回罗马，我把几公斤的香肠缠在裙子里的腰带上，看起来象怀了孕似的。罗赛塔把鸡蛋藏在胸前，后来，把它们拿出来的时候，都是热乎乎的，就像母鸡刚刚下的蛋一样。

然而，这样的长途跋涉是很危险的。有一次，在弗拉西诺内附近，一架飞机向火车发动轰炸，火车在旷野停了下来。我让罗赛塔下车，躲在壕沟里，而我没有下车，因为我们的箱子里都装满了东西，车厢里有些鼠头獐目的人让人不放心，一只箱子很快就给偷走了。于是，我躺在座位之间的地上，把座位的垫子放在身上和头上，罗赛塔和其他人下车，躲在壕沟里藏身。飞机炸了一次以后，在空中转了一圈，又折回来轰炸，它在停靠的火车上空低低地盘旋，飞机的引擎声震耳欲聋，机关枪的扫射声就像下雹子一样。然后，它飞远了，一切又恢复了平静。所有的人回到了车厢，火车又启动了。那一次，他们向我展示了那些像手指一样长的子弹。有人说是美国人炸的，有人说是德国人。但我对罗赛塔说：

“你应该给自己准备嫁妆了，士兵们要从前线回来的，不是吗？而打仗的时候，他们整天价地开火，想方设法残杀……得了，我们也该结束这趟买卖回去了。”

罗赛塔什么也没有说，只是说我到什么地方她就跟我到什么地方去。她的性格温柔，跟我大不一样。天晓得，如果世界上有天使的话，那便是她。

我总是对罗赛塔说：

“你祷告上帝，让战争再延长二年……那样，你不仅仅可以置齐嫁妆，而且会变成富翁。”

但她不吭声，或者只是叹气，末了，我弄明白了，她爱上的一个人在前线，她时时刻刻担心小伙子被打死了。他们互相通信，他现在正在南斯拉夫。我设法打听到，知道他是波泰柯尔伏地方的一个很棒的小伙子，他的亲人有一点土地，他学过会计，由于战争中断了学习，但他打算战争结束以后再继续学业。于是，我对罗赛塔说：

“重要的是他从前线回来……然后，其余的事情全由我来替你考虑。”

罗赛塔兴奋地搂住了我的脖子。那时，我确实有把握说：我来替你考虑。我有房子，我有店铺，我有私藏的钱，要知道，战争总有一天会结束，一切会正常的。罗赛塔还给我读了她未婚夫最近的一封信，我特别记得其中这样一句话：

“这里的人过着艰难的生活，这些南斯拉夫人不愿意受欺压，我们时时刻刻处于戒备的状态。”

我对南斯拉夫一无所知，但我还是对罗赛塔说：

“我们到那个国家去干什么呢？我们不能待在自己的家里吗？我告诉你，那些人不愿意受欺压是在理的。”

1943年，我做了一笔重要的生意。我把许多香肠，起码有10多公斤，从萨尔莫内塔镇弄到了罗马。我跟一名运水泥到罗马的卡车司机达成了协议，他把香肠藏在水泥袋下面，就这样把香肠安安全全地运到了，我赚了不少，因为大伙儿都需要香肠。也许正是这笔香肠生意使我没有注意到正在发生的事情。从萨尔莫内塔回来的时候，别人对我说，墨索里尼逃跑了，战争真的就要结束了。我回答说：

“墨索里尼也好，巴多里奥①也好，或者其他什么人，对我来说，都无关紧要，只要店铺生意好就行。”

再说墨索里尼，跟我压根儿没有关系，我讨厌他那双贼眼睛和那张蛮不讲理的、从不安静的嘴。我一直在想，事情就坏在他跟佩塔契这个女人勾搭的那一天，因为人

① 巴多里奥（1871—1956年），意大利将军，曾任总参谋长。1943年，法西斯崩溃时，被意国王任命为总理，代表意大利与盟国签订和约。

们知道，爱情能使上了年纪的男人失去理智，墨索里尼认识那个姑娘的时候，他已经是祖父了。

7月25日[①]那个晚上带来的唯一好处，就是他们把加里波第大街的一家后勤商店搞得个底朝天，我跟其他人也奔那儿去了，我在头上顶回来一大块帕尔马奶酪。上帝赐予人们一切恩惠，人们把所有的东西都席卷一空了。我的一个邻居，把市政厅办公室里的一只陶土火炉装在小车上运回了家。

在那个夏天，人们忙得不亦乐乎，出于恐惧，便在家里囤积物品，而且总也感到不满足。在地窖和贮藏室里的东西远比商店里的东西多。我记得，有一天，我带了些香肠上威内托大街的夫人那儿去，她住在一幢漂亮的公寓里，一位穿制服的仆人给我开了门，我把香肠放在通常带的硬纸箱中，夫人满身散发着香气，身上佩戴了许多首饰，就好像是圣母下凡似的。她在客厅里迎候我，她的身后是丈夫，一位矮个子的肥胖男人，夫人几乎是以感激的心情拥抱了我，说道：

"亲爱的……噢，亲爱的……上这儿来，请坐……请过来，请过来。"

我跟着她走到一条过道，夫人打开了贮藏室的门，于是我竟瞧见了上帝的全部恩赐。贮藏室里的东西比一家香肠奶酪店的还多。那是一间摆放了许许多多食品架，没有窗户的大房间，食品架上放着一溜儿约摸一公斤重的油浸沙丁鱼盒子，还有其他美国、英国罐头，一包包面条、面粉、豆子、糖果，至少几十公斤的火腿、香肠。我对夫人说：

"您这儿的东西足够吃10年。"

但她回答说：

"难说。"

我把香肠放在其他东西旁边，她丈夫从钱包里掏出钱，一五一十地付给我。此刻他的双手由于兴奋而颤抖不已，只是一个劲地说：

"你一有什么好东西，就想着我们……我们准备付比别人高出百分之二十甚至三十的价钱。"

总之，所有的人都在积蓄食品，为此不惜任何代价。而我就这样没有去考虑贮备食品，因为我习惯于把金钱看成是最宝贵的东西。而钱是不能吃的。因此当饥荒降临的时候，我就完全一无所有了。店里的货架空空的，只留了几卷面条，很少的几罐低质沙丁鱼罐头。钱，是的，我手里有的是，我不再把钱存在银行里，而小心地藏在家里，因为传说政府要关闭银行，没收穷人的积蓄，而现在，再也没有人愿意要钱了。另一方面，我感到难受的是，我在黑市上用高价卖出得来的钱，如今又在黑市上用贵得吓人的价格花掉了。

---

① 1943年7月25日，鉴于局势不可逆转的恶化，意国王下谕逮捕墨索里尼。

这时，德国人和法西斯又卷土重来了。一天早上，我路过圆柱广场，看见法西斯分子的黑旗悬挂在墨索里尼大厦的阳台上，整个广场都是武装到牙齿的身穿黑衬衫的汉子。7月25日晚上，制造骚乱的那些人，如今溜着墙根逃之夭夭了，就好象老鼠见到了猫一样。我对罗赛塔说：

"但愿战争很快结束，大家就又有吃的了。"

9月的一天早上，有人来对我说，维特街那儿在散发鸡蛋。我去了，那儿确有两辆装满鸡蛋的卡车。可并没有散发什么东西，只见一个穿着短裤和衬衣的德国人，斜背着机关枪，在他们监视下，有人在卸鸡蛋。路人三五成群地围观，默不作声地望着卸下的鸡蛋。他们的眼睛死死地盯着，完全是一副挨饥受饿的样子。看得出来，德国人害怕人们哄抢和袭击，因为他的手按住机关枪，不断地环顾四周，不时地向旁边跳跃几下，仿佛沼泽边的一只青蛙。他是一个白白胖胖的青年人，整个人被太阳晒得红红的，大腿和胳膊上晒得更厉害，就像在海边过了一天似的。围观的人眼瞧着鸡蛋不分给他们，开始小声嘀咕，然后声音越来越大。德国人瞧见周围起了骚动，不禁害怕起来，他举起枪，朝着人群瞄准，喝道：

"走开，走开，走开！"

于是我昏了头，也是因为那天早上我什么也没有吃，我饥肠辘辘地朝着他大喊：

"你给我们鸡蛋，我们就走。"

他把枪瞄准我，重复说：

"走开，走开。"

我做了一个挨饿了的手势，把手捂在嘴巴上。然而他不理解，突然把枪口对准我的胸口，推搡我，我感到一阵疼痛，于是怒气冲冲，大声嚷道：

"你们不该把墨索里尼赶下台……他比你们要好……自打你们来了之后，我们就再没有吃的了。"

我不知道什么缘故，这一番话竟使得人们笑了起来，许多人就像我的丈夫一样，冲着我喊道：

"乡巴佬。"

人群中有人对我说：

"唉，斯顾尔戈拉来的女人，报纸你没有读过吗？"

我大发雷霆地回答：

"我是瓦莱科尔萨人，不是斯顾尔戈拉人，……再说我不认识你，不跟你说话。"

但这些人继续笑嘻嘻的，连德国人也几乎笑起来了。这时，他们把搬下的鸡蛋放在打开的纸箱里，所有的鸡蛋都是白色的，很好看，他们把鸡蛋搬到了商店里。

我又忍不住叫了起来：

"喂，浑小子，我们要鸡蛋，你懂吗……我们要鸡蛋。"

从人群中走出一个警察，命令我说：

“得，您走开，这样对你会好些。”

我回答他道：

“你吃过了吗？……我可没有。”

他打了我一个耳光，狠狠推了我一把，把我赶回到人群中。说实话，我真想宰了他，跟他吵起来，把我想说的所有的话统统摔给他听，可周围的人推我，搡我，让我离开。最后，我走了，慌乱中，我还丢了一条头巾。

我回到家里，对罗赛塔说：

“如果我们不马上离开这儿，我们要饿死的。”

于是，她哭起来了，说道：

“妈妈，我害怕极了。”

我感到很不好受，因为在此之前，罗赛塔从没有说过什么，也从来不埋怨什么，相反，她的镇静的举止不止一次给了我勇气。我对她说：

“傻瓜，怕什么？”

她回答说：

“人家说，他们会派飞机来，把我们统统炸死……还说他们有一个计划，首先炸毁铁路和火车，然后把罗马孤立起来，什么吃的也没有了，谁也不能逃到农村去了，他们就会把所有的人炸死……啊，妈妈，我害怕极了……季诺一个多月没给我来信了，他的情况我一点儿也不知道。”

我竭力安慰她，对她重复说一些连我也知道已经不是真实的事情：什么罗马有教皇啦，什么德国人很快就会赢得战争啦，没什么可害怕的啦。但她剧烈地抽啜，以至于最终我不得不抱住她，摇晃她，就像她两岁时那样。我抚摸她的时候，她仍然不停地抽啜，反反复复地说道：

“妈妈，我害怕极了。”

我想，她确实不像我，我什么都不怕，也不怕任何人，就长相来说，罗赛塔也不像我，她有一张小羊羔似的脸孔，大大的眼睛，温柔而几乎多愁善感的表情，小巧的鼻子，挺直在嘴巴稍上的一点地方，漂亮而富有肉感的嘴巴从下巴上面伸出来，正像绵羊的嘴巴一样。她的头发使人想到绵羊的毛，金褐色的，非常稠密而又卷曲，她的皮肤白皙，细腻。而我的头发是黑色的，肤色发暗，像是让太阳晒的。终于，为了安慰她，我对她说道：

“大家说英国人来只是迟早的问题，只要他们来了，就不会再有饥荒……再说，你知道，我们该怎么办呢？我们到乡下去，投靠外祖父母，在那儿我们等到战争结束。他们有吃的东西，他们有豆类、鸡蛋，还养了猪仔，再说在乡下总是可以找到东西的。”

于是她问道：

“那房子怎么办呢？”

我回答说：

“我的女儿，我也想过……我们租给乔万尼，先说定了，但……我们回来的时候，他原封不动地归还……至于店铺，把它关了，店里也全空了，眼下没有什么要卖的了。”

应该说明，这个乔万尼是个经营煤炭、木柴的商人，他是我丈夫的朋友。他是一个身材魁梧的大汉，秃头，脸色红润，粗硬的八字胡，眼神柔和，我的丈夫在世的时候，他们是伙伴。晚上，他们和街区内其他店老板一起在酒店聚会。他经常穿着宽松的衣服，八字胡下的牙齿叼着半截熄灭了的烟卷，我总看见他手里拿着一个小本子和一支铅笔，一个劲地算账和记事。他的态度跟他的眼神一样，温柔、多情、和蔼。罗赛塔小时候，他看见我的时候，总是问道：

“小宝贝怎么样？……小宝贝干什么？”

我再来谈一件我自己也不十分清楚的事情，因为有些事情发生之后，容易怀疑它是否确实发生了，特别是当事人在偶然干了这件事之后，再也不提起它，而且若无其事，就像什么也没有发生过一样。我丈夫还活着的时候，乔万尼有一天上我家里来。我正在做饭，我记不得他用什么借口走进厨房，坐了下来，我站在炉灶后面，他开始说这说那，末了把话题转到我的丈夫。我一直把他们看作朋友，所以当他突然说出下面这番话的时候，你们可以想象我是怎样的吃惊。

“切西拉，你说说，你是怎么嫁给那个无赖的？”

他确确实实用了“无赖”这个字眼，我几乎不相信我的耳朵，我转身打量他：他坐着，温柔、平静，嘴角叼着熄灭的烟卷。他又说：

“总而言之，他活不长，过不了多久就会死的……他拼命跟妓女鬼混，总有一天把脏病传给你。”

我说道：

“谁在理睬我的丈夫？他晚上回家，钻进被窝，我身子便转向另一侧，道声晚安。”

于是他说道，或者我觉得是他说道：

“可你还年轻，你想当修女吗？你年纪轻轻，你需要一个爱你的男人。”

我问他：

“这关你什么事？我不要男人，即使我有这种需要，跟你有什么关系。”

他站了起来，我好像记得他走到我的眼前，用手抬起我的下巴，说道：

“对你们女人，总是需要把话说得一清二楚，毫不含糊，……你需要我，不是吗？你从没有想到我吗？”

从那以后过去了许多年，关于这件事，我的记忆紊乱了。但我几乎能够肯定，他要求我跟他做爱，我还可以肯定，当时我回答他说：

“你不害臊吗？维钦佐是你的朋友。”

他回答说：

“什么朋友，我不是任何人的朋友。”

然后，我可以发誓，他对我说，如果我把他带到卧室，向他叉开双腿，他会给我钱的。他打开钱包，把钞票一张一张地抽出来，放在厨房的桌子上，一双眼睛盯着我，重复道：

“我还放吗？还是够数了？”

我不动声色，直到我觉得我的愤怒劲头已经过去了，我才大声叫他滚开。他收起钞票，走了。

所有这一切的确发生过，因为我是不会捏造事实的，可是，自从这以后，他不再提起这事，就是在以后的日子里也只字不提。他的举止恢复到过去一贯的样子，朴实、热情、温柔。于是我开始怀疑我自己是不是偶然做了一个梦，他在我梦中称我的丈夫为无赖，要我跟他上床，他把钱放在厨房的桌子上。时间一年年的过去，这种什么事情也没有发生过的感觉有增无减，有时我甚至想道，我确实是做梦了。然而，不知道什么缘故，在整个这段时期里，我明白，乔万尼是唯一真正爱我的男人，他爱我这个人，而不是爱我的东西，在困难的时刻，他是我唯一可以依赖的人。

于是，我上乔万尼那儿去。我在堆满柴垛和煤袋的昏暗的半地下室里找到了他，那个夏天，煤炭是罗马唯一供应的东西。我对他谈了我的想法，他静静地听着，眼睛在半熄灭的烟卷上方眯着。末了，他说道：

“你放心……在你外出的整个时间里，我给你照看店铺和房子……是烦恼的事情，特别在这种时候……我确实不知道我为什么这么做……也许我是为了一个善良的灵魂才这样做的……”

听到这几句话，我感到不舒服，因为我似乎耳边又响起他的声音：“你是怎么嫁给那个无赖的？”

我几乎又一次不相信自己的耳朵。突然，我不由自主地说：

“我希望你这样做也为了我。”

我不知道我为什么这么说，也许我深信他爱我，在那个困难的时刻，他会为我做些好事，因为他自己说过愿意为我效劳。他注视了我一会儿，取下嘴角的烟卷，把它放在桌子边上。他朝半地下室的门口走去，登上一级级台阶，把门关上，用横杠把门拴好，于是我们一下子就陷在一片漆黑之中了。我这才明白过来，我不敢出声，心脏剧烈地跳动，我不能说这件事让我难堪，我只觉得慌乱不堪。我想，也许是环境，整个混乱的罗马，饥荒、恐惧，抛弃店铺和房子引起的失望，在我的生活中没有一个男人的感觉就像其他同样境遇中的女人一样，给予了我帮助，赋予了我勇气。在我的生活中，眼前的事情是第一次。而他在黑暗中向我贴近，我觉得我浑身像散了架子似的，柔弱、温顺。当他在黑暗中挨着我，拥抱我的时候，我第一个冲动的反应就是紧紧贴着他，用我呼吸急促的嘴唇寻求他的嘴唇。他柔情地把我放在煤袋上面，我委身于他，此刻，我第一次感到我确确实实委身于一个男人，那些煤袋子尽管坚硬，尽管他身体沉重，我都尝到柔情和快感。

完事之后，他走到一边去了。我迷惘而又幸福地躺在煤袋子上，我仿佛觉得自己变得年轻了，回到了当年随我丈夫来到罗马的年代，当时，我曾梦想得到这样的感觉，然而，我没有得到，却产生了对男人和爱情的反感。末了，他在黑暗中问我是否想谈谈我们的事情，我站起身来，回答说是的。于是，他点亮了一盏昏黄昏黄的小灯，坐在桌子旁边，像以前一样，似乎什么事情也没有发生过，烟卷叼在八字胡下面，温顺的眼睛半眯缝着。我走到他的身边，说道：

"你对我发誓，永远不向人谈起今天发生的事情……你发誓。"

他笑着回答说：

"我什么也不知道……你还说什么呢？我不明白，……你不是为了房子和店铺的事而来的吗？不是吗？"

我重新又体会到我前面说过的那种梦幻的感觉。如果不是我们的衣服仍有点凌乱，由于在煤袋子上滚动而在衣服上留下了煤炭的痕迹的话，我确实会相信，什么事情也没有发生过。我困惑不安，喃喃地说道：

"我明白你的话，你说得对，我是为了房子和店铺的事而来的。"

于是，他拿出一张纸，在上面写下一项声明，内容是，我愿意把房子和店铺租给他，期限一年。最后，他让我签了字。他把纸放进一个小盒子，走去开门，说道：

"一言为定……今天我来接收，明天一早，我来接你们两人，送你们到车站。"

他倚靠着门，我打他面前经过，就在我走过的时候，他在我屁股上拧了一把，一面笑着，似乎在说："我们之间的这件事，也一言为定。"

我暗自思忖，从今以后，我就再也没有权利反抗了，因为我已不再是一个纯洁的女人，我想，这也是战争和饥荒的结果；我想，一个正派的女人，在一定时候，眼看屁股上被拧了一把，却不能再反抗，这正是因为她再也不是一个纯洁的女人了。

我回到家里，马上做动身的准备工作。这二十年来，除了跑单帮，我从来未离开过这个家，现在要扔下它，我心里真有说不出的难受和痛苦。我确信，英国人确实快要来了，我准备了不是一个月但也足够一个星期到两个星期的食品。但与此同时，我不知怎么回事，又有一种预感，我们不仅要长期离开这儿，而且将会有某种痛苦的事情等待我们。

我从来不关心政治，对于法西斯、英国人、俄国人和美国人，我统统一无所知。可是我一再听到周围的人谈论这些，我不敢说，我也许明白了些什么，因为说实在话，我什么也不清楚，但我知道，对于像我们这样的穷人来说，好像要发生什么糟糕的事情。就像我在乡村，当天空密布暴风雨前的滚滚乌云，树上的叶子全都朝一个方向转过去，一只只羊羔紧紧地挤在一起，尽管是夏天，却突然从不知道的地方贴着地皮刮来一股寒风。我感到害怕，但我不明白是怎么回事。一想到要扔下我的家和我的店铺，我的心就收紧了，仿佛我已肯定知道，我再也看不到这个家了。

但我还是对罗赛塔说：

“注意，别带许多东西，我们在外面最多不过待两个多星期，天气还会热的。”

确实，当时快要9月15日了，天气还相当热，比往年都要热。

就这样，我装满了两只小人造革箱，大多是带些单衣，只带了两件一旦天冷时准备穿的毛衣。动身之前，为了自我安慰，我一个劲儿地对罗赛塔描述乡下我的父母将会怎样欢迎我们的情况：

“你瞧吧，他们会让我们吃得饱饱的，撑破肚皮，……我们会长得胖胖的，玩得好好的……所有那些使罗马的生活变得艰难起来的东西，在乡下一概没有……我们会过得称心，睡得安稳，特别是吃得满意的……你瞧吧，他们那里有猪肉，有面粉，有水果，有酒，我们会过得像教皇那样舒服。”

然而，对罗赛塔来说，这样美好的前景并不足以让她高兴起来，她思念着远在南斯拉夫的未婚夫，已经有一个月没有他的消息了。我知道她每天一清早就起床，跑到教堂去为他祷告，保佑他不要被他们杀害了，保佑他重返家园，保佑他们能圆满成婚。为了让罗赛塔知道我是理解她的，于是我搂住她，亲吻她，对她说：

“宝贝女儿，你放心吧，圣母玛利亚看到了你，并且听到你的祷告，她不会让任何不幸降临到你头上的。”

这同时，我继续做逃难的各种准备工作，当焦急不安的心情一旦过去，我又不知道什么时候该动身了。当然也因为最近一个时期以来，空袭警报、食品缺短，逃难的念头以及其他许多事情，使得我日子过得不像个日子，甚至让我懒得再去收拾家里。以往，我总是跪在地上，把地板擦得亮亮的，像镜子一样。总而言之，生活好像已经散了架似的乱糟糟的，就好比从卡车上掉下的一只砸坏了的箱子，箱子里的所有东西散落一地。如果我想起跟乔万尼干的那件事情，想到他在我屁股上的那一巴掌，我也会觉得自己就像散了架似的生活一样，乱糟糟的。现在我什么事情都干得出来，哪怕是去偷，哪怕是去杀人，我也不在乎了，因为我已经丧失了自尊心，我再也不是过去的我了。当我想到罗赛塔时，我感到安慰，因为她至少还有她的母亲在保护她。她至少还是原来的她。然而，我却再也不是过去的我了。唉，的的确确，生活就意味着常规，贞洁也是一种常规。一旦打破常规，生活就变得像地狱一般，我们以及其他许多魔鬼就像挣脱了枷锁一样，再也不会尊重我们自己和别人了。

罗赛塔还为她的猫咪担心，这是一只漂亮的虎斑猫，她在马路上捡到它时还很小，她用面包屑一口一口把它喂大。晚上，猫咪跟她睡在一起；白天，它像个小狗似的追随着她，从一间房跑到另一间房。我对她说，把猫咪托付给邻近可靠的门房，她回答说，她会这么做的。眼下，罗赛塔坐在自己房间里的床沿上，床上放着已经关好的箱子，她把猫咪放在膝盖上，轻轻地用手抚摸着它，可怜的猫咪，压根儿不知道女主人就要抛弃它了，竟闭上眼睛打起呼噜来了。一阵怜悯的感觉突然涌上心头，因为我知道她的心中很不好受，于是我对她说道：

“善良的女儿……让这难过的时光过去吧，然后，你会看到，一切都会好起来的……战争会结束的，日子会重新富裕起来的，你就可以出嫁，跟你的丈夫幸福地在一起。”

就在这个时候，好像给我的话一个回答似的，警报响了，那种令人心烦意乱的噪音，让我感到一种不祥之兆，不时觉得心往下沉。于是，不知道是打哪儿来的一股怒气，我打开朝向院子的窗户，朝天空挥起拳头，嚷着：

“你这该死的东西，谁派你来的，谁让你上这儿来干这种事的。”

罗赛塔一动不动地坐在那里，说道：

“妈妈，你干吗发这么大的火，你自己说过，一切都会恢复正常的。”

于是，出于对那小天使的怜爱，我努力平静下来，回答说：

“是的，但我们必须扔下自己的家去逃难，谁知道还会发生什么事情。”

那天，我痛苦得好像在接受地狱的刑罚，我似乎觉得我不再是我自己了。我忽儿想起跟乔万尼所发生的事情，就像马路上的乡下女人，穿着衣服在煤堆上顺从了他，我真想狠狠地咬我的手，我忽儿环顾屋子四周，我住在这里20年了，如今，我必须扔下这个家，我感到绝望了。厨房里的火已经熄灭。卧室里那张我和罗赛塔睡的大床上，掀起的床单揉成一团，我已经没有心思和力量去整理床铺，我知道，很快我就不会在这张床上睡觉，也不会生炉子了。从明天起，炉子就不再是我的炉子，我再也不会在炉子上做饭了。我们在没有铺桌布的桌子上吃着面包和沙丁鱼，我不时地望着罗赛塔，她是那么悲伤，于是我感到吃的东西卡在嗓子眼里咽不下去，因为我心里很不好受，我为罗赛塔担心，我想她真是生不逢时，竟生活在这样的年头。

将近两点钟的时候，我们倒在床上，躺在皱巴巴的被子上睡了一会儿。罗赛塔蜷缩着身子，背对着我，睡得挺安稳。而我却睁着眼睛，一直想着乔万尼，想着那些煤堆，想着他给我屁股上的一巴掌，想到这个家和正要扔下的店铺。终于，门铃响了，我轻轻地搬开熟睡的罗赛塔的身子，走向房门。正是乔万尼，他嘴上叼着烟卷，微笑着。我没有等他开口，怒气冲冲地冲着他，嚷道：

“你听着，过去的事情就算过去了，我再也不是从前的我了，我认了，你尽可把我当成一个荡妇……可是，如果你再像今天早上那样给我一巴掌，那么，就像上帝是货真价实一样，我肯定会杀了你……然后我去坐牢，这年头，也许坐牢更舒服，我倒心甘情愿去。”

乔万尼吃了一惊，渐渐地蹙起眉头，但什么话也没有说，他一面走进前厅，一面嗫嚅地说：

“那么，现在我们就交接吧。”

我走进卧室，拿出一张纸来，上面是我让罗赛塔登记的家里和店铺里的东西，就连最微不足道的东西我也让写上了，并不是因为我不相信乔万尼，而是因为最好什么人也别相信。就这样，在开始清点之前，我严肃地对乔万尼说道：

“你看看，所有这些东西，这都是我和我的丈夫20年的血汗挣来的……你小心照看着，将来原封不动地全部还给我，你记住，在这些东西里，一颗钉子就是一颗钉子，在我回来的时候，哪样东西都不能缺少。”

他微笑着说道：

“尽管放心，你所有的钉子一颗也不会缺的。”

我们从卧室开始清点。我搞了两份清单，一份由乔万尼保存，一份罗赛塔拿着，我一一将东西点给他看。一张铁雕花双人木床，非常美观漂亮，它的木头纹理让人误认为核桃木做的床。我掀开被子，让他看两张床垫，一张是马鬃床垫，另一张是单毛床垫。我打开衣柜，当着他的面把被子、床单、所有内衣一一点数。我给他打开小柜子，指给他看带红、蓝花卉图案的尿盆。然后，我把家具列成一张表，一只白色大理石的大柜子、一面镶金边的椭圆形镜子、四把椅子、一张床、两只床头柜、一个双门穿衣镜柜。我清点了所有的小玩意和小摆设：一只玻璃钟，钟座下面装饰着一束跟真花一样的蜡制鲜花，这是教母送给我的结婚礼物。一只装点心的瓷器盒子，两只牧男牧女半身雕像，一枚蓝丝绒胸针，一只苏莲托产的八音盒，盒盖上镶嵌着威苏维火山风景，一打开就会奏起一曲小咏叹调。两套带有杯子的玻璃饮水器皿，一只印花瓷花瓶，形状恰似一朵郁金香，瓶中插有三根非常漂亮的孔雀羽毛和一束鲜花，两幅复制的油画，一幅画着圣母和小耶稣，另一幅是舞台演出的场景，一个摩尔人和一名金发女郎，有人告诉我说这是一部名叫奥赛罗的歌剧，画面上的那个摩尔人正是奥赛罗。我把乔万尼从卧室带到餐厅。餐厅对我来说也是客厅，我把缝纫机也摆在这里。在客厅里，我让他用手摸摸核桃木的褐色圆桌，上面铺着一块刺绣桌布，一只花瓶跟卧室那只是配对的，四把铺了绿色绒垫的椅子。然后，我把餐具柜打开，逐个给他清点画有鲜花和花环的瓷器，都是些非常精美的器皿，一共是六个，我一生中大概也只用过两回。此时，我提醒他：

“你瞧这些瓷器，我珍爱它们，就像爱护眼睛一样……你如果给我砸了，就等着瞧吧。”

他笑着回答说：

“放心吧。”

我继续把其他东西清点给他看，两幅画有鲜花的复制画、缝纫机、收音机、棱纹布面的小沙发和两把安乐椅，玫瑰和天蓝两色的茶盘和六只小杯子，钉在墙上的一把漂亮的扇子，扇面上是用彩色描画的威尼斯风光。随后，我们走进厨房，我把所有的铝制餐具和铜锅、不锈钢餐具向他逐一清点，我让他看明白我这儿什么也不缺少，炉子、削土豆刀、放扫帚的小壁柜、镀锌垃圾箱。总而言之，每样东西我都让他过目，之后我们离开住所去店铺。店铺的清点一会儿就完了，因为除了货架、柜台和几把椅子外，什么也没有了，这几个月闹饥荒，所有的东西都被抢购一空。我们又回到房间里，我有气无力地说：

"这些清单能有什么用呢？……我已经预感到，我再也回不来了。"

乔万尼坐在椅子上，一面抽烟，一面摇头，回答说：

"不出十五天，英国人就要来了，连法西斯分子也承认这点……你去度两个星期的假，然后回来，我们再为你的归来庆贺一番。……你干吗这样胡思乱想呢？"

乔万尼又说了一些其他安慰我和罗赛塔的话，他几乎让我们相信了他的话，在他走了以后，我们感到心头松快多了。这一次，当我们单独待在前厅的时候，他没有重复那一巴掌的动作，而只是抚摸我的面孔，即使我的丈夫活着的时候，他也常常对我这样动手动脚，我为此感激他，我几乎真的觉得我和他之间什么也没有发生过。好像我就是过去始终如一的我一样。

那一天剩下来的时间我都用来做准备工作，我先准备了一包路上吃的东西，里面装了香肠，几个沙丁鱼罐头，一盒金枪鱼罐头，还有面包。还替我的父亲和母亲各准备了一包东西，我给父亲准备了我丈夫的一件几乎是崭新的衣服，这是他去世前不久才做的。他曾要求我在他死后给他穿上，但我在最后一刻改变了主意，葬送这么一件天蓝羊毛料子的漂亮衣服，我觉得太可惜了，于是他咽气以后，我用一床旧被单给他裹上，把那件衣服保存了下来。我父亲的个头几乎跟我的丈夫一样，我还把鞋子塞进包里，跟衣服放在一起，鞋子虽旧，但还是好好的，我给母亲她老人家带了一条披肩和一条裙子，我又把从香肠、奶酪店和食品杂货店买来的几公斤白糖、咖啡、几听罐头和两长条香肠都塞进包裹里。我把这些东西放进第三个箱子里，现在，我们有了三只箱子，加上一个包裹，我往包裹里面塞了两个枕头，以备在不得已的情况下，在火车上睡觉用。别人告诉我，坐火车要两天时间才到那不勒斯。而我们要走的路正在罗马和那不勒斯之间，我认为谨慎小心从来不是多余的。

晚上，我们围坐在餐桌旁，这一次，为了活跃气氛，我做了些吃的。可是，我们刚开始吃饭，警报就响了。我发现罗赛塔吓得脸色苍白，几乎整个身子都在发抖，我知道她由于长时间地担惊受怕，现在再也承受不住了，神经紧张到了极点。于是，我只好扔下餐具，往地下室跑去，其实，这种预防措施并没有什么作用，因为，一旦掉下一颗炸弹，我们这所陈旧不堪的屋子将会化为灰烬，我们就将葬身于瓦砾堆中。

我们进了防空洞，所有的房客都拥挤在这里，我们摸黑在长凳子上足足坐了三刻钟。大伙儿谈论英国人要来好像眼皮底下就要发生的事儿一样，英国人已经在靠近那不勒斯的萨莱尔诺登陆，他们从那不勒斯到罗马也许只要个把星期，因为德国人和法西斯早像丧了胆的兔子溜跑了，大概一直要跑到阿尔卑斯山才会停下。可是也有人说，德国人会在罗马决一死战，因为墨索里尼还盘踞在罗马，为了不让英国人打进来，即使把罗马变成废墟，他也在所不惜。我一面听着七嘴八舌议论这些事情，一面暗自寻思，我们离开罗马确实是上策。罗赛塔紧紧地依偎着我，我知道她心里害怕，只要我们一天不离开罗马，她就一天不会安宁的了。这时候，忽然有人说道：

“你知道外面纷纷传说什么吗？他们打算让伞兵部队降落，那些伞兵一闯进家门就会胡作非为的。”

“这是什么意思？”

“嗨，先抢东西，然后抓女人。”

我于是接腔说：

“我倒想瞧瞧谁胆敢碰我一下。”

从黑暗中传来烤面包工普洛耶梯的声音，一个说话瓮声瓮气简直无法形容的笨蛋，他用我难以忍受的腔调大笑着说：

“或许他们不会伤害你，因为你年纪太大了……但搞你的女儿是肯定的。”

我回答说：

“瞧你尽胡扯些什么……我现在35岁，因为我16岁就结婚了，不知有多少男人追我，想跟我结婚……我没有再结婚，只是因为我不愿意。”

“是啊，”他嘲讽说，“狐狸吃不上葡萄，就说葡萄酸呗。”

这一下可把我惹恼了，我怒气冲冲地回答说：

“你还是想想你那婊子养的老婆吧，……那些伞兵还没有来，她已经给你戴上绿帽子了……如果伞兵部队果真来了，那就可想而知啦！”

我以为他老婆在乡下，他们是苏特里人，我几天前瞧见她离开了这儿，可事情正好相反，你瞧有多么凑巧，她竟然也在防空洞里，只是我在黑暗中没有看见她罢了。我只听得她马上吼叫起来：

“你才是婊子、胆小鬼、不要脸的东西。”

接着，我就听到她揪住罗赛塔的头发，把罗赛塔当作了我，罗赛塔大声叫了起来，她索性动起手来。于是，我摸黑朝她扑了过去，我们在地上滚成一团，相互扭打和揪对方的头发。众人大声尖叫，罗赛塔伤心地哭着，一面哀求地叫唤着我。众人在一片漆黑中尽量地把我们拉开，我想劝架人的脑袋上也挨了几下，因为当人们把我们拉开的时候，突然响起了解除警报的汽笛声，这时有人开灯，我们俩面对面地、胳膊扭着胳膊，蓬头散发，大口喘着粗气，那些拉开我们的人不是脸上给抓破，就是头发给扯乱了。罗赛塔躲在角落里抽泣着。

经过这一番大吵大闹，那天晚上，我们很早就上床了，连晚饭也没有吃完，剩饭就留在桌子上直到第二天上午。在床上，罗赛塔蜷缩着身子偎依着我，就像她小时候一样，她很长时间没有这样了。我问她道：

“怎么样，你还害怕吗？”

她回答说：

“不，我不害怕，妈妈，那些伞兵对女人真的会那样干吗？”

我回答说：

“你别听那笨蛋的话……连他自己也不明白他说的意思。”

“那么真是那样吗？”她固执地追问。

我回答说：

“不，不是真的……我们明天就离开这儿，我们到乡下去，在那儿，什么事也不会发生的，你放心吧。”

她沉默了一会儿，又说：

“那么，谁打胜了才能让我们重返家园，是德国人还是英国人呢？”

我不知道怎么来回答这个问题，正像我所说过的，报纸我从来是不读的，再说，我从来不关心战争进行到什么样的地步了。我对罗赛塔说：

“我不知道他们在搞什么名堂……我只知道，不管英国人还是德国人，都是婊子养的，……他们打仗压根儿也不听听我们这些穷人的意见，可你知道，我要告诉你，对我们来说，必须有得胜的一方，这样战争才能结束，至于是德国人还是英国人得胜，那倒无关紧要，只要势力强的一方得胜就行了。”

但罗赛塔仍固执地追问：

“大家都说德国人坏透了，妈妈，他们究竟干了些什么？”

我回答说：

“他们不待在自个儿的地方，相反，却跑到这儿来作弄我们……所以大家才这么说他们来着。”

“那么，我们现在要去的地方，”她反问道，“有德国人或英国人吗？”

我不知道如何来回答，便说道：

“那个地方既没有德国人，也没有英国人……只有田野、奶牛、农民，人们在那儿过着安静的日子……你现在睡吧。”

她不再说什么，蜷缩着身子，依偎着我，我觉得她睡着了。

这是糟糕透顶的一夜。我不时地醒来，心想罗赛塔她兴许也整夜没有合眼，只不过是为了不影响我而假装睡着罢了。这时，我仿佛觉得我醒着，其实正相反，我是睡着了，梦见自己醒着；有时，我以为自己睡着了，相反，我却是醒着的，疲劳和神经紧张使我精神恍惚地觉得自己睡了。耶稣，在犹大来捉拿他的前一天晚上，在菜园子里，也没有像我那个晚上那样饱受折磨。想到要扔下在这里整整生活了20年的家，想到在逃难的路上，火车可能遭到扫射，或者，火车可能也不开了，因为据说罗马总有一天要成为一座空城，我的心七上八下地乱跳不已。我又想到罗赛塔，想到我们的不幸，我的丈夫是个男人，他一撒手扔下了两个女人孤孤单单地留在这世界上，再也没有一个男人来引导她们，保护她们，从某种意义上来说，这两个苦命女人就好比两个瞎子，两眼一抹黑地朝前走着，一点也不清楚她们要朝什么地方走去。

有一次，记不得是几点钟了，我听见街上传来开枪的声音，这对我来说，已经习以为常，他们每天夜里都开枪，好像是在打靶，但罗赛塔惊醒了，问道：

“妈妈，发生什么事了？”

我回答说：

“没什么，没什么……是那些婊子养的在开枪闹着玩，……他们也可能在相互厮杀。”

还有一次，一长串卡车打我的住房前面驶过，整个屋子都颤动了起来，这些卡车就像老过不完似的，当我快觉得过完的时候，另一辆卡车又隆隆地开了过来，真是让人说不出的难受。我把罗赛塔紧紧搂在怀里，她的脑袋依偎着我的胸脯，我不由回忆起她小时候我喂她奶时的情景，那时候我的奶水充足，因为我们这些乔恰里亚妇女向来是以拉齐奥地区最好的奶妈闻名的。罗赛塔每次都吃足奶水，于是一天比一天长得漂亮，出落得像朵美丽的鲜花，以致街上的行人都要停下脚步出神地望着她，霎时间，我暗自思忖道，也许，她不出生更好些，也就不会活在这个世界上，整日价惶惶不安、担惊受怕、经受各种各样的危险。可是，我很快就对自己说，这些全是深更半夜里的想法，这么想真是罪过，我在黑暗中划了个十字，向耶稣和圣母祷告。从临近的房子里传来一阵鸡叫声，这家邻居在一个龌龊的角落中养了一笼鸡，于是我想很快就要天亮了，我觉得自己马上就睡着了。

突然，我被门铃不间断的响声惊醒了，铃声好象已经响了好长时间，我摸黑起来，走进前厅打开门。乔万尼走了进来，说道：

“睡得真香啊……我都按了一个小时的门铃啦。”

我当时穿着贴身衬衣，我的胸脯很丰满，当时我没有戴胸罩，结实、沉甸甸的乳房仍然显得很有魅力，乳头高高耸立，好像故意让人能够透过衬衣注意到它。我立即发现乔万尼注视着我的胸脯，眼珠子在睫毛下闪闪发光，就像灰烬中两块燃烧的木炭。我明白，他想动手摸我的乳房，我立即朝后退了几步，说道：

“不，乔万尼，不……对于我来说，你已经不再存在，你应该忘记过去发生过的那件事……如果你还没有结婚的话，我倒愿意嫁给你……可现在，你是成了家的人，在我们之间，什么也不应该有了。”

他不再说什么，但看得出来，他在极力克制自己的情感。末了，他恢复了常态，用平静的口气说：

“你说得对，不过，我还是希望那个令人讨厌的女人，我那老婆，在这次战争中死了算了，……这样，当你回来的时候，我就是光棍了，我们可以成亲……炸弹会炸死许多人，为什么她不应该死去呢？”

我听到他这么说，感到简直难受极了，而且非常惊讶，我几乎不相信自己的耳朵，正像从前当我听他骂我的丈夫是无赖时的情景一样，而在那以前，他们是朋友，可以说，他们是亲密无间的老相识。事实上，我也认识乔万尼的妻子的，我一直以为他是爱她的，至少说，他是喜欢她的，他们已经结婚多年，有了三个孩子，可如今，他却在这里怀着怨恨的心情谈论她，希望她死去。这样做明明是要让人知道他恨她，天晓得从什么时候他就开始讨厌她了。现在他对她唯一的感情就是憎恨，尽管他从前也许多少喜欢过她。说老实话，你几乎对此感到寒心，一个多年来是朋友和丈夫的男人，后来竟会如此冷漠地没有良心地把朋友和妻子说成是无赖和讨厌的人。但我对乔万尼什么也没有说。乔万尼这时已走进厨房，我听到他在同罗赛塔开玩笑，此刻，罗赛塔也已经起床了。

“你瞧着吧，你俩准会发胖，这就是战争带给你的唯一结果……乡下有奶酪，有鸡蛋，有羊肉……你们会吃得开心，日子过得舒服的。”

现在，一切都准备停当，我把三只箱子和一只口袋提到门口，乔万尼拎起两只箱子，我拿起口袋，罗赛塔拎起一只小箱子，他们开始顺着楼梯往下走，我假装慢吞吞地关上门，趁他们两人刚刚拐过楼梯的时候，我又开门进去，跑到卧室，从地板上取下一块砖头，拿出我收藏的钱财。这些一千里拉一张的票子，在那个时候是一笔可观的数目。我不愿意当着罗赛塔的面取出来，因为钱这个东西很难说的，一个清白无辜的人会因此干出不规矩的事情，说一些不应该说的话，在钱这件事上，谁也不能信。走到房门口，我撩起裙子，把钱放进我特地缝好的布兜里，然后，快步赶上已经走到马路上的乔万尼和罗赛塔。

门口停着一辆四轮小车，因为乔万尼不愿用运煤的卡车，担心卡车被征用。乔万尼扶我们上了车，他已跳上了车。车子起动了，我止不住回过头来望着十字路口我的家和我的店铺，因为我有一种不好的预感，我可能再也看不到它们了。天还没有大亮，但也不是夜晚，天空灰蒙蒙的，在灰色的晨雾中，我望着位于十字路口拐角处的我的家，所有窗户紧闭着，底层店铺的金属门也紧紧关闭。对面拐角处也有一幢房子，它的第三层在一块墙壁凹进去的地方，安放着一尊浮雕，点着长明小灯。我想那盏小灯在战争期间也会亮着，饥荒年代也亮着，它燃起了我将来重返家园的希望之火，我心头感到轻松些了。那希望之火将继续温暖着我的心。在那灰蒙蒙的晨曦中，可以看得见十字路口的一切，就像一座所有的演员已经离去的空空的舞台。看得出来，那都是些穷人的房屋，陈旧不堪，歪歪扭扭，好像互相依靠似地紧紧挨在一起，特别是由于卡车和汽车的来来往往，底层墙上的灰泥已经剥落。我的店铺正好挨着乔万尼的煤店，他的店门口漆黑一片，就像炉子的膛口，那黑色在晨曦中隐约可见，我不明白为什么此时我的心情那么忧伤。我不由自主地回想起往事，天气晴好的时候，十字路口到处是人，妇女们坐在大门外的草凳子上，猫群东蹿西跳，孩子们三五成群地跑跳玩耍，在作坊做工的年轻人不时光临挤满了人的酒店，一想到这些，我就感到揪心的痛苦。我发现，那些陈旧的房子，那个十字路口，对于我来说，是那么亲切。兴许是因为我在那里度过了我的大半生，我第一次看见它们的时候，我还是个年轻的女子，如今，我已是个中年女子，还有一个长大了的女儿。我对罗赛塔说道：

“你不想再看一眼我们的家，不再瞧瞧我们的店铺吗？”

她回答说：

“妈妈，你放心吧，你自己说过，过两星期我们就回来的。”

我叹了一口气，不再说什么了。卡车朝着台伯河的方向开去，我背过身子，不再看十字路口了。

所有的街道都是空旷无人的，街道尽头灰蒙蒙的，空气就像脏衣服浸到开水里散发出来的蒸汽一样。马路的卵石上的露水像刀刃一样闪闪发亮。连一条狗也看不见，不过，说来也有意思，我唯一看到的还就是六条又脏又饿，样子难看的癞皮狗，它们在墙角东嗅西闻，然后朝着墙壁撒尿，从那里又叼出号召去打仗的彩色宣传广告碎片。我们经过了台伯河的加里波迪大街、阿列努拉大街、阿根廷广场和威尼斯广场。在墨索里尼宅邸的阳台上挂着一面黑色大旗，这面大旗几天前我在圆柱广场见过，两名全副武装的法西斯分子站在大门两旁。广场显得空空荡荡，仿佛显得比平时大多了。起先，我没有看见黑色大旗上的金色穗子标记，还以为是一面报丧的旗子呢，当时一点风也没有，整面黑旗悬在那里，确实像死了人的时候挂在门口的一块破布。后来我从皱皱巴巴的褶缝中看见了金色的穗子，才晓得这是墨索里尼的旗帜，我向乔万尼问道：

“怎么回事，墨索里尼回来了吗？”

他叼着半截烟头，装腔作势地回答道：

“是回来了，我希望他永远留在这里。”

我惊奇地张大了嘴，因为我知道他曾经一向是痛恨墨索里尼的；不过他也总是做些让我吃惊的事情，因为我没有法子预知他脑瓜子里究竟想些什么。过了一会儿，我感觉到他用胳膊肘碰了一下我的背，我看见他使了一个眼色，朝一个出租马车夫瞧了一眼，似乎暗示他害怕那个马车夫告密。我觉得他太夸大其词了，马车夫看得出来是一个善良的老头，帽子下面露出来一头白发，完全像是我的祖父，这种人自然是不会去告发的，不过，我闭紧嘴巴，什么也没有说。

卡车朝着民族路的方向走去，天空不像方才那么灰蒙蒙的，一缕太阳的玫瑰色彩投射在奈罗内塔顶上。我们来到火车站，走进候车室，里面像黑夜一样，一片昏暗，所有的灯都开着。火车站里到处都是黑压压的人群，大部分都是像我们这样的人，手里提着他们的包裹，但也有许多全副武装的德国士兵，他们三五成群，背着背包，互相依靠着，站在阴暗的角落里。乔万尼把行李留给我们，走到候车室中央去买车票。我们正等着，突然，喧闹声大作，站台棚子下面的十几辆摩托车拥来，车手都穿一色的黑衣服，就像地狱的魔鬼一般。在目睹威尼斯广场的大黑旗之后，又瞧见这些摩托手也穿着清一色的黑衣服，使我顿生一种不能容忍的厌恶感情。我寻思着：

“干吗要黑色，为什么都是黑颜色？不要脸的东西，婊子养的，他们这该死的黑色倒果真给我们带来了不幸。”

车手们停下摩托车，把它们靠在进口的柱子上，紧挨着门站着，脸孔被黑皮革的头盔遮掩着，用手按住系在腰间皮带上的手枪。突然，恐惧使我倒吸了一口气，心剧烈地跳动，因为，我想莫非那些穿黑衣服的摩托车手闯到车站来，是要封锁入口，把所有的人抓起来，就像他们经常干的那样，然后，把人们塞进他们的卡车，就再也不知道这些人的下落了。于是，我环顾四周，几乎是要寻找逃走的出口似的。于是，我随即看见火车进站处走过来一群人，另外一些人不停地嚷嚷：

“让开，让开。”

我恍然大悟，那些摩托车手上这里来是为了保护将要光临的某位重要人物。可我看不清楚是什么样的人物，因为人群挡住了我的视线。不一会儿，我又听见了那些该死的摩托车的噪声，我明白他们跟在那个大人物的小汽车后面走了。

乔万尼手里拿着车票来接我们，说道：“这些车票可以用到丰迪镇，然后从那里经过山区就到乡下了。”我们从候车室走出来，火车停在站台棚下，我们便上了车。阳光在站台上投下了一束长长的光线，使人感到这是医院通道和监狱院子里见到的阳光。连条狗也见不到，站台棚下面停着一列长长的火车，似乎空空荡荡的。我们一上车，便开始穿过一个又一个过道。这才发现车厢里早已塞满了全副武装的德国士兵，直挺挺地站立着，一声不吭，好像接到不许动作和不许出声的命令一样。我们终于在三等舱的一节车厢里见到意大利人，他们成堆地挤在过道和车厢里，就像运往屠宰场的牲畜，反正没有多长时间就要死去，也就谈不上什么舒适了。他们也像德国人一样沉默不语，一动不动，但谁都明白，他们不说话和不动弹完全是由于劳累和绝望的缘故，而看得出来，德国人作好了随时从火车上跳下去，快速投入战斗的准备。于是，我对罗赛塔说道：

“你瞧着吧，这一回出门，我们准得一直站到底了。”

实际情况正是这样。我们转悠了不知多长时间，阳光透过火车肮脏的玻璃直射进来，把车厢都晒得发烫了。末了，我们也只得把行李放在过道的公共厕所外面，勉勉强强地蹲了下来。乔万尼送我们上了火车，这时他说道：

“就这样吧，我走了，过一会儿火车就要开了。”

不料，一个穿一身黑衣服的人，也是坐在行李卷上，连眼皮也不抬一下，脸色阴沉，反驳说：

“嘿，过一会儿，谈何容易，……我们已经等了三个小时。”

乔万尼向我们告别，他吻了吻罗赛塔的面颊，又吻了我的嘴角，也许他想吻我的嘴来着，可我及时地躲过脸去。乔万尼走了，我们俩坐在行李卷上，我坐在高处，罗赛塔坐在矮处，脑袋靠着我的膝盖。我们就这样待了半个来小时，什么话也没有说。罗赛塔蜷曲着身子，问道：

“妈妈，火车什么时候开？”

我回答说：

“我的女儿，我像你一样说不清楚。”

罗赛塔蜷缩在我的脚头，我就那样一动不能地待了不知多少时间，过道里的人打着瞌睡，或者唉声叹气，阳光开始变得滚烫灼人，外面的站台上静静的没有一点声音。德国人也默不作声，就像他们在这里也不存在似的。突然间，在旁边的一节车厢里，德国人开始唱起歌来。不能说他们唱得不好，他们中间有的嗓音低沉沙哑，但不走调，我曾经好多次听到过我们的士兵在坐火车旅行的时候唱的歌，曲调欢快。德国兵用本国的语言唱了些我觉得非常哀伤的事情，我的心里也觉得很难受。他们慢吞吞地唱着，使人确实感到他们也不是心甘情愿地要打仗的，因为他们的歌声的确是忧伤的。我对那个靠近我的穿黑衣服的人说道：

“他们也不喜欢战争……说来说去他们也是人啊……你听他们唱得有多忧伤。”

他却绷着脸，回答我说：

“你不懂……这是他们的国歌……就像我们的国歌一样。”

然后，他沉默了一会儿，又说道：

“真正忧伤的是我们这些意大利人。”

火车终于启动了，没有鸣笛，没有一声喇叭，没有一点儿噪声，这是很少见的情况。我本来想对圣母作最后一次的祈祷，让他保佑我和罗赛塔在可能遇到危险的时候逢凶化吉。可是，当时我困得实在不行，竟然没有一点气力了，我脑子里只想着，“婊子养的……”我不知道我是针对德国人，还是英国人，法西斯分子，还是意大利人。也许多少是针对他们所有的人。于是，我昏昏沉沉地睡着了。

第二章

兴许一小时之后，我醒了过来，四周十分安静，车厢里炎热的空气几乎让人窒息。罗赛塔站起身来，站在小窗户跟前不知道看些什么。其他人由于列车长时间不开，便也都朝窗户探出身子。我吃力地站起来，感到头昏脑涨，汗流浃背，我站到窗前朝外观看。外面阳光明媚，蓝天无云，田野翠绿，满山遍野都是葡萄园，面对我们火车的一个山坡上有一所白色的房子正起火燃烧，赤红的火舌，滚滚的黑烟夺窗而出，它们是唯一活动着的事物，因为乡村的一切都处于静止状态。

那的的确确是美好的一天。外面连一个人影儿也看不到。忽然，车厢里人群叫嚷起来：

"瞧，那里，在那里。"

我抬头朝天空望去，看见地平线的远角一个黑色昆虫样的东西，很快便看清楚是一架飞机，转眼间又消失得无影无踪。不一会儿，我感到飞机在头顶上，在火车的上空飞行，发出一阵阵疯狂可怕的轰鸣，使人感到就像不断捶打缝纫机一样。轰鸣声持续了一会儿，随后就减弱了，但我马上听见附近响起一阵非常强烈的爆炸声，所有的人卧倒在车厢的地上，只有我没有及时趴下，甚至压根儿就没有卧倒的念头。我看见燃烧的房屋被浓烈的黑烟吞没，黑烟很快弥漫整个山坡，并朝着火车滚滚而来。这时，周围的一切又沉浸在安静之中。人们从地上爬起来，几乎难以相信自己竟然还活着，然后一窝蜂地拥到小窗跟前，瞧着外面。空气中充满了令人咳嗽的尘土，浓烟在慢慢地散开，此时，大家发现白色的房屋已经消失了。几分钟以后，火车又启动了。

这是旅途中所发生的最大的一件事情。火车经过不少小站都是空旷的农村，有时停半小时，或者一个小时，正常情况下只要走两个小时的火车几乎就要走六个小时了。罗赛塔在罗马遭到轰炸的时候害怕极了，现在看见白色的房子化为灰烬，火车重又启动，她说道：

“到了乡下，我倒不像在罗马那么害怕了，这里有太阳，有空旷的地方。在罗马，我非常害怕房子炸了，整个地压在脑袋上。在这里，如果我死去，至少能看见太阳。”

这时，跟我们一起待在过道里的一个难民说道：

“我在那不勒斯看到过阳光下的死人。轰炸以后，人行道上排了整整两行的尸体，他们躺在那儿，就像成堆的脏衣服一样。临死之前，他们也见到了太阳呀。”

另外一个人冷笑一声，插嘴说道：

“那不勒斯民歌中是怎么唱的？噢，我的太阳，是吗？”

的确，现在谁也没有聊天的兴致，更不愿意开玩笑了。这样，在整个旅途中，我们始终沉浸在沉默的气氛中。

我们应当在丰迪下车，在过了台拉契那站之后，我对罗赛塔说准备下车。我的父母住在山区，在瓦莱科尔萨过去的一个小镇上，他们有一幢小房子，一些土地。从丰迪乘汽车沿着公路走大约要一小时。可是，大概是上帝的意愿；当火车开到盘山小镇桑·毕阿乔山，从这里可以瞧见丰迪山谷，我看见所有的人都下车了。德国人早在台拉契那站下了车，只留下了意大利人，现在大家都下车了，只有我们俩待在空空荡荡的车厢里。顿时，我觉得心里好受些，因为只有我们两个人，而且天气是那么美好，很快我们就可到达丰迪，然后去我父母亲那里。

火车停在原地不动，但我并没有产生怀疑，因为火车曾无数次地停车，我对罗赛塔说道：

“你会发现在乡下的日子过得很有意思，你会吃好，睡好，一切都顺当。”

我继续向她讲我们将在乡下做的事情，可火车依旧没有动。已经是下午一、两点钟了，天气十分炎热，我说道：

“我们吃饭吧。”

我把装食品的小箱子从行李架上拿下来打开，取了两份面包和香肠。我还有一瓶酒，我递给罗赛塔一个杯子，另一杯我自己喝。我们慢慢地吃，天气热极了，周围静悄悄，从小窗户望出去，只能见到一排环绕车站广场的法国梧桐树，干燥的白色尘土，知了藏在叶簇中唱着，完全仿佛是八月的天气。这是乡村，我正是在乡下出生的，我在那儿一直生活到十六岁，这是我家乡的乡村，带着它的被阳光灼热的尘土的气味，干屎的气味，晒枯的青草的气味。

“啊！太舒服了。”我把腿伸向我对面的座位上，不由得叹息道，“你没觉得这儿静极了吗？我真为不待在罗马而感到高兴。”

这时候，车厢的门打开了，有人探进身子来。

这是一名铁路职员，瘦瘦的个子，黝黑的面孔，头上戴着帽子，外衣扣子散开，留着胡子，他探进脑袋来，说了声：

“胃口好。”

然而表情严肃，几乎要发火的样子，我想他也许是饿了，就像当时许多人一样，我向他指指黄纸裹的香肠片，说道：

“你愿意尝尝吗？”

但他火气越来越大了，说道：

“什么尝尝，你们该下车了。”

“我们到丰迪去。”我回答道。

我把车票递给他看，他连看也不看，说道：

“你们没有瞧见所有的人都在这儿下车了吗？火车到这里不走了。”

“不到丰迪去了吗？”

“什么丰迪，路轨炸断了。”停了一会儿，他态度和缓了些，说道：

“你们下车走半小时，就可以到丰迪，你们该下车了，因为火车一会儿就返回罗马。”

他关上车厢的门，走了。

我们待在那里面面相觑，手里拿着咬过的面包夹香肠。过了一会儿，我对罗赛塔说：

“出师不利。”

罗赛塔似乎猜着了我的想法，回答说：

“不，妈妈，我们下车吧，找一辆马车或小汽车。”

我不再听他说下去，拿起箱子，打开车厢门，走下火车。

车站的月台上一个人也没有；我们走过候车室，一个人也没有；我们走到广场，也一个人也没有。广场有一条笔直的、阳光照耀下的、布满灰白尘土的乡间大路通向远处，两旁是灰蒙蒙的篱笆，连为数不多的树木也都布满了尘土。广场的一角有一座小喷泉，炎热和焦急使我嗓子干得冒烟，我走向小喷泉去喝水，没想到一滴水也没有。罗赛塔站在那里看箱子，神色惊慌地瞧着我，说道：

“妈妈，我们现在该怎么办？”

我对这些地方很熟悉，我知道那条大路一直通向丰迪。

“女儿，你还考虑什么，赶路要紧。”

“那行李呢？”

“我们拎着走。”

她不作声了，但沮丧地望着一堆行李，不知道我们该怎么拎着它们赶路。我打开了一只箱子，抽出两条桌布，做成二个头垫，一个给我自已，一个给她。打从当姑娘起，我就习惯了用脑袋顶东西，我可以用脑袋顶五十公斤的东西，我一面做头垫，一面对她说：

“现在该怎么干？妈妈给你示范。”

罗赛塔心情放松地笑了。

我把垫圈按在头顶上，压了压，一面让罗赛塔也这样做。然后，我脱下鞋子和袜子，让罗赛塔照样行事。我把最大的一只箱子放在我的头垫上，然后再放上中等大的箱子和装食品的包裹，我用手把垫圈调整好，最后让罗赛塔顶一只最小的箱子。我告诉她，走路的时候，头颈不能弯，再用一只手扶着头顶的箱子的一角。我看她已经明白，用手把箱子放到头顶上去，我暗自思忖道：

“她虽然出生在罗马，但也是乔恰里亚的女人，血统是不会骗人的。”

就这样，我们头顶行李，光着脚丫子，走在长了一点青草的大路边上，朝着丰迪方向走去。

我们走了一段路，大路上没有一个人，连乡村也看不见任何生灵。也许对一个不了解乡村的城里人来说，觉得这儿的一切是正常的，可对我这个先当乡下人，后来才是城里人来说，就能辨别出这是被遗弃的乡村。一片满目荒凉的景象，葡萄园里的一串串葡萄本来应该收获完毕，如今仍然挂在金黄的枯叶子中间，有些已变成颜色发紫，流出腐烂的浓液，被黄蜂和蜥蜴啃了一半。玉米棒横七竖八地到处散落，杂草丛里，玉米粒都熟过头了，几乎变成了红色。周围的地上还有许多的无花果，由于含糖量太大，从仙人掌上脱落下来，被鸟群啄得龇牙咧嘴的。看不见一个农民。我想，大概都逃难去了。不管怎么说，这是晴朗、宁静和美好的一天，完全是田野的风光。我暗暗思忖，这就是战争，一切看来似乎都是正常的，其实，战争的魔爪已不知不觉地伸展开了，人们害怕了，逃难了，而农村对此仍然无动于衷，继续奉献出水果、麦子、青草和植物，就象什么事也没有发生一样。

我们风尘仆仆地来到丰迪的城门跟前，尘土把双脚直至膝盖漂白了，嗓子眼干得冒火，我们累得简直什么话也不想说了。我对罗赛塔说道：

“现在我们找个酒店，去喝点，吃点什么，休息一会儿，然后看看能不能找辆汽车或卡车什么的，把我们带到爷爷奶奶那儿去。”

嘿，什么酒店、汽车、小卡车，全没有啦！我们走进丰迪城里，很快发现城里空空的，连一个人影，连条狗也见不着。所有商店都关了门，几张破碎的招贴白纸散落一地，这说明主人已经逃难去了。房屋的通道和大门统统上了门闩，窗户和边门也都紧闭，连猫都不知道如何才能进得屋去。我们好像置身于一座居民因得了什么瘟疫都死光了的城市里，而丰迪从前在这个季节里，街上都是人，妇女、男人、小孩，带着他们的猫、狗、驴子、马、鸡等来来往往，享受着美好的时光，或者坐在咖啡店里，或者坐在房屋前面。一些小街道给人以生命犹在的感觉，因为强烈的阳光洒在路面和房屋正面，可是，一旦仔细观察，便会发觉，那些窗户紧闭而黑漆漆的，那些门是上闩的，洒在石头上的阳光几乎让人感到害怕一样。我不时停下来，一个个地敲门，叫唤着，但没有一个人来开门，没有一个人出来回答我。我们终于来到加洛旅店门口，木制招牌上画了已经褪色和斑驳的一只公鸡。大门紧紧关着，这是一扇古老的绿色大门，老式的锁孔很大，我透过锁孔往里瞧去，只见暗处的大房间尽头，有一扇朝着花园的窗户，亮堂堂的大藤架下面，是绿色的葡萄园，悬挂着一串串黑色的葡萄，还可以看到阳光下一张闪闪发光的桌子，这就是能够看到的一切。这里也没有人出来答话，酒店老板跟其他人一起逃难去了。

这就是乡村，简直比罗马还糟糕。我意识到，我曾想在乡下得到罗马所没有的东西不过是梦想而已，于是我朝罗赛塔转过身去，说道：

“你知道我想对你说什么？现在我们休息一会儿，然后回到车站去，坐火车回罗马。”

我是这么说的，但我发现罗赛塔的恐惧不安的脸孔，肯定她想起了轰炸的情景，我急忙加了一句：

“这样吧！在打消这个念头之前，我想做最后一次尝试。这就是丰迪。我们来乡下就是碰运气的。也许我们能找到一个农民，在他家里住一夜，然后我们再走着瞧。”

我们坐在一段矮墙上休息了一会儿，彼此默不作声，因为在那个荒野里我们的声音几乎让我们自己感到害怕，然后，我们重新又把行李放到头上的垫圈上，朝着我们进来的相反方向走出城去。烈日当头，我们在大路上走了约莫半个小时的光景，灰白的尘土滚滚，当我们走到十字路口的柑橘园时，我选择了柑橘树丛中的第一条小道，一面寻思着：小路会通向我们要去的地方，因为乡村的小路总是通向某个地方的，柑橘树十分茂密，叶子干干净净，没有尘土，灌木丛翠绿成荫。走了那么一段烈日炎炎尘土飞扬的大道之后，我们重新又鼓起了勇气。正当我们沿着那条小路在柑橘林中穿行时，罗赛塔忽然问道：

“妈妈，他们什么时候采柑橘？”

“十一月份就该采摘了。你会尝到它们的味道是多么的甜美。”我不假思索地回答说。

话刚说完，我就后悔失言，现在才刚刚九月底，我过去总是说我们待在罗马之外的地方不会超过十天，尽管当时我心里明白，我说的不是真心话，现在都露了马脚。幸好她没有在意，于是，我们沿着小路继续朝前走去。

在小路的尽头，有一块空地，空地的中间有一座小房子。它原来刷成玫瑰色，如今，因为陈旧和潮湿的缘故，整个房子的外层已经脱落，变成黑乎乎的颜色。露天的楼梯通向二层楼，那儿，有一座半弧形的阳台，上面吊着一串串的大椒、西红柿、大蒜头。屋子前面的打谷场上，全是晒干的无花果。这是一座农民住的房子。果然，我们还来不及叫唤，一个农民就走出门来了。我知道，他肯定是躲在某个地方观察来往的过客。这是一位瘦得让人可怕的老头，长着一个没有角的小脑袋，长长的鹰钩鼻子，一双深深地凹下去的眼睛，低矮的前额，秃头，活脱脱是个秃鹰的样子。他问道：

“你们是什么人？想干什么！”

他手里握着一把镰刀，好像是为了防备意外似的。可我没有惊慌失措，首先是因为我跟罗赛塔在一起，没有动武的念头，跟前的人比我们更弱不禁风，好像反倒需要我们保护似的。我回答他说，我们不想干什么，我们是莱诺拉人。这是实话，因为我就出生在离莱诺拉不远的一个小镇上。我告诉他，我们走了许多路，再也走不动了，如果他给我们一间房住一晚的话，我们会像住旅馆那样付房费的。他站在打谷场上。叉开腿听着，他的裤子破烂不堪，上衣满是补丁，拿着一把镰刀，的的确确就像个衣衫褴褛的稻草人。我以为只是想乘机敲我的竹杠，要我出高价而已。但后来我发现，他是个半傻不傻的人，除了赚钱以外，什么也不懂。其实他连赚钱也是一窍不通，因为他说什么也弄不明白我对他说的话，只知道反反复复地说：

“我们没有房间，你说你付房钱，可你用什么来付？”

我不愿意把我放在裙子里面的口袋里的钱拿出来给他看，不知怎么的，在战争年代，所有人的面孔都可能变成小偷或杀人犯的面孔。这样我费了不少口舌一再对他说，请他放心，我会付钱给他的。可他就是不明白，罗赛塔拉着我的袖子，小声对我说，我们最好还是走吧。幸运的是，就在这个当儿，他的老婆来了，一个个头瘦小的女人，看上去比他要年轻的多，气喘吁吁，脸上冒着热气，眼睛闪闪发光，跟他的丈夫大不一样，她马上就理解了，而且，几乎要朝我们扑了过来，搂着脖子，反复地说：

“明白，明白，一间房间，怎么会没有？我们睡到凉台上或者茅草屋里去，把我们的房间给你们，还有吃的，跟我们一起吃，要知道反正是几样简单的、乡下的东西，跟我们一起吃吧。”

她的丈夫退缩到一边，神色阴忧地望着我们，就像一只生病的公鸡，圆睁着眼睛，无精打采地不想啄食。她挽着我的胳膊，反反复复地说：

“过来，我让你看看房间，你就睡我的床，我和丈夫去凉台上睡。”

她领着我登上通向二层楼的露天楼梯。

于是我们开始在孔切塔家里住了下来，孔切塔是这个女人的名字。男人叫维钦佐，比女人要大二十多岁。他是个长工，替一个名叫菲斯塔的商人打工，这个商人像许多人一样，从城里逃难来了，现在住在环绕山谷的一个山头的小房子里。他们有两个儿子，名叫罗萨里奥和朱塞佩，俩人长得黑乎乎的，脸孔既粗又难看，小眼睛，额头低低的，他们从不说话，也很少见到他们。他们藏了起来，因为停战的时候，他们俩正在服兵役，后来当了逃兵，从此就再也不露面了。如今，他们害怕让到处转悠的法西斯巡逻兵逮起来，押到德国去当苦力。他俩躲在橘树林里，只是到了吃饭的时候才出现，而且往往是三口两口地匆忙吃完饭，几乎什么话也不说，然后就不知道他们到什么地方去，又不见了踪影。

他们对待我们俩很客气，可我不知道为什么，总是存有戒心，我常常自问我是不是错了。终于，在一个好天气的日子里，我发现，我的本能没有欺骗自己，的的确确，就像我一开始所怀疑的那样，那是两个不务正业的人，在离住处不远的地方，在橘林丛中，有一间漆成绿色的简陋的木屋子。屋顶是块金属板。孔切塔对我说，他们把收获的橘子一点一点地放到那屋子里。也许真是这样，但是眼下他们没有收摘橘子，橘子仍然一只只挂在橘树上。尽管这样，我早就发现他们的两个儿子，他们自己常到那屋子里去干什么。我并不感到意外，我跟我的女儿住在一个我不熟悉的，说实话，也是一个我不信任的人家。一种好奇心不由占据了我的心。

一天下午，这一家人都到那屋子里去了，不一会儿，我也跟踪而去，躲在橘林中，那屋子坐落在另一块比较小的空地中间，看起来，的确破旧不堪，整个屋子已经褪了颜色，屋顶歪斜，一块块木板奇迹般地搭在一起。空地中间停着一辆维钦佐的、由骡子拉的车子，我发现车上堆着数不清的东西，床架、床垫、椅子、小柜子，大包大包的东西。房屋的两扇大门敞开，孔切塔的两个儿子正在解开捆绑东西的绳子。维钦佐待在一旁，像往常一样，傻乎乎的，坐在一个木桩上，抽着烟斗。但孔切塔待在屋子里，虽然不见其人，却听得到她的声音。

"快点，加油干，已经不早了。"

她那两个儿子，平时我见到的样子总是担惊受怕，默不作声，懒洋洋的，现在突然变得利索，勤快，精神抖擞起来了，我不由得想道，人们只有在干有兴趣的事情时才显露出真相，譬如说，农民在田野里劳动，工人们在工厂里做工，商人们在店里做生意，小偷偷东西的时候，才显露出本相。因为那些网状物，那些椅子，那些小柜子，那些床垫，那些包裹，都是些偷来的东西。我很快就产生了疑团。当天晚上，我突然鼓起勇气问孔切塔，白天他们卸在小屋子里的家具是谁的。她的话证实了我的怀疑是有道理的。像往常一样，她的两个儿子不在场，他们已经走了。孔切塔当时也许有点狼狈，但很快就恢复了常态，兴高采烈地说：

"啊！你看见我们了，你躲着不露面是不对的，你可以帮帮我们，我们绝没有什么要遮遮掩掩的，绝对没有。那些东西是丰迪的一个人家的，可怜的人儿的，逃难到乡下去了，谁知道他什么时候才回来。要知道，与其让那些留在家里的东西将来被炸掉，还不如让我们这些人拿来，至少还能派上用场。要知道，我们处在战争的年头，必须动动脑筋，不能让任何留下的东西损失，我的太太。至少说，战争结束之后，政府肯定会偿还那位主人的财产的，而且他会得到比先前还要好得多的财产。"

说实在的，我感到很不自在，甚至感到害怕，我相信我的脸色变得苍白了。罗赛塔抬起一双眼睛，望着我，说道：

"妈妈，你怎么啦？"

我当时害怕了，因为我是个做生意的人，我的所有权思想是根深蒂固的，对于我来说，始终不可动摇的，我一直这样认为，我的东西就是我的，你的东西就是你的，不可能搅和在一起，否则，一切就乱套了，恰恰相反，如今我落进了一个小偷的窝里，最糟糕的是，这些小偷毫无顾忌，因为在这个地方，既没有法律，也没有宪兵，他们非但毫无顾忌，反而以偷盗为荣了。然而，我什么也没有说，孔切塔应该觉察出了我所想的事情，因此，她补充说：

“要知道，我们拿这些东西，是因为它们已经不属于任何人了。可我们还是正派人。切西拉，我马上就证明给你看，你敲敲这里。”

她站起身来，去敲打炉子左边的墙壁，我也去敲了敲，我听到了敲打的回声，好像墙壁后面有一个空间似的，我问道：

“墙壁后面有什么东西？”

孔切塔兴高采烈地说：

“是菲斯塔的东西，简直是个宝库，有女儿的嫁妆，家里所有的财产：床单、被褥、麻织品、银器、餐具和各种有价值的东西。”

我惊奇万分，因为这完全出乎我的意料，孔切塔总是激动万分，怀着奇特的热情，对她的所作所为毫不掩饰。她向我解释道：维钦佐和菲力波、菲斯塔由圣·乔万尼牵线，走到了一起，或者说，菲斯塔为维钦佐的儿子洗礼，维钦佐又为菲斯塔的女儿洗礼，他们俩成了亲戚，菲斯塔是圣·乔万尼的信徒，逃难去山里之前，他把他的全部东西都藏在维钦佐的厨房里，并让维钦佐发誓，战争结束后把他所有东西一样不少的归还给他，维钦佐发了誓。

“对于我们来说，这些菲斯塔的东西是神圣的。”孔切塔讲到神圣这个字眼时，加重了语气。“我宁愿被人家打死，也不会去动那些东西的。它们放在那里一个多月了，只要战争没有结束，那些东西就搁在那里。”

我对此持怀疑的态度。我也压根儿不相信，本来一声不响的维钦佐刁着嘴上的烟斗，瓮声瓮气地说的一番话：

“是这样，神圣不可侵犯的东西，德国人和意大利人要动这些东西，得先过我这一关。”

孔切塔听到丈夫这么说，用高兴得发光的眼神瞧着我，似乎在说：

“你看到了吗？你还有什么可说的，难道我们不是正直的人吗？”

我浑身难受得像冰冻了一样，我回想起我看见她两个儿子忙忙碌碌地从卡车上卸东西的情景，我暗自想道：

“说来说去，一旦当了小偷，就永远是小偷。”

这个小偷窝是促使我开始考虑离开孔切塔到其他地方去的主要原因。我的钱藏在裙子下面的口袋里，那些钱数目不小，我们只是两个单身的女人，没有任何人保护我们，既没有法律，也没有宪兵，不用花什么力气就可以把我们这两个可怜的女人制服，并把我们所有的东西席卷一空。我的确没有让孔切塔看见过我的口袋，但我不时要付些伙食费和房租，我还许诺我会偿付别的开销。他们肯定猜到我把钱藏在了什么地方。他们今天盗窃别人遗留下的东西，明天，他们就可能偷我的钱，甚至会杀人，这完全是说不准的事情。两个儿子长着强盗般的模样，丈夫是个痴呆，孔切塔则是个狂热分子，我们的确难以预料会发生什么事情。那间屋子离丰迪不远，掩蔽在一片偏僻的橘树林里，即便杀死了一个基督徒也不会有任何人发现的。这确实是个绝妙的藏身之地。在这等藏身处完全可能比在光天化日之下发生更坏的事情。那天晚上，我在屋里躺下之后，对罗赛塔说：

"这是个犯罪窝，他们可以不对我们使坏，但也可能把我们俩给杀了，像肥料一样不动声色地埋在橘林下面。"

我倾吐了心中不安的情绪，但这下坏了，因为罗赛塔还没有摆脱罗马的轰炸造成的恐惧心理，她马上哭泣起来，搂着我呜呜咽咽地说：

"妈妈，我害怕极了，为什么我们不尽快离开这里呢？"

于是我赶紧说：这都是我的胡思乱想，全都是战争的缘故，总而言之，维钦佐和孔切塔以及他们的两个儿子肯定都是好人。她好像不太相信似的，末了，她说道：

"我可是一定要离开这儿的，而且在这儿日子过得太难受了。"

我答应她我们尽快离开这儿，因为在那种情况下，她说得一点也不错，在这儿待得难受极了。

既然待得很难受，我现在便得重新考虑，可以说，在战争爆发以后，我们离开家园的整个时期，从没有像在孔切塔家里过得这么不舒服。她把自己的卧室让给我们住，这是一间她跟丈夫结婚时就住的房间。但我必须说，尽管她是一个农民，在我一生中没有见过这种邋遢女人，房间里尽管窗户总是敞开的，却空气污浊，令人感到窒息。房间里散发的是什么气味呢？这是一股发霉、污浊、腐臭的尿酸味。由于气味很浓，我便寻找臭气的来源，我打开了两个小柜子，里面有两只细长细长的尿盆，没有把手，就像一条管子，白瓷红花，这两个尿盆从来没有刷洗过，尿盆里各种颜色都有，一股难闻的气味就是从那里发出来的。我把它搁到门外去了。孔切塔朝着我骂骂咧咧地说，这些尿盆是她母亲传给她的，是家里的东西，她不理解为什么我不愿意把它们放在屋子里。

第一夜，我们躺在那张大床上，床垫满是窟窿、疙瘩、弹孔、吱吱嘎嘎作声和针刺一般扎人。床单布薄极了，好像我们一翻身就会撕裂一样，我总是觉得身上发痒，罗赛塔也是这样，不得安宁。老是翻来翻去改变睡的姿势，但仍然难以入睡。最后，我点上了蜡烛，用手举起烛台照着床铺，张着烛光我看见一只、两只、一堆的臭虫，正朝四面八方逃去，它们呈暗红色，由于不时吸吮我们的鲜血而个头肥大。床上由于满是臭虫而呈黑色，说实在的，我从没有见过这么多的臭虫，在罗马的时候，我发现过一两只臭虫。我很快拆洗了床垫，以后就再也见不到了。然而，这张床上的臭虫有成千上万只，看得出来，它们不仅仅躲藏在床垫里，也藏在床架子里，总而言之，藏在整个房间里都是。

第二天早上，罗赛塔和我起来后，赶忙跑到穿衣镜前观察，我们整个身上都是红疱，臭虫把我们咬了个够，我们好像突然生了腻味的皮肤病。我把孔切塔叫了过来，让她看看坐在床上光着身子在哭泣的罗赛塔，我对她说，让我们跟臭虫睡在一起难道不感到难为情。孔切塔像往常一样，激动地说：

"你说得有理，是挺难为情，脸上不光彩的事情。我知道臭虫是让人讨厌的，但我们是乡下的穷人，你是城里的太太，我们这些人只配喂臭虫，你可是睡真丝床单的命。"

她激动万分地给我解释原因，带着一种奇怪的神情，好像是在嘲弄我似的。实际上，她在诉说完理由之后，又以一种迫不及待的神态总结说，臭虫是上帝创造出来的小动物，既然是上帝创造出来的，就是有着某种益处的象征。不管怎么样，我说从现在起，我们俩睡到他们给骡子贮备干草的茅草屋去，干草扎人，也许其中也有小虫子，但那是些干净的虫子，它们虽然会爬到身上来，使人发痒，但不至于吸血。但我明白，这样是过不了多久的。

孔切塔家里的一切都是令人生厌的，除了睡的问题外，还有吃的问题。孔切塔是个急性子的，邋里邋遢的女人，做事一向粗心大意。她的厨房是个黑乎乎的地方，煎锅和盆子长年累月地堆放在一起，没有水，从不洗涮，做饭马马虎虎，随随便便，孔切塔每天都是做一样的饭菜，在乔恰里亚称之为菜汤，许多片薄薄的家庭面包塞在满满一罐豆角汤里。这道菜是冷着吃的，豆角汤把面包浸湿后，整个就变成了糊状汤，这汤一点也不对我胃口，由于孔切塔脏里脏气，菜里总是有苍蝇或者小虫子，加上她根本就不会做非常简单的汤和主菜，弄得我直反胃。她们吃起来是按照农民的方式，不用碗盛，大家都用勺在汤或菜里打捞，然后把勺子送进嘴里，再把它重新浸到黏黏糊糊的菜里。你们会相信吗？一天，我发现夹在面包和豆角中的好几只死苍蝇，就提醒她注意这件事，她却漫不经心地回答说：

"吃吧，吃吧，不过是只苍蝇，那又怎么了呢？这是猪肉，一点儿也不比小牛肉差。"

我发现罗赛塔一点儿也吃不下那些脏东西，我便常常跟孔切塔一起到园子外面的大路上去。那个地方有个集市，但在城市里已经没有了，在飞机、警报声和法西斯分子的扫荡下，再也没有什么牢靠的东西了。在大路上可以遇上卖新鲜鸡蛋、肉和鱼的农妇。当有人讨价还价的时候，她们就生气地回答说：

"好吧，你们就吃你们的钞票，我们就吃我们的鸡蛋。"

她们很清楚，发生了饥荒，在饥荒的年代，钱毫无用处可言。她们卡我的脖子，但我还是常常买些东西，也给孔切塔家里一些吃的东西，钱像流水般地花去，这也是我非常不安的一个原因。

我们想离开这里，但到那里去呢？一天，我对孔切塔说，由于英国人没有来，我们最好乘小卡车或步行到我父母亲居住的乡下去，在那里待到战争结束，她立即热情地同意我的想法，说道：

“怎么了，过得不舒服吗？人们只有待在自己家里才感到舒心，谁能替代母亲的位置呢？你行行好吧！这里你什么都不喜欢，有臭虫，菜汤也是糟糕的，可是，你在父母亲的家里，同样的臭虫和同样的菜汤，会使你觉得是一个天堂。为什么不可以呢？明天，罗萨里奥用车子拉你们，你们可以美美地散一次步。”

第二天，我们高高兴兴，满怀希望地等着罗萨里奥从我所不知道的地方回来。他回来了，非但没有骡拉车，反而带给我们一大堆坏消息，德国人到处抓壮丁，法西斯分子逮捕冒冒失失上街的人，英国人大扔炸弹，美国伞兵降落，到处是饥饿、灾荒和革命，英国人和德国人很快就要在我父母亲住的地方打起仗来了。这些消息是从德国司令部传出来的。那地方已经疏散一空，所有的居民都被赶到弗罗西诺内的一个集中营去了。他还说，许多大路由于有飞机轰炸而不安全，飞机都飞得很低，向人们扫射，不停地向人群扫射，直到人们被打死为止。就是山路也不安全，因为到处是无缘无故杀人的逃兵和强盗。总之，对我们俩来说还是留在丰迪等待英国人为上策，这只是几天的问题，因为盟军在前进，不到一个星期将会来到这里。最后他说了一大堆真真假假的事情，不过真假难分，有些真实的消息使假的消息好像也成了真的了。轰炸和扫射是真有其事的，但是，打仗的地方正是在我父母亲住的地方不都是真事，还有那地方已经疏散一空了，也不是真的。不过，我们还是被吓坏了，因为除了他带来的消息，别的消息我们一无所知。我们没有想到，他向我们讲这些坏消息，是想把我们留在他们家里，继续赚我们的钱。另一方面，天气也确实很糟糕，而我有一个女儿，我不能不对在路上可能遇到他对我们所说的危险负责，尽管只有百分之一的可能性。就这样，我决定推迟回我老家的时间，留在丰迪等待盟军的到来。

话又说回来，我们还是必须尽快离开孔切塔的家，另外，再待在这孤零零的橘林，就像过去我说过的那样，什么事情都可能发生。随着时间一天天过去，孔切塔的儿子们越来越让我感到害怕。我说过他们是沉默寡言的人，可是一旦讲话，就透露出一种或一点儿也不喜欢的神情。他们是能说会道的人，比如，他们开玩笑地说：

“有一次，在阿尔巴尼亚，他们朝我们打冷枪，我们伤了两个人。你知道，为了报复，我们干了些什么？由于男人们都逃走了，我们逮住了女人，那些比较讨人喜欢的，我们都轮着干……有些女人真他妈的乐意，她们想借这让自己的丈夫戴绿帽子。有些女人勉勉强强的干……有些女人经我们轮着干了以后，都站不起来了，就像死人一样。”

我听了这一番话，像石头一样动弹不得，孔切塔随即打着哈哈笑着说：

“唉，他们是年轻人，要知道年轻人是喜欢女人的，年轻人青春似火。”

情绪比我还坏的是罗赛塔，我瞧见她脸色苍白，几乎全身发颤，终于有一天我对他们说：

“你们住口吧，我的女儿在这里，你们别在一个小姑娘面前这么说话。”

我情愿他们批驳我，甚至辱骂我，可是他们什么也没有说，只是用他们那煤炭一样的闪闪发亮的眼睛，从下至上地打量着罗赛塔，让人感到害怕，而他们的母亲反复说：

“要知道，他们是年轻人，青春似火的年轻人。但你不必为你的女儿担忧。我的儿子们不会碰你女儿的，即便给一百万里拉，也不会去碰你女儿的。你们是客人，客人是神圣不可侵犯的。你的女儿待在这儿，就像待在教堂里一样安全。”

对于我来说，实际情形正好相反，面对他的儿子们的沉默，和她的过头的话，我的担忧更加强烈了。这时我设法从一个农民那里弄到一把折叠小刀，我把它跟钱一起放在口袋里。谁也无法预料，如果他们企图搞什么名堂，首先必须对付我，而我自然也要给点颜色他们看。

然而，在我们来到这儿两个星期之后，终于发生了让我们下决心离开这儿的一件事。一天早上，罗赛塔和我坐在打谷场上，打算剥玉米穗，干些什么活的时候，从小路上突然出现了两个男人，我马上意识到他们是谁，他们斜背着枪支，他们上衣下敞开的黑衬衫，还有孔切塔的儿子罗萨里奥的反应，都使我明白了他们是谁；当时罗萨里奥正在那里嚼着面包和葱头，一看见他们出现，立刻就一溜烟跑掉，消失在橘树林中。我平静地对罗赛塔说：

“他们是法西斯分子，你什么也不要说，让我来对付。”

那些七月二十五日以后在罗马四出活动的新法西斯分子，我能很好地认出他们来。他们是些乌合之众，二流子，为了自己的私利，穿上黑衬衫，而如今正派的人们不愿意再穿了。他们都身体魁梧，就像台伯河畔和大桥上那些游手好闲的男人一样。这两个家伙却相反，我很快就看出他们是两个废物，丑陋无耻的东西，他们有用来吓唬人的枪支，一个家伙是瘸子，秃脑袋，一张脸孔麻木僵硬，就像一颗干栗子，瘦削得让人可怜的肩膀，凹陷得很厉害的眼睛，扁平的鼻子，乱糟糟的胡子；另一个几乎是个侏儒，长着一颗教授般的大脑袋，戴着眼镜，神情严肃，身材肥胖。从下面匆匆赶来的孔切塔用绰号跟第一个家伙打招呼，这个绰号是此人活生生的写照。

“秃猴子，你在这儿找什么东西！”

秃猴，便是那个秃脑袋瘦猴般的人，他晃动双腿，用手敲打着枪托，傲慢地回答说：

“孔切塔大婶，孔切塔大婶，我们彼此都清楚，你知道我们在找什么，您是一清二楚的。”

“我不明白你的意思，你要酒吗？要面包吗？面包我们很少，但是我们可以给你一瓶酒，给你一些干无花果，要知道，都是些乡下的东西。”

“孔切塔大婶，您真狡猾，可这一回，你碰上了比您更狡猾的人。”

“瘦猴，你说些什么？我狡猾吗？”

“一点不错，你狡猾，你的丈夫狡猾，您两个儿子更是狡猾透顶。”

“我的两个儿子？谁见到过我那两个儿子？我好长时间没见到他们了，他们在阿尔巴尼亚为了国王和墨索里尼而战斗，让上帝保佑他们两人身体健康。”

“什么国王，什么国王，我们现在是共和国，孔切塔。”

“那么共和国万岁！”

“你的儿子不在阿尔巴尼亚，他们就在这里。”

“他们就在这里，但愿真是这样。”

“一点不错，他们就在这里，昨天有人还看到他们在科鲁查大街做黑市交易。”

“瘦猴，你说些什么呀！我的儿子就在这里，我跟你说过，但愿这是真的，我会拥抱他们，知道他们脱离了危险，我现在痛苦得每天晚上用眼泪洗脸，我的痛苦比经受七种痛苦的圣母还多。”

“够了，对我们说真话，他们在什么地方，否则要你的命。”

“我怎么知道他们在什么地方，我可以给你酒，我可以给你无花果干，还可以给你一点面粉，尽管我们只有不多的一点点。但是我的儿子他们不在这里，我怎么给你们呢？”

“好吧，那我们就瞧瞧这酒。”

于是，他们在打谷场上的两把椅子上坐了下来，孔切塔象往常那样，兴奋地拿来酒和两个玻璃杯，还提了一篮子无花果干。秃猴骑在椅子上，一面喝着酒，一面吃。

“你的儿子们是逃兵，你知道军法对逃兵是怎么规定的吗？如果我们抓到他们，应该枪毙他们，这就是法律。”

她笑着说：

“你们说得有理，逃兵应该枪毙……他们是流氓无赖……统统地应该枪毙，但是我的儿子，他们不是逃兵，秃猴。”

“如果不是，那他们是什么？”

“他们是士兵，为了墨索里尼而战斗，上帝会保佑他们活一百岁的。”

“对，同时干黑市勾当，是吗？”

总之，当她无法回答时就给他们斟酒。看来这两个人就是为了酒而来的，他们接受她的敬酒，举杯痛饮起来。

我们俩坐在台阶上，待在一边。秃猴一面喝酒，一面盯着罗赛塔，他并不是以警察的那种眼神，想查明某人的证件是否齐备，而是死死盯着她的大腿和胸脯，正像一个男人盯着他所喜欢的、能勾起他欲火的女人一样，终于，他开口向孔切塔问道：

“那两个女人是谁？”

我赶紧抢着代替孔切塔回答，因为我不愿意让法西斯分子知道我们是从罗马来的。

“我们打瓦莱科尔萨来，是孔切塔的两个表姐妹。”

孔切塔热情、急忙地强调说：

“正是这样，她们是我的两个表姐妹，切西拉是我一个叔叔的女儿，她们跟我是近亲，她们来跟我们一起过。唉，要知道，鲜血可不是流水。”

然而，秃猴好像并不相信，看得出来，他比不起眼的外表要聪明。

“我不知道你在瓦莱科尔萨还有亲戚。你总是对我说，你是明土乐诺人。这位漂亮的女孩子叫什么名字？”

“叫罗赛塔。”我回答道。

他把杯子里的酒一饮而尽，起身向我们走过来，说道：

“罗赛塔，你挺讨我喜欢。我们这儿正好需要一个女佣人。你给我们做做饭，整理整理床铺。罗塞塔，你愿意到我们这儿来吗？”

他一面说着，一面伸出手去摸罗赛塔的下巴。我在他手上打了一下，说道：

“把手缩回去。”

他睁大双眼盯着我，装出一副惊讶的样子说：

“哎呀！你怎么啦？”

“她是我的女儿，请你不要碰她。”

他把枪从肩上卸下来，对着我傲慢地说：

“你知不知道你在跟谁讲话，举起手来。”

这时，我显得很镇静，他对准我的枪口反倒在抖动。我躲开枪口，轻蔑地说：

“什么举起手来，你以为用你的枪就可以吓住我吗？你知道枪对你有什么用吗？用来诈骗酒和无花果干，这就是枪对你的用处。连一个瞎子都会看得出来，你不过是个饿死鬼，仅此而已。”

奇怪的是，他忽然平静下来，笑着对同伴说：

“至少应该把她枪毙了，你认为怎么样？”

另一个人晃了晃肩膀，结结巴巴地说：

“她们是女人，你不要糊里糊涂。”

秃猴于是把枪放了下来，加重语气说：

“这一回便宜了你，但你放明白些，你差一点把命搭上，谁敢动军人一根毫毛，谁就要吃子弹。”

这句口号写在罗马的墙头上，丰迪的墙上也有。那个卑鄙无耻的东西，他是从墙上学来这句口号的。过了一会儿，他补充说：

“还要说定的是，你得把女儿送到我们驻扎的地方科柯鲁查当女佣人。”

我回答说：

“你可以做梦想我的女儿，我是什么也不会给你送去的。”

他转过身去，朝着孔切塔说：

“孔切塔，我们来交换一下，我们不再寻找你藏在这里的两个儿子。你知道，如果我们认真地寻找，是可以将他们逮起来的。作为交换，你把你的表侄女给我们送来，我们一言为定，好吗？”

孔切塔，这个不知羞耻的女人，对他们的这一个我压根儿不会答应的、包藏祸心的要求居然表现出万分的热情，提高嗓门说：

“明白，明白，明天上午，罗赛塔就会上你们那儿去。有我陪着罗赛塔，你们放心就是了，罗赛塔给你们当厨娘，当女佣人，干你们要她干的事情。放心吧，明天一大早我就把她带到你们那儿。”

这一回，尽管我心里气得要死，但出于谨慎起见，我什么话也没有说。那两个卑鄙无耻的东西还待了一会儿，又喝光了两瓶酒之后，一个抱着一瓶酒，另一个拎着一篮无花果干，顺着来时的小路走了。

等他们走得不见了人影，我马上冲着孔切塔说：

“好哇，你疯了，我还没有死就把我女儿送去给法西斯分子当女佣人啦。”

我没有大声嚷嚷，因为我还希望孔切塔只是表面上同意，免得跟两个法西斯分子搞僵，好让他们心满意足地离开。然而，我明白了，她却一点儿不像我想象的那样气愤，我心里很难受。

“好啦，再说他们也不会把罗赛塔吃掉啦。我的大婶，法西斯分子什么东西都有；他们有酒、他们有肉，他们有豆角。在他们那种地方，整个有甜菜片和小牛肉吃。罗赛塔会像一位女王那样待在那里。”

“你说什么，你发疯了吗？”

“我什么也没有说，我只是说，现在我们是处在战争时期，在战争时期重要的是不要让自己跟强者作对。如今法西斯分子是最厉害的人，就必须跟法西斯分子站在一起，明天也许是英国人最厉害，那我们就跟英国人在一起。”

“可你难道不明白他们要罗赛塔的原因是什么？你没有看见那个卑鄙无耻的东西一个劲儿盯着她的胸脯吗？”

“嗨，那有什么呀！这个男人或那个男人，都会有这种事情的，那有什么关系呢？我们是处在战争时期，要知道，女人们在战争时期眼光不能太狭窄，也不要指望像和平时期那样受到尊重。再说，叫的狗是不咬人的，大婶。秃猴这个人我是知道的，他首先考虑的是填饱肚皮。”

总而言之，事情已经很清楚了，她对秃猴的主意就像对待太阳一样认真对待的。

你给我罗赛塔，我就放过你的儿子。我没有点出她的算盘打错了，如果罗赛塔去当女佣人，更糟糕的是去当法西斯分子的佣人。那她的两个犯罪的儿子就会在自己家里高枕无忧，谁也不会再搜他们。然而，她的儿子的自由是用我的女儿换来的，我也是母亲，我懂得她出于对儿子们的爱会在第二天就把罗赛塔交给法西斯分子，因此抗议已经无济于事，简单地说，逃走才是上策。于是我马上改变了语调，平静地说：

“好吧，我要好好想想，不错，罗赛塔到法西斯分子那里去，正像你说的那样，她会像女王那样生活，可我还是不情愿……”

“这是借口，大婶，应该使自己跟强者在一起，我们是处在战争时期。”

“好吧，今天晚上我们会拿定主意的。”

“你好好考虑，好好想想吧，不着急，我对法西斯分子是了解的，我告诉他们，罗赛塔两三天之内上他们那儿去。他们可以等一等。你要知道什么也不用准备。法西斯分子那儿一切东西都应有尽有。他们有油、有酒、有猪肉、有面粉……在他们那儿，整天不是吃就是喝，你们会长胖，会过得很舒服的。”

“当然，当然。”

“切西拉，这是老天爷把那些法西斯分子派来的，说实在话，我再也接待不起他们了。当然，你付出了代价，但现在是兵荒马乱的年头，东西比钞票有用，再说我的儿子们的这种日子再也不能继续下去了，他们总是东躲西藏的，就像吉卜赛人一样。如今，他们可以安心生活，安心地睡觉和工作了。是的，正是老天爷把那些法西斯分子给我们派来的。”

总而言之，她已经铁了心要牺牲罗赛塔。我也打定了主意，那天晚上我们就逃走。我们四个人，我们母女二人、孔切塔和维钦佐，像往常那样在一起吃饭。因为他们的儿子们在丰迪。我们一回到草房，我立刻对罗赛塔说：

“你别以为我同意了孔切塔，我是假装的，因为跟这类人打交道是没有准儿的，现在我们打点行李，天一蒙蒙亮就离开这儿。”

“妈妈，我们上那儿去呀？”她带着几乎要哭出来的声音问道。

“离开这个罪犯的黑窝，赶紧离开这儿。随便上哪儿都行。”

“那到底上什么地方去？”

我早就打好了主意，我对这次出逃已经细细地考虑过好几遍了，我说道：

“到外祖父那儿去是不可能的了，因为那儿的人都已经撤离了，谁知道他们上哪儿去安身了。我们先去找托马西诺，他是一个好人，我们可以问问他的意见。他对我说起过多次，他的兄弟一家人都在山上，过得不错。他会帮我出主意的。你别害怕，有疼爱你的妈妈在，我们还有些钱，钱就是最好的朋友，是我们唯一可以信赖的。我们会找到一个我们要去的合适地方。”

我让她定下心来，再说她也认识托马西诺，维钦佐耕种的那块土地的主人菲斯塔的兄弟。托马西诺这个人是一个经商的，虽然胆小如鼠，由于迷上了黑市生意和跑买卖，不想上山投奔他的亲戚。他住在山下靠近平原的一间小房子里，挣钱不少，尽管有生命危险，他还是不顾法西斯分子的横行霸道和德国人的搜捕，冒着轰炸和机关枪扫射的危险，继续跑生意，要知道，为了钱，即使胆小的男人也会变成勇敢的好汉。托马西诺就是这种类型的人。

就这样，在烛光下，我们把来到这儿以后用剩的很少的东西装进了箱子，然后，我们和衣躺在茅草堆上，睡了约摸四个小时，罗赛塔由于年轻，睡得死，还想继续睡下去，即使村里的乐队在她耳边奏乐，她大概也醒不过来的。而我没有她那样年轻，睡得不踏实，自从我们逃难出来以后，也由于心情不安和烦恼的缘故，我睡眠很差。当鸡叫头遍的时候，天色还黑，可黎明即将来临；鸡很敏感，先是平原那里的鸡叫了，然后一点点靠近，末了，维钦佐鸡笼里的鸡也叫了起来了。我一骨碌打干草上爬起来，开始摇晃着罗赛塔。我说开始摇晃她，因为她不愿醒过来，尽管我是一个劲儿的叫她，她半醒半睡地带着哭声说：

“干吗，干吗呀！”

她好像忘了我们是在丰迪，是在孔切塔的家里，她好像还在罗马自己的家里似的，在罗马，我们七点钟以前是从不起床的。她终于完全醒了过来，但还抱怨不已。我对她说：

“难道你还想睡到中午，让一个穿黑衬衫的男人弄醒不成！？”

在走出茅屋之前，我从门里探出身子瞧了瞧打谷场，隐隐约约地看到地上摊着晾晒的无花果干。一把椅子，上面放着一只孔切塔忘记拿回的装满玉米棒的篮子。房屋的玫瑰色墙壁已整个地剥落，变得黑乎乎的了。一个人影也没有，于是我把箱子放在我和罗赛塔的头垫上，就像我们来到圣·比阿乔山车站时一样。我们走出茅屋，急速地跑到橘树林之间的小路上。

我知道我要上那儿去，我们离开橘林，走上大路，朝着丰迪平原北边的群山方向走去。这时，天刚蒙蒙亮，我回想起我从罗马逃难出来的那个黎明，不由想道：

“谁知道在回家之前我还会度过多少个这样的黎明。”

整个乡村笼罩着一片灰暗朦胧，灰白色的天空稀疏地散布着几颗黄色的星星，好像不是黎明的曙光就要显露，而是比前一天夜晚稍亮一些的另一个夜晚来临了。露水洒落在忧伤的木然不动的树枝上，洒落在我赤脚踩着的大路和冰凉的碎石上。四周一片冻僵的寂静，但已经不是黑夜的寂静了。只听见脚下响起干巴巴的吱吱嘎嘎的声音和窸窸窣窣的声音。田野渐渐地苏醒了。我走在罗赛塔的前面，眺望着天空四周耸立的群山，山上光秃秃的，夹杂一些棕褐色的斑点，给人一种荒无人烟的感觉。我是在山里长大的。我知道，只要走进山里，我们就会找到可以供耕耘的土地，灌木丛、茅屋、小房子，农民和逃难的难民。我想在那山区将会发生许多事情，但愿都是些好事情，但愿我们会遇上好人，而不是像孔切塔和她一家人那样的坏蛋。何况我们在山里不会待很久，英国人很快就要来了，我就可以返回罗马，返回我的老家和店铺。

这时，太阳升起来了，只是在山峦边沿的后面显露，山峰和四周的天空渐渐染上一片玫瑰色，天空的星星消失了，天空显现出苍白的蓝色。忽然间，在橄榄林的尽头，灰色的树叶之间，太阳升起来了，它像金子般灿烂辉煌，阳光投射到了大路上，尽管它还是微弱的，我却已感到脚下的砂石不是那样冰凉了。阳光使我的心情豁然开朗，我对罗赛塔说：

"谁说有战争，在乡下怎么也不会想到正在打仗。"

罗赛塔还没来得及答话，这时，从大海那边冒出了一架飞机，正以一种说不上的速度冲来。起初，我只听到轰响声，转眼间，就看见飞机从天上朝我们俯冲过来。我赶忙抓住罗赛塔的胳膊，拽着她跳过一条小沟，躲进玉米地里，脸朝下扑倒在玉米穗之间。飞机顺着大路低低地冲过来，在一阵愤怒的、震耳欲聋的响声中掠过，我好像觉得飞机就在我们头顶一样，它飞到大路远处的拐角，绕了一圈，突然在一排松树上方腾空而起，沿着山腰飞着，就像是一只在阳光下移动的苍蝇，远飞而去了。

我紧紧攥着罗赛塔，脸朝下地趴着，但我的目光却盯着大路，那儿有一只小箱子，是我拽着她的胳膊跑的时候，她扔在地上的。我看见飞机贴着地面飞过，砂石路上扬起一股云雾般的尘土，跟飞机一起朝着山峦滚滚而去。当轰鸣声消失之后，我从田里爬了出来，走过去察看，我看到箱子上有许多小孔，大路上到处散落着像我的小指头那么长的黄铜子弹，毫无疑问，这飞机是冲着我们来的，因为大路上除了我们再也没有别的人。我暗暗自语：

"你这该死的东西。"

我心头涌起了一股强烈的仇恨战争的情绪，那个飞行员压根儿不认识我们，也许还是一位跟罗赛塔一样年龄的小伙子，只是因为战争就生出要杀死我们的念头，完全是出于一种恶意，就像一个牵着狗去溜达的打猎者一样，当他偶然地瞄准一棵树的时候，不由想道：

"我一定得打死什么，哪怕是一只麻雀。"

不错，我们俩确实是两只麻雀，被一个无聊至极的猎人瞄准了，如果麻雀掉下死去，他才算放过跟他毫不相干的东西。我们走了一段路程，罗赛塔说道：

"妈妈，你曾经说过，乡下不会有战争的，可是，那个飞机是想打死我们。"

"我的女儿，是我错了，到处都在打仗，乡下跟城里是一模一样的。"

第三章

走了半个多小时，我们来到十字路口，右边有一座跨越溪流的桥，过了桥有一座白色的房子，我知道，托马西诺就住在那儿。我站在桥上，探身望去，看见一位妇女，跪在小溪边的石头上洗衣服，我向她喊道：

“托马西诺住在这儿吗？”

她拧完一件洗好的衣服，回答说：

“是的，他住在这儿。可他现在不在家，今天一清早到丰迪去了。”

“他还回来吗？”

“是的，他要回来的。”

我们只能留下等待，于是我们在桥头的一个石头上坐了下来。我们在阳光下默不作声地坐着，太阳逐渐变得火辣辣的，似乎越明亮了，罗赛塔终于开口问道：

“你说，要是我们到罗马，阿尼娜会让我看到很健壮的帕利诺吗？”

当时我正陷于胡思乱想，一时竟没有明白过她的话来。稍后我才回想起，阿尼娜是我们隔壁房子的看门人，帕利诺是罗赛塔非常喜爱的虎斑猫，逃难之前，罗赛塔把它托付给阿尼娜的。我安慰她说，她会发现帕利诺长得更漂亮更健壮，这是肯定无疑的，因为阿尼娜的兄弟是屠夫，即使是灾荒的年头，他们那些人也永远不会缺肉吃的。她好像从我的话中得到了安慰。重新平静下来，在阳光下半闭上眼睛。我觉得，罗赛塔在这样危险的时刻，竟还会提出这样的问题，原因大概在于，尽管她已经十八岁多了，但就性格来说，她还是个小女孩子，她的这一点特点，在类似的担心中也表现了出来，因为当时我们还不知道那个晚上我们将在什么地方睡觉和我们能不能吃上饭。

在大路的拐角，出现一个男人，一边慢慢走，一边吃着一个橘子。我马上认出他就是托马西诺，他很像是地道的犹太人，长长的脸，一个星期不刮的大胡子，鹰钩鼻子，一双凸出的眼睛，迈着八字步走路。他也认出我来了，因为我曾经是他的顾客，在那两个星期里，我在他那儿买了不少东西。但是，他露出一副怀疑不信任的神气，不搭理我的问候，一面吃着橘子，一面眼睛朝脚底下看，走了过来。待他走到跟前的时候，我马上对他说道：

“托马西诺，我们是从孔切塔的家里来的，现在你应当帮助我们，因为我们不知道该上那儿去好。”

他依靠在桥栏杆上，一只脚蹬在矮墙上，从口袋里掏出另一只橘子，咬了一口，把橘子皮冲着我的脸吐出来，然后说道：

“好说，现在人人都在为自己，只有上帝为大家，你要我怎么帮你呢？”

“你可认识什么山里的农民，留我们住到英国人来？”

“我什么人也不认识，据我所知，所有的房子都住满了，如果你到山里去的话，你会找到什么，一间茅屋，一间草房。”

“不，我一个人不去，你在山里有兄弟，你还认识一些农民，你应当给我介绍一下。”

他冲着我的脸吐出另一块橘子皮，说道：

“我如果是你的话，你知道我会怎么做吗？”

“怎么做呢？”

“回罗马去。这就是我要做的。”

我知道他故意装聋作哑，因为他以为我们是两个可怜的女人。我知道，他这个人除了钱以外，别的什么都不认，没有钱，他是不会为任何人干事的。我从来没有对他说过我带了一大笔钱出来。但现在，我明白，该是让他知道的时候了。对他我还是能够信得过的，因为他的情况跟我差不多。他曾像我一样，是丰迪一家食品店的老板，现在跑黑市买卖，完全像我当初干的那样。总而言之，就像俗话所说，狗不会咬狗的。于是，我毫不犹豫地说：

“罗马我是不去了，因为那里有轰炸和饥荒，火车也断了。我的女儿罗赛塔至今还对轰炸记忆犹新。我决定到山里去，找个落脚的地方。我会付钱的，我还想储备些吃的东西，像酒、扁豆、橘子、奶酪、面粉。总之，各样东西都储备一点。一切都照付现钱，因为我有钱，我差不多有十万里拉。你不想帮助我们，好吧，我会去请别人帮忙的，在丰迪这块地方，不仅仅只有你一个人，还有艾斯波西托，有斯卡利塞，有许多人。罗赛塔，我们走吧。”

我说得干脆利落，我把行李放在头顶垫圈上，罗赛塔也照此行事，我们朝着圣比阿乔山的方向走去。

听到我说有十万里拉，托马西诺睁大双眼，发呆了一会儿。牙齿咬着橘子，随后，他突然吐掉橘子，紧跟在后面追了过来。我因为头顶垫圈上放着箱子，不能转过身子瞧他，只听到他用呼吸急促的、沙哑的声音乞求道：

“等一等，你别走，活见鬼啦，你怎么啦，你停一停，我们好好谈谈。”

我停住脚步。他作了一番解释，我这才同意回去，跟他一起走进一座小房间。他让我们走进底层一间白色的、光裸裸的房间，房间里只有一张带床垫的床，床单乱糟糟的。我们三人在床上坐了下来，他带着几乎是客气的语调说：

“好吧，现在我们来开个你所需要的食品的单子。但我不说大话，因为现在是非常时期，农民们狡猾得很。至于说价钱，你应该相信我，这没什么好讨价还价的，我们不是处在和平时期的罗马，而是战争年代的丰迪。关于山上的住房，我还没有把握。在轰炸之前，房子就都租出去了。今天上午我必须到我兄弟那里去，就是说，你们俩可以跟我上山去，有些事情会顺利解决的，特别是如果作好了立即付钱的准备。关于储备食品，你得给我一个星期的时间，如果你在山上找到了住处，我的兄弟或其他什么逃难者可以借给你，或卖给你一些东西。”

他用实事求是的、通情达理的语调说完这番话，随后，从兜里掏出一个沾满油污，已经撕得所剩无几的记事本子，翻到一页没有写过的白纸，拿出一支不容易抹去字迹的铅笔，把笔头放在嘴里润湿以后，说道：

“那么，我们来看看，你要多少面粉？”

于是，我细致地向他口述一份单子，需要多少面粉，多少黄面，多少食油，多少扁豆，多少羊奶酪，多少猪油，多少香肠，多少橘子，等等，他一项项地记了下来，然后把小本子塞进口袋，走出了房，不一会儿，他拿来了一个圆面包和半段香肠，说道：

“瞧，食品供应开始了……现在你们吃饭，就在这儿等我……一个小时之后我们上山去……这样，我们就不会搞乱。”

我掏出一张一千里拉的票子递给他，他背着光检查了一下，找给我许多张我从来没有见过的破烂不堪的小票子。这都是些在缺钱的农村来回倒手的票子，始终没有机会更新，因为农民不肯把钱存到银行去，而宁愿把它藏在家里的缘故，我把几张钞票退给他，因为他们实在太破烂了，他换了给我，说道：

“这儿有一车这样的钞票，我马上就可以换掉。”

托马西诺把我们留下，临走时说，他很快就回来。我们坐在床上嚼着面包和香肠，默默的不说话，因为我们知道，很快我们就会有落脚的地方，就会有食品了。过了一会儿，不知道什么缘故，其实也只是追随我的思路而已，我说道：

“罗赛塔，你瞧，钱这个东西意味着什么吗？”

她回答说：

“妈妈，圣母在帮助我们，我知道的，她会永远帮助我们。”

我不敢驳斥她，因为我知道她是非常相信宗教的，她每天早上起身以后和晚上入睡前都在祈祷，这是我按照家乡的规矩给予她这种教育的。但是我又不由得想道，如果事情果然如此，那么，圣母的帮助就有点奇怪了，因为是金钱迫使托马西诺答应帮助我们的，但这钱是我利用战争和饥荒，做黑市生意赚来的，也许圣母是喜欢战争和饥荒的，但这是为什么呢？难道是为了惩罚我们的罪过吗？

吃过了面包和香肠，我们躺在托马西诺肮脏不堪的床单上，睡了也许半个小时，由于是大白天的缘故，睡意早就没有了，只觉得脑袋昏昏沉沉的，好比空肚子喝了酒一样，当我们还在睡的时候，托马西诺回来了，走过来用手拍拍我的面孔，兴高采烈地说：

“醒醒，醒醒吧，上路了。”

他非常兴奋，看得出来，他提先尝到了占我们便宜的乐趣了。我们从床上起来，跟随他走出屋外，在桥前的空地上，有一头非常瘦小的、灰色的驴子，就是人们称为的撒丁种驴子。这可怜的牲口，脊背上已经载上了托马西诺捆好的我们的行李。我们就这样上路了。托马西诺勒紧拴驴子的缰绳，手握柳条鞭子，浑身上下城里人打扮，黑色的帽子，黑色的上衣，黑色的裤子，笔挺的，但没有打领带，脚上穿着一双士兵靴子，黄牛皮的，但都沾上了泥巴，我们俩跟在后面。

前面是群山，我们沿着一座山峦的山脚转上了一条离开大路的崎岖小径，这条小径弯弯地盘旋而上，坑坑洼洼的，布满石子和尘土，两边是黑莓篱笆，我们开始上山，很快来到了两座山峦之间的一座狭小的山谷，它像个漏斗，越走越狭小，我们抬头望去，只见它的尽头在山顶的天空下，夹在两座石峰之间，仅有一步之宽。你们相信吗？当我的脚踩在崎岖山路的石子、牲口的干屎和土坑的时候，我体验到了一种兴奋的感觉。我原是山区的女农民，像这样的崎岖小路我已经走过不知多少次了，上上下下一直走到十六岁。如今我的脚又踩上这崎岖山路，使我终于又重新找到了我所熟悉的某种东西，就好比我的父母亲虽然不在人世了，但我至少重新找到了他们抚养我长大的地方，我默默想道，在此之前，我们生活在平原，那儿的人虚伪、龌龊、卑鄙、不守信义，可现在，走在这条满是石头子和驴屎的尘土飞扬，陡峭的崎岖山路上，我又重新找到了我的山和我的人。我的这些想法都没有告诉托马西诺，首先是因为他无法理解我，其次因为他是平原上的人，长着一副犹太人的嘴脸，一个地地道道的见了钱要发狂的家伙。我们走过一片长着许多紫红色仙客来花的漂亮的篱笆墙的时候，我悄悄地对罗赛塔说：

“你摘些仙客来花，做个花环，把它戴在头上，会很好看的。”

我突然回忆起，我是小姑娘的时候就是这么做的。我摘下我们乔恰里亚姑娘叫做仙客来的花，编织小花环，把它们戴在耳朵上，头发之间，然后我就会觉得自己漂亮无比了。于是罗赛塔听从了我的建议，在我们停了下来喘口气的时候，她摘了一束花，又给了我一束，我们把花戴在头上。我瞧着惊奇地望着我们的托马西诺，笑嘻嘻地对他说：

“我们是为了要搬进新屋才打扮得漂亮点的。”

然而，他一点儿也不笑，一双眼盯着鬼知道什么地方，一门心思盘算着他想要卖出和买进的货物，盘算着赢利和亏损。他是一个地地道道的做黑市买卖的人，而且是平原上的黑市商人。

山路先是打河谷入口处的一排房屋前面穿过，然后，折向左边，顺着山腰的丛林走去。小路曲曲弯弯地缓慢地上升，不时碰到需要攀登的山口，我一点儿也不觉得吃力，因为我出生之后便练就了一双能够登山越岭的脚板，这两条腿马上本能地习惯了缓慢而有节奏地爬山，既不会喘大气，也不会心跳。相反，罗赛塔是罗马人，托马西诺是生活在平原的人，他们不时要停下来喘喘气。随着山路的升高，渐渐显露出山谷或者说裂口，它还称不上是山谷，因为它太狭窄了。漫长的梯形小路，最底层的阶梯最宽，山顶的阶梯最窄。这些阶梯就是梯田，我们乔恰里亚人叫做干垒地，它们是许多一道道细长的肥沃土地，每一片地用石头垒成的矮墙支撑住。在这些细长的梯田上种植的东西什么都有，麦子、土豆、玉米、蔬菜、亚麻。另外在农作物之间，还见缝插针地栽植了果树。我对梯田是很熟悉的，我当姑娘的时候，就像一头牲口那样，头顶一筐又一筐石头，去修筑梯田的矮墙，在连接各块梯田的陡峭石级上跑上跑下，我也早已习以为常。这些梯田的造成需要付出巨大的辛劳，因为农民必须开垦山坡，砍掉树木，用双手把石头一块块地运上去，在土地上一道道垒成石墙。一旦梯田筑好了，生活对你来说就有了保障，它们赐给你一切必需的东西，换句话说，你就什么东西也用不着购买了。

我们沿着崎岖的山路走了不知有多长的时间，像流浪汉那样，先沿着山谷左边攀登了好长一会儿，然后过了山谷，从右边继续登山。现在我们可以看到整个山谷，盘旋而上直到天空，梯田的大台阶终止的地方，黑乎乎一片的丛林带开始了，丛林带随后逐渐变得稀疏了，许多树木散布在光秃秃的山腰上。

最后，树木也没有了，除了通向蓝天的白色碎石堆之外，什么也见不到了，就在山腰下面，有一簇绿色草木伸展出来，草木中隐约可见一些红色的峭壁。托马西诺告诉我们说，在这些峭壁当中，有一个很深的山洞，许多年前，山洞里藏着一个丰迪有名的牧人，他放火活活烧死了住在茅屋里的他的未婚妻，后来逃到大山的另一边结了婚，膝下有了一群子子孙孙，末了，当人们发现他的时候，他已经是一个老头了，一个当上了父亲、岳父和祖父，受到大家尊重的白胡子老头。托马西诺还说，在山腰的那一边是乔恰里亚山峦群，其中就有一座仙女山。我回忆我还是小女孩的时候，我常常梦见这座山，并且常常问我的母亲，山上可当真住着仙女，她总是回答我说，仙女是不存在的，人们这样称呼这座山，其实也没有什么原因的，但我始终不相信她的这番话。如今，我已是成年人，并且有一个长大的女儿，我真恨不得问问托马西诺，为什么这座山取这样的名字，是不是从前仙女们确实在这儿待过。

在崎岖山路的转弯处，也就是在一块梯田上，终于见到了一头套着犁铧的白公牛，一名庄稼汉赶着牛在细长的梯田上犁地。托马西诺马上用手放在嘴边做成喇叭形，大声喊道：

“喂！帕利德！”

庄稼汉推着犁往前又走了一会儿，然后停了下来，不慌不忙地朝我们走过来。

这是一位个头不大，但身材匀称的男人，长得很像乔恰里亚地方的人，圆圆的脑袋，低低的额头，小小的、弯曲的鹰嘴鼻子，厚厚的颌骨，嘴巴的形状就像把刀子，好像从来不会张嘴笑似的。托马西诺指着我们，对他说：

“噢，帕利德，这是两位罗马女士，她们要在山区找个住的地方……住到英国人来，当然，这也住不了多少日子。”

帕利德摘下黑帽子，毫无表情地望着我们，就像眼花缭乱而呆头呆脑的老农，他们长年累月地孤身一人，只跟牛、犁头、垄沟打交道。然后，他无精打采、慢条斯理地说，眼下没有什么房子了，那些为数不多的房子都租出去了。总之，他不知道有什么地方可以让我们落脚的，罗赛塔马上流露出愁眉苦脸的样子，但我很平静，因为我口袋里有钱，我知道有钱能使鬼推磨的道理。事实上，这时，托马西诺用几乎是强硬的语气对他说道：

“喂，帕利德，我们把话说明白，她们是付钱的……她们不想占任何人一点便宜，他们付现钱。”

帕利德搔搔脑袋，低下头来，他说挨着他的房子有一间他用来放织布机的屋子，如果我们确实住的日子不多，可以在那里安身。托马西诺马上接嘴说：

“你瞧，屋子就有现成的，……别再小里小气了……，好吧，帕利德，你回去干你的活……，由我负责把她们介绍给你的妻子。”

帕利德关照了几句，回去犁他的地了。我们继续登山。

终于没有多少路了。又走了一刻钟左右，我们瞧见在一块梯田的平面上有三座呈半圆形的小屋子。它们都是只有二间房的小屋子，背靠斜坡；农民们造这些屋子，常常是不请任何建筑工帮忙，农民们在这些小屋子里只是睡觉，而且，他们或者在田野劳动，或者在下雨或者吃饭的时候，就待在比这些小屋子还简易的茅屋里，他们只需要用一个晚上的时间就可以造一座茅屋，砌上石头矮墙，屋顶铺上茅草就大功告成了。事实上，这些小屋周围，还有许多茅屋，几乎组成了一个小村庄了。有些屋子冒着青烟，说明主人正在做饭，另外一些屋子似乎是晚间关牲口的地方。人们在梯田狭窄的空地上，在小屋子和茅屋之间，来回走动。

我们来到了小屋子和茅屋之间的空地，看到一群人在露天，几乎是在梯田边缘的一棵无花果树的树荫下面，忙乎着安排餐桌。他们在桌布上摆好了盘子和酒杯，现在又忙着搬来当凳子坐的大木头树桩。他们当中的一个人刚一看见我们，马上过来向托马西诺打招呼说：

“你来得正是时候，上桌吧。”

他是托马西诺的兄弟菲力波，我从未见到过差别这样悬殊的兄弟俩。托马西诺小心谨慎，沉默寡言，性格内向甚至有点忧郁，总是低着脑袋咬指甲，一面盘算着挣钱。而菲力波则开朗豪爽，热情奔放，他像托马西诺一样是店老板，只是托马西诺开了个食品店，他却经营一爿大百货店，什么都卖一点，他是个小个子男人，脖子很短，脑袋就固定在没有脖子的非常宽阔的肩膀上面，活像一口倒扣的锅，顶端狭窄，底部宽阔，鼻子长得像鸟儿的嘴巴，两条腿短短的，上身鼓鼓的，胸脯突出，肚子有点隆起，以至裤子的皮带束在肚子下面，使人觉得他每动一下裤子就要掉下来似的。菲力波听说我们是逃难来的，将跟他们住在一起，我们有钱，原先是开铺子的(这一切都是托马西诺悄悄地，就像自言自语一样告诉他的)，便差一点儿扑过来搂着我们的脖子，说道：

“现在你们跟我们一起上桌，……我们做了面条和扁豆，你们没有食品，就跟我们一起吃，先吃我们的，何况以后英国人来了，他们会带来一切的，那时候东西就会很丰盛了。要什么有什么，现在最要紧的是吃饱饭和快快活活地活着。”

他兴奋的走来走去，围着桌子向我们介绍他的女儿，一个棕褐色皮肤的姑娘，甜甜的又带着点忧伤，他的儿子是一个矮个儿年轻人，但双肩宽阔，有点驼背，使人几乎认为他是罗锅，其实并不是，皮肤黝黑，戴着一副深度近视眼镜，曾经当过大夫，至少他父亲是这么说的。

“我来向你们介绍我的儿子米凯莱，他是大夫。”

然后，他又向我们介绍他的妻子，一个脸孔苍白得可怕，两只眼睛发青的女人，胸脯臃肿肥大，犯有哮喘病。依我看，她还患有恐惧症，好像是个病人。正像方才我说过的，菲力波知道我在罗马开了店铺，马上变得热情非凡和亲切得很了，在询问我是否有钱，并且知道了我确实有钱之后，便向我透露，他裤兜里也有一大笔数目的钱，即使是英国人晚来一年，这笔钱也够他花了。他用信任的口吻对我说话，就像老板对老板那么平等相待，我重又感到安下心来了。但我还不知道，正如他也不会知道一样，在战争的年代里，那一大笔钱会逐渐贬值，最后这些原先够维持一年家庭生活的钱，竟然只能维持一个月的生计。菲力波还说：

“我们生活在这儿直到英国人到来，现在我们有吃有喝，什么也不用操心，……英国人来了，会重新开始丰衣足食的生活，我们这些生意人马上开始经营商店，就好像什么也没有发生过一样。”

我提出不同的看法，或者说，为了随便讲点什么话，我说，可能会出现这样的情况，英国人来不了，而德国人却打赢了战争，他忙说道：

“这跟我们有什么关系？德国人和英国人是一回事，要紧的是要有一方确实得胜……对我们来说只有店铺才是至关重要的。”

他说这番话的时候，口气十分肯定，放大了嗓门，他的儿子独自坐在梯田边上，一面望着丰迪的景色，一面像条水蛇似的扭转过身子，说道：

“对你来说也许不重要，……但对我来说，如果德国人来了，我就自杀。”

他一本正经地说着，我惊奇地问道：

“德国人对你怎么啦？”

他斜着眼睛望着我说道：

“对于我个人，没有怎么着，……可是如果有人对你说，喂，你把这条毒蛇拿到家里去亲亲密密地对待他，你会怎么说呢？”

我愣了一会儿，回答说：

“嘿，把一条毒蛇拿到家里去，我可不干。”

“为什么？那条蛇至今还没有对你造成什么伤害，不是吗？”

“是的，但要知道，毒蛇迟早会咬人的。”

“对，道理是一样的，尽管德国人没有把我个人怎么样，可我知道，德国人，或者说法西斯分子，总有一天会像毒蛇那样咬人的。”

这时，一直不耐烦地听我们谈话的菲力波开始嚷嚷起来。

“上桌，上桌，……让德国人、英国人都见鬼去，……上桌吧，有汤菜。”

他的儿子也许认为我是个乡下女人，不愿意跟我多费口舌，他也像其他人那样朝桌子走来。

这是什么样的午餐啊？只要我活在世上，我便会一直记着它，多少是因为那地方的古怪，多少是因为午餐的丰盛。这地方很怪，一张长而窄的桌子，架在长而窄的梯田上，我们的脚下是梯田的层层大阶梯，一直延伸到丰迪山谷，我们的四周青山环绕；我们的头上是九月阳光普照的蓝色天空，阳光柔和而温暖。桌子上是丰盛的菜肴，盘子里摆满了香肠和火腿，山里的奶酪，自家烤的面包，新鲜的泡菜，熟鸡蛋，黄油，大盘里盛得满满的面汤和扁豆，菲力波的女儿、母亲和妻子把菜从烧饭的茅屋里一道道端上桌子，还有装在用草包着的长颈大肚酒瓶里面的酒，甚至还有一瓶香槟。总而言之，见到眼前这个场面，谁也不会想到，山区还有饥荒，一个鸡蛋值八个里拉，在罗马有人死于饥饿。菲力波搓着手围着桌子转悠，脸上流露出满意的神情。他重复说道：

“大伙儿吃吧，喝吧，英国人就要来了，富裕日子就要回来了。”

我真不知道他怎么会产生这种英国人会带来富裕日子的想法。然而，山里所有的人都这么相信，并且一个个都这么说，我想他们的这种信念是来自广播，因为有人对我说过，有一个会说意大利语的英国人，意大利语说得像意大利人一样地道，他每天在广播里反反复复地宣传，一旦英国人来了，我们所有的人都会富得流油。

行了，把汤盛在碗里后，我们入席了。我们一共多少人呢？有菲力波、他的妻子和两个儿子；有帕利德和他的妻子卢依莎，一个长着一头金色卷发的小个子女人，天蓝色的眼睛，一副笑里藏刀的表情，他们的小男孩多那托；还有托马西诺和他的妻子，一个细高挑，脸上长着点胡子，表情粗鲁的女人，女儿的脸孔像母亲，但表情温柔，长着一双棕黑色的眼珠；另外还有四五个穿着褴褛的男人，留着长胡子，我知道他们是丰迪人，他们是逃难来到山上的，他们总是围着菲力波转，好像把他当作他们的头头似的。所有人都是被菲力波邀请来庆贺他的结婚纪念日的；不过，这是我后来才得知的。我逐渐有了这样的印象，菲力波好像有多得享用不尽的食品，他每天都邀请当地的居民来做客。

我们至少吃了三个小时，这一点儿也不夸张。我们先喝面片、青豆汤，面片很清淡，都是鸡蛋做的，黄澄澄的像金子一般，豆子的质量非常好，白颜色，很嫩，颗粒也大，像黄油一样放到嘴里就化了。每人都喝两三盘满满的面片豆汤，因为味道鲜美。冷盘有山里带咸味的开胃的火腿、家庭香肠、熟鸡蛋、泡菜。用完冷盘，妇女们急忙去几步路外的茅屋，出来时每人端来了一盘切得整整齐齐的、雪白鲜嫩的、质量一流的小牛肉。前一天，附近有人宰了头小牛，菲力波买了好几公斤。小牛肉之后，是切成小块的羊肉，鲜嫩美味，浇了酸甜的白色调味汁。然后我们品尝羊奶酪，硬得像石头一样，带点辣味，专门下酒吃的。然后是水果，有橘子、无花果、葡萄、干果。还有甜食，是的，还有甜食，是用菊花、糖、面粉和在一起放在炉子上烤的。最后，我们边喝香槟酒，边吃一些饼干，菲力波的女儿从小屋子里拿来整整一盒饼干。

我们喝了多少酒呢？我想每个人平均至少喝了一公升，当然，有人喝了一公升多，有人喝了还不到四分之一公升，譬如罗赛塔，她是从来不喝酒的。餐桌上的欢乐气氛是难以形容的，所有的人吃着，喝着，谈论的也全离不开吃和喝，也就是说，谈论正在吃的喝的东西，或者过去吃过的和喝过的东西，对这些丰迪人来说，也像我的家乡人一样，吃和喝是如此重要，就如罗马人购买汽车和帕里奥利[①]的房产一样，他们当中谁个吃得少和喝得不多，便是一个穷人。于是，谁要是想被人看成是一位绅士，就超量的吃和喝，他们知道，这是能够受到别人赞赏的唯一方式。

我靠在菲力波妻子的旁边坐着，这是位脸色苍白的女人，胸脯宽阔，我曾说过她像个有病的女人。这可怜的女人并不快活，因为看得出来，她身体不好，但她还是向我夸耀平时她家里储藏的吃的东西。

“每天从不少于四十个鸡蛋和六份火腿，同样数量的香肠和奶酪，……至少十二份猪头肉、猪油，我们吃得很多，有一天，我打了一个嗝，一块猪油从胃里一个劲儿地

① 罗马的豪华住宅区。

往上翻，便从嘴里冒出来，就好像我有了第二条舌头似的，不过这舌头是白颜色的。”

我重复了一遍这些话，是因为她就是这样对我说的，完全是为了想给我留下深刻的印象。总而言之，他们这些乡下人，还不知道什么叫真正的绅士，那些城里的绅士吃得不多，相反，吃得少极了，特别是女士。他们的富有是购置家产，体现在欢乐的生活和讲究的衣着上。而这里的情形正相反，他们穿得一个个像叫花子，然而，他们为自己享用鸡蛋、猪油而骄傲，就像罗马的太太们为他们的丝绸礼服而感到骄傲一样。

菲力波喝得比大家都多，其原因正如他向我们宣布的那样，这是他的结婚纪念日，还有点因为他有这种嗜好，后来我不止一次发现他整天眼睛闪闪发光，鼻子发红，哪怕是上午九点钟也是这样。会餐进行到一半的时候，也许是因为醉了，他吐露了真心话：

“我对你们实说吧，战争对于傻瓜蛋来说才是不好的，但对其他人来说，不是如此，你们可知道我想在我的店铺的收款柜台上写什么吗？‘这里没有傻瓜’。在那不勒斯，人家也是这么说的，我们这些人也这么说，这是百分之百的真理。我不是傻瓜蛋，我永远也不是傻瓜，因为在这个世界上只有两种人，傻瓜蛋和狡猾的人，谁都不愿意属于第一种人。所有的人都明白这个道理，所有的人都把眼睛睁得大大的。所谓傻瓜蛋，是那些相信报纸上所登的东西，上缴税款，当兵打仗，或许因此送命的人。而狡猾的人呢，唉，狡猾的人正好相反，就是这么回事。现在这个年头，谁是傻瓜谁就完蛋，谁狡猾谁就得救，谁是傻瓜就只能越来越傻，谁狡猾就越来越狡猾。你们知道这样的俗话吗？宁愿当活驴子，也不当死大夫。还有一句，俗话说，宁愿今天吃鸡蛋，也不愿明天吃母鸡；还有一句，胆小鬼才许诺和信守谎言。我再进一步说，从今以后，这个世界上再也不会有傻瓜蛋的位置，谁也不会甘心当傻瓜蛋，哪怕一天也不会，从今以后，人人都争当滑头，成为非常狡猾的人，成为狡猾透顶的人。因为这年头充满危险。你只要伸出一只指头，人家就会揪住你的一只胳膊，不妨瞧一瞧可怜的墨索里尼的遭遇，他自以为派兵到法国去打仗，只是伸出一只指头的小事，谁知道却遭到全世界的反对，丢了一只胳膊，如今更是输得精光，不管他乐意不乐意，他只能当傻瓜蛋，而他是一心想干狡猾勾当的。你们注意听着，政府走马灯似的换来换去，他们用旁人的性命当赌注去打仗，然后又搞和平，然后再干他们想干的勾当，而唯一有价值的东西和永远不变的就是店铺。德国人来也好，英国人来也好，俄国人来也好，对我们这些开店铺的人来说，首先要考虑的就是店铺，如果店铺顺利，一切都顺利。”

他说这一番话是特别费劲的，因为讲到最后，他的额头和脑门已经是大汗淋淋，他一口气把杯子里的酒饮干，用手巾擦干脸上的汗水。正像我说过的，那些逃难人都把他奉为头头，他的一番话很快就得到了他们热情的称赞，因为他们靠他吃饭，他们这些饿得要死的骗子和谄媚、奉承的小人想以此来感谢他。

“万岁，菲力波，万岁，店铺！”一个人喊道。

另外一个人冷笑了一声，说道：

“你还可以说，店铺是永远不会变的，不管发生多少多少事，但是店铺会照样开下去，你总是生意兴隆，菲力波。”

第三个人有点犹豫不定，但自以为懂得很多，说道：

“德国人来也好，英国人来也好，都好说，但不要说让俄国人来吧！菲力波。”

“那为什么呢？”他问道，由于喝得太多了，看得出来，他已经不太清醒了。

“因为俄国人不让你开店做买卖，菲力波，你不知道这些吗？俄国人，他们首先就跟开店的人作对。”

“王八蛋。”菲力波平静地慢悠悠地说着，一面从瓶子里斟酒，怀着深情望着杯子里逐渐升起的酒。

这时，第四个人喊了起来：

“菲力波，你真了不起，你说得有道理，谁也不是傻瓜，这是肯定的，你一言道出了真理。”

正当大伙儿为这句大实话大笑的时候，突然，菲力波的儿子站了起来，板起脸孔，说道：

“这儿谁都不是傻瓜，除了我。我是傻瓜。”

顿时，鸦雀无声，所有的人面面相觑。

过了一会儿，菲力波的儿子继续说道：

“由于傻瓜跟狡猾的人在一起很不自在，所以请你们原谅，我想离开这里去散散步。”

有人朝他大嚷了起来：

“哎呀，你干吗生这么大的气，谁也没有认为你是个傻瓜。”

他移开凳子，沿着梯田慢慢地朝远处走去。

所有的人都转过身来，望着他朝远处走去，菲力波醉得太厉害了，他朝儿子离去的方向举起酒杯说道：

“为你的健康干杯，……一个家里至少还要有一个傻瓜，这不是坏事。”

大家望着自以为狡猾的父亲为自称是傻瓜的儿子的健康干杯，不禁哄堂大笑了，更好笑的是菲力波提高嗓门，喊道：

“你尽可以当傻瓜蛋，因为家里有我当狡猾的人。”

有人插嘴说：

“一点儿也不错，菲力波干活挣钱，儿子却把时间用在读书上，两耳不闻窗外事。”

但是菲力波终究还是为这个儿子跟他如此不一样，如此有教养而感到骄傲。稍停一会儿，他把鼻子尖离开酒杯，说道：

“但话又说回来，我的儿子的确是一位理想主义者，……可在这个年头，一个理想主义者算什么？一个傻瓜蛋，也许这不是他的过错，是迫不得已的，可终究是一个傻瓜。”

下午时分，太阳已经躲藏到山背后去了，客人们终于从座位上站起身来，男人们到菲力波的小房子里去打牌，农民们回去干活，我们这些妇女开始收拾桌子。我们在井边一个大盆子里洗餐具，洗了一堆盘子，我就把它们拿进菲力波的屋子里，他的家住在小房子群的中间，这是一幢二层楼的小房子，外面有一座通向二层楼的楼梯。我走进屋子的时候，吃了一惊，只见菲力波和他的朋友们坐在屋子中间的地上，头上戴着帽子，手里拿着纸牌，正在玩纸牌游戏，所有的人围坐成一团，屋子里没有家具，只有卷起来靠在角落里的床垫，还有许多个麻袋，这些麻袋究竟有多少个我也说不清楚，我必须承认，有好几个里面装的是食品。菲力波确实在实现他的主张，他的所作所为，像个狡猾人，绝不是傻瓜，还有不少袋子装着鲜花，都沾满了白面粉，还有的装了黄色的玉米面粉，还有小一点的袋子，好像装的是芸豆、鹰嘴豆、兵豆、豌豆，还堆放着不少大盆子，西红柿罐头，窗口挂着一对火腿，麻袋上面放着一些硬乳酪。我瞧见还有许多纸遮盖着的瓶子，装满了猪油、豆油、一对装酒的坛子，一些自家腌的香肠盘成花环的样子，吊在天花板上。总而言之，屋子里面简直是一个食品基地，因为只要有面粉、油、西红柿，再坏的情况，总是能够做出一盘面条来的。正如我前面说的，菲力波和他那一伙在屋子中间玩着纸牌，半裸着身子，背靠背地盘腿坐在床垫上面。正在玩牌的菲力波，看见我走进房间，眼皮也不抬一下，说道：

“切西拉，你瞧，我们在这儿过得多舒服……，你让帕利德带你去看看你的房间，……你会发现，你们在这儿会待得像教皇一样。”

我二话没有说，把盘子放在地上，走出去找帕利德落实房间的事情。

我找到帕利德，他在茅屋附近劈木柴。我马上告诉他，我一切准备好了，请他带我看看他答应租给我的房间。他的一只穿着便鞋的脚踩在木桩上，手里握着斧头，从黑帽子下面探出脑袋，听完我的话，说道：

“这样吧，托马西诺发过话了，但在这儿真正发号施令的是我，……我最初答应过你，但现在我得重新考虑，我担心的是那间小房间，我不能给你，……卢依莎整天都在织布机上干活，她干活的时候，你们怎么办呢？……你们总不能待在地里吧！”

我心里清楚，他作为一个地地道道地庄稼汉对我还不够相信，于是我从兜里抽出一张五百里拉的钞票，递给他说：

“你怕我们不付钱给你吗？……这是五百里拉，我先让你存起来，我离开的时候，我们再结账。”

他默不作声地接过了钞票，不过他是以一种特殊的方式接过钞票的，我正想形容一下这种方式，因为对于我们了解山区农民的思维方式很有好处。不管怎么说，他收下了钱。他用两只手把钞票高高举起，察看了半天，带着一种仔细而又不好意思的欣赏表情，好像钞票是一种奇怪的东西一样，翻过来翻过去地看。总之，我瞧着他手里捧着钱的这些动作，我明白了，他们很少见过钞票，因为所有那些对他有用的东西都是在家里做的，包括衣服，他们手头的那一点儿钱都用来做木柴生意，他们冬天把木柴运到山谷地区和城里出售。因此，对于他们来说，钞票是一种稀有而宝贵的东西，几乎是一种比钱更厉害的东西，也就是上帝了，实际上，这些山区的农民，我和他们一起生活了很长的时间，他们确实不是笃信宗教的信徒，也不是热衷迷信的人，对于他们来说，最重要的东西是钞票，一方面是因为他们缺少钞票，很少见到钞票，另一方面因为对于他们来说，有钞票就有好的东西，他们至少是这样想的，我作为商店老板自然不能说他们错了。

帕利德把我的钞票察看了好长一阵子之后，说道：

“好吧，如果织布机的噪音对你无所谓的话，你可以在小房间里住下来。”

我跟随他来到他的小房子，它坐落在镇的左侧，像所有其他的小房子一样，紧挨着梯田的支撑墙。这是一座二层楼的小房子，紧挨着它是以山岩为支撑墙的一间小屋，屋顶盖着小瓦片，有一扇小门和一扇没有玻璃的窗户。

进屋之后，我发现正像他预先告诉我的那样，织布机占据了房间的一半。这是一台陈旧的老式木料织布机。房间的另一半摆着一张农村常用的床，我是想说，这是带着木板的两个铁架子，床上放着一个装满干玉米叶的大袋子。人待在这个歪斜天花板下的小房间里很不自在，房间的尽头是光秃秃的粗糙的岩石墙，墙上布满了蜘蛛网和潮湿的霉斑，我低头打量，地上既没有铺砖，也没有铺石子，而是泥地，就像置身在牲口棚里一样。帕利德搔搔头皮，说道：

“这就是房间，你们合计一下。能不能安下身来。”

在我身后的罗塞塔用略带恐惧的声音说道：

“妈妈，我们必须睡在这儿吗？”

我马上反驳她：

“在饥荒的年头，野豌豆也可以当面包吃。”

我朝帕利德转过身去，说道：

“我们没有带床单，能借给我们吗？”

他开始讲起价钱，他不肯借床单，说什么这是他老婆的陪嫁。最后，我们说妥了我付给他这些床上用品的租金。但他没有毯子，便答应把他的黑色大披风当作毯子借给我们，当然也是要付租金的，所有其他的东西也是这样，打水洗脸的铜盆、陶瓷餐具，毛巾，甚至答应借的一张我们至少可以轮流坐的板凳。这一切都是费了九牛二虎之力才跟他谈妥的，也都是在我保证对每一样东西付一笔租金之后才得到的。最后，我问他在什么地方可以做饭，他回答说，我们可以在茅屋里做，他们也在那里做饭。于是我说道：

“那么我们去看看这个茅屋，这样我好有个印象。”

我随他来到了茅屋，我马上就产生这样的印象，茅屋坐落在梯田下面的低洼处，这是一间以石头为地基，盖在梯田矮墙上的茅屋，像一条底朝天的船，屋顶上铺着茅草，我很熟悉这样的茅屋，在我的老家，人们把它当作安置农具和牲口的地方，卖力气干用一天时间就可以盖起来。首先砌墙，把粗粗地敲打整齐的大石块垒起来，互相咬住，不用石灰，在椭圆形墙壁的两端捆绑起两根叉形大梁，上面再架上一根长檩条，最后层层铺上厚厚的扎成葡萄藤形的麦秸，窗户是没有的，门是用两块直立的石头垒成边框，再横摆上一块石头当作下楣，门很矮，所以人进屋的时候，不得不低头弯腰。帕利德的茅屋跟我家乡的那些茅屋很像，门旁边用钉子挂着一只木桶，桶里盛满了水，放了一把长勺。进屋之前，帕利德拿起长勺喝水，然后递给我，我也喝了。我们走进了茅屋，我眼前突然一片昏黑，什么也看不见，因为正像我介绍过的，屋里没有窗户，帕利德把身后的小门关上了，他点上了油灯，我这才慢慢地开始看得见屋里的情况，脚下是踩实的泥地，当中搁着一个快要熄灭的炉子，炉子的铁三脚架上放了一个乌黑的深底圆锅。我举目环视，慢慢看见黑暗中吊着的编成花环状的小香肠，准备熏烤的猪血香肠，还有无数垂悬的煤烟子，黑漆漆的，飘飘荡荡，让人联想起圣诞树的装饰，不过这圣诞树倒更像是家里死了人表示哀悼的装饰树。炉子周围堆了许许多多木柴，我在一片木柴上坐下，惊奇地发现一个老太婆，她的的确确非常苍老，一张老脸像是下沉的月亮，隐隐约约可见鼻子，……老太婆孤孤单单地坐在暗处用梭子纺线。这是帕利德的母亲，向我表示欢迎：

“好样的，你坐下，他们告诉我，你是住在罗马的一位夫人，……唉，这地方不是罗马的客厅，而是茅草屋，……不过，你应该高兴……，你过来，请坐下。”

说实在的，我一点儿也不想一屁股坐在这么狭窄的一片木架上，我几乎想脱口而出的问她什么地方有凳子，但是我忍住了，后来我才发现，茅屋里是从来没有凳子的，他们把凳子放家里，看成是不轻易使用的奢侈品，每当过节，结婚纪念日或者办丧事的时候，才拿出来使用；为了避免损坏，他们把凳子倒翻过来，像火腿一样悬挂在天花板上。正巧有一天我去帕利德家里，刚走进屋，额头便撞上了一张凳子，我暗自想道，我敢情真是跟一群土里土气的乡下人为伍了。

得了，现在茅屋里的一切在油灯下都看得见了，我只能说，这里确实是牲口待的地方。冰冷而阴暗，泥巴地，石头矮墙，布满煤烟的乌黑的茅草屋顶。满屋子都是从那个快要灭火的炉子散发出来的烟雾，也许是木柴潮湿；也许是没有窗户的缘故，这些烟雾滞留在屋子里，非常吃力地、缓慢地、一点一点从屋顶渗透出去，不一会儿工夫，熏得罗赛塔和我开始咳嗽和流起眼泪来了。

与此同时，我发现老太婆宽大的裙子边蜷伏着一条几乎是隐藏着的样子难看的狗，一只半脱毛的老猫。不可思议的是，这两只可怜的畜生，也在流着眼泪，就像个基督徒，由于呛鼻的烟雾，一动不动地流泪，瞪大眼睛，表示它们已经习惯。我从来讨厌脏东西，事实上，我罗马的家虽然简朴，但是就它的清洁而言，就像一面镜子。所以，当我看到这种样子的茅屋，我的心就揪紧了，我想，从今以后，罗赛塔和我，将不得不在这里面做饭，吃饭和生活，活像两头山羊或者绵羊。想着想着，我提高嗓门说道：

“幸运的是，我们在这儿只住到英国人来，没有多少天。”

帕利德说道：

“为什么，你莫非不喜欢茅屋吗？”

我回答说：

“在我的老家，茅屋只是牲口待的地方。”

后来，我发现帕利德是属于一个好奇心重、缺乏爱心、麻木不仁的人，他扮出一副奇怪的笑容，说道：

“正相反，这儿都住着基督徒。”

老太婆用像知了一样沙哑的嗓音插嘴道：

“你不喜欢茅草屋，好吧，那总比待在露天好，你知道有多少在俄国当兵的可怜人，山里那些妇女的丈夫，都在想方设法回来，以求在这样的茅屋里度过一生，可是，他们回不来了，他们全都会被打死，并且得不到基督徒式的安葬，因为俄国人既不知道耶稣，也不知道圣母。”

我对这种不吉利的预言感到惊奇，帕利德却笑笑说：

“我的母亲把一切都看得很丑恶，因为她老了，整天孤单单地待着，再说她还耳聋。”

于是他大声地嚷道：

“妈，谁告诉你，他们不再回来了？他们肯定会回来的，只是时间的问题。”

老太婆嘟嘟囔囔地说：

“不仅他们回不来了，连我们这些山里人也会被飞机炸死的。”

帕利德又笑了起来，就像她说的是笑话一样，但我却被她这番话吓住了。我匆忙说道：

“好吧，我们过会儿见，……再见。”

老太婆用她那不吉利的声音说：

“一会儿见，你别急，你不会很快回罗马的，也许你再也回不去了。”

走出茅屋之后，帕利德痛快地笑了起来，但我心里却想，这没有什么可笑的，而且，我还情不自禁地默默地念着驱邪的咒语。

那天下午，我去打扫那间放着我们床的小屋子，我不知道我们会不会在这儿待很久。我先扫地，把长年累月堆在光裸的泥地上的垃圾清扫出去，让帕利德把堆在角落里的许多锄头、耙子拿到别的地方去，又扫去了墙上的蜘蛛网。随后，我整理靠在岩石墙的床铺，把床板结结实实的安在铁架上，把玉米叶塞进大袋子，用床单包起来当垫褥，床单很漂亮，是用手工织的亚麻布，洗得干干净净，上面铺上帕利德的黑披风当毛毯。

帕利德的妻子卢依莎，那个金发女人，前面我已经提到过，她的脸孔阴沉，一双蓝眼睛，头发梳成波浪形，坐在房间尽头的织布机前，结实，有力的双臂上下操作，一刻也不停顿，织布机的噪音响得简直令人难以置信。我对她说道：

“怎么回事，你要一直待在这儿，弄出这么大的噪音来吗？”

她笑着回答说：

“谁知道我还要待多长时间，……我要织布给帕利德和孩子们做裤子。”

“我们也真倒霉，你要把我们变成聋子了。”

“聋子，我还没有成为聋子呢？……你瞧着吧，你们会习惯的。”

总而言之，她待了两个小时，在织布机前不停地忙着操作，木制织布机的打击声单调而又震耳欲聋。我们俩整理完房间，坐了下来，罗赛塔坐在我从帕利德那儿租来的凳子上，我坐在床上。我们就这样眼巴巴地瞧着卢依莎织布，像两个傻瓜蛋似的，张着嘴巴，什么事儿也不能干。卢依莎说话不多，但愿意回答我们的问题。我们后来才知道，战争以前，这个地方曾经有不少男人，如今，其他男人都服兵役去了，几乎都在俄国，帕利德是唯一没有离开的男人，原因是他的右手少了两个指头。

卢依莎露出狡猾的笑容，带着几乎高兴的声调说道：

“除了我之外，这山上所有的女人都活像寡妇了。”

我愣了一下，暗暗想到，莫非卢依莎也跟她婆婆一样地悲观。我说道：

“为什么服兵役的男人都注定要死去，而不能返回家园呢？”

卢依莎摇摇头，笑着说：

“你没有明白我的意思，我不大相信他们能回来，不是因为他们注定要被杀死，而是因为俄国女人喜欢我们的男人。要知道，外国人到处都讨人喜欢。战争一结束，那些女人便会强迫他们留下来，那么，谁还能再见到他们回来呢？”

总而言之，她把战争看成是男子和女人的纠葛，看得出来，她非常满意，多亏那失去的两个手指头，把她的男人留了下来，而由于俄国女人的罪过，其他女人将会失去自己的丈夫，我们又谈到菲斯塔，卢依莎对我说，菲力波靠着托人关照和打点，终于使他的儿子免服兵役，而其他既没有钱又没有后台的农民就只好去打仗，也许就要把一条命留在那儿。于是我想起菲力波关于世界上的人分为傻瓜蛋和狡猾者的话。我明白了，在这一方面，他也是个狡猾者。

上帝保佑，天黑了下来，卢依莎织布机的噪声停止了，她回去做晚饭去了。我们俩累得整整一个小时傻坐在那儿，既不说话，也不动弹，我坐在床上，罗赛塔坐在靠近床头的凳子上。油灯发出微弱的亮光，在这点亮光下，小房间像个小山洞，我瞧着罗赛塔，罗赛塔望着我，每一次我们的视线都表达出一种不同的东西，我们默不作声，因为通过目光，我们已经能够相互理解，因为我们知道，说话已是多余的了，我们通过眼睛交谈，语言已经无济于事了。罗赛塔的眼睛在说：

“妈妈，我们该怎么办呢？我害怕，我们落难到什么地方了？”

我的眼睛回答：

“我的宝贝女儿，你放心，有你妈妈在你旁边，你别害怕。”

我们用同样的方式交换其他的想法，就这样，我们在沉默中用眼神表达了许许多多的想法，最后，在结束这种没有希望的对话时，罗赛塔把凳子挨近床边，把脑袋靠在我的腿上，搂住我的膝盖，而我始终一句话也不说，用手轻轻地抚摸着她的头发。我们这样约摸待了半个小时。不一会儿，门打开了，一个孩子的脑袋伸进来，原来是帕利德的儿子多纳托，他说道：

“爸爸说，请你们跟我们一起吃饭。”

我们不觉得饿，因为中午在菲力波那儿我们吃了不少。但是我接受了邀请，尽管我感到劳累和少许委屈，但我不喜欢不吃晚饭，而孤单地跟罗赛塔待在这间凄惨的小房间里。

我们跟随在几乎一溜小跑的多纳托的后面，他像黑暗中的一只猫那样看得清道路。我们来到位于最底一层梯田的茅屋。只见四个女人围着帕利德，他的母亲，他的妻子，他的姐姐和他的弟媳妇。后两个女人都有三个孩子，她们的丈夫不在家，因为他们当了兵，被派往俄国去了。帕利德的姐姐叫贾茜塔，也是棕色的皮肤，一双眼睛活跃有神，脸孔宽阔而沉重，她要末不说话，一说话就粗声粗气，一直在呵斥她的三个孩子。他们很像依偎着一条母狗的小狗，拽住她的衣服，不停地啼哭。她也不跟帕利德说话，只是默不作声地用拳头狠狠地揍他们的脑袋。帕利德的弟媳妇名叫阿尼塔，战争爆发以前，住在契斯台乐纳那一边。这是一个棕色皮肤，脸色苍白的女人，身材瘦削，鹰钩鼻子，有一双温柔的眼睛，性格沉静善思。贾茜塔正好相反，跟几乎让人感到害怕的贾琴塔正好相反，阿尼塔给人一种安静、温柔的印象。她的三个孩子围着她转，可他们不拽住她的衣服，而是有教养地坐在长凳子上，安静而有耐心地等着给他们吃的东西。

我们一进屋，帕利德带着不自然的笑容，不好意思地说：

“我们想到你们孤孤单单的，所以请了你们。”过了一会儿，又补充说道：

“在你们的食品还没有运来之前，你们可以跟我们一起吃饭，然后我们再算账。”

总之，他是要我们明白，吃饭也不是免费的，但我还是照样向他表示了谢意，因为我知道他们是穷人，现在又闹饥荒，对他来说，让我们一起吃，要点钱已是够不错的了，因为在饥荒的年头，他自己的食品也不多，如果他把吃的东西全留给自己，不愿意为了几个钱而分给别人，这也是合乎情理的。

我们坐了下来，帕利德点上了一盏电石气灯，漂亮的、白色的亮光照着我们所有的人，大伙儿坐在长凳和木桩上，团团围着放了一口小锅的三角火炉。我们都是女人和小孩，唯独帕利德是男人。他的弟媳妇阿尼塔内心不无忧愁，因为正如我说过的，她的丈夫在俄国，她开着玩笑说：

“帕利德，你多高兴，许多女人围着你转，处在女人中间是幸运的。”

帕利德微微笑着说：

“可惜幸运的时间不长了。”

悲观的老母亲马上搭腔说：

“不长了吗？我们这些人会比战争更早死去的。”

这时，卢依莎把一个陶瓷汤罐放在摇摇晃晃的桌子上，拿着一块面包，放在胸前，另一只手拿着一把刀，灵巧地用力把面包削成一片片的细长条，放进汤罐，直到装得满满的。她又从炉火上取下小锅，把里面的东西倒进汤罐，去浸那些面包片，这种汤其实就是我们在孔切塔那儿吃过的豆汤加面包。

在我们等待面包片被汤浸透的时候，卢依莎把一个大盆放在房间中央，用从炉子上拿下来的水壶往里倒热水。于是，所有的人不慌不忙地脱下便鞋，带着某种严肃的神情，就好像去干一件非常严肃的事情一样，而且每个晚上都以这种方式重复一遍，开始我不太明白，后来当我看到帕利德第一个把一双沾满黑泥巴的光脚伸进水盆的时候，我明白了。我们城里人吃饭之前先洗手，他们这些整天在泥巴田里干活的人正好相反，首先是洗脚。所有的人都在同一盆水里洗脚，也不换水，你们可以想象得出来，这盆水在所有的人包括小孩在内洗过之后，怎样变成了巧克力色了。只有我们俩没有洗脚，孩子当中的一个天真地问道：

“为什么你们两个人不洗呢？”

也没有洗脚的老母亲阴沉沉地回答：

“她们是罗马来的夫人，不像我们要在地里干活。”

汤已经准备好了，卢依莎拿走了脏水盆，把汤罐端放在小桌子中间，所有的人开始吃了起来，每个人直接把勺伸进汤罐里。我相信罗赛塔和我不会吃得超过三勺。其他人不断快速地把勺子伸进汤罐，特别是孩子们，一会儿工夫，汤罐就空了，从那些失望而贪婪的面孔上，我知道许多人没有吃饱。帕利德还给每人分了一把无花果干。他从墙洞里取出一瓶酒，给大家包括每个孩子倒了一杯，但总是用这个杯子。大家都喝了。帕利德每一次用袖口小心地擦擦杯子口，然后斟酒递给他小声叫着名字的人，使人感到就好像在教堂里一样神圣。酒的味道是酸的，几乎像醋，但这是山上的酒，是葡萄酒，这点是可以肯定的。大家默默吃完饭以后，女人又拿起了梭子和纺锤，帕利德在油灯下检查儿子多纳托的几何作业。帕利德过去是个文盲，但是会算账，他想让儿子也学会算账，可是，他的儿子长着一个大脑袋，和一张平常人的脸，呆呆的毫无表情，反应迟钝，因为在一次又一次指点儿子做一道题目，儿子显得一窍不通之后，帕利德发起火来，在儿子脑袋上重重地击了一拳，骂道：

“笨蛋。”

拳头发出的回声，就像打在木头上一样。

男孩好像没有什么感觉似的，反倒安静地坐到地上，跟猫说了起来。我问帕利德，为什么非逼着跟他一样既不会读书又不会写字的儿子学几何。我这才明白，他认为数字比字母重要，因为学会了数字可以算账，而字母却什么用处也没有，这是他的看法。

这之所以叙述一下我们跟莫罗尼一家(人们都这么称呼)一起度过的第一个晚上，首先是因为一旦我描述了第一家人家，就等于我描述了以后我碰到的所有人家，因为他们都是一样的；再说，因为当天上午我跟逃难的人一起吃饭，晚上跟当地农民一起吃饭，这样，我就能够发现区别之处，说实话，逃难的人比较富有，他们会读又会写，他们不穿木鞋，女人的穿着跟城里人一样。尽管如此，从这一天开始一直到以后的日子，我却更喜欢当地农民，而不是那些难民。这种倾向也许是因为我在当老板以前也是个农民的缘故，特别是因为我面对这些难民，把他们跟农民相比较，产生了一种奇怪的感觉，好像教育对他们没有别的好处，而只会使他们变得更坏。这有些像某些调皮的小孩，他们一旦在学校学会写字，所做的第一件事就是在墙上写脏话。总而言之，我认为人们光受教育是不够的，还必须教会他们如何使用教育。

终于大家都困了，有些小孩已经昏昏入睡，于是帕利德站起身来说，他们要去睡觉了。我们都离开茅屋，相互道了晚安。只有罗赛塔和我站在梯田边上，茫茫黑夜中，朝着丰迪方向眺望。一点亮光也看不见，四周漆黑一片，静悄悄的，唯一富有生气的东西就是闪闪发光的星星，它们就像无数只金灿灿的眼睛，在黑暗的天空向我们眨巴，它们似乎知道我们的一切，而我们对它们却一无所知。罗赛塔轻轻地对我说：

“妈妈，多么美好的晚上。”

我问她，来到山区是否感到高兴。她回答说，跟我在一起，她总是感到高兴的，我们又待在那儿欣赏了一会儿夜景，罗赛塔拉拉我的袖子，悄悄地对我说，她想祈祷，感谢圣母玛利亚让我们平安无事地来到了山区。她轻声地说着，好像怕人听见似的。我不由一惊，问道：

“就在这儿吗？”

她点了点头，然后慢慢地跪在梯田边的草地上，也拉着我跪在她的旁边。我对她这一举动并没有感到不愉快，换句话说，在那如此安静和如此沉寂的夜晚，罗赛塔经历了许多烦恼和折磨之后，她体会到了我的感情，一种对帮助和保护我们的某个人，或某个物的感激之情。于是我很乐意地顺从了她，跟她一起合上了双手，快速地蠕动嘴唇，默诵着通常人们睡觉之前念的祷文。我已经有一段时间没有祈祷了，从我让乔万尼跟我发生关系的那一天开始，我再没有祈祷，因为我有一种罪过感，另一方面，我不知道为什么，我又不愿意去承认它。因此，首先我要祈祷的就是祈求耶稣宽恕我跟乔万尼发生关系的罪过，我发誓永远不再重犯。也许是受到如此深沉、漆黑的夜晚的启示，因为在茫茫黑夜中存在着无数生灵和无数东西，可肉眼却什么也看不见。我便为所有的人祈祷，为我和罗赛塔，为菲斯塔一家，为帕利德一家，为山上的人们祈祷，为将要来解放我们的英国人，为仍然在受苦受难的意大利人祈祷，也为让我们受苦受难的德国人和法西斯分子祈祷，因为他们也是基督徒。我承认，由于我违背自己的意愿，而扩大了祈祷的范围，我感到激动万分，我的眼睛里充满了泪水，尽管我想，也许是有点劳累的缘故，我暗暗对自己说，这是一种善良的感情，我能够体验到这种感情是件好事。罗赛塔也在低头祈祷，突然间，她抱住我的一只胳膊惊呼道：

"你瞧，你瞧。"

于是我朝着夜空的尽头望去，我瞧见一条光带在天空冉冉升起，化成绿色的花朵，然后又缓缓地落下来，一时间，照亮了河谷四周的山脉、树林，我甚至觉得照亮了丰迪的房屋。后来我才意识到，那漂亮的绿色光带是照明弹，是夜间用来观察前线阵地和选择发射炮弹，和飞机扔炸弹的目标的。可我马上感到这是一种良好的祝愿，几乎是一种信号，圣母用它让我明白，她听到了我们的祈祷，并愿意满足我的愿望。

我之所以要叙述这次祈祷，首先是为了让人对罗赛塔的性格有个认识，直到现在我还没有谈及这一点。后来由于战争的缘故，她的性格每时每刻都在发生变化。现在我想说说罗赛塔在我们上山的时候是怎样的情况，或者至少说我那时以为她是怎样的。要知道，做母亲的难以始终了解自己的孩子，但无论如何，这是我对罗赛塔的看法，现在，正如我说过的，她彻底变了，可我认为我的这种看法大致上是差不了的。

我尽心竭力地把罗赛塔拉扯大，就像对待绅士的女儿一样，一直注意不让她知道世界上的一切丑恶事情，并且尽我的一切可能，使她远远避开这些事情，我不是那种笃信宗教的女人，尽管是很实在的女人，宗教对我来说就是那么一回事。有很多次，譬如那天晚上，在梯田上我好像真的信起教来了，相反，在其他场合，譬如我们从罗马逃难出来的时候，对宗教我又一点也不相信了。在任何情况下，宗教都没有使我看清现实的本来面目，那些急于为现实解释和辩护的神甫们经常是无法自圆其说。可是对罗赛塔来说，情况恰恰相反。我不知道是否是因为十二岁之前我把她半托付给修女，还是由于她的天性的缘故，她是个彻底的信徒，没有丝毫的怀疑和动摇，她是那样的虔诚和深信不疑，对于周围的现实，可以说既不谈论，也不去思考。对她来说，宗教就像我们的肺呼吸的新鲜空气一样自然。而如今，许多事情发生了变化，我很难解释，罗赛塔从罗马逃难出来的时候的实际情况。我只能说，我常常认为她总是完美无缺的。事实上，她是这样一个人，即使她变坏了，但也不能把一些缺点加在她的身上。罗赛塔善良、直率、真诚，没有私心。我有我的脾气，我会发火，高声嚷嚷，在我失去理智的时候甚至会动手打人。可是，罗赛塔从来不粗鲁地对待我，从不嫉恨我，总是表现出她是一个完美的女儿。她的尽善尽美不单单是她没有缺点，而且是她做的事情和说的话，总是百分之百的正确的。有许多次我甚至感到害怕，因为我想到，我有一个圣人般的女儿。不能不认为她是圣女，因为她的举止行动尽善尽美，她没有任何生活经验，打接受修女的教育之后，除了跟我生活在一起之外，她没有干过别的，只是帮助我做家务，也帮助做些店铺里的事情，她表现出她好像什么事都做过，什么她都知道。如今我想，她的这种几乎难以令人置信的尽善尽美，来源于缺乏生活经验，和只接受过修女的教育。纯真和宗教熔铸在一起，造就了她这种尽善尽美，我本来以为这应该像铁塔似的稳固，恰恰相反，她却脆弱得像沙滩上的城堡。总而言之，我弄明白了，真正的圣洁是知识和经历，而不能是缺少阅历和无知，像罗赛塔那样。那么，我的过错是什么呢？我疼爱地把她拉扯大。正如这个世界上所有的母亲那样，我竭力不让她知道生活中丑恶的一面。因为我是这样想的，一旦她出嫁了，那些不好的东西她很快就能熟悉的。我恰恰没有料到，战争迫使我们违背自己的意愿去认识这些事情，迫使我们以一种不自然的和残酷的方式过早地去经历这些事情。

罗赛塔的尽善尽美是和平时期所需要的，店里生意兴隆，我一门心思为她的嫁妆积钱，希望有一个不错的年轻人爱她，跟她结婚，生儿育女。这样，她不仅是一个尽善尽美的女孩和尽善尽美的姑娘，而且也将会是一位尽善尽美的妻子，然而，战争所需要的不是尽善尽美，相反，它需要的是另一种道德品质，到底是怎么样的品质，我也不清楚，但肯定不是罗赛塔所具有的品质。

最后，我们站起身来，沿着梯田摸黑朝我们的屋子走去。我们走过帕利德的窗户，听到帕利德和他的家人还没有入睡，仍在走动和低声说话，就像鸡笼里的鸡群入睡之前的骚动一样，我们来到我们那间背靠梯田的小屋里，一扇小门，倾斜的房顶上盖着瓦片，还有一扇没有玻璃的小窗户。我推开房门，伸手不见五指，但我身上带了火柴，于是第一件事就是点燃一小根蜡烛，然后，我用一条从头巾上撕下的布片，卷成一个灯芯，把它放在油灯里。在这种惨淡的灯光下，我们俩坐在床上。我对罗赛塔说道：

"我们只脱裙子和上衣。我们仅有这条床单和帕利德的披风，如果我们脱光了睡觉，夜里要着凉的。"

我们就这么做了。我们穿着衬裙上了床，被单是手工织的麻布，既沉又凉，它是那张不像样子的床上唯一的一件像样的东西，只要我一动弹，我便感到所有的玉米叶咔嚓咔嚓地作响，并且分成两堆，通过它们中间的狭缝，我的脊背触到了坚硬的床板。我在老家打小女孩时起就没有睡过这种床，我们有正常人睡的床，带棕绷和床垫的床。大概是我的动作太大了，一时间，不仅我身底下的玉米叶，而且连木板都分裂开了，我感到我的屁股透过夹缝触到了泥地，于是，我又摸黑起来，把床板和大口袋整理好，重新爬上床去，紧紧地搂着背对着我的罗赛塔，靠墙蜷曲成一团。

这一夜折腾得够呛，我搞不清楚是几点钟，也许是半夜之后，我醒了过来，听到一阵粗粗的吱吱声，比鸟叫的声音还要轻。这声音来自床底下，过了一会儿，我叫醒罗赛塔，问她是不是听到吱吱叫声，她说听到了。于是我点上了灯，朝床底下看去，我很快地发现，吱吱的叫声是从一只装着黄菊花和蜜蜂花的盒子里发出来的，仔细地察看，又发现黄菊花堆里有一个茅草和长茸毛做成的窝，里面是刚刚生下的八只到十只小老鼠，一个个玫瑰色，没有毛，几乎是透明的，比我的小手指还小。罗赛塔马上说，不要去碰它们，这是我们在山区的第一个夜晚，弄死他们会给我们带来坏运气。

我们又重新上床，不管怎么说，我们重又睡着了。然而，才过了一个小时光景，黑暗中，一个我不知道是什么软乎乎的怪沉的东西，爬过我的脸和胸脯。我惊恐的失声大叫，罗赛塔再次醒了过来，我们又点燃了油灯，发现这一回不是耗子而是猫，原来是一只漂亮的黑猫，绿色的眼睛，很瘦，但很精神，毛皮亮闪闪的，蜷伏在床的里头，眼睛死盯着我们，正准备从窜进来的小窗户跳出去，罗赛塔轻声叫唤着它，她对猫一向有感情，知道怎么对付它们，猫马上很信任地走了过来；不一会儿，它也钻进了被单，打起呼噜来了。我们待在桑泰乌米亚期间，这只猫一直跟我们一起睡觉，我们管他叫吉吉，它也有自己的习惯，每到半夜之后准来，钻到被单下面，跟我们一直睡到天亮。它在罗赛塔面前驯服，乖巧。糟糕的是，它睡在我俩当中，只要有谁动弹一下，马上就听到吉吉在黑暗中叫起来，似乎在对我们说：

“哎呀！我还能不能安睡呀！”

那天晚上，除了耗子和猫折腾之外，我还醒了好几次，每一次都产生不知道身在何处的感觉。有一次醒来，我听到一架飞机飞得很低，速度很慢，声音正常，沉重而温柔，就好像是和我悄声细语，向我讲述使我安心的事情。当地人叫这些飞机为鹳，它们是侦察机，所以才飞得很慢。我终于习惯了这种声音，以至于有时醒来好像是特地为了听到它的声音；一旦没有听到，反倒几乎有一种失望的感觉。这些都是英国飞机，我知道英国人迟早会来的，他们将重新给我们带来自由，让我们重返家园。

第四章

我们在桑泰乌米亚地方的生活就这样开始了。起初以为只是临时凑合两个星期，实际上却在那儿度过了九个月的时间。上午，没有什么事情可干的，我们尽可能的睡觉，应该说，在罗马遭过的困苦和焦虑耗尽了我们的精力，所以到山区后的第一个星期我们有时睡到中午十二点甚至下午两点钟。我们很早就上床，半夜里醒来，然后迷迷糊糊又睡着，拂晓时，又醒过来，但睡意仍然很浓，天亮的时候，我们便面朝岩石墙，阳光穿过小窗户洒在我们背上，我们重又陷入沉睡之中，一直睡到晌午。我一生从来没有如此贪睡，我们睡得很好，充分而有滋有味，就像品赏家里做的面包那样。不做梦，心里觉得踏实，就这样我们一天天恢复了在罗马和孔切塔家里所消耗的精力。睡眠充足确实使我们得益不少，一个星期之后，我们两人起了变化，黑眼圈消失了，双眼有神，脸儿变得丰满，皮肤有了光泽，头脑清醒，睡梦中我觉得我曾离开很久的土生土长的土地，重又让我吮吸她的乳汁，并赋予我力量，这有点像连根拔了的植物，一旦重新栽入土地之后，很快就长得生气勃勃，枝叶茂盛并且开花结果。唉，是的，我们就是植物，而不是人，或者说在更大程度上是植物而不是人，我们在土生土长的土地获得我们的所有力量，一旦离开它，我们就既不是植物，也不是人，而只是破布片，随风飘荡。

我们睡得很多，以致心里产生一种良好的愿望，希望山区生活的艰难得到缓和，我们能心情愉快地几乎不觉得什么地对付下来；这有点像一条喂养得膘肥肉壮、休息充分的骡子，一口气把车拉到山上。到了山顶，仍然精力充沛地继续往前跑了一段路，就好像什么也没有发生过似的。但是，正如我前面说过的，山上生活是艰苦的，我们很快就发现了这一点。上午要打扫卫生，下床的时候必须注意不要弄脏了双脚，为此，我在泥地上放了一些石头，防止下雨天地上像个沼泽弄得一脚泥巴，然后，到我们破房子对面的井里去打水。直到秋天，这倒没有什么难处，冬天一到，由于这个地方海拔一千米，井水冰冻，每天早上，我用水桶吊水，两只手冻得发麻，提上来的水都是令人窒息的冰块。我是怕冷的人，所以我最多洗洗手和脸。但罗赛塔喜欢干净，不怕冷，她脱得光光的，站在房间中央，把水桶里的冰水从头上浇下去。我的罗赛塔是这样的健壮，冰水在身上就像油一样顺着皮肤流下，在乳房、肩膀、腹部和臀部留下一些水滴。

梳洗完毕，我们开始忙着做饭，做饭最方便的季节也是到秋天为止。冬天的确就很困难，下雨天，我们必须到灌木丛去，用很锋利的砍刀砍一些树枝和灌木枝，然后拿回茅屋，拼命地点火，木柴潮湿，很难点着，树枝散发出浓烈的黑烟，我们必须趴在地上，脸孔贴着地面吹火，直到点着了火为止。我们弄得浑身是泥巴，眼睛被熏得充满了泪水，筋疲力尽，这一切不过是为了煮一锅豆子和煮个鸡蛋。

我们用餐就像这里的农民一样，第一顿约在十一点左右，吃得非常简单，第二顿晚上七点左右，吃得好些。第一顿通常是玉米粥，用点香肠汁调味，或者吃一点洋葱，一块面包，或一把角豆。晚餐通常吃我前面介绍过的汤，或一块肉，几乎总是羊肉，三种不同的母羊肉，吃过早饭以后，没有什么事情可干，便等着吃晚饭。如果天气好，我们就出去散步，四周都是山，我们沿着梯田走，终于走进了灌木丛，在那儿我们找了一片漂亮的绿荫地，我们躺在树下的草地上，欣赏四周的风光，整个下午我们都待在那儿。但如果是坏天气，那个冬天坏天气持续了好几个月，我们就无所事事地待在小房间里。我坐在床上，罗赛塔坐在凳子上，而卢依莎通常坐在织布机前织布，发出我已经介绍过的震耳欲聋的噪声。我在小房间里度过的这样糟糕的时光，我是记得一清二楚的。雨是一个劲儿地在下，稠密的雨点打在屋顶瓦片上，好像喃喃细语，雨水顺着管道流到井里，发出咕噜咕噜的声响。在小房间里，为了节省很短缺的灯油，我们几乎是坐在黑暗中，借着小窗户透过的蒙蒙雨光，窗户小得活像个猫洞。

我们默不作声地坐着，因为我们已经没有勇气再唠叨通常谈的两个话题，饥荒和英国人的到来。无止境的时间就这样打发过去。我甚至没有了时间的概念，不知道是什么月份和什么日子，我好像变成了一个傻瓜蛋，因为打那时候起，我就不再考虑什么问题，就不用脑子了。有时候，我几乎觉得要变成疯子了。如果不是有罗赛塔在身边，我必须像个母亲做出榜样来的话，我真不知道我会干出什么事来。我很可能会冲到外面去大声喊叫，或者我要揍卢依莎的耳光，她把织布机弄得震耳欲聋不去说她，脸上还总是流露出我不知道是什么样的冷笑，似乎在对我们说：

“这就是我们这些乡下人过的生活，……现在，你们也得这么过，罗马的太太们……，你们觉得怎么样？你们喜欢吗？”

另一个几乎要让我发疯的事情，就是我们待的这个地方太狭小了，特别是跟丰迪广阔的天地相比。从桑泰乌米亚望去，我们能够一清二楚地瞧见丰迪的整个山谷：暗色的橘林，点点的白色房屋，在右侧斯佩尔隆加那个方向，是一片大海，那儿有一个彭查海岛，有时碰上好天气，可以看见这个岛，我们早就知道彭查岛上驻扎着英国人，也就是说那儿有自由。尽管周围的天地很宽广，但是我们却连续在这狭小的范围里生活，活动和等待，梯田是这样的狭小，如果我们朝前多走几步，就有摔下去的危险。总而言之，我们待在这儿就像发大水的时候栖歇在树枝上的鸟群，等待着朝没有被水淹没的地方飞去的有利时机，然而，这种时机总也没有到来。

我们到达这儿的当天，菲斯塔邀请我们吃过晚饭以后，还请过几次，但后来就越来越冷淡，终于不再来邀请了，因为正像菲力波说的那样，他有家，吃的东西必须首先留给家里。幸运的是，不几天，托马西诺从山下来了，手里牵着一头满载包裹和行李的驴子，这是他走遍丰迪地区，根据我们一起开的单子，为我们弄来的食品。对于一个没有置身于这样的环境，没有感受过外乡人带着分文不值的金钱，在山区生活的经验，没有尝过战争年代饥荒的滋味的人，是无法理解我们看见托马西诺时的喜悦心情的。这是很难说得清楚的事情。一般来说，生活在城市里的人，因为城里到处是货物琳琅满目的商店，是从来不用贮备很多食品的。因为他们知道，一旦需要，周围就有买得到所有东西的商店。于是人们以为那些琳琅满目的商店也几乎是一种理所当然的事情，就好比一年四季和下雨、日出、黑夜、白天的更替那样理所当然。这真是怪事，食品突然一下子全消失了，就像那一年发生的那样，于是，世界上千百万人只能靠几片面包勉强生活，而没有面包是要饿死人的。

托马西诺气喘呼呼地牵着驴子，那牲口几乎再也拉不动了。他对我说：

“大婶，这里有你们至少够吃六个月的东西。”

他把单子交给我，根据我开给他的黄色纸单子逐一查对食品。我现在还记得那张清单，我在这儿罗列出来是为了让人们对一九四三年秋天的生活状况有一个印象。我们的生活，我和罗赛塔的生活保障是：一袋五十公斤的面粉，用来做面包和面食，另外一小袋的黄玉米面，用来做玉米粥的；一口袋20公斤左右的劣质豆子，如几公斤鹰嘴豆，草香豌豆，浜豆；五十公斤左右的橘子，一个两公斤左右的猪油罐，两公斤的香肠。此外，托马西诺还带来一口袋干果，诸如无花果、核桃和杏仁，还有相当数量的角豆，通常是喂马的，但正如我说过的，如今对于我们也是相当不错的食物了。我们把所有这些东西搬到了小房间，大部分堆放在床底下，然后我跟托马西诺结账。我发现，仅仅隔了一个星期，物价就上涨了百分之三十。有人会想，也许是托马西诺财迷心窍，把价格抬上去了。我却马上相信了。因为我根据经验判断，知道这是真实的情况，如果时局仍然没有变化，英国人仍然待在加里利亚诺按兵不动，德国人把东西一扫而光，他们恐吓人们，不让人们工作，物价还要上涨，甚至节节上涨。这种情况在饥荒年代是不足为奇的。每一天都有一些商品变得稀罕，每一天市场上掏钱买东西的富人都在减少，最后还可能发生这样的情况，不再有人卖东西，也不再有人买东西。所有的人，不管有钱的还是没有钱的，统统都得饿死。我相信托马西诺对我所说的物价上涨的情况，所以我二话不说就付给了他钱。这还因为我考虑到像他这样的男人，一个相当贪婪的人，为了赚钱，敢于向战争的危险挑战，在那战争的年代这是非常难能可贵的。应该珍惜。

我一面付钱，一面让他看我藏在裙子下面口袋里的钱包，里面装着许多一千里拉的钞票。他一看到钱，眼睛就死死盯住不放，就像向一只鸡俯冲的秃鹰一样。他马上说，让我们一言为定，只要我开口，他就为我去弄吃的东西，价格随行就市，不会少要一个钱，也不会多要一个钱。

那一回，我不止一次地发现，有钱能使鬼推磨，具体地说，有钱就有食品。前几天，菲斯塔看到我们吃的东西没有来，我们吃饭只能依赖帕利德，而帕利德也咬咬牙，同意我们跟他一家人一起吃饭了。然而，托马西诺牵着他的小毛驴刚一出现，就可以看出他们的态度马上发生了变化的情况。他们满脸堆笑，问长问短，态度亲切，主动过来交谈，邀请我们吃饭，虽然明明知道我们已经不需要了。他们甚至跑来打量我们的食品，菲力波对我说，他确实高兴，因为他是真心对我，这倒不在乎他给了我们吃的东西，而是为我们有了吃的食品而高兴，他说：

“切西拉，你和我是这山区唯一能够沉着地对付未来的人家，因为我们是唯一的有钱的人。”

他的儿子米凯莱听到这话，脸色变得比往常更阴沉，咬着牙说道：

“你敢这么肯定吗？”

父亲大笑起来，用手拍了一下他的肩膀，说道：

“肯定？这是唯一能肯定的事情，……你不知道，金钱是一个人能够拥有的最友好、最忠实和最持之以恒的朋友。”

我站在一旁听他们谈话，没有吭声。我暗自捉摸，这话未必完全是真的。那天，那些如此值得信赖的朋友开玩笑地对我说，希望我降价百分之三十，把食品转卖给他们。今天，·百里拉只购买一点儿面包，而战前却是足够半个月的生活。我可以说，在战争时代是不存在可以相互信赖的朋友的，无论是人，还是钱，都是这样。战争把一切都搞乱了，除了看得见的东西，战争还破坏了许多看不见然而存在的东西。

从食品运到的那一天起，我们开始了在桑泰乌米亚的正常生活。吃饭、穿衣、捡树枝和柴火，在茅屋点火做饭，然后散会儿步，跟难民们聊聊天，然后，又吃饭，散步。第二天做饭和吃饭，最后，为了节省灯油，鸡群进窝的时候，我们就上床睡觉。天气晴朗、平静而美好，万里无云，也没有一点儿风，正是一个美好的秋天，周围是森林，涂抹上红、黄两色的山峦，所有的人都说，这是盟军迅速而坚决地向前推进的理想季节，至少可以直逼罗马，但谁也搞不清楚盟军不这么用兵，滞留在那不勒斯附近和更北的地方的原因。这是人们在桑泰乌米亚谈论的共同的、也是唯一的话题。人们总是谈论着盟军的消息，譬如他们什么时候能打来，为什么还不来，会采用什么方式，等等。难民们对这个话题很感兴趣，因为他们想尽快回到丰迪恢复正常的生活。相反，当地农民很少谈论这些事情，因为战争对他们来说是做生意的好机会，他们可以把房子租出去，从难民身上赚些钱用，这也是因为和平年代他们总是过着一成不变的生活，盟军的到来，对于他们来说，不太可能或者根本不可能发生什么变化的。

我也常常谈论盟军，在上上下下的梯田，在室外，一面眺望丰迪的风光，遥远的蔚蓝色的大海，或者晚上在帕利德的茅屋里，几乎坐在黑暗中，烟雾呛得人直流眼泪，面前是将要熄灭的炉火，或者是夜里睡觉之前，躺在床上，我搂着罗赛塔，我都要谈论盟军。由于我经常讲到盟军，这些盟军慢慢地好像变成了当地的圣人，他们能够广施恩惠，带来雨水和美好的天气，他们成为一会儿让人乞求，一会儿被人咒骂的人，但人们总是期待从他们身上得到些什么。大家都期待从盟军身上得到某种特殊的东西，就像期待圣人一样。所有的人都确信，他们来到之后，生活不仅仅会变得正常起来，而且会比正常的情况更好。不妨首先听听菲力波的看法。我想，他把盟军想象成为一支望不到尽头的摩托化队伍，满载上帝的施舍物，士兵们站在卡车上，向我们意大利人免费赠送各式各样的东西。应该承认，菲力波是一个成熟的男人，属于精明狡猾一类的店老板，根据他的看法，盟军是一帮为我们意大利人做好事的傻瓜蛋，因为我们对他们发动了战争，我们杀了他们的儿女，迫使他们耗费了可观的钱财。

关于受人尊敬的盟军到来的确切消息，我们知道得非常少，甚至一无所知。现在托马西诺从山下来到桑泰乌米亚，可他只对跑黑市买卖和钱感兴趣，因此，除了一些模棱两可的消息，从他嘴里很难掏出别的什么消息。有时，一些农民上山来，因为是农民，他们讲的事情也就很靠不住。有几次，彭泰科尔沃地方的一些年轻人背着大包，上山来卖盐和烟，这两样东西是山上最短缺的，他们卖的烟叶，潮湿而苦涩，难民们把烟叶切碎，用报纸卷成纸烟；盐的质量很差，跟喂牲口的盐不相上下，这些年轻人也带来一些消息，但都是些古怪离奇的消息，起初还有人相信，后来发现经不起检验，就像他们卖的盐，由于他们掺了水，重量就多一倍。他们带来的消息也是这样，掺了一些离奇的东西，分量加重了，听起来似乎是真的，但在阳光下一检验，离奇的东西蒸发了，剩下真实的东西就不多了。他们七嘴八舌地说什么，正在进行一次大的战斗，有的说在那不勒斯的北面，在卡塞尔塔那个方向，有的说在卡西诺地区，有的甚至说就在附近。其实都是谣言。这些年轻人最关心的是做盐和烟草生意，因此竭力凭想象编造出一些消息来讨那些询问他们的人的欢心。

让我们想起现在是战争时期的唯一的一件事，发生在一个清晨。我们忽然听到从大海方向传来一阵奇怪的爆炸声，斯佩尔隆加就在那儿。爆炸声听得很清楚，后来有一名妇女运橘子上山，告诉我们说，德国人在炸沼泽地区的堤坝和土壤改良地区的运河，以阻挡英国人的进攻，这样不用多长时间就要发大水了，许多人一生辛辛苦苦耕作的土地将被毁掉，洪水也将毁掉农作物，这样需要好多年才能使洪水退净，使土地能够重新耕作。这阵阵爆炸声就像某个地方过节的鞭炮声，它给我留下了一种奇怪的印象，因为它确实有点像过节的热闹样子，而实际情形正相反，我知道，这对于生活在山下土壤改良地区的人们来说，意味着痛苦和绝望。

那是一个天气十分美好的日子，晴朗、平和，天空万里无云，郁郁葱葱的丰迪平原，一直延伸到雾气腾腾的大海，环顾这景色，一片蔚蓝，十分优美。我再一次一面倾听海浪的拍打声，一面眺望如画的风景，不由想道，人们往往和大自然背道而驰，当大自然爆发雷雨闪电、倾盆大雨的时候，人们在自己的家里常常感到欣慰；相反，当大自然微笑，似乎欲赋予人们永恒的幸福的时候，却发生人们感到绝望，无法摆脱死神的情况。

又过了好几天，关于打仗的消息总不是很确切，那些从山下来到桑泰乌米亚的人，总是对我们说，一支庞大的英国军队占据了通往罗马的大道。然而，应该说，即使这支英国军队爬着乌龟似的步子徒步前进，而且要不时地停下来喘喘气，那么，英国人也该早已到达这里，可相反，眼下连个人影儿也见不着。我不想再谈论英国人，他们什么时候来，也不想谈论他们可能会带来好年头；我只是尽可能地找些事情干干，譬如说织毛衣之类的活儿，我从帕利德那儿买了一些毛线，用铁针织起了毛衣，因为我已经担心，我们必须待在这个山上，天知道多长的时间，我想寒冷的季节快来到了，我们两人什么御寒的衣服也没有。毛线很粗，颜色发暗，透出一股牲口栏中的臭味，这是帕利德拥有的很少几头羊身上的毛。每年他们都剃羊毛，然后用纺锤和梭子按照古老的方法纺线，再用线织成袜子和毛衣。山里人都是按这种办法纺织，就像贝尔塔[①]时代那样。帕利德家的东西应有尽有，不仅仅可以维持吃饭，还能满足穿衣服的需要，譬如麻、毛线、皮革，他们都能派上用场。他们完全没有或者几乎没有钞票，如果不是以上面说的这种方式自食其力的话，他们就很可能赤裸着身子没有衣服穿。他们种植大麻，饲养羊群，宰牛的时候，用牛皮做成便鞋和短上衣。他们用羊毛和大麻按照我说过的那种方法纺过之后，就用放在我们小房间里的那台织布机织成布，卢依莎和帕利德的姐姐或者弟媳妇轮流织布。但我坦率地说，这三个人都不是很在行的，尽管他们会使用织布机上的纺锤和梭子，却不会做衣服，她们用这种办法织出布来，然后用很差劲的染料把布染成深蓝色，最后做成裤子和短上衣。我还从来没有见到过这么粗制滥造出来的衣服。穿在身上一个星期不到，膝盖和胳膊肘那儿就坏了，她们就在有窟窿的地方打打补丁。就这样，刚穿上新衣服才十五天左右，家里人的衣服已经是破烂得跟叫花子差不多了。是的，他们什么东西都是自己动手做，什么东西都不花钱买，但每一样东西都做得很次，脏兮兮的。我对菲力波的儿子米凯莱谈起我的看法，他摇摇头，神情严肃地回答说：

① 古代叙事诗中的查理大帝之母，此处喻为历史悠久。

“在机器的时代，谁还用手工生产呢？只有像这些穷人，只有像意大利这样一个落后贫穷国家的农民才这样做。”

不过，别以为米凯莱这么说是轻视农民，恰恰相反，他只是经常用这种非常尖刻、生硬和断然的方式说话，可同时，他的话又留给我很深的印象，他说话的声调缓和、平静，似乎他是在谈论什么显而易见和无可争议的事情，他已经好久没有为这种事跟别人争得脸红耳赤了，他只是局限于随便谈谈而已，就像一个人说天气晴朗和下雨一样。

米凯莱是一个很有趣的人，后来我们成了朋友，我像对待儿子那样喜欢他。我想把他介绍一下，以便我在记忆中重温他的形象。他个子不很高，相反是个矮个儿，但肩膀很宽，有点像驼背，大脑袋，高额头。他戴一副眼镜，走路挺胸昂首，神情高傲，摆出一副谁也不在话下和不放在眼里的样子。他非常好学，我后来从他父亲那儿知道，那年他该大学毕业或者他已经毕了业，这我记不太清了。他约摸二十五岁左右，由于他架着付眼镜，加上他的举止是那么严肃，所以看起来至少有三十岁。尤其是他的性格不同一般，跟那些难民性格不一样，也跟那些我如今认识的人的性格不一样。正像我介绍过的，他说话的口气流露出绝对的自信，似乎要让人相信，他是唯一了解和说出真理的人。据我看，从他这种自信派生出我注意到的一个有趣的现象，尽管他要说的是尖锐、激烈的事情，但他决然不会发火，相反，他使用平和、理智的声调，几乎像是谈一件偶然发生的、无关紧要的事情，谈一件所有的人早就同意的事情。而事情并不是如此，至少对于我来说是如此。譬如我听他讲法西斯主义和法西斯分子的时候，总是产生一种惊奇的感觉。实际上，二十年来，从我开始明白事情的时候起，我从来只听说过讲政府的好话，尽管我常常努力把话题扯到我的店铺上来，这也是因为我从来不关心政治，我是这么考虑的，如果报纸一直称赞政府，总会有站得住脚的道理，而用不着由我们这些微不足道的无知的人来评论我们不懂和不了解的事情。可你瞧，米凯莱却否定一切，报纸说白的，他就说黑的；他断言，二十年来没有什么好的事情，二十年来在意大利所做的一切都是错误的。米凯莱认定，墨索里尼本人，他的部长、所有的大人物、所有那些拥有财产的人，统统是强盗，是的，他正是这么说的，他们是强盗。我听到他以如此自信、毫不在意和平静的语气说出这些论断，便惊讶得张大嘴巴，说不出话来。我过去总是听说墨索里尼至少是个天才，他的部长们至少说也是些大人物，那些地区书记们虽然都竭力表现得很谦虚，但也都是聪明和不错的人，而其他那些身份不高的人物，也都是些闭起眼睛可以信赖的人。可米凯莱，像俗话所说的，在我眼皮底下把一锅蛋汤连锅端，统统泼掉了。他把他们毫无例外的统统斥之为强盗。我同时暗自思量，他怎么会以这种方式来考虑问题的；为什么他跟许多意大利人不一样，不是从战争情况糟糕的时候才开始考虑这些什么问题的；不妨说，他以这种方式去想那些事情是很自然的，就像孩子们通常给植物、给动物、给人起名字一样，很简单，他对所有的人和所有的事情都怀有根深蒂固的、毫不动摇的不信任感。而尤其使我感到意外的，是他不过才二十五岁，因此可以说，他除了法西斯，别的他什么不了解，他是在法西斯主义熏陶下成长的，是法西斯培养了他。按一般逻辑来说，如果这种教育多少还起作用的话，他也应该是个法西斯分子，至少是象如今的许多人那样，也批评法西斯主义，但犹豫不决，并不坚定。而实际情况不是这样。完全接受法西斯教育的米凯莱，恰恰是反法西斯者。我只能这样去想，在那种教育中肯定有某些行不通的东西，否则米凯莱不会以这种方式来说话的。

有人或许会想，米凯莱这么说是因为他有过谁也不知道的众多经历，要知道，如果一个人有过辛酸的经历，这在好人当政的时候也可能发生，那么，他从此看问题就会绝对化，把一切都看成阴暗、丑恶的和错误的。实际情况却不是这样，跟米凯莱交谈多了，我慢慢地知道，他所经历的事情非常少，他的这些不多的经历都是微不足道的。跟与他的条件、年龄相仿的青年人大同小异。他在丰迪的家庭里长大，在丰迪上了学，像其他同年龄的孩子一样，逐渐成为法西斯少年先锋队队员，然后进入罗马大学学习，住在一个当法官的叔叔家里。就这样，他在罗马学习和生活了几年。这就是他的全部经历。他从来没有去过国外，除了丰迪和罗马，他仅仅了解意大利的一些主要城市。总而言之，对他来说，从来没有发生过特别的事情，如果发生了，也经常是他脑袋里发生的，而不是在生活当中。譬如，拿女人来说，在我看来，他从来没有谈情说爱过，而对许多人来说，谈情说爱能帮助他们认识什么是生活。他不止一次对我说，他从来没有搞过恋爱，从来没有订过婚，也从来没有追求过什么女人，不过，根据我的了解，他曾经亲近过一些不正经的女人，就像所有像他那样既没有钱也没有经验的年轻人一样。

于是我得出结论，他的这些看法是如此的根深蒂固，几乎连他自己也觉察不出来，也许仅仅是因为反叛精神的缘故。二十年来，法西斯分子宣传墨索里尼是天才，他的部长们都是伟大的人物，而他，开始懂事的时候，就很自然地像一株植物，总是朝太阳发芽生枝，他所想的也恰好跟法西斯分子的宣传背道而驰。我知道，这是些不可思议的事情，而我是一个可怜的无知的女人，是难以明白和解释清楚这些事情的，但我经常注意到，孩子们干的事情跟父母干的和父母教他们去干的截然相反，倒不是由于他们确实知道父母做得不好，而唯一的、充分的理由在于，他们是孩子，父母是父母，他们愿意有自己的生活，得按自己的方式去生活，而父母也有他们自己的生活。于是我想，米凯莱或许就是这样的人。他在法西斯的教育下成长，他们想把他培养成为一个法西斯分子，然而，正因为他是个活生生的人，他想按自己的方式生活，他成了反法西斯主义者。

开头的那些日子，米凯莱几乎整天跟我们在一起，我不知道是什么东西把他吸引住了，因为我们只是两个平常的女人，其实跟他的母亲和姐妹没有什么不同；再说，正像我后面要提到的，也并不是因为罗赛塔对他有什么特别的吸引力。他可能更喜欢我们，而不是他的家里人和其他难民，因为我们是罗马人，我们不说方言，也不像其他人那样对丰迪的事情说长道短，他不止一次说过，他对那些毫无兴趣，相反，感到厌烦。总之，一大早的时候，我们刚刚起床，他就来了，不到吃饭的时候他不走，就这样跟我们待在一起一整天。如今我仿佛又见到了他，眼前又浮现出他走进我的房间来的样子，我们无所事事，我坐在床上，罗赛塔坐在凳子上，米凯莱用兴奋的声调说道：

“咱们去散散步怎么样？”

我们同意了，尽管这样的散步几乎总是千篇一律的，要末是围着梯田和山峦缓缓地行走，可以一直走到附近一个跟桑泰乌米亚大致相近的山谷；要末沿着石子路和橡树林上山，要末随意地朝山下走去。我们总是选择平坦的道路，免得过分劳累，沿着梯田往前走，一直走到山峦左侧的山峰为止。那里有一颗大角豆树和一片绿色的灌木丛，阳光充足，地上有一块柔软的可当作坐垫的苔藓地。我们几乎是坐在山峰的最高处，从旁边的青蓝色悬崖上，可以眺望山下丰迪的全景。我们往往在那儿待上几个小时。我们干些什么呢？现在想起来我真不知道从何说起。罗赛塔有时候跟米凯莱一起围着梯田转悠，采集紫红色的仙客来花，在那个季节里，这一簇簇的花开得很大、很美丽、玫瑰色的花冠耸立在暗绿色的叶子当中，凡是有点苔藓的地方，都盛开这种花。她采了一大把给我，我把花束浸在玻璃杯里，放在小房间的桌子上。或者我们干坐着，什么也不干，眺望天空、大海、河谷和山峦。说实在的，除了米凯莱的谈话，关于这些散步我也记不清了，因为，什么事也没有发生过。可米凯莱的谈话我还记得，正像我没有忘记米凯莱一样，因为他的谈话对我来说是新鲜的，加上他是一个在此以前我从来没有遇见过的特别的人物。

我们是两个没有知识的女人。他是一个读了不少书的男人，知道很多事情。但我有生活经验，他却没有。我认为，尽管博览群书和知道不少事情，但归根到底他还是一个对生活不了解的幼稚的人，对许多事情的看法是错误的。譬如说，我记得最初的时候，有一天，他对我说道：

“你(他用‘你’来称我们两人，我们也称他为‘你’)，切西拉，事情是这样，你是店老板，你只考虑你的店铺，可你没有因为做生意而变坏，幸运的是，你还始终是当年的那个女孩。”

我忙问道：

“你说什么？”

他说：

“你仍然是个农民。”

我说道：

“你不必对我说恭维话，……农民对土地之外的事情是一窍不通，他们什么也不知道，像牲口一样的活着。”

他不禁笑了起来，回答说：

“在此以前我不会讲恭维话的，……但今天我要讲，……如今那些能读会写，生活在城市的先生们，是的的确确没有知识的人，的的确确没有教养的人，的的确确不文明的人，……跟他们没有什么好打交道的……，相反，你们这些农民都可以从头开始。”

我不明白他想说的意思，坚持问道：

“从头开始是什么意思。”

“就是把人们变成新人。”

我吃了一惊，失声叫了起来：

“看得出来，你对农民不了解，我亲爱的……，能指望农民做些什么呢？……你知道农民是怎么样的吗？他们是最古板的人，跟新人完全是两码事。在城市居民诞生之前，他们就是农民了。他们是农民，并且将永远是农民。”

他有礼貌地摇摇头，什么话也没有说。我的印象是，他眼睛里的农民现在没有，将来永远也不会有的。他一厢情愿地按照自己的方式去看待农民，似乎现实中的农民就应当是这个样。

他只讲农民和工人的好话，但据我看来，他既不了解农民、也不了解工人。有一天，我对他说道：

“米凯莱，你谈论工人，可你并不了解他们。”

他反问道：

“那你了解他们吗？”

我回答说：

“那当然，我了解他们，常常有许多工人光顾我的店……，他们就住在附近。”

“是什么样的工人？”

“嗨，手工业工人，焊工、泥瓦工、电工、木匠，都是干累活的人。”

“那么，按照你的看法，工人是怎么样的呢？”

他带着一种讥讽的口气问道，似乎在等着听荒唐可笑的事情。

我回答他说：

“我亲爱的，我不了解他们是怎么样的……对于我来说，这些差别是不存在的……，他们是跟所有其他男人一样的人……，他们当中有好的和坏的，……有人游手好闲，有人劳动……，有人爱自己的妻子，相反也有人嫖妓女，……有人嗜酒，有人贪玩，……总而言之，到处都有各式各样的人，就像绅士、农民、职员和所有其他人一样。”

于是他说：

“也许你是对的……，你把他们看成跟其他人一样，你这么看是有道理的，……如果所有人都像你那么看待他们，看成是跟所有其他的人一样，并且也这样地对待他们，有些事情就不至于发生，我们也许就不会待在桑泰乌米亚。”

“那其他人是怎么看待他们的？”我问道。

“不把他们看成跟所有其他的人一样，只是把他们当作工人。”

“那你是怎么看待他们的？”

“我也把他们看成是工人。”

“那么，我们待在这个地方，你也有责任，当然，我这是重复你说的话，尽管我不明白，你为什么把他们看成是工人，而不是跟其他人一样。”

“很清楚，我也把他们看成是工人，……但应该明白为什么……，有些人把他们当成工人，而不把他们当成人，是为了更方便地剥削他们……，至于我，则是为了更好地维护他们。”

我停顿了一会儿，说道：

“那么，你是个颠覆分子。”

他显得困惑不解，问道：

“怎么扯得上？”

“我是从一个常来店铺的宪兵队长那儿听来的……，他说，这些颠覆分子在工人当中煽动。”

过了一会儿，他说道：

“就算我是个颠覆分子吧。”

我坚持追问下去：

“那你在工人当中进行煽动吗？”

他耸耸肩膀，最后不情愿地表示他没有干过。

“你瞧，你还是不了解工人嘛？”

这一回，他什么也没有回答。

尽管他的话经常让我俩很难听懂，但罗赛塔和我还是经常愿意让他而不是其他山里人陪伴我们。总之，他是很文明的人，而且，他是唯一不考虑私利和钱财的人，这使他显得没有别人那样让人讨厌。因为，私利和钱财固然重要，但整天去谈论这些，最终会让人憋得透不过气来的，菲力波和其他难民就是只知道谈论私利的人，谈论什么东西应该卖出或者应该买进，谈论买卖的价钱、利润，打仗以前的行情，和战争以后可能的行市。他们不谈生意经的时候，就玩纸牌。他们聚在菲力波的小房间里，盘腿坐在地上，肩膀靠着装面粉和豆子的麻袋，头上戴着帽子，嘴上叼着烟卷，空气中弥漫着臭味和烟雾。他们就这样一小时又一小时地一面摔纸牌，一面狂喊大叫，相互敲竹杠。玩牌的人周围还有至少四五个围观者，就像乡下小酒店里一样。我从来忍受不了这么个玩法，我不明白，他们怎么会整整一天泡在牌局里，玩那沾满油渍、脏兮分的、破烂得连图像都看不清楚的纸牌，更糟糕的是，一是不谈利润和不玩纸牌，菲力波一伙就东扯西拉起来。我是一个没有知识的女人，我只知道店铺和土地，但是那些长胡子的男人，成年人和年轻人，一旦停止谈论生意经，就尽说些荒唐可笑的事情，这些东西我听得多了，就会把他们和米凯莱相比较，他不像他们那么无知，他说的话，尽管我们经常弄不大懂，但我觉得是正确的。那些男人谈起话来像傻瓜一样，或者更糟糕一些，就像是些畜生，如果畜生能懂道理的话。他们不说那些蠢话的时候，他们就说些粗暴和难听的脏话，让人生气。譬如，我回忆起安东尼奥这家伙，是个烤面包的，个头瘦小，皮肤黝黑，一只是瞎眼，看起来比较小，另一只小眼皮不停地眨巴，好像里面有粒沙子似的。一天，我不知道怎么回事，四五个逃难的人，其中有安东尼奥，坐在梯田的石头上谈论着战争，和战争中发生的事情。罗赛塔和我待在那儿听着。这个安东尼奥曾去利比尼亚打过仗，当时他才二十岁，他喜欢聊这段经历，因为那场战争对他来说是很重要的，而且，就在那个地方，他葬送了一只眼睛。我不知道是怎么回事，罗赛塔和我只听得他这么说：

“他们杀死了我们三个人，……打死了还不算，……又挖去了他们的眼睛，割去了舌头，拔去了指甲，……于是我们决定采取报复行动，……清早我们来到一个村庄，我们烧掉所有的茅屋，杀死所有的人，男人、女人、小孩，……对那些婊子养的女孩，我们用刺刀逼着她们，把她们扔进垃圾堆里。……免得她们再去干别的坏事。”

这时，有人咳嗽了几声，暗示我们俩在场，安东尼奥也许没有察觉，因为我们俩站在一棵大树的后面。我听到安东尼奥一面道歉，一面说：

“唉，战争中什么事情都可能发生。”

罗赛塔已经离去，我忙着追去。她低着脑袋往前走，终于停了下来，我看见她的眼睛满含泪水，脸色苍白，我问她发生了什么事情，她说道：

“你听到安东尼奥在胡扯些什么呢？”

我找不到更好的话回答她，便重复说：

“我的女儿，不幸的是，战争中什么事情都是可能发生的。”

她静默了一会儿，就像自言自语地说道：

“我倒宁愿当那些被杀害的人当中的一个，而不想跟杀人凶手为伍。”

打那天起，我们越来越疏远那些逃难的人，因为罗赛塔说什么也不肯跟安东尼奥在一起，跟他讲话。

罗赛塔跟米凯莱也是只在某些方面是一致的，而在宗教教义方面，看法则完全不同。米凯莱认为，有两种黑色畜生：法西斯主义者，这我已经说过；还有就是神甫。我搞不清楚他到底是更憎恨那些法西斯分子，还是那些神甫。他经常开玩笑地说，法西斯分子和神甫是一路货色，唯一的区别是法西斯分子把神甫的长袍剪裁成黑色的衬衫，而神甫则穿着拖到脚背的长袍。我认为他对宗教和神甫的反感是不冷不热的。我总是这么想，每个人对这些事情都有原则和想法，是的，我是个教徒，但我还没有要把自己的信仰强加给别人的意思，后来我发现，米凯莱尽管很尖刻，但是归根到底，他不怀恶意。有时几乎让我这么想，他把神甫说得很坏，倒不是因为他们是神甫而憎恨他们，而是因为他深感遗憾，他们确实不像神甫，从来没有表现得像个神甫的样子。总之，也许他曾经是教徒，但是属于一种使希望落空的宗教，常常有些像米凯莱这样的人，可能是比别人更虔诚的教徒，后来出于失望，便怀着极其不满的情绪，起来反对神甫。然而，罗赛塔跟我不一样，她信仰宗教，愿意其他人也信仰宗教，她不能忍受别人对宗教说三道四，譬如说像米凯莱这种情况，尽管他出于好心，确实是没有坏意的人。于是，从一开始，当他说神甫坏话的时候，她就明确而又严厉地警告他说：

“如果你还想继续跟我们见面的话，就别再讲这些了。”

我等着他的反驳和发怒，就像有几次当人们跟他的看法不一致的时候那样。相反，我感到惊讶的是，他没有反驳，一句话也没有说，只是停了一会儿说道：

“几年前，我曾经跟你一样，……甚至我还严肃地考虑过要去当神甫，……但后来，我就不这样想了。”

面对这意想不到的坦白，她呆若木鸡，我做梦也没有想到他曾经有过这种想法。我问道：

“你果真想过要去当神甫吗？”

“果真这样，你可以问我的父亲，如果你不相信的话。”

“那以后你为什么又放弃了这种想法呢？”

“是的，我当时是个小伙子，我明白我没有这种志向，或者说得更清楚些，”他笑着说：“我知道我是个有志向的人，正因为如此，我才不应该让自己去当神甫。”

这一回，罗赛塔没有再说什么，谈话就此暂告结束。

与此同时，事情在慢慢地，但不是在朝好的方面变化。在流传了许多互相矛盾的传闻之后，终于有了确实的消息：德军一个师在丰迪平原上安营扎寨了，战争正推进到加利里亚河对岸。这就意味着英国人不再前进，德国人准备跟我们一起过冬。那些从谷地来的人告诉我们说，到处都是德国人，他们的坦克，用绿、蓝、黄色斑点伪装的帐篷，都隐藏在橘树林里，但这终归是传闻，没有任何人看见了德国人，我指的是上山的人，因为直到现在还没有一个德国人登上桑泰乌米亚山的。后来，发生了一些事迫使我们跟德国人打交道，让我们明白他们是什么货色。我说这话是因为，那时情况终于发生了变化，战争第一次来到了山上，而且再也不走了。

在跟菲力波玩牌的逃难者当中，有一个名叫塞维里诺的裁缝，他比所有的人都年轻，一个瘦小的男人，脸孔发黄，两撇小黑胡子，一只眼睛似乎总是在眨巴眨巴的，这是干裁缝活落下的毛病。他蜷缩在店铺的凳子上，总是一只眼睛半闭，另一只半睁。塞维里诺像其他人一样，是在开始轰炸丰迪时逃难上山来的，他落脚在跟我们不远的一个小房子里，跟他的小女孩和妻子住在一起，他的妻子像他一样瘦小，不起眼。塞维里诺是山里人当中最焦急不安的人，因为战争爆发后，他把所有的钱用来购买数量可观的英国和意大利布匹，并把它们藏在一个安全的地方，由于弄不清楚这些财产的命运，他整日价坐立不安。不过，一旦不再考虑眼前的现实，他的忧虑就化为希望，法西斯分子、德国人、战争和希望，促使他去考虑未来。塞维里诺逢人便介绍他的计划。根据他的看法，战争一停止，他将变成有钱人。他的算计是，从战争结束到恢复正常的一年或半载的时间里，由于交通运输、流通和贸易的困难，东西将会奇缺，意大利将被军人占据，商店的营业即便不说是不可能的，也将是很艰难的。于是，他在这半年或一年的时间，把他的布匹用卡车运到罗马或山区，用兵荒马乱年代的高价，把这些批发来的布匹一点一点地卖出去，他就摇身一变成为富翁。正如人们以后看到的，这是一个挺聪明的打算，表明塞维里诺也许是山里人当中唯一算计得很精明的人，他懂得价格的运作，随着东西奇缺，德国人、盟军和意大利人滥发钞票，物价将节节上涨。我重复说一遍，这是一个挺聪明的打算，遗憾的是，如意算盘常常是落空的，特别是在战争时期。

一天清晨，一个小伙子气喘吁吁地从山下跑来，在塞维里诺逃到山上来之前，他曾经跟着塞维里诺干活，他向站在梯田边焦急地等待着他的塞维里诺大声说道：

“塞维里诺，他们偷走了你的所有的东西……，他们发现了藏东西的地方，偷走了你的布匹。”

我正站在塞维里诺的旁边，我看见他听到这话就好像有个背叛他的人给了他当头一棒，使得他摇摇晃晃起来，这时，小伙子已经来到了梯田，塞维里诺焦急不安地一把攥住他，眼睛瞪得大大的，结结巴巴地说：

“这不可能，……你说什么呀，布匹吗？我的布匹吗？被偷走了？这不可能……，谁偷走了？”

“我怎么知道。”小伙子回答说：

所有的逃难的人都知道了，把塞维里诺围了起来，他像疯子一样比画着，瞪大眼睛，用手拍打额头和揪着自己的头发。菲力波竭力安慰他说：

“你不必过于激动，……说不定只是传闻而已。”

“怎么会是传闻。”小伙子天真地说：“我亲眼所见，墙被拆毁了，藏东西的地方什么也没有了。”

塞维里诺用手在空中做了个绝望的动作，好像要跟老天爷发脾气似的。他朝山下的小路跑去，一会儿就不见了。

我们大家都很震惊，这说明战争在继续，情况越来越不妙，理智丧失了，如果说现在他们偷盗，那么很快他们就会杀人的。

菲力波挥动胳膊，比别人更起劲地评论这件事，责怪塞维里诺没有考虑周到。这时，有人对菲力波说：

“你以为把你的东西放进了保险柜，你当心别发生同样的事情。”

我回想起了孔切塔和维钦佐的话，觉得这个逃难者的话有道理，世界上没有不可能倒塌的墙。但菲力波摇摇头，蛮有信心地说：

“有乔万尼守着，……我给他的儿子做洗礼，他给我的女儿洗礼，……你不知道乔万尼是不会搞骗局的吧？”

听了菲力波的这番话，我暗暗想到，世上有精明的狡猾的人，就像他自以为的那样，但在我们的生活中又常常发生这样的事，狡猾的人成了傻瓜，我以为，相信乔万尼是傻瓜干的蠢事，尽管是真诚的，但毕竟是蠢事。为了不使他产生疑心，我什么也没有说，因为已经有人劝说，却什么用也没有。

那天晚上，塞维里诺从容地回来，浑身上下满是尘土，双眼充满悲哀和无可奈何的表情，他说他到城里去了，找到了被破坏的墙，藏东西的地方空空如也。他说，所有的东西都被洗劫了，他如今彻底破产了；可能是德国人，也可能是意大利人干的，但他认为是意大利人干的。因为他向留在城里很少的一些人，向法西斯分子打听了情况，他明白，这是意大利人干的。说完，他默不作声地蜷缩在菲力波门前一张凳子上，脸孔比平时更显得蜡黄和焦黑了。他双手抱着肩膀，一只眼睛像平时一样眨巴眨巴，这也许是最感难过的事情了；因为通常是为了高兴而眨眼的，而他相反，差点由于绝望而自杀。他不时地摇头，喃喃地说：

“我的布匹，……我倾家荡产了……，他们把所有的东西都拿走了。”

他把手放在额头上，好像要让自己信服似的，最后他说：

“仅仅一天的时间，我就变成了老头。”

他朝着自己的小房子走去，没有接受在菲力波那里吃晚饭的邀请，菲力波竭力安慰他，让他平静下来。

第二天，大伙儿看得出来，他总是在想他的布匹，酝酿着失而复得的办法。他明白是镇上的人偷走的，他也几乎清楚，是法西斯分子，或者说，是如今被称为法西斯分子，而从前是当地的一些游手好闲的二流子干的。法西斯主义刚一上台，这种人就很快参军入伍，唯一的目的就是踩着人民的肩膀坐享其成，由于战争和所有当权人士的逃亡，人民几乎完全受他们的摆布了。

现在，塞维里诺横下一条心，要重新找回他的布匹，每天他都去谷地，晚上拖着疲惫不堪的身子，带着浑身的尘土，两手空空地返回，但找回失去的东西的决心比任何时候都更加坚定。他的举止表明了他的决心，他总是默不作声，双眼闪闪发亮，死劲盯着一个地方瞧，只有面颊的一根筋不时地抽动。如果有人问他天天往丰迪跑是干什么，他只回答说：

“我去打猎。”

众人明白，他是去搜寻他的布匹和那些偷盗他布匹的人们。慢慢地，从塞维里诺跟菲力波的谈话中，我才知道，据他侦察，那些偷走了布匹的法西斯分子，躲藏在一个名叫死神的村子里。他们有十二个人，他们把从农民那里强行勒索来的大批东西都运到那里，他们在那里大吃大喝，一些不要脸的娼妇侍候他们，这些婊子养的过去是女佣人和打工的。每到晚上，这些法西斯分子出门去城里，逐一搜索那些逃难的人遗弃的家，他们偷走留在那些屋子里的东西，用枪托砸所有的墙壁和地板，目的是看看有没有藏在里面的东西。这些法西斯分子，个个都有机关枪、子弹和匕首，他们毫无顾忌，自我感觉良好，因为正像我说过的，在整个谷地，已经好长时间没有宪兵了，他们不是逃走了，就是被德国人逮起来了，既看不见警察，也没有权威的人，只留下一个市政府的卫兵，这是真的，但他是一个需养活家庭的可怜的男人，他衣衫褴褛，饥饿不堪地挨家转，向农民乞求看在上帝分上给他一块面包和一个鸡蛋。总而言之，没有什么法律可言，德国军队中的宪兵跟其他士兵的区别，是胸前佩戴一种特别的标记，这就是唯一要人尊重的法律。但这是他们的法律，而不是我们这些意大利人的法律，至少对我们来说，这些法律的制定似乎是为了允许他们任意搜捕人，偷盗东西和干任何蛮横无理的事情。为了使你们对那时候所发生的事情有个印象，我只给你们讲一件事。在离桑泰乌米亚不远的地方，有一个农民，一天早上，不知道出于什么原因，捅了孙子一刀，一个十八岁的男孩子，然后让他鲜血淋淋地死在葡萄园里。这件事情发生在上午十点多钟。下午五点钟，杀人凶手跑到地下肉店去买一公斤肉，罪行已经传开，人人都知道，但是谁也不敢对他说些什么，一方面这是他自己的事情，另一方面大伙儿有点害怕。只有一个妇女对他说：

“你干了些什么……，你杀了你的孙子，你竟然可以若无其事地来买肉吗？”

他回答说：

“该谁倒霉谁就倒霉，……谁也不会把我逮起来，因为今天没有什么法律，每人干他愿意干的事情。”

他说得有道理，因为他们不会逮捕他，他把孙子埋葬在一棵无花果树下，又继续若无其事地闲逛去了。

塞维里诺看到已无社会的正义可言，脑子中便考虑报复的办法了。我不知道他跑到丰迪去搞了些什么名堂。一天早上，一个农民上气不接下气地跑上山来，塞维里诺跟德国人一起上山来了，还说什么德国人站在他一边，帮助他重新找到了失去的布匹，因为他跟他们谈妥了条件。所有的难民都从屋子里出来了，我们俩人也是这样，我们大约二十个人左右，站在梯田边上，注视着塞维里诺和德国人将要出现的小路。这时候，所有的人都说塞维里诺是个有头脑的聪明人，即便是德国人帮他一臂之力的说法确有其事的话，这也说明德国人不像法西斯分子那样是二流子和歹徒。他们不仅让他重新找回了失去的布匹，而且还惩罚了法西斯分子。菲力波当时是最赞赏德国人的，他说：

“德国人都是些严肃的正派人，他们做任何事情，战争、和平、开店……，都是很严肃的，塞维里诺找他们是找对了，……德国人可不像我们意大利人这样散漫，没有纪律，……他们有军纪的约束，战争时期偷盗是违背军纪的行为。我敢肯定说，他们将给塞维里诺找回布匹，并惩罚那些法西斯分子，塞维里诺真是好样的，他抓住了问题的核心，当今的意大利谁是当权的呢？是德国人。那么，就必须去找德国人。”

菲力波高谈阔论，神气十足地理着八字胡须。很清楚，他想到了他藏在屋子夹墙里的东西，他为塞维里诺失而复得自己的布匹和盗贼受到惩罚感到高兴，因为他也有藏起来的东西，他也担心东西被偷走。

我们都注视着小路，终于，塞维里诺出现了，但并不是我们想象当中的许多德国人或者一支武装巡逻队跟他一起来。只有一个德国人，一个普通士兵，而且不是军事警察。在他们登上梯田时，塞维里诺骄傲而高兴地向我们介绍，这名士兵叫汉斯，德文的意思是乔万尼，围着的人群都向他伸出手去，但是，汉斯没有伸出手来，而是手放在帽檐上行了个军礼，跺了一下脚跟，好像是为了体现他跟难民之间的距离，汉斯是个金发小个子男人，臀部像女人似的宽大，面孔苍白，看起来有点浮肿。脸颊上有两三个大伤疤，有人问他是在什么地方负的伤，他很简短地回答说：

“斯大林格勒。”

那几个伤疤使他的富有弹性的、圆圆的、像是挤压得变了形的脸孔，好像是从树上掉到地上，整个都摔碎了的苹果或桃子，当你把它剖开一半，里面一半竟然是烂的。他长着一双蓝色的，但并不好看的眼睛，这是褪色的蓝，没有眼神，过于明亮，就像玻璃球一样。

这时，塞维里诺自豪地向我们解释说，由于巧合，他跟这个汉斯成了朋友，在和平年代，汉斯在他家乡也是裁缝，裁缝之间是容易沟通和理解的。塞维里诺向他讲了被盗的事情，汉斯向他许诺，让他一定失而复得他的布匹，这正是因为他也是裁缝的缘故，因此，能够比任何人都更好地理解塞维里诺的焦急心情。

总之，他不是个警察，跟许多德国人不一样，他仅仅是一个普通的人，此外，这不是公事，而是私人之间的事情。但德国人穿着制服，斜挎在肩上的机关枪，完全是一副德国士兵的打扮，于是大家争着你一言我一语地奉承他，有人问他战争会持续多长，有人问他待过的俄国的情况，有人想知道英国人会不会进攻，有人说进攻的都是德国人。汉斯面对人们向他提出的一大堆问题，觉得身价百倍而显得傲气，就像个打了气的柔软的气球。他说，战争可能还要持续一段时间，因为德国人拥有秘密武器。他说，俄国人会打仗，但德国人更会打仗，德国人很快就要对英国人发起进攻，将会把他们扔进大海。总之，他令人肃然起敬。最后，菲力波邀请他跟塞维里诺上他家去吃饭。我也陪着用午餐，其实，我已经吃过饭了，只是出于想看看这位德国人的好奇心而已。在这山区，这是从来没有过的事情，破天荒第一遭。我去的时候，桌面上已经摆上了水果，除了米凯莱之外，菲力波的全家都在。因为米凯莱憎恨德国人，刚才汉斯吹嘘德国人，很快就要取得对英国人的伟大胜利时，我注意到米凯莱好像受到了威胁，脸色铁青，仿佛要向他扑过去，揍他一顿似的。现在，由于酒的力量，德国人说点知心话了。他不断地拍着塞维里诺的肩膀，重复说着他们两人都是裁缝，是生死之交，是他让塞维里诺失而复得了布匹。然后，他从口袋里掏出个钱包，里面有一张女人照片，女人身体很胖，几乎是他的一倍，神情温厚，他说，这是他的妻子。他们又谈到战争，汉斯说道：

“我们要发起进攻，把英国人扔进大海。”

菲力波为了奉承他，添油加醋地说：

“可不是，当然……，我们把所有的杀人凶手都扔到海里去。”

但德国人反驳道：

“不，不是杀人凶手，相反，是好样的士兵。”

于是，菲力波说道：

“他们是好样的士兵，当然，人们知道他们是好样的士兵。”

“你欣赏英国士兵，……你是叛徒。”

菲力波恐惧地说：

“谁欣赏他们啦！……我不是说过他们是杀人凶手吗？”

但德国人一点儿也不高兴：

“不是杀人凶手，好样的士兵……，但像你这样的叛徒是欣赏英国人的。”

他做了一个砍脖子的动作，总而言之，怎么也不能让他满意，大家都感到害怕了，好像他突然间变得凶恶了。他又对塞维里诺说：

“为什么你不上前线去？……我们德国人在打仗．你们意大利人都待在这里，……你上前线去。”

塞维里诺害怕了：

“我是因为体格检查不合格而免服兵役的……，胸部软弱无力。”

他抚摸胸部，的确，他曾病得非常厉害，有人甚至说他只有半张肺。但德国人很坏，拉着他只一只胳膊说：

“那你赶快跟我上前线去。”他站起身来，拖着塞维里诺往外走。

塞维里诺脸色苍白，他想做出一副笑脸，但怎么也笑不出来，大家都惊呆了，我吓得心都快跳出来了。德国人拖着塞维里诺的一只胳膊，塞维里诺紧紧攥住菲力波，拼命往后退，菲力波也吓得不知所措。突然间，德国人大笑起来，说道：

“朋友们！……朋友们！……你是裁缝，我是裁缝，……你重新得到了布匹，成为富人，……我上前线去打仗，去送死。”

他一面狂笑，一面用手敲打塞维里诺的肩膀。这场戏给我留下了一种奇特的印象，我面前的好像不是一个人，而是一头野兽，一会儿发出咆哮，一会儿露出凶狠的牙齿，搞不清楚他究竟想干什么。不知道怎样才能把他逮起来，我觉得，塞维里诺抱有幻想，心里以为“这头野兽认识我，……他是从来也不会咬我的。”等着瞧吧，事实会证明我的话是对的。

这台戏之后，德国人变得热情起来，喝了不少酒，用手拍打了不知多少次塞维里诺的肩膀。塞维里诺不再害怕了，乘德国人不注意的时候，对菲力波说道：

“今天，我就会得到我的布匹，……你看看好。”

不一会儿，德国人从桌子边站了起来，重新系上入席时卸下的皮带，一面开玩笑地让我们看，由于吃得多，他的皮带必须比吃饭前多松一个眼儿。接着，他对塞维里诺说道：

“我们下山去，你带着你的布匹再回来。”

塞维里诺站起身来，德国人行了个立正军礼，随后带着塞维里诺一起昂首挺胸地走了。他们穿过梯田，沿着小路向山下走去，菲力波跟其他人一齐出来，望着他们下山去。最后，他说了一句代表大家共同想法的话：

“塞维里诺太相信那个德国人了，……要是我处在他的地位……，我就不会相信。”

整个下午，我们等待着塞维里诺，但直到晚上，他还没有回来。第二天，我们上塞维里诺住的小房子里去，只见他的妻子把小女孩抱在怀里，正在黑暗中哭泣。一位上了岁数的女农民跟她在一起，一面用梭子和纺锤织毛线，一面不断安慰她：

“别哭了，大婶……塞维里诺一会儿就回来了，他会把一切都安顿好的。”

但塞维里诺的妻子摇着头，回答说：

“我觉得他再也回不来了，……他走了一个小时，我就有这种感觉了。”

我们竭力安慰着她，但她只是哭泣，一面诉说她有罪过，因为塞维里诺这么做都是为了她和小女儿，为的是让她们日子过得好些，成为有钱的人，而她本应该阻止他这么去做，不该让他去买那些倒霉的布匹。我们没有什么好劝说的了，因为不幸的是，塞维里诺没有回来，这是事实。即便把世界上的好话都说尽，也没有什么意思了。整整一天，我们都待在那里，翻来覆去议论，对塞维里诺没有回来的原因，作了种种可能的猜测。她还是一个劲儿地哭泣，反复说他再也回不来了。塞维里诺失踪的第二天，我们再次到她住的小房里去的时候，没有找到她和小女孩，天刚蒙蒙亮，她抱着小女孩下山，去谷地打听究竟发生什么事情了。

又过了些日子，我们既没有塞维里诺的消息，又没有他妻子的消息。终于，塞维里诺的好朋友菲力波决定弄清楚，究竟发生了什么事情。他派了一个名叫尼科拉的老农去探听消息，尼科拉已经不种田了，整天跟孩子们泡在碎石堆中虚度时光。菲力波对他说，想让他去打听塞维里诺的消息，并对他说，他应该去一个名叫死神的地方，那里有法西斯分子，他们偷走了布匹，正设法躲藏起来。起初，老农不愿意去，菲力波答应给他三百里拉，为了挣钱，他便毫不犹豫地去准备他的毛驴子了，他有可能第二天回来，他可能住在山下村子里的亲戚家。他在背包里放了一个大面包和一些奶酪。出发的时候，他坐在驴鞍上，头上戴着黑帽子，嘴上叼着烟斗，两腿直直地分跨在驴鞍两边，脚上穿着白布便鞋。菲力波嘱咐他，在那些法西斯分子中找一个名叫通托的人，他比别的法西斯分子都要善良些。老农说他会这样去做的，随即就上路了。

这一天过去了，第二天下午也过去了，直到近黄昏时分，碎石子路上才出现了牵着缰绳的那个老农，驴鞍上坐着的正是通托。他们走到众人跟前后，通托从驴背上跳了下来。他是一个瘦削的男人，脸孔阴暗，胡子长长的，一双眼睛深深地陷进去，眼神忧郁，一只长鼻子一直压到嘴巴。众人上前把他团团围住，通托显得有些尴尬，不吭一声。尼科拉老农攥着毛驴的缰绳，说道：

“德国人弄走了布匹，还把塞维里诺打发到前线去修工事，事情就是这样。”

说完，他便离开，去喂牲口了。

所有的人都惊呆了，通托不安地站在一边，菲力波怒气冲冲地对他说：

“你跑到山上来干什么？”

通托朝前走了几步，低声下气地说：

“菲力波，你们不应该把我看得很坏，……我上这儿来是为了让你高兴。我想告诉你，到底是怎么回事，请你不要以为是我们干的。”

众人都用一种鄙视的目光瞧着他，但又想知道这究竟是怎么回事。末了，还是菲力波邀请他上家里去喝点酒，尽管他也心情不好，我们都跟在后面，就像举行宗教仪式的队伍一样。在房间里，通托坐在一个装豌豆的麻袋上，菲力波站在他跟前，把酒递给了他，我们靠着门槛站着。通托平静地喝完了酒，然后说道：

“不认账也不行，布是我们弄走的，……菲力波，在这种时候，每个人都是只为自己，只有上帝为大家，……塞维里诺以为把布藏得很秘密，其实，我们许多人都知道藏在什么地方，于是，我们想，如果我们不下手，德国人会下手的，只要有人通风报信，他们马上就会去干，那还不如我们去拿走。然后，菲力波，该怎么办呢？”

他把双手合在一起，望着我们又接着说：

“我们这些人都有家庭，在这种时候，大伙儿首先考虑的是家庭，然后才是其他。我不是说，我们干了件好事，我想说只是迫不得已才这么干的。菲力波，你是个商人，塞维里诺当裁缝，而我们这些人……，我们这些人干鼠窃狗偷这一行，……但是塞维里诺去投靠不相干的德国人就大错特错了。菲力波，真是活见鬼，如果塞维里诺不使坏的话，我们就可以想出个大伙儿都同意的办法，譬如把布卖掉，钞票平分，……或者我们给他酬以重礼，总而言之，乡邻之间是能够达成一致的，……想不到塞维里诺却使坏，于是就发生了所发生的事情。那个德国混蛋来了，塞维里诺对他说了我们一大堆坏话，德国人马上就举起机关枪对准我们，说他要进行搜查，我们这些人从某种意义上是附属于德国人的，我们无法抗拒。于是布匹被搜出来了，德国人把它们通通装上卡车，带着塞维里诺一起走了。塞维里诺临走的时候朝我们大声喊道：‘这个世界上终究还是有公道的’。”

“是的，好一个公道，你们知道德国人干了些什么？离这几公里远的地方，他碰到另一辆满载意大利人的卡车，他们都是搜捕来准备遣送到前线去修筑工事的。于是，德国人停住了他的卡车，用机关枪逼着塞维里诺下车，登上那辆装满被捕者的卡车。就这样，塞维里诺非但没有瓜分到一匹布，反而被遣送到前线去了。那个德国人也是个裁缝，他把布匹运回德国去，在那里足够开个裁缝店，气死塞维里诺和我们。现在，菲力波，你听我说，为什么我们要让德国人插手呢？鹬蚌相争，渔翁得利。这就是所发生的事情的原原本本，我发誓都是事实。”

听了通托的这一番话，菲力波和我们全都默不作声，因为通托所叙述的许多事情中，还有德国人的大搜捕这样一件特殊的事情，的确，我们曾听说过大搜捕，但从来没有这样清楚和这样平静地听到过这样的叙述，就好像听人讲一件很正常的事情一样。菲力波终于鼓起勇气，打听先抓去的人是怎么一回事情，通托毫无表情地回答：

“德国人开着卡车到处转，抓走所有能够干活的男人，把他们遣送到卡西托或者加埃塔[①]的前线去修筑工事。”

“德国人待他们怎样？”

通托耸了耸肩膀说道：

“唉，活儿累得够呛，住的是破房，而且吃饭填不饱肚子，谁都知道德国人是怎样对待那些不是德国人的。”

我们又默不作声。但菲力波仍然问道：

“他们眼下还只是搜捕那些住在平原的人……，山里的逃难者就不会遇上这件事情了，是这样吗？”

通托重又耸了耸肩膀，说道：

“你们别相信德国人，……他们干事情就像吃白叶菜一样，一片一片叶子地吃，……今天轮到住平原的人，明天就会轮到那些待在山上的人。”

现在再没有人去想塞维里诺了，所有人都感觉到一种恐惧，每个人都在考虑自己。菲力波问道：

“可你怎么知道这些情况的？”

通托回答说：

“我知道这些事情，是因为我整天跟德国人打交道，……你们听我的，……要末加

① 卡西托、加埃塔均为意中部拉齐奥大区的城市，1943年为盟军与德国激烈交战之处。

入像我们这样的队伍，要末听我的劝告，赶快隐蔽起来，……但必须好生隐蔽，否则德国人会把你们一个一个地吃掉。”

于是，他又补充作了解释，德国人先扫荡平原，用他们的卡车逮走所有的男劳力，第二步是上山来，采取这样的行动，一大早，天还没有亮，一队德国兵直奔山顶，然后，中午时分开始进行搜捕，他们分散在数座山上，往下搜索，直到山谷，那些像我们一样待在半山腰的人，便统统像一张大网里的小鱼，一个也不漏网。

这时，有人用充满恐惧的声音说道：

“一网打尽。”

通托现在重新提起精神，几乎恢复到原先的自负状态，企图敲比其他人有钱的菲力波的竹杠。

“不过，我们俩倒不妨来个君子协定，我可以在我认识的德国上尉面前替你的儿子美言几句。”

也许，如今已惊恐不安的菲力波会同意跟通托讲讲价钱的，不料，米凯莱突然走上前去，态度生硬地对通托说：

“你还等什么？还不快滚。”

众人顿时愣住了，因为通托身上有枪支和手榴弹，全副武装，而米凯莱却是赤手空拳。但不知道为什么，通托却很克制，不情愿地说：

“好吧，如果是这样的话，你们就赶快拿主意吧！我走了。”

他站了起来，走出小房子。大家都跟在他的后面。在他的身影消失之前，米凯莱站在梯田高处，冲着他大声嚷道：

“干你自己的事去吧，别到处搞你的交易了，……德国人总有一天会缴你的枪，把你送去当劳工，就像塞维里诺一样。”

通托转过身来，用两只手指叠成一个圆环形，向他做了个发誓的动作。从此，我们再也没有见到他。

通托走了以后，我们和米凯莱一起朝我们的小房子走去。罗赛塔和我议论起方才发生的事情，不免为可怜的塞维里诺难受，他先是失去了布匹，然后又失去了自由。米凯莱一直低着脑袋闷闷不乐。突然间，他耸了耸肩膀，说道：

“他这样的下场挺好。”

我反驳道：

“你怎么能这么说话，那可怜的人倒霉了，现在很可能连命也送了。”

他默不作声，过了一会儿，大声说道：

“他们没有失去一切的时候，是什么事理也不明白的，……他们应该失去一切，吃够苦头，让眼泪流到出血……，只有到了这时候，他们才会成熟。”

我提出不同看法：

“可塞维里诺根本不是为了私利去这样干的，……他是为了家庭。”

他冷笑着说：

“家庭！……这个地方的人都是这样来为自己的懦弱无能行为辩护的。再说，如果说真是为了家庭，那更糟糕。”

米凯莱，我已经说过，他的性格的的确确很怪。塞维里诺失踪两天之后，闲谈时我们谈到，现在正是冬天，天黑特早，真不知道晚上该干些什么才好。米凯莱于是说，如果我们愿意的话，他给我们朗读些什么。我们高兴地表示赞同，尽管我们没有读书的习惯，我似乎觉得能够听懂意思；一旦在那种环境下，书籍也不失为一种消遣。我还以为他会给我们朗读一些小说。我记得我对他说道：

“你准备朗读什么？爱情故事吗？”

他微笑着回答说：

“不错，你猜对了，正是一个爱情故事。”

于是，我们决定让米凯莱晚饭后给我们朗读，地点就在茅草屋里，时间是晚上没事可干的时候。我对当时的情景记忆犹新，不知道为什么，也许是因为米凯莱那时流露出了我所不了解的他的性格的一个方面。记得我们和帕利德一家围着半燃半灭的火堆，坐在木树桩或长凳子上，光线阴暗，隐约可见米凯莱在身边的一盏小油灯下给我们朗读着。茅屋里黑乎乎的，用干树枝搭的顶棚上垂挂下黑色的煤烟子，稍有微风吹动，便轻轻地来回晃动。在几乎伸手不见五指的茅屋尽头，坐着帕利德的母亲，她满脸皱纹，十分苍老，好像女巫婆一样，不停地用梭子和纺锤纺着毛线。罗赛塔和我对朗读挺有兴趣，但帕利德和他们一家都提不起精神来，因为他们在干了一整天活之后，晚上就困得要命，通常，他们很早就上床睡觉。孩子们趴在母亲的怀里，已经呼呼入睡了。米凯莱从兜里掏出一本小书，朗读之前先开口说道：

“切西拉想听爱情故事，我就读一个爱情故事。”

大概出乎好奇的缘故，有一个女人问道，故事是真有其事，还是编造出来的。米凯莱回答说，也许是编造出来的，但编得就像确有其事一样。他打开小书，架正鼻子上的眼镜，向我们宣布，他想给我们读福音书中关于耶稣的一些故事。我们都感到有些扫兴，因为我们都等着他读一段真正的小说。何况所有那些涉及宗教的事情，总是感到有点腻味，因为宗教方面的事情我们做起来更多是为了义务，而不是出于爱心。帕利德意识到大伙儿共同的感情，便说大家都熟悉耶稣的故事，因此，读这样的东西不会给大家带来什么新鲜的感觉，相反，罗赛塔却沉默不语。但过了一会儿，当我们单独在自己的小屋子里的时候，她带着生气但不是敌视的口气说道：

“如果他不相信耶稣，为什么还要读耶稣的故事呢？”

因为她对米凯莱还是有好感的，尽管她并不真正了解他，就像所有的山里人一样。

米凯莱听了帕利德的话，微笑着回答说：

“你真是这样肯定吗？”

于是他宣布，他将读一段关于拉撒路[①]的故事，并且问大家可还记得。我们都曾经听大家谈起过这个拉撒路，可经米凯莱这一问，我们这才明白，我们确实不知道拉撒路是谁，他做过什么事。也许罗赛塔知道，但是这一次，她也沉默不说话了。

米凯莱带着胜利者的平静口吻说道：

“你们瞧，你们说熟悉耶稣的生平，可你们连拉撒路是谁也不知道，……这个故事就像教堂里关于耶稣受难的壁画中的许多故事一样……，山下丰迪教堂里也有这幅画。”

帕利德也许以为这些话是责备他的，便解释说：

“你可知道，到山下的教堂去，要损失一整天时间吗？……我们必须劳动，我们不能为了上教堂而损失一整天。”

米凯莱没有吱声，开始朗读起来。

由于我确信，所有将阅读我这些回忆的人都熟悉拉撒路的故事，我就不在这儿重复了；这还因为米凯莱朗读的时候，没有添油加醋，至于那些不了解这个故事的人，可以去读读《圣经》的福音书。我只是注意到，随着米凯莱的朗读，他周围的那些农民的脸上越来越显露出如果不是厌烦的表情的话，那至少是冷漠和失望的表情。大家本来是等待着一个娓娓动听的爱情故事，谁知米凯莱读给他们听的却是一个关于奇迹的故事，顺便说一句，对于这个故事，我觉得听懂了一些，可他们根本就不相信，连米凯莱本人也不相信。但米凯莱和他们之间的区别在于，他们感到厌烦了，两名农妇开始窃窃私语起来，悄声地笑着，第三名妇女不断地打哈欠，帕利德似乎比大家都要全神贯注，他哈着腰，身子向前探去，但脸部表情呆板；无动于衷，我所说的差别还在于，米凯莱读着读着，似乎自己也已被他所不相信的奇迹故事感动了。当他读到耶稣说道“我是复活和生命的化身”这句话的时候，突然停顿了下来，大家这才发现，他是由于哭泣而读不下去了。我知道，他是为他读的内容而流泪，正如后来所证实的，他是用某些方式来影射我们的现实生活。可是，那个感到厌烦的女人，不明白拉撒路的故事，为什么会使他眼睛里充满了泪水，竟然问道：

“米凯莱，烟雾让你讨厌了，是吗？……房间里烟太浓了，……要知道，我们是待在茅草屋里。”

要明白这句话的意思，必须回想一下我前面已经介绍过的情况。房间里没有小烟囱，炭火盆的烟只好在茅草屋里滞留很长一段时间，然后才透过密密麻麻的干树枝搭成的顶棚缝隙缓慢地散发出去。因此，常常发生这样的情形，所有在茅草屋里的人都呛得流眼泪，还有两只狗，一只母猫和一群小猫咪也跟着人一起流泪。那个女人为

① 拉撒路为求乞的穷人，见《圣经·路加福音》第16章第20节。

了呛人的烟雾客气地向米凯莱道歉，而米凯莱却突然擦干眼泪，出乎意料地跳起来，嚷道：

“什么浓烟，什么茅屋，……我不再给你们读了，因为你们不懂，……让那些永远也不会明白的人明白道理是徒劳无用的。但是你们听着：你们当中的每一个人都是拉撒路……，我读拉撒路的故事，指的就是你们，你们所有的人，……是指你帕利德、你卢依莎、你罗赛塔，也包括我自已、我的父亲、那个无赖通托，塞维里诺和他的布匹，山里的逃难的人，山下的德国人和法西斯分子。总之，所有的人……，你们都是行尸走肉，我们也都是行尸走肉，还自以为是活人……我们自信是活着的人，因为我们有布匹、恐惧、利益、家庭、孩子，我们将会死去……唯有当我们发现自己是死去的人，是失去知觉的人，腐烂了的人，分解了的人的那一天，发现我们散发着死人的臭味达一英里之远的那一天，我们才会开始勉勉强强地觉得自己像个活人……晚安。”

说完这番话，他站起身来，打翻了油灯，把茅屋的门重重地关上，走了。油灯熄灭了，我们留下来的人惊慌失措，呆呆地坐在黑暗中。幸亏帕利德忙乱了一气，终于找到了油灯，重新点燃了它。我们当中没有一个人想评论米凯莱大动肝火的举动。只有帕利德以农民的尴尬而狡黠的表情说道：

“唉，米凯莱说话太过分，……他像绅士子弟，不是农民的儿子。”

我觉得，女人们也会这样想的，这完全是五谷不分，不用汗水挣钱的绅士们的脾气。总之，我们互相道了晚安，都去睡觉了。第二天，米凯莱假装不记得这回事似的，再也不提及给我们朗读了。

不过，那一次，我倒坚定了一个想法，这想法是有一天米凯莱对我们讲的一番话引发的，当时他说，他孩提时代曾一本正经地想去当神甫。我想，尽管米凯莱多次表示反对宗教，实际上，他更像神甫，而不像菲力波和其他难民那样的普通人。譬如，他那次大动肝火是因为他发现，他朗读拉撒路故事的时候，农民们听不懂，也不用心听，还表现出厌烦的情绪，交头接耳地说话，而如果某个乡村的本堂神甫，星期日在教堂布道时，当他在讲坛上尽心竭力地宣讲的时候，却发现台下的教民们注意力涣散，压根儿不听他布道，那么，他也一定会像米凯莱一样发脾气的。只有认为别人都是罪人，应当接受教诲，重新走上正道的神甫，才会这么发火，而自认为是跟别人一样的人，绝不会这样行事的。

我想再讲另外一件事，来肯定我上面说过的话，以便了结关于米凯莱性格的议论。正如我介绍过的，米凯莱从不谈论女人和爱情，他好像丝毫没有这方面的经验。不过，也不完全是因为缺少机会，从我下面要讲的事情就可明白这一点，而正是在这方面，他跟同龄的年轻人大不一样。事情的经过是这样的，罗赛塔每天早上有个习惯，起床以后就脱光衣服，赤裸着身子洗澡。我走出房间，把水桶扔进井里把水桶打满水，拎给罗赛塔。她先从头顶浇下一半水，马上在身上抹上肥皂。最后从头顶浇下另一半水冲洗。罗赛塔是非常爱清洁的。我们刚来桑泰乌米亚的时候，我从农民那儿买的第一样东西就是农民自己做的肥皂。即使寒冬腊月，她也坚持用这种方式淋浴。那时山上的天气很冷，早晨井水结成了冰，水桶在水上碰撞几个来回才能打破冰块。水桶的绳子像刀子似的割着我的双手，然后用脑袋顶着水桶回去。有几次，我想学罗赛塔的样子，屏住呼吸，张着嘴巴一分钟，但我几乎冻得昏了过去。

一天早上，罗赛塔用往常那样的方法淋浴，把水桶放在脑袋上，正用一条毛巾使劲擦着身子。她靠床站在一块木板上，避免让地上的泥弄脏双脚。

罗赛塔有一张温柔、可爱的面孔，大眼睛，挺直的鼻子，富有肉感的嘴唇，使她有点像头小绵羊。她的胸脯不肥胖，但像做了母亲的成熟妇女一样，发达、丰满、白净得像饱含了奶水，暗褐色的乳头向上翘着，仿佛在等待刚出生的婴孩的小嘴似的。相反，她的腹部却像一个纯洁少女，光滑、平整、几乎是凹陷的；大腿之间的阴毛卷曲、茂密，很显眼，好像一个插满别针的美丽的衬垫一样。从背后看，她的确很美，像一尊罗马公园里常见的白大理石雕像：双肩流畅、丰腴，脊背修长，臀部呈鞍形，好像一匹充满青春活力的母马臀部，雪白、圆润、肌肉丰满，是那么漂亮和洁净，就像她两岁时人们都想上去亲吻一样。总而言之，我经常想，男人毕竟是男人，当一个男人看到我的赤裸着身子的罗赛塔站着，用毛巾擦洗腰肢和臀部，每一个擦洗动作都使丰满、高耸的乳房颤动一阵，我敢说，这个男人会感到不知所措，根据性格不同脸孔会白一阵红一阵的。对其他男人来说，这种情况是可能发生的，当面对一个赤裸着身子的女人时，就会魂不守舍，好像一棵树上的麻雀，随着一声枪响，就纷纷起飞一样。男人面对女人只会慌乱得手足无措。

但不知道是怎么回事，一天早上，罗赛塔正在小房间的角落里擦洗赤裸的身子，米凯莱没有敲门，就推开半边门来找我们，我正靠着门槛坐着，我本来可以对他的疏忽提出警告说：“别这样，不要进来，罗赛塔正在洗澡。”但我没这么说，对他的突然光临，我并不感到不高兴，这是因为当母亲的总是为女儿感到骄傲，那时候，母亲的虚荣心，压倒了吃惊和责备的情绪。我心里想：你会看到光着身子的少女……，这也不坏，何况也不是故意的……，这样，他会看到我的罗赛塔是多么的漂亮。

我心里这么想着，不吭一声。米凯莱落进了我沉默的陷阱，把房门完全推开，正好对着洗澡的罗赛塔。罗赛塔徒劳地用毛巾遮掩着自己，我注意到米凯莱的神色，他看见罗赛塔赤裸着的身子后，犹豫了一会儿，几乎是显露出厌烦的神色，随即朝我转过身来，急忙说，请原谅，也许他来得太早了点，但不管怎样，他想来告诉我们一个消息，他是从一个彭泰科尔沃地方来的年轻人那里知道的，此人专门在山里兜售烟草，他说，俄国人已经对德国人发动大规模进攻，德国人全线溃退。然后又说他还有事，稍晚再见，就走了。

那天，我跟他单独交谈，我笑着对他说：

“米凯莱，真是这样，你跟其他同年龄的年轻人大不一样。”

他脸色阴沉，说道：

“为什么？”

“你面对像罗赛塔这样光着身子的漂亮少女，却只想着俄国人、德国人和战争，你就好像压根儿没有瞧见罗赛塔一样。”

他不大高兴，甚至几乎发火，说道：

“你说这些蠢话干什么？我觉得奇怪的是，你作为她的母亲，怎么会这样说话。”

于是，我对他说：

“即使是臭虫的妈妈，也觉得自己的女儿漂亮，你不知道吗？米凯莱，这又有什么相干？我没有对你说，今天早上你来，不用敲门就进屋。可一旦进了屋子，如果你一个劲儿地盯着罗赛塔，我也许会发火，不过，说实话，我是她的母亲，我也不会特别生气的。不，没什么，你反正没有正眼瞧她。”

他勉强地笑了笑，说道：

“对于我来说，这些事情是不存在的。”

这是我第一次，也是最后一次跟他谈这些事情。

第五章

在通托来到山里，并且预言了那可怕的扫荡即将发生之后，雨季便开始了，整个十月，天气都非常好，天空晴朗，空气清新，没有一丝风。在没完没了地待在山区的日子里，碰上这种好天气，散步至少是一种去野外欣赏风光的消遣。一天早上，天气突然变化，起床的时候我们感到很闷热，朝大海的方向望去，只见灰色的海面上弥漫着滚滚乌云，就像一锅沸腾的水蒸发一样。整个上午，疲弱、潮湿的海风驱动着乌云，遮盖了天空。难民们因为出生在那个地区，所以很明白这意味着什么；他们对我们说，这些乌云意味着要下雨，而下雨将持续到从撒哈拉吹到地中海的东南风被来自高山的北风压倒时才会停下来。事实确实是这样，靠近下午的时候，雨点开始掉了，我们钻进小屋，等候雨停下来。嘿，雨非但没有停，反倒整日整夜地下起来，第二天，海滩肮脏不堪，天空只见一团团乌云，山峦笼罩着乌云，从山谷又飘来一团团饱含雨水的乌云，还伴随着阵阵潮润的大风。雨停了，短短时间，重又下了起来，从那个时候起，也不知道下了多少日子，恐怕有一个多月，白天黑夜没完没了地下着。

生活在城市的人，下雨对他们来说没什么影响。如果出门的话，撑着雨伞，尽管在人行道或沥青马路上行走；如果待在家里，就在地板或大理石地板上走动，然而，在桑泰乌米亚山区，下雨天在茅屋之间的梯田行走，那真正是上帝的惩罚，我们整天待在小屋子里，待在那间屋顶倾斜的黑暗小屋里，房门敞开，因为没有窗户，我们望着淅淅沥沥的雨点，在门前形成一道湿润的，雾气腾腾的帷幕，我坐在床上，罗塞塔坐在小凳子上，这张小凳子是我付了不少钱从帕利德那里租来的。我们呆呆地凝望着雨丝，默不作声。如果我们说话，那只会谈下雨带来的不便。出门是连想也不会去想的，我们只是在迫不得已的时候才出门，譬如说，拣柴去，或者出于自然需要的时候。关于后者尽管说出来不好听，但我必须说，没有经历过这种生活，一直待在城里的人，家里有卫生间，是无法想象在这没有公共厕所的地方是怎样生活的。我们俩人白天至少必须出去两三次，在梯田的篱笆后面，撩起裙子，蹲下身去，就像牲口一样。没有卫生纸，自然，报纸和其他东西也是没有的，于是我们养成习惯，采几片小屋子附近的无花果叶子当卫生纸用。当然，到了雨天，这一切就变得更加困难和更加令人难受，跑到田野，双脚陷进泥巴，在雨中撩起裙子，直觉得冰冰凉的，令人讨厌的雨点落在光裸裸的屁股上，然后就用湿漉漉和黏糊糊的无花果叶子擦屁股。这种事情是我对任何人也不愿说的。

我还想补充说几句。下雨天不仅造成室外活动的麻烦，而且在屋子里也让人苦不堪言。由于没有地板，茅屋里泥巴是如此之多，以致早上要下床，我们必须像青蛙一样在一些特地放好的石头上跳来跳去，否则一双脚就会陷入泥巴里，变成巧克力。总而言之，雨水无孔不入，搞得到处都是说不出来的潮湿，不管我们做什么事情，哪怕是一个小小的动作，马上会发现粘上了泥巴，要末裙子上溅上了泥，要末腿上和不知道什么地方也粘上了泥。天上下雨，地上是稀泥。帕利德和他一家对这一切早已司空见惯，他安慰说，这雨天是正常而必要的，每年都会遇到这种情形，只有耐心等它停止，没有别的法子可想。可是，对我们俩来说，这就要遭罪了，比我们至今遇到的任何事情都更折磨人。

这次下雨带来的恶果是我们后来才知道的。由于天气恶劣的缘故，英国军队在伽利略诺河[①]南岸停住，不再前进了。自然，英国人一旦不再前进，正如我们后来听说的，德国人不但决定不再后撤，甚至在他们驻扎的地方挖起战壕来了。我对战争和打仗一无所知，我只知道那些下雨天的一个早上，一个农民拿来一张油印的破纸，气喘吁吁地跑来，这是德国人到处张贴的传单，米凯莱一面读，一面向我们解释德国人颁布的命令是什么内容；命令规定，所有位于大海和山区之间的村镇必须全部疏散，包括我们眼下住的地方，传单上就提到了它的名字。对每一个地区都规定了撤离的期限。撤离时不许随身携带箱子或包裹，只准带少量吃的东西。换句话说，必须抛开住房、茅屋、牲口、农具、家具和自己所有的财产，让孩子骑在脖子上，沿着崎岖的羊肠小路，冒着寒雨走过一山又一山，朝着罗马方向撤退。当然这些不要脸的东西，婊子养的德国人还恐吓说，谁胆敢不服从命令，将严加惩处，逮捕、没收财产、流放、枪毙。我们待的地方被指定两天之内撤离完毕，四天之内所有的地区必须全部疏散一空，以便德国人和英国人能有更多的空间来肆无忌惮地厮杀。

菲力波和其他的难民，以及农民们已经习惯于把德国人看成意大利现存的唯一权威。他们第一个反应不是反抗，而是绝望。德国人强求做不可能做的事情，但德国人毕竟是掌握生杀大权的权威，眼下除此没有别的权威。因此，必须顺从，要不然……要不然，连他们也不知道该怎么办。难民们已经抛弃了丰迪的家园，他们清楚逃难是

---

① 位于罗马和那不勒斯之间的河流。

怎么一回事。面临再次逃难的前景，在寒冷的冬天，沿着崎岖的山路，冒着白天黑夜没完没了地下的雨水，还有这烂泥巴，别说是走到罗马，就是仅仅走到梯田尽头，也是困难重重，何况方向不明，目的地不明，不知道要到何处安身，他们确实绝望了。女人们哭泣，男人们骂娘，或者灰心丧气，一声不吭。像帕利德和其他家庭的农民们，都是用自己的双手，辛苦耕作了一辈子，开发梯田，建筑住房和茅屋，如今，他们除了绝望之外，简直是呆若木鸡了。他们几乎不相信会遇到这样的下场，有人唠叨，“我们能上那儿去呢？”有人想逐字逐句地重新读一遍布告，有人则在重新听了一遍后说，这是不可能的。可怜的人们，他们不懂得对德国人来说，不存在什么不可能，何况这仅仅关系到别人的身家性命。帕利德的弟媳阿妮塔身边有三个小孩，丈夫在俄国，她突然以一种非常平静的语气表达了大家的共同想法。

“我要是背井离乡，不如先杀了我的孩子们，然后自杀。”

我明白，她这番话与其说是出乎绝望，不如说是因为她心里清楚，拖着三个孩子在这大冷天里，沿着崎岖的山间小路逃难，意味着要送孩子们的命，倒不如干脆先杀了他们。

当时，唯一没有丧失理智的是米凯莱。我想，这是因为他从来没有承认过德国人的权威，正像他经常说的，他把德国人看成是强盗、土匪、歹徒，眼下他们是最强大的，因为他们拥有武器，并且懂得怎样利用它。他读了德国司令部的布告之后，哈哈大笑，讽刺道：

“不是有人说过，英国人和德国人都是一样，不管谁打胜了都行吗？现在就该他领路朝前走吧。”

没有一个人吱声。菲力波更是如此，因为这番话就是冲着他来的。晚上所有的人都聚在茅屋里，围着火炉。帕利德说道：

“你讥笑我们，可这对于我们来说意味着死亡……这里有我们的房子、牲畜、财产、一切的一切……如果我们走了，这一切会怎么样呢？”

米凯莱，就像我所了解的那样，是个古怪的人，善良，同时又倔强，人品高尚，但又可以说铁面无情。他放声大笑，说道：

“好吧，你们会失去一切，然后也许会死去……这有什么奇怪的呢？……难道波兰人、法国人、捷克斯洛伐克人没有失去一切，没有死伤吗？要知道，他们都处于德国人的统治之下……如今轮到我们意大利人了，当别人受难的时候，没有人觉得有什么可哭的……现在终于轮到我们头上了，今天轮到我，明天就会轮到你。”

大家听了这番话，都倍感沮丧，尤其是菲力波，看得出来，他整个人都在颤抖，几乎无法冷静下来思考问题了。他说道：

“你怎么不忘开玩笑……可现在不是开玩笑的时候。”

米凯莱说道：

“可对你来说，什么才是重要的呢？……你不是说过，德国人和英国人对于你都是一样的吗？”

菲力波问道：

“那我们该怎么办呢？”

我第一次看到他的人生哲学，不仅仅对于他也变得分文不值。米凯莱耸了耸肩膀，说道：

“德国人难道不是主人吗？你们去问德国人，你们该怎么办？不过，他们会告诉你们，按这张传单上所印的命令去办。”

于是，帕利德像阿妮塔那样，对自己的孩子们说道：

“我干脆拿起枪，见到第一个德国人，我就杀了他……然后他们会把我也杀死，这倒好……至少我不是孤零零的一个人上另外一个世界去。”

米凯莱笑着说：

“好样的，现在你开始明白事理了。”

我们都惶惑不安，米凯莱继续冷笑着打趣，其他人则望着已熄灭的火焰发呆。末了，米凯莱突然表情严肃地说道：

“你们想知道你们该怎么办吗？”大家不由把满怀希望的目光投向他，米凯莱接着说：

“你们按兵不动，什么也别做。你们就像压根儿没见过这份告示似的。你们待在原来的地方，像往常一样生活，不理睬德国人和他们的告示，还有他们的威胁。如果他们确实想疏散一个地区，那就不该用分文不值的传单，而该诉诸武力。英国人也是全副装备，可是由于天气不好的缘故，他们无法施展武力，而只好止步不前。德国人也是这样。如果你们按兵不动的话，他们派部队沿着崎岖的小路上山来之前，就得好生反复考虑。即使他们来了，也得费不少力气才能把你们带走。总之，你们只管装成聋子，然后你们再见机行事。难道你们不知道德国人和法西斯分子四处张贴布告，总是以死刑来威胁那些不顺从的人吗？七月廿五日我曾被抓去当兵，可我就开了小差，后来他们通报各个部队，用死刑恫吓，要我返回原来的部队，我却回到自己的家，来到这里。所以，你们就像我一样行事，按兵不动。”

在这种紧急关头，这是应想到的最简单和正确的办法，但没有人这么去想，因为，正像我们说的，大家都把德国人看成是绝对权威，大家都需要一个权威，另外，一件事情一旦印在纸上，似乎就不容人们持不同的意见。总之那天晚上，大家几乎都安心的上床睡觉，早上起来的时候也觉得充满了信心。第二天，仿佛由于某种奇迹的作用，谁也不再谈论德国人和关于疏散的告示，好像传了口令，不谈这件事，又好像这件事压根儿没有发生过似的。过了一些日子，众人觉得米凯莱是有道理的，因为，就我们所知，在桑泰乌米亚，人们也按兵不动，其他地区也是如此。大伙儿相信，德国人也许改变了主意，不搞疏散了，因为人们再也没有提起那告示了。

下了多少天的雨呢？我说至少下了40天，就像《圣经》中所说的世界大洪水一样。不但下雨，天也冷了，因为现在已经进入冬天，从海上吹来的潮湿带着雾气的阵风冰凉冰凉的，刮在脸上就像针扎一般。每天从乌云倾注到山上的雨水，夹杂着雪花和冰块。我们只有一个放在膝盖前的炭火盆，用于室内取暖，我们要末就上床，两个人身子挨着身子，蜷成一团，要末摸黑待在茅屋里，靠着燃着的盆火。通常的情况是整个上午都下雨，将近中午的时候，天色稍微转亮，但还是看到，密布的乌云漂游在空中，仿佛为了喘口气似的，海滩上比任何时候都雾气腾腾，肮脏不堪。到了中午，雨又开始下起来，一直下到晚上，然后又下整整一夜。我们俩一直跟米凯莱在一起，他娓娓不停地谈话，我们洗耳恭听。他讲了些什么呢？他喜欢演说，讲话的内容无所不包，他具有教授或者说布道者的派头，有好几次，我对他说：

“米凯莱，真遗憾，你没有去当神甫……要知道，星期日你完全可以去作一个精彩的布道。”

我想以此说明，我不愿把他说成是一个喜欢闲扯的人，他总是谈一些有意思的事情，而闲扯的人扯到一定程度就使人厌倦，就不愿再听他们的了；他正相反，他能使人听他讲下去，有好几次，我竟不由自主地停止织毛活，全神贯注地听他讲的道理。他发表议论的时候，是什么也不顾的，不顾时光流去，不顾灯火熄灭，也不顾我和罗塞塔由于我们的某种原因需要单独待着。他满怀激情，充满自信，滔滔不绝地讲着。每当我打断他的话，说道：“好了，现在应该去睡觉了。”或者说：“好了，现在吃午饭了。”他便不太高兴，神色尴尬，摆出一张怏怏不乐的面孔，说道：

“瞧，跟这样愚蠢、没有头脑的女人讲话，真是白费口舌。”

这40天的雨天里，没有发生过什么大事，除了我要叙述的一件事之外，它涉及菲力波和维钦佐。一个下雨的早上，像往常一样，天空布满从海面连续不断飘过来的乌云，罗赛塔和我去帮助菲力波宰羊，这头羊是他从帕利德那里买来的，打算在拿走自己的一份肉后，就零卖出去，这头黑白相间的母羊，被绑在一根木桩上，难民们由于没有正经事情可干，都围着这条羊，算计着它的分量，剥去皮和内脏之后能出多少肉。我和罗赛塔淋着蒙蒙细雨，双脚踩在泥巴里，罗赛塔小声对我说道：

“妈妈，我可怜那头母羊……现在它还活着，过一会儿他们就把它宰了……如果它属于我的话，我就不会宰它。”

我对她说道：

“那你吃什么呢？”

“面包和蔬菜……，为什么非要吃肉呢？我也是肉身，我的肉跟这头母羊的肉没有什么区别……它没有能力自卫和评理，它有什么罪过呢？”

我详细的转述罗赛塔的这番话，可以说明她在那战争和饥荒的年代是如何判断和考虑事情的。她的说法有点天真，甚至愚蠢，可是，正像我说过的，这恰好证明她的品德的完美，找不出什么缺点，就像一个圣人，这或许也是出于她缺少阅历和无知，不过，不管怎么样，她打心底里是一个真诚的女孩子，后来，正像我已经提到过的，我发现，这种品德的完美是脆弱的，几乎是人为的，就像一朵生长于暖房里的鲜花，一旦把它放在室外，很快就枯萎凋谢，但到了那个时候，我只能用这样的想法来安慰自己，我曾经有过一个非常善良、纯洁的女儿，虽然我没有做什么值得夸奖的事儿。

屠夫名叫依涅齐奥，其实说他是什么人都可以，但就是不像个屠夫，他神情忧郁，无精打采，灰白色头发乱蓬蓬地耷拉在前额，长长的络腮胡子，一双蓝色眼睛深陷下去。他把上衣脱掉，只穿一件马甲。靠近绑母羊的木桩，摆着一张桌子，上面放着两把屠刀和一个脸盆，就像医院里动手术的时候一样。依涅齐奥拿起一把屠刀，用手背试了试刀刃，走近母羊，一把揪住羊角，使劲把母羊的脑袋往后攥，母羊转动几乎要鼓出来的眼睛，说明母羊已经知道了自己的命运，咩咩地哀鸣起来，好像在说，发发善心，别宰了我吧。可依涅齐奥咬牙切齿，猛地一下把尖刀刺入母羊的喉咙，只留下刀柄露在外面。当他下手的菲力波赶紧把脸盆放在母羊喉咙下面，鲜血像小喷泉似的从伤口涌出来，稠乎乎的，呈黑红色，冒着热气。浑身痉挛的母羊半闭着已经没有神的眼睛，随着鲜血不断流入脸盆，母羊终于一命呜呼，眼睛也跟着完全闭上，最后，双膝弯曲，猛地瘫倒在它还信任的那个屠夫手里。

罗赛塔冒着不断下着的雨，远远地走开了，我本想追她去，但我必须在场，因为羊肉不多，我不想错过这个机会。再说菲力波还答应给我羊肠，用木柴或煤炭放在烤架上烤出来的羊肠是非常美味的。依涅齐奥提起母羊的后蹄，在泥地上拖到另外两根木桩之间，把羊头朝下，蹄子朝上地挂起来。大家围拢过来，要看依涅齐奥如何操作。

他先攥住一只前蹄，剁下蹄子，好比齐手腕处剁下人的一只手。他随即选了一根坚硬而细长的棍子，插进蹄子上毛茸茸的外皮和蹄肉之间。母羊的毛皮是靠筋络和肉体连成一体的，就像一张黏合得不好的纸张难以分开。棍子插进去以后，他反复地转动，造成一个洞，然后扔掉棍子，把蹄子像竖笛一样放在嘴边，用力吹气，吹得脖子上的青筋直暴，脸颊涨成紫红色。他使劲地吹着吹着，随着他吹的气不断渗进毛皮和肉体之间，并在里面流动，母羊开始膨胀起来。依涅齐奥继续不停地吹气，吊在两根木桩之间的母羊终于像个皮囊膨胀起来，几乎比先前胀大了一倍。这时他扔下羊蹄，擦干净带污血的嘴唇，把刀子插入腹部，割开从腹沟直到颈部的毛皮。于是，他开始用两只手把外皮从肉体上揭下来。看到羊皮这样轻而易举地跟肉体分开，就像脱下手套一样，这确实是一件新奇的事情。他慢慢地揭下羊皮，一面用刀子砍掉仍然粘在肉体上的筋络。总之，他不慌不忙地把整张羊皮脱了下来，然后把母羊皮扔在地上，毛茸茸、血淋淋的，就像一件不再穿的衣服一样。现在母羊赤条条的，身上带着污斑点点和青紫块。雨还下着，可是谁也不愿动弹。依涅齐奥又操起刀子，开膛剖腹，双手伸进腹中摸索，马上对我嚷道：

“切西拉，伸开胳膊。”

我赶紧跑过去，他把整个肠子都拉了出来，像理一团毛线似的，把肠子一段段地绕好，他不时切下一段，放在我的胳膊上，肠子热乎乎的，散发出一股我也不知道是什么样的气味，肠子里的粪便把我也玷污了。依涅齐奥絮絮叨叨地说：

“这简直是一道国王用的名菜，你们这些娘儿们……你把肠子弄干净，用文火烧炖。”

这时传来有人喊叫的声音：

“菲力波！菲力波！”

我们都转过身去！梯田上先出现了脑袋，然后是肩膀，最后才看出来是维钦佐。我们来桑泰乌米亚之前曾在他那里住过。他像支秃毛鸟，鹰钩鼻子，凹陷进去的眼睛，上气不接下气，浑身都是泥水，还没有登上梯田顶部，他在下面就叫嚷起来：

“菲力波，菲力波，发生了一件不幸的事情……发生了一件不幸的事情……”

菲力波像大家一样，正看着依涅齐奥操作，马上瞪大眼睛，冲着维钦佐跑了过去，说道：

“发生了什么事？快说，发生什么事了？”

这人很狡猾，假装由于登山而喘着粗气，把手放在胸前，用深沉的声音说道：

“天大的不幸。”

这时，我们都转过身去。离开依涅齐奥和他的母羊，走近菲力波和维钦佐。不远处的菲力波小房子的窗户打开了，两个女人探出脑袋来，那是菲力波的妻子和女儿。维钦佐终于说道：

“是这么回事，德国人和法西斯分子来了，他们在墙壁上敲敲打打，找到了藏东西的夹层墙，他们把墙壁推倒了。”

菲力波发出一声吼叫，打断了他的话。

“他们劫走了我的东西？”

“是的。”他恢复了平静，不知道是什么原因，也许是因为他已经传达了那不祥的消息，“他们劫走了所有的东西，什么也没有留下，的的确确什么也没有留下。”

他的嗓门很大，故意让从窗口探出脑袋的菲力波的妻子和女儿也听见；果然，他们马上就激动地抱怨起来，从阳台上挥动着胳膊，可菲力波不想再听他作别的解释：

“不对，不可能是真的，”他大声嚷道，“是你偷走了，你是贼，德国人和法西斯分子……是你和你那老妖婆，还有你那些不要脸的儿子！……所有的人都知道你的底细。你们全家是个犯罪团伙，你们甚至亵渎圣·约翰。”

他着了魔似的吼叫着。突然间，他在桌子上操起依涅齐奥的一把屠刀，架在维钦佐的脖子上，威胁要宰了他。幸好，难民们及时向他扑了过去，抓住他的胳膊，而他挺着胸脯，前额一个劲地往前冲，口吐泡沫，嚷道：

“你们给我宰了他，你们放开我，我要宰了他。”

同时，两个女人在窗口激动地尖声叫道：

“我们破产了，我们破产了。”

雨不断地下着，所有的人都湿透了。

然而，米凯莱几乎是这场闹剧的旁观者，他甚至可以说表露出一种满意的神情，好像他为姐姐失去嫁妆，母亲失去家财而感到高兴，他突然走近维钦佐跟前，维钦佐还在辩解：

“谁偷了？！德国人，他们是法西斯分子，跟我有什么相干？”

米凯莱好像早已料到似的，把手伸进维钦佐的上衣口袋里，掏出一个小盒子，平静地说：

“瞧，谁是贼，你就是贼骨头……这个戒指是我姐姐的。”

他打开了小盒子给大家看，里面是一只带钻石的小戒指，我后来才知道，这是菲力波送给女儿的生日礼物。菲力波看见了戒指，大吼一声，奋力甩开攥住他胳膊的人，高举尖刀朝维钦佐扑过去。可维钦佐比他反应更快，冲开围着他的人群，一溜烟地顺梯田跑下去。菲力波本想追他，但很快明白，他追不上维钦佐，因他身材矮小，又挺着个大肚子，而维钦佐人瘦腿长，跑起来就像鸵鸟。于是，他从地上拣起一块石头，朝维钦佐扔去，吼叫道：

“贼骨头，贼骨头！”

虽然他没有动窝，难民们都动起来了，倒不是因为他们跟菲力波的东西有什么相干，而是因为出现争斗场面时，人们就会热血沸腾，摩拳擦掌。这时我看见两三个年轻人跑下梯田，像一阵风似地猛追像兔子似的跑的维钦佐，他们终于追上了他，一把攥住他的胳膊，把他带上山来。这时，不断地朝维钦佐扔可以置人于死地的大石头的菲力波，上气不接下气地站在梯田边上，等着把这个窃贼给他揪来。他手里握着依涅齐奥那把仍然沾着母羊鲜血的屠刀。这时，米凯莱走到父亲跟前，对他说道：

“我劝你回屋去。”

“我宰了他。”

“你回屋去吧。”

“可我要宰了他，我一定要宰了他。”

“你把刀子给我，回屋里去吧。”

我感到惊奇的是，在镇静自如的儿子面前，菲力波也平静了下来，把刀放回桌子上，朝自己的屋子走去；这时，人们可以听见从屋子里传来像来自炼狱一样的吼叫声和呜咽声。雨继续不断地下着，此时的梯田中央，只剩下吊在两个木桩之间那只可怜的剥了皮的母羊。

维钦佐和追捕他的几个年轻人回到梯田，农民和难民们马上把维钦佐团团围住，询问他到底是怎么回事，询问的口气更多的是出于好奇，而不是出于谴责，维钦佐并不求饶，只是用他那恶魔一般的腔调说道：

“我本来是不会干的，我家里的任何一个人也本来是不会干的……圣·约翰让我这么做的，……菲力波给我的儿子洗礼，我给他的女儿洗礼……血不是水，不是吗？我可以向你们发誓，我宁愿剁掉一只手也不愿去偷的……如果我说的不是真心话，我可以让雷电劈死在这里。”

“我们相信你，维钦佐，我们相信你……可后来你去偷了，这究竟是怎么回事呢？”

“我觉得内心有一个声音日日夜夜对我说：你去拿锤子，把墙壁砸开……白天黑夜都有一个不让我安宁的声音。”

“就这样，维钦佐，你终于拿了锤子，砸开了墙壁……不是这样吗？”

“正是这样。”

难民们和农民们都大笑起来，然后又提了不多的一个问题，他们放开了他，回到依涅齐奥和他的母羊身边。但是维钦佐并没有马上走开，开始挨家挨户地讨水喝，然后重复刚才让大家发笑的话。他自己却没有笑，像只不成样子的鸟儿呆头呆脑。傍晚的时候，他才垂头丧气地走了，好像被偷的人不是菲力波，而是他似的。

当天晚上，米凯莱来到茅屋时，我正在跟帕利德一家炖羊肠，他摆出一副评论的架势，说道：

“我父亲是个不坏的人……可为了四床被单和一点金子，竟要杀死一个人……而我们为了一个理想，连一只鸡也不会去杀死的。”

帕利德眼睛望着炉火，不紧不慢地说道：

“米凯莱，难道你不知道，对于人来说，财产比理想更值钱吗？……你瞧，譬如拿神甫来说，如果你对他忏悔说你偷东西了，他呢，无精打采地说你向圣·约翰祈祷忏悔，然后对你赦罪。但如果你到教堂里，偷了他的一副银餐具什么的，你就听他怎么吼叫吧……他不是对你赦罪，而是马上把宪兵队长叫来逮捕你，……如果连一个神甫都这么表现的话，那就想这些不是神甫的人吧。”

这是下雨季节所发生的大新闻，此外就都是些平常的事情，谈论战争和天气。关于英国人打来后我们该做些什么事。雨季我们睡得特别多，经常睡十二到十四个小时，有时醒来，听听雨点敲打屋顶瓦片的声音和屋檐流水汩汩声，我们俩互相紧紧搂着，重又睡得更香甜。我们睡在那张裂开的木板床上，褥子是一只装满干玉米叶的大袋，在我们的身子下面不时张开口来，险些把我们掀到地上。

对于菲力波一家和所有的难民来说，最令人操心的就是吃的问题。可以这么说，他们挺有钱，每天从早到晚忙着吃喝，他们以为必须吃好，因为这是唯一驱除烦恼的方式。他们的看法是，贮存的东西最好吃掉，因为英国人一旦来了，就会丰衣足食，价格将会下跌，那时贮存的东西就没有人愿意要了。可我心里想，“宁可信其有，不可信其无。”我也曾相信英国人是会来的，但到底什么时候才来呢？如果出于他们的什么原因，晚来两个月的话，那大家就都得饿死。因此，当所有的人都忙于把食物填满肚子，我却厉行节食，我们一天只吃一顿饭，七点钟吃一小锅豆子，一点肉，多半是羊肉，一片面包，一些干无花果，总是按定量吃饭。有时我做些玉米面糊糊，有时不做豆子，而煮鹰嘴豆，不吃羊肉而吃牛肉。早上，我和罗赛塔吃一小片面包和一个生洋葱头，或者我们完全不吃面包，而只啃角树豆，通常人们是用它来喂马的，可是在饥荒年代，基督教徒也用它来充饥。罗赛塔经常抱怨叫饿，要知道她是年轻人哪。我只好鼓励她去睡觉，因为我知道睡觉也就等于吃饭，睡觉的时候人消耗体力少，可以养精蓄锐。

总而言之，我把我自己弄得像农民一样，他们跟难民是不一样的，他们谨小慎微，甚至小气，用首饰店里的天平来掂量东西，农民们的确已经习惯饥荒，本能地知道，无论德国人来也好，英国人来也好，他们永远不会酒足饭饱，他们总是缺钱花，总是收成不足，青黄不接。这样，从某种意义上来说，我更觉得自己是个农民，而不是一个逃难的城里人。尽管我是店老板，但我甚至感到有一种对逃难人的敌对的情绪；他们有钱是因为盘剥别人，如今一心盼望英国人来，好回去用老办法积聚钱财。有人说，我实际上也是店老板，的确是这样，但我出身于农家，跟农民和土地交往，我便觉得自己又重新成为农民，就像我当姑娘的时候，离乡背井到罗马去结婚。

好吧，我们继续往前说。约摸过了四十天光景，十二月底左右，一个美好的早晨，我们像往常一样起身后，发现夜里风向改变了。天空是暗蓝色，明亮深沉，抹上了一片胭脂色的曙光，朵朵红灰色的云彩向四方散去！这是漫长的雨天留下的最后的乌云。在蓬查那边，长时间来第一次看到了亮闪闪的大海，近乎黑色的深蓝大海。丰迪的平原已是冬天的景象，灰色取代了青绿色，清晨大雾蒙蒙可望是一个阳光灿烂的好天。从山上刮来的阵阵晚风，像刀子似的冰凉干燥，靠近小屋的光秃秃的树枝被刮得摇来晃去。走出屋外，脚下的泥巴硬邦邦地板结在一起，冰凉刺骨，到处像掺和了玻璃碴一样闪闪发亮，夜里泥地都上冻了。这种天气的变化使得逃难的人们重新又燃起了希望，他们在寒冷的早晨走出家门，相互拥抱和逐个道贺说，现在天气好了，英国人会快速前进，一切将会结束。

果然，英国人准时来到了，但并非像难民们期望的那样，正是那个美好天气的清晨，我们都在梯田上晒太阳，就像许多冻僵了的蜥蜴一样。突然间，我们听到由远而近的轰隆声，这声音越来越响，充满了整个天空。难民们疑惑了一阵后明白了，我也跟他们一样明白了过来，那轰隆声我在罗马的时候白天和黑夜没少听到过。

“英国人，飞机，英国飞机来了。”

说时迟，那时快，从山后的明朗天空先出现了一组四架飞机，那是漂亮的银色飞机，很像威尼斯生产的银丝小别针，别在天空上面，在阳光下闪闪发光。很快又出现了另外四架，然后又是四架，一共是十二架飞机，他们好像沿着一条肉眼看不见的线路径直飞来，轰鸣声响彻了天空。说实在话，尽管这种轰鸣声使我回想起在罗马经历过的不愉快时光，但如今听到却感到高兴，虽然在这轰鸣声中，我似乎听到一种可怕的声音，但对我们意大利人来说是好的兆头，因为它会把法西斯分子和德国人吓跑。我也是这样，虽然心有余悸，但满怀希望。我注视着天空，只见机群笔直而自信地朝着丰迪飞去。丰迪坐落在山谷，白色的房屋和暗绿色的橘林交相辉映。飞机开始钻入朵朵白云中，德国人的高射炮弹马上发出急促的、干巴巴的回击声。我不知道有多少门高射炮从山谷的四面八方开火。应当听听难民们的谈话，他们说道：

“可怜虫，他们开炮了……但他们打不中的，……明天英国人会拿下他们……好吧，开炮吧！开炮吧，你别在乎就是了。”

确实，那些高射炮根本没有击中飞机，飞机继续往前飞行。这时，我们听见更响更深沉的爆炸声，只见在地面上，而不是在空中，在丰迪的住宅和树林之间冒起了白色烟雾，飞机开始扔炸弹了。

我很长时间都不能忘记第一次爆炸后发生的情形，我从来不曾见过人们那么快地从兴奋不已一下子陷入痛苦之中。炸弹一个接一个地在丰迪开花，市镇上空弥漫着由于爆炸而升腾起来的浓密的白色烟雾，把视线也给挡住了。刚才还兴高采烈的难民们，站在梯田上大声喊叫、哭泣和咒骂起来，正像菲力波的妻子和女儿听到维钦佐宣布德国人偷走了嫁妆时的表现一模一样。人们来回奔跑，挥动胳膊大声喊叫，似乎想制止飞机的轰炸。

“屋子！我的屋子，刽子手，你们毁掉了我们的房子，真是大祸临头，房子、房子、房子。”

与此同时，炸弹源源不断地朝下扔，就像树上熟透了的果子被摇晃时不断掉到地上一样。高射炮也不断地开火反击。震耳欲聋的喧嚣声不断震撼天空，而且连大地也似乎颤动了。机群一直飞往山谷尽头的大海边，大海在阳光下闪闪发光，机群又在那儿拐弯，折了回来，继续呼啸着扔下炸弹。本来难民们已平静了一会儿，他们以为飞机远走高飞了，此时他们又比第一次更剧烈的号哭起来。正当趾高气扬的飞机好像沿飞来的路线安全返航的时候，最后一组机群的第二架飞机忽然冒出一道巨大的鲜红的火舌，恰似蓝天中的一朵红围巾。高射炮击中了目标，飞机落在其他飞机的后面，那条火红的围巾绕着小小的白色机身飘荡，火势越来越浓烈，颜色越来越红。现在应该听听难民们说些什么了。

“好样的，德国人，给那些刽子手颜色看看，把他们揍下来。”

罗赛塔突然叫喊起来：

“妈妈，你看，多漂亮，伞兵。”

被命中的飞机拖着火舌朝着大海挣扎着飞去的时候，我瞧见天空中一顶接着一顶的白色大伞张开，每个大伞下面都悬挂着一个黑色的人影，随风飘荡，这就是飞机驾驶员。七八顶伞张开，徐徐地降落，高射炮不再开火，被击中的飞机晃晃悠悠地栽下去，消失在山丘后面，不一会儿，听到一声爆炸的巨响，就再没有什么了。一切重归平静，除了机群消失远方传来的微弱的金属般的回声；难民们的哭声和叫喊声更显得刺耳。银色的降落伞缓缓地下降，整个丰迪山谷由于到处是火光而弥漫着灰色的烟雾。

英国人就这样来到了，是的，他们是来毁掉难民们的房子。那时，米凯莱的令人奇怪的铁石心肠以一种出乎我意料的方式表现出来。那天晚上，我们正在茅屋里谈论轰炸的事情，他突然说道：

“你们可知道，那些难民现在为自己被毁的房子而哭泣，可是，当报纸宣称，我们的轰炸机炸毁了某个敌人的城市的时候，他们说了些什么？我亲自听到他们这样说的：好吧，他们挨了炸，活该，这是他们罪有应得。”

我问道：

“这些可怜的人难道不让你感到难过？眼下，他们没有了房子，被迫像吉卜赛人那样，都快要赤身裸体了。”

“是的，他们让我感到难过，但他们不会比那些在他们之前失去房屋的人更让我同情。切西拉，你对我说，这种事今天轮到我头上，明天就会轮到你头上，英国人、法国人、俄国人的房子挨炸的时候，他们高兴得鼓掌，现在轮到他们挨炸了，这难道不公正吗？你，罗赛塔，相信上帝，你没有从这里看到上帝的能力吗？”

罗赛塔没有作声，像往常他谈论宗教问题的时候一样。话题就此结束。

总之，第一次轰炸之后，所有的难民都跑回丰迪，去看看他们的房子到底出了什么问题；几乎所有的人回来的时候都带来了令人宽心的消息，房子幸免于难，归根到底，破坏的程度并不像第一眼所觉得的那么可怕。虽然确实死了两个人，一个是夜宿在郊区一所已经毁坏了的房子里的老乞丐，另一个令人难以置信的死者法西斯分子西苗查，他就是我们住在孔切塔家里时，用枪威胁我们的那个人。西苗查死的原因就象他活着时一样，那天上午，他趁天气好，跑到丰迪去，撬开了服饰用品店的百叶门，炸弹炸毁的房子砸了他的脑袋，众人找到他时，只见他躺在许多带子和纽扣中间，手里还紧握着偷来的东西。我对罗赛塔说道：

“唉，如果都是这种人死去，那倒要给战争祝福啦。”

但使我吃惊的是，她却泪流满面地说道：

“妈妈，你别这么说……他也是一个不幸的可怜人。”

晚上，她为他祈祷，哀悼那个比他所穿的黑衬衫还要黑的灵魂。

我忘了交代，那几天还死了另外一个人托马西诺。我很清楚他是怎么死去的，和为什么会死去的，因为我跟他在一起的时候，正好发生了导致他死亡的事情。他这个人，不管下雨刮风和道路泥泞，始终把全部时间花在做生意上，他从农民、德国人、法西斯分子那儿盘进东西，然后卖给难民。当时吃的东西已经很稀少，但他有办法搞到食盐、烟草、柑橘和鸡蛋。当然，我知道，他提高卖价，挣了很多钱。他整天都在谷地不怕危险地转悠，倒不是因为他勇敢，而是因为金钱对他来说比命还重要。他经常胡子长长的，总是穿着一条破烂不堪的裤子，鞋子上总是沾满了泥巴，像个流浪的犹太人。他把家安顿在比帕利德小屋还要高的山上农民那里，要是有人问他为什么不回家，他回答说：

“我有店铺，我想把店铺经营到最后一刻。”

他想经营到战争的最后时刻，却没有想到他会经营到他生命的最后一刻。

有一天，我用小篮子装了八只鸡蛋，我跟罗赛塔下山，想用这些鸡蛋从德国人那里换个面包，德国人就在谷地的小橘树林里安营扎寨。恰好托马西诺正在桑泰乌米亚山上做生意，他表示愿意陪我们去。我们下山的那天，正好是第一次轰炸之后的第五个好天气。

托马西诺一直在前面引路，沿着崎岖山路的卵石和坑坑洼洼行走，不说一句话，专心致志地盘算着他的生意，我们紧紧跟着，也不说话。崎岖小路弯弯曲曲，沿着山的左面盘旋，我们来到一个悬崖峭壁，无路可走的地方，托马西诺跑向一丘陵处，然后沿着山的右翼继续往下走。这座丘陵是个奇形怪状的地方，有许多形状奇特的光秃岩石，呈圆锥状，显出象皮那样的灰色，满布大大小小的岩洞，在悬崖峭壁之间，长了不少无花果，硕大的绿色叶片，长满了刺，就像法官长袍上的长领带一样。山间小路在无花果和岩石间曲曲弯弯，旁边是一条小溪，溪水清亮透彻，就像绿色沟壑上的一块水晶。

我们来到了丘陵跟前，托马西诺走在我们前面30米远的地方，我们听到一群飞机的轰鸣声，没有感到意外，因为这已经成为一件正常的事情，再说机群径直朝着前线飞去。他们从来没有轰炸过山上，大家感到安全，因为不值得在石头堆和梯田上浪费值钱的炸弹。我平静地对罗赛塔说：

“你瞧，飞机。”

事实上，可以看到明朗天空中的银白色机群，排成三列飞行，打头的只有一架，给人感觉是领航。我正朝天空望去的时候，忽然看见一个红色的风向标从头顶上的飞机里抛出来，不知道是怎么回事，我想起了米凯莱对我说的话，那就是扔炸弹的标记。我刚刚明白到这一点，炸弹就开始像雨点般扔了下来，炸弹落得是如此之快，连炸弹是什么样的都没有看清楚。我们几乎很快就听到猛烈的爆炸声，声浪就在附近掀起，周围的大地在颤动，就像发生了地震一样。事实上，不仅仅是大地在颤动，还有裹着尘土的石子，尤其是我后来才发觉的锐利的弹片飞溅，至少有我的小手指那么长，只要一片击中身子，我们就没命了。我们四周的滚滚黄尘呛人，扬起的尘土使我几乎什么也看不见，我害怕极了，叫着罗赛塔的名字。待到尘土落下，视线清楚了些，地上散落着许多碎片。突然间，我听到罗赛塔叫我的声音：

“我在这里呐，妈妈。”

我从来不相信奇迹，但说实在的，我认为爆炸时那些在我们身边飞舞的弹片没有把我们杀死简直是个奇迹。我高兴得搂着我活着的罗赛塔这么想着，我搂着她，吻她，抚摸她的脸和身子，几乎不相信她安然无恙。我随即寻找托马西诺。正像我说过的，他走在我们前面三十步远的地方，在遍布被撕裂和折断的无花果枝叶的远近地方，我都没有看见他。但我听到了他哼哼的声音，我却不知道来自何方。

“我的上帝，我的圣母，我的上帝，我的圣母……”

我想他也许被炸弹击中了，这时，我有点为找到安然无恙的罗赛塔时的兴高采烈而后悔，他对我不是很好，但他也是个基督徒，再说他也帮助过我们，尽管是为了赚钱。我期待着找到躺在血泊中的他，我顺着发出他声音的地方走去。那是一个不很深的小洞，几乎只是那些悬崖峭壁上的一个凹洞而已，他蜷缩在那里，像一只藏在壳中的蜗牛，两手捧着脑袋大声哼哼。我马上发现，他没有一点儿伤痕，只是受了惊吓，我对他说道：

“托马西诺，已经过去了，你还待在洞里干吗？……我们应当感谢上帝，我们都安然无恙。”

他不回答我的话，仍然哼哼着。

“我的上帝，我的圣母……”

我突然说：

“托马西诺，快起来，我们下山去，否则就晚了。”

他说道：

“我不离开这里。”

“什么，你愿意待在这儿吗？”

“下面我不去了……现在我上山去，到我所能到的最高的地方，躲藏在一个深洞里，山下我是不去了，对我来说都结束了。”

“怎么回事，托马西诺，店铺怎么办？”

“让店铺见鬼去吧。”

谁都清楚，他为了这个店铺，不知冒了多少回生命危险。听到他说让店铺见鬼去的话，我知道他是一本正经说的，跟他僵持下去无济于事。但我说道：

“那么，至少今天……你陪我们下山去，你可以放心，飞机不会再来了。”

他回答说：

“你们走吧……我是不会再离开这儿了。”

他又开始浑身发颤，呼叫着圣母，于是，我向他告了别，沿着崎岖的山路朝谷地走去，我们来到山谷的橘树旁边，看见一辆用橘树枝覆盖起来的德国卡车，用一块画着蓝、绿、褐色的布伪装好，六七个德国人在做饭，一个德国人坐在橘树下面拉手风琴。都是年轻人，全剃成光头，脸儿苍白、浮肿，身上有伤疤。他们来丰迪之前曾经在俄国呆过。他们对我们说，战争比待在意大利要坏一百倍。我已经认识他们，有过一次用鸡蛋换面包的交易。我从远处就向他们举起装鸡蛋的小篮子，那个拉手风琴的兵士马上停止演奏，跑进帐篷，拿来了一公斤重的面包走出来。我们走过去，他没有正面望着我们，把面包搁在一边，好像是怕我们从他手里夺走似的，他掀开盖着鸡蛋的叶子，用德文嘀咕着，一个个地估着分量。他不是很满意，拿起一个鸡蛋放在耳边摇晃，想看看到是不是新鲜的鸡蛋。我对他说道：

“你放心，全是新鲜的鸡蛋，我们是冒着生命危险把鸡蛋送到这儿来的，今天，你应该给我们两个面包，而不是一个。”

他没有听懂我的意思，脸上露出一副疑问的表情，于是，我指指天给他看，然后又做了个炸弹扔下来的手势，我发出轰轰的声音，描述轰炸的场面。他终于明白了过来，说了一句他们的口头禅“Caput”。米凯莱有一天对我说，这句话用意大利语来说就是被杀死的意思。我明白，他讲的是被命中的飞机，我回答说：

“在飞来的上百架飞机当中，有一架被击中了，如果我是你们的话，我就结束战争，返回德国，……这对大家，对你们，对我们都好。”

这一次，他什么话也没有说，因为他又不明白了。他递给我面包，拿走了鸡蛋，做了一个姿势，似乎说：

“回去吧，以后我们再做这种交易。”

告别了他们，我们沿着山间崎岖小路朝着桑泰乌米亚的方向回家去。

那天，托马西诺逃回山上，回到桑泰乌米亚的家里。第二天早上，他派了一名农夫牵着两头骡子到谷地他的小房子里取回他所有的东西，包括床垫和床絮，把他的每样东西都运到山上。他一家待的小房子他也觉得不安全了；于是，几天以后，他跟妻子和几个孩子搬进了山顶下的一个山洞里面。这是一个既宽又凉的山洞，外面人看不见进洞的地方，因为整个山洞都被树木和荆棘遮盖住了。山洞上面是巨大的峭壁，像一个圆锥面包的灰色陡峭，从谷地可以非常清楚地看到，很是壮观。洞顶是几十米厚坚固的岩石。他把全家都安置在山洞里，过去这里曾经是强盗的避难之地。你们一定会想，如今他会感到安全了，担心挨炸弹的恐惧不再会有了。可是，他仍然是那么的害怕，可以说，就好比寒热进入了他的血液，如今有这样的山洞和悬崖峭壁保护着他，他还是整天不停地颤抖，脑袋和身子裹着被子，一会儿靠在这里，一会儿靠在那里，嘴里不断地重复着：“我难受，我感到不好受。”他轻声埋怨着，不吃也不睡，总之，眼看着他逐渐消瘦下去，就像一支蜡烛，一天天地消失殆尽。在那些日子里，有一天我见他瘦得可怜，披着被子靠在洞门口，样子也苍老，一个劲儿地颤抖不已，我记得，当时我没料到他确实是病得很重，便对他说：

“托马西诺，你怕什么呀？这个山洞是经得起炸弹的，你说说有什么可怕的呀？难道炸弹会像蛇一样在这树林子里穿行，最终钻入洞里，到你的床上来找你吗？”

他傻望着我，似乎不懂我说的是什么意思，只是一个劲儿地重复说：

“我难受，我难受。”

过了一些日子，我们听说他死了。

他是给吓死的，因为他既没有受伤，也没有生病，只是那些炸弹留给他的印象太深了。我没有去参加葬礼，因为我会感到难受，伤心的事，我们已经遇到不少了。我们上他家里去了，菲力波和他一家也去了。死者没有葬进棺材，因为既没有木板，也没有木匠，他们就把他葬在两个树干之间。掘墓人是个金头发的细高个子，他也是逃难的人，如今在山里骑着他的黑马跑点黑市买卖，他把托马西诺的尸体绑在马鞍子上，沿着山区崎岖的小路慢慢地向山下墓地走去。他们对我说，找不到神甫，因为所有的神甫都逃走了，这样他这个可怜的人，只能满足于亲友们对他的祈祷了。葬礼三次被空袭警报声打断。由于缺少材料的缘故，从一个军械库里弄出条板子，钉成一个十字架，插在坟墓上，此后我才知道托马西诺留给妻子不少钱，但是没有吃的东西，他开店铺做生意，把所有的东西，甚至最后一公斤面粉和最后一两盐都卖光了。这样，寡妇手里有钱，但是没有吃的，为了活下去，她被迫用丈夫卖出时的双倍价钱买进来。战争一旦结束，托马西诺留下的钱，似乎就一无所有了。你们想知道米凯莱对叔父的死说了些什么吗？他说道：

“我难过的是，他是一个好人，但他死了，明天，许多人将有可能像他一样地死去，他总是追逐钱财，除了钱，他什么也不想，末了，竟突然被他见到的金钱之外的东西吓死了。”

第六章

晴朗的天气，除了带来英国人的炸弹，还带来另一场灾难，德国人的搜捕。通托曾预先提醒过，但谁也不相信真会有其事；现在，一些逃难到山上来的农民告诉我们，德国人在谷地进行了一次围捕，他们把所有能劳动的男人，统统押上卡车，然后把他们弄到谁知道什么地方去干活，有人说去修筑前线的工事，有人说是直接送到德国去了。后来传来了另一个坏消息，晚上，德国人包围了我们附近的一片谷地，他们先故意登上山顶，然后突然下山，把村里人一网打尽，把抓到的男人装上卡车弄走了。这在难民当中引起了极大的恐慌，因为他们中间至少有四五个年轻人在法西斯垮台的时候还在服兵役，后来开了小差。德国人正在搜捕这些年轻人，把他们看成是叛徒，想强迫他们像奴隶那样劳动，来赎叛逃之罪，天知道要把他们弄到什么地方去，又让他们在什么样的条件下劳动。最害怕的是这些年轻人的父母们，而菲力波为了儿子米凯莱就显得比任何人都更加恐惧不安，尽管他经常跟儿子有矛盾，但他总是为自己的儿子感到骄傲。

大伙儿在菲力波的小屋子里开了一次会，作出决定，在未来的几天里，由于存在扫荡的危险，所有年轻人一大早就分头上山藏身，黄昏时再下山，尽管德国人也可能上山去，但还有通向其他谷地和山区的小路，尽管德国人也是男子汉，但他们一旦要爬过一座又一座山，是许多公里的山路，那也会丧失去抓一两个男人的勇气的，米凯莱确实不愿意跟其他人一样东躲西藏，这倒不是由于傲慢的缘故，而是因为他从来不愿意去随大流。他的母亲哭着求他，如果他不愿意为了自己去东躲西藏，那就为了她而这么去做，他终于同意了。罗赛塔和我决定跟米凯莱一起上山，这倒不是因为我们害怕，德国人不抓妇女，而是因为我们待在这儿腻味得要死，在山上可以干些事情，也是为了能跟米凯莱待在一起，他是这儿我们唯一喜欢的人。就这样，我们开始了一种奇怪的生活，我一生一世都忘不了它，天还没有亮，一早就起床的帕利德来敲我们的房门，我们很快地在微弱的油灯下穿好衣服。我们冒着寒冷走出房门，黑暗中，隐约可见几个黑影在梯田上急促地行走，许多窗户一个接一个地亮了灯。我们找到米凯莱，他毛衣上沾满泥土，手里拿着一根棍子，好像童话中生活在山洞里看护宝贝的那些矮人一样。我们不出声地跟在他后面，开始往山顶走去。

我们摸黑上山，经过既高又密、齐我们胸高的灌木丛林，登上了结冰的小路。周围伸手不见五指。米凯莱的口袋里有小手电，不时用它照亮山路，我们就这样不出声地朝前走，这时山后的天空泛出鱼肚白，慢慢地变成灰白色，最后，群星星仍在眨着眼睛。在灰白色天空点点星星背景的衬托下，群山仍然是黑乎乎的。不一会儿，群山的面貌逐渐清晰了，显露出绿色，显露出丛林和森林。星星消失了，天空几乎是一片银灰色，整个丛林呈现在我们眼前，冬季的丛林冰冻，宁静，没有生气，仍处在沉睡之中。我们头顶上的蓝色天空逐渐在地平线处抹上一层玫瑰色彩。从群山后面喷射出太阳的第一道光芒，就像一支金箭那样尖利，辉煌，把各种色彩，草莓等浆果的鲜红色，苔藓的嫩绿色，芦苇的乳白色，腐烂树枝的油黑色，都显现出来了。现在我们走进栎树林，它像带子一样伸向山顶，布满整个山峦。这是些高大的栎树，遍布在斜坡上，每一株的间距很大，生长的时候互相不挨着，因此把树枝像胳膊一样到处伸展出去，仿佛想拉起手来，相互支撑，不至于由于斜坡和刮风而倒下去。它们稀稀拉拉，东歪西斜，构成一个稀疏的矮树丛，使得我们的视线得以往上眺望，通过到处都是白色的石子的斜坡，看到挨着蓝色天空的山顶。小路几乎平坦地穿过丛林。阳光使枝头的鸟儿精神百倍，虽然看不见，却能听到它们成群飞来飞去的吱吱叫声。

米凯莱走在我们前面，似乎很兴奋，步子轻快，手里转动着他用来当棍棒使的树枝，口里吹着一首小调，好像是支军队进行曲，我们又往上走了一些时候，栎树越来越稀。越来越矮小，越来越弯曲，最后，栎树不再有了，只有一条碎石子路通向斜坡，再往上走就是山顶，或者说，我们去的两座山顶之间的通道。走到小路的尽头，我们出乎意外地发现，在走了那么长的石子路之后，眼前竟是一片葱绿柔软的草地，草地中间耸立着几座圆形的白色峭壁，还有一口老井，四周是用石头垒成的栏杆。从那块平地望去，景色的确幽美，以至于我面对这大自然的魅力，不知该怎么办是好了，这也许是因为我是出生在山区的人，我已非常熟悉，说实在话，当我第一次来到这里的时候，我就被这里秀美的景色深深吸引住了。透过壮丽的山坡俯视，是一片广阔的盘旋而下、直到山谷的梯田，就像一级级的楼梯一般。远处是波光粼粼的蔚蓝色的大海。从其他方面望去，只看见山连着山，那是恰里亚山，一些山头覆盖着白雪，简直是一片银装，另外一些山头是光秃秃的灰色。山顶上比较冷，但也不是非常冷，因为阳光和煦，没有一丝风，人感到很舒服。就这样，我们每天到山顶来，度过约摸两个星期的时光。整天都得待在山顶上，于是我们在草地上铺上单子，趴在上面。我们休息了一会儿就不安宁起来，我们起来到处转转。米凯莱和罗赛塔跑到远处去摘花，或者聊天，通常米凯莱说话，她听着。我呢？一般来说不跟他们在一起，我待在梯田上面，我喜欢一人待着。在罗马的时候，我可以干我愿意干的事情可在桑泰乌米亚是不可能的，晚上我跟罗塞塔睡在一起，白天总是碰上逃难的人，孤独使我产生在生命的旅程中停顿下来，放眼观察周围世界的幻觉，可事实上，时间在不停顿地过去，我却似乎没有发觉，就像我和别人热热闹闹地在一起生活那样。

山顶上十分安静，偶尔从下面的小山谷传来几声羊群的小铃铛声，这就是唯一的声音，它不像是打搅人的噪声，而只是一种使这个地方更显得宁静，使沉默更加深沉的声音。有时，我喜欢走到井边去，扶着石栏杆，长时间地朝井下望去。这口井非常的深，至少给人这样的感觉，井里边的石头都是干燥的，井很深的地方才看得出水。井壁上的铁线蕨植物很漂亮，它的黑色枝条很像乌木，绿而细的叶子就像羽毛，这种植物在井壁的石头缝里密密麻麻地丛生，在深沉、阴暗的井水中留下倒影。当我朝井下望去的时候，我回忆起我还是小女孩的时候，常常趴在井边，瞧我自己的倒影，那时，我产生一种既害怕又向往的感情，我想象着井下面是仙女和矮人的世界，我几乎想跳下去，走进那个世界去，从而离开我所生活的世界；或者，我朝下望去，直到我的眼睛受不了那黑乎乎的一片，和看不清我的脸孔在井水中的倒影为止。这时，我捡起石子朝我面孔倒影掷去，我看见脸孔在掷下石子激起的颤动的波纹中裂成碎片。除此之外，我也喜欢在耸立于梯田的奇形怪状的圆锥形白色峭壁之间，在绿色的草地上散步。

这样，我仿佛回到了孩童时代，我几乎怀着在青草中找到什么宝贝东西的希望，因为青草是翡翠绿色的，好像是一种珍贵的东西，我还是小女孩的时候，上年纪的人就曾对我说过，那是可能埋藏着宝贝的地方。不过，这毕竟只是不值钱的青草而已，是动物的饲料。有一次，我找到一片四叶草，把它送给了米凯莱，他为了让我高兴，因为他相信我们，便把四叶草放进了钱包。

时光就这么不知不觉地过去，太阳升上了天空，阳光照得烫人。有几次，我解开了紧身上衣，躺在青草地上晒皮肤，就像在海边一样。将近吃中饭的时候，米凯莱和罗赛塔散步回来！我们就坐在草地上吃饭，中饭是面包和奶酪。从前，我吃过不少好东西，然而，这种又黑又硬，掺杂着麸糠和玉米粉的面包，硬得要用锤子来砸碎的。现在我回想起来，似乎是我从来没有吃过的最好吃的东西。也许是散步和山上新鲜的空气使胃口大开；也许时刻威胁我们的危险，也是一种稀罕的调味汁。我确实以一种奇怪的胃口进食，好像我生平头一回发觉，吃饭、吸收养料和恢复精力意味着什么，感到食物是一种美好的必需品。

我想在这儿说一句，在桑泰乌米亚山上，我头一回重新认识了许多事情，而且是最平常不过的事情，平常不把它们当回事的事情。在此之前，我好像从来不觉得想睡觉，睡眠的满足会使人舒服和精神振作。另外，保持身体的卫生，是很困难的，如果不是不可能的话，这似乎也成了一件奢侈的事情。总之，大凡涉及人的身体需要的一切事情，都遇到种种麻烦，而在城里，人们为此只花很少的时间，几乎不用放在心上。我想，如果在这儿，我喜欢上一个男人，爱上了他，爱情很可能会有一种全新的，既深沉又强烈的感受。总而言之，我就好像变成了一头走兽，因为在我想象之中，走兽只会想到自己的身体，它们会尝到我当时体验到的感情，在环境的逼迫下，我已经沦为一具肉体，不再是什么别的，这具肉体吃饭，睡觉，用舌头舔自己的毛，千方百计想过得舒服一点。

太阳慢慢地在天空转了一圈，沉到海的那一边去了。梯田暗淡下来，晚霞映红天边的时候，我们开始下山，不是沿着崎岖的山路回去，而是顺着斜坡往下奔跑，根本没有小路，只是沿着碎石堆和丛林，在青草和石子山滑行。这样，我们在清晨用两小时走的路，下山时不过用半小时。我们在吃晚饭的时候回来，浑身都是尘土，衣服上沾满叶子和荆棘，马上去茅屋吃晚饭。我们很快上床睡觉，天蒙蒙亮，我们又重新上路了。

然而，山顶上的一切也不总是那么平静和远离战争的。我不想去谈经常从我们头顶上飞过的机群，也不愿去说从山谷传来的阵阵沉闷的爆炸声，这都说明那些不要脸的德国人继续炸毁着这片土壤改造地区的堤坝。在整个谷地制造水灾，散布疟疾。我想说，通过难民不断涌上山上来，跟他们的接触使人感觉到了战争。这是因为这段偏僻的地方，是来自德国人占领的罗马和意大利北部的难民，绕开谷地，翻山越岭，前往英国人控制的意大利南部去的必经之路。他们大多数是逃兵，或者是因战争而背井离乡，如今想返回家园的人们，要末是从集中营死里逃生的俘虏。

在山上有一次经历，我至今记忆犹新。我们正啃着面包和奶酪，突然间，从一个峭壁的后面走来两个手持棍棒的人，他们的模样使我起初以为他们是野蛮人。他们衣衫褴褛，但我没有感到恐惧，因为在山上，衣衫破旧是平常的，但他们的宽阔肩膀，是我从未见到过的，他们的长相跟我们意大利人完全不一样，他们让我吃惊得不能动弹了。他们走过来的时候，我害怕得脸色苍白，坐在那里手里拿着面包和奶酪，木然不动。米凯莱是什么和什么人都不怕的，倒不是因为他非常大胆，而是因为他对什么人都相信，他朝这两个人逼了过去，开始用手势跟他们说话。我和罗赛塔也鼓起勇气跟了过去，这两个人的脸孔扁平，脸色蜡黄，没有胡子，光滑的皮肤上有几道皱纹，头发浓密而乌黑，小眼睛，眼角吊向太阳穴，扁鼻头，像死人一样的嘴唇，满口发黄，牙齿残缺。

米凯莱告诉我们说，他们是两名俄国俘虏，但像是蒙古或中国血统，据他看是两个从德国集中营里逃出来的俘虏。我不停地打量着那对宽肩膀，我想，也许我们没有躲藏起来或者逃走，是失之于轻率，这两个人是这样的粗壮，如果他们向我和罗赛塔扑过来，我们就肯定没有救了。可这两个蒙古人的举止像善良的人，一直打着手势说话，跟我们一起休息，待了一个多小时。米凯莱把面包和奶酪给他们吃，他们吃得很斯文，我感觉出了他们感谢我们的意思。两个可怜的人不断地笑着，也许是因为他们听不明白，也无法让人明白他们的缘故吧，于是用笑容来让我们知道他们没有坏意。米凯莱用手势告诉他们应该走的路。过了一会儿，他们绕过峭壁走远了，就好像两只壮实的猩猩，用后掌行走，一面用从树上折下来的棍棒支撑着身体。

另一次，一名意大利工人路过，他在前线修筑工事，我现在想不起来他是在什么地方。他逃了出来，因为填不饱肚子，过着像狗一样的生活，却像奴隶一样地劳动。他是一个举止文雅的小伙子，棕褐色的面孔显得细腻，高挑个子，眼神忧伤地凹陷进去，颧骨突出，整个人是皮包骨头，连站都站不直。他说他在普利亚大区有家，他希望走过一道又一道山，能走回老家。他已经走了一个星期，瘦得不像样子，鞋底磨穿，衣服也撕烂了。由于人虚弱的缘故，他慢吞吞地、有气无力地、但简明扼要地说着，似乎想省点气力似的。他只是说，他听说在罗马发生了造反行动，造反者们杀了一些德国人。于是德国人对意大利人进行了一次报复行动，但他不知道是在什么时候，也不知道在什么地方。他一直在谈论德国人，最后说道：

“他们是不要脸的东西，他们明明知道要输掉这场战争，但他们还是喜欢打仗，因为他们什么也不缺，他们靠我们活着，他们会继续打下去，直到只剩下一个兵为止。如果战争还不结束，他们会让我们都活活饿死的。要末结束战争，要末我们这些人死去。”

他收下了米凯莱送的面包、奶酪和一点烟草。他在梯田上休息了半个小时之后，又继续上路，慢慢地移动双腿，他迈动每一步，都好像要摔倒在地，再也起不来似的。

一天早上，我们正在晒太阳，突然听到一声口哨，我们三个人马上躲到白色的峭壁后面，想看看究竟发生了什么事情。我们一直小心提防，唯恐德国人来搜捕我们，所以不知道发生了什么事情。过了一会儿，米凯莱探出脑袋去看个究竟，只见对面不远的峭壁后面另一个脑袋马上缩了回去。我们朝前走了几步，我们和他们相互监视着，末了，我们终于发现他们不是德国人，他们看到我们是意大利人，就走了出来，这是两名意大利南方人，告诉我们说，他们是军人，中尉和少尉，但他们穿的是便衣，他们也像许多人一样，逃到山区，奔南方去。他们打算越过前线，返回自己的家园。其中的一个是摩尔人，高高个子，皮肤黝黑，圆圆的面孔，眼睛黑得像煤炭，嘴唇几乎呈现紫色，露出满口的白牙。另一个人是金色的头发，长脸，天蓝色的眼睛，尖鼻子。摩尔人叫卡尔梅洛，金头发的人叫路易吉。在山上我们见到的所有人当中，也许这一次是不大令人高兴的，倒不是因为那两个人确实令人讨厌，也许在和平的年代，在他们的家乡，我会没有什么可说的，而是因为像人们将看到的那样，战争对他们发生了不好的影响，就像对许多人一样，暴露出他们性格中平时也许就可能隐蔽起来的方面。为此，我想说，战争是一场了不起的考验。必须在战争中而不是在和平时期来观察人；不是在存在法律，尊重别人和敬畏上帝的时期，而是当所有这些东西不再存在，每个人根据自己真实的本性行事，没有任何节制和其他考虑的时期来观察人。

那两个人在停战的时期，是驻扎在罗马的一个兵团的兵士，他们开了小差，藏了起来。他们从罗马逃出来，想返回自己的家园。他们在仙女山坡上的一个农民家里待了一个月，他们谈论那个农民的言语给我很坏的印象。总之，他们是以瞧不起的神情来谈那个接待他们的农民的，好像是谈论一个粗鲁无耻的可怜虫，目不识丁，有一个像狗窝一样的小屋。他们当中的一个，笑着说道：

“可不，在灾荒年头，我们能吃上野豌豆面包就知足了。”

他们继续讲道，他们离开了仙女山，因为那个农民让他们明白，他无法再挽留他们住下去，他不再有吃的东西了；摩尔人说，这不是真的，如果他们有钱的话，肯定那个农民会把吃的东西拿出来的，所有的农民都是势利眼。末了，他们表示要回南方去，希望能够顺利越过前线。

已经是吃午饭的时候了，米凯莱尽管情绪不好，还是请他们跟我们一起共享平常吃的面包和奶酪。摩尔人说，面包他愿意吃，至于奶酪他们已经有了一整块，他们离开那小气鬼农民的时候，他们趁他不注意的时候偷的；对于如此坦率的表白，我感到心里不好受，也许并不是为了东西，而是在那种时候，人人都偷盗，好像偷盗不再算是偷盗，对于像他这样少尉身份的人来说，我觉得这种坦率是不合适的，从各方面看得出来，他过去是一位绅士。但他做得并不漂亮，我想，拿走那个可怜人儿本来就不多的东西来作为回报对他的接待。但我什么也没有说。我们坐在草地上吃了起来，一面吃，一面聊天，听着摩尔人一个劲儿地谈，并且总是谈他自己，不管是谈他家乡的地主，还是战争中的军官，都好像是谈一个重要人物似的。金色头发的人在阳光下半闭双眼听着，不时针锋相对地、几乎是不怀好意地提出异议。但那人对此并不介意，继续自吹自擂。譬如，摩尔人说道：

“在老家，我有一个庄园……”

金色头发的人便说：

“去吧，不如说是两三块像头巾那么大的地皮。”

“不对，一个庄园，需要骑马才能走遍整个庄园。”

“得了吧，走路就行，几步路就转完了。”

或者，那摩尔人说道：

“我带着巡逻队上树林里去。那树林里至少埋伏了一百个敌人的士兵。”

“算了吧，当时我也在，一共也只不过四五个。”

“你听我说，至少一百人……，他们从藏身的灌木丛中站起来的时候，我都来不及数数，因为当时有别的任务，而不是数数人有多少，如果不是更多的话，足有百十来人。”

“算了吧，别弄虚作假了，只不过五六个人。”

诸如此类，等等。摩尔人以一种非常肯定的吹牛口气向他进攻，金色头发的人感到厌烦和没有兴趣，但一件事情也不放过他。最后，摩尔人讲起宣布停战那天他所干的事情，意大利军队一败涂地的情景。

“在我的老家，我在军需部门干事，有一个各样东西应有尽有的军火店。我得知战争结束的时候，就毫不犹豫地把我家里所有的东西，诸如罐头、奶酪、面粉、食品等等，装上卡车，运到我母亲那里。”

他为自己精明的主意高兴地笑了起来，露出一口漂亮、雪白的牙齿。这时，一直静静地听着他说话的米凯莱，冷冷地说道：

“这么说，你当贼了。”

“你说什么？”

“就是说，在此之前，你是意大利军队的一名军官，后来你是一个小偷。”

“亲爱的先生，我不知道你是什么人，也不知道你叫什么名字，但我可以……”

“什么？”

“谁说我是贼？……我干大家都干的那种事情，如果你不干，那些食品别人就会拿走。”

“可能的，那你同样是偷盗的贼。”

“您看，您是说到那儿去了，我也能……”

“能什么，让我们看看您能干什么。”

金色头发的冷笑一声，对摩尔人说道：

“卡尔梅洛，我很遗憾，但你应该承认，这位先生击中了要害，把你打倒了。”

摩尔人耸了耸肩膀，对米凯莱说道：

“我可怜您，我根本就不想跟您这样的人计较。”

米凯莱用权威的口气说道：

“好极了，我还要告诉你，为什么你表现得像个窃贼，……因为你不满足于已有的偷窃，准备下次再干。”

摩尔人被激怒了，站起身来，抓起一根树枝，对米凯莱挥舞道：

“你要末闭上嘴巴，要末……”

但米凯莱还没有反应过来。

金色头发的人用他那不怀好意地冷笑，使摩尔人泄了气：

“再次被击中了要害，不是吗？”

这时，卡尔梅洛把一肚子怒气发泄到朋友身上。

“你闭上嘴，你也参与了分赃，我们是一起干的，不是吗？”

“我表示了同意，我是顺从者。……你是我的上司，……怎么样，怎么样，又被击中要害了吧。”

总之，午饭默不作声的吃完了，摩尔人脸气得发紫，金色头发的人冷笑着。

饭后，我们安静了一会儿，但卡尔梅洛对称他是盗贼忍受不了，以挑衅的口气对米凯莱说道：

“您那么轻率地给一个比您身份高得多的人下了一个窃贼的结论，能不能知道您是什么人？我可以说出我是什么人，我是卡尔梅洛·阿里，军官，农业家，法律系毕业，受过勋，意大利皇冠骑士，而您是什么人。”

金发人冷笑着说：

“你还忘了说，你是我们家乡法西斯党的秘书，为什么你不说呢？”

卡尔梅洛冷冷地回答说：

“法西斯党不存在了，我只有这件事没有介绍，……可您要知道，即便我是法西斯党秘书，谁也没法说我什么。”

金发人冷笑着马上说：

“还有，你利用自己的身份来勾引所有漂亮的农妇，她们是来乞求你的帮助的……，你走远点吧！你是个了不起的堂璜。”

受到这些冷嘲热讽，卡尔梅洛微微一笑，并不加以回驳，转身朝着米凯莱说道：

“好吧，亲爱的先生，不谈头衔，不谈毕业证书，不谈受勋，总之，不管怎么说，您得让人明白，您是什么人，您有什么权利批评别人。”

米凯莱透过厚厚的近视眼镜，盯视了他一会儿，问道：

“您说我是什么人，这有什么关系？……”

“那么您是毕了业的人啰？”

“是的，我毕了业……，即使我没有毕业，也是一样的情形。”

“这是什么意思？”

“就是说，您和我是两个男子汉，我们是借助我们所做的事情，而不是依靠勋章和毕业证书才成为我们现在这个样子……，而您的所言所行说明您至少是轻浮和非常灵活的人……这就是我要说的一切。”

金发人又发出冷笑，说道：

“击中要害。”

“我真傻，降低自己的身份来跟您争论……，路易吉，我们走吧，要不就晚了，我们还得赶很长的一段路，……那就感谢您的面包，您不用怀疑，如果你来到我的家乡，我将给您吃个够。”

自尊心很强的米凯莱，平静地回答说：

“是的，但愿不是你用从意大利军队中偷来的面粉做的面包。”

卡尔梅洛已经朝前走去，只是耸了耸肩膀，说道：

“让您和意大利军队上地狱去吧！”

我们听到金发人又一次冷笑着重复说：

“击中要害。”

他们在峭壁后面拐了弯，从我们的眼前消失了。

还有一次，我们看见远处环山的小路上，不少人列队前进，就像仪仗队似的，他们至少有三十个人，男人穿着节日的服装，多半是黑色的，妇女几乎都穿一样的衣服，长裙，紧身上衣和披肩。妇女们头顶上稳稳地顶着包裹和篮子，胳膊抱着小孩，男人们手牵着较大的孩子。这些可怜的人向我们解释说，他们都是住在前线附近一个小镇上的居民。一天清晨，德国人把人们从睡梦中惊醒，只给他们半小时的时间来穿衣服和打点必要的东西，他们都被押上了卡车，运到靠近弗罗西诺内的集中营。几天之后，他们从集中营里逃了出来，现在打算穿山越岭返回家园，重新开始以前的生活。米凯莱向领队打听情况，他是一个相貌端正的老人，灰色的八字胡，天真地回答说：

“我们唯一牵挂的是牲口，除了我们，还有谁会想到牲口呢？难道德国人会吗？”

米凯莱没有勇气告诉他们，他们返回家园的时候，再也看不见房子和牲口，一切都没有了。他们休息了一会儿，又开始上路。我对这些如此镇静自信的可怜的人们非常同情，这也因为他们的处境有点像罗赛塔和我，他们也是由于战争而离乡背井，他们也是像吉卜赛人一样一无所有，被迫逃进山区。几天之后，我才知道，德国人又把他们抓了回去，重新把他们送进弗洛西诺内集中营，以后关于他们的消息，我就什么也不知道了。

总之，两个星期来，我们就过着早晨上山，黄昏下山的生活。最后，情况明朗了，德国人不再进行扫荡，至少在山上是如此，于是我们又回到了山下，重新过起往常的生活。可是，我却怀念那些在山顶上度过的跟孤独与大自然终日厮守一起的美好日子。在山顶上，没有难民和农民们用关于战争、英国人、德国人和饥荒的谈论来搞乱我的头脑，不存在那些日复一日的劳累，在漆黑的茅屋里用湿柴火来烧那么一点粗劣的饭菜；总而言之，没有任何东西来迫使我回忆起我们的处境，除了我上面提到的两三次遇见的不速之客。我还很怀念跟米凯莱和罗赛塔每天的散步。还有洒满冬天阳光的那块绿色小草地，它是那样的暖和，使人感到就像五月一样，地平线远处的乔恰里山峦，白雪皑皑。在另一边，丰迪平原尽头的大海闪耀着粼粼波光，我觉得这真是个令人着迷的地方，这里的确可能埋藏着宝贝，就像我孩童时候对大人们讲述的那样。然而据我所知，地下没有埋藏宝贝，相反，我却在我自己身上发现了宝贝，我出乎意外地用自己的双手挖出了宝贝，这就是随着时光的流逝，我独自散步时，在灵魂深处滋长出来的那种无比的镇静、那种泰然自若，以及对自己和对事物的信任。多少年来，那些日子也许是我度过的最幸福的日子，说来也奇怪，那些日子正是我穷困潦倒，缺吃缺喝，只以面包和奶酪充饥，以草地作为床铺，连一间用来栖身的茅屋都没有，我几乎更像一头野生动物，而不是一个人。

已经是十二月下旬，正好在圣诞节的那一天，英国人真的来了。当然，不是驻扎在加利里亚诺河一带的英国军队，而是两名英国逃兵，他们像许多人一样，翻山越岭，十二月二十五日清晨来到了桑泰乌米亚。那天，天气很好，虽然干燥，寒冷，却是晴空万里。早晨，当我从小房子探出身来，发现梯田上聚集了一小簇人。我走近一看，只见难民和农民们围着两名看来像外地人的年轻人。一个身材矮小，金发，蓝眼睛，鼻子细而挺直，嘴唇红润，留成尖尖形的金色胡须。另一个身材修长，高大，黑头发，蓝眼睛。金发年轻人吃力地用意大利语对我们介绍说，他们是英国人，一个是海军军官，另一位是水兵。他们先是被送到靠近罗马的奥斯蒂亚上岸，用炸药炸掉我们这些可怜的意大利人的一点东西，可任务完成后，他们回到海滩时，载送他们的军舰没有返回来接他们，于是他们被迫像许多人那样逃亡。下雨的日子，他们是在塞尔摩内塔地方的一个农民家里度过的，现在天气好了，他们想越过前线到那波里去，那儿有他们的司令部。

听了他们的解释，难民和农民们提了不少问题，他们想知道战争的情况和什么时候战争才能结束。但这两个人跟我们知道的情况差不多，因为这几个月他们也生活在山区，只跟一字不识的农民打交道，而那些农民勉勉强强知道发生了战争。难民们发现这两个人什么也不知道，相反，却需要他们的帮助，便一个二个地都溜走了，还说这两个家伙是英国人，跟他们在一起很危险。谁也无法预料，有人很快会去告密，如果德国人知道这事的话，说不定又会大祸临头。总之，最后只留下那两个人站在梯田的中央，在光秃秃的耀眼的阳光下面，衣衫破烂，胡子拉碴，四处打量的眼睛中流露出迷茫的神情。

坦白地说，我也有点害怕，跟他们在一起，倒不是完全为了我自己，而是为了罗赛塔；可正是罗赛塔使我对这怯懦感到不好意思。她说道：

“妈妈，这些可怜的人太孤独了，……而今天又是圣诞节，他们什么吃的也没有，他们肯定想跟自己的家人在一起，但他们不能……，为什么我们不邀请他们跟我们一起吃饭呢？”

我想说，我感到难为情，不由得暗想，罗赛塔言之有理，不应该对这些落难的人那样冷落，像我表现的那样，何况我也处在跟他们相似的境地。于是，我让那两个人明白，跟我们走，和跟我们一些吃圣诞节午饭，他们很高兴地接受了邀请。

为了圣诞节，特别是为了罗赛塔，我尽了很大努力，打她出生以后，每个圣诞节，她都比绅士家的女儿过得好。我从帕利德那儿买了一只老母鸡，我把鸡和土豆一起用炉火炖。我自己做了不多的面条，因为我只有很少一点面粉，又用馅做了饺子。我有两根香肠，把它们切成细长条，放在煮好的鸡蛋旁边。我还做了甜食。把许多角豆树果一点一点地擦成丝，把它跟面粉，酿好的葡萄、松子、白糖掺和在一起，在炉子上烤了一块质量低劣，但味道很好吃的皮查饼。我还从一个难民那儿买了一瓶马萨拉白葡萄酒，白酒是帕利德给我的。水果这里是很丰盛的。在丰迪镇的橘子树上结满了果实，价钱非常便宜，圣诞节前，我买了五十公斤，整天都吃柑橘。我决定要邀请米凯莱，他匆匆朝他父亲的小屋走去的时候，我对他说了，他马上接受了邀请，他让我知道，他接受我的邀请，首先是表示对自己家庭的不满，但他说道：

“亲爱的切西拉，你今天做了一件好事，……如果你不邀请那两个英国人的话，我就会丧失对你的全部尊敬。”

他叫唤他的父亲，他父亲从窗户探出身子，米凯莱说，我们邀请了他，他接受了。菲力波低声说着，为了不让英国人听见，他开始恳求儿子别这样做。

“你别去，那两个人是逃兵，如果让德国人知道了，我们就要倒霉了。”

米凯莱耸了耸肩膀，不等他父亲说完，就朝我们的屋子走去。

我摆上圣诞节的餐桌，用一条从农民那儿借来的粗麻桌布铺上，罗赛塔在盘子四周摆上丛林里摘来的绿树枝，配上红色的浆果，有点像罗马人过节时常吃的那种浆果，一个盘子里装了五个人吃显得少了一点的母鸡，其他盘子里有香肠、鸡蛋、奶酪、橘子和甜食。面包是我为节日刚刚做的，还带着炉子的热气，我把它切许多四方片，每人一块。我们开着门吃饭，因为小屋子里没有窗户，如果把门关上，我们就待在黑暗之中了。门外是太阳和丰迪的景色，风景优美，阳光灿烂，远处是阳光下波光粼粼的大海。

米凯莱吃完饺子之后，开始在战争问题上攻击英国人。他明确而又婉转地跟他们说话，语调平等，他们有点出乎意料，好像没有想到在这样的地方，会有这样的讲话，出自米凯莱这样衣冠不整的人之口。米凯莱对他们说他们不在靠近罗马的地方登陆，却选择西西里登陆，是犯了一个大错误，否则，他们可以不必大动干戈去损伤罗马和整个南部意大利的。相反，他们从南方向整个意大利步步推进时，摧毁了意大利，使老百姓遭受莫大的苦难，可以说，把老百姓置于英国人和德国人两面夹攻的境地。英国人回答说，他们对这些事情一无所知，他们是士兵，必须服从命令。这时，米凯莱用另外一个理由来向他们发动进攻，为什么他们要打仗，为了什么目的？英国人回答说，他们打仗是为了抵御德国人，德国人想征服所有人，包括他们在内。米凯莱回答说，这种说法不全面，人们对他们寄予希望，期待战争结束之后建立一个新世界，这个新世界比旧世界有更多的正义，更多的自由和更多的幸福。如果他们无法建立这样的世界，即使赢得了战争，从根本上来说，他们也算了败仗。金色头发的军官以不信任的神情听着米凯莱的谈话，只是偶尔简单地回答几句。但是水手似乎跟米凯莱的想法一致，由于上级在场，他没有勇气表白自己的观点。

最后，军官打断了话题，说现在要紧的是打胜仗，他并且相信，他的政府肯定有一项建立如米凯莱所说的新世界的计划。我们都明白，他不想陷进使他为难的谈话，米凯莱也是这样，尽管不怎么高兴，他明白这个意思，并且建议为战争之后将到来的新世界干杯。于是，我们大家斟满了马沙拉白葡萄酒，为明天的新世界干了杯。米凯莱激动万分，眼睛里含着泪水，在第一次祝酒之后，提议为所有盟军朋友的健康干杯，包括俄国人，正是在这几天，俄国人在对德国人的战争中打了一个大胜仗。

这时，我们是如此的高兴，就像人们过圣诞节时所应该的那样。一时间，至少使人感到似乎不存在语言和教育程度的差别，我们确实都成了兄弟；几个世纪之前的这一天，耶稣诞生在马厩里，今天，类似耶稣诞生的某种善良的新事物诞生了，它将使人们变得更加美好。快吃完饭的时候，我们为两位英国人的健康干杯，然后我们相互拥护，我拥抱了米凯莱、罗赛塔和两个英国人，他们也拥抱了我们，大家相互祝愿说：

“圣诞节好，新年好。”

我打来到桑泰乌米亚山区，第一次感到那么由衷的高兴。但米凯莱过了一会儿说道，这样虽好，但牺牲和利他主义也应该有个限度；于是，他向两个英国人解释说，我们俩那天晚上本可以很周到地招待他们，但他们最好还是离开，因为他们留下来，无论对他们还是对我们都是非常危险的，如果让德国人知道了，谁也甭想逃过他们的报复。英国人回答说，他们明白他的这个要求，并向我们保证第二天就离开这里。

一整天，他们都跟我们在一起。他们跟米凯莱无所不谈。我注意到，米凯莱似乎对那两个军人的国家一清二楚，甚至比他们还要清楚得多，而他们正相反，对他们所在的在这儿打仗的意大利，却知道得很少，甚至一无所知。譬如，军官对我们说，他曾上过大学，受过高等教育。但是米凯莱发现，他连但丁是谁也不知道。我没有上过学，从来没有读过但丁的作品，可但丁的名字我是知道的。罗赛塔对我说，她上学的时候，修女们不仅给她讲了但丁，还给她读了一些但丁的作品。米凯莱小声地向我们谈论但丁，以便不让英国人听见。他补充说，许多事情可以由此得到解释，譬如说轰炸，他们毁掉了许多意大利城市，那些扔炸弹的飞行员，对我们这些人和对我们的古迹一点儿不了解，无知使得他们心安理得，铁石心肠；无知也许是我们和其他人不幸的祸根，因为邪恶只是无知的一种形式而已，人一旦有了知识就不会干出坏事了。

那天晚上，那两个英国人就睡在草垛里，第二天一清早，没有向我们告别就上路了。我们俩累得要死，因为一直到深夜还没有合眼，这对我们来说是很不习惯的，通常我们跟母鸡在同一时间上床睡觉。所以，那天上午我们睡得很死，一直睡到中午。正睡得香甜时，听到小房间门口一声可怕的枪响，然后是一个惊恐万分的声音，用我听不懂的语言说话。

“啊，上帝，妈妈!”罗赛塔紧紧偎依着我，失声叫了起来，“发生了什么事啦？”

我几乎不相信地坐在床上，然后重又响起了一声枪响，和听不明白的吼叫声。这时，我对罗赛塔说，我想到门口去看看，我穿着睡裙跳下床，光着脚板，把门打开，探出身去，只见两个德国士兵，一个是下士，另一个是普通士兵，下士看起来更年轻些，金色的平顶头，脸孔苍白得像张白纸，眼睛灰蓝色，没有眼睫毛，眼光呆滞，没有光泽。鼻子有点歪，嘴唇跟鼻尖连在一起，脸颊上有两道长长的伤疤，疤痕已经愈合，这使他的样子显得很古怪，好像把嘴巴拉长到脖子似的。另外一个人五十岁左右，粗壮结实，皮肤褐色，前额宽大，暗蓝色的双眼深陷，眼神忧伤，颌骨长得跟一种凶猛的狗一样。说实话，我害怕了，倒不是因为别的缘故，而是下士的那双冷漠的、毫无表情的眼睛，是一种那么难看的蓝色，使人感到那是畜生的而不是人的眼睛。但我没有把我的害怕表现出来，我冲着他喊起来：

"喂，你干什么，不要脸的东西，你想把门捅破吗！你没有看到我们是两个女人，而且正在睡觉吗？现在我们睡不成啦。"

下士用手比画了一个姿势，说着蹩脚的意大利语：

"很好，很好。"

他朝士兵转过身去，示意跟在他后面，走进了小屋。罗赛塔还躺在床上，瞪大着双眼，把被单拉到下巴。这两个人到处搜查，一直搜到床底下，下士疯狂地寻找的同时，掀开了罗赛塔的床单，好像她会把他们搜查的那个对象藏在被单里似的。这时许多难民围拢过来，我觉得奇怪的是，那两个德国人不去向难民们打听两个英国人的去处，肯定是有人不仅仅出于愚蠢地走漏了风声，就该我们倒霉了。再说，实际情况是德国人上山来正是那两个英国人来的第二天，这不由使我心想也许有内奸，至少是走漏了消息。我觉得德国人不想再麻烦了，所以只是急匆匆地搜查了一番，没有盘问任何人。

然而，难民们很少见到德国人上山来，他们想打听战争进行的情况，是不是会很快结束。这时有人去叫米凯莱，因为他懂点德语。那两个德国人快要离开的时候，大伙儿把不太情愿的米凯莱推了过去，喊道：

"你问问他们，战争什么时候结束。"

从老远就看得出来，米凯莱一点儿也不喜欢跟德国人打交道。但他还是鼓起勇气说了些什么。我现在用意大利语来介绍米凯莱用德语跟德国人说了些什么，为了方便难民们，他当时就翻译了部分谈话，另一部分谈话内容是德国人走了以后他翻译给我听的。米凯莱问他们，什么时候可以结束战争，下士回答说，战争很快将以希特勒的胜利而宣告结束；他补充说，他们掌握某些秘密武器，运用这些武器，最迟不过春天，他们将把英国人扔进大海。他还谈了一些情况，给难民们留下了深刻的印象。他说道：

"我们得发动进攻，把英国人扔进大海里，我们用火车来运输补给，我们靠意大利的物资生存，意大利人要是背叛了，我们就让他们统统饿死。"

他以一种深信不疑的神情，平静而又残酷地这么说着，就好像说的不是意大利人和基督徒，而是一群苍蝇和蟑螂。所有的难民们听了这番话都愣住了，因为出乎他们的意料，天晓得什么缘故，他们起先以为德国人对他们是同情的。现在，米凯莱反倒提起了兴趣，便询问他们俩的情况。下士回答说，他是柏林人，和平的年头他在那儿开了一家纸盒厂，现在已经毁掉了。现在他唯一能干的事就是打仗。士兵起先犹豫了一会儿，后来闪动着深凹进去的悲哀的眼睛，满脸痛苦的表情，就像一条叼着一根木棒的狗一样。他回答说，他也是柏林人，他也不得不打仗，因为他的妻子和唯一的女儿全在轰炸中死去了。他们俩回答时情绪都不好，因为他们在轰炸中都失去了同样的东西，他们只能打仗。不过，就像太阳一样，看得清楚，下士对于打仗充满热诚，甚至可能不怀好意，而士兵是那么忧郁，那宽大的前额中似乎充满了哀伤，他对打仗已经感到绝望，他很清楚，家里已经没有任何人等待着他了。我想那个士兵也许不坏；可事实是，他失去了妻子和女儿，这可以使他变坏。如果说，假如他们逮捕我们两个人，也许会毫不犹豫地杀死罗赛塔，我回想起，别人就杀死了他的一个跟罗赛塔同年的女儿。

当我正想着这些事情，下士似乎正在生意大利人的气，他突然问，为什么所有的德国人都上了前线，相反，这儿的难民当中却有许多年轻人游手好闲。这时，米凯莱抬高嗓门，几乎喊叫了起来道，他和其他所有的人，都曾经为希特勒和德国人在希腊、非洲、阿尔巴尼亚打过仗，他们准备再次战斗，直到流尽最后一滴血。山里的所有人只巴望伟大而光荣的希特勒尽快赢得战争，把婊子养的英国人，美国人统统赶进大海。下士听了这番话，有点吃惊，用怀疑的眼光从下至上地打量着米凯莱，看得出来，他对米凯莱不完全相信。然而，从这些话中挑不出刺来，尽管他不相信，但他无话可说。于是，围着小屋子转了一会儿，又到处搜查了一番，只是白费力气，一无所获，那两个德国人就返回谷地去了，我们都感到松了一口气。

可是，我对米凯莱的态度，感到惊讶。我不是说，他应该说德国人的坏话，但他厚着脸皮喊叫出来的话，出乎我的意料。我这么向他表示了我们的看法，但他耸耸肩膀，回答说：

“跟纳粹分子打交道，一切都是正当的，一有可能就欺骗他，背叛他们，杀了他们。如果你跟一条毒蛇，一头老虎，一只怒气冲冲的狼打交道的话，你怎么办呢？你得用武力或用计策设法使它不能逞威，你跟他说道理，或者想以什么方式让他镇静下来，要知道那是徒劳无益的。跟纳粹分子打交道就是这样。他们没有人性，就像野兽一样，因此，用一切方式跟他们打交道都是无可非议的。你就像那个受过高等教育的英国军官，从来没有读过但丁一样。如果你读过他的作品，你就知道但丁说过：‘礼貌在他身上也成为野蛮。’

“我问但丁这句话是什么意思。于是他向我解释说，就是说跟像纳粹分子这样的人，说假话和背信弃义也是过于客气的。他们连说假话和背信弃义也不够格。于是我说，在纳粹分子当中，可能有好人和坏人，就像通常发生的那样，那他怎么会知道那两个人是坏人呢？米凯莱笑着说：‘这跟好人和坏人没有关系，他们也许对自己的妻子和女儿好，就像狼和蛇对小狼和小蛇好一样。可他们对待别人，对待正直的人们，就是对你，对我，对罗赛塔，对这些难民和农民，他们是不折不扣的坏蛋。’”

“那为什么呢？”

“为什么？”他想了一会儿，说道：“他们认为，我们称之为坏的就是好的。于是，他们作恶，都认为是在行善，就是说，他们在尽自己的义务。”

我犹豫了一会儿，似乎弄不明白，但是米凯莱不再听我说下去，好像自言自语地说道：

“是的，作恶和义务结合，这就是纳粹主义。”

总而言之，米凯莱古里古怪，但非常善良，同时也非常固执，我回忆起我们跟德国人打的另外一次交道，那是完全不同的情形，通常。我们只有不多的一点面粉，我做面包的时候，不仅往里掺和细麸皮，甚至也有粗麸皮。一天，我们决定到谷地去看看能否用鸡蛋换一点面粉。鸡蛋我是从帕利德那儿买来的，我们一共有十六个，我希望用这些鸡蛋，再补点现钱，换上几公斤面粉。自从那天让可怜的托马西诺受了惊吓的轰炸之后，我们再也没有下过山，说实在话．也是为了这个缘故，我不大愿意下山去。我不知道怎么的，我对米凯莱说了，他表示愿意陪伴我们，我非常高兴的同意了，因为跟他在一起，我就比较放心，我不知道为什么，他是这儿唯一能给予我有勇气和信心的人。就这样，我们把鸡蛋放在一个小篮子里的干草下面，一清早就上路了。

那是一月初的一天，我觉得天气的确非常寒冷，我说不清楚，大概是由于眼下正处在战争最艰难的时刻，也就是说，我体验到比持续多年的那种失望还要阴沉，还要冷漠和还要失望的心情。最近一次我们去谷地，正是跟托马西诺一起去的那一次，那时，树上还有叶子，尽管已经枯黄，还不断下着雨，草地上仍然一片青翠，山坡上还开着鲜花，那是秋天的最后一批鲜花，像紫红色的仙客来、野紫罗兰等。而现在，我们下山途中，看到一切都干枯了，像被焚烧了似的，灰蒙蒙的，光秃秃的，空气寒冷，没有阳光，天空像蒙上了一层褪色的纱巾，显出苍白色。我们出发时兴高采烈，但马上就默不作声了。那是死一般寂静的一天，正像隆冬季节里所有寂静的日子一样，那种寂静使我们直冒凉气，使我们难以开口说话。起先我们沿着右边的山坡走下去，然后，我们穿过一片有印度无花果树和悬崖峭壁的平地，那正是我们和托马西诺一起碰上飞机轰炸的地方，然后沿左侧山坡走去。

我们又沉默了半个来小时，末了，来到了山谷的出口处，这里有小桥，十字路口和托马西诺一直住到碰上该死的轰炸的那一天的小房子。我记得这个地方曾是多么充满生机、欢乐，而且非常宽阔。我要承认，我重新见到这块地方，竟是如此凄凉、灰暗、光秃和狭窄，心里不由吃惊。你们从来没有见过一个光脑袋的姑娘吗？我见过，我家乡的一个女孩子，得了伤寒病，掉光了头发，以后他们用推子给她剃了光头。她似乎变成了另外一个人，甚至表情也不一样，她让人联想起一个大而丑的蛋，带一个女人们缺少的光秃秃的脑瓜，一张没有头发衬托的脸，就像被异常强烈的光线扭曲了一样。同样，托马西诺小房子周围那三棵枝叶茂盛的、绿荫一片的法国梧桐也变得光秃秃的，遮住小溪两岸的石头的绿色草木没有了，我注意到大路两旁和沟渠里的植物消失了。那一次，我没有注意到这一切，现在我感到了它们的消失，那块地方看起来什么都不像，完全丧失了它的一切美，正像一个脑袋光秃秃的女人一样。我不知道为什么，目睹如此凄凉的景象，我的心起皱了，我几乎感到这很有点像我们此时此刻的生活，在那没有尽头的战争中沦为赤裸裸的和失去幻想的生活。

好了，我们走上了主要的大路，不一会儿我们就跟人打上了交道。一个男人，用缰绳牵着两匹马，说实话，那是非常漂亮的两匹马，棕褐色，膘肥壮实。我们在马路上面对面地相遇，起先他盯着我们看，然后向我们问候，由于我们走的是同一条路，他用他那吃力的意大利语跟我们交谈，这样，我们边走边聊了一会儿。这是个约摸二十五岁的年轻人，我一生中很少遇到这样帅的小伙子，他身材高大魁梧，肩膀宽阔，腰身细得像女人一样，仪表堂堂，脚蹬一双黄牛皮皮靴，双腿修长，头发像金子一般的颜色，杏核眼，是蓝绿色，眼光梦幻般的神奇，鼻子挺直，嘴唇轮廓清晰而且红润，当他张开嘴巴笑的时候，露出一口洁白、整齐、美观的牙齿，打量他简直是一种享受。他告诉我们，他不是德国人，而是俄国人，家住很远的一个地方，他还说了自己的名字，但我已记不清了。他平静地说，他为了德国人而背叛了俄国人，因为他不喜欢俄国人，尽管如此，他也一点儿不喜欢德国人。他说，他跟其他背叛了俄国人的人在一起，在德国人后勤部门供职，他说，他早就深信德国人会吃败仗，因为他们残忍地对待世界，整个世界已经起来反对他们。他最后说，德国人全面失败只是几个月的问题，那时对他来说，一切都将结束了。这时，他用手往脖子上一抹，做了个使我寒心的动作，似乎说，俄国人将要杀他的头。他心平气和地说着，似乎自己的命运对他来说已经无所谓了，他甚至笑着，不仅仅用嘴说话，而且用那双奇怪的、天蓝色的好似两泓深深的海水般的眼睛在说话。他让人明白，他恨德国人，恨俄国人，甚至恨他自己，死亡对他来说已是无关紧要的事情。他手攥两匹马的缰绳，不出声地走着。在乡村灰色冰冻的道路上，只有他和他的马匹。令人难以相信的是，这么一位仪表堂堂的男子汉，用他的话说，已经被判了死刑，也许在年底之前就会死去。我们在十字路口分手时，他抚摸着一匹马的马鬃，说道：

“这两匹马是我生活中留下来的一切，尽管也不属于我。”

他朝着城市的方向走去。我们望着他远去了。我不由得思量，这也是战争带来的恶果；如果没有战争的话，那么漂亮的年轻人肯定会留在自己的国家，像许多人一样，结了婚，有一份工作，成为一个很棒的男子汉。战争迫使他离乡背井，使他背叛，如果战争要送他的命，他已经顺从地接受死亡的命运，而在许多可怕的事情当中，死亡也许是最悲惨的，因为这是违背自然的，最难以让人理解的。

我们顺着左边的道路，朝橘园走去，希望像上次那样，用鸡蛋换取驻扎在橘园附近的德国坦克兵的面包。可我们没有看到任何人，坦克兵已经开走了，只看到被践踏过的没有青草的土地，这儿曾经安置过他们的帐蓬，树木被折断了，这就是一切，于是，我带着疑问的口气说，最好沿着这条路再继续往前走，也许坦克兵和其他德国部队在前面安营扎寨。我们又默默地走了一刻钟，大约一公里，终于碰见一位金发姑娘孤独的朝前走着，她不像是去一个明确的地方，倒像是在漫无目的地散步似的。她慢慢地走着，带着一副神奇的表情望着光秃秃的灰色田野，一面打量，一面不时地咬一口面包。我朝她迎了上去，问道：

“请问，你是不是知道，沿着这条路往前走，会有德国人吗？”

听到我的问话，她突然停了下来，望着我。她用头巾围着脸孔，她的确是一位漂亮健壮的姑娘，脸庞宽大，大大的栗色眼睛。她急忙说：

“德国人，……肯定有的，因为德国人到处都有。”

我忙问她：

“他们在什么地方？”

她盯着我看，似乎有点恐惧的样子，突然间，她不想回答我的问题，扭身就要离去。我赶忙攥住她的一只胳膊，重复了一遍我的问题。她小声说道：

“如果我告诉你，你不会把我藏食品的地方讲出来吧！”

我听她这么一说，不禁吃了一惊，因为这话不符合实际情况，完全是一番蠢话。我说道：

“你说什么呀？这跟食品有什么关系？”

她却摇着头，说道：

“他们来过了，都拿走了，……他们来过了，都拿走了，……德国人，要知道……你知道，最近一次我告诉过你，他们来过了吗？我一无所有，我对你说过，我没有面粉，没有豆了，没有猪油，我什么也没有了，……我只有喂我孩子的奶水，……如果你们要的话，就拿走吧……，这就是。”

她用那双圆睁的双眼直直地盯着我们，开始去解紧身上衣的扣子，我惊慌得不知所措，米凯莱和罗赛塔也是这样。她一面盯视着我们，一面煽动嘴唇，好像自言自语；与此同时，她解开了系到腰间的紧身上衣，然后张开手指，掏出乳房，就像母亲给婴儿喂奶时的动作一样。

“我只有这个了，……你们拿走吧。”

她一面茫然地低声重复着。这时，她把整个乳房从紧身衣服里掏了出来。乳房圆润、丰满、美丽，皮肤雪白透明，证明她是一位正奶着孩子的母亲。突然，她哼着一支小曲，心不在焉的扬长而去。她的紧身上衣敞开着，一只乳房露在外面，另一只藏在里面。望着她这样离去的样子，望着她不停地小口吃面包，在冬日里露出那只乳房，在那个没有阳光，没有色彩，光秃秃寒冷的日子里，唯一富有光泽和生气、温暖而洁白的东西，我愣住了。

罗赛塔终于说道：

“她是个疯子。”

米凯莱干巴巴肯定说：

“是的。”

我们又默默地向前走去。

由于四周都看不到德国人，米凯莱主张去找他认识的熟人，他们住在橘林的一个木房子里。他说，那是个不错的人，他可能会告诉我们到什么地方去找用面包向我们换鸡蛋的德国人。就这样，不一会儿，我们从大路拐入橘林间的一条小路。米凯莱对我们说，这片橘林都属于我们要去找的那个人，他是一位没有结过婚的律师，跟老母亲生活在一起。我们大约走了四十分钟，钻进一个不大的林中空地，前面是一座小小的简陋房子，四周是砖墙，房顶是波浪式的铁皮，房子有两扇窗户，一扇门，米凯莱走近其中一扇窗户，朝里望了望，问主人是否在家，并用手敲了两下，我们等了一会儿，房门终于慢慢地打开，律师不太情愿地站在门槛上。他五十岁左右，身体肥胖，秃顶，前额像象牙一样白润光亮，脑袋四周是许多黑色的卷发，水汪汪的眼睛，鹰钩鼻，下巴肥大，嘴唇富有弹性，紧闭着。他上身穿了一件城里人夜间穿的蓝色外套，黑绒的翻领，但在如此漂亮的大衣下面却是一条糟透的长裤，脚上穿一双钉了钉子的牛皮鞋。我马上发现，他看见我们不大高兴，但马上就恢复常态，搂着米凯莱的脖子特别热情地说：

“米凯利诺[①]……好极了，好极了……，什么风把你吹来的。”

米凯莱介绍了一下我们。他远远地向我们打个招呼，带着不自在的、几乎是冷淡的神情。我们仍然站在门槛上，他不请我们进去，米凯莱说道：

“我们是路过这儿的，想来看看你。”

律师好像吃了一惊，回答说：

“好极了……，我们正要吃饭，你们来了，就跟我们一起吃饭吧。”他犹豫了一会儿，接着说道：“米凯莱，我告诉你……，因为我了解你的感情，再说我的感情也跟你的一样……我请了附近高射炮兵连的德国中尉吃饭……我必须这样做……唉，这种时候没有办法……”

他抱歉和叹息了一番，让我们进了屋子，靠近窗户的一张圆桌上已摆好餐具，这是房间里唯一清洁整齐的东西。房间的其他地方都是破旧的东西，一摞摞的破布烂书，堆垒起来的箱子。桌子边已坐好律师的母亲，一位身材瘦小的老妇人，身着黑衣服，

① 米凯莱的昵称。

满脸皱纹，神色忧虑，就像受到惊吓的老母猴。已经就座的还有纳粹中尉，一个瘦瘦的金发男子，瘦削得就像军装包裹的一张纸，一身马裤，两条细长腿蹬着一双靴子。他看起来像一条狗，有一张像狗一样的脸，大鼻子，眼睛接近黄色，没有眼睫毛和眉毛，带着一副警觉和敌视的表情，嘴巴大而向后吊着。他客套地站起来，碰了一下脚跟向我们致意，但没有跟任何人握手，随即又坐了下去，好像在说：

“我不是为了你们这样做，我这样做是因为我是一个有教养的人。”

律师解释说，正像我们所知道，中尉是高射炮兵团的专员，那是一顿友好的午餐。

律师说道：

“我们希望，战争将很快结束，这样中尉先生可以邀请我们上你的德国家中做客。”

中尉既不笑，也不说什么。我想，他也许不会说我们的话，或者是没有听懂。可过了一会儿，他用流利的意大利语说道：

“谢谢，我不喝开胃酒。”

他以埋怨的口气对律师的母亲说。这时我才明白，才知道为什么他一直不笑，是出乎他的某种原因，或者只生律师的气。然后，米凯莱叙述了我们怎样遇见了那个女疯子。律师冷漠地说道：

“噢，是的，她叫莱娜。那人一直疯疯癫癫的。去年，在兵荒马乱的年头，有个大兵，趁她像往常一样独自在乡下游逛的时候奸污了她，使她怀了孕。”

“现在她的儿子在哪儿？”

“在她家里，家里人抚养着他，可打她疯了之后，家里人把小孩抱走了，因为她没有足够的奶水喂养他。可奇怪的是，她却正常地奶养孩子；就是说，在规定好的时间里，她母亲把孩子放到她的怀里，她按母亲教她的那样去做。但是，这种定时的喂养不足以让孩子吃饱。”

律师谈论这个可怜的莱娜，就像讲一件普遍的事情一样。相反，这件事在我的脑子里留下了难以磨灭的印象。莱娜在大路上向任何人展示的她那裸露的乳房，似乎最清楚不过地表明一九四四年我们意大利人的处境，被剥夺了一切，就像只有奶水喂养儿女的牲口一样。

与此同时，律师的母亲哆哆嗦嗦的，双手捧着盘子，小心谨慎地走来走去，好像在施行圣事似的。她把腊肠、香肠和火腿端到桌上，还有德国面包，正是我们要找的那一种，还有真正的豆子汤，最后是一只泡菜炖肥鸡。她还有一瓶上等的红葡萄酒端到桌上。看得出来，律师和他的母亲尽心竭力招待那个德国年轻人，那个德国人和他的炮兵连是他们的邻居，因此必须对他客客气气。可那个中尉脾气很坏，他指着盒形面包问道：

“律师先生，我能问一下，你是怎么弄到这种面包的？”

律师坐在那儿，身子筛糠似的，好像发高烧一样，用半开玩笑的口气支支吾吾说道：

“是礼物，一位士兵送给我们的，我们也送了一件礼物给他……，要知道，在战争时期，……”

德国人冷冷地说道：

“这交易可是禁止的……，那士兵是谁？”

“唉，中尉先生，人们只说罪过，而不谈犯罪人，……你尝尝火腿，这不是德国货，是我们的。”

中尉不再说什么，开始大嚼吃起火腿来。中尉把注意力从律师身上移向米凯莱。中尉出其不意地问他干什么职业，米凯莱毫不犹豫地说，他是教师。

“教什么课？”

“意大利文学。”

中尉用使律师感到吃惊的平静口气说道：

“我了解你们的文学，……我甚至用德文翻译了一部意大利小说。”

“那部小说。”

中尉说了作者的名字和书名，现在我记不清楚了。我发现，在此之前对中尉没有表现出任何兴趣的米凯莱，似乎感到好奇了。而律师看到中尉几乎是以一种尊重的态度跟米凯莱谈话，平等相待，他也改变了态度，为米凯莱和他一起进餐感到高兴。他用手拍了一下中尉的肩膀，说道：

“好极了，我们的节日聚会是一次文学的聚会，……是一次有价值的聚会。”

但中尉似乎并不理解盛情邀请他的主人，继续对米凯莱说道：

“我曾在罗马生活两年，……学习你们的语言，……我个人的专长是哲学。”

律师力图加入到对话中来，他开玩笑地说道：“那你一定能理解为什么我们意大利人用哲学的观点来对待最近一个时期发生的一切……，是的，正是这样，用哲学的观点，……”

可是，中尉再一次冷落了他。他跟米凯莱谈得很投机，列举了一大堆作家的名字和书名，可以看得出他对文学挺熟悉。我发现米凯莱几乎从勉强搭理的态度慢慢地转为如果不是尊敬，起码也是惊讶的态度。他们这样谈了一会儿，我不知道是怎么回事，话题转为战争和对一个搞文学和哲学的人来说，战争意味着什么。中尉讲述了他的一段重要的，甚至是必不可少的经历，随后说了这么一句话：

“越是新鲜的感觉，越是美的感觉。”

我重复了“美的感觉”这个字眼，尽管当时我不明白它的意思，可是却像一团火留在了我的记忆里。

“在巴尔干战争中我体会到这一点，教员先生，您知道是以什么方式体会到的吗？因火焰喷射器把满满一山洞的敌人都杀死。”

他的这句话，使得我们四个人，罗赛塔，我，律师和他的母亲顿时目瞪口呆。我想这也许是他的夸张，我希望他从来没有干过这等事，或者这不是真事。中尉喝了几杯酒，面孔涨得通红，眼睛闪闪发亮，可我却感到我的心在往下沉，整个身子都冰凉了。我看看其他人，罗赛塔低垂双眼，律师的母亲心神不安地坐在那儿，双手颤抖地折叠着桌布的一角。律师像只乌龟一样，脑袋缩在大衣里，只有米凯莱瞪大眼睛，望着中尉说道：

"有意思，只能说有意思，……好一个越是新鲜的感觉，越是美的感觉，我可以设想，这就是一个飞行员把他的炸弹扔向一个村庄，一会儿村庄除了一堆灰烬就再也不存在的感受。"

然而，中尉并没有傻到没有发现米凯莱这句话的讽刺意思。过了片刻，他说道：

"战争是一种替代不了的经历，……没有战争，男子汉就不成其为是男子汉，……再说，教员先生，您怎么会在这儿，而不在前线呢？"

米凯莱用反驳的口气问道：

"什么样的前线！"

中尉不再吭声，只是向他恶狠狠地盯了一眼，继续吃他盘中的东西。

中尉一脸不高兴的表情，看得出来，他已觉察到周围的人，如果不是敌人，至少也是不友好的人。突然间，中尉把米凯莱扔在一边，在他看来，米凯莱似乎没有被吓唬住，便又朝着律师进攻了。

"亲爱的律师先生，"中尉指着餐桌说道："您吃得这么丰盛，而这儿周围所有的人都填不饱肚皮，……你们怎么搞到这么多好东西的？！"

律师和他的母亲相互交换了个有意思的眼色，律师用安慰的眼光望着恐惧而忧虑的母亲的眼睛，说道：

"我向您保证，平常的日子我们确实不是这样吃的，……这是为了接待您。"

中尉默不作声，过了一会儿又问道：

"您是这个谷地的地主，不是吗？"

"是的，在某种程度上是这样。"

"某种程度，别人对我说，您拥有一半谷地。"

"唉，不是这样，亲爱的中尉，对您这么说的人是个瞎说八道的人，或者嫉妒心强的人，或两者都有，……我拥有园林，……我们把这个园林称为美丽的橘林。"

"人家告诉我，这些园林产量非常高，……您是一个富翁。"

"就算这样，中尉先生，我是富翁，不……，我靠自己生活。"

"那么您可知道，您周围的农民过的是什么日子吗？"

律师已经理解他说的意思，严肃地回答说：

"他们生活得不错，……他们在那些住在这个谷地的人当中，算是比较不错的了。"

中尉正用餐刀切割一块鸡肉，他用刀指着律师，毫无笑容地说：

“如果这些人生活得不错，那我们可以想象，那些生活不好的人该是怎样过日子了。我在那儿看到了你的农民们是怎样生活的，他们住在牲口棚一样的房子里，像牲口一样地生活，吃得像牲口一样，穿得破破烂烂。在德国，没有一个农民是这样生活的，在德国，我们会因为我们的农民这么活着而感到耻辱。”

母亲向律师投来恳求的眼光，似乎在说：“让他说吧！你别吭声。”律师为了让母亲满意，便耸耸肩膀，没有再作声。

然而，中尉仍然坚持道：

“您怎么说，亲爱的律师，对这一切您怎么向我解释呢？”

律师说道：

“他们愿意这么生活，我向您保证，中尉，……您不了解他们。”

但中尉态度强硬地说道：

“正是你们这些地主想让农民们这么生活的，一切取决于这一点。”他摸了摸脑袋说道：“取决于脑子，你们是意大利的脑子，如果农民活得像牲口一样，就是你们的过错。”

律师好像真的害怕了，看得出来，他佯装一门心思吃饭，匆匆从嗓子眼大口往下咽，就好像鸡急匆匆啄食一样。他母亲神色慌乱，我偷偷地打量她，只见她的双手放在桌布下面的膝盖上，正向上帝祷告。中尉继续说道：

“过去我只了解意大利的一些最美好城市，而在这些城市中，我又仅仅了解古迹。可现在，由于战争，我深入地了解了你们的国家，我走南闯北，从东到西，走遍了你们整个国家。你知道，亲爱的律师先生，我要对你说什么吗？就是你们存在着阶级和阶级之间的差别，这简直太不光彩了。”

律师默不作声，然后耸了耸肩膀，好像在说：“我能做什么？”

中尉觉察出他的意思，说道：

“不，亲爱的先生，事情跟你有关，也跟所有像你一样的人有关，譬如律师、工程师、医生、教授、知识分子。我们德国人对意大利军官和士兵之间的巨大差别感到愤慨，军官穿的衣服是特殊的料子，军装上有军衔标志的金银饰带，吃的是特殊的食品，他们享受特殊的待遇，高人一等。而士兵穿得破破烂烂，吃得像牲口一样，得到的是牲口一般的待遇。亲爱的律师先生，你对这些有什么可说的呢？”

于是律师说了话：

“我要说的是，这确实是真的。我是首先起来谴责这种事的，但我单枪匹马能做什么呢。”

但中尉固执地说：

“不，亲爱的先生，你不应该这么说。这事跟你有直接的关系，如果所有像你一样的人果真愿意改变这种局面，那么，这种局面是会改变的。你可知道，意大利是战败国，如今我们德国人不得不在意大利前线牺牲自己宝贵的战士？这完全是由于士兵和军官之间，人民和你们领导阶层的先生们之间存在着这种差别。意大利士兵士气低落，因为他们认为，这场战争是你们的战争，而跟他们无关。他们以放弃战斗来向你们表明他们的敌对情绪。尊敬的律师。你对这一切作何解释呢？”

律师也许由于愤怒，这一次终于克服了畏惧，说道：

“确实这样，这场战争人民不喜欢，我也不喜欢，这场战争是法西斯政府挑起的。而法西斯政府不是我的政府，对此，你可以确信无疑。”

但中尉提高嗓门说：

“不，亲爱的先生，十分清楚，这个政府是你的政府。”

“我的政府，你是开玩笑，中尉。”

这时律师的母亲插话说：

“弗朗切斯科，行行好……，看在上帝的份上。”

中尉坚持说道：

“是的，就是您的政府，你要证明吗？”

“什么样的证明？”

“我知道你的全部底细，亲爱的先生，譬如，我知道你是一位反法西斯主义者，一位自由党人士，但你在这个谷地跟农民和工人没有打什么交道，但跟政党的书记有来往，……怎么样，你有什么可说的？”

律师耸耸肩膀，说道：

“我既不是反法西斯主义者，也不是自由党，我不搞政治，我跟政党的书记有来往，但这有什么关系，我们只是因为我姐姐跟他的一个堂兄弟成婚而有点儿亲戚关系，……你们德国人对某些事情是无法理解的，……你们对意大利了解很不够。”

“不，亲爱的先生，这件事是一个很好的证明，……你们这些法西斯分子和反法西斯分子都是相互勾结在一起的，因为你们都属于同一个阶层，……这个政府彻头彻尾地是属于你们这些法西斯分子和反法西斯分子的，因为这是属于你们这一阶层的政府，……亲爱的先生，事实是会说话的，其他都是无足轻重的。”

尽管屋子里很冷，但律师的额头上渗出了汗珠。律师的母亲不知所措，慌忙地站了起来，用发抖的声音说：

“现在我去准备咖啡。”她走进了厨房。

中尉继续说道：

“我跟我的大部分同胞不一样。他们跟你们意大利人打交道的时候很愚蠢，……他们喜欢意大利是因为意大利有许多古迹，因为意大利的风景是世界上最美丽的，……或者他们遇上一个会说德语的意大利人，一听到说自己语言，就激动万分，……或者他们被邀请出席丰盛的午餐，就像今天你请我一样，这样他们就成了酒肉朋友。我可不像这些愚蠢天真的德国人。我要看看事情的本来面目，并当面跟他们说话。亲爱的先生。”

这时，我不知道为什么，也许可怜的律师让我感到同情，我几乎脱口而出：

“您知道为什么律师请您吃这顿饭吗？”

“为什么？”

“因为你们德国人吓坏了大家，大家害怕，想让你们平静下来，就像人们对待一头凶猛的野兽一样，给它些好吃的东西。”

这番话使他惊讶，他做出一副几乎是悲伤而痛苦的模样，但只持续一会儿工夫。任何人，包括德国人，听到说他使人害怕，人们对他表示热情，只是因为出于对他的恐惧，是绝不会高兴的。律师吓呆了，竭力想补救，便插话道：

“中尉，这女人的话你别介意，……她是一个普通人，有些事情她实在不懂。”

“为什么我们德国人让人感到害怕，难道我们不是跟其他人一样的男人吗？”

我像上了弦的箭，正要回答他：“不，男子汉就是男子汉，或者是基督徒，他不会对你方才说的用喷火器杀死满满一山洞士兵的话感到高兴。”

不过，幸运的是，我没有料到后来发生的事情，使我来不及把这番话讲出来，因为突然间从谷地传来好像是高射炮干脆的射击声和交替响起的炸弹落地的深沉的爆炸声。与此同时，远处的隆隆炮声越来越逼近，越来越清晰。中尉立即跳了起来，说道：

“飞机，……我得赶回我的炮兵连去。”

他踢翻了凳子，飞跑了出去，中尉跑出去之后，第一个醒悟过来的是律师，他说道：

“快，快，快跑，……进防空洞去。”

他站起身来，领先冲出屋子，跑到空地。在空地的一个角落，有一个脚手架和沙袋隐蔽起来的地洞，律师径直跑到洞口，顺着木梯走下去，说道：

“快点，飞机说话就飞到我们头顶上了。”

这时，可以听到那种高射炮射击的无休止的隆隆声，这炮声仿佛来自林中空地周围的树林似的。后来，一切归于沉寂，我们待在地下一个黑漆漆的小房间里。它好像正好挖在林中空地的下面。律师说道：

“当然，这间地下室不足以抵御一颗炸弹，但至少可以阻挡机关枪的子弹，……我们头顶上是一米厚的泥土和沙袋。”

总之，我们在里面不知待了多长时间，我们屏住呼吸，在黑暗中直挺地站着，不时可以听到高射炮的沉闷的爆炸声，这就是一切。最后，律师稍稍打开一点小门，证实已经没有任何声响，我们这才钻了出来。律师指给我们看一些被打出窟窿的沙袋，顺手捡起一枚手指长的子弹，说道：

“如果被这颗子弹打中，非死不可。”他抬起头来，仰望天空，说道：

“好样的飞机，但愿常常飞来。这些飞机能让我们摆脱那个凶猛野兽般的中尉。”

律师的母亲责备他说：

“弗朗切斯科，别说了，他也是一个基督徒，别诅咒任何人去死。”

可律师回答说：

“他是个基督徒吗？这个该死的东西，他那该死的炮兵连，那该死的他来到这儿的一天。当他滚蛋的时候，我要摆比这好一千倍的酒席。这是一定的，你们都在被邀请之列。”

这么说吧，我们除了怀着憎恨，一个劲儿地诅咒德国中尉，就再也没有别的话好说。我们走进屋子喝咖啡，然后律师的母亲拿走了我们的鸡蛋，换给我们一点面粉和豆子，最后我们告别了他们。

天色已经晚了，我们换了鸡蛋，重又登上返回桑泰乌米亚山的路。在谷地我们遇到的尽是不愉快的事情。起先是碰上俄国人和他的马，之后是那个可怜的女疯子，末了是那个德国中尉，上山的时候，米凯莱说道：

“中尉说话的时候，有一件事情特别让我生气。”

“什么事情？”

“他是常有理，是一个地地道道的纳粹分子。”

我说道：

“为什么？纳粹分子有的时候也会有理的。”

他低着脑袋说：

“永远没有理。”

我本来想问他那个纳粹分子怎么会那么厉害，竟然会对用喷火器杀人感到好受。而同时却又认为意大利存在不公道的东西。米凯莱一直对我们说，那些能够发现不公正的人，是好人，是他唯一不蔑视的人。现在，那个中尉，据说还是个哲学家，发现了不公正，可同时，他对杀人感到愉快。怎么会这样呢？公正是非常高尚的东西，难道不是真的吗？当我看到米凯莱垂头丧气和闷闷不乐的神色，我便没有勇气告诉他我的这些看法。就这样，我们又登上了山路，回到桑泰乌米亚，此时，天已黑了好一阵子了。

第七章

元月里的一天，不断刮着从山那边吹过来的风，天空明净得像水晶一样。罗赛塔和我从睡梦中醒来，听到从天空尽头的大海那边传来一种遥远的但有规则的声响。第一下扑通声，低沉不响亮，似乎天空挨了一拳似的，第二下更响亮、更清晰，仿佛是第一下的回声。接二连三的扑通扑通声，一刻也不停歇。相反，这种低沉、威胁性的声音，使得天空显得更加美好，阳光更加灿烂，天空更为湛蓝。整整两天，无论白天和夜晚，这种声音一直不停歇。后来，一天早上，一名打丛林来的牧人，带来了一张在灌木树间拣到的印刷品，那是英国人印的一份德文小报，专给德国人看的。由于山上只有米凯莱懂一点儿德文，就拿去请教他。他读完之后，对我们解释说，英国人已经从靠近罗马的安齐奥港登陆，现在爆发了一场海战、炮战、坦克战、步兵战，英国人正朝着罗马推进，已经在维雷特利城安营扎寨。听到这个消息，所有的难民兴高采烈，相互拥抱、道贺和亲吻。那天晚上，谁也不像经常那样回去早早睡觉，而是都走东家串西家，谈论英国人的登陆，为发生的这件大事激动不已。可几天之后却没有了任何新的消息。那低沉的大炮声，确实还不时在天空尽头泰拉契那方向回响。但是我们很快得知，德国人并没有撤走。又过了些日子，传来了初步确切的消息，英国人的确登了陆，但是德国人早有准备，他们派出了我也搞不清多少个师的兵力去阻击英国人，在多次较量之后，德国人取得胜利。现在英国人隐蔽在回旋余地不大的海滩，设立了路障。德国人用很多大炮轰击这片阵地，就像对准靶子射击一样。他们将很快迫使英国人重新登上停泊在海边，一旦他们登陆失败，就接应他们的舰只。这些消息在桑泰乌米亚传开之后，人们的脸孔都拉长了。纷纷议论英国人不会打地面战争，因为他们是水兵，相反。德国人从来就精于陆地战，英国人打不赢德国人，德国人肯定会赢得战争。米凯莱不去跟难民们争辩，就像他对我说的，他不愿让自己生气。他镇静地对我们说，德国人取胜是绝对不可能的。有一天，我问他为什么这么想，他简单地回答说：

“德国人一开始就打了败仗。”

我想在这儿讲一件事情，说明我们待在山上消息是多么闭塞，这儿的农民几乎都是文盲，他们又怎样把传到这儿的一丁点儿消息歪曲了。由于对英国人在安齐奥港登陆的情况不得而知，菲力波和另外一个也是做买卖的难民，决定买通帕利德，让他沿着崎岖山路翻山越岭，到乔恰里亚的一个很远的乡镇去，他们知道那儿的一位市镇医生有收音机。帕利德确实是个文盲，既不会念，也不会写，但他有耳朵，他可以像别人一样收听广播，或者可以让医生透露些消息。他们给了帕利德一些钱，让他路上买一点可能搞到的吃的东西，如面粉、豆子、猪油之类，总之，所有他可以搞到的食品。一天清晨，帕利德备好驴鞍，出发了。

帕利德在外面跑了三天，将近傍晚的时候回来了。大家看到他牵着拴驴子的缰绳从山上下来的时候，所有的人马上跑过去迎接他。打头的是付了钱让他听广播的菲力波，还有他的也付了钱的做买卖的朋友。帕利德刚踏上梯田就说，他几乎什么食品也没有搞到，到处都是灾荒和饥饿，就像桑泰乌米亚一样，甚至情况更糟。他朝草屋走去，后面尾随着一群人。在草屋里，帕利德坐在一张长凳上，家里人围着他坐着，米凯莱、菲力波和其他许多人只能站在草屋外面，因为屋里没有地方，可他们也想知道帕利德从广播中听到的消息。

帕利德说他收听了广播，但广播里没有怎么谈英国人登陆的事，只是说英国人和德国人都按兵不动。他曾向镇上的医生和其他人打听他们在别的日子里从广播中听到的消息，他得知英国人登陆失败了。菲力波忙问他，登陆失败的原因是什么，帕利德简单地回答说，这是由于一个女人的过错。我们听到这个消息都目瞪口呆。帕利德继续说，指挥登陆行动的海军上将是一位美国人，实际上他是德国人，谁也不曾知道这个底细。这位海军上将有一位漂亮得像明星一样的女儿，她跟美国驻欧洲部队司令的儿子订了婚。这年轻人背信弃义，撕毁了婚约，索回了礼品和戒指，跟另外一个女人结了婚。海军上将原是德国人，为了报复，他便把英国人登陆的情报秘密地告诉了德国人，这样，英国人在安齐奥港登陆时，德国人已架起大炮，严阵以待。现在真相大白，查明那海军上将确实是个德国人，逮捕了他，很快就要审判，肯定会毙了他。帕利德带来的消息，使听众发生了分歧。一些无知和头脑简单的人摇头晃脑，说道：

“要知道，总是有个把娘们儿暗地里作怪……查来查去，最终总是发现女人是祸根。”

不过，其他人反对这种说法，说电台编造的这些谎话是不可思议的。至于米凯莱，他只是问帕利德：

“你敢肯定这些消息是电台广播的吗？”

帕利德肯定地说，镇上的医生和其他人向他担保，这些消息是伦敦之声广播的。

米凯莱说道：

“你说说，你不会是碰巧从镇上的广场一些嚼舌头的人那儿听来的吧？”

“什么嚼舌头的人？”

“我是说，总而言之，这不过是加诺·迪·玛冈查[①]故事的翻版。非常有意思，没什么可说的。”

帕利德没有听懂讽刺的意思，仍然重复说，这些都是电台广播的确切的消息。过了一会儿，我问米凯莱，这位加诺·迪·玛冈查是谁。他给我解释说，是好几个世纪之前的一位将军，他在一次对土耳其人的战斗中背叛了皇帝。于是，我说道：

“嗨，你瞧，这些都是可能发生的事……我不想说帕利德有道理，但这并不是完全不可能。”

他笑了起来，说道：

“也许如今仍然会发生这样的事情。”

总而言之，他只能耐心等待，看得出来，由于这种或那种原因，登陆失败了。不过，正像俗话所说，没有希望的等待是件要命的事。在桑泰乌米亚山上，整个一月，还有二月，我们都在白白地消磨时间和生命。日子过得单调极了，因为几个月来每一天总是重复着同样的事情。每天都要起身，劈木柴，在茅屋里点火做饭，吃饭，在梯田上闲逛，这样打发时间直到吃晚饭。每天，飞机都飞来扔炸弹。每天，从早到晚，从晚到早，耳朵边总是响着安齐奥港那些该死的大炮不断发出的有规则的轰击声，应该说，双方都一事无成，因为无论是英国人，还是德国人，都在原地按兵不动。总之，每天打发的日子跟前一天一模一样，可是如今被刺激起来的，同时又越来越让人不耐烦的希望，使得日子过得比以往更觉紧张、难受、腻味，渺茫和疲乏。起初，我们在桑泰乌米亚待下来的时候，觉得时间过得很快，而现在都感到永无尽头，实实在在感到一种难以形容的绝望。然而，使这千篇一律的生活更加让人难受的是，每个人都不停地在谈论吃的东西，谈得越来越频繁，因为吃的东西越来越少了。现在的话题不再是吃得不好的人抱怨，而是缺少东西充饥的人的恐慌。所有的人现在一天只做一顿饭，都避免请朋友吃饭。正如菲力波所说：

“这年头，即使是至交朋友，也只能顾自己了。”

那些日子过得还不算坏的人一般就是手头还有点钱的，像我、罗赛塔、菲力波和一个叫做吉列米娅的难民。不过，我们这些所谓的有钱人，现在也感到钱要派不上用场了。过去。农民对钱很吝啬，因为在和平时期，这些可怜的人从没有见到过什么钱。如今，他们开了窍，发现钱不如东西来得珍贵。他们几乎用报复的口气阴森森地说：

---

① 中世纪骑士传奇中的人物，后来成为叛徒的同义语。

“现在该看我们农民的了……是轮到我们神气的时候了，因为只有我们才拥有食品……钞票不能当饭吃，而食品可以。”

我知道，这些话有点夸张，因为他们手头吃的东西也不多了。他们是山区穷苦的农民，每年四、五月份常常是青黄不接，他们也要千方百计挣钱，买点吃的东西，才能熬到七月。

我们吃些什么呢？我们一天吃一顿，水煮豆子，用喝咖啡的小勺加一点猪油，或者一点罐头西红柿，一小块羊肉和一点无花果干。早上，我已经说过，吃点角树豆果或洋葱，和一小块面包。最可怕的是没有盐，所以食品根本咽不下去，刚送到嘴边，就感到淡而无味，像腐败的食物一样，直想呕吐。食油是一滴也没有。猪油我只剩下瓦盆底上的那个指头那么多了。有时候运气好，譬如有一次，我买了两公斤土豆。还有一次，我从一些牧人那里买到四两重的羊奶酪，硬得就像石头一样，但味道不错，有辛辣味，那算是很幸运的了，因为是不敢指望的稀罕东西。

现在，乡下已是三月初，开始显露出春天的气息。一天清晨，我们从梯田探出身去，透过雾气，发现半山腰里的白色的杏花迎着冷风抖动，前天夜里，杏树全部开花了，白得就像灰雾蒙蒙中的幽灵一样。对我们这些难民来说，花儿盛开好像是喜事的征兆，春天来临了，道路不潮湿了，英国人又可以进军了。但农民们摇摇脑袋，说道：春天意味着饥饿。经验告诉他们，他们面临青黄不接，食品在新的收成之前就消耗光了，因此尽量节约食品，想方设法寻找替代品，而不动原来的粮食。譬如说。帕利德在灌木丛中设下用芦苇掩盖的陷阱，用来捕捉欧鸲和云雀，但这些鸟儿是那么小，为了糊口，一天就需要四只。他还用捕兽器来逮狐狸，那个地方的狐狸个头小，颜色像火一样的红，扒下皮之后，扔进水里，泡几天，让肉软化，再用一种浓烈的甜酱炖着吃，这样就吃不出野味了。

不过，最丰富的资源还数菊苣，它不是罗马人吃的那种菊苣，罗马的菊苣只有一种，尽管它的任何一种都可以食用。我也经常吃菊苣。有的时候，一大早，我跟罗赛塔、米凯莱上梯田去采它。

我们一大早起来，每人备一把小刀，一只篮子，跑到半山腰，在房屋的上上下下采集菊苣。我们弄不清楚有多少种野菜能够食用，实际上几乎所有的都可以吃的。我小时候经常采野草，所以能够辨认它们，但我几乎忘记了它们的名称和品种。第一次，帕利德的妻子卢依莎陪着我，指点我，这样，我很快就像农民一样能干，会识别各种各类的菊苣，它们的名称和品种。我现在只记得其中的几种，譬如说，城里人所说的水田芥，它的叶子和叶梗很娇嫩，暗绿色并略带甜味。譬如长在梯田石头之间的驱兔草，叶子细长、肥厚，几乎呈蓝绿色。还有带四片或五片扁平叶子的菊苣，毛茸茸的，有绿黄色、绿色的；真正的菊苣，长茎、齿形叶子；生菜，蜜蜂花；以及我不知还有其他什么类的菊苣了。我们在梯田上上下下忙碌，不仅仅是我们，因为所有的人都在采摘菊苣，半山腰上都是人，低着脑袋，一步一步地朝前走，好像炼狱里的许多幽灵一样，真是一幅奇特的景象。人们似乎在寻找什么失去的东西，其实，根本没有丢失了什么东西，都是饥饿迫使他们希望找到一些充饥的东西。采集这种菊苣野菜要花费很多时间，往往两三个小时或者更多，因为要做一碗菜，需要采集满满一围兜，而这种野菜并不是很多，不足以满足所有的人的要求。过了一些日子，又必须到更远的地方去，采集的时间也就越来越长。末了，这种劳动的收获越来越少，两三围兜的菊苣煮了之后，就成了橘子那么大小的两三个绿球而已，把菊苣在开水中焯一下，然后放到带猪油气味的煎锅里炒一下，便倒进盘子里来填饱肚皮，根本谈不上什么营养。采集完菊苣，一天余下来的时间便累得要死。每到晚上，我靠着罗赛塔在硬床上躺下，躺在那装满玉米叶的大垫褥上面，我刚一合眼，眼前竟然不是黑暗，而是一棵又一棵菊苣，在我的面前跳跃。我想平安地入睡，但这是徒劳，很长的时间里，我只见菊苣忽儿交错重叠，忽儿又消失踪影，半醒半睡持续很久之后，我才慢慢地睡着了。

正像我说过的，最令人生厌的事情，是此时饥荒迫使难民们整天不说别的，只谈吃的东西。我对吃也有兴趣，我乐意承认，吃是很要紧的事情，如果不吃饭的话，那么人们肯定会一事无成，也无法去寻找吃的东西。但是正如米凯莱一再说的，人们有许多比吃更要紧的事情可供谈论，饿着肚皮去谈吃的东西，岂不是让自己受双重罪：同时体验饥饿和饱食。特别是菲力波不断引诱我们谈吃的问题。有一次，路过梯田时，我瞧见菲力波坐在一块石头上，一群难民围着他，只听见他说：

“你们记得吗？我们打电话给那不勒斯一家餐馆订午宴，然后我们四五个胃口好的人坐上汽车去了。我们一点钟落座，五点钟才吃完。我们吃了什么美味佳肴呢？鱼汁面条、鱼块、鱿鱼、虾和牡蛎、鲷鱼或者用撒拉油拌的墨汁鱼、红烧豌豆、野鸽子、箭鱼片、狼鲈片，烤金枪鱼，味道极好的真鮹。总而言之，各类色拉和各类鲜汁，足足吃它个三四小时，餐桌整洁、漂亮。我们酒醉饭饱，站起身来宽衣解带，打的饱嗝能够使玻璃发颤，我们每个人的体重至少增加了二到三公斤，我们至少喝了一大缸酒。那种吃法，还有谁能相比呢？”

这时有人说道：

“只要英国人来了，日子就又会富裕起来的，菲力波。”

有一天，像平常一样，人们又围绕吃谈论开了。我听见菲力波和米凯莱的争执，菲力波说道：

“……我现在真想有一头肥猪，把它宰了，马上做猪排，一指厚，肥腻好吃，每一块猪排重五两……你们知道，五两重的猪排简直可以使你飘飘欲仙。”

米凯莱听到这番话，突然说道：

“那真正是残暴的行径。”

“为什么？”

“因为猪才会吃猪肉。”

菲力波听到被他儿子称为猪，脸涨得通红，大声说道：

“你不尊重你的父母。”

米凯莱反驳道：

“我不仅不尊重他们，而且为他们感到耻辱。”

这如此强硬和毫不妥协的声音又一次使菲力波狼狈不堪，他于是平静地说：

“如果你没有一个供给你钱财的父亲，你就不可能完成学业，现在你也就不会为我们感到羞耻了……这是我的过错。”

米凯莱默不作声，过了一会儿说道：

“你说得有理……听你们的谈话我很不舒服，从今以后我走远点，你们爱怎么去谈就怎么去谈好了。”

菲力波显得温和，甚至几乎激动起来，因为打我们来到山上，也许还是第一次儿子说他有道理。

“如果你愿意的话，我们就谈别的，你说得有道理，为什么非得去谈吃的呢？……我们说说别的。”

但米凯莱突然发起火来，像条蛇一样扭过身子，喊叫道：

“好吧，那我们谈些什么呢？谈英国人来了之后我们干什么？谈富裕的日子？谈店铺？我们该谈些什么呢？”

菲力波不作声了，因为那些不多的事情正是他所能谈的，米凯莱几乎都一一列举了，除此之外，他脑子里就空空如也。米凯莱说完这些话就走了。菲力波确信儿子看不见他了，便做了一个手势，似乎是说：

“真是个怪人，应当谅解他。”

所有的难民都给他打气，说他有理：

“菲力波，你有一个懂得很多很多东西的儿子，……你为了他的学业没有白花钱，……这很重要，至于其他，就别去计较了。”

那天，米凯莱闷闷不乐地对我们说道：

“我的父亲说得对，我对他不够尊敬，可他谈起吃的东西来，起劲得不得了。我气昏了头。”

我问他为什么他父亲谈吃的时候，他那么讨厌。他想了一会儿，回答说：

“如果你知道明天会死去，你还愿意谈吃吗？”

我没有听明白，追问道：

“那我们该谈些什么呢？”

他又想了片刻，说道：

“譬如，从目前我们的处境来说，我们该谈谈我们在这里陷入绝境的缘故。”

于是，我说道：

“你父亲之所以热衷于谈论吃，完全是因为他缺吃少喝，就是说，他是迫不得已才这么想的。”

这时，他像下结论似地断言：

“可能是这样。糟糕的是，我的父亲总是谈吃，即使是什么也不缺的时候也是这样。”

当时，吃的东西确实很缺乏，大家都设法保存仅有的那点吃的东西。头一件事就是在跟别人交谈的时候，尽管让别人相信你已经一无所有，譬如菲力波几乎每天都向比他穷的难民重弹老调：

“我只有够一个星期的面粉和豆子了，……过了这星期，就指望上帝了。”

其实，这并不是真的，因为大家都知道，他家里还有一袋面粉和一小口袋豆子。他担心别人来瓜分，便不再邀请任何人上家里来，白天上梯田去的时候，把门锁好，口袋里揣着钥匙。穷苦的农民倒真是快断粮了，往年，此时人们也纷纷下山，去泰拉契那去购买东西，以度过青黄不接的日子。何况还有德国人不时地来扫荡，倒不是说他们都是小偷或坏蛋，而是因为他们发动了战争，正在打仗，而打仗除了杀人，就意味着抢劫。举例说，有一天，一个德国兵独自一个人上我们这儿来，他没有携带武器，好像是散步似的。他的皮肤棕色，眼睛蔚蓝，圆脸挺精神，眼睛焦虑不安。他在茅屋之间转悠了很长时间，跟农民和难民们交谈。看得出来，他没有心怀鬼胎，相反，他同情那些穷苦人，他说和平时期，他在德国，是工匠，他还是个熟练的风琴手。这时，一个难民拿来自己的手风琴，那德国人在一块石头上坐下，给我们演奏起来，周围的孩子们张大嘴巴地倾听。他的确拉得不错。他给我们奏了一首当时好像所有德国士兵都唱的小调《利丽·玛莱纳》，一首忧伤近乎抱怨的曲子。听罢他的演奏，大家坠入了沉思，米凯莱非常憎恨并认为他们不是人的德国人，其实也是基督徒，家里有妻子儿女，他们也憎恨使他们离乡背井的战争。他演奏了《科丽·玛莱纳》后，又给我们拉了其他许多曲子。都是让人感动的忧伤的曲子，有些曲调很复杂，好比音乐会演奏的乐曲。他的脑袋低垂在手风琴上，用灵巧的手指按着键盘。给人的印象是，他是一个懂得事物价值的严肃的人，与人为善，一有可能，他愿意放弃打仗。好，这个德国人不令人讨厌，他演奏了几乎一个小时，摸了摸孩子们的脑袋，然后就走了。临别时，他用吃力的意大利语对我们说道：

“鼓起勇气来，战争很快就会结束的。”

他朝山下的小路走去，走过难民住的茅屋，在屋前的竹竿上晾着主人的一件红格子衬衫。德国人停了下来，用手摸了摸，看看质量可好，摇了摇头，继续朝下走去。半小时以后，他又回来了，跑得上气不接下气。他径直跑向茅屋，把衬衣从竹竿上取下，夹在腋窝里，朝着谷地跑去。你们明白了吗？他演奏了手风琴，抚摸了小孩的脑袋，看得出来，他是一个不错的人。但那件衬衫使他忘记了羞耻，他下山的时候，脑子里只想着那件衬衫。欲望终于压倒理智，他返回山上偷走了衬衫。当他演奏手风琴的时候，他像个和平时期的工匠，可当他偷走衬衫的时候，他就是一个不分你我，不尊重任何人和物的士兵了。总而言之，正如我说过的那样，打仗除了杀人之外，就意味着抢劫。在和平时期不会去杀人和为了世上的财富去抢劫的人，可在战争时期他的心灵深处就萌生了所有的人都有的杀人和抢劫的本能。他能萌生这种本能，因为周围的一切都鼓动他去发挥这种本能，而且，人们还对他说，这本能是美好的，他应该相信它，否则就不是一个出色的士兵。于是他就想：

“如今是战争时期，……一旦恢复和平……我也就恢复我本来的面目，现在就让我去干吧。”但遗憾的是，战争时期，偷窃或杀人的人，从不希望自己恢复到过去的样子，至少我是这么看的。譬如说，一个贞洁的处女，一旦失去贞操，幻想以后再还原为处女，那我就不知道要指望什么样的奇迹的。只要当过一次小偷或杀人犯，尽管他是穿着胸前挂满勋章的军装干的，那他也永远是小偷和杀人犯。

农民们很清楚德国人有手脚不干净的坏毛病，于是他们建立了一种警报：沿着谷地到桑泰乌米亚山，安排孩子们分段放哨，一旦山区小路上出现一个德国人，那些孩子中的第一个就大声叫喊：“瘟疫”。站在高一点地方的第二个孩子重复喊道：“瘟疫”。这样一个接一个地喊着：“瘟疫”，把消息传到山上。在“瘟疫”的喊叫中，人们纷纷奔向桑泰乌米亚山顶，有人扛一袋豆子，有人扛一袋面粉，有人抬一缸猪油，有人捧着香肠，赶忙把它们藏进灌木丛或山洞。有一次，确实来过一个德国兵，他不知为了什么冒着危险上了山，他在茅屋之间转悠，大伙儿都跟在他屁股后面，就像举行仪式时的队列一样。有人做鬼脸，朝他做了个用手放在嘴巴上的动作，告诉他大家在挨饿。可经常发生假警报，过了一小时都看不到任何德国人的影子。于是，难民们都松了一口气，跑去把东西从隐藏的地方取回来。

不过，吃的东西越来越少。我的贮备食品几乎光了，我决计下番功夫去弄些食品。钱，我还是有的，也许在一些不起眼的地方可以买到一些东西。

于是，一个天气晴好的早晨，天刚蒙蒙亮，罗赛塔、米凯莱和我就出发去一个名叫萨索内罗的山区小镇，步行约摸要四个小时。我们估计大约正午时分可到达目的地，如果可能的话，买点东西，吃了饭后再赶路，天黑之前赶回桑泰乌米亚。

我们上路时，太阳还躲在群山的后面，尽管天已亮了一阵子了。寒风刺骨，鼻子和耳朵都冻僵了。山口有雪，翠绿的草地中间有少量白雪溶化的污迹。太阳终于升起来了，天气暖和了一些，整个乔恰里亚山覆盖着白雪，灿烂的阳光，使景色显得非常美丽，所以我们停顿了一会儿，欣赏着美景。我记得，这时米凯莱眺望这山景竟叹了一口气，说道：

“意大利真美。”

我笑着说道：

“米凯莱，你好象带着不愉快的情绪说这句话的。”

他说道：

“确实如此，因为美是一种诱惑。”

离开山口，我们走上了峭壁之间的一条不太熟悉的小路，草地消失了，道路越来越清楚，它顺着山脊伸展，两侧的山腰陡峭，一侧延绵不断地通向丰迪。另一侧不是很深，通向一个长满丛林的大山谷。小路像条蛇一样趴在山脊上，蜿蜒曲折，沿着那个被淹没于丛林和橡树林间的小小的野山谷向下延伸。我们一直走到谷地或者说荒无人烟的溪涧，又沿着一个多半隐蔽在灌木树丛的小溪走了一段，溪水从石头上流过，在四周寂静中发出轻微的、欢快的声音。随后，小路向高处走去，从溪涧的另一侧通到另一个山口，向下走了一段以后，到了另一座山，再往上走，一直到达光秃秃的、岩石嶙峋的山顶，乱石之间不知什么缘故矗立着一个斑驳的黑十字架。翻过这座山顶，我们继续顺着山脊前行，终于来到了一个下山之前我们能够居高临下俯视到的古怪地方。那是一片巴掌似的平台地，位于一块像圣诞面包样子的巨大红岩下方，台地上稀疏地散落着栎树和岩壁。栎树苍老挺拔，光秃、灰青色的枝条伸向空中，好像巫婆浓密的长发，岩壁或大或小，像一个个糖面包，近似黑色，光滑，仿佛在车床里过了一遍似的。橡树和岩壁之间，有不少茅草屋，炊烟把屋顶的稻草熏得发黑，妇女们要么在茅屋前面烧饭，要么在拧干要晾在绳子上的衣服。许多小孩在地上玩耍，见不到一个男人，因为那是一个牧人村，此刻，男人们赶着羊群上山去了。我们走到茅屋跟前，瞧见像圣诞面包的大岩石下面，有一个熏黑的洞口，当地的一名妇女对我们说，山洞里住着逃难的人。我问那女人可有出售的东西，她摇摇头表示拒绝，神情忧郁地说，也许难民们可能会有什么卖给我们，这使我感到奇怪，因为逃难的人是不出售而一心要买进东西的。

不过，我们还是朝山洞走去，至少是为了打听些消息，因为从那些粗鲁而冷漠的牧人们的婆娘嘴里，是什么也探听不到的。走近山洞的路上，到处都是跟石头子儿混在一起的大大小小的骨头，毫无疑问，这是被难民们逐渐吃掉的山羊或绵羊的骨头，另外，还有许多垃圾，譬如，生了锈的罐头盒、破布头、旧鞋、烂纸等。我们好像走进了一处建筑工地，在罗马，那是周围住家堆垃圾的地方。到处可见燃烧后的黑色残余，一堆堆灰烬，熄火的木头，洞口非常大，四周被烟熏得黑乎乎、脏兮兮的。钉进石头里的钉子挂着煎锅、长柄勺、抹布、四分之一公斤的新鲜羊肉，鲜血一滴滴地掉落在地上。

我们朝洞里望去，说实在的，吃了一惊，山洞既高又深，栏门烟熏火燎，洞里面黑漆漆的，以至一眼望不到底，它很像一个大卧室，塞满了床和草堆，仿佛医院的病房或兵营的宿舍；一股强烈的刺鼻气味迎面扑来，又好像是收容所和下等人的旅店。

第一眼见到的床铺都是乱糟糟的，被子揉成一团，乱得可怕。难民多得不计其数，有人坐在床上，搔脑袋，或者一动不动地傻坐着；有人裹着被子，躺在床上；有人在仅有的一点自由空间里来来回回地走动。一群人头戴帽子，身穿大衣，坐在两张床上，围着一张小床打牌，有点像桑泰乌米亚的难民。一名妇女半裸着身子，坐在床上，给婴儿喂奶；在另一张床上，三四个小孩紧紧挨在一起，一动也不动，好像死去了一样，他们也许是睡着了。我前面说过，山洞里面是黑漆漆的，可是却隐隐约约可见象柴垛似地堆起来的家什。也许这就是那些可怜的人们逃难时候能够带出来的东西。

在靠近洞口的地方，我看到一件不寻常的东西：一个用包装箱做就的祭坛，上面铺着一块漂亮的绣花台布。桌布上摆着耶稣受难像，两只没有鲜花的银瓶，里面插着带叶子的圣栎树枝。令人奇怪的是，耶稣受难像下面，不是放着小圣人像或其他祭礼的物品，却看见许多块表，大约不下一打，整齐地排列着。这都是老式表，是放在背心小口袋里的怀表，大部分是白金的，只有两块似乎是金的。靠近祭坛的一张凳子上，坐着一位神甫。我说他是神甫，因为是从他头顶的发圈认出来的，而根据他的其他部分是很难想象他是位神甫。他是个五十开外的男人，棕色面孔，身材瘦削，神情严肃。他不穿黑袍，而着一身白色衣服，白色领圈，白色领带，白色裤子或者说白色朱阿夫式裤子[①]，只有袜子和鞋子是黑色。总而言之，谁也不知道他为什么这副打扮，把外衣脱下，下装穿成这副模样。他低垂脑袋，两手放在膝盖上，神情木然，两片嘴唇急速的嚅动，好像在祈祷。他抬起头来望着我，当时我正走过去看祭坛，我这才看清楚他那一对着魔似的目光，呆滞的眼睛。

我低声对罗赛塔说：

“那是个疯子。”

不过，我一点儿也不感到意外，因为有好长时间我对什么都不感到意外了。这时，他直勾勾地望着我，目光渐渐地充满好奇的表情。仿佛他慢慢地认出了一个人似的。突然，他站了起来，抓住我的一只胳膊，说道：

“好极了，你终于来了……快，帮我给这些钟上发条。”

我茫然不知所措，朝洞口转过身去，但他的手用令人可怕的力气紧紧攥住我的胳膊，就像老鹰和鸢的爪子一样。一个正在玩牌的难民斜眼注视着这一情景，他没有转过身子，喊道：

“你给那些钟上发条吧，让他高兴……可怜的人儿，他们毁掉了他的教堂和教区，他带着他的那些钟逃了出来，就再也没有恢复理智……但他不伤害任何人……你放心。”

罗赛塔和我安下心来，每人拿起一只钟，上了发条，其实我们只是装装样子而已，

---

① 朱阿夫兵为法国轻骑兵，着上宽下窄的裤子。

因为那些钟都已经上足了发条，走得很准确。他站在那里望着，就像神甫们站在那儿，双手反叉在背后，眉头紧皱，低垂着脑袋。我们刚上完了发条，他用低沉的声音说道：

“现在你们都给钟上了发条，我终于可以在做弥撒时派用场了……好极了，好极了，你们终于来了。”

幸运的是，此刻山洞里另一位居民走了进来，那是一位年轻的修女，她的样子马上使我平静下来。她的瓜子脸雪白、秀美，眉毛乌黑，恰似眼睛上方的两道黑色屏障，黑眼珠炯炯有神，安详，好像夏日天空的两颗星星。她一身白色的修女装束和雪白的包头巾，给我留下了深刻的印象，确实打动了我的心。她的服饰像白象一样洁白，浆得完美无缺，在那种地方简直令人难以置信。天晓得住在那样肮脏的山洞里，她是怎样保持着如此的整洁和如此的完美。她以温柔的态度和甜美的声音，转身对神甫说道：

“快，堂马泰奥，你过来跟我们一起吃饭去……但首先你必须穿上衣服……穿着内裤吃饭是不雅观的。”

堂马泰奥从头到脚是个真正的朱拉夫兵的打扮，张着嘴听她讲话，眼神慌乱不知所措。他终于结结巴巴地说道：

“那么那些钟呢？谁来关照它们？”

修女用平静的语调说道：

“他们替你上了发条，钟走得非常准确，堂马泰奥，你瞧，所有的钟都指向同一的时间，这正是吃饭的时间。”

她从钉子上取下神甫的黑袍，帮他穿好，就像疯人院里的护士态度和蔼地照顾一个疯子。

堂马泰奥让人给他穿上了满是尘土和油污的袍子，用一只手摸摸光秃秃的脑袋，走近修女，修女架着他的一只胳膊，朝山洞深处走去，那里可以看到三脚支架上有一只深底大锅冒着热气。修女朝我们转过身子，说道：

“你们三个人也来吧，也有你们的一份。”

我们也走近那口大锅，这时许多难民已经把大锅团团围住。在这群人当中，我发现一个看上去非常寒碜和令人厌恶的人：他个头矮小，肥胖，浑身上下破破烂烂，头发蓬乱，胡子拉碴，他的裤子拉了一个口子，正好在臀部，露出一道白衬衫的边。他端着菜盘，带着哭声说道：

“苔蕾莎姐妹，您总是给我盛得比别人少，为什么给我要比别人的少呢？”

苔蕾莎修女不回答他的话，聚精会神地给每一个人盛一块肉和两勺汤。这时，另一个五十岁左右的男人，浓黑的八字胡，脸色红润，带着讽刺的口吻说道：

“蒂科，为什么你不罚修女的款……你是市政警察，你尽管罚她，因为她给你的汤比其他人少。”然后，他笑着对米凯莱说道：

“我们这些人在这儿配合得不错，神甫是疯子，宪兵们被流放到德国，警察的衬衣露在裤子外面，镇长游手好闲，可比其他人更挨饿。权威不复存在，但我们不相互残杀，可以称作奇迹啦。”

修女的目光并不离开那口大锅上，回答说：

“这不是奇迹，而是上帝的旨意，上帝要人们相互帮助。”

此时，蒂科理怨道：

“堂路易吉，您总是要拿我们开玩笑……难道您不知道一个没有制服的警察跟所有其他人一样是个可怜虫吗？您发给我制服，我会重新变得衣冠楚楚。”

我想，归根到底他是有道理的，至少在某些情况下，制服就是一切。至少就那位好心肠的修女来说，如果没有那身修女的装束，而像我和罗赛塔那样穿得破破烂烂，那么，即使凭着她的温柔的性格和她的宗教信仰，她也不会享有这样的威望。

就这样，我们喝起汤来，汤很油腻，汤里熬过羊肉，散发出羊肉的膻味。尽管我饿得要命，但难以下咽。我们一面吃，一面听早就熟悉了的谈话：灾荒，英国人的到来，轰炸，搜捕，战争。最后，我觉得时机到了，便冒昧地问道，谁能向我们出售一些食品。不出我预料，他们显露出惊奇的表情，他们没有什么可供出售，他们像我们一样，也在到处收购，或者也快把从老家带来的东西吃光了。不过，他们建议我们去问问住在洞外茅屋里的牧民们：

“我们都从牧民那儿买东西……他们总是贮藏着一些奶酪、羊肉……去瞧瞧他们可愿意卖给你们什么东西。”

于是我说，正是一名妇女让我们上这儿来的，她说牧民们没有什么可卖的了。镇长耸了耸肩膀，说道：

“他们那么说，是因为还不信任你们，他们想保持高价。可他们有羊群，这是此地唯一出售的东西。”

我们向用菜汤款待我们的修女和难民们道了谢，又打疯子神甫摆满钟表的祭坛前面走过。我们遇见一个小矮个，穿白便鞋，肚子上系着腰带，黑裤子，黑外套，黑帽子。山洞门口的一个女人，嘴里嚼着一块面包，听见了我们的谈话，指着这个羊倌说道：

“他是一个福音派教徒……如果你让他明白你会出好价钱，他就会卖奶酪给你。”

于是我紧跑几步，追上那人，喊道：

“你有奶酪卖吗？”

他不理睬我，也不转过身来，就像聋子一样继续朝前走着。我又向他嚷道：

“福音传道士先生，你卖奶酪吗？”

这时，他才开口说道：

“我不是福音传道士，我叫德桑蒂斯。”

“别人告诉我，叫你福音传道士。”

“不，我们只是属于福音教派，就是这么一回事。”

最后，他暗示，他可以卖给我们奶酪。我们便随他来到他的茅屋。

他先把羊群赶进靠近他茅屋的牲口圈，一面逐一地叫唤着羊只的名字：“比安齐娜、帕乔卡、玛塔、切莱斯苔……”等等，然后关上牲口圈的栅栏，把我们领进他的茅屋。它跟帕利德住的那间茅屋相似，只是面积更大些。我不知道为什么，给人的感觉更空旷，更凄凉，也许是因为他对我们的接待相当冷淡的缘故。围着我们熟悉的火炉，在我们熟悉的长凳和木桩上，坐着许多女人和小孩。我们坐了下来，他最要紧的事情是合掌祈祷，所有的人都跟着他做，包括小孩。看到他们祈祷的情景，我不由发愣了，因为至少我们那一带的农民是很少祈祷的，而且只在教堂里祈祷。不过，我回忆起他关于福音派宗教的回答，我才明白，他们跟我们不大一样，他们的信仰方式也不大一样。

米凯莱似乎对此怀有强烈的好奇心，他们结束祈祷以后，马上问他们怎么会成为福音派教徒的，他似乎懂得福音派这个字眼的意思。矮个子回答说，他和他的两个兄弟曾经在美洲打工，在那儿遇到了一位新教牧师，说服他们信奉福音教。米凯莱问起他对美洲的印象，他回答说：

“我们在那不勒斯上船，在太平洋的一个小城市下船，然后乘火车到了森林，因为我们是招募去当伐木工人的。就我所能看到的来说，那是一个到处是森林的国家。”

“可你们见到过城市吗？”

“没有，只见过我们下船的那个小城市……我们整整两年都待在森林里，然后又取原路回到意大利。”

米凯莱觉得既惊讶又好笑，他后来对我说，美洲有许多大城市，可他们除了森林什么也没有见到，似乎整个美洲就是一片森林。他们还谈了一会儿美洲，由于天色已晚，我向他提出买奶酪的事。于是那人摸黑在屋顶的干草间搜索，翻出两块发黄的羊奶酪，直截了当地说，如果我们愿意的话，价格是非常贵的。我们吓了一跳，因为他报了一个即便在饥荒的年头也闻所未闻的高价。我说道：

“怎么啦，莫非你的奶酪是金子做的？”

他一本正经地回答说：

“不，比金子还要好，是奶酪。金子你是不能吃的，而奶酪可以。”

米凯莱讥讽地说：

“莫非福音书教导你要这样的高价？”

他闭口不言，于是我逼进一步，说道：

“刚才苔蕾莎修女在山洞里还说过，上帝愿意人们相互帮助。你帮助人的方式可真不错。”

他脸色铁青，平静地说：

“苔蕾莎修女信奉另一种宗教，我们不是基督徒。”

“那么福音教派信奉什么呢？”米凯莱反问道：“难道就是比基督徒的卖价要高两倍吗？”

他还是一本正经地回答说：

“兄弟，福音教派就意味着恪守福音教规。我们是忠实地恪守的。”

他对我们的问题对答如流，一点办法也没有，他硬得像块石头。他最后说道：

“如果你们需要的话，我可以卖头羊给你们……一头肥羊，过复活节……我有一只六公斤的，我愿意给你们一个好价钱。”

我想，复活节快到了，羊倒是要的，便问他什么价钱，我们又着实吓了一跳，那个价钱除了买下这头羊之外，还足可以买那头生下它的母羊。米凯莱突然说道：

“你可知道，你们这些福音派教徒是什么样的人吗？彻头彻尾的制造饥荒的人。”

那人说道：

“兄弟，和为贵，福音书愿所有的人和睦相处。”

我终于绝望了，对他说，我可以买他的一头小羊羔，但他必须减价。你们知道他是怎么回答的吗？

“减价？这就是我能够给的最低价了。你最好还是别买了，大姐，因为如果你按我的价格买下来，以后你会生我的气，而如果我按你的价格卖了，我会生你的气。可福音书是愿所有的人和睦相处。你就别买了，这样，我们还会继续和睦相处的。”

我没料到他竟说出这一番歪理，我不知讨还价了多少时间，可他就是寸土不让，没有法子打动他。我按住他的肩膀，把他逼到墙角，说他简直是一个窃贼，他便用福音书上的道理来摆脱自己的困境，说：

“别发怒，大姐，愤怒是一种莫大的罪过。”

最后，我付了那昂贵的价钱，他只给我多加了一长条奶酪，我们就着面包马上充了饥。我们走了，尽管我们很冷淡地离开了他，他却站在门口向我们告别说：

“愿上帝跟你们在一起，兄弟们。”

我几乎在心里暗暗诅咒：

“让魔鬼把你们带走，送进地狱去吧。”

跑了这么一趟，仅仅弄来一只小羊羔，而几十公里的山路几乎使我们每个人磨破了一双鞋。不过正像在这种情况下经常发生的，几天之后，我们不费力气就得到了补偿，好像苍天保佑似的。一个骑头黑马，在山区转悠寻找食物的掘墓人，以很便宜的价钱卖给我们一些豆子。他是从岛上的南斯拉夫流亡者那儿贩买来的，在停战期间，他们逃到靠近我们的谷地，眼下，由于害怕德国人，他们不知逃到那里去了，他们贮存的食物自然也无法随身带走。掘墓人是个年轻人，金色卷发，细高个儿，性格活泼，他还从那些南斯拉夫流亡者那儿带来了关于战争的消息。他说，在俄国一个名叫斯大林格勒的城市，德国人遭到了惨重的失败。俄国人俘虏了包括将军在内的整个军团，泄了气的希特勒下令撤退。他还说，再过几天，最多几个星期，战争就要结束了。这些消息使难民们欢欣鼓舞，但农民们却并不高兴。桑泰乌米亚山区的绝大部分男人上了前线，正好被派往了斯大林格勒，他们从那里往回写家信，提到过这个城市的名字。如今许多人为丈夫或兄弟的生命提心吊胆，她们是有道理的，因为后来得到证实，一个男人也没有生还。

三月份，白天渐渐长了起来，山峦重又开始返青，气候也越来越温和，对安齐奥和卡西诺的轰炸仍然继续着。我们待在安齐奥和卡西诺之间，从这两个地方整天整夜毫不间断发出大炮声，就像在相互比赛似的，我们听得清清楚楚。先是安齐奥的大炮发出爆炸前的轰鸣声，接着是卡西诺大炮反击的隆隆声。天空犹如一面鼓，阴沉的炮击声好像用拳头猛击大鼓似的。在那样美好的季节里，听到如此可怕、阴郁的炮声，使人不由想到，也许战争就是大自然的组成部分，那炮声跟阳光联系在一起，并且融为一体了，也许春天因战争也染病了，就像人也因战争而染病一样。总而言之，那进入我们生活的炮声，正像已经进入我们生活的破衣烂衫、饥荒、危险一样，永不停歇，也许破衣烂衫，饥荒和危险一样，已经成为我们习以为常的事情；如果这种情形一旦中止，实际上就是美好的一天的中止，我们将几乎为此感到意外的。这就是说，人们对这一切已经习以为常了，而战争正是这样的习惯，而要改变的，并不是已经发生的非常事件，而正是这习以为常，此种习性说明，我们接受发生的一切，而不再起来反抗了。

四月初，山区显得分外漂亮，一片葱绿，鲜花盛开，空气清新，人们可以整日待在室外。面对赏心悦目的鲜花，我们这些逃难人更强烈地体验到饥饿的感觉，因为花儿开了，意味着它已发育成熟，茎叶变得坚硬，饱含纤维，也就没法吃了。总之，这些花朵如此动人美丽，也就宣布我们最后的食粮菊苣不再有了。如今的的确确只有英国人的到来才能拯救我们了。果树也开花了，遍布山腰的桃花、杏花、苹果花、梨花，好像是风和日暖，甜蜜醉人的天空中白色的和玫瑰色的云彩。不过我们望着这些果树，不能不想到，这些鲜花会变成果实，我们将可以用来充饥，可距离结果还有几个月的时间。麦苗碧绿、矮小、娇嫩，好像丝绒一样，给人以无精打采的感觉；它还要过好长时间才能成熟、结穗，收割和脱粒，才能送到磨坊，才能把和好的面粉，用炉子烤成一公斤重一个的面包。唉，只有肚子填饱了，才能欣赏美丽的风光；相反，一旦饿肚皮，所有的念头都集中于一点而不能解脱，美也似乎成为一种欺骗，或者更糟糕的是，成为一种嘲讽。至于说麦苗，我回忆起了一件事，它使我对饥荒产生了强烈的印象。

一天下午，像往常一样，我下山去，希望能买到一点面包。我们来到谷地，看见德国人的三匹马竟然泰然自若地在地里大嚼麦苗，我们都愣住了。一名没有佩带领章的德国士兵，就像上一次我们曾遇到过的俄国逃兵，懒洋洋地坐在栏杆上，望着那三匹马在糟蹋麦子。说实在的，我只有在那个时刻才懂得，战争意味着什么，良心在战争年代不再是良心，什么事情都可能发生。那是一个阳光灿烂的日子，鲜花盛开。我们三个人，米凯莱、罗赛塔和我，靠近栏杆站着，目瞪口呆地望着那三匹饱餐麦苗的漂亮马匹，这几头可怜的畜生，根本就不明白它们的主人让他们干的好事，它们饱餐的幼嫩的苗，成熟后将是基督徒们的面包。我回想起，小时候我的父母对我说过，面包是神圣的东西，扔掉或浪费粮食是渎圣行为，甚至把面包掉过头放都是罪过。现在，我亲眼目睹他们拿粮食去喂牲口，而谷地和山上的许多人在忍饥挨饿。终于，米凯莱道出了我们的共同感情：

"如果我是教徒的话，我会说世界末日来临了，因为人们已经看到麦田里牧马的情景。我不是教徒，因此，我只能说，纳粹分子来了，也许这和世界末日来临是一回事。"

那天，我们一致认识到，德国人的性格是多么古怪，跟我们这些意大利人又多么不一样，意大利人具备许多优秀品质，但总是有某种欠缺，因为他们不是完人。那一回，我们曾经在律师那儿遇见那个坏透的军官，他们用喷火器来清扫山洞为快事。这一次，我们也碰到了一个德国上尉。可律师提醒我们：

"这人跟别人不一样，这确实是个有教养的人，说法语，在巴黎待过，他对战争的想法跟我们一致。"

我们走进了棚屋，上尉像所有的德国人那样，在我们进门的时候站起身来，脚后跟用力碰了一下，紧紧握我们的手。的确，他是个细心的男子汉，绅士，有点秃头，灰色的眼睛，贵族气派的鼻子挺直，嘴上露出高傲的表情，却没有窘迫不安和僵硬的东西，在某种程度上他几乎像个意大利人。他意大利语说得很好，对我们说了不少意大利的好话，说意大利是他的第二祖国，他每年都去海边和卡普里岛[①]，战争至少使他得到机会参观不少他不了解的美丽的地方。他请我们抽烟，打听罗赛塔和我的情况，最后谈到他的家庭，还给我们看照片，妻子是个漂亮的女子，一头漂亮极了的金发，三个孩子都长得很帅，三个金发小天使。他指着照片说：

"在此种时刻，这些孩子是幸福的。"

我们问这是为什么，他回答说，孩子们总是希望有一头小毛驴，而他正好这些天在丰迪买到了一头，他正把小驴运往德国，作为送给孩子们的礼物。他充满热情地诉说着细节，他得到的正是他所寻找的小驴，撒丁种，由于小驴还没有断奶，他便用军列运往德国，他委托一名士兵一路给小驴喂奶；军用车上还有一头奶牛。他满意地笑着，然后说，此刻，他的孩子们肯定骑上了撒丁小驴，所以他说他们是幸福的。我们，包括律师和他的母亲都感到震惊。没有吃的东西，那是饥荒的年头，他却弄到头小驴

---

① 位于那不勒斯附近的游览胜地。

运到德国去，一路还给小驴喂奶，这奶本该给许多缺奶的意大利小孩。如果他连这个简单的道理都不懂，那么，他对意大利和意大利人的爱体现在什么地方呢？不过，我想，他这样行事并非出于恶意，他当然是一位我们遇到的最好的德国人。他这样行事，因为他是德国人，正像我已经说过的，德国人是以特殊的方式造就的人，他们有许多优良的品质，但这是一个方面，而另一方面，他们其实又缺乏任何优良的品质，这有点像墙边长的树，一方面枝叶茂盛，另一方面却跟墙对立。

现在，吃的东西没有了，米凯莱以各种方式努力接济我们，公开的方式是，在家人责备的眼光下把他的一部分早餐和晚餐拿给我们。秘密的方式是直接偷他父亲的东西送给我们。譬如，有一天，他来找我们，我让他看我们仅有的一点面包，一只三分之二是黄面的小面包。于是，他说，以后他会给我们弄面包，从他母亲的食品柜里每次弄点给我们。他真这么做了。他每天给我们带来几片面包，而且是没有渗黄面粉和麸子的白面包，这是山上唯一这么做面包的人家，尽管后来菲力波整天哭穷，向人们诉苦说，他和他的家庭已经忍饥挨饿了。但是有一天，米凯莱拿来的不是通常的三四片面包，而是两只完整的面包，这是那天上午他们刚烤出来的，他原以为神不知鬼不觉，其实，他们都发现了。菲力波像魔鬼似的嚷嚷，说别人偷走了他的口粮，可他没有说出被偷的是面包，否则他就是不打自招了，因为他总是说什么他没有面粉了。菲力波像警察那样想方设法搞调查，他丈量了窗户的高和宽度，仔细察看窗下的地面，以便察看青草是否被踩过了，仔细察看门窗边框有没有掉下墙灰。最后，他认定，由于窗户既狭又高，应当是小孩进入室内偷窃的，可是，没有大人的帮助，这个小孩是无法进入窗户的。调查的结果，认定是一个难民的儿子马里奥利诺干的。孩子的父亲，无疑是他的帮手。如果菲力波没有把他的这些判断告诉妻子和女儿，那么，一切将就此为止。对于菲力波来说，属于推测的东西竟然很快变为两个女人确信无疑的事情了。起先，跟那个难民和他的妻子相遇时，她们总是一声不吭，不打招呼，然后就指桑骂槐：

“今天的面包好吃吗？”或者说：“你们要当心马里奥利诺……爬窗户会摔断脖子的。”

有一天，她们终于直截了当地说：

“你们全家都是贼，你们是贼。”

大吵大闹的场面甭提了，尖叫和喊叫声直冲云霄。那难民的老婆，一个身体虚弱的小个子女人，衣衫褴褛，蓬头垢面，尖声地重复喊道：

“滚，滚吧。”

我不明白她想说的意思，菲力波老婆则继续冲着她大喊，他们是贼。于是，一个重复：“滚吧！”另一个骂他们是贼。就这样，她们像两只怒气冲冲的老母鸡，在围观的难民们围成的小圈子里，对骂了一段时间，但没有动手。此刻，我和罗赛塔不无内疚，为了不让人们瞧见，便躲在暗处，随着两个女人的每一声尖叫，吃一口菲力波的面包。我不否认，那偷来的面包，我觉得比平常我们吃的面包更有滋有味，因为那是偷来的，而且是偷偷地吃。总之，打那天起，米凯莱小心翼翼地塞给我们面包，为了不让家里人发现，他从这只面包上切一片，又从那只面包上切一片，事实上，他们也没有再察觉，也就没有再发生这样的闹剧。

鲜花盛开但填不饱肚皮的四月过去了，五月带着暑气来临了。除了忍饥挨饿，还有苍蝇和黄蜂的骚扰。我们的小屋子里有许多苍蝇，夜里，我们上床的时候，那些苍蝇也停在我们挂衣服的绳子上睡觉，绳子上的苍蝇多极了，黑乎乎的一片。还有黄蜂，它们的窝就筑在屋顶下面，成群地飞进来飞出去，倒霉的是碰到它们还咬你。我们整天大汗不止，也许是身体虚弱无力的缘故。在这大热天，我不知道为什么，也许是因为我们既不能洗澡，也没有条件更衣，我们突然发现，我们确确实实成了两个叫花子，成了辨认不出年龄、性别，在修道院门口乞讨的叫花子。我们本来就不多的衣服都已破烂不堪，发出一股气味。我们好长时间没有穿皮鞋了，脚上的便鞋是用帕利德盖汽车的破布补的。也着实让人感到寒碜。那间小屋子，由于苍蝇、黄蜂和炎热，简直无法住人，在冬天成为避难所之后，如今成了比监狱还糟糕的地方。性格温柔和极有耐心的罗赛塔对此也许比我更难受，因为我是农民出身，而她却是城市里长大的。一天，她对我说道：

“妈妈，你总是谈吃的东西……我倒宁愿再忍饥挨饿一年，只要有一件干净的衣服和生活在一个干净的地方。”

还有一个情况：缺水，因为两个月没有下雨了。罗赛塔不能再像冬天那样头顶水桶去打井水，而现在恰恰更需要水。

在五月份，我知道有一件事能够说明难民们的绝望程度。在菲力波的家里召开了一次只有男人参加的会议。会上决定，如果五月份英国人不来的话，难民们都有武器，有的有支手枪，有的有杆猎枪，有的有把大刀，将迫使当地农民们或出于爱心，或迫于压力，把自己的口粮公有。米凯莱也参加了会，他马上表示反对，声明将站在农民的一边。这时，一个难民回答他说：

“好极了，在这种情况下，我们就把你看作农民，把你当成他们中的一个来对待。”

总之，这次会议也许没有发生什么大的作用，因为，不管怎么说，难民们是善良的，我怀疑他们会当真动用武器。但它说明大家已经陷入何等绝望的境地。有些人，就我所知，打算乘天好地硬的时候离开桑泰乌米亚，或者越过前线去南方，或者去北方，据说那儿不缺吃的东西。有些人还说要去罗马，徒步走去，因为他们觉得农村会让你饿死，而城市不能不帮助你，因为城里人害怕革命。总而言之，在这炎热的五月，一切都在活动，一切都在分裂，每个人都在考虑自己和自己的性命，许多人已经打算去冒险，摆脱那种死气沉沉和没完没了地等待的处境。

一天，突然传来了一个好消息：英国人发动了进攻，并向前推进。我无法形容难民们兴高采烈的程度，他们无法干上一杯，因为酒没有了，食品也没有了。他们激动得相互拥抱，把帽子扔向天空。可怜的人们，他们哪里知道，正是由于英国人的向前推进，给我们带来新的灾难。困难还只是刚刚开始呢。

第八章

我还是小女孩的时候，家乡的一名店铺老板喜欢收藏上次大战期间的《星期天画报》，有好多次，我跟他的孩子们一起欣赏这些收藏品，有不少彩色图片，展示了1915年的战争场面。也许是这个原因，我想象当中的战争就像我在这些图片中看到的情形：发射的大炮，弥漫的烟雾，熊熊的火光，士兵们的冲锋，长枪上的刺刀，飘舞的红旗，短兵相接的肉搏，一些人倒下去，另一些人继续前进。说实在话，我喜欢这些彩色图片，它们给我的感觉是，不管怎么样，战争并不像人们所说的那么糟糕。当然战争并不是好事，可我想，如果有人喜欢杀人，或喜欢表现自己的勇敢，检验自己的进取性，蔑视危险的话，那么，战争就是他需要的一个机会。我还想，不要相信所有的人都是热爱和平的。恰恰相反，许多人在战争中如鱼得水，不是别的缘故，而是因为战争便于残杀者和嗜血成性者发泄自己的本能，在没有亲眼目睹真正的战争之前，我就是这么推论的。

一天，米凯莱跑来对我说，突破前线的战斗几乎已经结束，可我却感到失望，因为我的视线所能达到的远处，看不到一点战斗的影子。那是一个非常美好的日子，天色晴朗，只有几片玫瑰色云彩飘过地平线，轻拂着山峰，山那边就是伊特利镇，加利里亚诺河，再就是前线了。右边的山峦巍峨耸立，在金色的阳光下一片葱绿；左边，宽阔的平原过去是蔚蓝色大海，波光粼粼，海水明净，显露出微笑和春意，战争在什么地方发生了呢？米凯莱回答我说，仗已经打了，打仗至少两天了，眼下正在伊特利镇的山峦那边进行。我不愿意信以为真，正像我说过的，我想象中的战斗场面完全是另一种样子。我把这想法告诉了他。米凯莱笑了，向我解释说，我所欣赏的《星期天画报》封面上的战斗场面再也不可能出现了，大炮和飞机足以把远离前线的士兵一扫而光。战争越来越像家庭主妇用喷雾器杀死所有的苍蝇的行动，而不会弄脏自己的手，也不必用手去碰苍蝇。米凯莱说，现代战争只知道履行职责，发动进攻，冲锋，肉搏，仿佛变得毫无用处，谁拥有射程远、数量多的大炮，拥有飞行速度快、活动范围大的飞机，谁就赢得胜利。他最后说道：

“战争已沦为机器之战，士兵充其量只比出色的机械工略好一点。”

行了，这种看不见的战争也许持续了一两天的工夫。后来，一天清晨，大炮在空中轰鸣，它的距离是如此之近，以致我们房间的墙壁都颤抖了。嘭，嘭，嘭，大炮好像就在山脚边发射似的。我赶快起身，冲到外面，几乎带着一种预感，似乎会瞧见我曾经谈到过的横七竖八躺在地上的尸体，可是，什么也没有，这是一个像通常一样的晴朗、明媚的日子。唯一的区别是在平原尽头的地平线，在包围平原的山谷那边，可以看到许多玫瑰色的、细长的痕迹，像闪电似地升向天空，然后在蓝天消失。别人向我解释说，它们是大炮发射的炮弹，在大气层能见度高的时候，可以用肉眼瞧见它们的弹道轨迹。这些红色的痕迹就好像给天空剃了一刀，鲜血顿时从伤口汩汩地冒出来，但马上就停止了。我们先是看见天空的一道血光，然后是大炮发射的打击声，很快听到炮弹从我的头顶上飞过的呼啸声，几乎同时，从山背后传来非常猛烈的爆炸声，它把整个天空像一间空屋那样震撼得隆隆作响。大炮向我们身后的某个目标发射。米凯莱向我解释说，这意味着战斗向北方转移，丰迪河谷已被解放。我问，那么德国人跑到什么地方去了，他回答我说，几乎可以肯定的是，德国人朝罗马逃了，突破的战斗已经结束，那些大炮正是狠狠打击撤退的德国人。总而言之，没有什么短兵相接，肉搏，也没有什么遍地横七竖八的尸体和伤员。

那天晚上，我们看到伊特利方向的天空比较明亮，不时呈现出红色，好像突然起火一样，同时炮弹的轨迹不断掠过，使人联想到在漆黑的、满是星斗的夜空中的焰火，不过他们是很细很细的弹迹的连续迸发，没有焰火的柔软的花朵。爆破声也不一样，更为深沉，更具有威胁性，毫无焰火所有的欢快。我们仰望了一会儿天空，感到累得要死，于是我们上床将就着睡了，因为天气很热，罗赛塔一个劲儿地嘟囔。

一大早，我们就被邻近的非常强烈的爆炸声惊醒了。我们跳下床来，发现这次正是冲着我们来的。于是我第一次懂得了，大炮比飞机更坏，飞机至少看得见，一旦看见飞机，你可以跑去隐蔽起来，或者你至少可以看见飞机朝什么方向飞去，心里踏实下来。而大炮你是永远看不见的，它们藏在地平线的后面，当你看不见大炮的时候，大炮却在寻找你，永远也不知道它会把你打发到什么地方去，因为大炮就像一个无形的手指，处处追踪着你。我方才说过，那轰炸声近极了，实际的情况是，有人告诉我们，一颗炮弹就在离菲力波家不远的地方爆炸了。米凯莱跑来，兴高采烈地对我们说，只是几个小时的问题了；可我回答他说，死亡也就是几秒钟的问题。他耸了耸肩膀，回答说，我们应当把自己看成是永生的。突然间，几乎是为了回答我们，就在我们头顶上响起一声吓死人的爆炸。墙壁和地板都颤动了，石灰和尘土从天花板上纷纷抖落下来，一时间，空气变得一片模糊，我们以为炮弹在附近的梯田上爆炸了，把梯田周围炸成了个大洞，洞里满是新鲜的泥土和翻倒的青草。我不想说米凯莱也吓坏了，但他明白了，我过去说过死亡只要几秒钟的工夫是没有错的，他要我们跟他走，他知道该到什么地方去，他说应当躲到一个死角。我们沿着梯田跑到山谷的另一头，找到一个用树枝搭的牲口棚，它坐落在山鼻子下面。“这是个死角，”米凯莱说道，得意地表现出他很懂得战争，“我们可以坐在草地上……炮弹绝对飞不到这儿。”

可不，好一个死角。他刚刚说完，就响起一声剧烈无比的轰炸，烟雾四起，我们都被弥漫的尘雾裹住，透过飞扬的烟尘，我们瞧见整个棚口都塌了下来，活像小孩子用马粪纸叠的永远立不起来的房屋。米凯莱这下可不再坚持这儿是死角的看法了。他让我们快趴在地上，不要从地上起来，对我们嚷道：

“跟我去山洞……去山洞……不要站起来，跟我爬过去。”

他所说的山洞就在牲口棚的后面，山洞非常小，入口低矮，农民们把它当作鸡舍使用，于是我们跟在他后面贴着地皮爬行，一直爬进山洞，受惊的母鸡格格乱叫，向洞的深处跑去。山洞太矮，无法站起身来，我们一个摸一个趴在地上一个多钟头。地上鸡屎沾了我们一身。母鸡们又壮起了胆，从我们身上跳来跳去，在我们的头发中啄来啄去。这时，我们听到山洞四周响起一声接一声的爆炸声，我对米凯莱说道：

“真不错，找到了这个死角。”

末了，又响起了几声稀稀拉拉的爆炸，然后，除了远处的炮声，就听不到什么声音了。看来，大炮已放过了我们，去轰击桑泰乌米亚山后的其他地方了。米凯莱分析说，击中牲口棚的炮弹可能不是英国人的，而是德国佬用带有能拐角的山地迫击炮射中的。现在我们可以安全地出去，因为德国佬停止了射击，而英国人是不会对我们开炮的。于是，我们又像进洞时那样贴着地皮爬出洞，赶紧回家。

已经一点钟了。我们想吃点面包和奶酪。我们正吃着，帕利德的儿子跑来了，上气不接下气地告诉我们，德国人来了。我们一下子懵了，因为按常理说，经过这番炮击之后，来的应该是英国人。我想，他是个孩子，可能搞错了，便反复问道：

“你是说英国人。”

“不，德国人。”

“德国人已经逃走了。”

“我要告诉你，实际情形正相反，德国人来了。”

还是帕利德揭开了这个奥秘，不错，来的是一群德国逃兵，他们正坐在草垛背后的草堆上，搞不清楚他们想干什么。我对米凯莱说道：

“嗨，德国人有什么要紧……我们等的是英国人，不是德国佬……让德国人去烧他们的汤吧。”

可是，米凯莱听不进我的话。帕利德的解释使他的眼睛燃起了火焰，应该说，此刻米凯莱既憎恨德国人，又被他们吸引了。过去无数次见到的德国人都是骄横跋扈，不可一世，现在倒要看看这些吃了败仗，狼狈逃窜的德国人的样子。这个想法使他激动和高兴。他对帕利德说道：

“我们去看看这些德国人。”

他果真去了，罗赛塔和我紧紧跟随他们。

我们在草垛背后找到了德国佬，他们一共五个人，我一生中还从来没有见到过比他们更疲劳不堪的人了。他们瘫倒在稻草上，东一个西一个，叉开四肢就像死人一样。三个人睡着了，至少是正闭着眼睛，另外一人仰面躺着，眼睁睁地望着天空，第五个也是仰面躺在那儿，把一堆稻草当枕头，眼睛直勾勾地望着前面。我特别注意这最后一个人，他几乎是个白化病人，皮肤透明，呈玫瑰红色，蓝眼睛，周围的茸毛几乎是白色的，头发是明亮的金黄色，细腻而光滑。他的脸颊布满尘土和沾了灰尘又干了的道道泪痕，他的鼻孔里我不知道是黑土还是脏东西，嘴唇干裂，眼圈发青、红肿，好像指甲抓过似的。要知道德国人一贯制服整洁，烫得笔挺，好像还散发着卫生球的气味。可这五个人的制服都是皱巴巴的，掉了纽扣，就像在灰堆里滚过，或者让黑烟强烈地薰过一样地褪了颜色。许多难民和农民们远远地围成一圈，默默地望着德国人，就像观看一场令人难以置信的戏。德国人默不作声，一动也不动。米凯莱走上前去，问他们是打什么地方来的。他讲的是德语，可那个白化病人身子毫不动弹，就像后领被钉在那个稻草枕头上似的，慢吞吞地说：

“你可以用意大利语说……我懂意大利语。”

于是，米凯莱用意大利语重复刚才的问话，那人回答说，他们打前线来。米凯莱又问发生了什么事情。白化病人仍然保持他那瘫痪似的姿态，一个单词跟着另一个单词慢吞吞地从嘴巴里蹦出来，讲话的语调低沉，有气无力，但又具有威胁性。他说他们是炮兵，整整两天两夜遭到飞机的猛烈轰炸，他们的大炮，甚至他们阵地的泥土都给炸成碎片了。最后，他们发现绝大部分的战友都已经阵亡，便认定必须放弃阵地和逃走。他慢吞吞地说道：

“前线已经不在加利里亚诺，而是朝北转移了，我们必须赶到那儿去……北边还有其他山峦，我们还可以坚持下去。”

尽管他们已经沦落到跟死人差不多的地步，可还念念不忘谈什么打仗和坚持下去。

米凯莱这时问道，是谁突破了战线，英国人还是美国人。这是一个冒失的问题，因为白化病人冷笑了一声，说道：

“这跟您有什么关系？亲爱的先生，您应当高兴了，因为不一会儿，您的朋友们将来到这儿，这就是一切。”

米凯莱假装没有发现他那带有威胁性的、嘲讽的口气，又问他能为他们做些什么。白化病人说道：

“请给我们一些吃的东西。”

现在所有人家确实都揭不开锅了，也许菲力波除外，我不相信难民和农民还能一起凑出一个小面包。我们为难地互相看着。我想表达大伙儿的想法，便感叹道：

“吃的吗？谁还有吃的东西呢？如果英国人不尽快带来食品，我们这儿都得饿死了。你们也等等英国人，你们也会有吃的东西的。”

我瞧见米凯莱做了一个不赞成的手势，好像在说：“傻瓜。”我意识到我讲了不该讲的话。德国人直盯着我瞧，好像要把我的脸刻在记忆之中似的。他慢吞吞地说道：

“这个主意好极了，等着英国人。”他停顿了一会儿，然后吃力地抬起一只胳膊，伸进上衣下面摸索说道，“我已经说了我们要些吃的东西。”

现在他的手中紧握着一支黑色的大手枪，把它对准了我们，尽管他没有动弹，也没有改变自己的姿态。

我害怕极了，也许不是由于手枪，而是由于白化病人的眼神，那是一头落入了陷阱但仍然穷凶极恶进行威胁的野兽的眼神。相反，米凯莱毫不慌张，镇定地对罗赛塔说：

“你上我父亲那里去，让他给你一点面包，就说几个德国人要。”

他以特殊的表情说了这番话，好像是暗示罗赛塔去说明那面包是德国人用手枪逼着要的。罗赛塔马上朝菲力波的住处跑去。

我们围着草堆，不声不响，等候着面包，过了一会儿，白化病人开腔说道：

“我们不仅需要面包……还要人给我们带路，给我们指引朝北方去的小路，好赶上我们的部队。”

米凯莱说：

“这就是通往北方的小路。”他指着山区的一条崎岖小路。

白化病人说：

“我看见了，可我们不熟悉山区，我们需要人带路，譬如那个姑娘。”

“哪个姑娘？”

“那个去拿面包的姑娘。”

我全身的血液都冻住了，如果他们把罗赛塔带走，战争还在进行，谁知道会出什么事情，谁知道我什么时候才能见到她。米凯莱神色毫不慌乱，马上说道：

“那姑娘不是这地方的人，她认路还不如你们。”

“那么，亲爱的先生，您来吧，您是这地方的人，不是吗？”

我真想冲着米凯莱喊道：“你对他说，你是外乡人。”但我没有来得及，他为人过于诚实，不会说一句假话，他已经回答说：

“我是本地人，但我也对山区不熟悉，我一直生活在城里。”

白化病人冷笑一声：

“这么说，就没有人认识这山区了。您跟我们走，您会突然发现，您对山区非常了解。”

米凯莱不再回答什么，只是紧锁眼镜上边的双眉。罗赛塔气喘吁吁地跑回来，把手里的两只小面包朝稻草堆递过去，就像人们对待不敢信任的野兽一样。那德国人注意到了这个动作，用非常恼火的声音说道：

“把面包递到我的手里，我们不是咬人的疯狗。”

罗赛塔从草堆上拣起面包，递给了他。德国人把枪收进枪套里，拿着面包，坐起身来。其他德国人也坐了起来，看得出来，尽管他们闭着眼睛，可并没有睡着，而是听着整个对话。白化病人从兜里掏出一把小刀，把两个面包切成同样大小的五份，分给了同伴。他们慢慢地吃着，我们还是围成一圈，默不作声。他们吃了很长的时间，因为他们是一小口一小口地吃的。他们吃完了面包，一名农妇默默地递过去满满的一铜罐水，他们轮流喝着，有人喝两口，有人喝四口，他们是既饿又渴得要死。随后，白化病人又掏出了手枪。

“得，我们该赶路了，否则就晚了。”

他的同伙马上慢慢地站起身来。这时，他转向米凯莱：

“您跟我们走，给我们带路。”

我们都给吓蒙了，因为我们原以为白化病人刚才不过是说说而已，现在才明白，他是一本正经地说的。菲力波赶来了，他也默不作声地看着德国人吃面包。当他看见白化病人用枪对着米凯莱，几乎呜咽起来，以一种谁也没有见到过的勇气，突然出现在枪口和米凯莱当中：

“这是我的儿子，你们明白吗？是我的儿子。”

白化病人没有吭声，但用手枪做了个像赶一只苍蝇的动作，意思是让菲力波靠一边去。菲力波相反却喊叫起来：

“他是我的儿子，他不熟悉山路，确实是这样的。他读书、写字和学习，他怎么能熟悉山路呢？”

“他跟我们走就行了。”

白化病人站着，但没有放下枪，用另一只手整理了一下子弹袋。

菲力波就好像不明白似的望着他。望着他咽口水和用舌头舔嘴唇。他此刻肯定呼吸困难，不知道什么缘故，我想起了他津津乐道的一句话“谁也不是傻瓜”。可怜的人儿，此时此刻他既不是傻瓜，也不是狡猾的人，他只是一位父亲罢了。他像被闪电击倒似地发愣了一会儿，重又喊叫起来：

“让我跟你们去。请我替换我的儿子。我熟悉山路。在做生意之前，我是个流动小贩，我走过所有的山头，我牵着你们的手，带你们走过一山又一山，一直把你们带到你们的司令部。我熟悉最好走、最秘密的山路，我向你们担保，我会把你们送到目的地。”他又转身对妻子说道：“我去了。你别担心，明天天黑之前我就回来。”

说罢，他就行动起来。他把裤带往上提了提，满脸堆笑，看到那笑容，心里难受极了。他走到德国人跟前，竭力做出若无其事的样子：

“好，我们上路吧，我们要走很多路。”

可德国人并不想接受他的这番好意，冷冷地说道：

“您太老了。您的儿子来吧，这是他的义务。”

他用枪托把菲力波赶到一边，朝着米凯莱走去，用手枪向他示意在前面带路：

“我们走吧。”

这时不知道是谁喊道：

“米凯莱，快逃。”

你们想知道德国人是怎么反应的吗？他原先是一副精疲力竭的样子，但此刻却像闪电般地转过身来，朝着喊叫声的方向开了一枪。幸好子弹飞到梯田的石头上，没有打中，不过德国人达到了恐吓难民和农民们，不让他们为米凯莱做任何事情的目的。大家确实都被吓唬住了，在离得稍远的地方又重新围成一圈，默默地望着德国人用枪口对着米凯莱的后背，逼着他往前走。他们就这样走了，他们离开时的景象对我来说至今还历历在目。德国人半弯着胳膊，把手枪对准走在前头的米凯莱，我记得当时他一只裤脚管比较长，几乎拖到鞋后跟，另一只比较短，露出了踝骨。米凯莱走得很慢，也许，他希望我们这些人起来反抗德国人，他能乘机逃掉，他拖着两条腿走路的样子让我觉得他脚上好像拴了一条铁链，四个德国人，米凯莱，白化病人一行在我们眼皮底下走了，走上了去谷地的小路，渐渐地在丛林中消失。

菲力波跟其他人一样，在枪声响的时候跑了，然后在不远的地方停了下来观望，当白化病人和米凯莱要拐弯的时候，突然间，发出一声咆哮，从后面拼命追去。农民和难民们立即向他扑过去按住他。他咆哮，不断喊着儿子的名字，大颗大颗的泪珠顺着脸颊流淌下来。这时米凯莱的母亲和姐姐也跑了出来，向围观的人打听是怎么回事，当她们弄清事情真相后，也不禁放声大哭起来，喊叫着米凯莱的名字。姐姐一面抽泣，一面重复说：

“现在，现在他们要毁掉一切。”

我们不知该说什么才好，面对这种痛苦，语言是无法减轻痛苦的，必须消除产生痛苦的根源，而对此我们是无能为力的。菲力波恢复了理智，搀着妻子的胳膊，慢慢行走：

“你会看到他回来的……肯定……他不能不回来……他带完路就会回来的。”

哭泣着的女儿相信父亲说的有道理：

“妈妈，您会看到，天黑之前他就会回来的。”

不过，母亲所说的却是在这种情况下母亲们必然会说的，母亲们的话往往一针见血，因为，要知道，母亲的本能是胜过任何推理的。

“不，不，我知道，他不会回来了。我有预感，我再也见不到他了。”

事到如今，我必须承认，在这炮声隆隆，德国人防线突破，打了败仗，我们在山上的逗留即将结束的混乱时刻，米凯莱事件对我们也就没有产生它应当产生的印象。我们认为，或者说我们这么幻想，米凯莱毫无疑问会回来的。这也许是因为我们觉得，如果我们不相信他会回来的话，我们就无法分担菲斯塔一家的痛苦。其实，我们俩的心思都在别的地方。我们的脑子里只有那个苦苦盼望了好久的解放的消息，我们没有意识到，对于我们来说，像父亲和兄弟一样的米凯莱的消失，比解放更为重要，或者至少应当使我们感到痛苦和悲伤。可是，利己主义的分量显示出来了，当人们身处危险的逆境时，利己主义悄声无息，而现在危险不再存在了，利己主义就让人觉察出它的分量来了。米凯莱被抓走以后，我回小屋的路上，禁不住暗自思忖，这是真正的幸运，德国人带走了米凯莱，而不是罗赛塔，归根到底，米凯莱被抓走，主要涉及他的家庭，因为我们就要跟他们分手了，也许是永远的分离，我们再也见不到他们了，我们将回到罗马，重新开始正常的生活，而在山区的全部经历，将来只会偶然地、漫不经心地回忆起来，那时，也许会互相这样说：

“你记得米凯莱吗？……谁知道他的结局是怎么样的呢？你记得菲力波、他的妻子和女儿吗？……谁知道他们干什么呢？”

那天晚上，尽管天很热，但我们俩紧紧地搂在一起睡，也许是因为大炮继续射击，炮弹不时在不远的地方落下，如果我们被击中，我们至少会死在一起。我们刚迷糊了五分钟，十分钟，就听到一声震天的炮声，把我们震得跳起来坐在床上。或者我们醒来，并没有什么原因，可能是由于激动和神经质的不安。罗赛塔为米凯莱担心，现在我明白，她跟我正相反，她感到失去米凯莱并不是我让她相信的一件小事。因此，在黑暗中，我不时听到她问道：“妈妈，你真的相信米凯莱会回来吗？”“妈妈，那可怜的米凯莱将会怎么样啊？”我一方面感到她实际上还在担心不安，另一方面我几乎生气了，因为我已经说过，我觉得我们在桑泰乌米亚的避难生活已经结束，我们只能考虑我们自己了。于是我一会儿这么回答，一会儿那么回答，竭力安慰她，最后，我不耐烦地对她说：

“现在你睡吧，你即使不睡觉，你对他也干不了什么。再说，我相信他们不会对他使坏的。此刻，他已经走在回到这儿的路上了。”

她几乎已进入睡眠的状态，喃喃地说道：

“可怜的米凯莱。”

说完，她就真的睡着了。

第二天早上，我醒过来的时候，发现罗赛塔不在我的身边。我跑出门去，天色已经不早，太阳升得老高，炮击声也停止了，整个山区人们忙忙碌碌。难民们来来往往，有的人在向农民告别，有的人在搬东西，有的人已走上去丰迪的小路。忽然间，我感到一阵害怕，莫非罗赛塔出于我弄不清楚的什么原因，也像米凯莱那样失踪了。我开始到处跑动，叫唤她的名字。没有人理我和听我。我忽然感到，我对米凯莱事件的想法现在落到我头上来了。罗赛塔不见了，所有的人现在都只关心自己的事情，谁也不愿意停下来打听一下我发生了什么事。幸好，我正感到绝望的时候，帕利德的妻子卢依莎突然从茅屋里探出身来说道：

"你叫罗赛塔干什么？她在这儿正跟我们一起喝棒子面粥。"

我松了一口气，有点不高兴地跨进了茅屋。我跟其他人一样围着桌子坐了下来，桌上摆着一个盛棒子面粥的锅，像往常一样，谁也不说话，于是我也不作声，农民们吃饭的时候一向是全神贯注的，即便是那一天，已经发生了许多事，并且将要发生许多新鲜事，也是这样。只有帕利德，好像为了表达大家共同的想法，丝毫没有忧伤，突然开口说话，就像谈论天气之类的事情一样：

"这么说来，你们要回城市里当太太……而我们这些人还是留在这儿吃苦受累。"

他把嘴一抹，拿起一把长柄水勺喝水，然后像往常那样跟我们告别，就出门而去。我对帕利德的家人说，我们现在就去收拾东西，然后再回来向他们告别。我也跟罗赛塔一起出了门。如今我只怀有一个巨大的、令人兴奋的、急切的愿望：尽快离开这儿。可是不知道什么缘故，我却说道：

"应该去找菲斯塔，打听一下米凯莱怎么样了。"

我是以反感的心理谈到这件事的，因为很可能米凯莱再也回不来了，我怕菲斯塔的痛苦干扰了我欣喜的心情。但罗赛塔平静地说：

"菲斯塔一家找不到了，今天一大早他们下山去了，米凯莱没有回来，他们希望能在城里找到他。"

这番话使我大大松了一口气，这种欣慰包含的自私，不亚于我方才的反感：

"那好，我们就收拾行装，尽快离开。"

罗赛塔补充道：

"我一大早就起来了，你还在睡觉，我去向菲斯塔一家告别。真可怜，他们简直绝望了。对他们来说，这么美好的日子就像最糟糕的日子一样，因为米凯莱没有回来。"

我默不作声了一会儿，因为我突然感到羞愧，我想罗赛塔比我做得好，她特地一大早起床，上菲斯塔家去，不像我害怕他们的痛苦会败坏高兴的心情。于是我搂着她说道：

"宝贝女儿，你比我好，你做了我没有勇气做的事情。我非常高兴，因为这种折磨终于结束了，所以我几乎害怕上菲斯塔家里去。"

她回答说：

"我并不是勉强这么做的，我这么做是因为我喜欢米凯莱。整整一夜我没有合眼，因为我一刻也没有停止想那个可怜的米凯莱，竟然应了他母亲的话：他回不来了。"

不过，现在该动身了。一回到我们的房间，我们就把两只从罗马带来的硬板纸箱拖出来，把我们不多的旧衣服放进去，几条裙子，两件我们在山上从农民那儿买来的用钩针和粗线织成的毛衣，几双袜子和几条头巾。我们还把剩下的少许食品放进去，像我们从福音派教徒那儿买来的一公斤羊奶酪，一点豆子，一小块黑面包，这也是我们剩下的最后一块用麸子和黄面做的黑面包。我犹豫了一会儿，是否要带走我从农民那儿买来的两三个盘子和杯子，末了，我决定还是留下来，把它们整齐地放在窗台上。放好所有这些东西后，我关上箱子，挨着罗赛塔在床上坐了一会儿，望着我的周围和我们将永远离开的，已经笼罩着凄凉而空旷气氛的屋子。现在，我既不感到迫不及待，也不感到兴奋，相反却体味到一种惶恐的感觉。我想，那肮脏不堪的墙上和泥泞的地上，打烙下了我生活中最痛苦、最可怕的岁月的印记。此时，我为离开这儿而难受，尽管这是我所盼望的。在那间屋子里，我度过了九个月，日复一日，一小时又一小时，一分钟又一分钟，怀着希望和失望，恐惧和勇气，对生的向往和对死的意愿。然而，我特别期待的一样东西是自由；自由具有美和正义的品格，它不仅关系到我，还关系到其他的人。于是我突然明白了这样的道理，期待自由或类似东西的人，比起什么也不期待的人，更能够以力量和真理为后盾而生活着。由小及大，对于那些期待着异常重要的事件——譬如耶稣的复活，穷人的正义事业的胜利——的人们，也是同样的道理。说实在的，当我走出屋子，最终地离开的时候，我觉得我好像离开了一个几乎是神圣的地方，如果不说是一个教堂，因为在那个屋子里，我曾吃了不少的苦头，我曾经不仅仅为了我自己，而且也为了别人而等待和期望。

我们把行李放在头顶的垫圈上，朝农民们的茅屋走去，向他们告别；这时，站在梯田上的人群突然四处逃窜。不过，这一次不像远去的暴风雨的雷声，也不像可以听到的远处的炮声，而是一种有规则的，非常准确和非常猛烈的达达声，它似乎来自灌木丛，一直往上传送到山顶。难民原地站住，过了一会儿朝我们喊道：

“机关枪，德国人用机关枪朝美国人射击。”

他说完撒腿便跑了。这时所有的人都跑进山洞，只有我们俩人站在梯田的中央。那嗒嗒声没有停止，相反似乎越来越厉害。我也曾想跑到什么地方隐蔽起来，但随后一股强烈的怒火不打一处来，因为就在我们将要下山去丰迪的时候，又要重新开始过担惊受怕的生活，已经经受了九个月的担惊受怕的生活。我怒气冲冲地对罗赛塔说：

“你知道我要对你说什么吗？我一点儿也不在乎机关枪，我照样要下山。”

罗赛塔没有表示反对，由于厌烦和劳累，她也变得勇敢起来了。这样，我们放弃了跟长期款待我们的农民们告别，天晓得他们现在躲到什么地方去了。我们不顾机关枪的扫射，不慌不忙地登上了通往谷地的小路。我们开始下山，走过一块梯田又一块梯田，我们越走越感到不去躲藏起来是对的，因为机枪声已经听不见了，看来一切都恢复了正常。这是五月的美好一天，跟其他日子一样，太阳烤人，篱笆散发出野玫瑰的香气和尘土味，蜜蜂在篱笆上嗡嗡叫着，所有这一切就像战争根本不存在似的。

然而，战争终究存在着，我们很快就看到了它的迹象。起先，我们碰到了两名大兵，我更多地从他们对我们所说的话，而不是根据我没有见过的制服来判断他们是美国人的。他们是两个棕色皮肤，小个子的年轻人，似乎是从梯田的暗处突然冒出来的，他们径直朝我们走来，其中一人说了声“哈罗”或者类似的什么话。另外一人操着一口我听不明白的英语。我们擦肩而过，他们而后离开了小路，走进了灌木丛。他们弯着腰，手里握着枪，钢盔阴影下面的眼睛盯着传来嗒嗒的机关枪声的山顶方向。这是我们头一次见到的美国人，我们是碰巧见到他们的；现在，我回过头想一想，觉得整个战争都是一个偶然，所发生的一切都是毫无道理的，向左迈一步，就是死；相反，朝右迈一步，就会生。我对罗赛塔说道：

“你看到他们了吗，这些人是美国人。”

罗赛塔回答说：

“我本来以为他们都是金发的高个子，谁知都是棕色皮肤的矮个子。”

我一时不知怎么回答。但后来我知道，美国军队中各种种族和肤色的都有：黑人、白人、金色头发、棕色头发、高个子和矮个子的都有。而这两个人，我后来才知道，是意大利血统的美国人，这样的人还有一些，至少在我们这个地区的部队中是如此。

我们继续朝山下走去，碰到了一个红十字卫生所，它位于小路旁边的角豆树阴影下。一张行军床，一只装药品的小柜子和几个大兵，这时，另外两名士兵用担架抬着他们的一名受伤的战友来到卫生所。我们停下来，望着那两名士兵艰难地抬着担架，从小路朝卫生所走来。受伤的士兵紧闭双眼，看起来，像死了一样。不过，他没有死，因为抬他的那两个士兵跟他说话，好像是让他安静地躺着，马上就要到了，而他点了点头，似乎回答说他知道了，请放心。然而，在半山腰上观看这种场面，灿烂的阳光，鲜花盛开的灌木丛，竟然隐蔽着两副担架，不由得让人感到，不仅仅那伤员没有死，那红十字卫生所不是红十字卫生所，总之，所有这一切都不是真实的而是一种奇怪的、荒唐的东西，人们对此无法作出解释，它们也没有丝毫的意义。我对罗赛塔说道：

“被机枪射中的命运……可能也会落到我们头上。”

我觉得，我这么说是为了让自己相信，机关枪确实是存在的，危险也确实存在的，但同时，我又不是那么信服。

好了，走过一块又一块梯田，我们来到了山下河流的岔口，可怜的托马西诺住过的小房子就坐落在河边。最后一次我见到这个地方时，它是一片荒凉，就像所有德国人控制的地方一样，我不知道德国人怎么会把他的周围的地方弄得如此荒凉不堪，他们所到之处，人们纷纷躲藏起来，消失得无影无踪。现在，这儿到处都是人，农民和难民们，有的步行，有的牵着满载东西的驴子和骡子，他们像我们一样从山上下来，返回自己的家园。我们随着人群走着，所有的人兴高采烈，相互交谈着，好像他们早已认识了似的，大家都这么说：

“战争结束了，一切都了结了，英国人也来了，好日子也就到了。”

人们似乎已经忘掉了那个苦难的年头。随着人流，我们来到了一个十字路口，大路跟另外一条通向山区的道路相交。在这儿，我们碰上了第一批美国兵。他们列队前进。这一次我看清楚了，他们是货真价实的美国人，就是说既跟德国人不一样，也跟意大利人不同。他们每个人都显得疲劳不堪，没精打采，甚至情绪低落，每个人戴钢盔的样子都不一样，有的横戴，有的遮到眼睛，有的顶在后脑勺，许多人只穿着长袖衬衫，所有的人口里都嚼着口香糖。似乎他们不太情愿地打仗，但又不害怕打仗，他们不像德国人是为了打仗而生的，可是他们在打仗，因为他们迫不得已。他们不瞧我们一眼，而是看着远处的山路，他们也是像我们一样背着行囊的可怜人，就像那些每天一清早就得赶路的人，谁知道打登上意大利半岛后，他们已经度过了多少这样的日子，看来，他们对此已习以为常了。我不知道他们列队走了多长时间，他们迈着总是那样的步伐，慢慢地走向山区。列队中有三四个人，似乎是最疲倦和情绪最不好的，落在队伍后面。

我们上了大路，这条路通向圣比阿乔山，圣比阿乔是一个位于山顶的小镇，山峦从北边锁住丰迪谷地。沿着这条路往前不远，便通向阿庇亚国道。我们来到阿庇亚国道的时候，看到眼前的景象不禁目瞪口呆了。美国军队沿着大道前进，如果光说他们挤满了道路，那还太轻描淡写，也不确切，因为没有人群，一眼望去尽是各式各样的汽车堵塞了道路，汽车一律都是绿色，漆着白色的五角星，跟意大利的星很不一样，意大利的星带来好运，据人们所说，它只带来好运，而美国星是强大势力的象征，它赋予追随它的人以力量。我说的是汽车，而不是公共汽车。它们密密麻麻地挤在公路上，几乎动弹不了，各种类型的汽车都有：整个都是铁皮的敞篷小卡车，挤得满满的士兵，个个手里握着长枪；装备有履带和甲壳的大型坦克车，坦克车上的高射炮触到路旁形成绿荫的法国梧桐树的枝叶；大大小小的敞篷式和封闭式的军用车；还有小型的坦克，几乎像玩具一样，上面也装备有高射炮；还有大型装甲车，驾驶室里的操纵台、操纵杆以及电线等隐约可见。说实在话，谁如果没有见过在马路上行进的美国部队，谁就不明白什么是军队。这些大大小小的车辆洪流，全都带有白色五角星标志，就像着了魔一样，缓慢地蠕动，比人步行还慢，不时地停顿下来，然后又行进，这种景象正好跟交通高峰时罗马科尔索大街上的小汽车长龙一样。到处都是士兵，一群群地趴在坦克车上，敞篷汽车或卡车上，坐着或站着，耐心地等着，带着一副冷漠、无动于衷甚至厌烦的表情，一个劲儿地嚼口香糖，有些人在读着满是人体像的小报。摩托车在车辆之间迂回穿行，车上骑着一两名身穿皮衣的摩托车手。这是唯一急急忙忙赶路的人们，就像许多围绕着懒洋洋地、缓慢行进的羊群跑来奔去的牧狗一样。

我眼前的车流是如此稠密，如果朝车队里扔一枚钱币，钱币恐怕也掉不到地上，我心里不禁暗暗觉得奇怪，德国人怎么不趁此机会用飞机来轰炸和屠杀呢。这比其他任何事实都更有力地使我相信，德国人已经吃了败仗，他们无法再为所欲为，因为作为他们军队的利爪的大炮和利牙的飞机，已经被打垮了。而我也一下子就明白了什么是现代化战争，这不是我在1915年画报上看到并非常欣赏的肉搏战，现代化战争其实是远距离的、间接的行为，先出动飞机和大炮，借助炸弹和炮弹的力量，进行扫荡。因此，主力部队很少跟敌人交锋，只要坐在车子里，枪挽在胳膊间，嘴里嚼着口香糖，翻着画报，舒舒服服地行进就行了。后来，有人对我说，这些部队在某个地方吃了大败仗，可它压根儿没有跟其他部队交战过，而只是跟向他们开火的大炮交战，设法遇到它们的火力。

想要通过这条路成了问题，就像要从一条河水涨满的河流最深处渡过一样困难。于是我们跟许多人折回去，来到一条小路，朝城市的方向走去，我们走了约摸十分钟，发现这个地方也难以立足。所有的房屋倒塌了，成为一堆废墟；没有废墟的地方，就是臭气冲天的污水坑。在不大的疏散地，挤满了美国兵、难民和农民。这真像个集市，只是没有什么可买卖的，除了对美好日子的希望，除了可以出卖希望，而又冷漠、疏远的美国人，还有那些愿意购买希望但又不知道如何购买的农民和难民们。难民和农民们到处游荡，围着美国人用意大利语问东问西，美国人听不明白，用英语回答，于是农民们和难民们失望地走开了，不一会儿，又是同样的情形再度发生。

在一幢完好地保留下来的小房子前面，不知怎么回事，我看到热闹非凡，于是走了过去。一些美国人正从二层的阳台上向农民和难民们扔糖果和香烟，人们扑向这些东西，在尘土中撕打，这真是一件不光彩的事情。看得出来，人们其实不在乎那些糖果和香烟，他们疯狂地争抢，只是因为他们感到，美国人期待着他们这样去做。总而言之，在短短的几个小时里已经形成了一种气氛，后来，在整个盟军占领时期我在罗马也时常遇到，意大利人为了让美国人高兴而伸手要东西，美国人为了让意大利人高兴而扔东西。双方都没有意识到谁也没有让另一方高兴。我想，这些东西谁也不想要，可事情的发生就像双方有默契似的。美国人是胜利者，意大利人是失败者，这就够了。

我走近一辆停在人群当中的军用小汽车，两名士兵坐在里面，其中一个长着一头红头发，一脸雀斑，蓝眼睛。另一名士兵的头发是棕色的，脸色发黄，尖鼻子，小嘴巴。我对他们说道：

“请你们告诉我，到罗马怎么走吗？”

红头发士兵瞧都不瞧我们一眼，一面嚼着口香糖，一面全神贯注地读他的小报。但棕头发士兵从口袋中摸出一包香烟。我说道：

“要香烟干什么，我们不抽烟，只请您们告诉我，有没有车子去罗马。”

“罗马？”棕色头发士兵说道：“没有去罗马的车子。”

“为什么？”

“德国人在罗马。”

这时，他又在口袋里摸索，这一回，他掏出普通的糖果，但我仍然没有接受，说道：

“如果您愿意给我们什么东西的话，请给我们一个面包，糖果对我们有什么用呢？你想让我们的嘴变甜吗？别这样，嘴照样要苦好久的。”

他没有听明白，于是从椅子下面拿出一个照相机，做了一个好像对我们说愿给我们拍照的动作，这下我失去了耐心，冲着他嚷道：

“嗨，莫非你想拍下我们穿得破破烂烂，看起来像两个野人的样子吗？太感谢了，你收起你的照相机吧。”

由于他一个劲儿坚持，我从他手中夺过照相机，放在椅子上，意思是说：“算了吧。”

这一回他明白了过来，朝着同伴转过身去，用英语跟他说了几句，那人不耐烦地回答，连眼睛都没有离开过报纸。然后，棕色头发的士兵朝我们转过身子，做了个上车的手势。我们顺从地上了车。这时，红头发士兵好像醒了过来，握住方向盘，开始起动。小汽车在纷纷躲闪的人群中像火箭一样开过去，进入市区，经过一个个水坑，登上两旁是梯田的山路。看得出来，一辆军用汽车上任何地方去都通行无阻。这时，棕色头发的士兵研究起罗赛塔的脚来，她穿一双农民穿的便鞋，跟我穿的一样。他问道：

“是鞋子吗？”

他弯下腰去，摸摸便鞋，然后用双手顺着鞋带往上，去摸小腿。我果断地打了一下他的手，说道：

“喂，手放下……是便鞋，有什么特别的，……你别趁机去摸我的女儿。”

他假装没听懂，指着罗赛塔的便鞋，拿起相机，说道：

“照一张相吗？”

于是我回答说：

“我们穿的是便鞋，可我们不愿你拍下来，因为一旦回到你的家，你会说我们意大利人都穿这种鞋，连皮鞋都未见过。你们那里有印第安人，如果我们给他们照了相，然后说你们美国人头上都佩戴羽毛，就像许多赖母鸡一样，你会怎么说呢？我是乔恰里亚人，我为此而骄傲，但在你面前，我又是一名意大利妇女，一名罗马女人，请别用你的照相机来让我讨厌。”

终于，他明白了他不应再一意孤行，于是收起了相机。车子剧烈地晃动，忽儿经过梯田山区，忽儿穿过脏水湖，进入城里，来到中心广场。

在这里，到处是人群，到处是同样的集市，特别是人群都围着一幢好像是市政大厦的房子。大厦没有倒塌，算得上是个奇迹，但正面有几个窟窿和泥灰脱落的地方。

红发士兵一直没有开口说过一句话，也不瞧我们，只对我们做了个下车的手势。我们下了车。棕色头发士兵也下了车，对我们说稍等一会儿，随即消失在人群中。过了一会儿，他跟另一个穿制服的美国兵回来，那是个意大利血统的年轻人：棕色头发，灰白色眼睛，牙齿雪白而整齐。这人马上说道：

"我会说意大利语。"

他不断地说着自以为是的意大利语，其实，他说的是最粗俗的那不勒斯方言。是那不勒斯港口码头工人说的方言。不过，他还是让我们懂得了他所讲的意思。于是，我对他说道：

"我们俩人是罗马人，我们想去罗马。请告诉我们，我们怎么才能去罗马。"

他笑了起来，露出一口洁白的牙齿：

"唯一的办法是你装扮成士兵模样，登上一辆军用卡车，去为收复罗马而战斗。"

我很失望，问道：

"可你们怎么还没有占领罗马呢？"

他说：

"没有，那里还有德国人。即使我们占领了罗马，但是在没有得到有关的命令之前，你是不能去罗马的。没有命令，谁也不能去。"

我情绪坏透了，又嚷了起来：

"这就是你们的解放吗？这不是像以前一样无家可归，忍饥挨饿，甚至比以前更糟糕吗？"

他缩了缩肩膀，说那是上面的意思，是战争的缘故。但他又补充说，至于忍饥挨饿，这都在预料之中，在他们占领的地方，不会有人饿死。为了证实他的说法，他现在要给我一些吃的东西。事实上，他总是笑容可掬，露出洁白闪光的牙齿，要我们跟他去，于是我们跟在他后面来到市政大厦，我们看到了世界末日式的骚动，人们在一间空旷的白色大房间尽头拥挤成一团，叫喊和抗议。房间里摆着一张长长的柜台，还有一些佩戴白袖章的丰迪人，柜台上摆着一堆堆美国罐头。

意大利血统军官带着我们来到柜台前面，在他的关照下，让我们领了许多罐头。我记得，当时他给了我们六七个蔬菜罐头的肉罐头，两个鱼罐头，一个圆形的李子酱大罐头，至少有一公斤重。我们把罐头放进箱子，挤出熙熙攘攘的人群，来到外面，小汽车里的那两个士兵已不见踪影。军官向我们微笑着，行了个漂亮的军礼，走了。

我们像所有其他人一样，毫无目的地在人群当中转悠。现在箱子里有了那些罐头，我比较宽心了，因为吃是第一位的，这样，我可以很自在地观赏解放了的丰迪的场面。于是我得以亲眼目睹一些情况，使我明白现实并不像我们原先在桑泰乌米亚山上盼望盟军光临时想象的那样。而那人们经常谈论的丰衣足食生活，事实上并不存在。是的，美国人施舍烟卷和糖果，看来这些东西他们有足够的储藏，而别的东西，他们就显得很吝啬了。说实话，这些美国人的举止我是一点儿也不喜欢。他们很热情，这倒是的，因此，人们在各方面都喜欢他们，而不是毫无热情可言的德国人。然而，他们的热情是淡漠而漫不经心的。他们对待我们就像对待让大人烦恼的小孩一样。糖果就是用来使小孩安静下来。有时候，他们也不是热情的。为了让大家有所了解，我要谈谈我经历的一件事情。

进入丰迪市区，必须持有通行证，或者至少是去参加意大利人和美国人正在进行的修复空袭地区的人员。罗赛塔和我在大路上偶然碰上了一个封锁关口，那里有二名士兵和一名下士把守。这时，过来两个意大利人，看得出来，他们是两位绅士，尽管他们也穿得破破烂烂，他们当中一位年岁大的白发老人对下士说道：

“我们是工程师，盟军司令部通知我们今天为那些工程来报到。”

下士是一个壮实汉子，一张脸孔像一个握紧的拳头。他说道：

“通行证？”

那俩人面面相觑，年岁大的那人说道：

“我们没有通行证……他们通知我们来的……”

这时，态度恶劣的下士吼叫起来：

“你们这个时候才来？你们应该今天早上七点钟跟所有的工人一起来报到。”

“他们是刚才通知我们的。”年轻一点的人回答，这是一位约莫四十来岁的人，身材瘦削，举止文雅，非常神经质，就像不时有人把他的脑袋拧向一边，让他得了领子强直病一样。

“胡说，你们都撒谎。”

“你瞧，您这是怎么说话，这位先生和我，我们是工程师……”比较年轻的那人不满地回答。他还想继续说下去，但下士用话打断了他：

“别说了，你，别说了，傻瓜蛋，如果你不闭嘴，我就给你两记让你闭嘴的大耳光。”

那位较年轻的工程师，就像我说过的，是一位神经质的人，这一番话产生了就像他真的挨了两记大耳光的效果。他的脸变得像纸一样苍白，我当时想他可能会杀了那个下士。幸运的是，那位岁数大的工程师从中调解，终于通过了关口。像这样的事情，我那天见到了不少。我应当说明，惹是生非的总是那些意大利血统的美国士兵，而真正的美国人、英国人，那些金头发的细高挑，表现却是大不一样，虽然态度冷淡，但很有教养，尊重别人。可这些意大利血统的美国兵实在是不要脸的东西，跟他们简直没法打交道。这也许是因为他们觉得自己非常像意大利人，就想让自己显得跟意大利人不一样，或者表现得比意大利人优越，为了跟意大利人划清界限，他们虐待意大利人，也许是他们从意大利逃到美国去的时候就仇恨意大利，那时他们身无分文，像吉卜赛人一样，也许是他们在美国被认为是一无所有的人，而在这里，他们想在一生中能有一次显出自己的价值。总而言之，他们确实是最粗、最无礼的人们。每次我要向美国人提出什么要求，我总是祈祷上帝让我跟一个美国人，哪怕是美国黑人打交道，而不要遇上一个意大利血统美国人。此外，他们声称会说意大利语，其实都是说意大利南方的某种方言，譬如卡拉布里亚方言，西西里方言或那不勒斯方言，谁听得懂就是好样的。当然，进一步了解他们之后就会发现，他们还是不错的人的。可是，第一次跟他们打交道总是令人不愉快的。

就这样，我们仍然在废墟之间，在意大利人和士兵的人群当中转悠。然后，我们沿着大路走，那里还有一些完好的房子，因为轰炸首先是针对城市的。山峦的棱角伸进平原的地方，大路围着山峦绕了一个弯儿，突然间我看到了一座小房子，房门敞开着。

我对罗赛塔说道：

“看看今天晚上我们能不能在这儿住下。”

我们登了三级台阶，看见一间完全空着的屋子。也许墙壁曾经粉刷过，但如今已剥落得比一个牲口圈还要糟糕。在黑烟、剥落的石灰和窟窿之间，有许多用煤炭画的画、裸体女人，女人的脸以及其他一些我说不出口的东西，通常是士兵们在墙壁上画的下流的东西。角落里有一堆灰烬和许多熄灭了的黑木头，说明他们曾在这里生过火。两扇窗户没有玻璃，只有一扇百叶窗。我想，那些燃烧过的木头也许是别人留下来的。我对罗赛塔说，我们将要在这里过两三个晚上。我透过窗口，看见不远处的广场上有一捆稻草，我们可以抱一堆来，不管好坏，做个草窝。被子和床单我们都没有，但天气已经热了，我们可以穿着衣服睡。

说到做到。我们打扫了房间，清除了垃圾，然后，我们跑到广场，抱回足够铺一张床的稻草。我对罗赛塔说道：

“很奇怪，在我们之前竟没有人想到在这间屋子里安身。”

对于这一怪现象的解释，我们是几分钟后在靠近山区的路上闲逛时得到的。离这间屋子不远，有一片开阔地，有几棵树。我们发现，美国人在开阔地摆好了三门大炮，它们是那么庞大，如果不是战争的话，我是永远也长不了这个见识的。炮口指向天空，炮身粗大，就像靠近树根的树干，越往上越细，直到炮口，大炮描绘成绿瓶子的样子，隐蔽在高大的法国梧桐树叶间。三门大炮安装了履带轮，炮身架在装有小轮子、按钮和把手的底座上，使人感到操作起来也许是非常复杂的。周围停着我数不清的卡车和装甲车，据也在围观的农民对我们说，卡车和装甲车装着大炮弹。四周都是炮兵，有的仰面躺在草地上，有的趴在炮身上，都是年轻人，穿着衬衫，漫不经心的样子，他们在那儿好像是在乡下游玩，而不是打仗，有的抽着香烟，有的嚼着口香糖，有的在看小报。

有一位农民告诉我们，那些士兵警告说，所有住在大炮附近房子里的人都有生命的危险，因为德国人可能轰炸和击中大炮，那些军火可能爆炸而杀伤百米之内的人。现在我明白了此地人烟稀少，我们的小屋子空空无人的缘故了。我说道：

“瞧，就像俗话所说，刚逃脱龙潭，又落入虎穴。待在这个地方，要冒跟这些年轻人同归于尽的危险。”

然而，明媚的阳光，草地上穿着衬衫的士兵们懒洋洋的态度，那一片翠绿，美好天气的清新空气，这一切的确使人感到死亡是不可能的事情。于是，我说道：

“好吧，我无所谓，至少直到现在我们没有死去，这次我们也不见得会死去，我们在小屋子里住定了。”

罗赛塔总是按我的意思行事，她说她也无所谓，圣母一直在保佑着我们，她会继续保佑我们的。这样，我们完全若无其事地继续闲逛。

这一天的的确确就像星期六一样，就像有集市，似乎大家都愿意在神圣的和平气氛中享受美好的节日。大街上到处是农民和士兵，抽着烟卷，嚼着美国糖果，享受着阳光和自由，阳光和自由好像融为一体了，没有自由的阳光，将失去光和热，而太阳躲藏在乌云后面的冬天，也不会有自由，总之，一切都是自然的，就像至今发生的一切是违背大自然的。经历了漫长的时间之后，大自然终于占了上风。

我们跟许多人交谈，他们都说美国人散发了粮食，他们开始谈论重建丰迪，要把丰迪建成一个比过去更漂亮的城市，灾难已经过去，再也不存在什么可怕的事情了。但是，罗赛塔现在提起让我难受的米凯莱的失踪，因为她现在虽然心情愉快了，但米凯莱的命运仍然是她的心病。我向不少人打听米凯莱的消息，可谁也不知道，如今德国人逃跑了，谁也不愿再回想伤心的往事，就像离开桑泰乌米亚的时候，我害怕去向菲力波告别，他是所有人当中唯一高兴不起来的人。人们都在议论：“菲力波吗？他这时也许在准备干黑市买卖了。”

关于他的儿子的消息，谁也没法说什么，大家都称他大学生，但据我了解，他们都认为他是游手好闲和古怪的人。

那天，我们吃了一个美国蔬菜肉罐头，和一个农民给我们的一点面包。天气十分炎热，我们什么事情也干不了，加上疲倦得要死，我们便走进小屋子，关上门，倒在草堆上睡着了。傍晚时分，突然，一声猛烈的爆炸声把我们惊醒，墙壁剧烈颤抖，完全不像砖墙，简直是纸糊的一样。起先，我对爆炸声来自什么地方还摸不着头脑，五分钟之后，响起了另一声爆炸声，并不比第一声弱，这时，我清楚了，是离我们五十步远的美国大炮发射的。尽管我们已经睡了几个小时，可仍然很疲倦，于是我们躲到墙角，坐在稻草堆上，搂在一起，我们被弄得昏头昏脑，甚至无法开口说话了。

整个下午，大炮不停地发射。经历了首次的意外惊吓之后，不一会儿，我又瞌睡起来，尽管猛烈可怕的爆炸声不断，我只在半睡半醒的状态中听到大炮的轰鸣，那阵阵轰鸣声竟跟我的思绪奇怪地融合在一起，可以说，我的思绪也有节奏地跟轰鸣声相呼应。总而言之，大炮的爆炸声是有节奏的，而我的思绪很快就适应了这种节奏，再也不受轰炸声的干扰。起先，是一声猛烈的爆炸声，低沉而惊心动魄，就像天崩地裂一样，所有的墙壁在颤抖，石灰末纷纷从天花板上落下，掉在我们的身上。然后，重归静寂无声，过了片刻工夫，突然，又响起一声爆炸声，墙壁重又颤抖起来，震得天花板上的石灰粉末簌簌抖落。罗赛塔不吭一声，紧紧挨着我，但我暗暗寻思，我不能不东想西想，尽管昏昏欲睡，眼睛紧闭。说实话，那每一声爆炸声都使我充满喜悦，随着阵阵爆炸声，这种喜悦越来越强烈。我想，那些大炮是在炮轰德国人和法西斯分子，我似乎觉得那不是炮弹的爆炸声，而是大自然威力的爆发，就像隆隆雷声一样。我想，那些炮声是那么有节奏，是那么单调而连绵不断，它们赶走了严冬和痛苦，危险和战争，灾荒和饥饿，以及所有其他邪恶的东西，而这些都是多年来德国人和法西斯分子强加在我们头上的。我心里默默说："亲爱的大炮"，"上帝的大炮"，"宝贝的大炮"。我怀着兴奋的心情欢迎每一声使我震惊的爆炸，相反，寂静让人害怕，所以我担心大炮不再开火。我闭上眼睛，似乎看到一间大客厅，就像好几次我在报纸上所看到的，是一间有不少漂亮的格子和许多绘画的大厅，大厅里满是穿黑衬衫的法西斯分子和穿黄衬衫的纳粹分子，他们个个像凶神恶煞。在一张大桌子后面是墨索里尼，那张宽脸，那双不怀好意的眼睛，那两片肥厚的嘴唇，挺起的胸脯上挂满了勋章，头上插着一支白羽毛，紧挨着他的是一个婊子养的骚货，他的朋友希特勒，长着一张牛角似的丧门星面孔，那撇像把黑牙刷似的小胡子，那双贼眼睛，那个尖鼻子，耷拉在前额上的一绺专横的头发。我望着这个大厅，就像我在照片中所经常看到的大厅一样。我能够看清每一个细节，就像我亲自在场一样：那两个家伙站在大桌子后面，桌子右边是法西斯分子，黑压压的一片，不要脸的东西，总是穿黑的，死人般的苍白脑袋上戴着黑鸭舌帽；左边是纳粹分子，就像我在罗马见过的那样，身穿黄衬衫，套着带黑色卐字的红袖章，那黑色卐字真像一只爬行的四不虫，肥胖的脸孔笼罩在帽檐的阴影下，肚子塞在齐膝盖的裤子里面。我反复打量那些卑鄙的、逍遥法外的脸孔，那些婊子养的牛角似的脸孔。

然后，突然间，我在想象中走到小屋子附近的炮群中的一座大炮跟前，在法国梧桐树下，我看见一个美国士兵，他并没有直挺挺地站在那儿，也不是凶神恶煞的样子，没有卐字标记，头上也没有戴鸭舌帽，没有插在腰间的短剑，没有穿闪闪发亮的皮靴，也没有德国人和法西斯分子佩戴的一切其他装饰物。他穿得非常随便，由于天气炎热，衬衫的袖子卷到胳膊肘上。这个美国年轻人，心平气和地嚼着口香糖，不慌不忙地把大炮弹抱起来，把它塞进炮筒，然后操纵底座的起动杆，突然间，大炮开火，一切都在震颤，人也被震得像往后跳跃似的，这时，真的一声炮响闯进了梦中，梦不再是梦，而是活生生的现实。

我继续想象那颗炮弹呼啸着划破天空，我看见它突然落在大厅里，炸死了法西斯分子和纳粹分子，希特勒和墨索里尼，炸得他们的头颅，他们的羽毛，他们的卐字，他们的短剑和他们的靴子，飞向四面八方。这爆炸使我高兴极了，我知道情绪不对头，因为这是出于恨的兴奋，但我无法克制，看得出来，我无时无刻不在憎恨法西斯分子和纳粹分子。现在炮弹击中了他们，我很高兴。就这样，一声接一声的爆炸，我在想象中从大厅走到大炮阵地，又从大炮走到大厅，每次我都重新看到墨索里尼和希特勒的面孔，法西斯分子和纳粹分子的面孔，然后是美国炮手的面孔，每次我都体验到这种高兴的心情，而且没个够。

后来，我经常听到谈论解放，我明白解放确实是事实，因为那个下午我已经有所体验，就像感到肉体的解放，就像人在被捆绑之后松了绑一样舒服，就像被锁在一间屋子里，突然间给你打开了门，迎来了自由一样。那门朝着纳粹开火的大炮，也许是一门跟纳粹分子用来朝美国人开火的大炮一样。对于我来说，它就意味着解放。解放又是一种比邪恶的力量更强大的善良的力量，就是在法西斯让大家担惊受怕之后，能使得法西斯害怕的某种东西；就是在法西斯杀害了许多人和摧毁了许多城市之后，能够消灭法西斯的某种东西。那门朝着纳粹和法西斯分子开火的大炮，它所发射的每一炮，都是对他们多年建立起来的谎言和恐惧的牢狱的打击，这牢狱像天空一样宽大，如今在那门大炮的轰击下已分崩离析，如今所有的人都能自由呼吸，甚至连法西斯分子和纳粹分子也不例外，他们很快将不再被迫成为法西斯分子和纳粹分子，复原为普通人，就像所有的人一样。

是的，那天晚上，我感觉到了这种方式的解放，尽管这种解放意味着许多不十分美好的事情，甚至是非常丑恶的事情，可我将永远记住那个广场，那天下午，那门大炮，记住我是如何感到自己真正被解放了的，记住我是如何感到解放是一种幸福，它竟使我欣赏大炮带来的死亡，使我第一次也是在我生活中唯一的一次产生憎恨的感觉，使我不由自主地对他人的毁灭感到兴奋不已，就像人们在春天来临，鲜花盛开时感到兴奋不已一样。

就这样，我在睡眠状态中，或者确切地说，在半睡半醒状态中，度过了那个下午，倾听震耳欲聋的炮火声，它们就像我在小女孩时母亲为了让我安睡而唱的催眠曲那样悦耳。屋子在阵阵爆炸声中颤抖，泥灰一块块落在我的头上和身上，稻草秸秆戳得身子浑身难受，稻草下面的地硬邦邦的，然而，那是我一生当中最美好的时刻，如今我可以完全清醒地这么说。每当我闭上眼睛，望着没有玻璃的窗户，我便会看见在五月美好阳光下闪闪发亮的法国梧桐的葱绿枝叶，光线渐渐地暗下去，枝叶越来越暗，不那么明亮了，大炮不停地开火，我紧紧地挨着罗赛塔，我感到幸福。由于劳累和头昏脑涨，尽管炮声隆隆，我至少睡着了一个小时，睡得很死，然后醒了过来，重新听到大炮开火的声音，我知道在那一小时内，大炮一直没有间断过开火，我重又感到欣慰。终于，傍晚时分，当屋子里几乎一片黑暗时，大炮突然不响了。取而代之的是一种似乎由于不断开火而麻木了的寂静，我注意到，这寂静其实是一种生活的正常噪音：某个教堂的钟声，马路上行人的声音，狗的吠叫声，羊的咩咩叫声。我们俩相互搂在一起，处于半睡眠状态约摸半个小时，然后我们起身，走到外面。已经是夜晚了，天空布满星星，柔和的空气中飘来阵阵强烈的青草气味，没有一丝风。从不远的阿庇亚大道不断传来发动机的巨响，部队继续向前挺进。

我们又吃了一个小罐头和一点面包，于是我们又倒在草堆上，很快就睡着了。我们紧紧地搂抱在一起，这一次没有炮轰声。我不知道我们睡了多长时间，也许有四五个小时，也许更多。我只知道我突然惊恐地坐了起来，屋子里到处是绿色的光，强烈、震颤，一切都变成了绿色：墙壁、天花板、草堆、罗赛塔的面孔、房门、地板。这光似乎每隔一会儿更厉害一样，好象不可能再强烈了，因为已经强烈到无法忍受的地步了。突然间，绿光熄灭，黑暗中，我听到那令人诅咒的警报声，这鬼声音除了在罗马我再也没有听到过。我明白，飞机要轰炸了。我马上向罗赛塔喊道：

“快，逃出屋子去。”

这时，我已听见落在附近的炸弹的强烈爆炸声，伴随着机群的怒吼声和高射炮弹的炸裂声。

我拉着罗赛塔的手冲出屋外。虽然是深夜，但就像白天一样，因为红色的光把屋子、树木和天空照得通亮。然后是一声可怕的轰隆声，一枚炸弹落在屋子的后面，我感到一股气浪灌进我的裙子，好像有一张大嘴在双腿间朝我们猛烈吹风，我觉得我已经被击中，也许我已经死了。实际上，我一手牵着罗赛塔在拼命奔跑，穿过一片麦田。然后，我感到绊了一跤，跌进膝盖深的水里。这是一个很深的水沟，水的凉爽使我平静了一点，我站在齐肚子深的水里，一动不动，把罗赛塔紧紧搂在胸前，我们周围是不断跳跃的红光，光亮中可以看见丰迪倒塌的房屋，房屋的颜色和轮廓都看得清楚，就像大白天一样。农田四周，远远近近的爆炸声不断。由于高射炮开火的缘故，我们头顶上的整个天空弥漫着一片白色的烟雾。在所有的喧闹声中，低飞的机群不断发出低沉的怒吼，并向下扔炸弹。终于，最后一声爆炸声，比方才所有的爆炸声都猛烈，天空就像一间屋子，有人在离开之前狠命敲打房门。随后，红色的亮光几乎都熄灭了，除了地平线上的一角或许发生了一场火灾以外，机群的轰鸣声也减弱了，消失在远处，高射炮还发射了几炮，以后什么声音也没有了。

夜晚已静悄悄地来临，星星已出现在我们头顶上的天空，我对罗赛塔说道：

“我们不能回到小屋去……可能那些婊子养的又会扔炸弹，那我们必定被炸死。我们就待在这里，至少屋子不会在头顶上倒坍。”

于是我们走出水沟，躺倒在靠近水沟的麦田里。然而我们没有合眼，或者说，重新处于半睡半醒状态，但心情不像大炮轰鸣、我们待在小屋子里时那么高兴。夜晚充满了各种噪音：可以听见远处的喊叫声，发动机声，脚步声和我弄不清楚的其他怪声音。夜晚是不安宁的，我想也许到处是被德国人的炸弹炸死和炸伤的人，现在美国人正来回奔忙收尸和收容受伤的人。

我们终于睡着了，后来，我们突然在天色蒙蒙亮中醒过来，发现我们躺在麦地里。紧贴我的面孔是高高的金黄色麦秆，麦秆之间盛开一些鲜红、可爱的罂粟花。我头顶的天空呈现冷冰冰的白色。一些金色的星星还在眨眼，我望着紧挨我躺着的罗赛塔，睡得很死。我发现她的脸沾满干巴了的黑泥，双腿和裙子直到腹部几乎都是黑泥。我的双腿和裙子也是这样。但我感到人已经休息过来了，因为不管发生了这件事或那件事，从前天下午直到现在我就是睡觉。我对罗赛塔说道：

"你看我们该走了吧？"

可她嘀咕了什么我没有听明白。她转过身子，把脸孔埋在我的腰部，双手搂着我的腰，于是我也躺了下来，尽管我不再有睡意，我就顺势躺下，我们周围都是麦子。我闭上眼，等待着罗赛塔醒过来。

天大亮的时候，她终于醒了过来。但当我们吃力地从麦田里爬起来，顺着小屋子的方向望去的时候，我们发现小屋子不见了。末了，仔细观察之后我们瞧见了一堆废土，正好在广场边上，我记得很清楚小屋子在那里。我对罗赛塔说道：

"你瞧，如果我们还待在屋子里的话，早就没命了。"

她一点也不激动，用平静的口气回答说：

"妈妈，也许那样更好。"

我瞧了她一眼，看见她的面孔一副慌恐绝望的表情，就马上坚决地对她说：

"无论如何，我们今天就离开这里。"

"你说什么？"

"我们必须离开这儿，尽快离开这儿。"

我们走过去看看小屋子，瞧见炸弹就落在屋子旁边，屋子倒坍在路上，瓦砾堆把整个马路堵塞了。炸弹在地上炸了个大窟窿，褐色的深层泥土和连根拔起的青草混杂在一起，洞底已成了个黄水井。就这样，我们成了无家可归的人，情况更坏的是，连我们仅有的、很少的行李也给埋在瓦砾堆下面了。我突然感到绝望，我坐在瓦砾堆上，望着我的前面，我不知该怎么办才好。大路上的情景就像前一天一样，士兵们和难民们来来往往，但所有的人都只管走路，既不看我们一眼，也不瞧废墟一眼，废墟已成了正常的东西，没有必要感到意外。后来一个农民停下脚步，向我们打招呼。他是丰迪人，是我从前从桑泰乌米亚下来购买食品时认识的，他告诉我们，这是德国人夜里发动的轰炸，还说炸死了五十多人，其中三十人左右是士兵，二十人左右是意大利人。他还告诉我们一个难民家庭的遭遇，这一家人在山上几乎住了一年，像我们一样，在盟军到来的时候下的山，安身在一个离我们屋子不远的小房子里，一颗炸弹正好落在小房子上，炸死了全家人：妻子、丈夫和四个孩子。我默不作声地听着，罗赛塔也是这样，要是在别的时候，我会惊呼起来：“什么？为什么呀？可怜的人们，你看多么不幸。”然而，现在我什么也不想说，实际情况是，我们自身的灾难已经使我们对别人的灾难麻木不仁了。我想，这肯定是战争带来的一种恶果，让人无动于衷，失去了怜悯心。

就这样，我们整整一上午坐在瓦砾堆上发呆，脑子里空白一片。我们是这样呆头呆脑，模样痛苦，不知所措，以至许多路过的士兵和农民向我们询问时，我们竟连答话的勇气也没有了。我回忆起，一个美国士兵看到罗赛塔像个石头人似的坐在那儿，呆呆地一动不动，就停下来问她，她一声不吭，只是望着他，他起先说英语，然后说意大利语，最后从口袋里掏出一根香烟，插入她嘴里就走了。罗赛塔还是那么待着，一张沾满干巴了的黑泥的脸孔，香烟在嘴唇之间颤抖，如果不是表情哀伤的话，简直有点象表演喜剧了。

到了下午，我鼓起极大的勇气，决定我们该干些什么事了，至少为了吃饭，因为我们该吃饭了。我对罗赛塔说，我们要返回丰迪，去找那个说那不勒斯方言的美国军官，他看样子对我们挺友好。我们垂头丧气地慢慢走着，回到了城里。这儿，在废墟、水沟、卡车和装甲车之间，通常有集市，美国兵站在十字路口，为那些神情发呆的流浪的人群指引方向。我们来到广场，我朝市政大厦走去，这儿像前一天那样，人群吵吵嚷嚷，像往常一样在分发食品。但这一次比较有秩序，警察让人群排成三行，每一行前头的是一个美国人，他站在堆放着罐头的长桌后面，每个美国人身边是名意大利人，他是市政府的，带着白袖章，帮助分发食品。我在一张长桌后面见到了我要找的美国军官，我对罗赛塔说，我们排到以他打头的那一队去。这样我们就能跟他说话。我们跟那些可怜的人们一起排了好一阵子，才轮到了我们。军官认出了我们，露出他那一口洁白发光的牙齿，朝我们微笑，说道：

“怎么样？你们还没有动身回罗马去？”

我指着我和罗赛塔的衣服，对他说道：

“你看看我们有多脏。”

他打量了一下我们，马上明白了：

“昨天晚上的轰炸吗？”

“是的，我们什么东西也没有了，炸弹炸毁了我们暂住的屋子，我们的箱子被埋在废墟下面，你给我们的罐头也一起埋在里面了。”

这时他不再微笑。尤其是罗赛塔，她那张甜甜的脸蛋上沾满了干巴了的泥巴，让人没有心思微笑。军官说道：

“吃的东西我可以给你们，就像昨天一样，还可以给几件衣服，但遗憾的是，别的事情我就无能为力了。”

我说：

“请帮助我们回罗马去，那里我们有家，有东西，一切都有。”

可他像前一天那样回答说：

“我们都还没有去罗马，你怎么能去呢？”

我不再说什么。他把一堆罐头给了我们，然后对一个带白袖章的意大利人，让他带我们到另一个分发衣服的地方去。在跟随意大利人要离开他的一瞬间，说不出为什么，我说道：

“我的父母住在靠近瓦莱科尔萨的一个小镇上，幸好我有他们，可我现在不知道他们到哪儿去了。至少请帮助我们回到我的老家去。我认识那儿所有的人，即使是我的父母亲不在，我也有办法安置好自己的。”

他望着我，彬彬有礼但又坚定地回答说：

“这是不可能的，要送你们去，就要动用军用车，这是不允许的。只有为美国军队工作的意大利人才能够用我们的车辆，一切为部队服务。很遗憾，我不能为你们做什么了。”

说完，他朝另外两个站在我们身后的妇女转过身去，我明白，他不可能再跟我们说什么，就跟随戴袖章的意大利人走到外面。

走上大路后，那个听到我们谈话的意大利人对我们说：

“就在昨天，一对难民夫妇被用军车送回他们的家乡。因为他们冬天接待了一名英国俘虏，为了报答他们，破例用军车把他们送回了老家。如果你们俩做了同样的事情，我认为你们到瓦莱科尔萨就不成问题了。”

一直不开口的罗赛塔突然叫了起来：

“妈妈，你记得两个英国人吗？我们可以说我们接待过那两个人。”

幸运的是，那两个英国人在离开之前，给了我一张用英语写的字条，并且都签了名，我把字条跟钱一起放在口袋里。如今，钱我们不多了，但字条应该还保存着。我几乎忘了这件事，罗赛塔这么一说，我赶紧在兜里搜索，找到了字条。两名英国人让我在他们的部队来了以后，把字条交给军官，我高兴地说道：

“我们这就有救了。”

我向意大利人讲述了两名英国人的遭遇，我们是圣诞节那天唯一接待他们的人，因为所有的难民都害怕帮助他们，他们第二天才离开的，而第二天早上德国人就来追捕他们。意大利人说道：

“现在你们跟我去取几件衣服，然后我们上司令部，瞧吧，你们会得到所期望的一切。”

我们走进了另一间分发衣服的屋子，那儿发给了我们每人一双男人胶底鞋和绿色的短袜，一条同样颜色的裙子和一件短上衣。那是他们部队女兵穿的衣服。我们高兴地穿上，因为我们可以脱下身上破破烂烂的、沾满干泥巴的肮脏不堪的衣服了。我们还得到了一块肥皂，我们用它来洗了洗脸和手，我梳了梳头，罗赛塔也这样做了。这样，我们几乎可以见人了。那个意大利人对我们说道：

“好极了，现在你们像两位有教养的人了，刚才就像两个野人。你们跟我上司令部去。”

司令部在另外一间房子里。我们沿着台阶往上走，三步一哨，五步一岗的卫兵询问人们上哪儿去，维持着秩序。从一节台阶到另一节台阶，穿过来来往往的士兵，我们终于到了最上面一层楼。意大利人上前跟站在门口守的一名士兵说话，过了一会儿，卫兵走到我们跟前，说道：

“他们不仅仅对这件事情感到兴趣，而且马上要接见你们，请你们坐在这长沙发上等一下。”

我们等了一会儿。士兵进去了五分钟，就出来喊我们，把我们带进屋里。

这间屋子空荡荡的，只摆了一张写字桌，坐着一位金发男人，五十岁左右，留着刷子样的红色八字胡，天蓝色的眼睛，脸上有雀斑，身体肥胖，性格开朗。他穿着制服，但我不懂军衔，但后来我才知道，他是位少校，书桌前摆着两张凳子。我们进去的时候，他客客气气地站起身，请我们坐下，我们落座后，他才坐下。

“你们抽烟吗？”他用流利的意大利语问我们，递过来一包香烟。我婉谢了。他马上转入正题：

“我听说你们有一张字条给我。”

“在这里。”我回答。

我把字条递给了他。他接过去读了两三遍，态度非常认真，表情严肃地望着我们，说道：

“这张字条非常重要，你们给我们提供了宝贵的线索。我们很长时间得不到这两位军人的消息，非常感谢你们为他们所做的一切。现在请告诉我，那两人长得什么样子？”

我力所能及地向他描述了一番：

“一位是金色头发，小个子，留小胡子。一位是瘦高个，棕色头发，蓝眼睛。”

“他们穿的是什么衣服？”

“好像是黑油布的风衣，穿着长裤。”

“他们戴帽子吗？”

“是的，他们戴着一种特别的军帽。”

“他们全副武装吗？”

“是的，他们有手枪，他们拿给我看的。”

“他们离开你们的时候，他们想干什么？”

“他们想爬山越岭走到前线，再越过前线到那不勒斯。整个冬天他们住在仙女山下的一个农民那里，他们希望穿越前线。但据我所知，他们不会成功。因为大伙儿都说，前线是不可能越过的，因为那里有德国巡逻兵，机关枪和大炮。”

他说：

“他们确实没有穿过前线，因为他们没有到达那不勒斯。他们是哪一天跟你们在一起的？”

我告诉他日子，过了一会儿，他接着说道：

“你们接待他们多长时间？”

“只有一天一夜，因为他们急匆匆地要离去，再有他们害怕有人告密。实际情况也正是这样，他们刚走，德国人就来了。他们跟我们一起过了圣诞节，我们一起吃了一只母鸡，喝了一点酒。”

他微笑着说道：

“你们跟他们平分的酒和母鸡，只是我们欠你们的一小部分情。现在请告诉我，我们能够为你们做些什么？”

我告诉他，我们没有吃的东西，在丰迪我们待不下去了，因为我们没有住的地方，那天夜里的空袭把房子炸毁了，我们想去靠近瓦莱科尔萨的我的老家，那儿有我的父母亲，在那儿，如果没有别的情况，我们可以在我家里安身。他认真地听我讲话，然后说道：

“你向我提出的这个要求确实是不允许的。可在德国人的眼皮下接待英国俘虏也是不允许的，不是吗？”

他笑了起来，我也笑了。过了一会儿，他又说道：

“这样吧，我就说你们跟我们的一位军官乘车去山区打听我们这两位失踪的军人的消息。我们将想尽一切办法去打听，尽管不是在您的家乡，他们不可能经过您的家乡，也就是说军官先陪你们到瓦莱科尔萨，再去寻找。”

我非常非常感谢他，他回答说：

“正是我们应该感谢你们，请你们给我留下姓名。”

我告诉他我们怎样称呼，他仔细地记了下来，然后他站起身来，向我们道别，并且客气地陪我们走到门口，把我们交给卫兵，他用英语向卫兵交待了一些事。那位士兵马上也变得非常客气，请我们跟他走。

我们跟着士兵走到一个光裸裸的白色走廊尽头，他把我们引进一间没有什么东西，但很整洁的房间，里面有两张行军床. 他对我们说，晚上我们就睡在这儿，第二天，根据少校的吩咐，我们上别处去。他关上门走了，我们坐在行军床上，满意地舒了一口气。这时，我们才感到，一切都跟这以前的感觉大不相同。我们穿上了干净的衣服，梳洗了一番，我们有吃的罐头，两张睡觉的行军床，一间有屋顶的可以安身的屋子，而比这一切更有价值的，是我们充满对美好日子的希望。总之，我们的一切都改变了，这种变化多亏那位少校和他的亲切关照。我好多次这么想道，对待每一个人都应当把他像人来对待，而不能像个畜生那样对待，把人像人那样对待，就是说让他穿得干干净净，住在清清爽爽的房子里，友好真诚地相待，特别是要使他对未来充满信心。如果不是这样，人就可能会不费力气地变成畜生，像畜生那样行事，而从他成为畜生那一刻起，再要求他像个人那样行事，那已经无济于事了。

我紧紧搂着罗赛塔，吻她，对她说道：

“瞧，这一回可真是一切都理顺了。我们先在老家住几天，吃好，休息休息，然后去罗马，一切会恢复得跟以前一样。”

可怜的罗赛塔说道：

“是的，妈妈。”

她像一头被牵往屠宰场的羔羊，但她如此一无所知，而且还温顺地舔那只把她带到刀口下的手，遗憾的是，这只手就是我的手，我做梦也没有想到，就像下面我要叙述的，正是我把她带到了屠宰场。

那天，我们吃了一个小罐头后，整个上午都躺在行军床上，迷迷糊糊地睡觉。我们没有兴趣在丰迪的街上溜达，看到那些穿得破破烂烂的难民和士兵来来往往，那些废墟，每走一步都让我们想到战争，使人伤心异常。再说我们仍然非常疲倦，饱受惊吓之后，我们又在露天过了一夜，人累得连骨头都散了架。就这样，我们睡着了，不时惊醒过来，然而又继续入睡。我的行军床摆在一扇没有百叶窗的窗户前面，天空一片蔚蓝色，每次我醒过来，我都注意到阳光改变了方向和强度，从地平线升到正中，又落到西方。

那一天，我心里很高兴，就像前一天听到大炮的吼声一样。可是这一次，我看到经历了许多苦难和危险的罗赛塔，紧挨着我睡在行军床上，如此健康和平安，我不由得满心喜欢。发生了这一切之后，在经历了暴风雨般的战争之后，我终于挺过来了，我使自己和罗赛塔得救了。罗赛塔如今一切都好，我也很好，确实没有发生什么严重的事情，很快我们将要回到罗马，在我们的家里安顿下来，我将让店铺重新开张，一切将会恢复得跟过去一样。甚至未来将比过去更好，因为罗赛塔的未婚夫肯定也会生还的，他会从南斯拉夫回来，他将要跟罗赛塔完婚。

在半睡半醒的迷糊状态中，我怀着极大的兴致，梦见罗赛塔举行婚礼，我看见她在阳光灿烂的日子从教堂的大门里走出来，身穿洁白的婚礼服，头上戴着桂花做的花冠，挽着新郎的胳膊，在她身后是我，所有的亲戚和朋友们，大家都幸福地笑着。我不满足于在教堂门口见到他们，我走进教堂，我想看看他们跪在祭坛前面，神甫对他们的圣婚发表有关权利和义务的训话的场面。但我还不满足，我又进了一步，这一次我见到罗赛塔抱着她的第一个孩子，我们三人，我，她和她的丈夫，坐在桌子边，突然，婴儿在邻近的屋子里哭了起来。罗赛塔起身去抱他，然后重又坐了下来，她解开紧身上衣，把乳房伸给婴儿，婴儿用两只小手触摸着，用小嘴吸吮着，她向婴儿附下身去，手里拿着一只小汤勺。于是，我们不再是三个人，而是四个人，坐在桌上吃饭：罗赛塔的丈夫、罗赛塔、婴儿和我。我在半睡半醒的状态中想象着这种场面，我想我成了外婆，我没有什么可遗憾的，因为我已经不再渴望爱情，我愿意成一位老外婆，像外婆那样生活下去，像老太婆那样陪伴着罗赛塔和她的孩子们。当我做着这梦的时候，我又时不时地看见罗赛塔躺在行军床上，看到她在我身边，我感到一阵欣慰，这说明，在发生这一切之后，这些梦不再仅仅是梦，而且很快将成为现实，我们一旦回到罗马，我们将重新恢复我们过去的生活。

天黑了，我翻身起床，几乎在黑暗中环视着四周。罗赛塔还在熟睡，她脱去了裙子和紧身上衣，在暗淡的光线中，我隐隐约约地看见一位年轻而健康的少女的肩膀，赤裸的手臂，白皙而丰满，双腿弯曲，裙子掀开，膝盖几乎抬到嘴一般高，大腿也像肩膀和胳膊一样，白皙而丰满。我问她想不想吃饭。她呢，停了一会儿，没有翻身，摇了摇身，好像在说不愿意。于是，我又问她想不想起来，到丰迪街上去。她又同样地摇了摇头，表示不愿意。于是我又倒下去，这次我真的睡着了，实际上，我们俩已经筋疲力尽，这一觉睡得那么死，好像给一只停了很长时间的表上弦，上着上着，不停地上着，因为表的发条早已走完而停了，没有力量往前走了。

第九章

天亮时分，我们被一阵敲门声惊醒，有几声敲得很猛，好像要把房门打穿似的。那来人是头一天帮我们安排的士兵。我们打开门，他通知我们，带我们去瓦莱科尔萨的汽车已在外面等候，他要我们动作加快点儿。

我们急忙穿衣，我穿衣服的时候，感觉我的精力从来没有这么充沛过，那几个小时的熟睡的确让我恢复过来了。我知道罗赛塔也是感觉良好，她醒来的时候精神饱满，只有做母亲的才懂得这些事情。我回想起前一天的罗赛塔，被困倦和惊吓弄得痴痴呆呆的，脸上糊满干泥巴，眼睛无神而哀伤。现在我怀着喜悦的心情望着罗赛塔，坐在床上，两腿悬吊着，两只胳膊向上伸着懒腰，胸脯雪白而丰满，使人觉得会在衣服里面爆炸似的。她走到放脸盆的房角落，从水壶里倒出凉水，用力地洗着，把水不仅往脸上，还往脖子上、手臂和肩膀上浇着，闭上眼睛，用毛巾把身上擦得红红的，又拿起裙子，站在房间中央套上穿好。她的这些动作我见过的次数记不清了，可眼下我感觉到了她的青春和得到恢复的活力，就像一棵阳光照耀下的树木，迎着轻轻吹拂的春风，充满青春和活力，慢慢地抖动着茂盛的树叶。

我们穿好衣服，沿着空空的房屋的空空的楼梯走下去。大门口停着一辆盟军的军用敞篷车，座位是硬邦邦铁皮的，驾驶盘前坐着一位英国军官，金头发，肤色发红，表情不很自然，也许还透着不耐烦的神情。他向我们指了指后面的座位，对我们用蹩脚的意大利语说，他得到了把我们送到瓦莱科尔萨去的命令。他似乎不是那么热情，也许是因为不太好意思，或者嫌弃我们。在车子里，还有两个圆柱形的大纸盒，装着满满的食品，他还是用他那不自然的语调说，那是少校送的，他祝愿我们一路平安，并请我们原谅没有来送我们，因为他很忙。出发的准备工作快做完的时候，许多也许在露天过夜的难民们，围着汽车默默地望着我们，脸上带有一种很明显的嫉妒表情。我发现他们嫉妒我们，因为我们坐上了得以离开丰迪的车子，也因为车子里有那些大食品盒。我承认，当时我不能不体味到一种洋洋自得的情绪，尽管也含有一丝内疚。实际上，我还不知道我们是多么不值得被嫉妒的。

军官起动了油门，汽车开动了，轻快地越过水坑和废墟，朝山区开去。很快，车子驶上一条小路，车速一直很快，开始在两座山之间爬坡，沿着一条小溪朝着一个狭长而很深的山谷驶去。我们一声不吭，军官也不吭声，我们终于耐不住了，像聋哑人那样用手势和哼哼唧唧来代替说话，而他呢，也许是因为不好意思，很不情愿当我们的司机。再说我们能对那位军官说什么呢？说我们离开丰迪的兴奋心情吗？说这是五月的一个美好日子，蔚蓝色的天空，万里无云，阳光使得生气勃勃的绿色田野生辉吗？说我们前往我出生的故乡吗？对他来说，所有这些事情都不会感兴趣的。他有理由对我们说，他对这些事情不感兴趣，他只是执行他的任务，就是根据命令把我们送到某个地方去，因此，我们都不吭声是最好不过的，何况，他还要全神贯注地开车。尽管我是这么想的，可奇怪的是，一路上我都非常想跟那个军人聊聊，想知道他是什么人，他的家庭在哪里，和平年代他干什么事情，他是不是已经订过婚，等等。事实上，我自己已经发觉，危险过去以后，我又有了正常时候的正常感情，也就是说我重又对人们，对我自己之外的事情，对我和罗赛塔人身安全之外的事情发生了兴趣。我又开始了生活，总而言之，以后可以这么说，不管是出于好意还是任性，出于一时冲动，还是好玩，我干了不少不在理的事情。这位军官激起了我的好奇心，就像一个人长时间生病之后，进入了康复期，对眼前的一切事情，包括没有意义的事情，都会发生兴趣。

我细细打量军官，发现他有一头漂亮的金头发，一缕缕金发滑溜闪光，好像一只漂亮的纤维篮子，一些不听话的卷发披在脖颈后面。我真想伸手去抚摸这些金发，这倒不是因为那位年轻人讨我喜欢，或者他以某种方式吸引了我，只是因为生活重新使我萌发了兴趣，那些头发恰恰是生机勃勃的。实际上，我对街道两旁迎面过来的郁郁葱葱的树木，对水沟那边用巨大而整齐的石块垒成的堤坝，对蔚蓝色天空和五月金灿灿的阳光，都怀有同样的感情。一切都使我兴奋，我感到胃口大开，好比长期禁食以后反倒吊起了胃口一样。

车子沿着溪流，在狭长而地势很高的山谷走了一段之后，终于开上了国道。小溪汇入一条清澈宽阔的河流，流过一个更宽广的山谷。山峦不再贴近公路，缓缓降低高度，山峦已不是那么翠绿，而是光秃秃的石头山。周围的景色也变得越来越荒凉，越来越严峻。这是我当小女孩时常常见到的景色，如今于我越来越亲切了。于是，随着我重新回到我熟悉的地方，这蛮荒的景色使我产生了一种忐忑不安和孤独的感觉。这是一个强盗、土匪出没的地方。连五月的阳光也没有使它显得优美而热情，到处是卵石和峭壁，它们之间只有很少的春草。那条黑色、油亮、整洁、蜿蜒山岭之间的道路，就像温暖的初春天气苏醒了过来一条长蛇。见不到一所房屋，一幢农舍，一座草屋，也看不见一个人或一头牲口。我知道，那光秃、沉寂和荒凉的山谷将这样延续一公里又一公里。我的家乡是坐落在这荒漠中的唯一的市镇，它只是在路旁和广场周围坐落着的一群房屋，广场上有一座教堂。

我们就这样向前跑了一阵，大家默不作声，突然间，拐了一个弯以后，前面出现了我的家乡。一切都是我记忆中的样子。最先看见的，是马路两旁我非常熟悉的两幢房子，它们用山上的石头砌成，这种乡下老房子的墙壁没有粉刷过，阴暗，简陋，屋顶的瓦片发绿，长满青苔。不知怎么回事，我忽然对那位军官产生了一种畏惧心理，他显得很不情愿给我们开车。我冲动地用手拍了拍他的肩膀说，我们就在这儿下车。我们已经到了。他猛地刹住了车，我隐约感到后悔，不该说让他停车。我对罗赛塔说，我们到了，该下车了。于是我们站在马路上，军官帮我们卸下两只装食品的大纸盒，我们把它们放在头顶上。军官以几乎亲昵的态度，微笑着用意大利语对我们说：

“祝你们好运气。”

车子转了半个圈儿，像一枚火箭飞速开走了。几秒钟后，车子消失在拐弯处，剩下我们孤零零的两个人。

这时我才发现，周围十分荒僻，什么人也看不见，什么声音也听不见，只有轻柔的春风吹拂山谷。我打量小镇入口处的两幢房子，只见窗户是紧闭的，底层的大门用两根十字柱钉死，我想小镇的人也许都疏散了。我第一次意识到，离开丰迪也许是个失误，在丰迪，确实有轰炸的危险，但那儿有许多人，不感到孤单。我忽然感到心揪紧了。为了给自己鼓气，我对罗赛塔说道：

“也许镇上什么人也没有了。大家都逃难去了。既然如此，我们不能停下来，而要继续步行，一直走到几公里外的瓦莱科尔萨，或者搭卡车，这条很热闹的路总会有人经过的。”

几乎在同时，好像是为了证实我所说的话似的，拐弯处出现了一长串卡车和军车。这使我平添了勇气。他们是盟军，也就是朋友，在紧急关头我们始终可以指望他们，就像我们在丰迪做的那样。我和罗赛塔站在马路边上，望着打我们面前驶过的一长串车队，打头的是一辆敞篷车，像我们方才乘的那辆，车子里坐着三名军官，一面小红旗插在发动机盖上。这是一面蓝、白、红三色旗，后来我才知道是法国国旗。那些军官正是法国军官，头戴圆形锅的法国军帽，硬帽舌压在眼睛上面，敞篷车后面都是清一色的卡车，满载棕色皮肤的兵士，以前我从来没有见到过这样的部队，这些兵士肤色发暗，脸孔像土耳其人，红色的短靴，白床单似的衣服上面披着深色的斗篷，我后来才知道他们的籍贯：他们是摩洛哥人，摩洛哥是一个非常遥远的非洲国家，如果不是战争的话，这些摩洛哥人是永远不会来到意大利的。车队不十分长，几分钟内就开进了小镇，最后是一辆跟打头一样的车。马路上重又变得空旷和寂静。我对罗赛塔说道：

“他们是盟军，肯定是的，但是我不知道他们是哪个种族的，可有谁见过他们？”

于是我们动身朝小镇走去。

离镇中心不远的地方，山峦的一堵峭壁直伸到马路上，峭壁下有个小洞，里面有一眼泉水。我一面走着，头上的垫圈顶着大纸盒，一面对罗赛塔说道：

“那个小洞有眼泉水，我们过去，我渴了，想喝水。”

我嘴上这么说，其实是想看一眼那个山洞，因为我在小女孩、少女和后来长大成姑娘的时候，每天都去那个洞，一天去好多次，头上顶着铜壶去打水，然后待在那儿，跟抱着同样目的前来的妇女们聊上十分钟或更长一点的时间，有时也可以碰上邻近小镇的人们，用捆在驴子身上的小桶来打水，因为那眼泉水远近有名，夏天从不干枯，始终源源不断流出冰凉的泉水。我那时很喜欢这个山洞。我记得我打小女孩时起，就觉得这是一个奇妙、神秘的地方，它既有点儿使我害怕，又有点儿吸引我。我经常在水池边探出身子，把泉水当镜子照看自己，我长时间地注视着遮掩着泉水的铁线蕨。我喜欢看自己的倒影，它是那样的清楚和光彩，我喜欢看动人的铁线蕨，它的绿色小叶子和乌木似的黑色小枝条。我喜欢看毛茸茸的苔藓，苔藓上点缀着发亮的小水滴，布满艳红的小花，覆盖着岩石。不过，我被山洞特别吸引的，是因为小镇上有人对我讲述过这样一个童话，如果我毅然跳进水里，就会游向越来越深的地方，突然进入一个水下世界、比地上的世界更美，那儿有许多满是宝贝的洞穴，有许多矮人和许多漂亮的仙女。这个童话给我留下了深刻的印象。到了我当姑娘的时候，我就不怎么相信了，我知道这是一个童话。我每次进入山洞，都不能不回忆起这一切，我几乎体会到一种将信将疑的感觉，好像那不是一个童话，而是一件真实的事情，如果我愿意的话，我完全可以纵身跳下去，到水底下去拜访那个仙女洞。

我们朝山洞走去，我把大纸盒放在地上，登上两三级台阶，走进山洞，胸口贴着水池边，悬垂的钟乳石下，水珠滴滴，苔藓绿油油、亮闪闪的。罗赛塔也把身子探了过来，我望着静止不动的水池中我们两张面孔的倒影。我不由想到了许多事情，我当小女孩的时候发生的许多事情，自然并非都是好事，那时我也是俯身于同样的池水，以同样的方式照着自己的倒影。水池深处茂密的铁线蕨下面，像当时一样，可以看到泉水不断流出的轻柔的涟漪，我禁不住想道，当我、罗赛塔和所有的人离开这个世界，当这可怕的战争逐渐地变成回忆的时候，这泉水仍然将不断静静地、温柔地喷涌下去。我暗暗寻思，如今，一切都结束了，我不再是女孩子，现在我有了一个成人的女儿，泉水仍像往常一样不停歇地流淌。我弯下身去喝水，我相信自己的泪滴入了泉水。挨着我的罗赛塔，也饮着泉水，没有觉察到我的反应。于是我们擦干嘴巴，重又把大纸盒放在头顶上，开始朝着小镇中心走去。

正像我猜测的那样，小镇确实已荒无人烟。小镇既没有挨炸，也没有以某种方式被毁坏过，只是被遗弃了。所有的房屋都显得很寒酸，全用粗石干垒而成，一幢挨一幢排列在路边，没有受到损害，可窗户都紧闭着，大门已封死。我们沿着两旁没有人居住的房屋走了一阵，我几乎有一种害怕的感觉，就像在一个陵园中走路一样，使人想到墓碑下的众多亡灵。我们路过我的父母亲的房屋，也是紧闭和封死了的屋子，于是我连门也不去敲，也不对罗赛塔说些什么，加快了步子。最后我们来到一片空地，高大的台阶通向一个教堂，这是典型的乡间小教堂，用粗糙的，熏黑了的旧石头砌成，没有任何修饰。空地还是我记忆中的样子。大台阶是用镶暗边的白色石头铺就，周围杂乱地栽了四五棵树，眼下已经是春天，树叶一派翠绿。不远处有一口老井，用跟教堂外墙一样发黑的石头砌了一道栏杆，链式铁绞盘整个都生了锈。我发现在两个柱子支撑着的小拱廊下面，教堂的大门半开着。我对罗赛塔说道：

“你知道我们干什么吗？教堂门开着，我们到里面去坐一会儿休息一下，然后走到瓦莱科尔萨去。”

罗赛塔默不作声地跟随我。走进教堂，我很快就发现许多污迹，教堂即使没有被毁坏，那至少也住进士兵，它已经变成了牲口厩。教堂是一间狭长的大房间，用石灰粉刷过，屋顶有粗大而发黑的横梁，尽头是祭坛，上方悬挂着一幅圣母抱着耶稣的画像，眼下祭坛空空的，既没有装饰品，也没有摆其他东西。圣母像虽然还挂在那儿，但是，整个画面都歪曲了，就像发生了地震一样。祭坛下，两边的长凳只留下了两张，歪倒在地。长凳之间的地上到处可见灰烬和黑木炭，说明有人用过火。教堂里的光线是从进口处上方的一个大窗户射进来的。窗户过去一直安有彩色玻璃，如今只残留一些尖尖的玻璃片，教堂里面像白天一样亮堂。我走近那两张幸存的长凳，把其中的一张朝着祭坛摆好，我放下大纸盒，对罗赛塔说道：

“这就是战争，连教堂都敢亵渎了。”

于是，我坐了下来，罗赛塔坐在我旁边。

我产生了一种奇怪的感觉，好像一个人置身于神圣的场所，然而却不想祈祷。我打量着歪倒的、陈旧的圣母像，由于年代久远已经蒙上一层黑烟，如今她不再朝通常坐着信徒的长凳注视，而是斜视着天花板。我想，如果我要祈祷的话，我首先要扶正那圣母像。也许我没有祈祷的愿望，我觉得自己好像麻木了，失去了知觉，什么也感觉不到了。我本来希望回到我出生的小镇，但愿还能见到父母亲，可事与愿违，我只是来到了一个荒无人烟的地方。所有的人都出走了，也许圣母也走了，因为她感到不是滋味，连她的像也遭到了侵犯，给弄得歪七竖八了。我望着紧挨着我的罗赛塔，发现她却在祈祷，合着手掌，低垂着脑袋，嘴唇嚅动着。于是，我小声地对她说道：

“你好好祈祷……也为我祈祷……我眼下没有心思。”

这时，我听到门口响起一阵杂乱的脚步声和说话声，我马上转过身子，我瞧见门外晃过一样白颜色的东西，转眼就消失了。但我好象认了出来，是我方才在路上看到的坐在卡车里的一个士兵。我马上感到不安，站起身来对罗赛塔说道：

“我们离开这儿……我们最好离开这儿。”

她马上站起身来，我帮她把大纸盒放到头顶上，我把我的大纸盒也放到头顶上，我们走到了门口。

我推开关上的大门，迎面跟那个像是土耳其人的士兵撞了个满怀，他脸色发暗，并有麻子，头上戴一顶红色风帽，一直遮到黑色闪亮的眼珠了，身上裹着暗色披风，里面是白衬衫。他用一只手顶住我的胸口，把我往里推，一面说了一些我听不懂的话。在他身后，还有一些人，但我没有看清楚有多少，他们也都穿着白衬衫，红包头，气势汹汹地冲了进来。我大声吼叫道：

“慢点，你们想干什么，我们是难民。”

这时，我头顶上的大纸盒掉到地上，我听到盒子里所有的罐头满地滚动，我开始跟他搏斗，他搂着我的腰，整个人压在我身上，绷得紧紧的发黑的脸孔贴着我的脸孔。这时，我听到一声尖叫，这是罗赛塔的呼喊，于是我用尽全身力气想挣脱身子跑去救罗赛塔，然而，他紧紧抱住我，我无法反抗，因为他力大无比，我一只手拼命顶住他的下巴，迫使他转过脸去，我感到他正把我往后拖，朝大门后边教堂的一个阴暗角落拖去。这时，我也喊叫起来，声音比罗赛塔的还要响，我在吼声中喊出了我的全部绝望，不仅仅是为了当时正在发生的事情，也是为了我离开罗马的那天所发生的事情。此刻，那家伙用非常可怕的力量揪住我的头发，好像要把我的脑袋从脖子上拧下来似的，他越来越把我的身子向后猛按，最后，我感到我摔倒了，事实上，我确实跟他一起摔倒在地上。这时他爬到了我身上，我拼命用双手和双腿反抗。他一只手揪住我的头发，把我的头死死地按在地板上动弹不得，我感觉到他的另一只手把我的衣服扯到胸口，然后把手伸到我双腿之间，突然间我疼痛得尖叫起来，因为他用揪我的头发的同样力气揪住我下身的阴毛。我感到浑身无力，几乎无法呼吸，他紧紧地揪住我的阴毛，我难受极了。突然，我想到男人们的下身是非常敏感的，于是我把手伸进他的下腹部，握住他的下身。一接触到我的手，他还以为是我向他让步了，以为我想帮助他快活，便马上松了手，还朝着我傻笑，露出一口残缺的黑牙，可怕地笑着，而我使出浑身力气，揪住他的睾丸，狠命地捏。他狂叫一声，重又揪住我的头发，把我的脑袋用力地朝地板上撞击，力气大得出奇，以致我几乎觉察不到疼痛，昏死了过去。

过了不知道多长时间，我才苏醒过来，发现我瘫倒在教堂的阴暗角落里，士兵们已经离去，周围静悄悄的。我感到头疼，但只是在后颈部，其他地方没有痛感，我明白那个可怕的男人没干成他想要干的事情，因为我给了他那重重的一下，他就撞击我的脑袋，我昏死了过去，要知道搞一个昏死过去的女人是困难的。他对我什么也没有干成，也是由于他的同伙把他叫过去，让他按住罗赛塔不动，他放下了我，上那儿去，像其他人一样发泄到罗赛塔的身上。不幸的是，罗赛塔没有昏死过去，她用自己的眼睛和自己的感觉见到了所发生的一切。

我瘫躺在地上，几乎没有力气动弹，我试着站起身来，但立即感到后脑勺一阵刺骨的疼痛。不过，我还是用尽力气，站了起来，向四处打量。我第一眼就看到教堂的地上到处都是瓶瓶罐罐，那是我们遭到袭击的时候从大纸盒里滚出来的食品罐头。然后，我抬起眼睛，见到了罗赛塔。他们把她拖到祭坛下，或者是她自己逃到了祭坛下面；她直挺挺地仰面躺在那儿，衣服被掀上去，遮住了脑袋，整个身子直到脚板都赤裸着，双腿被他们掰开了，可以看见像大理石一样雪白的腹部和小羊羔的小脑袋一样的卷曲的金色阴毛，大腿根里面流着鲜血，阴毛上也沾有鲜血。我想，由于失血过多，她也许死去了，尽管我知道那是她被糟蹋了的童贞的鲜血，但是鲜血引起了关于死亡的联想。我走上前去，低声叫道：

“罗赛塔。”

我几乎感到失望了，因为她不回答我。实际上，她既不回答我，也不动弹；我以为她真的死去了，我俯下身子，把遮盖她脑袋的衣服拉下来。这时，我才发现，她睁大眼睛瞧着我，仍然既不说话，也不动弹，就像一头落下陷阱的牲口无法动弹，等待着猎人给它最后的一枪。

我走到祭坛下，挨着她坐了下来，一只胳膊搂住她的腰，多少支撑着她，把她贴近我，对她说道：

“好女儿。”

我不知道说什么，因为我已经哭了起来，眼泪不停地流着，流到嘴里，我尝到泪水的苦涩，这是我在生活中收获的全部痛苦。我开始给她收拾，先从兜里掏出手绢，给她擦干从大腿根流出的鲜血，然后拉下衬裙和衣裙，一面哭泣，一面替她戴好被那些强盗扯掉的胸罩，然后扣好上衣。最后，我拿出英国人送给我的小梳子，替她长时间地一根一根地梳理蓬乱的头发。她乖乖地听我摆布，既不动弹，也不说话。现在我止住了哭泣，我很难受，因为我的眼泪流干了，我不再喊叫，也不再失望了。我对她说道：

“你想要离开这儿吗？”

她用很低的声音回答说是的。于是我帮助她站了起来，她摇晃了一下，脸色非常苍白，我扶住她朝门口走去。走到教堂中间靠近两条长凳的时候，我对她说道：

“还得把这些东西都捡起来，放到盒子里去，不能把它们扔在这里，你说呢？”

她又说了声是的，于是我把滚落在地上的罐头塞满了纸盒，一个放在她的脑袋上，另一个我放在我的脑袋上，走出了大门。

我感到后脑勺说不出的难受。走出大门的时候，只觉得眼前一片模糊，但我鼓起了勇气，我想此刻罗赛塔也正在忍受着痛苦。我们就这样慢慢地走下滑溜溜的大台阶，太阳高高悬挂在空中，灿烂的阳光照耀着发黑的路面。摩尔人一个也没有了，他们在干了他们所干的事情之后走了，感谢上帝，也许他们又到别的什么地方去又干这种事情了。就这样，我们穿过了整个小镇，两边封死的房屋静悄悄的，我们走上了干干净净的大路，阳光明亮，柔和的春风在耳边吹拂，好像在对我说，我不应该转向，一切将像以往那样继续下去，永久如此。我们默不作声，慢吞吞地走了大约一公里，终于我感到后脑勺越来越难受，我知道罗赛塔也受不住了，于是我对她说道：

“一遇上住家，我们就停下来，休息到明天早上。”

她一声不吭，自打摩尔人糟蹋了她，便开始了这种沉默，也许她就一直沉默下去。总之，我们往前走了约一百步，我发现一辆敞篷小汽车朝我们开来，这辆车跟送我们来的那辆相似，车里坐着两名法国军官，我从他们的钢盔辨认了出来。这时，我不知受什么样的冲动所驱使，站到马路中间，用唯一的一只自由的胳膊打着手势，让他们停下来。我走上前去，怒气冲冲地喊道：

“你们可知道，你们指挥的那些土耳其人干了些什么吗？你们可知道他们在教堂这块神圣的地方，在圣母的眼皮底下干了什么勾当吗？你们说，你们知道他们的所作所为吗？”

他们没有听明白，惊讶地望着我们。他们当中的一个留着黑八字胡，棕色皮肤，脸色红润，身强力壮，另一个金头发，脸色苍白，蓝色眼睛。我继续朝着他们喊叫：

“这是我的女儿，他们糟蹋了她，我的女儿原来像个天使，现在倒不如死了好。你们难道不知道他们怎么作践了我们？”

这时，棕色皮肤的人抬手作了个“够了”的手势，用带着法语腔的意大利语说：

“和平，和平。”

“是的，和平，美好的和平，这就是你们的和平，婊子养的。”我怒吼道。

金发男子对棕色头发的人说了些我听不懂的话，好像是说我是疯子，他用手指着太阳穴微微笑着。我差点昏了过去，重又吼叫道：

“不，我不是疯子，你们瞧。”

我把装满瓶瓶罐罐的大纸盒扔在地上跑向站在我后面不远处的罗赛塔，她站在马路当中，头顶着大纸盒，一动也不动。罗赛塔既不朝前迈一步，也不看我一眼，我一把拽过她来把她的衣服拉到腹部，露出雪白、直立的大腿，我早知道她已把血迹擦干，也许只多少留下一点痕迹。不料，我却发现血还在淌流，污染了整个大腿，一直流到膝盖，殷红的鲜血在阳光下闪闪发亮。

“喏，你们瞧瞧吧，你们还说我是疯子。”

我神色激动地吼叫着，也多少被那鲜血吓坏了。这时我听到小汽车飞快地从我旁边开过，等我抬起头来，这才发现小汽车正拐过弯，消失了。

罗赛塔仍然呆呆地站着，像一尊塑像，头顶着大纸盒，用一只胳膊扶着纸盒，双腿紧紧并拢。我突然害怕她会因为恐惧而发疯了，我把她的衣服放下来，说道：

“我的女儿，你为什么不说话，你怎么啦，你对你妈妈说呀。”

她这才用平静的语气说道：

“没有什么，妈妈，这是自然的事情，已经止住不流了。”

我舒了一口气，因为我确实担心她由于受刺激会变疯。我略微感到一点轻松：

“现在你觉得还能走一点路吗？”

“可以，妈妈”。

我重又把纸盒放到头顶上，继续和她沿着大路走去。

我们大约又走了一公里，我的后脑勺越来越不好受，有时几乎要晕过去，眼前的景色整个一片漆黑，就好比太阳突然失去了光辉。在一个拐弯处，我们终于发现在高山背阴处有一个被灌木丛覆盖的山丘。灌木丛间可以见到一间茅屋，样子就像桑泰乌米亚农民们造的牲口棚。我对罗赛塔说道：

“我走不动了，你也该累了，我们上那个茅屋去，如果有人，一定是基督徒，他们会让我们过夜，如果什么人也没有，那更好，今天和明天我们就待在那里，等到我们休息过来了再赶路不迟。”

她依旧一声不吭，但现在我已不那么焦急不安了，因为，我知道她没有疯，她只是受了惊吓，而这在发生了这一切之后是可以理解的。总而言之，我感到她已不再是过去的她了，不仅仅她的肉体发生了某种变化，她的灵魂也发生了某种变化。而我尽管是她的母亲，但我没有权利问她正在想些什么。因此，我觉得能够向她表示我的全部钟爱之情只能是让她安静。

我们走上了通向灌木丛间的弯弯曲曲的羊肠小道，在长长的一段上坡路之后，我们终于来到了茅屋。正如我想象的那样，这是牧羊人的茅屋，石头垒成的矮墙，屋顶几乎垂到地面，门是木头做的。我们放下纸盒，想打开房门。但是大木板做的门上有一根带大锁的铁插销，没有办法打开，就是一个男人也奈何它不得。正当我们摇晃房门的时候，我们听到了一阵咩咩声，然后是其他绵羊的叫声，是羊群想从黑暗中走出来的叫声，声音微弱，毫无埋怨。我对罗赛塔说道：

“他们把牲口锁在里面逃走了……必须设法把它们弄出来。”

说完，我跑到茅屋一侧，开始扯屋顶的茅草，这很费力，因为茅草由于雨水、烟熏和发霉的作用，纠结在一起。而且，每一捆茅草又跟支撑屋顶的树枝相连。不过，我在四处扯茅草的时候，倒终于成功地拖出几捆茅草，鼓捣了一个大窟窿，跟矮墙一般高。我把窟窿掏宽了，一只白黑色相间的绵羊伸出脑袋，把蹄子趴在矮墙上，用它金色的眼睛望着我，咩咩直叫。我对它说道：

“加把劲，美丽的绵羊，跳上来，跳上来。”

可怜的绵羊使劲往上跳，可就是没有力气，我知道这些绵羊由于没有吃东西而软弱无力，需要靠我把它们拖出来。我把窟窿又掏大了些，绵羊用蹄子抵住矮墙，望着我咩咩叫着，我一把拎起它的脑袋和脖子，它猛一用劲，钻了出来。很快，另一只绵羊把脑袋伸到洞口，我又把它拖了出来，接着拖出第三和第四只羊。我又把洞口弄得更大，跳了进去。我马上就发现两只小羊在洞口下面，没有力气跳出来，因为它们太小了。在墙角好像有一堆东西。我走近一看，是一只白绵羊瘫倒在地上，一动也不动。一只小羊羔蜷缩身子，屈着双腿，伸着脖子去吮母羊的乳房。我想这头母羊一动不动地躺着，定是为了让小羊羔吃奶，可我走到跟前才发现母羊已经死了。我是从它耷拉下来的脑袋，半张着嘴巴，盯在嘴角和眼睛上的许多苍蝇判断出来的。母羊是饿死的，那三只小羊羔仍然活着，因为他们在母羊断气前至少还能吮吸乳汁。于是我把小羊羔一只只拎出来放在矮墙下。我解救出来的四头羊正在贪婪地吞食着灌木丛的叶子，它们实在饿坏了。小羊羔朝它们跑去，很快啃着叶子的羊和小羊羔不见了踪影，消失在灌木丛中。不过，可以听到它们的叫声，而且越来越清楚、响亮，好像每吃一片树叶，它们的声音就要有力地叫唤一次，那些可怜的畜生想让我们听明白，它们的情况很好，想感谢我把它们从死亡线上解救出来。

我非常吃力地把死羊拖了出来，拖到灌木林的深处，免得我们闻到不愉快的气味。我把从屋顶扯下来的所有茅草，还有我掏窟窿时扯下来的茅草，在茅屋的一个角落铺成一张简陋的床铺。我对罗赛塔说道：

“我睡在这堆草上，我想睡一会儿。你为什么不过来呢？”

“我要躺在外面阳光下。”

我什么也没说，赶忙躺下。我躺在阴影中，可透过屋顶的窟窿瞧得见蓝色的天空。阳光投射在遍是羊屎的茅屋的泥地上，乌黑的羊屎就像珠子一样明亮闪烁；屋子里弥漫着一股牲口厩的气味。我感到浑身骨头像散了架似的；我发现，我虽然疲倦不堪，但罗赛塔的遭遇却使我无法入睡。在我的记忆中无法抹去的那件事，就像某种荒谬而无法理解的事情，我眼前不时地浮现她的美丽、雪白的小腿，紧紧并拢的大腿，过分紧张的肌肉，她站在马路当中，一动也不动，鲜血顺着大腿流到膝盖，殷红的鲜血在阳光下闪闪发亮。我越是注视这形象，我越是不能理解。我终于睡着了。

我只睡了一会儿，也许不超过半小时，我突然惊醒了。马上大声叫唤罗赛塔，几乎是气急败坏。没有人回答我，四周静悄悄的，根本就听不见羊的叫声，谁知道它们跑到什么地方去了。我焦急不安地叫唤着，我从窟窿里钻出去。罗赛塔不见了。我绕着茅屋转了一圈，只有我们的两个装满瓶瓶罐罐的纸盒靠着矮墙，但不见罗赛塔。

我害怕极了，我想她也许是由于绝望和羞耻跑远了，要不就是在灰心至极的时候跑到马路上一头撞倒汽车下面了结生命了。我气都透不出来，心脏剧烈地跳动，我站在茅屋门前朝各个方向叫喊着罗赛塔。但没有人回答，这也因为我叫喊的声音不大，由于惊慌失措，我都喊不出声了。于是我离开茅屋，朝着灌木丛跑去。

我顺着尘土飞扬的羊肠小路走去，在高高的灌木林之间只有一道不敢肯定的足迹。我突然走到一座伸向马路的山岩跟前，这里有一棵树，山岩像一把椅子，可以由此向下俯望，望得到在峡谷中蜿蜒的一段山路，再往前走，是鹅卵石子铺成的河床，形成两三条支流的溪水，清澈透明，在石子和绿草之间闪闪流淌。我坐在山岩上，俯身望去，瞧见了下面远处的罗赛塔。这时，我明白了为什么她听不见我的呼唤，她已经离开小路很远，在溪流的石子河床里行走，小心翼翼，不慌不忙，从一块石头跳向另一块石头，免得让脚给打湿。从她走路的样子来看，我知道她没有绝望或因为受到刺激而有轻生的念头，我看到她在溪流较窄和较深的地段停下脚步，跪了下来，把脸伸向水面喝水。喝完了水，她站了起来，环顾了一下四周，把衣服往上撩到腹股沟处，露出双腿，尽管我在远处，似乎可以望见她那一直流淌到膝盖的干巴了的发暗的斑斑血迹。她叉开双腿，蹲了下去，我看见她用手掌捧着溪水浇向小腹部，我明白，她是在洗涤自己。她低着脑袋，不慌不忙地洗着，我似乎觉得，她满不在乎地把她的羞耻展现于光天化日之下。我的种种担惊受怕的假设不成立了，罗赛塔离开茅屋，原来是为了独自到溪水边洗刷自己。应当承认，我当时怀有一种绝望的痛苦感觉。当然，我不希望她自己走上绝路，相反，我担心的恰恰是这一点。可是，当我看到她做出跟自杀截然相反的事情来时，我仍然体验到一种绝望的心情，我几乎对未来感到恐惧了。我几乎感到，她已经对在教堂里开始的新的命运屈服了，在那些强盗的暴力下，她失去了贞操，她的那种固执的沉默不语也许正是屈从暴力行动的反映。我又想道，不幸的是，这种印象我已认为是确凿无疑的了，在那短暂的折磨人的时刻，我的可怜的罗赛塔突然成了女人，她的灵魂和肉体都成了一个失去任何幻想和任何希望，冷漠、世故、痛苦的女人。

我从岩石上长时间地望着她，她马马虎虎地，以几乎像畜生那样的不知羞耻的神情擦干了身子，穿过小溪，重新上了大路。我起身离开岩石，回到茅屋，我不愿意让她发现我在监视她。几分钟之后，她又回来了，神色不是很安宁，木然没有表情。我假装饿了，对她说道：

“我饿了，我想我们一起吃点东西吗？”

她用平静而冷淡的语气说道：

“随便你。”

我们坐在茅屋前的石头上，我打开了两个罐头，我再次暗暗痛苦地发现，她吃东西的胃口很好，甚至可以说是狼吞虎咽。事到如今，我当然不是希望她不吃饭，相反，看到她狼吞虎咽的样子，我重又感到惊讶，因为她在遭遇了那种事情之后，至少是应该倒胃口的。我不知道说什么好，只是呆呆地望着她用手指从打开的罐头中把碎肉一口接一口地送进嘴里，然后急切地咀嚼，一双眼睁得大大的，我终于说道：

“我的宝贝女儿，你再不要去想在教堂里发生的那件事，你再也不要去想它，你会看到……”

她打断我的话，冷冷地说：

“如果你要我不去想那件事情的话，你就不要再对我提起它。”

我感到很不是滋味，她的声调是陌生的，几乎是怒气冲冲的，同时又是干巴巴，没有感情的。

总而言之，我们在那儿过了四天四夜，每天都是重复做同样的事情，晚上我们从屋顶的窟窿钻进去睡觉，太阳出来就起身，吃英国少校送的罐头，喝小溪的水，彼此几乎完全不交谈，除非必要的时候。白天，我们毫无目的地到灌木林中去转转，有几个下午，我们躺在树下睡觉。吃了一整天草的羊群回到它们的茅屋，我们帮助它们钻进去，然后，它们就跟我们睡在一起，它们一个挨一个地蜷缩在角落里，跟小羊羔挤在一起，小羊羔重又开始忽而吸这只羊，忽而吸那只羊的奶，完全把死去的母亲忘记了。

罗赛塔始终怀着冷淡而疏远的感情，按照她对我提出的要求，我再也没有提起过在教堂里发生的那件事；从那以后，我在她面前闭口不提那件事。我把那痛苦像针刺一样埋藏在我的心里，这痛苦再也不会消失，因为再也得不到宣泄。在那四天中，不知道什么缘故，我深信，从那时起，罗塞塔的确改变了品性，由于她所受到的侮辱，她整个地变成了另外一个人，尽管连她自己也意识不到，而且也违背她个人的意愿。我想说的是，起先我为她的如此全面，如此彻底的蜕变感到惊讶，就像白的一下变成黑的一样，回过头再想想，我觉得由于她的性格的缘故，她只能这样行事。我已经说过，她就本性来说，达到了奇特的尽善尽美，如果她曾经是某种完美的人，她就会完全、彻底地和毫不犹豫地继续成为这样的人，直到那件事之前，我几乎深信自己有着一个圣女。而现在，由于缺乏人生阅历和无知造成的这种圣女般的尽善尽美，遭到了教堂中发生的事情的致命的一击。于是，她完全变成了另外一个人，失去了那些经历过人世沧桑、品性并不完美的正常人所具有的节制和谨慎。直到那时，我把她整个地看成虔诚的教徒，善良、纯洁和温柔。我会看到以后她如何走向自己的反面，她仍然缺乏经验，但又会毫无顾忌和大胆地行事。有好多次，在结束我对这一令人痛苦的事件的反思时，我对自己说，纯洁并非是与生俱有的东西，或者说并非是大自然的赐予，它是通过生活实践而获得的。谁从娘胎带来纯洁，或早或晚就会失去它，更糟糕的是，人们越是坚信拥有纯洁的时候，就恰恰是失去它的时候。总而言之，最好是人呱呱坠地时就不是完美无缺的，他们要比天生完美的人幸运，因为那些天生完美的人，由于阅历的缺乏和生活的邪恶，会被迫抛弃自己最初的、短暂的完美。

第十章

眼看着英国少校送的罐头越来越少，而且，罗赛塔吃起东西来就像饿狼一样，于是我拿定主意，必须尽快离开那个山包，我没有勇气到瓦莱科尔萨或其他什么地方去，我担心又会碰上摩洛哥人，我好像知道乔恰里亚地区到处都有他们。我对罗赛塔说道：

“我们还是回到丰迪去。如果盟军已经来了，从那里我们肯定会搭上回罗马的什么车子。不管怎么样，碰上轰炸比碰上摩洛哥人要强。”

罗赛塔沉默了一会儿，迸出一句使我不舒服的话：

“不，碰上摩洛哥人比碰上轰炸好，至少对我来说是这样。难道摩洛哥人还能干出比他们已经对我干出的更坏的事情吗？我可不想被炸死。”

我们又商量了一会儿，最后她也认为回到丰迪是最可取的。如今，盟军在朝北方挺进，轰炸应该停止了。就这样，一天清晨，我们离开了茅屋，来到了大路上。

可以说，我们是幸运的，因为许多军用卡车从我们身边驶过。我知道这些军车是不带老百姓的。突然，一辆空卡车沿着空旷的大道欢快地开过来。我站在马路当中，挥动胳膊，卡车很快停了下来，我看清楚了，司机是一个金发年轻人，他有一双蓝眼睛，身穿一件漂亮的红毛衣。他刹住车，打量着我，我喊道：

“我们是两个逃难的女人，你能把我们带到丰迪吗？”

他吹了一声口哨，回答说：

“你真幸运，我正要到丰迪去，你们是两个逃难的女人，但另一位在哪儿？”

“这就过来。”

我一面说，一面朝罗赛塔做了个要她过来的手势，由于害怕再发生什么险情，方才我让她待在矮树丛后面的小路上。她走了出来，走到洒满阳光的大路中间，头上顶着装有剩余罐头的大纸盒。现在我可以更清楚地打量开车的年轻人，我发现，他那浅蓝色的眼睛和过分红润的嘴唇中，有一种我说不出的放纵，粗俗，火辣辣的神气，我觉得他不是个讨人喜欢的人。这种不祥的印象占据了我，我注意到，罗赛塔走到卡车跟前，他不是看她的脸，而是贪婪地直视她的胸脯；由于她朝上伸出一只胳膊扶住头顶上的纸盒，胸脯高耸在薄薄的紧身上衣下。他发出粗野的笑声，朝罗赛塔喊道：

“你的母亲对我说，你是个逃难的女人，可她没有对我说你是个漂亮姑娘。”

他跳下车来，扶她上车，坐在他身旁，把我安置在他的另一边。我发觉我对他那句不礼貌的话没有作出反击，如果是几天前，我肯定会尖刻地回敬他几句，甚至不搭他的车子，我突然想到，我也变了，至少对于罗赛塔来说是这样。年轻人发动马达，卡车开动了。

冷场只持续了一会儿工夫，就像通常遇到的这种情况一样，他打开了话匣子。关于我们的情况，我说得很少。但他好像非常健谈似的，向我们介绍他的一切。他说他曾经是那边的人，大赦的时候，他正在当兵，他及时开了小差。他在丛林中躲藏了一阵子，就被德国人逮起来了。他说他成功地让一个德国上尉对他产生好感，上尉没有把他送去修筑工事，却让他当炊事员，为德国人做饭，他一生中从来没有吃得那么好和那么多。在大饥荒的年头，他掌握的丰富食品使他能够从女人们身上满足他的愿望。他说：

“许多漂亮姑娘来向我讨些吃的东西，我给了她们，但要知道，这是有条件的。你们不会相信，可我确实从来没有碰到一个姑娘拒绝我的要求。嗨，饿肚子是一个大问题，它能让最傲气的姑娘变得驯服听从。”

为了岔开话题，我问他现在做什么事情，他回答说，他现在跟他的几个朋友合伙用这辆车子把难民运回自己的家园，收入很可观。说到这里，他朝罗赛塔斜了一眼：

“你们两位，我分文不取。”

他的大嗓门沙哑，粗壮的脖子上耷拉着不少金色的小卷发，使他的脑袋像公羊一样。他的确具有公羊的某些特征，特别他每次注视罗赛塔，盯着她的乳房的时候。他说他名叫克洛林多，他问罗赛塔叫什么名字，她告诉了他，他夸夸其谈起来：

“遗憾，真是遗憾，饥荒就要结束了。但你瞧着吧，我们会走到一起的。你喜欢丝袜吗？你喜欢做衣服的毛料吗？或者一双漂亮的羊皮靴子？”

我吃惊的是，罗赛塔过了一会儿说道：

“谁不喜欢呢？”

他笑了起来，重复道：

“我们会走到一起的，我们会走到一起的。”

我气得发抖，不得不嚷了起来：

“瞧你都说些什么……你以为是跟谁在说话？”

他斜了我一眼：

“嗨，你真差劲，我以为是跟谁在说话？是跟两个需要帮助的可怜的逃难女人说话。”

总之，他是一个快乐的人，虽然归根到底显得粗俗，放肆和不正经。闲谈之后，车子登上山口大路，由此朝下向大海方向开去。他开始发疯似的加速，车子开到拐弯处，他熄了马达，声嘶力竭地唱起一首难听的歌曲。的确，他有情绪唱歌，因为那天天气非常美好，何况他又是过了几个月的奴隶生活后重新获得了自由。我不否认，他以某种方式，以他那放纵的举止，让我们感到他确实获得了自由，只不过这是一个不愿尊重任何人的无赖的自由。而我和罗赛塔的自由，仅仅是回到罗马，重新开始往日的生活的自由。

卡车在一处拐弯的地方猛然一震，我被抛到在他的身上，我于是发现他只用一只手开车，而用另一只手伸到座位上去，捏紧罗赛塔的手。我吃惊的是，罗赛塔竟让他捏紧自己的手，我同样吃惊的是，我发现了这种事，却没有抗议；毫无疑问，如若是几天以前发生这种事，我肯定会采取行动的。这是她的自由，我想。我意识到，我已经无能为力了，正像圣母没有显示奇迹去阻止摩洛哥人在祭坛前干下那伤天害理的事情一样。而现在的我，比圣母软弱多了，我无力阻止他去捏紧罗赛塔的手。

卡车盘山而下，不一会儿工夫，来到了我非常熟悉的那条大路，路的一边是山峦，另一边是橘林。我回忆起我最近一次见到这条大路的时候，到处是士兵、难民、军车和卡车。突然间，我被取代了以往那种喧闹景象的寂静和荒凉景象震惊了。如果不是阳光灿烂，路旁树木翠绿，篱笆墙盛开鲜花的话，我可能会认为现在仍然是冬天，在德国人占领的黑暗时刻，恐惧使得人们像兔子一样龟缩在洞穴里不敢出来。几乎没有什么人在路上行走，只有个把赶着骡子的农民。远近都听不到任何声音。卡车在大路上飞速前进，开进了丰迪。这里也是一片荒凉和寂静，更糟糕的是，所有的房屋都倒塌了，一堆堆的破砖碎瓦，污水灌满了水井。那些在到处是废墟，裂口和污水的马路上过往的行人，似乎都是饥饿不堪的穷苦人，跟一个目前德国人统治下的情况没有两样。我对克洛林多谈了我的印象，他快活地回答说：

“嗨，他们说，英国人会带来丰衣足食的日子，是的，他们带来了，但只有他们进军途中停下来的两三天时间。在那两三天里，他们散发糖果、香烟、面粉、衣服。然后，他们走了，丰衣足食的日子结束了，人们的日子又像过去一样，甚至比过去更糟，因为英国人不再到来，人们已没有什么可盼望的了。”

我知道他说得有道理，实际情形的确是这样。盟军部队在夺取德国人占据的地方后，休整一两天，赋予这些被杀戮过的地方以活力，然后，他们开拔了，一切恢复如初。我对克洛林多说：

“那我们俩该怎么办呢？我们不能陷在失望里。我们一无所有。我们要回罗马去。”

他一面驾车在废墟中行进，一面回答说：

“罗马还没解放。现在你们最好待在这里。”

“我们在这里干什么呢？”

他用保留的语气回答说：

“你们俩由我来照顾。”

我感到他那语气挺奇怪的，但我没有再说什么，克洛林多这时把车子开出了丰迪，然后开进了橘林间的一条小道。

“在这些橘林间，住着我认识的一家人，”他很轻松地说，“你们待在这里，直到罗马解放。一旦可能，我再用卡车送你们回罗马。”

我又没有作声。车子转了半圈，然后停住，他跳下车来解释说，我们应该步行到他朋友家里去。于是我们走上了橘林间的一条小路。我并不觉得这地方陌生。橘林是通常的橘林，小路是通常的小路；不过，从某些迹象来看，我似乎感到，在那条不同寻常的小路，那不同寻常的橘林里，我曾经待过。走了十来分钟之后，我们突然来到了一块空地，这时我明白了，眼前是孔切塔的玫瑰色的房子，在去丰迪之前，我们曾在这女人的家里住过。我以坚定的口气说道：

“我不想待这里。”

“为什么？”

“因为我们在这里待过，几个月以前我们逃了出来，因为那是个贼窝，这个孔切塔要罗赛塔去给法西斯分子当婊子。”

他大笑起来，说道：

“事情过去了，事情过去了……如今法西斯分子没有了。孔切塔的儿子们是跟我一起做生意的伙伴，他们不是贼，你放心，他们将会很得体地接待你的。……事情过去了。”

我本来想坚持说绝对不愿意在孔切塔家落脚，但我还没有来得及说，孔切塔已经从家里出来，走过空地跑来迎接我们，她神采飞扬，非常兴奋地说：

“欢迎，欢迎。活着的人总会再重逢的。你们俩走了，不跟我们打一声招呼就走了，也不付你们欠的债。不过，你们做得对，逃到山里去，要知道，过了不久，我的儿子们迫于那些不要脸的德国人的扫荡，也不得不逃进丛林。你们做得对，你们比我们待在这里的人更有主见。欢迎，欢迎。看到你们的身体不错我很高兴。嗨，有了健康就有一切。你们来吧，来吧，维钦佐和我的儿子们见到你会很高兴的。再说你们是跟克洛林多一起来的，就像跟我的儿子来一样。克洛林多现在已经是我家庭中的一员。你们请进来吧，欢迎。”

总而言之，孔切塔还是那个老样子，而我的心却紧缩了。我想，我们又落到了过去的地步，而且还不如过去。我们俩为了摆脱那跟我在家乡遇到的差不多的危险，而逃离了这里。我没有作声，任那个可恨的女人亲吻和拥抱，她对罗赛塔也是这样，而罗赛塔几乎变成了一个没有感情的、无动于衷的玩偶了。这时，维钦佐也从家里走出来，他比我最后一次见到他的时候更难看，瘦得让人可怕，鹰钩鼻更尖，眉毛更加往前面翘起，眼睛更是亮闪闪的。维钦佐抓住我的手嘟囔囔地诉说些听不明白的事情时，孔切塔泼辣地接过话茬：

“维钦佐说你们曾住在山里菲斯塔家，他说他在桑泰乌米亚见到过你们。对于菲斯塔家那也是个倒霉的冬天，起先是我们没有顶住藏在墙壁中那些上帝的东西的诱惑，随后就是他们的儿子的不幸。可怜的人们，我们偷来的东西，全部如数归还了，当然除了那些已经卖掉的，因为我们是正派的人，别人的东西对于我们来说是神圣的。可是，谁来还给他们的儿子米凯莱呢，可怜的人们，可怜的人们。”

说实在的，听到如此轻描淡写，如此令人痛心的一类话，我感到心脏在下沉，人浑身冰冻了，我知道我脸色苍白得像个死人。我有气无力地答道：

“为什么，米凯莱出了什么事吗？”

她激动得就像告诉我们一个了不起的好消息一样：

“怎么，你们不知道吗？德国人把他杀了。”

我们站在打谷场的中央，突然间我感到要昏死过去似的，我第一次发现，我爱米凯莱就像爱自己的儿子一样。我跌坐在门前的一张凳子上，双手捂着脸孔。孔切塔继续激动地说：

“是这样，德国人逃走前杀害了他。好像他们带走他是让他指路。他们翻过一个又一个山头，来到一个荒僻的，只有一家农民住的地方。米凯莱不知道哪条路好走，德国人便向农民打听敌人朝什么方向走了。但那些可怜的农民像我们一样，以为敌人就是德国人，于是回答说敌人逃到弗洛西诺内去了。德国人听到称他们为敌人，勃然大怒。要知道，任何人都不喜欢别人称自己为敌人，他们把手枪对准了农民。这时，米凯莱挺身而出，挡住德国人，说：‘别开枪，他们是无辜的。’这样，他跟其他人一起被杀害了。唉，整个家庭被毁了，要知道，这是战争，一家都被杀了，一出真正的悲剧，男人、女人、孩子们，米凯莱倒在他们上面，胸前中了好几枪，可怜的人，德国人朝农民开枪的时候，他在中间挡住。我们知道这一切，因为有一个女孩子当时躲在草垛里，这样她才免于一死，然后她下山来讲了事情的原原本本。怎么，你们竟然不知道！整个丰迪都传遍了。唉，要知道，战争毕竟是战争。”

米凯莱就这样死了，我用双手捂住脸孔，一动也不动，后来，我觉得自己在哭，因为我的手指都湿了，我大口地深深地喘气，开始抽泣起来。我似乎在为大家哭泣，为了我像儿子一样钟爱的米凯莱哭泣。然后，为了罗赛塔哭泣，也许她倒不如像米凯莱那样死了好。对于我来说，在苦苦盼望了一年之后，如今再也没有什么可盼望的了。这时，我听到孔切塔说道：

“哭吧，哭吧，这样你会好受些，我也是这样，我的儿子们逃往山里去的时候，我哭过不知道多少次，后来，我就感到好受些。哭吧，哭泣意味着你有一颗善良的心，哭泣会让人好受些，因为可怜的米凯莱的确是一位圣人，而且是很有教养，如果不是被害，将来肯定会成为部长的。要知道，战争是罪魁祸首，在这场战争中，每个人都失去了一些东西。但菲斯塔比任何人的损失都大得多，因为那些在战争中失去财富的人，可以再创造财富，但儿子是不能再生出一个来的，唉，是不能再生的。你哭吧，哭吧，这样你会好受些。”

总而言之，我哭了好一阵子。这时，我听到周围的人在谈论着他们的事情，我抬起头来，看见孔切塔，维钦佐和克洛林多在打谷场的角落里讨论我弄不清楚的一批面粉账目。罗赛塔离他们不远，站在那里等着我停止哭泣。我望了望她，又一次感到心里发怵，我发现她的脸孔冷冷的，无动于衷，眼睛里没有一滴泪水，就像什么也没有听见，就像米凯莱的名字跟她毫无关系似的。我想，她现在已经失去了任何感觉，就像有的人烧伤以后，伤口结了老茧，然后把手放到烧得通红的炭火上，却什么也感觉不出来了。看到她那种冷漠的样子，我又为米凯莱的死而悲伤，因为我想，米凯莱是爱她的，他也许是唯一能够使她恢复常态的人，现在他已经死去，这样就什么法子也没有了。说实话，当时比米凯莱的死更使我痛苦的是，罗赛塔听到他死去的消息时的冷淡态度。孔切塔说得有道理，这是战争，我们这些人也成了这场战争的一部分。我们表现出来的一举一动，好像战争，而不是和平，不是人的正常的生存状况。

最后，我站了起来。克洛林多说道：

“走，去看看你们怎么个安置。”

我们跟随孔切塔朝着干草屋走去。这一次没有干草，相反却是三张带垫子和被子的床。

孔切塔说道：

“这是丰迪旅馆那个可怜的老板的床。这个可怜虫，他们把他的所有东西抢光了，旅馆空空如也，什么也没有了，他们甚至拿走了夜壶。这个冬天，我们用这些床挣了点钱。过往的难民像吉卜赛人似的一无所有，我们向他们提供住宿，因此挣了点钱。这些东西的可怜的主人逃走了，有人说他们在罗马，有人说他们在那不勒斯。他们一旦回来，我就把床铺还给他们，要知道，我们是正派人，不过是趁此机会挣点钱，是的，挣点钱，唉，要知道，战争毕竟是战争。”

这时，克洛林多说道：

“但对这两位女士，你可绝对不能收钱。”

孔切塔热情地说道：

“知道，谁让他们付钱啦？我们是一家人。”

“你还要给他们吃的，然后我们之间算账。”克洛林多补充说。

“给吃的，当然，只是简单一点。乡下土货，她们也将就些，是的，乡下土货。”

过了一会儿，他们走了，我关上房门，屋子里几乎暗了下来，我挨着罗赛塔在一张床上坐了下来。

我们都默不作声，过了一会儿，我粗声地问她：

“你怎么回事，你能告诉我你到底怎么啦？米凯莱死了，你不难过吗？要知道，他是爱你的。”

我看不清她的面孔，因为屋里已是半明半暗，我听到她回答说：

“是的，我难过。”

“如果真是这样？”

“那我该怎么说呢？”

“你是怎么啦，你说，你说话呀，你对这可怜的人一滴眼泪也没有，他是为了保护像我们这样的可怜人而死的，他死得像个圣人。”

她没有作声，这时我不知是怎么回事，发狂似的摇晃她的胳膊，重复说道：

“你怎么回事，告诉我你怎么啦？”

她慢慢地挣脱了身子，用坚定而不慌不忙的口气说道：

“妈妈，我毁了，你不要管我。”

我不再说什么，一动不动地坐着，两眼睁得大大的，望着我的前方。她站了起来，走向旁边的床铺，背朝我躺了下来，我也躺了下来，很快就昏昏入睡了。

我一觉醒来，已经是深夜，我旁边床铺上的罗赛塔不见了。我一动不动，直挺挺地躺了一会儿，没有马上起来去做那应该做的事情，既不是因为疲劳，也不是因为没有那个愿望。这时，透过茅屋的墙壁，我听到孔切塔在打谷场上跟人讲话的声音，我一跃而起，走出房门。孔切塔在朝屋门的打谷场上摆好了桌子，她的丈夫也在那里，但没有罗赛塔和克洛林多。我走近问道：

“罗赛塔在什么地方？你们看见她了吗？”

孔切塔回答说：

“我以为你是知道的，她跟克洛林多一起走了。”

“这是怎么回事？”

“是这样，克洛林多用卡车把一些难民送到莱诺拉去，于是他也捎上了罗赛塔，免得回来的时候孤单。我想他们明天下午就回来了。”

我心里难过得说不出话来。罗赛塔从来不曾这样过，不告诉我一声就走了，再说，她是跟克洛林多这样的人走的。我几乎不相信自己的耳朵，继续追问道：

“她没留下什么话？”

“什么也没说，她只是说她想告诉你一声，她不愿吵醒你，因为她是一个好女儿。要知道，这就是年轻人，青春，她喜欢克洛林多，她愿意跟他在一起。我们这些上了年纪当母亲的人，往往难为自己的孩子。我的儿子们也离开家庭跟女孩子单独待在一起。克洛林多是个漂亮的小伙子，他和罗赛塔正是美好的一对。”

这时，我说漏了嘴：

“如果没有发生那件事的话，她是连正眼都不会瞧克洛林多一眼的。”

话一出口，我就后悔不及，但是已经晚了，那个巫婆追着我问道：

“发生了什么事，真的，我好像感到有点奇怪，罗赛塔不加任何考虑跟着他走了，可我并不感到奇怪，要知道，年轻人，告诉我，发生过什么事情？”

我不知道什么缘故，也许因为罗赛塔的这种行动有点激怒了我，也许多少为了向人发泄心中的不快，尽管是向孔切塔，我一五一十地诉说了教堂、摩洛哥人，以及对罗赛塔和对我所干的事情。孔切塔一面盛着汤，一面不断说：

“可怜的姑娘，可怜的孩子，可怜的罗赛塔，我真难过，我真难过。”

她坐了下来，听我诉说完后，说道：

“但要知道，这是战争。再说这些摩洛哥人，他们也是年轻人，看到你的女儿那么漂亮年轻，他们克制不住了，欲望占了上风，要知道是……”

没等她说完，突然间，我愤怒地跳了起来，手里拿着刀，大声喊叫起来：

“你不知道，这一切对罗赛塔意味着什么。你是一个婊子，婊子养的，你想让所有的女人像你一样是婊子。如果你再这么说罗赛塔，我就宰了你，我说到做到，就像上帝是真的一样。”

她看见我生这么大的气，跟着也跳了起来，然后合起双手，说道：

“耶稣，你干吗发这么大火？我说了些什么？说了战争毕竟是战争，年轻人毕竟是年轻人，摩洛哥人也是年轻人。你不必发火，现在克洛林多会为罗赛塔考虑的，只要他为罗赛塔考虑，你瞧着吧，罗赛塔什么也不会缺了。你再瞧着吧，他做黑市生意，他有吃的有穿的，你放心，罗赛塔跟了他什么也不用操心了。”

我终于明白跟那女人再谈下去是白费口舌，我放下小刀，喝了一点汤，不再说什么。那天晚上，吃的东西就像有毒的一样难以下咽，我一直在想着罗赛塔，想着过去的她和现在的她。她跟着克洛林多走了，像卖身给第一个握住她手的男人的婊子一样，她不告诉我一声就走了，也许，她再也不愿意跟我在一起了。晚饭在静默中结束了，我回到屋里，倒在床上，但没有合眼，两眼圆睁着，耳朵竖着，整个身体由于无名怒火而僵直着。

第二天，罗赛塔没有回来，一整天我都焦躁不安，在橘林里乱转，不时地朝着大路探望，看看罗赛塔是不是回来了。我跟维钦佐和他老婆一起吃饭的时候，孔切塔总是以同样的兴奋、可笑的方式安慰我，向我反复唠叨罗赛塔跟克洛林多一起会过得多好，从今以后她什么也不会缺的。我什么也没说，因为我知道说也没有用，发火的情绪也过去了。

晚饭以后，我待在茅屋里终于迷迷糊糊地睡着了。将近半夜时分，我听到门慢慢地打开，我睁开双眼，月光下，我看见罗赛塔踮起脚尖走了进来。她摸黑进来，站在我们两张床当中的小柜子前待了一会儿，点燃了蜡烛。我合上双眼，假装睡着。现在她站在我的面前，烛光下，我可以看见她正像孔切塔所预言的那样，她全身衣服焕然一新，着了薄而轻的红裙和白衬衫，黑而亮的高跟皮鞋。我发现她还穿了丝袜。她先把上衣脱了下来，久久地打量着它，然后放在床尽头的凳子上。然后脱下裙子，把它跟上衣放在一起。她身上还剩下黑色带孔的衬裙，透过小孔，可以看到身体各个部分的雪白的肌肤。然后，她坐了下来脱鞋，拿起鞋在烛光下瞧了一会儿，放到床底下。脱完鞋后，她又脱下衬裙、当她站着脱衬裙的时候，怎么也脱不下来，因为内衣贴在了臀部和大腿上，我发现她穿着紧紧裹着臀部的黑色袜带，扣带吊在大腿上，用来系着长筒丝袜。罗赛塔从来不穿吊袜带的，不管是黑颜色的还是其他的颜色，她通常穿高于膝盖的有弹性的袜子，这吊袜带使她的人整个地都变了，她的身体似乎不再是她本人的，而是别人的了。从前，她的身体是健康、年轻、结实和纯洁的，正是纯情少女的身体。如今相反，由于戴上那个裹得紧紧的黑色吊袜带，她显示了一种我弄不清楚的挑逗，大腿显得特别的白，汗毛金灿灿的，臀部丰满、小腹突出。总而言之，这不像是我从前的女儿罗赛塔的身体，而是罗赛塔跟克洛林多作爱后的身体。我抬起眼睛看她的脸孔，这时我发现，她脸上的神气也变了。烛光下的罗赛塔的脸孔突然显出一副贪婪、专心、谨慎的表情，使我想到一个从事不光彩职业的女人的脸孔，这种女人在人行道和出租的屋子里度过许多小时后，深夜回到家里，算计着当天挣了多少钱。这一次，我控制不住自己了，厉声叫道：

"罗赛塔。"

她马上抬起眼睛望着我，然后不情愿地慢慢地说道：

"妈妈。"

"你上哪儿去了？我担心了整整三天，为什么你不事先告诉我一声？你上哪儿去了？"

"我跟克洛林多作伴去了，这不回来了。"

我坐了起来说道：

"罗赛塔你干了什么事情了？你已经不再是你自己了，罗赛塔。"

她慢条斯理地说道：

"恰恰相反，我还是我，为什么我不应该是我本人呢？"

我伤心地说道：

"我的女儿，那个克洛林多，谁了解他呢？你跟克洛林多发生了什么关系？"

这一次，她没有回答，坐了下来，垂下眼睛，但对她来说，她的整个光着的身体，除了吊袜带和乳罩以外，已作了回答，她的身体已经跟过去的身体不大一样。我已经失去了耐心，从床上霍地跳下来，攥住她肩膀，一边摇晃，一边说道：

"你是想以沉默来让我绝望，我知道你为什么不回答我，你以为我不知道呀？你不想回答是因为你干像个婊子的事情，现在你是克洛林多的婊子，你什么也不愿说是因为你欺瞒你的母亲，你想继续当婊子。”

她仍然不说话，我便继续摇晃她，我失去理智地吼叫起来：

“这个你至少得脱下来。”

我抓住她的吊袜带，这次她不动弹也不反抗，她耷拉着脑袋坐着不动，几乎缩成一团地对付我。我攥住吊袜带，但揪不下来，因为她有力气，这时我把她推倒在床上，她脸孔朝下跌倒在被子上，我在她屁股上揍了两大巴掌。然后，我跌坐在我的床上，喘着粗气，嚷道：

“难道你没有发觉你变成了什么人，你怎么会一点儿不明白。”

这一回，谁知道为什么，我等待着她的反抗。相反，她从床上起来，好像现在只为她的袜子操心，我竭力揪下她的吊袜带，但我只扯开了一部分吊扣。实际上，一只袜子已经抽丝，从大腿滑落到膝盖下。她把一个手指放在嘴里蘸湿，然后把那儿弄湿以免继续抽丝。然后，她用通情达理的语气说：

“妈妈，你为什么不睡觉，你可知道，已经很晚了？”

我明白，已经无可救药，我激动地扑倒在床上，背朝着她。我通过正对着我的墙壁上烛光投射的她的影子，听到她还在窸窸窣窣活动，但我没有转过身子。终于，她吹灭了蜡烛。夜深人静了，我听到她的床嘎吱作响，因为她已经躺下，正在摆弄一个最舒服的睡觉姿势。

我还想跟她谈许多事情，天色已蒙蒙亮，我可以瞧见罗赛塔，可我实在无法摆脱看到她变化很大的眼神时的愤怒。我本来想对她说，我理解她，我理解她遭到摩洛哥人糟蹋后她已经不再是过去的她，如今她想跟一个使她感到自己是女人的男人搞在一起，以便忘掉他们对她所干的那种事情。我还理解，她在圣母的眼皮下遭到糟蹋，圣母也无法阻止这种事的发生，从此对于她来说，任何事情，包括宗教在内，都是无所谓的了。我本来想对她谈谈这些话的，也许还想把她搂在怀里，吻她，抚摸她，跟她一起伤心地大哭一场。可同时，我又感到，我再也无法跟她讲什么了，再也无法跟她真诚相待，因为她已经变了。在她变化的同时，我也发生了变化，这样，我们之间的一切也都发生了变化。我曾多次想爬起来，躺到她的床上，搂着她，但我放弃了这个想法，昏昏地睡着了。

第二天和以后的日子，一切都是老样子。罗赛塔几乎不跟我说话，但并不像个受委屈的人，而是无话可说。克洛林多老是跟她厮混在一起，毫无羞耻地在我的眼皮下抚摸她，搂着她的腰，摸她的脸或其他地方。罗赛塔甚至高兴任他摆弄。孔切塔总是合掌赞叹他们的确是美好的一对。而我内心对此是说不出的绝望，但我毫无办法，也没法说什么。一天，我试着让她回忆起在南斯拉夫的未婚夫，你们知道她是怎么回答我的吗：

“嗨，他也会搞个斯拉夫的女人的。再说我不能等他一辈子。”

罗赛塔很少待在小屋子里。克洛林多整天都带她坐在卡车驾驶室里，驾驶室已成为他们的家了。不妨看她是怎样地顺从他和跟在他后面跑的。只要克洛林多走到空地招呼一声，她马上就撂下一切事情跑过去。他不是用声音喊她，而是用口哨声，就像召唤狗一样；而对她来说，似乎挺喜欢他像狗那样待她。旁观者看得出来，他邀请她是为了干那种她以前没有尝过滋味，因而是新鲜的事情，如今她已经无法离开它了，就像酒鬼离不开酒，烟鬼离不开烟一样。是的，她如今已经对摩洛哥人用暴力蹂躏她的事情迷恋上了。这也许是她所有变化中最可悲的一个方面，我简直没法相信这种事。她对暴力的反抗已经被她自己扼杀了，她表现出来的竟是接受和寻求那种暴力，而不是拒绝和反抗它。

她和克洛林多坐着卡车在丰迪和丰迪周围的地方转悠，有时还开车到弗洛西诺内或泰拉契纳甚至到那不勒斯，于是他们就在外面过夜。而她每次回来，似乎更加迷恋克洛林多，她的每一个微小的变化我都看在眼里，她越来越像个妓女。自然，人们不再谈论去罗马的事，因为盟军还没有打到罗马。克洛林多还让我们知道，即便盟军占领了罗马，这也不意味着我们将离开丰迪，罗马在很长时间里是不能去的，罗马可能被宣布为军事区，去那里将需要各种各样的通行证，谁知道到什么时候这些通行证才能弄到。总而言之，那种刚解放的时候出现的明朗前景，如今，由于罗赛塔的表现，由于克洛林多的插足，对我来说，变得一片漆黑了。现在连我自己也搞不清楚她是不是真的想回罗马，恢复往日的生活；我知道，自打我们不再是我们自己，那往日的生活也就不可能再是原来的样子了。我在橘林之间的小屋子里所度过的日子是那个时期最糟糕不过的，因为我知道罗赛塔整天跟克洛林多做爱，我知道这种事，不仅仅是因为我猜了出来，也是因为我亲眼目睹了，也就是说，他们就在我的眼皮底下这么干。有的时候，譬如说，我们已经上床，这时从空地传来了往常的口哨声，罗赛塔就马上起来。我生气地问道：

“这么晚你还上哪里去？可以知道你上哪里去吗？”

她匆忙地穿好衣服，并不回答我，就跑出去了。她整天都是紧绷着脸，贪婪，沉思默想，就像第一次她从莱诺拉回来时我看见的那样。烛光下，我终于彻底明白，她已不再是以往的她了。一天深夜，我看见克洛林多就待在屋子里，至少我几乎可以肯定是这样，因为我被罗赛塔床上的响声弄醒了，这时我从床上坐了起来，竖起耳朵听着，然后在黑暗中问罗赛塔她是不是睡着了。她用不耐烦的口气回答：

“想知道我该做什么？我睡着了，而现在你把我吵醒了。”

我半信半疑地又躺了下去。我肯定他们停止了动作，不出声了，直到他们以为我重又睡着了。天蒙蒙亮时，克洛林多悄悄地走了出去。但那次我不想起来点燃蜡烛，因为我压根儿不愿意看见他们在床上抱成一团。他走了出去，像我方才说的天刚蒙蒙亮，尽管我没有睡着，但我假装熟睡着，闭上眼睛，但从他开门和关门所发出的轻轻吱嘎声中，我明白了一切。有很多次，晚饭后他俩坐上卡车走了，他们知道到什么地方去做爱，然后深夜才回来。几乎每天都是如此。这是一种永不知足的肉欲，他的眼皮下面总是有两个大黑圈，甚至人也瘦了；而罗赛塔，很明显的是，一天比一天更像一个我说不出来的那种无精打采、心满意足的女人，这是那种跟一个喜爱的男人拼命做爱，沉迷于那种事情的女人的特征。

终于，过了一个月这种生活之后，我开始以这样的想法来安慰自己：不管怎么样，克洛林多是一个漂亮的年轻人，用卡车跑黑市挣钱不少，最后他会跟罗赛塔结婚，于是一切就顺理成章。我并不很欣赏这种想法，因为我厌恶克洛林多，不过，就像人们所说的，对坏事情睁一只眼闭一只眼，再说，不是我该跟克洛林多结婚，而是罗赛塔，如果她喜欢他，我一点法子也没有。我想这样下去，他们会结婚，也许到弗洛西诺内去生活，他在那里有家，他们会有孩子，也许罗赛塔会幸福的。这样的前景使我多少获得一点安慰。可同时我又感到不安，因为克洛林多闭口不谈结婚的事，罗赛塔也是这样。于是，一天晚餐后，我在屋子里鼓起勇气问她：

"好吧，我不想知道你们在一起的时候你们干了些什么和没干什么。但至少我想知道，他有没有认真的打算，如果有的话，像我所希望的那样，你们打算什么时候结婚。"

她坐在床上面对着我，正打算脱鞋。她站了起来望着我，然后简单地说道：

"妈妈，克洛林多已经结了婚，他在弗洛西诺内有妻子和两个孩子。"

说实在的，听到这种回答，我的血液嗡地一下冲上了脑袋，再说我是乔恰里亚的女人，我们这些乔恰里亚人个个都是热血人，刀搁在脖子上都不当回事。我丝毫没有意识到自己的行为，从床上一跃而起，扑向她，揪住她的脖子往床垫撞击，又扇了她好几下耳光。她尽量用胳膊保护自己，我一面打她，一面吼叫：

"我宰了你……你愿意当婊子，我就先宰了你。"

她继续尽量用胳膊保护自己，挡住我的拳头，但是不以任何方式作出反抗和反击。终于，我上气不接下气地放开了她，这下她一动不动，还是原先的样子，在床上翻过身子，脸孔埋在枕头里，我不明白她是在哭，还是在想什么或干什么，我坐在床上，气喘吁吁地望着她，我感到一种说不出来的绝望，因为我知道，我满可以杀了她，可这主意无济于事，因为我知道我已无能为力，对她没有任何权威可言，她一直是躲着我的。最后，我怒气冲冲地说道：

"现在我想跟那个流氓克洛林多说话。我倒想看看那家伙将如何回答我。"

听了这话，她从床上起来，我看见她的眼睛和脸孔没有泪水，像平常一样，冷漠而无动于衷。她平静地说道：

"你再也见不到克洛林多，因为他回家了。他在丰迪没有什么可干的了。他回到了弗洛西诺内，今天晚上我们已经告别，我再也见不到他了，因为他的岳父威胁要带走女儿，因为妻子手里有钱，他必须服从。”

我又一次倒吸了一口气，因为这也是我没有预料到的；我尤其没有预料到的是，她非常冷淡地告诉我跟克洛林多分了手，就像这件事跟她没有关系似的。不管怎么说，他是她生活中的第一个男人。我内心里希望他们真心相爱；相反，事情完全不是这样，他们厮混在一起，就像一个男人跟一个婊子搞在一起，在做爱之后，一个付钱，一个收钱，他们就再也没有什么可说的了，他们毫不遗憾地分了手，好像他们从未见过面，也不相识一样。总而言之，罗赛塔的确变了，我不能不重复这一点，但是，我已习惯把她看成是我过去的罗赛塔，我搞不清楚，她到底变化到了什么程度。我吃惊地说道：

“那么，你给他当了婊子，现在他跟你断绝了关系，他走了，你是这么说的吗？”

“那我该怎么说呢？”

我做了一个表示气愤的动作，她马上作出恐惧的反应，好像害怕我要打她似的，这使我心中很不好受，因为作为一个母亲，不愿意让女儿害怕，而希望得到女儿的爱戴。我说道：

“你放心，我不再碰你了……只是看到你落到这种地步，我的心都哭了。”

她没有说什么，重又脱衣服。这时，我突然发火地大声说：

“现在，谁把我们送到罗马？克洛林多说过，罗马一旦被盟军解放，他送我们去罗马的。罗马被解放了，可克洛林多不见了，谁送我们去罗马呢？明天，无论如何，我要回罗马去，哪怕我们必须走回去。”

她平静地回答说：

“罗马还不能去，还要等些日子。不管怎样，孔切塔的两个儿子会有一天送我们去罗马的。他们明天晚上回来，因为他们送克洛林多回弗洛西诺内，如今，公司解散了，他们接过了克洛林多的卡车。你放心，我们会回罗马的。”

这个消息并不让我感到高兴。直到现在为止，孔切塔的儿子们没有露过面，他们好像在那不勒斯忙于跑黑市。不过，我觉得他们比克洛林多还要讨厌，我根本不愿意跟他们一起到罗马去。我说道：

“对我来说，什么都不在乎了，不是这样吗？”

她望着我，然后问道：

“妈妈，为什么你要这么狠心地折磨我呢？”

她的声音中带着以往的亲切，我几乎被她这种反应打动了：

“宝贝女儿，因为我的印象是你已经变了，任何人任何事对于你都无所谓了，对我也是这样。”

“我会变的，我不否认，可我对于你还是跟以前一样。”

就这样，她承认自己变了，但同时她向我保证，让我知道，她像过去一样地爱我。我不知道，她是让我难受，还是在安慰我。我默不出声。谈话就此结束。

第二天，像罗赛塔告诉我的那样，卡车从弗洛西诺内开回来了，但只有孔切塔的一个儿子罗萨里奥，另一个儿子在那不勒斯继续干他的事。正如我说过的，孔切塔的两个儿子都是令人讨厌的，尤其是罗萨里奥更让我生气。他个头不高，块头大，壮实，长着一张难看的脸孔，棕色的四方脸，前额很低，头发垂在前额的当中，小鼻子，颌骨突出。罗马人称这种人为粗俗的汉子，乡巴佬，不知羞耻的土包子，再说，他既不善良也不聪明。他到来的那天，在饭桌上，从不说话的他，几乎变成了嚼舌头的人了。他对罗赛塔说道：

"我给你带来克洛林多的问候，他说你去罗马以后，他会来找你。"

罗赛塔连眼皮也不抬，生硬地说道：

"请你对他说别来，我再也不愿意见到他。"

这时我才第一次明白，罗赛塔的冷漠都是虚伪的，她过去或许现在仍想念着克洛林多。说来也奇怪，事实上她仍然在为那个卑鄙的家伙痛苦，这比她对他感到无所谓更使我烦恼。罗萨里奥问道：

"那为什么？你不是跟他搞在一起的吗？你不再爱他了？"

我老大不高兴地瞧着罗萨里奥对罗赛塔说话的那种既不尊重也不诚恳的样子，就像在跟一个没有权利表示反抗和愤怒的婊子说话一样。最令我伤心的是罗赛塔的回答：

"克洛林多对我做了一件他不该做的事情。他从来没有对我说过他已经结过婚了。只是昨天我们决定分手的时候，他才告诉了我。在他自由自在的时候，他对我隐瞒了真情，只是到了不得不说的时候，他才如实告诉了我。"

这全是命里注定的，我简直无法理解罗赛塔，也无法理解她遭遇的这件事情，因此，我痛苦地感受到比任何时候都强烈地震惊。她也只是在最后的时刻才知道他有妻子和儿女。她讲这件事情时的腔调，就像一个对一切都满不在乎的人，像一个不懂得自重，也没有尊严的婊子，知道了事情的真相，都奈何不得她所爱的男人。我气得差点儿晕过去。这时，罗萨里奥奸笑地说：

"在这一切之后，他何必非要对你坦白呢？你们俩并不打算结婚，不是吗？"

罗赛塔脑袋垂到饭碗上，没有作声。但那个巫婆孔切塔插嘴说：

"过去的事情了，要知道，战争年头，一切都变了，小伙子追求姑娘并不向她表白自己已经结婚，姑娘跟小伙子做爱，并不要求他跟自己结婚。那都是老皇历了，一切都变了。一个人结了婚，还是没有结婚，他有老婆孩子，还是没有，这有什么关系呢？过去的老皇历了。重要的是人们相爱，克洛林多肯定是爱罗赛塔的。要相信这一点，只要看看他给她买的衣服就够了。第一次遇见罗赛塔，她像个吉卜赛人，如今像个太太了。"

孔切塔一贯用这样的话来包庇有罪孽的人，因为她自己就是个罪人；不过，她归根到底说的是大实话，战争的确改变了一切，从我的女儿的身上，从她是个纯洁、善良的天使，堕落成一个冷漠的、不知羞耻的婊子，我亲自感受到了这一点。这一切我都是知道的，我也知道这些全是实在的情形。我对我耳闻目睹的种种事情心里非常难受。突然，我跳了起来，反击孔切塔：

“你们就盼着战争，你和你的儿子们，那个作孽的克洛林多，那些摩洛哥刽子手，总而言之，你们这一帮人，为了满足自己的需要竟然去干那种正常时期没有勇气干的事情。该了结了。我要正告你，这一切不会长久的，总有一天，一切都将恢复本来的样子，那时，你和你的儿子们，还有克洛林多，你们会感到难受，而且会非常难受，你们将发现，道德、宗教和法律将仍然存在，正直的人们比罪犯更有价值。”

维钦佐，正是他偷走了主人的东西，听了这番话直发呆，摇着脑袋说道：

“金玉良言。”

但孔切塔耸了耸肩膀，说道：

“你何必发这么大火呢？你生活，也让别人生活；让别人生活，你也生活。”

罗萨里奥笑了起来：

“切西拉，你是战争之前的女人，相反，我们这些人，我的兄弟和我、罗赛塔、我的母亲和克洛林多，我们是战争之后的人，譬如说，你瞧瞧我，我在那不勒斯装上一车罐头和军衣，我马上抛出，又在乔恰里亚装上倒卖的东西，瞧，这就是结果。”

他一面说，一面拿出一沓钞票，在我的鼻子下面晃了晃：

“我一天当中就挣了比我父亲五年挣的钱还多。一切都变了。不再是贝尔塔防线的时代了，你要相信这一点。再说你为什么要为罗赛塔操这么多心呢？她也能分清楚战争之前和战争之后是两码子事。她也变了。她学会了生活。也许你从来不喜欢爱情。老人们教导你说，如没有神甫为你祝福，爱情就谈不上是爱情，而且就不能成为名副其实的爱情。可相反，罗赛塔却知道，不管有没有神甫，爱情总是爱情。罗赛塔，不是这样吗？你说呢？你对你妈妈说说你所明白了的事情。”

我吃惊不已。而罗赛塔却镇静自如，似乎因为罗萨里奥说的这番话而得意。罗萨里奥继续说道：

“譬如说，不久以前，我们一起在那不勒斯，罗赛塔、克洛林多，我们的兄弟，我们相处得像朋友，没有嫉妒，没有矛盾。尽管罗赛塔在我们之间，大家都喜欢罗赛塔，可克洛林多，我的兄弟和我，我们自然是好朋友，我们四个人在一起，非常开心，罗赛塔，不是这样吗？”

这时，我浑身就像片树叶一样颤抖。因为我终于明白，罗赛塔不仅仅是行为不端的克洛林多的情妇，她还是整个集团寻欢作乐的对象。也许、也许，她不仅跟克洛林多做爱，这是我知道的，还跟孔切塔的儿子们，也许还跟一些那不勒斯的罪犯胡搞，跟那些靠女人为生，把女人当作商品交换的男人胡来。她已经堕落成一个可怜的无可救药的女人，男人们可以随意在她身上发泄兽欲，因为她在被摩洛哥人糟蹋的时刻，她原来的意愿被粉碎了，同时，某种她还清楚的东西，像一团火一样，渗进了她的肉体，烧烤着她，迫使她产生了以摩洛哥人和所有她搞上的男人那样待她的方式，来再次满足自己的欲望。

晚饭已经吃完了，罗萨里奥站起身，解开腰带说：

“现在我要开着卡车去转一小圈，罗赛塔，你愿意跟我去吗？”

罗赛塔把餐巾放在桌上，点头表示愿意，并站起身来，她脸孔在烛光下流露出来的贪婪、放荡的表情，我看得一清二楚，这是她离开克洛林多后的第一次。一股我说不出的什么力量驱使我说道：

“不！你别走，待在这里。”

大家沉默了一会儿，罗萨里奥假装惊讶地望着我，好像在说：

“发生了什么事，世界倒了个个儿呀？”

然后，他转身朝着罗赛塔，用命令的口气说道：

“我们走，你快点儿。”

我仍然坚持说，但不是用命令而是用乞求的口气说道：

“罗赛塔，你别走。”

可是她已经站起来，说道：

“妈妈，我们一会儿见。”

她没有转过身来，却赶忙追上已经走远的罗萨里奥，好像知道他想干的事情，挽住他的胳膊，跟他走进橘林，消失了踪影。她就是这样地服从罗萨里奥的指挥，就像过去服从克洛林多一样，现在罗萨里奥带她到什么草地上去做爱，而我都奈何不得。孔切塔嚷道：

“要知道，母亲有权阻止别人对女儿的无理要求，这有什么好生气的？不过，女儿也有权利跟一个她喜欢的男人相好，为什么不行呢？母亲们永远也无法跟喜欢女儿的男人达成谅解的，可年轻人有自己的权利，我们做母亲的应当理解和宽恕，应当宽恕和理解。”

我低着脑袋，什么话也没有说，好比一朵干枯的花朵。电石灯光照着我的前额，许多金龟小飞虫围绕灯光嗡嗡叫着，飞着，不时被火焰烧着，掉下来死去。我不禁暗想，可怜的罗赛塔正像这些小飞虫，战火已把她点燃，她已经死了，至少对我来说是这样。

那天夜里，罗赛塔回来得非常晚，她进屋的时候连我也没有感觉到。但在我入睡之前，我久久地思考，思考在她身上发生的一切，她已经变成了另一个人。后来，说来也奇怪，我的思想竟会转移到米凯莱身上，直到我入睡之前，我一直在思念他，我竟没有勇气上菲斯塔那里去，向他们诉说，他们儿子的死使我多么的难受，对我来说，他就像我亲生的儿子死去一样。打那以后，米凯莱如此残酷，如此痛苦的死亡，就像刺一样，刺伤了我的心。我想，孔切塔说的对，这是战争，在战争中，好人死去，因为他们是最勇敢、最无私、最正直的人，有人像米凯莱那样被杀害，相反，也有人像我的罗赛塔那样堕落成了生活中的废人。最糟糕的是那些贪生怕死，没有信仰、没有宗教，没有自尊的人，他们偷窃、杀人，他们一门心思是为自己，只干利己的事情，他们都苟且活着，并且发财致富，变成比以前更加不知羞耻，更加可恶的罪犯。我还想，如果米凯莱没有死的话，他也许会给我出一些好主意。我就不至于离开丰迪回我的家乡，我们就不会碰到摩洛哥人，罗赛塔直到现在仍然会像以前那样是个善良、纯洁的天使。我暗暗对自己说，他死了实在可惜，因为他对我们俩人来说就像是父亲、丈夫、兄弟和儿子一样，他善良得像个圣人，而在必要的时候，他也知道态度强硬、毫不留情面地对待像罗萨里奥和克洛林多这样的恶棍。他身上有一种我所缺乏的力量，因为他不仅善良，而且富有教养、懂得许多事理，对生活中的事情站得高看得远，不像我这样可怜的女人视野狭窄，我只勉强识点字，写点字，在此之前，为了做生意，我一直在家庭和店铺之间忙忙碌碌，除此之外我什么也不懂。

突然，不知道怎么回事，我感到一种绝望情绪和一种我说不出来的狂怒。我突然对自己说，我不想再活在这样的世界上了，在这个世界上，善良的男人和正直的女人失去了价值，而恶棍却摇身一变成了主人，我想，对我来说，跟已经堕落成这种样子的罗赛塔生活在一起，已实在没有意思，即使是回到罗马，重新有了房子和店铺，我也不再是过去的我，活着对我来说已失去意义。这样，我突然想到愿意死去，我从床上跳了下来，双手不耐烦地舞动，我点燃了蜡烛，跑在屋子的尽头，去解开拴在一个钉子上的绳子，这绳子是孔切塔用来晾衣服的，在屋子的角落有一张草凳子；我站到凳子上，把绳子攥到手里，决定把它拴在屋顶的小梁上，然后套在脖子上，把凳子踢掉，让自己直挺挺地吊着，了却一生。可正当我把绳子攥在手里，抬起眼睛朝天花板上寻找拴绳子的支撑点的时候，我听到身后的房门慢慢打开。我转过身去，看见米凯莱站在门槛上，正是他。他完全是我最后一次看到他，也就是法西斯分子带走他时的样子，一只裤腿长，遮住了皮鞋，另一只裤腿短，只到脚踝。他像往常那样戴着眼镜，为了看清楚我，他垂下前额，从镜片上注视我，就像他活着的时候那样。当他看到我站在一张凳子上，手中攥着一根绳子的时候，对我做了一个使不得的手势，似乎在说：

“不能，不能这么做，别这样，你不应该这么做。”

这时我问道：

“为什么我不应该这么做呢？”

他张开嘴说了些我没有听明白的话，然后继续说着，我尽量听着，但什么也听不见，正像一个人竭力听玻璃窗后面的一个人的说话，看得见他的嘴巴在动，由于隔着一层玻璃，什么也听不见。我不禁喊叫起来：

“你大声说话，我听不清楚。”

这时，我突然惊醒了，出了一身冷汗。我这才明白那是在做梦：自杀的想法，米凯莱的干预，还有他那我听不清楚的话。我感到一种强烈的、苦恼的、折磨人的遗憾，因为我没有听到他对我说的话。我在床上辗转翻身，琢磨着他可能对我说的是什么，我想，他肯定要对我说的是我不该自杀，应当活下去，因为不管怎么样，活着要比死好。是的，他肯定用简单明了的语言向我解释了我们活人理解不到的生命的意义，而这对于死人来说是最清楚不过的。我的不幸使我没有听懂他说的话，但我做的那个梦的确是个奇迹。要知道，奇迹就是奇迹，因为一切都是可能发生的，即便是最罕见的，最难以令人置信的事情。奇迹是发生了，但只是一半。米凯莱出现在我面前，但他不让我听见他说话的声音，这是真的，而我，肯定是由于我的过错，因为我不该那样去寻死，我听不见话是我不应该那么做的缘故。这样，我必须继续活下去，像过去一样，像往常一样继续活下去，我原来不知道，生比死更加可耻。

第十一章

返回罗马的大喜日子来到了，然而，这一天跟我在桑泰乌米亚度过的九个月中朝思暮想的解放日子是多么不一样。那时，我梦想过回乡的无比快乐，坐在军用卡车里，跟那些金发的英国年轻人或美国年轻人在一起，他们是非常快乐的。我期待着看到圣彼得大教堂的圆形拱顶出现在地平线上，这是进入罗马能看到的第一样东西。心里充满希望，脑子里满是为罗赛塔和她的婚礼、店铺、房屋而考虑的计划。可以说，在那九个月里，我考虑了这次回乡的每一个细节，每一个细节的细节。我还想象回到家里的情况，乔万尼平静、微笑地欢迎我们，已熄灭的烟卷叼在嘴角。邻居们围着我们，我们拥抱了大家，一面笑着说：

“好了，我们回来了，以后再跟你们谈我们的经历。”

我曾经想象过这一切，以及其他许多许多事情。我记得，想到这些事情，我常常会过早地高兴得笑起来。无论如何，我压根儿就没有想到这些事情会以这种方式发生。总而言之，一切全出乎我的预料。正如孔切塔所说，战争毕竟是战争，也就是说，战争即便结束了，它继续存在着，就像一头奄奄一息的野兽，仍想使坏，总还想用蹄子踢一脚，挣扎一番。现在，战争在就要结束的时候，就用蹄子踢了一脚；摩洛哥人毁了罗赛塔，纳粹分子杀害了米凯莱。我们俩该乘那个恶棍罗萨里奥的卡车回罗马了。不过，我已不再像过去预想着许多愉快的事情，如今，我满怀的是悲伤、失望和绝望的情绪。

那是六月的一个清晨，炽热的天空弥漫着夏日的光和热，土地干裂，尘土飞扬。罗赛塔和我在屋子里穿衣服，因为罗萨里奥的卡车在大路上等着我们。罗赛塔在屋外度过了大半夜，她干什么事去我心里有数，看见她悄悄进屋的时候，我继续体验到前面提到过的那种无可奈何的心情，我的心在发泄我想说的事情，而我的嘴却不知如何表达出来。终于，她在角落里脸盆前站着洗脸的时候，我说了出来：

"你能告诉我，这一夜你是在什么地方的吗？"

我准备等待着沉默和胡乱搪塞，然而，这一次不知道怎么回事，却不是这样。她擦干脸后，转过身来，用明确而坚定的口气对我说道：

"我跟罗萨里奥一起来着，我们做了爱。你再也不要问我干什么和我到什么地方去，跟谁在一起了，因为现在你知道了，我做爱，我到我愿意去的地方，跟我愿待在一起的人，我还要告诉你这一点，我喜欢做爱，我忍不住，我也不愿意忍受。"

我惊叹地说道：

"我的女儿，你跟罗萨里奥厮混在一起，可你了解罗萨里奥吗？"

"他，或者另外什么人，对我来说都是一样。我已经对你说过，我愿意做爱，因为这是我喜欢的唯一事情，我感到这方面的需要。从今以后，将永远是这样的情况，因此，你别再盘问我，因为我不能老是给你同样的回答。"

她从来没有讲得这么明确过，而这也是她第一次这么对我说，我知道在她这种浪荡劲没有过去时，我必须照她对我说的那样去办，什么也别问，保持沉默。我这么做了。我默默地穿好衣服，而她在床的另一头也穿好了。

我们走出屋外，看见罗萨里奥跟他母亲一起坐在桌边，他正在吃生拌洋葱和面包。孔切塔马上向我们迎来，开始向我们唠叨，她那东拉西扯，自以为是的陈词滥调，在我第一次认识她的时候就使我感到厌恶万分了。现在我毫不奇怪她要说的话：

"你们就这么走了，你们要回罗马了，你们真有福气，你们是幸运的人，你们离开我们要走了，离开我们这些可怜的乡下人，在这里跟我们分手，在这荒僻、一无所有的地方跟我们分手，这里所有的人忍饥挨饿，房子都毁坏了，所有的人都没有衣服穿，像吉卜赛一样。你们真有福气，到罗马去当太太了，那里应有尽有，在这里英国人只让我们享受了三天，而在罗马，整年的时间都有吃有穿。但这使我感到高兴，因为我喜欢你们，我们所喜欢的人能够幸福和美满，这总是令人高兴的事情。"

为了打断她这番假惺惺的热情洋溢的话，我开口说道：

"是的，我们有福气。我们的确是幸运的人，没得说的。尤其是碰上了像你们这样的一家人。"

然而，她没有听出我话中的讽刺意思，接过话茬说道：

"你可以大声说，我们是一个善良的家庭。你们在这里过得不错，我们待你们就像姐妹和自己的孩子一样，你们有吃有喝，有安身的地方，尽可干你们喜欢的事情。嗨，像我们这样的家庭倒真是不多。"

"真是幸运。"

我本想回她几句，但我忍住了，因为怕耽误了我们跟那个我非常讨厌的罗萨里奥一起出发的时间，也不想在这像牢狱的茂密橘林耽搁下去。于是，我们向维钦佐告别，他傻乎乎地对我们说：

“你们这就走了？你们不是刚回来吗？为什么不至少待到八月呢？”

孔切塔拥抱我们，亲吻我们的脸颊，发出巴扎巴扎的响声；她的亲吻就像她东拉西扯的唠叨一样，只是想愚弄我们。我们终于永远告别了那可诅咒的玫瑰色房屋。卡车停在大路上，我们登上卡车，罗赛塔挨着罗萨里奥，我挨着罗赛塔。

罗萨里奥发动马达，驱动车子，说道：

“去罗马!”

卡车在省级公路上飞奔，朝着国家公路开去。上午的时光，六月的阳光火辣辣的，充满了欢快和青春的活力。公路上灰白的尘土飞扬，篱笆墙也落满了灰白尘土。卡车放慢了速度，可以听到公路两旁稀少的树上一声接一声的蝉鸣。我聆听着蝉鸣，眺望公路和篱笆上灰白色的尘土，云雀俯冲直下，啄着骡子的粪便，然后又展翅飞向灿烂的天空，突然间，我的泪水止不住流了下来。是的，这是乡村，是我土生土长的乡村，在饥荒和战争的严酷年代，我曾求助过它，就像求助一位母亲，异常苍老，但是品性善良，理解一切并宽恕一切的母亲。相反，乡村却背叛了我。一切的结局都是那么糟糕。如今，我已经变了，而乡村却仍然是原来的样子，阳光温暖了一切，却温暖不了我冰凉的心。人们年轻的时候，热爱生活，觉得蝉鸣非常悦耳，如今，我对什么都不抱希望了，对蝉鸣也感到了厌烦，天真的少女还被干燥、炽热的尘土气息所陶醉，如今却相反，就像有只大手捂住我的鼻子和嘴巴，使我窒息，透不过气来。家乡背叛了我，我失去了希望，而怀着绝望的心情返回罗马。我悄悄地哭泣，强咽着苦涩的泪水，同时竭力把脸孔扭向公路的方向，免得让罗萨里奥和罗赛塔瞧见。然而，罗赛塔却发觉了，突然问我：

“妈妈，你为什么哭呀？”

她那温柔的声音几乎使我燃起了希望，似乎由于某个奇迹的缘故，我的罗赛塔又变成了过去的她。我转过脸来，正想回答什么来着，却瞧见她把手伸向罗萨里奥的大腿，靠近腹股沟处。我突然想起，他们不作声，也不动弹有几分钟了。我知道，那种不作声和不动弹是他们在我眼皮底下，随心所欲地干那种事情。罗赛塔温柔的声音，不是天真无邪的温柔，而是他们正在毫无羞耻地做爱的温柔。一大早开车的时候就这么干，简直成了不分时间、场合交配的畜生。于是我开口说：

“我哭是因为羞耻，这就是我哭的缘故。”

听到这话，罗赛塔做了个欲抽回手的动作，然而可恶的罗萨里奥硬攥住她的手，重又把它放在大腿上面的位置。她坚持了一会儿，至少我是这么感觉的，他这下松开了手，她却不再把手抽回，我明白，对于她来说，她正在干的事情，比我的羞耻，比她的羞耻，都更为强烈，即便她还有羞耻感的话。

卡车奔驰在阿庇亚大道，马路两旁的高大的法国梧桐树长出的新的茂密的叶子，在我们头顶上连缀成一片，使人觉得卡车在一个绿色的长廊中奔驰。阳光透过树叶间的空隙，把光线投落在马路上，似乎连毫无光泽的沥青路面也变得光闪闪地颤动着，就像一头充满生机的牲畜的背脊一样。我把脑袋转向马路另一边，避免去看罗萨里奥和罗赛塔干的事情；为了消除我不愉快的情绪，我把自己的注意力转移到风景上。这就是德国人炸毁堤坝后的洪水淹没的地方，被风吹起波纹的蓝色水面上漂浮着树枝烂叶，从前这儿是一片耕地和牛奶场。车子开到了圣比阿齐海滨大道，凉爽、轻柔的海风吹拂着平静的海面，掀起了重重蔚蓝色的海浪。每一个浪头像一只闪闪发光的眼睛，就这样，似乎整个大海在阳光下微笑。这是台拉契那，它给我的印象比丰迪还要坏。满目荒凉的景象，所有的房屋被机关枪的火焰烧毁，墙上都是大小窟窿，黑洞洞的窗户像瞎子的眼睛，更糟糕的是，屋子只留下了空架子，尘土覆盖的破砖烂瓦堆积如山，到处是黄泥水坑。台拉契那一个人也没有，至少我的感觉是这样，中心广场上也没有人，碎砖头堆满广场的水池，长长的马路上也不例外，两边都是废墟，一直通向大海。我想，台拉契那恐怕也会像我们在丰迪见到的情景一样：头一天热闹得像集市，到处是人群、士兵、农民、难民，分发食品和衣服，总之，一片兴高采烈的景象，生气勃勃。部队开走，朝罗马挺进了，欢腾的景象也随之消失了，留下的只是废墟和寂静。

离开台拉契那，卡车飞驰在通向契斯台尔纳的公路上，一边是土壤改良后绿化过的运河，另一边是宽广的平原，一直延伸到挡住地平线的山脚。路旁的沟里不时可以看到有一些破旧的军车的残骸，轮子朝天，锈迹斑斑，难以辨认，好像战争是许多年以前在那儿发生过一样，还可以瞧见麦田里的坦克，炮筒朝天，走近一看，一动不动的坏死了，好像一头被击毙，后来被遗弃的野兽。罗萨里奥把车开得飞快，只用一只手操纵，而把另一只手伸进罗赛塔的裙子，紧紧攥住她的那个东西。我忍受不了这种发现，这是她变化的最大迹象。突然，谁知道什么缘故，我想起罗赛塔歌唱得很好，她有一副音乐家般美妙的歌喉，过去她在家里干家务活的时候，往往放声歌唱，用歌声来陪伴自己。我坐在隔壁的房间里听得着迷，因为她的歌声里洋溢着恬静，欢快的个性，她在歌唱的时候好像永远不觉得累似的，也不会出现一丁点差错。歌声反映了当时她的全部性格，而现在的她彻头彻尾变了。车子在台拉契那和契斯台尔纳之间的公路上行驶的时候，我回想起那歌声，我好像受一种动力的敦促，哪怕是只有一会儿的工夫，幻想着过去的罗赛塔，我说：

“罗赛塔，你为什么不唱点什么？你过去歌唱得那么好，为什么你不唱一支好听的歌……否则顶着大太阳跑在这么笔直的公路上，我们都要睡着了。”

“你想让我给你唱什么歌呢？”

我随便点了一支歌，那是两年前的流行歌曲，她马上就放开嗓子唱了起来，一动也不动，罗萨里奥的手始终在她的裙子里面。我马上发现，她的嗓子跟过去不一样，好像犹豫不定，缺乏优美，而且跑调，她自己也发现，因为，突然间她中断了歌唱，说道：

“妈妈，我担心我唱不下去了，我觉得我唱跑调了。”

我本来想回答她：

“你觉得跑调，你不会唱了，这是因为你按住裙子下面的那只手的缘故，你不再是你，你不再有过去那种能使你像小鸟似地歌唱的饱满的感情。就是这个缘故。”

但我没有勇气把这番话说出来。罗萨里奥却接上话茬：

“好，如果你们愿意听，我来唱。”

他放开他那沙哑的嗓子唱起一支粗俗、傲慢的歌。此刻，我比先前更加难过，因为罗赛塔再也不能唱歌，她在这一方面也发生了变化；因为现在竟是他在唱歌。这时，卡车急速地行驶，很快我们就到了契斯台尔纳。

这里也像台拉契那一样，整个是一片荒凉景象。给我印象特别深的是广场的喷水池，周围是千疮百孔和倒塌的房屋围成的半圆形，喷水池中堆满了碎砖破瓦，还有一座雕塑，雕塑没有脑袋，只有一只黑铁钩，一只没有手的胳膊。尽管没有手，没有脑袋，却很像一个活人。这里同样是见不到一条狗，人们也许还躲藏在山上或废墟间。

卡车驶过契斯台尔纳后，公路开始穿越稀稀拉拉的软木林，看不到一间房屋，也看不到一个基督徒，只有一望无际的绿色土地，歪歪斜斜的红色树干好像是被剥了皮。天气不是那么美好，从大海那边飘来一团团扇形的灰云，这扇子后来越来越展开，变成巨大条状的云团，那一条条厚密的灰云带，越来越像天空一样宽阔。

太阳落下去了，整个乡村都是单一的颜色，呆板而缺少光泽，那些歪歪斜斜的红色软木林好像为自己的歪斜和红色而难受。我感到分外的孤独，尽管马达的噪音一刻也没有停，但掩盖不住可怕的沉默，没有任何鸟儿的欢唱和蝉鸣。罗赛塔在打瞌睡，罗萨里奥抽烟，尽管他驾着车子，而我一会儿注视指明公里数白色的标示牌，一会儿眺望软木林的后面，但什么东西什么人也没有看到。然后，公路拐了一个弯儿，我正朝软木林眺望，突然，我的前额撞上了挡风玻璃，又仰面跌倒在座位上。我瞧见，公路被倒在地上的一根电线杆拦腰挡住。这时三个汉子从软木林中走出来，一面向前走，一面挥手，好象是要卡车停下来。罗赛塔醒了过来：

“出什么事了？”

但谁也不搭理她，因为我一点也摸不着头脑。罗萨里奥跳下车，坚定地朝三个汉子走过去。这三个人的样子我记得很清楚，就是现在我也可以在一千人当中把他们辨认出来。他们穿得很破，像那个年头的所有人一样，一个是矮个子，金黄色头发，宽肩膀，身穿褐色绒衣；第二个高个子，50岁左右，身材瘦削，紧绷着瘦削的脸孔，双眼深陷，灰白色的头发乱蓬蓬的；第三个是个一般的年轻人，棕色皮肤，宽脸，黑头发，跟罗萨里奥不相上下。罗萨里奥从车上下来，做了一个我注意到的动作，迅速从衣服兜里掏出一个钱包，把它塞进了仪表盘里去。我知道那钱包里有钱，突然我明白了，那三个汉子是强盗，这一切都发生在一刹那之间。我和罗赛塔惊呆了。一动也不动地注视着，透过沾满被撞死的小虫子、尘土和雨痕的不干净的玻璃窗望着，再加上灰云密布，光线暗淡，我真有说不出的恐慌感觉，透过玻璃，我们看见罗萨里奥神色坚定地朝那三人迎了上去，因为他是勇敢的，那三条汉子威胁性地面对着他。我只看见罗萨里奥的后背，但能看得见对他说话的金发男子的脸孔，那人的嘴巴血红，并且有点歪，好像嘴角有根花梗似的，总之，金发男子问话，罗萨里奥回答，金发男子再次发话，在罗萨里奥第二次回答的时候，他突然抬起一只手，一把揪住罗萨里奥脖子下的衣领。罗萨里奥的肩膀先向右边，然后向左边猛地一幌，挣脱了出来，同时，我清楚地看见他把手伸向裤子后面的口袋。我马上听到一声枪响。然后又响了二下，我以为是罗萨里奥开的枪。相反只见他转过身子，好像要朝着卡车走来，但他耷拉着脑袋，显出奇怪的迟疑不决，然后，突然跪倒在地上，用双手支撑着地面，垂着脑袋有那么一会儿，好像在思考什么，最后一头栽倒了。那三条汉子连瞧也不瞧他一眼，就朝卡车走来。

矮个金发男子手中紧握左轮手枪，抓住卡车小窗口，朝着车厢里气喘吁吁地说：

"你们俩下车，快下来。"

他挥动手枪，也许不是威胁我们，而且让我们明白我们必须下车，这时，另外两个汉子正搬动倒在公路上的电线杆。我明白，我们必须服从，便对罗赛塔说道：

"起来，我们下去吧！"

我正要打开车门，金发矮个子已几乎钻进了车厢里，突然他又向外探出身子，朝公路看了一眼，只见另外两个家伙对他做了个发生什么新情况的手势。他骂了一句，跳下卡车，追上他的两个同伙，一起拼命逃跑，很快跑进软木林，在一棵树和另一棵树之间迂回奔跑，消失了踪影。此刻，除了被移到一边的电线杆和躺在马路中间一动不动的罗萨里奥的尸体外，既没有任何人，也没有任何东西。我对罗赛塔说道：

"现在我们怎么办呢？"

几乎同时，附近出现了一辆敞篷小汽车，里面坐着两名英国军官和一名开车的士兵，小汽车放慢了速度，因为罗萨里奥的尸体横在马路上，旁边是水沟，小汽车无法越过他，两名军官转过身来，望着尸体和我们俩。他们当中的一个向司机打了个手势，好像说：

"有人死了，快走。"

小汽车很快启动，围着罗萨里奥的尸体转了一圈，重又开足马力飞驶而去，很快在公路尽头拐弯处消失了踪影。不知怎么回事，我回想起罗萨里奥曾把钱包藏进卡车的仪表盘里，我伸手把钱包掏出来，把它藏在怀里，罗赛塔发现了我的动作，向我投过来一个几乎是责备的眼光，突然一声猛烈的刹车声，一辆卡车在我们的旁边停了下来。

这回是个意大利人，他身材矮小，大脑袋，秃头，脸色苍白，圆眼睛，鬓角一直长到脸颊中央。他浑身大汗，一副惊慌和不满的样子，但没有歹意，就像一个人出于义务去做一件勇敢的事，同时心里又诅咒自己的命运，但愿给他以勇气。他的手放在方向盘上，坐在车子上没有动窝，着急地问：

“发生了什么事？”

我回答道：

“他们拦住了我们的车，杀害了这个年轻人逃跑了，他们想抢我们的东西，我们是逃难的。……”

他打断了我的话，问道：

“他们逃到什么地方去了？”

我用手指了指软木林的方向。他朝那方向转动着惊慌的眼睛，说道：

“看在上帝分上，如果你们要去罗马的话，就赶快上我的车，快，你们快点，看在上帝的分上。”

我知道，如果再犹豫的话，他就开车走了。我拉着跟在我后面的罗赛塔，赶紧跳下车来。但他仍用焦急的声音朝我们喊叫：

“你们抬走这具尸体，你们抬走他，否则我怎么开过去呢？”

这时我发现他的卡车比英国军官的小汽车要宽那么多，水沟和罗萨里奥的尸体之间空地，他的车子没法开过去。

他继续用他抱怨的声音命令道：

“你们快点，看在上帝的分上。”

我打了个寒战，对罗赛塔说道：

“你帮我一下。”

我径直跑到躺在公路上的罗萨里奥的尸体旁边。他的一只胳膊落在脑袋上面，好像要抓住什么东西但来不及抓到似的，我弯腰抓住他的一只脚，罗赛塔也弯下腰来，抓住另外一只脚，尸体沉重得很，我们让他的肩膀和脑袋着地，两只胳膊摊开在沥青路面上，朝水沟拖去，罗赛塔第一个扔下尸体的腿，我马上也照她那样做，然后，我本能地急忙朝死人弯下身去，几乎担心会发现他还活着，实际上，我怀里揣了他的钱包，我必须把它藏好，因为就我们眼下的情况来说，这笔钱对我们很有用处，因此，我想再证实一下，他是不是真的死去了，他确实死去了。从他睁开的一动不动，望着不知什么地方的眼睛来看，我知道他确实一命呜呼了，我承认，在那紧要关头，我表现得像一个势利而胆怯的人，跟孔切塔的表现一样，她的说法就是：“战争毕竟是战争。”

我把死者的钱掏走了，为了钱，我担心他没有死去，还活着，可是，一旦断定他确实死了，我又想做一件毫无意义的事来平衡我这种不光彩的心理：卡车上的汉子不耐烦地朝着我喊："你放心，是死人，没有任何法子可想了。"我俯下身子，用食指和中指在罗萨里奥的胸前划了个十字，他胸前的黑色上衣透出一大片发暗的血迹。从我的手指触摸到上衣的感觉来看，衣服被血浸透了。于是我跟罗赛塔一起朝卡车跑去。我悄悄地打量我划过十字的手指，我发现手指肚儿上沾满刚流出的鲜血。看到这鲜血，我突然感到暗暗的内疚，几乎憎恨自己在我偷窃的男子的尸体上划了个伪善的十字。我希望罗赛塔没有察觉。可是，当我在裙子上擦干手指的时候，我瞧见她正盯着我看，我知道她已经发觉了，我们俩上了车，挨着那人坐下，卡车启动了。

那人弯腰趴在驾驶盘上，两只手紧紧握住方向盘，眼瞪得大大的，由于惊慌而脸色苍白，直喘粗气。而我却为我怀里揣着的钞票担忧。罗赛塔望着前方，一张无动于衷的脸孔，一点表情和反应也没有，我暗暗想道，罗萨里奥像条狗一样被宰了，扔在了大路上，而我们三个人出于各自的原因，对罗萨里奥竟都没有表示出任何的怜悯之情。我们身边那个受了惊吓的男人根本不下车来看看是死人还是活人。我因为掏走了他的钱包而特别担心他可真的死了。罗赛塔只是抓住他的脚，把尸体朝水沟转移，就像是搬动个什么妨碍交通、散发臭气的野兽尸体一样，就这样，没有怜悯，没有激动，也没有人道精神。一个汉子死了，其他人毫不理会，每个人都有各自的原因。总而言之，就像孔切塔说的，这都归咎于战争，现在我担心，这场战争在真正结束以后仍将在我们灵魂中持续很久。不过，罗赛塔的表现是三个人当中最糟糕的，半个小时之前，她还跟罗萨里奥做爱。他燃起了她的欲望，使她感到满足，她既给予他乐趣，也从他那里得到乐趣，现在她一滴泪水也没有，一动不动地坐在那里，脸上表情冷漠，无动于衷，没有一丝感情的流露。想到这里，我对自己暗暗说道，一切都走向反面，整个生活变得荒诞离奇，杂乱无章，重要的事情成了渺小的，而那些渺小的事情却变得重要了。

突然间，一件预料不到的怪事发生了。直到现在，正如我所说的，罗赛塔没有丝毫感情上的流露，却开始唱起歌来。起初，她的声音还迟疑发僵，后来声音便明亮而坚定了，她唱着我方才曾要她唱的那支歌，当时她唱不下去，唱了第一节就中断了。这是两年前流行的一首歌曲，罗赛塔干家务时经常唱它，她呆呆地唱着，声音不大，却显出一些感情。我起先觉得有点奇怪，她在罗萨里奥死后唱歌，正是她没有感情和无动于衷的证明。后来，我回想起当我要她唱歌的时候，她回答说，她唱不下去，因为她没有兴趣唱，我记得当时想，她真是变了，不再会唱歌了，因为她已不是过去的她了；我突然对自己说，也许她重新开始唱歌，想让我明白，她并不是真的变了，相反，她永远是过去的罗赛塔，善良、温柔、纯洁，像个小天使。事实上，我一面想着这些事情，一面望着她，发现她的双眼充满了泪水，泪水从她睁大的眼睛中涌出，顺着脸颊滚落下来。我顿时完全明白了。她没有变，我的担心是多余的。她首先是为像条狗那样被残忍地杀害的罗萨里奥流泪，其次是为她自己，为我，为所有遭到战争打击、杀戮和扭曲的人们而流泪。这意味着，归根到底，她不仅仅没有变，偷了罗萨里奥钱的我也没有变，所有经历了战争的人也没有变。我突然感到欣慰，这种欣慰很自然地引出了这样的想法："当我一回到罗马，我就把这钱寄给罗萨里奥的母亲。"

我不再说什么，便挽住罗赛塔的胳膊，紧紧握住她的手。

车子向维莱特里奔驶的时候，罗赛塔反复地唱着那首歌，直到眼泪停止从她眼睛里涌出来，她才停止了歌唱。开卡车的那个汉子人不坏，只是受了惊吓，也许他明白了些什么，突然问道：

"那个被杀害的青年，是你们的什么人？"

我赶忙回答说：

"什么也不是，一个跑黑市买卖的熟人，他带我们去罗马。"

他马上又恢复了惊慌失措的状态，赶忙说道：

"你们什么也别对我说，我什么也不想知道，我什么也不知道，我什么也没有看见，我们到罗马就分手，我就好比从来没见过你们，也不认识你们。"

"可这是你向我打听的。"

"是的，你说得对，但就算我什么也没说，就算我什么也没说。"

终于，在一望无际的绿色平原的尽头出现一条白色黄色相交的长带，这是罗马的郊区。这条带子的远处，在灰色天空的背景下，清晰地显出圣彼得大教堂的圆屋顶。上帝知道，这一年当中，我一直盼望能重新见到这耸立在地平线上的教堂的圆屋顶，它是那么亲切，那么微小，同时又是那么宏伟，简直是大地的造化，是一座丘陵或者一座大山。它是那么坚实，尽管只不过是个黑影，它是那么可亲和熟悉，因为我曾上千次地见到它，注视它。对我来说，那个圆形拱顶，不仅代表罗马，而且代表我在罗马的生活，我跟自己和其他人和睦相处的平静生活。地平线尽头的圣彼得教堂的圆形拱顶，好像在对我说，我终于能够满怀信心地回到家里，在经历了种种变化和悲剧之后，以往的生活又将重新开始；它还对我说，这崭新的信念，我应该把它归功于罗赛塔，归功于她的歌和她的眼泪。没有罗赛塔的那种痛苦，一年以前背井离乡的两个无罪的女人就不会回到罗马，尽管她们经历过战争，并且由于战争的缘故，一个变成了小偷，另一个变成了婊子。

我深深感到痛苦。我又回想起米凯莱，在这期望已久的返回家园的时刻，他没有跟我们在一起，而且，将永远不跟我们在一起了，我回想起那天晚上他在桑泰乌米亚的茅屋里高声朗读福音书里关于拉扎罗的那一段。他对一窍不通的农民非常生气，他大声嚷嚷，说我们都是像拉扎罗那样等待复活的死人。那时，我对米凯莱的这番话半信半疑；可现在，相反，我明白米凯莱是有道理的，因为在一段时间里，我们俩，罗赛塔和我也死去了，带着别人的怜悯和自己的怜悯死去了。然而，在最后的时刻，痛苦拯救了我们。因此，从某种意义上来说，关于拉扎罗的那段福音书，对我们来说也是适合的。因为，由于痛苦，我们终于从战争中走出来了。战争曾把我禁闭在冷漠和邪恶的坟墓里。我们又走上了我们的生活之路。生活也许是一种充满黑暗和谬误的可怜的东西，然而，生活应当是我们唯一的依托，正像米凯莱坚定地对我们说的那样，如果他还跟我们在一起。